LEISA RAYVEN

Mister Forever

LEISA RAYVEN

MISTER FOREVER

Roman

Ins Deutsche übertragen von
Wiebke Pilz und Nina Restemeier

LYX

LYX in der Bastei Lübbe AG
Dieser Titel ist auch als E-Book und als Hörbuch erschienen.

Die Bastei Lübbe AG verfolgt eine nachhaltige Buchproduktion.
Wir verwenden Papiere aus nachhaltiger Forstwirtschaft und verzichten darauf, Bücher einzeln in Folie zu verpacken. Wir stellen unsere Bücher in Deutschland und Europa (EU) her und arbeiten mit den Druckereien kontinuierlich an einer positiven Ökobilanz.

MIX
Papier aus verantwortungsvollen Quellen
FSC® C014496

Textredaktion: Antje Steinhäuser
Umschlaggestaltung: © Guter Punkt unter Verwendung von Motiven von © feedough/iStock; Sean Pavone/shutterstock
Satz: Greiner & Reichel, Köln
Gesetzt aus der Adobe Caslon
Druck und Verarbeitung: GGP Media GmbH, Pößneck

Printed in Germany
ISBN 978-3-7363-1443-6

1 3 5 7 6 4 2

Sie finden uns im Internet unter lyx-verlag.de
Bitte beachten Sie auch: luebbe.de und lesejury.de

1. KAPITEL

Tobias

Wir alle möchten wegen etwas Großartigem in Erinnerung bleiben. Der Welt unseren Stempel aufdrücken. Wir wünschen uns, dass man uns zu Ehren das Glas hebt und sagt: »Auf Bob, denn er war ein Mordskerl.« Oder: »Erinnerst du dich noch an Bob? Ich schon, denn er war großartig.«

Früher dachte ich, ich sei zu Höherem bestimmt. Immerhin war ich Jahrgangsbester auf der Highschool, hatte ein Vollstipendium für Informatik am MIT, habe jünger als alle meine Nerd-Freunde meine Unschuld verloren und das Studium mit dem perfekten Notendurchschnitt beendet. Und trotzdem bin ich … nicht großartig. Ich bin sicher, ein paar wohlwollende Seelen würden mir widersprechen, aber die Fakten sagen etwas anderes.

Ich erweitere ständig meine Liste *Warum der Erfolg auf sich warten lässt*, und das hier sind die derzeitigen Spitzenreiter:

1. Ich schöpfe mein volles Potenzial nicht aus. Man könnte jetzt einwenden: »Geht das nicht allen so?«, aber mal im Ernst: Nach dem Studium stand mir die Welt offen. Ich hatte Jobangebote von Topunternehmen, sogar eins von der NASA. Aber ich hab alle abgelehnt. Hätte es meinen Marktwert gesteigert, wenn ich fürs FBI gearbeitet hätte oder Sonden programmiert hätte, mit denen sich – und das ist keine Übertreibung – das Weltall vermessen lässt? Na klar. Ich bin ein Nerd,

wie er im Buche steht. Aber kurz vor meinem Abschluss hatte mein Vater einen schweren Unfall. Seitdem sitzt er im Rollstuhl, und vorbei war es mit der Normalität. Ich verabschiedete mich von meinen Träumen, während meine Mutter, meine kleine Schwester und ich um unser Überleben kämpften. Ein Jahr später wurde mir ein Job bei einem Onlinemagazin angeboten, für das ich über Videospiele und die neuesten Technik-Gadgets schreiben sollte, und ich nahm ihn an. Nein, die Welt würde ich damit nicht verändern, aber es war leicht verdientes Geld, und nachdem ich so viele Jahre geschuftet und von Dad die Rolle als Familienoberhaupt übernommen hatte, klang »leicht« zur Abwechslung wie Musik in meinen Ohren.

2. Ich neige dazu, den falschen Menschen zu vertrauen. Von den paar Freundinnen, die ich in den letzten Jahren hatte, haben mich alle bis auf eine auf irgendeine Weise betrogen. Ich verstehe nicht, wieso mir nicht auffällt, wenn mir jemand ins Gesicht lügt, aber am Ende ist es immer wie ein Tritt in die Eier. Daran muss ich noch arbeiten.

3. Ich bin ein netter Kerl. Das ist kein Manko, aber wenn man supererfolgreich sein möchte, braucht man ein gewisses Arschloch-Level, und ich bin mehr der Sag-Bescheid-wenn-ich-dir-irgendwie-helfen-kann-und-wenn-es-das-Letzte-ist-was-ich-tue-Typ. Wahrscheinlich bin ich deshalb auch immer so furchtbar erschöpft, aber dazu kommen wir später.

Natürlich habe ich auch ein paar gute Eigenschaften, die die schlechten ausgleichen. Ich habe einen passablen Sinn für Humor. Ich behandle Tiere gut. Ich kann einen Zauberwürfel in jeder Hand in unter einer Minute lösen. Ich kann mich in so ziemlich jeden Computer auf der Welt einhacken. Und wenn irgendwer einem Menschen, den ich liebe, irgendetwas antut, werde ich denjenigen bis ans Ende der Welt verfolgen und dafür sorgen, dass das Karma ihm so richtig eine reinhaut.

Ach ja, und ich habe eine richtig coole Strickjackensammlung.

Trotz aller Hürden hatte ich wirklich gedacht, dass ich mit fünfundzwanzig das bestmögliche Leben führen würde, aber das ist eindeutig nicht der Fall. Stattdessen sitze ich an einem Samstagabend in einer Bar in Brooklyn zwischen den Stühlen. Der eine Stuhl ist in diesem Fall der riesige Haufen Arbeit, den ich noch vor mir habe, bevor ich mich entspannen kann, und der andere ist ein sehr weicher, attraktiver Frauenkörper.

»Na loooos, Toby. Lass uns gehen. Meine Mitbewohnerin ist nicht da, und wir haben sturmfrei.«

Arme schlingen sich um meine Hüfte, Brüste pressen sich an mich, und auch wenn mich beides normalerweise nicht stört, gehören die Arme und die Brüste zu einer Frau, der ich eigentlich aus dem Weg gehen möchte.

»Jackie …« Ich löse sanft ihre Arme von mir. »Wir hatten das doch geklärt.«

»Genau, wir haben geklärt, dass wir nicht zusammen sind. Und das ist völlig okay.« Sie kommt einen Schritt näher, und ihr Atem und die Art, wie sie sich an mir festhält, verraten mir, dass sie heute Abend schon ungefähr drei Whiskey Sour zu viel hatte.

»Ich sage doch bloß, dass du mit zu mir kommen solltest und …« Sie lässt die Finger über mein Hemd wandern, bis sie eine Brustwarze ertastet. »… dann schauen wir mal, was passiert.«

Mir läuft ein Schauer über den Rücken. Das ist wirklich das Letzte, was ich heute Abend brauche.

Man muss kein Genie sein, um zu verstehen, was Jackie will. Wir haben überhaupt nur deswegen etwas miteinander angefangen, weil sie verdammt heiß wird, wenn sie was getrunken hat. Ursprünglich hatten wir uns auf eine Freundschaft Plus geeinigt – aber das Plus verwandelt sich langsam in ein Minus. Ohne Vorwarnung schaltete Jackie innerhalb von einem Monat von null auf Lass-uns-jede-freie-Minute-miteinander-verbringen-und-vielleicht-auch-eine-Katze-anschaffen. Und jetzt weiß ich nicht, wie ich ihr noch sagen soll, dass ich nicht mit ihr zusammen sein will, ohne dafür eine Fremdsprache zu lernen.

»Jackie …« Ich halte ihre Hände fest, damit sie nicht ohne Erlaubnis irgendwo über meinen Körper streunen. »Ich bin mir ziemlich sicher, dass du nicht nur auf der Suche nach bedeutungslosem Sex bist, und ich habe dir ganz offen gesagt, dass ich dir mehr nicht bieten kann.«

»Dann lass uns einfach Sex haben«, quengelt sie. »Du bist so gut, Toby, viel besser als die letzten paar Typen, mit denen ich was hatte.« Sie senkt die Stimme. »Ich brauche einen Tobygasmus. Bitte. Ich bin so verspannt. Ich glaube, mit meinen Muskeln könnte man die Aufhängung der Golden Gate Bridge erneuern. Nur noch ein Mal, dann lasse ich dich in Ruhe.«

»Das hast du letzte Woche auch gesagt, und vorletzte Woche, und jetzt geht es schon wieder los.«

»Ja, aber diesmal ist es mir ernst. Versprochen.« Sie will sich wieder an mich drücken, aber ich weiche einen Schritt zurück und schiebe einen Barhocker zwischen uns. Wieso wachsen dieser Frau mehrere zusätzliche Arme, wenn sie etwas getrunken hat?

Ich bedeute Joe, dem Barkeeper, dass er ihr ein Glas Wasser einschenken soll.

Verdammt, wann lerne ich es endlich? Ich wusste, dass es keine gute Idee ist, mit einer Kollegin zu schlafen, und vor allem wusste ich schon vorher ganz genau, wie anstrengend Jackie sein kann. Sie ist die Klatschreporterin bei *Pulse*, dem Onlinemagazin, für das wir beide arbeiten, und allein das hätte mich warnen sollen. Es ist ihre Spezialität, den kürzesten Blickwechsel zwischen zwei Promis in eine Oper mit drei Akten zu verwandeln, denn sie liebt Drama. Das musste ich auf die harte Tour erfahren, nachdem ich ihr zum ersten Mal gesagt hatte, dass wir es besser lassen sollten. Ich dachte, ich wäre nett gewesen. Sie gab mir das Gefühl, sie habe mich verstanden und sehe es auch so. Doch als ich ein paar Stunden später aus der Mittagspause zurückkam, hatte sie den gesamten Inhalt meines Schreibtisches in ein Urinal gestopft, zusammen mit einem Zettel, auf dem »Fick dich, du Arschloch« stand. Da wurde mir klar, dass sie vielleicht doch geringfügig enttäuschter war, als sie sich hatte anmerken lassen.

Heute Abend muss ich die Sache ein für alle Mal beenden. Das geht schon viel zu lange so.

Am anderen Ende des Tresens steht meine beste Freundin Eden Tate, die mich besorgt ansieht. Ich lege den Kopf schräg, und sie formt mit den Lippen: »Mach Schluss, Loser.« Ich zeige ihr den Mittelfinger, während ich die schwankende Jackie auf den Barhocker bugsiere.

»Toby, ich will mich nicht hinsetzen.« Sie beugt sich vor und flüstert: »Höchstens auf dich.«

Ich lächle nachsichtig. Auch wenn Edens ständige ungebetene Ratschläge manchmal nervig sind, hätte ich auf sie hören sollen, als sie mich vor Jackie gewarnt hat. Sie hat gesagt, es sei ein Fehler, als sie uns zum ersten Mal flirten sah, aber ich habe sie ignoriert. Ich war einsam und hatte lange keinen Sex gehabt, und manchmal ist es besser, mit der falschen Person intim zu werden, als verzweifelt auf die richtige zu warten.

Da an meinem Liebeshorizont weit und breit keine Spur von einer Seelenverwandten zu sehen ist, helfen flüchtige Affären mir dabei, die schreckliche zunehmende Gewissheit zu verdrängen, dass ich einsam sterben werde. Für dieses armselige

Bedürfnis nach menschlicher Nähe bekomme ich nun die Quittung. Wenn ich könnte, würde ich die Zeit zurückdrehen und mich anders entscheiden. Zum Teil, damit ich mich jetzt nicht aus Jackies schraubstockartiger Umarmung winden muss, aber vor allem, weil ich merke, dass Jackie genauso einsam ist wie ich. Vielleicht sogar noch einsamer. Und deshalb komme ich mir wie ein absoluter Arsch vor, wenn ich sie ständig abweise.

»Pass auf, Jackie.« Ich nehme ihr das Smartphone aus der Hand. »Du hast mehr verdient, als ich dir bieten kann, und es gibt etwas, das dir dabei vielleicht helfen kann.« Ich tippe eine URL in ihren Browser ein und lade die letzte Beta-Version der App herunter, an der ich gerade arbeite.

»Was machst du da?« Jackie beugt sich vor und schaut aufs Display.

»Du weißt doch, dass ich seit einer Weile nebenbei als Systemadministrator für Romance Central arbeite?«

Sie blinzelt. »Klar. Das ist doch die Agentur, bei der man herrlich unrealistische Dates mit Leuten buchen kann, die dich im wahren Leben keines Blickes würdigen würden.«

Ich muss lächeln. Nicht die allerschmeichelhafteste Beschreibung, aber zutreffend. »Genau.«

»Edens Freund hat sie gegründet.« Sie deutet auf den wahnsinnig gut aussehenden Mann neben Eden. »Wie wird er noch mal genannt? Major Romance?«

Ich muss mir das Lachen verkneifen. »So nennt Eden ihn vielleicht im Schlafzimmer, aber nein, er war als Mister Romance bekannt, und in Wirklichkeit heißt er Max.«

Jahrelang galt Mister Romance in der Stadt als eine Legende. Als Eden herausfand, dass das Fabelwesen, das einsamen Frauen Tausende Dollar für ein Traumdate abknöpft, tatsächlich existierte, wurde ihr Journalistenspürsinn geweckt. Wie ein

Fährtenhund schnüffelte sie ihm nach. Sie hielt ihn für einen schmierigen Betrüger und war entschlossen, ihn zu entlarven. Stattdessen verliebte sie sich in ihn. Natürlich.

Daraufhin hängte er seine aktive Escort-Tätigkeit an den Nagel und gründete Romance Central, eine Agentur, bei der Menschen, die sich nach niveauvoller Begleitung sehnen, das perfekte Date buchen können – nur ohne Sex. Als Max mir einen Nebenjob als sein IT-Guru angeboten hat, konnte ich unmöglich ablehnen. Denn obwohl ich es ihm verüble, dass er gut aussehend, witzig und schlau ist und mir meine beste Freundin weggenommen hat, ist er ein total anständiger Kerl, und ich unterstütze seine Mission, den Massen ein wenig Romantik zu schenken.

Ich halte Jackie das Smartphone hin, um ihr zu zeigen, was ich installiert habe. »Daran arbeite ich gerade für Max. Es ist eine Partnervermittlungsapp.«

»So was wie Tinder?«

Ich verschlucke mich fast vor Entrüstung. »Nein, nicht so was wie Tinder. Tinder hat null Raffinesse. Das ist wirklich das Uninspirierteste, was ich jemals gesehen habe. Selbst ein Affe hätte eine App programmieren können, bei der man bei Menschen in der unmittelbaren Umgebung, die man einigermaßen attraktiv findet, nach rechts wischen kann. Du willst flachgelegt werden, aber dir die Taxikosten sparen? Klar, dann nimm Tinder. Du suchst etwas Gehaltvolleres? Dann nimm meine App.«

Jackie nimmt mir das Smartphone ab. »Die heißt HEA?«

»Das steht für Happily Ever After. Pass auf.« Ich tippe aufs Display. »Dieser Fragebogen deckt alle Bereiche deines Lebens ab. Sexuelle Orientierung, was dir an einem Partner wichtig ist, was dich im Bett antörnt, was dir gefällt, was nicht, Hobbys, Musik, Bücher, Filme, Politik, Religion, Essen. Mein

Algorithmus analysiert deine Angaben und schlägt dir die Männer vor, die am besten zu dir passen. Männer, die mit dir zusammen sein und nicht nur mit dir ins Bett wollen.«

Sie scrollt durch die Fragen. »Himmel, wie lang ist diese Liste?«

»Länger als die Warteliste für eine Wohnung in Brooklyn. Es sind über dreihundert Fragen. Aber deshalb sind die Vorschläge so passend. Wenn du damit fertig bist, kennt die App dich besser als du dich selbst.«

Und genau darum geht es.

Dating ist ein Albtraum. Und das ist nicht bloß meine persönliche Meinung, sondern die grausame Wahrheit. Das zwanghafte Bedürfnis des Menschen, eine lebenslange Bindung einzugehen, ist eine der lächerlichsten Entwicklungen der Evolution. Welche andere Spezies quält sich schon mit der unmöglichen Aufgabe, die perfekte bessere Hälfte zu finden? Gut, es gibt auch Tierarten, die ihr Leben lang zusammenbleiben, aber sie streiten sich nicht, weil einer von ihnen den heißen Pinguin-Nachbarn bei Facebook anschmachtet oder den sinnlichen Hummer-Freund auf Instagram begehrt. Die angeborene Fähigkeit des Menschen zu Misstrauen und Selbstsabotage ist einfach atemberaubend.

Und da kommt die HEA-App ins Spiel.

Meiner Theorie nach wäre Dating viel erträglicher, wenn man bereits im Vorfeld wüsste, welche Chancen eine Beziehung hat. Würde man ständig an seinem Partner zweifeln, wenn man wüsste, dass er so gut zu einem passt, wie statistisch überhaupt möglich ist? Würde man seine Zeit mit einer Beziehung verschwenden, von der man weiß, dass sie nicht halten wird?

»Im Gegensatz zu diesem beschissenen Tinder«, sage ich, »ist HEA für Leute, die den ganzen oberflächlichen Mist, den

Dating mit sich bringt, hinter sich lassen und die wahre Liebe finden wollen.«

Ich scrolle durch die App und zeige Jackie, wie es funktioniert. »Ich habe Tausende Fragebögen von Paaren in erfolgreichen, langen Beziehungen analysiert und einen Algorithmus entwickelt, der die Übereinstimmung von zwei Menschen berechnet. Bei einem geringen Prozentsatz steht die Beziehung unter keinem guten Stern, also solltest du deine Zeit nicht damit verschwenden. Wenn er hoch ist …« Ich lasse sie selbst ihre Schlüsse ziehen, und an ihrem Gesichtsausdruck erkenne ich, dass ich ihr Interesse geweckt habe.

Ich deute auf die zahlreichen Besucher in der Bar. »Das hier sind unsere aktuellen Beta-Tester. Wenn du möchtest, setze ich dich auf die Liste für die nächste Veranstaltung. Wer weiß, vielleicht findest du ja die Liebe deines Lebens?«

Jackie betrachtet die Gesichter in der Menge. »Das sind ja ganz schön viele gut aussehende Menschen.«

Da hat sie recht. In der Menge entdecke ich die umwerfenden Angestellten von Romance Central. Basierend auf Max' ursprünglicher Idee, Traumdates anzubieten, arbeitet nun ein Team von zwanzig Leuten für ihn. Sie könnten diverser nicht sein, sehen aber alle aus, als kämen sie direkt aus einem Labor, das sich auf genetische Vollkommenheit spezialisiert hat. Jackie ist auch umwerfend, also passt sie perfekt dazu.

Ich gebe ihr das Handy zurück und helfe ihr beim Aufstehen. »Komm jetzt. Du kannst den Fragebogen zu Hause ausfüllen, und dann fügen wir dich in die Datenbank ein.« Ich hoffe, meine sanfte Ermutigung ist der Schubser, den sie braucht, um sich nach einem Mann umzusehen, der besser zu ihr passt als ich. »Wie wäre es, wenn ich dir jetzt ein Taxi rufe?«

Ich lege einen Arm um sie und führe sie zum Ausgang am anderen Ende der Bar.

»Moment mal«, sagt sie und zeigt auf die Typen, an denen wir vorbeikommen. »Ich gehe weder mit einem von diesen hübschen Kerlen noch mit dir nach Hause?«

Als wir auf die Straße hinaustreten, hoffe ich, dass die kühle Nachtluft sie ein wenig ausnüchtern wird.

»Jackie, du hast zu viel getrunken, um eine wohlüberlegte Entscheidung zu treffen. Fahr nach Hause, und schlaf dich aus. Morgen reden wir ausführlicher über HEA.«

Sie starrt an meine Brust und nickt. »Du willst mich loswerden.«

Ich umfasse ihre Wange und hebe ihren Kopf an. »Darum geht es nicht. Ich bin einfach nicht der Richtige für dich. Aber ich helfe dir, ihn zu finden. Versprochen.«

Ihre Augen werden feucht, und für einen Moment denke ich, dass ich ein Arsch bin, weil ich ihr wehtue. Aber dann lächelt sie zögerlich und zieht mich zu einem sanften Kuss zu sich hinab.

»Du bist wirklich ein Guter, Toby Jenner, weißt du? Schade, dass du mich nicht so magst wie ich dich.«

Und da haben wir's. Egal wie viel höhere Mathematik in die Erstellung meines Algorithmus eingeflossen ist, beim Dating ist die einzige relevante Gleichung, dass eins plus null gleich null ist. Wenn du jemanden magst, bist du die Eins. Und wenn dein Gegenüber dich nicht mag, ist das Ergebnis null. Ganz egal, auf welcher Seite die Null steht, immer bleibt jemand allein und wünschte sich, es wäre anders. Ich habe schon mehr Nullen erhalten, als ich zählen kann, und es tut mir leid, dass ich heute für Jackie die Null bin.

Sie steigt ins wartende Taxi, und ich blicke ihm nach, bis es im dichten New Yorker Verkehr verschwunden ist.

Okay, ein Feuer gelöscht. Bleiben noch ein paar Hundert.

»Hey Tobias, Bruder.« Als ich mich umdrehe, sehe ich meinen Mitarbeiter Raj, der mir die Tür zur Bar aufhält. »Bist du fertig mit dem Frauendrama, Homeboy?« Genau wie ich arbeitet Raj für *Pulse* und Romance Central. Aber im Gegensatz zu mir hält er sich für einen Gangstarapper im Körper eines kleinen Inders. Was für mich die Leidenschaft für Strickjacken ist, sind für ihn überdimensionierte Trainingsanzüge. Er sieht aus, als hätte ihn ein Schrumpfungsstrahl getroffen, der auf seine Klamotten keine Wirkung gezeigt hat.

»Aaaalso«, sagt Raj und deutete in die Richtung, in der Jackies Taxi verschwunden ist. »Wenn du die heiße Brünette abserviert hast, meinst du, dann könnte ich …«

Ich unterbreche ihn mit einer Handbewegung. »Alter, was habe ich dir gesagt? Rede nicht so über Frauen, sonst muss ich dir eine Kopfnuss verpassen.« Ich gehe an ihm vorbei zurück in die Bar.

»Cool, cool, schon klar, Alter. Hab's kapiert.« Er folgt mir, und wir gehen zurück an den Tresen, wo mein Laptop steht. Ich rufe die aktuellste Liste von Fehlermeldungen auf und überfliege sie.

»Nur fürs Protokoll«, sagt er und beugt sich ein wenig vor. »Mit euch beiden ist Schluss, richtig?«

»Ja.«

»Cool, cool. Sie ist nämlich genau mein Typ. Lange Beine, ein Ausschnitt, in dem man versinken kann, und ein Hinterteil, für das Beyoncé töten würden.«

Ich seufze und gebe ihm einen Klaps auf den Kopf.

»Aua. Scheiße, Mann!«

»Verdammt, Raj. Frauen sind nicht bloß eine Ansammlung von Körperteilen. Wie wäre es damit: Sie hat an der NYU Journalismus *und* Wirtschaft studiert. Sie arbeitet einmal im Monat ehrenamtlich im Obdachlosenheim. Und sie kommt die schwerste Wand in der Kletterhalle schneller hoch als alle anderen.«

»Scheiße, Mann, Tobias, wenn sie so toll ist, warum hast du dann mit ihr Schluss gemacht?«

Ich widme mich den ersten paar Fehlern und behebe sie innerhalb von Sekunden. »Habe ich nicht. Wir waren gar nicht richtig zusammen.«

»Aber ich dachte, du suchst eine Freundin.«

»Tu ich auch, aber wir passen einfach nicht zueinander.«

»Das klang aber neulich im Pausenraum ganz anders. Da hat sie ihren Freundinnen erzählt, du hättest einen Zauberstab und wüsstest damit umzugehen.«

Ich reibe mir die Augen. »Raj, ich weiß, das ist für dich schwer zu verstehen, mir ist nicht nur das Äußere wichtig. Ich brauche eine Frau, die mich intellektuell genauso anspricht wie körperlich. Ich suche eine, bei der das Feuer auf allen Ebenen überspringt.«

»Und das hattest du mit Jackie nicht?«

»Nein.«

Völlig verwirrt runzelt er die Stirn. »Aber sie ist heiß. Bei einem Körper wie ihrem, loderst du da nicht auf wie ein kalifornischer Buschbrand?«

Ich verspüre den Drang, den Kopf gegen die Theke aus Mahagoniholz zu schlagen, aber wahrscheinlich wäre es sinnvoller, seinen Kopf dagegen zu schlagen. Wenn es um Frauen geht, ist sein Gehirn aus Titan, und jeder Ratschlag, wie man sie behandelt, haftet bloß für ein paar Sekunden daran wie ein feuchter Wattebausch, bevor er wieder hinunterfällt.

»Scheiße, Raj, du bist mit einem *Menschen* zusammen, nicht bloß mit einem *Körper*.«

Er lehnt sich an den Tresen. »Na ja, also mit meinem Körper kann Jackie gern zusammen sein.«

Ich beiße die Zähne zusammen und tippe schneller. »Okay. Gutes Gespräch. Und falls du jetzt nichts Besseres zu tun hast, kümmern wir uns darum, dass heute Abend alles glatt läuft. Du und Ming-Lee übernehmt den technischen Support und erklärt den Testern die App, damit sie den vollen Funktionsumfang verstehen.«

Er streckt mir die erhobenen Daumen entgegen. »Bin schon dran. Wie eine Stripperin an der Stange.« Ich werfe ihm einen vernichtenden Blick zu. »Scheiße, sorry, Mann. Ich meinte, klar, ich kümmere mich darum.«

Er wieselt davon, und ich mache mich daran, die letzten Fehler im System auszubügeln und die neueste Version der App auf den Server hochzuladen.

Offenbar gerade noch rechtzeitig, denn ich sehe, wie Ming-Lee die ganze Gruppe zusammentrommelt, um Max vorzustellen und den Ablauf des Abends zu erläutern.

Ich stürze den letzten Schluck meines widerwärtigen Leichtbiers hinunter, rülpse leise und drücke die Hände zusammen, bis meine Knöchel knacken.

Okay, Toby. Auf geht's. Spiel den einsamen Amor.

Eine Stunde später scrolle ich so schnell durch die Daten auf meinem Laptop, dass ich einen Krampf in den Fingern bekomme. Während sich die Paare kennenlernen und Feedback zu ihrer Kompatibilität geben, verändern und aktualisieren sich die Datensätze im Hintergrund fortlaufend. Ich schreibe Befehle um und bin entschlossen, in Echtzeit so viele Informationen zu analysieren und einzubeziehen wie möglich. Leider blinken am oberen Rand des Bildschirms jede Menge neuer Fehlermeldungen auf, und bei dem Versuch, den Überblick zu behalten, bekomme ich stechende Kopfschmerzen hinter dem linken Auge.

Ich bin einfach noch viel zu nüchtern.

Weil ich leicht masochistisch veranlagt bin, trinke ich das

zweite Leichtbier und schnaube angeekelt. Es ist eine andere Sorte, schmeckt aber trotzdem wie Spülwasser.

»Na, Doctor Love, wie sind die Aussichten?« Eine Frauenhand legt sich auf meine Schulter, und als ich aufblicke, lächelt Eden mich an. »Sind schon alle verkuppelt?«

»Den letzten Nerv, Eden Marigold«, sage ich und wende mich wieder dem Bildschirm zu. »Du raubst mir den letzten Nerv.«

Sie schaut mich geduldig an. »Tja, das ist eine nicht einmal ansatzweise angemessene Antwort auf meine Frage.«

Ich nicke dem Barkeeper zu, damit er Eden ihren üblichen Drink macht, denn den hat sie sich jetzt wirklich verdient. »Die Aussicht ist, wenn du mich weiterhin mit diesem bescheuerten Spitznamen anredest, schießt mein Blutdruck durch die Decke und mir platzen sämtliche Äderchen in den Augen.«

»Was, meinst du etwa Doctor Looooove?«, fragt sie unschuldig. »Was in aller Welt hast du dagegen, Doctor Love genannt zu werden? Jetzt mal im Ernst, das ist liebevoll gemeint.«

Ihr Lächeln wird breiter. Mein Blick finsterer.

»Wenn der Name hängenbleibt, werde ich mich in alle deine Social-Media-Accounts einhacken und den Liebesbrief posten, den du mit dreizehn an Justin Timberlake geschrieben hast.«

Sie erbleicht. »Das würdest du nicht tun.«

»Aber hallo würde ich das.« Ich räuspere mich und deklamiere in meiner besten Teenie-Eden-Interpretation: »Lieber Justin. Du bist so süß. Ich will zwar keinen Freund, aber wenn ich einen wollen würde, dann dich. Immer wenn du tanzt, ist mein Herz glücklich.«

Ihre Wangen glühen rosa. »Er ist ja auch ein hervorragender Tänzer. Das finden viele Leute.« Ich muss lachen, und sie setzt sich auf den Barhocker neben meinem. »Und selbst wenn ich dich nicht mehr so nenne, ist der Name jetzt in der Welt. Er hat ein Eigenleben entwickelt, und es gibt kein Zurück mehr.« Der Barkeeper schiebt ihr ein Glas Rotwein hin, und sie nimmt einen Schluck. »Und wie sollten wir dich denn sonst nennen?«

»Toby? Oder Mr Jenner, wenn du frech bist?«

»Pfff. Langweilig. Wir brauchen etwas Spektakuläreres für den Mann, der die erfolgreichste Dating-App aller Zeiten entwickelt hat.«

»Die *möglicherweise* erfolgreichste«, berichtige ich und überfliege meine Statistiken. »Wenn ich die Bugs hier nicht behebe, dann wird es die fehlerhafteste App aller Zeiten. Im Moment macht sie noch mehr Mucken als ein Kind in der Trotzphase.« Ich kämpfe mit einer Zeile im Programm, die ich heute schon sechsmal umgeschrieben habe. Ich bin so fest entschlossen, sie zu besiegen, dass es fast schon manisch wirkt.

»Toby, das sind ein paar kleinere Schnitzer. Die kriegst du vor dem Launch noch in den Griff.«

»Vielleicht. Aber ich muss mir auch etwas einfallen lassen, wie ich die völlig unvorhersehbare Lust der Menschen einkalkuliere. Anders als bei der charakterlichen Übereinstimmung gibt es keine Möglichkeit, körperliche Anziehung zu berechnen, also muss ich über den Tellerrand schauen. Wenn ich nur …«

Eden wedelt mit einer Hand vor dem Bildschirm herum. »Ja, okay, du hast noch einiges zu tun. Aber du starrst schon seit Stunden auf dieses Ding. Mach mal Pause.«

»Eden …«

»Eine *kleine* Pause«, drängt sie. »Lass dieses Wasser mit Biergeschmack stehen und trink etwas Richtiges mit mir. Danach darfst du gern wieder der einzige Mensch hier sein, der keinen Spaß hat. Wegen dieser App haben wir seit Wochen kaum Zeit miteinander verbracht.«

»Tja, dann sprich mal mit deinem Freund über seine Deadlines, er war es doch, der das Programm in Rekordzeit haben wollte.« Klar, das bedeutet, dass ich achtzehn Stunden am Tag arbeite, aber immerhin lenkt mich das von meiner schrecklichen Einsamkeit ab.

»Komm schon, Toby.« Eden zupft am Ärmel meiner Strickjacke. »Nimm dir einen Moment Zeit und erfreu dich an dem, was du schon erreicht hast.« Als ich nicht reagiere, nimmt sie mein Gesicht in die Hände und zwingt mich, meine Umgebung wahrzunehmen. »Schau dir diese Leute an. Die sind alle deinetwegen hier. Deinetwegen plaudern und lachen und flirten sie. Einige von ihnen werden heute Nacht deinetwegen Sex haben, Doctor Love.«

Mit einem frustrierten Schnauben drehe ich mich um und beobachte die Dutzenden Balzrituale in der Bar. »Meinst du nicht, die Leute wären entsetzt, wenn sie wüssten, dass der Architekt hinter ihren perfekten Dates selber nicht in der Lage ist, seine Traumfrau zu finden?«

Eden legt den Kopf schief. »Hör auf. So schlimm ist es doch gar nicht.«

»Oh doch. Im Mengendiagramm meiner Datingerfahrungen gibt es einen Kreis mit den Frauen, die ich attraktiv finde, und einen Kreis mit den Frauen, die mich attraktiv finden, und was soll ich sagen, die beiden haben keinerlei Überschneidung.«

»Dann hattest du wirklich noch *nie* eine Beziehung, in der beide gleichermaßen voneinander angezogen waren?«

»Noch nie. Mein Liebesleben ist wie ein Memoryspiel: Man versucht, Paare zu finden, aber die Karten stehen in Flammen, der ganze Tisch steht in Flammen, und alle sind in der Hölle. Und deshalb verschwende ich meine Zeit nicht mehr mit Dates, bis ich eine Frau mit dem perfekten Übereinstimmungswert gefunden habe.«

Eden bekommt leuchtende Augen. »Oh, okay. Aber du hast doch bestimmt schon die HEA-Datenbank nach deinen potenziellen Partnerinnen durchsucht und eine Liste deiner Favoritinnen erstellt?«

»Nein.« Ich wende mich wieder meinem Bildschirm zu.

»Also bitte, Tobes, dann mach das. Ich möchte, dass du endlich glücklich wirst.«

»Nein«, sage ich. »Ich habe keine Favoritinnen, weil ich zu keiner der Frauen in der HEA-Datenbank passe.«

Sie schaut mich fassungslos an. »Echt jetzt? Da sind doch inzwischen fast fünfzigtausend Frauen drin.«

Ich gebe eine Formel in ein Datenfeld ein. »Stand gestern: über sechzigtausend, und trotzdem lag die höchste Übereinstimmung bei achtundzwanzig Prozent.« Härter als beabsichtigt haue ich auf die Enter-Taste. »*Gottverdammte achtundzwanzig Prozent*, Eden. Hunde und Katzen passen besser zueinander. Gluten und Millennials kommen besser miteinander aus. Superman und das Kryptonit haben eine harmonischere Beziehung als ich und sämtliche Singlefrauen in New York und Umgebung.«

»Tobes, das muss ein Fehler sein.«

Ich werfe ihr einen todernsten Blick zu. »Du hast mir doch gerade selbst gesagt, wie präzise meine App ist. Du kannst nicht einfach das Gegenteil behaupten, nur um mich zu trösten.«

Sie wirkt, als wollte sie widersprechen, überlegt es sich aber anders. »Ich möchte dich aber trösten.«

Mein Ziel ist es, diese Partnervermittlungsapp so gut wie möglich zu machen, um anderen Menschen das Gefühl zu ersparen, jeder romantische Weg sei eine Sackgasse. In der Liebe bin ich Experte auf dem Gebiet der Zurückweisung. Ich weiß nicht, wie oft ich mir schon »Es liegt nicht an dir, es liegt an mir« anhören musste. Die Sache ist aber: Wenn du es oft genug hörst, glaubst du irgendwann, dass es eben doch an dir liegt. Du glaubst, wenn du klüger, hübscher oder witziger wärst, dann wärst du nicht mehr allein. Wenn Zurückweisung zum Alltag gehört, gewöhnst du dir an, nichts zu sehr zu wollen, weil du genau weißt, dass du es nicht bekommst.

»Und was ist die Lösung?«, fragt Eden. »Wenn die App online geht, werden sich Frauen aus aller Welt anmelden. Das könnte helfen.«

»Möglich. Aber bei meinem Glück lebt meine perfekte Partnerin in Sibirien.«

Eden verzieht das Gesicht und bedeutet mir, dass sie mich für übermäßig pessimistisch hält. Aber ich habe die Zahlen gesehen. Ich halte das Szenario für realistisch.

»Wie auch immer«, sage ich. »Darüber mache ich mir erst Gedanken, wenn wir den Launch hinter uns haben. Und selbst dann werde ich mich nicht mit weniger als fünfundsiebzig zufriedengeben. Ich bin es leid, mich in anstrengende Verhältnisse zu verstricken, die nirgendwohin führen.«

»Wie mit Jackie?«

»Genau wie mit Jackie.« Ich nehme mir vor, meine Kompatibilität mit Jackie zu überprüfen, sobald sie ihren Fragebogen ausgefüllt hat. Ich bin gespannt, wie niedrig sie ausfallen wird.

Eden beobachtet mich, während ich ein paar Befehle eingebe, aber ich bin so müde, dass ich mich dreimal hintereinander vertippe. Als ich anfange, die Tastatur zu beschimpfen, stößt sie einen missmutigen Laut aus und zieht meine Hände weg.

»Okay, das ist jetzt keine Bitte mehr, das ist eine Intervention. Du hast solche Augenringe, du siehst schon aus wie ein Panda. Ein Drink. Keine Widerrede. Ich bezahle.«

Ich reibe mir die Augen und seufze. Ich kann nicht leugnen, dass ich erschöpft bin. Mit meinem Brotjob bei *Pulse*, der Arbeit an der App in meiner Freizeit und der gigantischen Grube aus Treibsand, die mein Privatleben darstellt, habe ich das Gefühl, als wäre ich ständig nur drei Sekunden von einer Katastrophe entfernt. Auch wenn ich mich gern für einen Übermenschen halte, der mit einer unendlichen Anzahl von Bowlingkugeln jonglieren kann, weiß ich doch, dass sie in nicht allzu ferner Zukunft auf den Boden krachen werden.

»Na schön.« Ich seufze geschlagen. »Ein Drink.«

»Hervorragend!« Eden strahlt und winkt dem Barkeeper. »Joe! Ein Glas von deinem teuersten Whisky bitte.«

Joe runzelt die Stirn und deutet auf eine schicke Flasche auf dem obersten Regalbrett. »Das wäre der Glenlivet. Fünfzig Dollar das Glas.«

Edens Lächeln verblasst. »Ähm, okay, dann …« Sie holt ihre Geldbörse hervor und zählt einige zerknitterte Scheine ab. »Dann vielleicht eher eins für achtzehn Dollar.«

Joe nickt. »Hast wohl heute die Spendierhosen an. Kommt sofort.«

»Du verwöhnst mich«, sage ich zu Eden und stehe auf, um mich zu dehnen. Ich sitze schon so lange, dass mein Hintern taub geworden ist.

Sie tätschelt mir den Arm. »Nur das Mittelmäßigste für meinen besten Freund.«

Ich lasse den Kopf kreisen und lehne mich mit dem Rücken an die Theke, Eden lehnt sich an mich, und eine Weile betrachten wir schweigend das Geschehen um uns herum.

Mein Magen verknotet sich, wenn ich sehe, wie all diese Verbindungen entstehen. In letzter Zeit fühle ich mich schrecklich isoliert, und nichts unterstreicht das so sehr, wie zu beobachten, wie es zwischen anderen Menschen knistert.

Joe bringt mir meinen Whisky, und ich sehe eine süße Brünette mit einem blonden Typen mit Brille flirten. Sie gehen so unbeschwert miteinander um, dass ich einen Stich der Eifersucht verspüre. Mir fällt der Umgang mit Frauen nicht leicht. Ich habe kein Problem mit unverbindlichem Sex, aber sobald es um eine Beziehung geht, mache ich mir viel zu viele Gedanken und finde jede Menge neue und beeindruckende Möglichkeiten, die Sache vor die Wand zu fahren.

Ein so vertrauensvolles Verhältnis, wie ich es mit Eden habe, wünsche ich mir auch mit meiner zukünftigen Partnerin. Vielleicht stehe ich deswegen auf ihre Schwester Asha. Ash ist ihr ähnlich und doch ganz anders. Aber auch sie ist bloß eine weitere in einer langen Reihe von Frauen, die mich nicht auf die gleiche Weise mögen wie ich sie.

»Wie geht's Asha eigentlich?«, frage ich. Auch wenn ich die Hoffnung aufgegeben habe, dass aus uns jemals etwas wird, ist sie mir dennoch wichtig.

Eden zuckt mit den Achseln. »Ganz gut. Schuftet im Verlag und zählt die Tage, bis sie zur Lektorin befördert wird.«

»Ist sie immer noch mit dem Typen aus Frankreich zusammen?«

»Ja, aber wir nähern uns mit Riesenschritten ihrer Trennungsdeadline. Wenn es nicht mal mit dem schönen Peter geklappt hat, der vier Blocks entfernt wohnte, dann hält sie es unmöglich lange mit einem Kerl aus, der in Paris lebt.« Sie seufzt. »Verdammt, jetzt fällt mir wieder ein, wie sehr ich Peter mochte.«

»Warum hat sie noch mal mit ihm Schluss gemacht?«

»Er war komplett rasiert.«

Ich nicke. »Okay. Verständlich.«

Zu wenig Behaarung kann man mir bestimmt nicht vorwerfen. Über die letzten Jahre habe ich mir immer mal wieder einen Bart wachsen lassen, und seit der Highschool schneide ich mir die Haare selbst, deshalb fallen sie mir in zotteligen Locken ins Gesicht. Auf Brust und Bauch habe ich keinen nennenswerten Haarwuchs, und die Haare sind so dünn, dass sie fast unsichtbar sind. Ich verstehe wirklich nicht, wieso manche Männer alle vier Wochen zum Friseur rennen müssen oder sich den Sack epilieren lassen, bis sie aussehen wie ein präpubertärer Heranwachsender. Abgesehen davon, dass es seltsam aussieht, muss es doch auch saumäßig wehtun. Vielleicht bin ich feige, aber ich lasse niemandem mit heißem Wachs in die Nähe meiner Eier. Diese Foltermethode überlasse ich Verrückten und Masochisten.

Ich trinke noch einen Schluck. Für einen Achtzehn-Dollar-Whisky ist er gar nicht mal so schlecht.

Als ich wieder zu Eden schaue, sehe ich, dass sie glänzende Augen bekommen hat. Ich folge ihrem Blick durch den Raum zu ihrem Freund, der mit einem der Testpärchen redet. Als hätte er ihren Blick gespürt, dreht Max sich um, und bei seinem Gesichtsausdruck muss ich den Kopf schütteln. Ich bin mir ziemlich sicher, dass ich noch nie eine Frau so angesehen habe. Dabei würde ich es gern.

Wie es wohl ist, derart verliebt zu sein? Zwischen den beiden sprühen die Funken so sehr, dass man sie förmlich sehen kann. Es ist, als wären sie ganz allein in der Bar. Immer, wenn ich die Leidenschaft zwischen Eden und Max erlebe, frage ich mich, ob solche tiefen Gefühle nur ein paar wenigen Glückspilzen vorbehalten sind. Werden wir alle einmal im Leben etwas so Mächtiges empfinden? Oder ist es so etwas wie eine kosmische Lotterie, und nur die wenigsten gewinnen?

»Nur aus Interesse«, sage ich. »Haben Max und du unseren Kompatibilitätsfragebogen ausgefüllt?«

Eden reißt sich von ihrem Typen los und stützt einen Ellenbogen auf den Tresen. »Natürlich. Max wollte ganz sichergehen, dass dein Algorithmus funktioniert.«

»Und was kam raus?«

Sie lächelt mich selbstzufrieden an. »Dreiundneunzig Prozent.«

Ich verschlucke mich fast an meiner eigenen Spucke. »Willst du mich verarschen?«

Sie schaut mich verwirrt an. »Nein. Wieso?«

Ich richte mich ein wenig gerader auf. »Weil ich noch nie einen so hohen Wert gesehen habe. Das ist neuer Rekord.« Bis heute war sechsundachtzig das Höchste, und das Paar war aus meiner Kontrollgruppe und ist seit dreißig Jahren zusammen. »Ist bestimmt ein gutes Gefühl zu wissen, dass ihr die richtige Entscheidung getroffen habt.«

Sie lächelt verlegen in ihr Weinglas. »Ich brauche keine Prozentzahl, um zu wissen, dass Max und ich seelenverwandt sind. Wenn man es weiß, dann weiß man es einfach.«

Ich lasse den Kopf kreisen und versuche, die Verspannung in den Schultern zu lösen. »Das habe ich schon öfter gehört.«

Sie legt mir eine Hand auf den Unterarm, und ich spüre ihr Mitleid. »Toby, du bist ein gut aussehendes, fast zwei Meter großes zerzaustes Genie. Ich habe keine Zweifel, dass du schon bald deine perfekte Partnerin findest.«

Ich schüttele sie ab. »Das ist mir nicht so wichtig.« Was für ein Lügner ich doch bin. Natürlich wünsche ich mir eine Seelenverwandte, so wie jeder andere auch. Ich glaube bloß nicht, dass ich sie jemals finden werde.

Eden schaut einen Moment nachdenklich drein, dann wendet sie sich aufgeregt wieder mir zu. »Ich fasse es nicht, dass ich nicht schon früher daran gedacht habe. Ich habe eine Freundin, die gut zu dir passen würde.«

Oh, Himmel, jetzt kommt's. »Tja, ich glaube nicht.«

»Hör mir einfach zu. Sie ist umwerfend, intelligent, verdammt schräg …«

»Eden, ich bin hier fürs Verkuppeln zuständig. Wie wäre es, wenn wir die potenziellen Partnerinnen den Experten überlassen, anstatt mich einfach wahllos irgendwelchen Mädchen vorzustellen?«

»Sie ist nicht irgendwer. Sie ist Ashas beste Freundin.«

Ich zucke zusammen. »Redest du etwa von dieser Joanna, die du vor einer Ewigkeit mal erwähnt hast? Die dir überhaupt erst von Mister Romance erzählt hat? Hast du nicht gesagt, sie wäre eine zwanghafte Lügnerin?«

»Das war, bevor ich sie besser kannte. Sie ist eigentlich richtig cool.«

»Bestimmt. Trotzdem kein Interesse. Außerdem habe ich doch klar und deutlich gesagt, bis diese App draußen in der großen, weiten Welt ist, habe ich nicht einmal Zeit, mich zu kratzen, geschweige denn jemanden kennenzulernen.«

Sie nickt verständnisvoll, aber wie ich Eden kenne, wird sie dieses Thema nicht so bald fallenlassen. »Okay, klar, verstehe ich. Aber sei dir sicher, eines Tages wirst du eine wunderbare Frau kennenlernen und vergessen, wie viel du zu tun hast. Wenn deine Traumfrau auftaucht, dann kannst du versuchen, es zu verdrängen oder sie zu ignorieren, aber es wird nicht funktionieren. Sie wird sich in dein Leben schleichen, ob du es willst oder nicht. Das sagt eine Frau, die es wissen muss.«

Ich trinke den letzten Schluck Whisky und stelle das leere Glas auf den Tresen. Ich liebe Eden wie eine Schwester, und ich bin ihr dankbar, dass sie auf mich aufpasst, aber für dieses Gespräch bin ich heute Abend nicht in Stimmung. Sie geht davon aus, dass es für jeden Topf den passenden Deckel gibt, aber je mehr ich mir die Zahlen anschaue, umso sicherer bin ich, dass die meisten von uns dazu verdammt sind, von einer schlechten Beziehung in die nächste zu stolpern, bis wir irgendwann einsam und verzweifelt sterben.

»Na ja, danke für den Drink«, sage ich und gebe ihr einen Klaps auf die Schulter. »Aber ich muss jetzt wirklich weiterarbeiten.« Ohne eine Antwort abzuwarten, setze ich mich wieder vor meinen Laptop und klappe ihn auf.

Sie reibt mir über den Rücken. »Also dann, Doctor Love. Viel Erfolg noch beim Verkuppeln. Ich muss jetzt nach Hause und eine Story fertig machen, aber wir sehen uns Montag bei der Arbeit, okay?«

»Okay, bis dann.«

Sie durchquert die Bar und verabschiedet sich mit einem Kuss von Max. Ich blicke ihr nach, atme tief durch, dann stürze ich mich wieder in das schwindelerregende Labyrinth aus Befehlen auf meinem Bildschirm.

2. KAPITEL

Das Schicksal kann nicht warten

Ich reibe mir das Gesicht und gähne. Ich bin so müde, dass ich nicht mehr geradeaus gucken kann. Am liebsten würde ich den Kopf auf die Theke legen und ein bisschen schlafen, aber ich darf erst in ein paar Stunden an der Matratze lauschen.

Ein großes Glas Whisky erscheint in meinem Blickfeld. Überrascht schaue ich auf und Joe, der Barkeeper, steht vor mir.

»Geht aufs Haus, Kumpel. Ich habe schon lange niemanden mehr gesehen, der dringender einen gebrauchen kann als du.«

»Sehe ich so mies aus?«

»Nicht mies. Erledigt. Wärst du ein Handyakku, hättest du vielleicht noch ein Prozent.«

Könnte hinkommen.

Dankbar nicke ich ihm zu und kippe das halbe Glas hinunter. Das Brennen weckt mich ein wenig auf.

Ich schaue mich um und wische mir über den Bart. Für einige Paare läuft es wirklich gut. Die Tanzfläche ist voller Leute, die sich im langsamen, hypnotischen Beat wiegen, und in den dunkleren Bereichen der Bar sehe ich mindestens drei Paare herumknutschen.

Mission erfüllt, denke ich. Gute Arbeit, Doctor Love.

Scheiße, jetzt nenne ich mich schon selbst so? Das geht zu weit.

Ich schiebe den Laptop weg, stehe auf und winke Raj heran. »Ich muss mal pinkeln. Behalte die Statistiken im Auge, während ich weg bin.«

»Geht klar, Boss.«

Er hebt beide Daumen, und ich schleiche mich durch die verliebten Paare auf der Tanzfläche zu den Toiletten im hinteren Teil.

Als ich die Tür aufstoße, fällt mein Blick auf mein Spiegelbild. Ich sehe aus wie ein Verrückter. Meine Haare sind zerzaust, der Bart ist lang und widerspenstig und hinter meinen Augen lauert der Wahnsinn der Erschöpfung. Außerdem bin ich so dünn wie schon lange nicht mehr. Das passiert, wenn man nur noch zwei Mahlzeiten zu sich nimmt und keine Zeit für Sport hat.

Meine derzeitige Finanz- und Lebenssituation würde ich als suboptimal bezeichnen, aber heute Abend bleibt mir keine Zeit, um darüber nachzudenken.

Ich atme aus und steuere auf die Urinale zu. Danach wasche ich mir die Hände, stütze mich auf dem Waschtisch ab und lasse den Kopf hängen. Ich atme mehrmals tief ein, um die Anspannung zu lösen. Durch den Whisky ist alles verschwommen, aber entspannt hat er mich nicht.

Zu meiner Linken ertönt ein dumpfer Schlag. Die Tür wird aufgerissen und herein stürmt die attraktivste Frau, die ich je gesehen habe. Sie knallt die Tür zu und lehnt sich dagegen.

Bei ihrem Anblick verflüchtigen sich Stress und Apathie, und ich gerate in einen Zustand der Hyperwahrnehmung, wie ich ihn noch nie erlebt habe. Es ist fast so, als würde alles in Zeitlupe ablaufen. Aus dem Nichts setzt mein Herz aus und beschleunigt dann, angetrieben von einem unerwarteten Adrenalinschub.

Himmel. Was geht hier vor?

Sicher, sie ist umwerfend, aber ich bin schon den ganzen Abend von attraktiven Frauen umgeben. Und keine hatte diese Wirkung auf mich.

Ich runzele die Stirn und betrachte sie nachdenklich, während ich zu enträtseln versuche, warum mich dieser unerklärliche Hormonrausch durchflutet.

Die Schönheit blickt mich schwer atmend an. »Hey. Wie geht's? Bist du beschäftigt? Oder könntest du mir helfen?«

»Dir ist schon klar, dass das hier die Herrentoilette ist?«

»Ja. Ich habe gehofft, einen großen, stämmigen Kerl zu finden, und zum Glück bist du ja da. Darf ich dich kurz ausleihen?«

Sie winkt mich zu sich, und ich zögere, denn wenn eine so hübsche Frau mich um etwas bittet, bestimmt ein ungeschriebenes Gesetz, dass ich in Schwierigkeiten gerate. Trotzdem richte ich mich auf und gehe auf sie zu. Als sie sieht, wie groß ich bin, weiten sich ihre Augen.

»Wow. Du bist tatsächlich ein großer Kerl. Ausgezeichnet.« Sie nimmt meinen Arm und schiebt mich, bis nicht mehr sie, sondern ich mit dem Rücken zur Tür stehe. »Tu mir den Gefallen und lehn dich einfach dagegen, okay?« Sie legt mir die Hand auf die Brust und drückt leicht.

Ich hole scharf Luft, denn bei ihrer Berührung geht mein ganzer Körper in Flammen auf. Ich weiß nicht, wie es ihr geht, aber auch in ihren Augen glitzert etwas, und sie wirkt überrascht. Für einen komischen Moment sehen wir uns nur an, dann gebe ich ihrem Druck auf meine Brust nach und lehne mich an die Tür.

»Danke. Du bist perfekt«, sagt sie atemlos. Dann stutzt sie und schüttelt den Kopf. »Also, deine Position ist perfekt. Nicht bewegen.«

Ich will sie gerade fragen, was das eigentlich soll, als jemand an die Tür hämmert.

»Liza, komm schon. Das war doch bloß ein Witz. Reg dich nicht auf. Lass uns weitertanzen.«

Ich werfe der Göttin einen fragenden Blick zu. »Freund von dir?«

»Eher ein Bekannter. Habe ihn erst heute Abend kennengelernt.«

»Bist du eine der Testerinnen bei der Romance-Central-Veranstaltung?«

Sie zuckt mit den Schultern, als wolle sie sagen: Ich kann nicht glauben, dass ich hier bin. »Ich bin einer Freundin zuliebe hier, und jetzt verstecke ich mich im Herrenklo, um einem betrunkenen, handgreiflichen Widerling zu entkommen. Es läuft also alles wie erwartet.«

»Liza!« Der Typ klopft so heftig, dass die Tür an meinem Rücken vibriert. *»Mach dich nicht lächerlich! Lass mich bitte rein!«*

Mich durchzuckt ein Anflug von Wut, und ich deute mit dem Daumen auf die Tür. »Bist du sicher, dass ich ihn nicht reinlassen soll? Immerhin hat er höflich gefragt.«

»Oh, klar«, sagt sie und lächelt bitter. »Er war extrem höflich, bis zu dem Punkt, als er mir beim Tanzen an den Po gefasst hat und dann meinte, es sei meine eigene Schuld, schließlich würde mein Kleid geradezu darum betteln.«

Diese Info macht mich so richtig sauer. Solche Arschlöcher bringen die gesamte Männerwelt in Verruf! Wie kann er es wagen, diesen Engel mit seinen dreckigen Pfoten anzufassen?

»Er hat dich begrapscht?« Ich gebe mir Mühe, nicht ganz so entrüstet zu klingen, wie ich mich fühle. »Geht es dir gut?«

Sie nickt, aber mir entgeht nicht der Ausdruck, der über ihr Gesicht huscht.

»Ich sollte mich mittlerweile an so etwas gewöhnt haben«, sagt sie und versucht, zu lächeln. »Und doch bin ich jedes Mal aufs Neue überrascht und enttäuscht.« Sie deutet auf die Tür.

»Er ist betrunken und sicher nicht in der Stimmung, mit einem Korb umzugehen, deshalb verstecke ich mich hier. Bestimmt wird es ihm bald zu langweilig, und er zieht weiter. Solche Typen kenne ich.«

Ich auch. Ich weiß genau, was für ein Mann er ist, und das bringt mein Blut zum Kochen.

Es klopft erneut. *»Öffne die Scheißtür, Liza! Sei nicht so eine hochnäsige Schlampe. Ich habe mich entschuldigt, verdammt. Was willst du denn noch?«*

Als er sie Schlampe nennt, brennt bei mir eine Sicherung durch. Arschlöcher wie ihn kenne ich nur zu gut. Männer, die andere schlecht behandeln, und dann selbst das Opfer spielen. Wie die Jungs auf der Highschool, die mich jeden Tag verprügelt haben. Sie glauben, sie könnten machen, was sie wollen, und damit durchkommen. Aber nicht, wenn ich dabei bin, verdammt.

Ich reiße die Tür auf, und der fragliche Arsch steht mit erhobener Hand davor, im Begriff, erneut gegen das Holz zu hämmern. Er ist groß, aber nicht so groß wie ich, und er sieht mich überrascht an, als ich ihn von oben bis unten mustere.

»Was guckst du so, du Lulatsch?« Er blickt an mir vorbei zu Liza. »Liza, was machst du da? Komm raus, damit wir reden können.«

Er will an mir vorbeigehen, aber ich versperre ihm den Weg.

»Falls du nicht kapiert hast, warum sie sich in der Herrentoilette vor dir versteckt hat: Sie will nicht mir dir reden, Arschloch. Also entschuldige dich gefälligst dafür, dass du sie begrapscht hast, und dann verpiss dich.«

»Und wer zum Teufel bist du?«

»Ein Typ, der einen beschissenen Abend hatte und dem es in den Fingern juckt, etwas Dummes zu tun.«

Zu betrunken, um zu bemerken, dass ich über einen Kopf

größer und dreißig Kilo schwerer bin als er, baut er sich vor mir auf. »Ist das so? Na, dann los, Kumpel.«

Er betont das Wort Kumpel, indem er mir in die Brust pikst. Ich beiße die Zähne zusammen und balle die Fäuste. Er versteht nicht, dass es ein Riesenfehler ist, mich heute Abend herauszufordern. Ich glaube nicht, dass ich jemals so geladen war. Zu meinen omnipräsenten Sorgen gesellt sich das unbändige Bedürfnis, die Ehre einer Frau zu verteidigen, die ich gerade erst kennengelernt habe. Und beides zusammen bewirkt, dass ich mich gleich wie ein Wrestler auf ihn stürzen werde.

»Machst du das öfter?« Ich beuge mich vor, bis ich ihm ins Gesicht sehen kann. »Frauen begrapschen und dann sauer werden, wenn sie dich zurückweisen? Soll ich dir noch einmal genau erklären, was einvernehmlich bedeutet?« Vielleicht kapiert er es ja, wenn ich ihn mal ein bisschen begrapsche. Mit der Faust.

»Glaubst du, ich lasse mich von einem Penner in Strickjacke einschüchtern? Ich bitte dich. Ich mache dich fertig.«

Leider weiß er nicht, dass ich wegen der Typen, die mich in der Highschool verprügelt haben, seit meinem vierzehnten Lebensjahr Mixed Martial Arts trainiere. »Versuch's doch.«

»Okay, Jungs«, schaltet sich Liza hinter mir ein, und ein elektrischer Schlag durchzuckt mich, als ich ihre Hand auf meinem unteren Rücken spüre. »Das ist nicht nötig. Henry, geh nach Hause. Du bist besoffen, kannst deine Hände nicht bei dir behalten, und ich will dich nie wiedersehen. Und wenn du in Zukunft noch einmal eine Frau von einem Date mit dir überzeugen willst, behandle sie nicht wie ein Stück Fleisch. Das ist Grund Nummer eins, warum du immer noch Single bist.«

Er verdreht höhnisch die Augen, und am liebsten würde ich in seine Augenhöhlen greifen und seine Augäpfel nur ein kleines bisschen zerquetschen.

Er deutet auf Liza. »Und du bist immer noch Single, weil du eine besserwisserische, humorlose Schlampe bist.«

Ich bewege mich nicht willkürlich, aber ehe ich mich versehe, habe ich sein Hemd in der Hand und hebe ihn fast hoch.

»Das war's. Wir sind hier fertig.« Er strampelt mit den Beinen, als ich ihn zurück in den Gastraum schleife, wo ich Max' besten Freund Dyson entdecke. Er ist fast so groß wie ich und heute Abend für die Sicherheit zuständig.

»Dyson!«

Henry versucht, sich loszureißen, während ich ihn weiterzerre, und kurz bevor Dyson uns erreicht, holt er aus.

»Verdammtes Arschloch!« Seine Faust landet auf meiner Lippe, und ich schmecke Blut. Ich knurre wütend, er erstarrt augenblicklich, und zum Glück reißt Dyson ihn von mir weg, sonst hätte ich ihn mir vorgeknöpft. Ein Teil von mir sehnt sich nach einem Kampf. Ich nehme mir vor, morgen ins Fitnessstudio zu gehen, damit ich etwas von der Anspannung loswerde, die sich sonst auf nicht sehr konstruktive Art Luft machen wird.

Bevor die Situation weiter eskaliert, legt Dyson seine riesige Hand um Henrys Nacken und drückt zu, und schnell sind noch ein paar Jungs von Romance Central zur Stelle und helfen, ihn aus der Bar zu … eskortieren.

Ich schüttele die Anspannung aus meinen Händen und lasse den Kopf kreisen. Ich würde alles dafür geben, jetzt in meine alte Wohnung zurückzukehren, in die hässliche Cord-Couch zu sinken und ein ganzes Blech mit Therapie-Brownies zu verdrücken, doch da ich leider letzten Monat aus der Wohnung geflogen bin und keinen festen Wohnsitz mehr habe, fällt diese Möglichkeit flach.

»Geht es dir gut?«

Ich wische mir den Mund ab, und als ich mich umdrehe,

blicke ich in das besorgte Gesicht der Veranstaltungsleiterin, Ming-Lee.

»Ja, alles okay. Aber streich diesen Wichser von unserer Testerliste. Er kommt nicht wieder.« Außerdem beschließe ich, seinen vollen Namen herauszufinden, damit ich ihn auf anderen Dating-Apps aufspüren kann. Grapscher-Henry wird sich bestimmt bald fragen, warum all seine Dating-Profile auf mysteriöse Weise verschwunden sind. Vielleicht postet er ja auch aus Versehen ein Bild von seinem winzigen Pimmel und fragt sich, wieso seine Minderwertigkeitskomplexe dazu führen, dass er Frauen wie Dreck behandelt. Wie sehr ich ihn blamiere, hängt davon ab, wie weit ich mich beruhigen kann, bevor ich mich wieder an meinen Computer setze.

Als ich zur Herrentoilette zurückgehe, steht Liza am Anfang des Korridors und beobachtet mich besorgt. In ihren Augen liegt ein Hauch Panik, und ich bedaure, dass ich Henry ohne eine Ohrfeige habe davonkommen lassen.

Ich gehe zu ihr. »Geht es dir gut?«

Ihr Blick wandert zu meiner Lippe, und ohne nachzudenken, fahre ich mir mit der Zunge über die Platzwunde, die immer noch blutet.

»Er hat dich geschlagen?«

Ich zucke mit den Schultern. »Ein bisschen. Ist nicht schlimm.«

Sie packt mich am Arm und zieht mich zurück in die Herrentoilette. »Ich helfe dir, das sauber zu machen.«

Sie schiebt mich zum Waschbecken, wo sie ein sauberes Taschentuch aus ihrer Tasche zieht und auf meine Lippe drückt.

»Du musst nicht …«

Sie bedeutet mir, zu schweigen, aber so dicht, wie sie vor mir steht, hätte ich sowieso nichts herausgebracht. Ich weiß nicht, wieso sie mich so völlig sprachlos macht, aber so etwas habe ich noch nie erlebt. Ja, sie ist wunderschön, aber daran liegt es nicht. Hinter den blonden Haaren und dem perfekten Gesicht liegt eine Verletzlichkeit, die mich dazu bringt, ihr Bodyguard sein zu wollen. Würde sie mir erlauben, ihr auf Schritt und Tritt zu folgen? Würde es ihr gefallen, wenn ich jedem Kerl, der sie begrapscht, die Finger breche?

Sie hält das Taschentuch unter den Wasserhahn, um das Blut auszuwaschen, und tupft dann noch einmal meine Lippe ab.

»Immerhin blutet es nicht mehr.« Sie ist mir so nah, dass ich ihre Wärme spüren kann. Ich stehe mit offenem Mund da, als sie mir ein letztes Mal über die Lippe wischt.

»Tut es weh?«

»Überhaupt nicht.« Mir geht es fantastisch. Ich fühle mich, als hätte man mir eine geballte Ladung Ecstasy und Oxytocin gespritzt. »Geht es dir gut?«

Sie nickt und lächelt mich zaghaft an. »Ja, es ist traurig und erschreckend, aber ich bin es gewohnt, begrapscht zu werden. Aber das Klopfen und Schreien war ungewohnt. Der Typ hat Probleme.«

»Und die App hat dich mit ihm gematcht?« Ich bin verblüfft, dass mein Algorithmus so einen Fehler gemacht hat. Vielleicht sind meine Berechnungen doch nicht so narrensicher, wie ich dachte.

Sie verdreht die Augen. »Ich bin selbst schuld. Ich hätte hier nicht mitmachen dürfen. Ich meine, wie verzweifelt muss man sein, einer App die Partnerwahl zu überlassen? Ich schäme mich, weil es so lächerlich ist. Hast du gehört, dass sie den Typen, der das Ding entwickelt hat, Doctor Love nennen? Also ehrlich.«

Verdammt, Eden. »Äh, ja, das habe ich gehört. Leider.«

»Was für ein bescheuerter Spitzname …« *Stimmt* »… und überhaupt, was soll das? Ist ja schön, dass Romance Central denjenigen von uns helfen will, die kein Glück in der Liebe haben, aber berechnen zu wollen, in wen sich jemand verlieben wird, ist, als wolle man Blei in Gold verwandeln. Jeder, der behauptet, das zu können, hat entweder Wahnvorstellungen oder ist ein waschechter Betrüger.«

Ach, verdammt. Das fühlt sich an wie ein Schlag ins Gesicht. Aber ich denke mir das ja nicht alles aus. Ich habe gründlich recherchiert. Ich habe die Marker identifiziert.

»Vielleicht ist der Typ an etwas dran«, sage ich defensiver als beabsichtigt. »Wenn er eine ausreichend große Stichprobe von dauerhaften Beziehungen untersucht und Gemeinsamkeiten herausfiltert, könnte man die Eigenschaften bestimmen, die am wahrscheinlichsten zum Erfolg führen.«

»Ne, oder? Du willst doch nicht etwa behaupten, dass das Geheimnis der Liebe reine Mathematik ist?«

Ich zucke mit den Schultern. »Liebe mag chaotisch sein, aber Mathematik ist einfach.«

»Ja, aber wie kann man ein so unerklärliches Konzept wie die Liebe mit etwas so Starrem berechnen? Die meisten Beziehungen sind ein seltsames Durcheinander aus Zufällen und Hormonen. Den Berechnungen zufolge hatte Henry, der betrunkene Hinterngrapscher, eine sechzigprozentige Chance, mein Seelenverwandter zu sein. Das nenne ich einen Griff ins Klo.«

Dem kann ich nicht widersprechen, und bei dem Gedanken, dass mein Algorithmus sie mit einem so offensichtlichen Loser zusammengebracht hat, wird mir übel. Doch wenn ich die Statistiken der Leute kenne, die mit der App Erfolg hatten, werde ich ihr das Gegenteil beweisen.

»Keine Prognose ist fehlerfrei«, versuche ich, sie zu überzeugen, ohne zu engagiert zu wirken. »Und ich habe gehört, es soll keine genauere App geben. Vielleicht solltest du Henry als Anomalie abtun und es noch einmal mit jemandem versuchen, mit dem du eine höhere Übereinstimmung hast.«

Oder einfach mit mir.

»Was ist mit dir?«, fragt sie.

Kann sie etwa Gedanken lesen?

»Äh … ja, klar. Du könntest es mit mir versuchen.«

Sie lacht, was mir einen Schauer über den Rücken jagt, aber auf eine gute Art. Sie hüpft auf die Ablage neben dem Waschbecken, schlägt die Beine übereinander und lehnt sich mit dem Rücken an den Spiegel.

»Nein, ich meine, ob dein Match heute Abend funktioniert hat. Halte ich dich von deiner Traumfrau fern?«

Nur, wenn du die Toilette verlässt.

»Ich bin kein App-Tester. Dass du hier ins Bad gestürzt bist, ist ehrlich gesagt die faszinierendste Begegnung mit einer Frau seit Langem.«

Sie kneift die Augen zusammen. »Im Ernst?«

Ich bemühe mich, aufrichtig zu wirken, ohne ihr zu verraten, *wie* faszinierend ich sie finde. »Im Ernst.«

»Ich weiß nicht, ob ich mich geschmeichelt fühlen oder dich bemitleiden soll.«

»Fühl dich geschmeichelt. Das ist weniger demütigend.«

Sie legt den Kopf schief. »Du hast ein schönes Lächeln.«

Das Kompliment kommt dermaßen unerwartet, dass ich lachen muss. »Schön?« Ich runzele die Stirn. »Meinst du nicht eher schief? Oder verwegen?« Ich fahre mir über den Bart. Ich muss ihn dringend stutzen. Bestimmt sehe ich aus wie kerniger Naturbursche mit einer Abneigung gegen Körperpflegeprodukte.

»Nein«, sagt Liza und mustert mich genauer. »Ich meine schön. Die Art, wie deine Augen leuchten. Und die Lachfältchen. Versteckst du etwa Grübchen unter deinem Gesichtspelz?«

Ich berühre meine Wange. »Eigentlich verstecke ich sie nicht. Sie sind nur getarnt.« Früher habe ich meine Grübchen gehasst, weil ich dadurch immer jünger wirkte. Ich habe sie seit Jahren nicht gesehen, also weiß ich nicht, ob das immer noch so ist.

»Jedenfalls«, sage ich, und je länger sie mich anblickt, umso wärmer wird mir. »Was ich sagen will, ist, dass du dich durch das Drama heute Abend nicht davon abhalten lassen solltest, die App zu benutzen. Du findest ganz sicher jemanden, der besser zu dir passt als Henry.«

Sie mustert mich noch ein paar Sekunden. Dann senkt sie den Blick und betrachtet ihre Hände im Schoß. »Ich weiß nicht, ob ich noch die Energie für Verabredungen habe. Mein letztes Date ist ein Jahr her, und es wird nicht einfacher. Vielleicht sind manche Menschen einfach dazu bestimmt, allein zu bleiben.«

»Wenn du dich meinst, muss ich widersprechen. Du solltest definitiv nicht allein sein.«

Sie legt den Kopf schief. »Glaubst du, dass diese HEA-App mir dabei helfen könnte, schlechte Gewohnheiten abzulegen?«

»Was für Gewohnheiten meinst du denn? Rauchen? Fingernägelkauen? Billige Nonnenkostüme aus dem Ramschladen?«

Ich komme ihr vorsichtig etwas näher, damit ich sie in diesem engen Raum nicht einschüchtere. Sie sieht zu mir auf, und mir entgeht nicht, wie sie mein Gesicht betrachtet.

»Eher, mich immer in die Falschen zu verlieben.«

»So etwas machst du?«

Sie blinzelt. »Mit erschreckender Regelmäßigkeit.« In ihrem Ton liegt eine Andeutung, bei der mir das Herz in die Hose rutscht.

Ich verspüre den plötzlichen Drang, sie zu berühren, weiß aber, dass es vor dem Hintergrund, was sie gerade erlebt hat, nicht angebracht ist. Stattdessen halte ich ihr meine Hand hin, damit sie sie nehmen kann, wenn sie will.

»Wir haben uns noch gar nicht richtig vorgestellt. Ich bin …« Noch bevor ich meinen Namen sagen kann, umklammert sie meine Finger, und in der Sekunde, in der wir uns berühren, gibt es einen Kurzschluss in meinem Gehirn. Gänsehaut breitet sich auf meinem Arm aus, mir stockt der Atem. Mir wird ganz heiß, und in ihrem Gesicht spiegelt sich dieselbe Verwirrung wider.

Ich habe viele Filme gesehen, in denen wichtige Momente in Zeitlupe ablaufen. Normalerweise passiert das in einer Actionszene, in der sich jemand vor eine Kugel wirft oder vor einer Explosion wegspringt. Scheiß auf Kugeln und Explosionen, selbst wenn ich wollte, könnte ich mich in diesem Moment nicht bewegen. Auch wenn um mich herum die ganze Welt in Flammen aufginge, könnte ich mich nicht von Lizas Blick lösen.

»Jesus.« Ich weiß erst, dass ich etwas gesagt habe, als ich meine Stimme höre.

Liza nickt. »Schön, dich kennenzulernen, Jesus.«

»Nein.« Ich schüttele den Kopf, um wieder einen klaren Gedanken zu fassen. »Das ist mir so rausgerutscht. Mein Name ist …«

Es klopft dreimal kräftig an die Tür, und ich komme in die Realität zurück.

Das gibt's doch nicht. Bestimmt ist Arschloch-Henry zurückgekommen.

Ich lasse Lizas Hand los und marschiere zur Tür. »Du hättest aufhören sollen, als du noch vorne lagst, Kumpel. Ich werde dir dermaßen den Arsch versohlen.«

Als ich die Tür einen Spalt öffne, sehe ich Max' überraschtes Gesicht. »Äh, okay … Steh ich nicht so drauf. Aber könnte ich dich kurz sprechen?«

Stirnrunzelnd stelle ich mich so hin, dass Max Liza nicht entdecken kann. Warum, weiß ich nicht. Vielleicht glaube ich, Max würde sie dafür verurteilen, dass sie mit mir in der Herrentoilette ist. Oder vielleicht würde er Eden erzählen, dass ich mit einer Frau anbandele, und dann würde sie nie wieder davon aufhören, bis sie eine Mega-Hochzeit und eine Babyparty organisiert hat. Egal, ich will jedenfalls nicht, dass er sie sieht.

»Hey. Tut mir leid. Ich dachte, du wärst jemand anderes.«

Max nickt. »Zum Glück. Ich bin zwar ziemlich fit, aber wenn du mich verprügeln würdest, würde ich sicher wie ein Glückskeks durch den Raum fliegen.«

»Wusste gar nicht, dass Glückskekse fliegen können.«

»Oh doch – wenn ein über eins neunzig großer Muskelprotz auf sie einschlägt.«

»Stimmt.« Ich räuspere mich, weil mir klar ist, dass Liza jedes Wort mitbekommt. »Also … was ist los, Max? Musst du auf die Toilette? Das geht nämlich nicht.«

»Aha. Komisch, aber okay. Wollte nur Bescheid sagen, dass es hier langsam zu Ende geht und ich mich auf den Weg mache. Einige Paare sind noch da, aber die meisten sind weitergezogen. Ich habe Ming-Lee gebeten, hier alles abzuschließen. Du kannst also auch nach Hause gehen. Ich weiß, wie viele Überstunden du gemacht hast, um den Algorithmus für diesen Test zu perfektionieren. Es sieht so aus, als wärst du immer der Erste im Büro und der Letzte, der geht.«

»Äh, ja.« Das stimmt, aber meine Gründe sind andere, als er glaubt.

»Gute Arbeit jedenfalls. Alle, mit denen ich gesprochen haben, waren begeistert von ihrem Date.« *Nicht alle.* »Sieht so aus, als hätte Doctor Love wieder zugeschlagen.« *Merke: Muss Eden umbringen.* »Wir können morgen über die Daten sprechen. Erhol dich ein bisschen, okay?«

»Klar. Nacht, Max.«

Ich schließe die Tür und drehe mich zu Liza um, die jetzt mit verschränkten Armen dasteht. »Du bist also Doctor Love?«

»Eigentlich heiße ich Toby. Oder Waschechter Betrüger, wenn dir das lieber ist.«

»Du lässt mich deine App total runtermachen und sagst mir nicht, wer du bist?«

»Du hattest einen Lauf. Dich zu unterbrechen wäre unhöflich gewesen.«

Wir fechten ein Blickduell aus. Ich hätte ihr so viel zu sagen, aber im Augenblick fällt mir absolut nichts ein.

»Also …«, sagt sie und verlagert ihr Gewicht.

»Ja. Also …«

Sie blickt zur Tür und dann wieder zu mir. »Danke, dass du mir geholfen hast. Das weiß ich wirklich zu schätzen. Und tut mir leid wegen …«

Sie deutet auf ihre Unterlippe, und mir schießt die Frage durch den Kopf, wie sie wohl schmecken würde. »Kein Problem. Jederzeit wieder.«

Ich reiße mich vom Anblick ihrer Lippe los und schaue ihr wieder in die Augen. Ihr hitziger Blick überrascht mich. Es kommt selten vor, dass ein Mädchen, zu dem ich mich hingezogen fühle, auch eindeutig in mich verknallt ist. Und doch steht da die umwerfendste Frau, die ich je gesehen habe, und zieht mich mit Blicken aus. Völlig verrückt.

Ich habe das Gefühl, dass zwischen uns etwas Bedeutendes passiert. Dass dieser Abend vielleicht der Beginn von etwas so Tiefgreifendem sein wird, dass keiner von uns jemals …

»Verdammt, das darf nicht schon wieder passieren.« Lizas verführerischer Schlafzimmerblick verändert sich schlagartig in etwas, das ziemlich nach Panik aussieht. Sie stößt sich von der Ablage ab und geht zur Tür. »Viel Glück mit der App und so, Toby. Ich muss los.«

Verwirrt runzele ich die Stirn. »Warte, was?« Sie drängt sich an mir vorbei. »Liza, bleib doch mal stehen.«

Sie dreht sich seufzend um, und ich weiß nicht, was ich angestellt habe, aber mit einem Mal wirkt sie sauer.

»Was ist denn los?«, frage ich. »Habe ich dich beleidigt? Etwas Falsches gesagt?«

»Es liegt nicht an dem, was du gesagt hast. Es liegt an dir.« Mit ihren Gesten bezieht sie meine gesamte Erscheinung ein, was meine Verwirrung nicht im Geringsten mindert.

»Okay. Ist dir meine Existenz lästig?«

»Ja. Irgendwie schon.«

»Kannst du mir das erklären?«

»Vertrau mir einfach, dass es keine gute Idee ist, wenn wir noch mehr Zeit miteinander verbringen.«

»Warum nicht?«

»Weil …« Sie blickt zur Tür und wieder zurück zu mir. Sie scheint unentschlossen, ob sie gehen oder bleiben soll, und auch wenn ich nicht verstehe, was los ist, will ich auf gar keinen Fall, dass sie geht.

»Weil?«, dränge ich.

Sie lässt den Kopf sinken, blickt dann aber wieder auf. »Du scheinst ein wirklich toller Typ zu sein. Und ich treffe ständig Typen, die wirklich toll zu sein scheinen, aber absolut nicht zu mir passen. Deshalb bin ich ja heute hier: um den Kreislauf der Enttäuschungen zu durchbrechen.«

»Okay, das verstehe ich.«

»Ich muss lernen, beim Daten das Gegenteil von dem zu

tun, was meine Instinkte mir raten. Wenn ich nämlich mit Männern ausgehe, die ich mag, kann es nur schiefgehen.«

Ich runzele die Stirn. »Du willst also nur noch mit Männern ausgehen, die du nicht magst? Heißt das etwa, dass du mich magst?«

Sie seufzt, als hätte ich mir ihre Argumente für meine Zwecke zurechtgelegt, was ja auch stimmt.

»Ich meine«, sagt sie geduldig, »es war schön, dich kennenzulernen, aber ich muss gehen.« Sie öffnet die Tür und dreht sich mit einem wehmütigen Blick zu mir um. »Ich hoffe, dass sich für dich alles zum Guten wendet, Toby. Ehrlich. Und wir laufen uns bestimmt mal wieder über den Weg.« Sie schenkt mir ein schiefes Lächeln, dann geht sie hinaus.

Als sich die Tür hinter ihr schließt, liegen mir mehrere Hundert Gründe auf der Zunge, warum sie bleiben sollte. Einen Moment stehe ich mit einem flauen Gefühl im Magen da und überlege, was ich tun soll.

Gib ihr einen Drink aus.

In mir zieht sich etwas zusammen. Ich habe mich schon öfter stark zu Frauen hingezogen gefühlt, aber noch nie so wie zu Liza. Und bei Frauen, die mich faszinieren, ist meine Erfolgsbilanz miserabel.

Ich sollte diese außer Kontrolle geratene Anziehung als Warnung sehen. Wenn ich eine Frau, die ich gerade erst kennengelernt habe, so sehr begehre, kann dabei nichts Gutes herauskommen. Und doch kann ich sie nicht einfach so gehen lassen. Unmöglich.

Der Teil von mir, der die unzähligen Zurückweisungen ertragen musste, warnt mich vor einer falschen Entscheidung, aber seine tausend Ausreden, warum ich ihr nicht nachlaufen sollte, werden wie Billardkugeln versenkt. Ich murmele »Scheiß drauf« und reiße die Tür auf.

Als ich aus der Herrentoilette komme, hat Liza die Bar schon zur Hälfte durchquert und steuert mit beeindruckender Geschwindigkeit auf den Ausgang zu.

»Liza!«

Sie wird nicht langsamer, also ducke ich mich und schlängele mich mit der Eleganz eines Tanzbären durch die Menge und versuche, sie einzuholen.

Zum Glück steht Ming-Lee in der Nähe der Tür und tritt vor, um Liza ein paar Fragen zur Veranstaltung zu stellen.

»Hey«, sagt sie lächelnd. »Hast du kurz Zeit, um über die Erfahrung heute Abend zu sprechen, bevor du gehst?«

Liza sieht zögerlich aus, als ich neben meiner winzigen Kollegin zum Stehen komme.

»Äh, Ming-Lee, hallo. Wenn du willst, übernehme ich das.«

Sie wirft mir einen fragenden Blick zu, gibt mir aber trotzdem ein Ersatz-iPad. »Oh, klar. Kein Problem.« Sie wendet sich einem Paar hinter uns zu, als ich mich näher an Liza heranmanövriere.

»Ich weiß, dass du gehen musst und mich nie wiedersehen willst, aber diese Befragungen sind sehr hilfreich, um die App zu verbessern, also …«

Liza sieht mich zweifelnd an. »Okay, gut. Dafür habe ich wohl noch Zeit.«

»Toll.« Ich schaue auf den Bildschirm. »Wie würdest du die Erfahrung mit der HEA-App am heutigen Abend auf einer Skala von eins bis zehn bewerten, wenn eins für negativ und zehn für positiv steht?«

»Die Erfahrung mit der App war eine Drei, aber den Abend insgesamt würde ich mit sechs Komma fünf bewerten.«

»Und was ist der Hauptgrund für diese Bewertung?«

Sie versucht, nicht zu lächeln. »In der Herrentoilette war es unerwartet nett.«

Ich nicke. »Stimmt. Und wie wahrscheinlich ist es, dass du die HEA-App nach dieser Erfahrung deinen Freunden empfiehlst?«

Ihr Blick sagt alles, und ohne Aufforderung tippe ich: »Überhaupt ... nicht ... wahrscheinlich. Und wie wahrscheinlich ist es, dass du mir deine Telefonnummer gibst?«

Ich ernte einen bedauernden Blick.

»Aha. Noch mal sehr unwahrscheinlich.« Ich tippe auf das nächste Feld. »Wenn man bedenkt, dass sich der App-Entwickler eine aufgeplatzte Lippe zugezogen hat, als er dir heute Abend geholfen hat, wie erfolgreich wäre er dann, dich zu einem kleinen, preiswerten Getränk an der Bar zu überreden?«

Sie schaut zur Tür und dann wieder zu mir. »Toby ...«

»Gut, ich verstehe schon«, sage ich und bin verzweifelter, als ich mir anmerken lasse. »Möglicherweise bin ich ein schrecklicher Fehler, den du nicht machen willst. Aber es ist doch nur ein Drink. Fünf Minuten.« *Oder für immer.* »Kein Druck.«

Sie sieht aus, als würde sie schwanken, und mir fehlt die Energie, diesen Unsinn länger durchzuhalten. Ich lasse das iPad auf die Bank neben mir fallen. »Hör zu, Liza, es war ein langer Abend. Ich habe es sehr genossen, dich kennenzulernen, und hätte nichts gegen eine kurze Pause, bevor ich bis zum Morgengrauen an den Zahlen herumschraube. Wenn du natürlich noch woanders hinmusst, solltest du gehen. Aber wenn nicht ...«

Sie zögert und blickt mich kurz an, dann sagt sie: »Okay. Ein Drink. Ich suche aus. Ich zahle.«

»Gekauft.« Wir lächeln uns merkwürdig lange an, bevor ich mich umdrehe und sie zu meinem Platz am Ende der Bar führe. Als Raj uns kommen sieht, zieht er eine Augenbraue hoch, bevor er sich verstohlen aus dem Staub macht.

»Hier wirkt Doctor Love also seine Wunder?«, fragt Liza und deutet auf meinen Laptop.

»Wenn du damit Augenermüdung, nervenzerfetzende Frustration und gelegentliche Cyberkriminalität meinst, dann ja. Das ist das Zentrum der Macht.«

Joe, der Barkeeper, kommt gerade herüber, als mein Handy klingelt. Als ich es aus meiner Tasche ziehe, sehe ich das lächelnde Gesicht meiner kleinen Schwester auf dem Display.

»Entschuldigst du mich kurz?«, frage ich. »Da muss ich rangehen.« Liza nickt und plaudert mit Joe, während ich mich ein paar Schritte entferne und den Anruf annehme.

»Hey, Power Puff.«

»Sei gegrüßt, großer Bruder. Wie ist das werte Befinden?« Ich lache in mich hinein. Die Kleine ist zwar erst zwölf, aber theatralischer als der ganze Broadway. Das liebe ich am meisten an ihr. Außerdem hat sie meinen schrägen Sinn für Humor.

»Soweit alles im grünen Bereich, Schwesterchen. Was ist los? Rufst du nur an, um meine Stimme zu hören? Vermisst du deinen großen Bruder so sehr?«

»Na ja. Dein letzter Besuch ist schon über einen Monat her. Bist du heutzutage zu beliebt, um dich mit den kleinen Leuten abzugeben?«

»Wenn man bedenkt, dass ich in einer Bar sitze und arbeite, während alle anderen rummachen, ist ›beliebt‹ wohl kaum das richtige Wort für meine aktuellen Status. Vielbeschäftigt trifft es schon eher. Glaub mir, ich würde jetzt lieber mit dir chillen.«

»Ich fände es auch schön, wenn du jetzt hier wärst.« In ihrer Stimme liegt eine Anspannung, die mich nervös macht.

»Was ist los, Kurze?«

Sie hält kurz inne, bevor sie sagt: »Mom hat heute einen Brief von Dads Krankenversicherung bekommen. Sie erhöhen schon wieder seinen Beitrag.«

Mein Magen vollführt eine Talfahrt. »Was zum Teufel? Sie haben ihn doch erst vor sechs Monaten erhöht.«

»Tja, wenn es einem nur um Geld geht, sorgt man besser dafür, dass die Leute lange genug krank bleiben.« Ich höre, wie sauer sie ist. »Mom hat den ganzen Tag nichts gesagt. Ich weiß, dass sie es klären will, ohne dich zu belasten, aber … Also ich habe beschlossen, dich zu belasten.«

Ich atme aus und reibe mir die Augen. Das ist das Letzte, was Mom jetzt braucht. Wir haben dafür gekämpft, dass Dads Krankenversicherung bleibt, wie sie ist. Wenn wir sie verlieren, fallen wir in ein noch tieferes Loch als das, in dem wir eh schon sitzen. So wie es aussieht, wird seine Physiotherapie nur zur Hälfte übernommen, und die Selbstbeteiligung ist mehr als unverschämt.

Aprils Stimme ist wieder leiser, als sie sagt: »Ich glaube, sie überlegt ernsthaft, noch einen Job anzunehmen.«

»Auf keinen Fall. Sie schuftet jetzt schon bis zum Umfallen.«

»Ich weiß, Tobes, aber sie hört nicht auf mich. Ich habe ihr gesagt, ich könnte mir einen Job suchen …«

»Nein.«

»Hör mir doch mal zu. Ich glaube …«

»April, dein Job ist es, gute Noten zu schreiben und für Mom und Dad da zu sein. Das ist alles. Ich krieg das hin, okay?« Meine Stimme ist lauter als beabsichtigt, und ich stütze meinen Kopf in die Hand, als meine Schwester auffällig still wird. »Verdammt, April … Es tut mir leid. Ich bin nur gestresst von der Arbeit.« Ich lehne mich auf dem Barhocker zurück und fahre mir mit den Fingern durch die Haare. »Hat Mom Verdacht geschöpft, dass ich dir Geld schicke?«

Ich höre es rascheln. »Die Tatsache, dass sie dich nicht angerufen hat, um dich auszuschimpfen, würde auf ein Nein hindeuten. Aber selbst wenn du praktisch dein gesamtes Gehalt schickst, Tobes …« Sie seufzt. »Ich weiß nicht, wie wir das hinkriegen sollen. Was, wenn wir uns Dads Operation nicht leisten können?«

»Das klappt schon.«

»Aber was, wenn nicht?«

Ich drücke mir die Finger in die Augenhöhlen und reibe. »Ich lasse mir was einfallen. Versprochen.«

Meine Schwester schweigt einen Moment, und es macht mich fertig, dass sie an vorderster Front mit den finanziellen Schwierigkeiten unserer Familie kämpfen muss. Sie ist ein Kind. Sie sollte Fahrrad fahren und mit ihren Freundinnen spielen, anstatt darüber nachzudenken, sich einen Job zu suchen.

»Toby, du kannst dir nicht leisten, uns noch mehr Geld zu schicken. Hast du mit deinem Vermieter gesprochen? Hat er dir einen Aufschub gewährt?«

»Ja, er hatte Mitleid mit mir. Es ist alles in Ordnung. Mach dir keine Sorgen.«

Ich finde es schrecklich, sie anzulügen, aber was würde es bringen, ihr die Wahrheit zu sagen? Sie muss nicht wissen, dass ich vor vier Wochen rausgeschmissen wurde. Ich habe mit meinem Vermieter gesprochen, aber wie die meisten Immobilienbesitzer in New York hat er sich einen Dreck für meine Geldprobleme interessiert. Er hatte eine kilometerlange Warteliste für die Wohnung, also blieb mir kaum Zeit, meine Sachen auszuräumen, bevor er die Schlösser getauscht und an jemand anderen vermietet hat.

Wenn man in Brooklyn eine Wohnung bekommen oder behalten will, heißt es: Friss oder stirb, und ich musste leider sterben.

Ich blinzele, um einen klaren Kopf zu bekommen, klappe meinen Laptop auf und logge mich bei meiner Bank ein. Ich habe nur noch ein paar Hundert Dollar, aber ich überweise alles auf das Konto, das ich meiner Schwester eingerichtet habe. Ich schaue zu Liza hinüber, die immer noch mit Joe plaudert. Zum Glück scheint sie von meinem Gespräch nichts mitzubekommen.

»Ich habe gerade Geld überwiesen. Es ist nicht viel, aber es reicht für die Krankenversicherung, bis ich mir etwas anderes überlegt habe. Kümmere dich einfach um Mom, okay? Ich komme euch bald besuchen.«

Im Moment habe ich für die fünfstündige Hin- und Rückfahrt nach Pennsylvania wirklich keine Zeit, aber mir bleibt keine andere Wahl. Wenn deine Familie dich braucht, fährst du hin.

»Das wäre toll. Wir vermissen ich.«

»Ich vermisse euch auch. Jetzt mach deine Hausaufgaben fertig, und geh ins Bett. Es ist schon spät.«

»Mach ich, großer Bruder.« Sie macht eine Pause, dann fügt sie leise hinzu: »Hab dich lieb«, und legt so schnell auf, dass sie mein »Ich dich auch« nicht mehr hört.

Ich stecke mein Handy wieder ein und starre auf mein leeres Konto. Shit. Aber Essen ist sowieso überbewertet, oder?

Max würde mir sicher einen Vorschuss auf mein Gehalt auszahlen, aber das wäre der letzte Ausweg. Es muss doch irgendeine Möglichkeit geben, außer um Geld zu betteln. Ein Sozialfall zu werden ist eine Demütigung zu viel.

Ich werfe einen Blick auf meinen Computer. Normalerweise setze ich meine Hacker-Fähigkeiten für den guten Zweck ein, aber ich muss ständig daran denken, wie einfach es wäre, das System auszunutzen. Ich könnte mich in die unterschiedlichsten Finanzinstitute hacken und Geld auf Moms Konto überweisen, bevor man Cyberkriminalität ausgesprochen hätte. Unbegrenzte finanzielle Mittel würden nicht alles in Ordnung bringen, aber sie würden zur Abwechslung mal den Druck von mir nehmen.

»Alles okay?« Liza sieht mich an. »Du wirkst gestresst.« Sie reicht mir ein großes Glas Whisky. »Vielleicht hilft das hier.«

»Danke.« Dankbar nehme ich das Glas entgegen. Meine Sorgen mit einer Frau wegzutrinken löst zwar nicht meine Probleme, aber so kann ich sie wenigstens für eine Weile vergessen.

»Kann ich dir irgendwie helfen?«

Ich schüttele den Kopf. Ich schäme mich so sehr, dass ich niemandem von meiner aktuellen Situation erzählt habe, noch nicht einmal Eden. Meine beste Taktik ist im Augenblick die Verleugnung.

»Ne, alles gut«, sage ich. »Nur Familienkram.« Ich lächele sie an, und sie lächelt zurück, und verdammt, selbst diese kleine Interaktion muntert mich sofort auf.

»Kann ich dich etwas Persönliches fragen?« Ihre Miene wird ernst.

»Klar.« Ich mache mir Sorgen, dass sie mein Telefongespräch vielleicht doch mitgehört hat.

Sie rückt ein wenig näher. »Was hältst du von … öffentlicher Demütigung?«

Ich runzele die Stirn. »Ich … äh …« Mein Gehirn schaltet in den Leerlauf. »Äh … warum? Stehst du auf so etwas?« Ich habe null Erfahrung mit besonderen Fetischen, aber für sie würde ich alles ausprobieren.

Sie lächelt mich verschmitzt an. »Ja, ich steh tatsächlich auf so etwas.« Sie deutet mit dem Kopf in die hintere Ecke, und ich folge ihrem Blick. »Hast du Lust?«

Mir geht ein Licht auf. »Ahhh, du willst, dass ich dich demütige? Okay, klar. Mach dich auf eine öffentliche Auspeitschung gefasst.«

Lachend steuert sie auf die Billardtische in der Ecke zu, und ich folge ihr.

»Oh, Toby, Toby, Toby … heute wirst du erfahren, wie sehr ein Mensch sich irren kann. Ich werde dir deinen hübschen Arsch versohlen.«

3. KAPITEL

Die Gesetze der Anziehung

Ich nippe an dem irrsinnig teuren Whisky, den Liza mir spendiert hat, und versuche, sie nicht anzugaffen, als sie sich für den Aufbau der Kugeln über den Billardtisch beugt.

»Du hättest mir auch einfach ein Bier ausgeben können«, sage ich. »Es hätte nicht das Teuerste vom Teuersten sein müssen.« Aber ich bin froh darüber. Edens Whisky war schon gut, aber nichts gegen diesen hier. Es ist, als würde man Single Malt gewordenen Sonnenschein trinken.

Liza nimmt das Plastikdreieck vom Tisch, hängt es an die Wand und greift nach zwei Queues. »Na ja, du hast deine körperliche Unversehrtheit geopfert, um meine Ehre zu verteidigen. Da ist das ja wohl das Mindeste.« Sie reicht mir einen Queue und bedeutet mir, dass ich eröffnen soll.

Ich stoße an, richte mich auf und drehe mich zu ihr um. »Trotzdem danke. Und jetzt lasst die Abreibung beginnen.«

Sie nimmt einen Schluck Wodka-Cranberry. »Wie du wünschst.«

Sie stellt das Glas ab, taxiert die Kugeln auf dem Tisch und führt selbstsicher ihren Stoß aus. Die Kugel prallt von der Bande ab und verschwindet auf der gegenüberliegenden Seite in einer der Taschen.

»Okay. Jetzt wird es interessant.« Normalerweise langweilt Billard mich schnell, denn es ist ziemlich einfach, wenn man zu fortgeschrittenen geometrischen Projektionen fähig ist. Aber während ich Liza dabei zusehe, wie sie rasch hintereinander zwei weitere Kugeln versenkt, beschleicht mich der Verdacht, dass das heute Abend vielleicht doch eine Herausforderung werden könnte.

»Du hast das schon mal gemacht.«

Sie lächelt verschlagen. »Ab und zu.«

»Du warst in der Schule bestimmt ein Ass in Geometrie, so wie du die Winkel berechnest.«

Sie beugt sich über den Tisch und schätzt ihren nächsten Stoß ab. Der wird knifflig. Ihre Kugel wird teilweise von einer anderen verdeckt, also muss sie mehrmals über Bande spielen, wenn sie treffen will.

»Ach, das ist doch einfach«, erklärt sie und geht um den Tisch herum. »Wenn man einmal verstanden hat, dass die Änderung der Momentangeschwindigkeit der Kugel vor und nach dem Stoß konstant ist, ergibt sich alles andere von selbst.«

Ich bin immer noch völlig baff von ihrer Aussage, da spielt sie schon die weiße Kugel an. Sie prallt dreimal ab und versenkt eine rote. Wenn sie weiterhin so nerdig redet, dann muss ich mich einfach in sie verlieben.

»Angeberin.«

Der nächste Stoß geht daneben. Keine Ahnung, ob sie das mit Absicht gemacht hat, um mir eine Chance zu geben, aber ich trete an den Tisch.

»Also, darf ich aus unserem Toilettengespräch schließen«, sagt sie und trägt noch mehr Kreide auf die Queuespitze auf, »dass der Mann, der die Singles von New York im Handumdrehen verkuppelt, selber keine Freundin hat?«

Ich lächle schief. »Nein. Keine Freundin.« Es freut mich, dass sie fragt. Sie möchte wissen, ob ich zu haben bin, und für sie bin ich das definitiv.

»Was ist mit dir?«, frage ich. »Du hast vorhin gesagt, dass du mal eine Pause von Männern brauchst.«

Sie nickt. »Ja, ich musste mal für eine Weile raus. Brauchte Zeit für mich, glaub ich.«

Ich mustere ihre Körperhaltung. »Verstehe. Du bist zurückweisungsmüde.«

»Hast du dir das gerade ausgedacht, oder …«

»Nein, das gibt's wirklich. Wenn man sich Mühe gibt, aber immer gegen eine Wand läuft … das ist zermürbend. Unter anderem deshalb habe ich die HEA-App entwickelt.«

Sie kommt zu mir an den Stehtisch und nimmt einen Schluck von ihrem Drink. »Das hört sich an, als ob du aus Erfahrung sprichst, aber das kann doch gar nicht sein.«

»Glaubst du, ich werde nie zurückgewiesen?«

Sie mustert mich lange von oben bis unten und schüttelt den Kopf. »Ich will ja nicht herablassend klingen, aber … hast du mal in den Spiegel geschaut? Du bist groß, siehst gut aus, hast Sinn für Humor und tolle Haare. Wer um alles in der Welt würde jemanden wie dich zurückweisen?«

Himmel, sie findet, ich sehe gut aus? Mein Ego schießt durch die Decke wie eine Rakete.

»Na ja, das Gleiche könnte ich dich auch fragen. Ich kann mir nicht vorstellen, dass dich ein Mann zurückweist.«

Mit einer aufgespießten Cranberry rührt sie in ihrem Drink herum. »Klar interessieren sich Männer für mich, aber sobald sie mich besser kennen, suchen sie das Weite.«

»Nun ja, dann musst du bessere Männer treffen. Was du beschreibst, ist genau der Grund, weshalb ich die App entwickelt habe. Die meisten Menschen kommen zusammen, weil sie sich in erster Linie körperlich zueinander hingezogen fühlen. Und natürlich ist das auch wichtig. Aber die Leidenschaft vergeht, und wenn man dann nichts gemeinsam hat …«

Sie nickt. »Man kann die hübschesten Vorhänge der ganzen Straße haben, aber was hat man davon, wenn das Haus eine Bruchbude ist?«

»Genau.« Ich trinke einen Schluck Whisky. Als ich aufblicke, sieht sie mich an. »Was ist?«

Sie schaut in ihr Glas. »Wir verschwenden so viel Zeit mit Menschen, die nicht zu uns passen. Klar, wir sind jung, man muss sich ausprobieren und so. Und irgendwie macht es ja auch Spaß. Aber … ich habe keine Lust mehr dazu, verstehst du? Ich möchte nicht mehr alle paar Monate jemand Neues kennenlernen. Ich möchte Stabilität. Etwas Dauerhaftes.«

»Dann schreib meine App nicht ab, nur weil du eine schlechte Erfahrung gemacht hast. Sie ist vielleicht genau das, was du suchst.«

Genauer gesagt, *ich* bin vielleicht genau der, den du suchst.

»Kannst du mir erklären, wie es funktioniert? Wenn ich die Technik dahinter verstehe, dann könnte ich der App vielleicht besser vertrauen. Ich möchte weiß Gott nicht allein sterben, und dafür muss ich mich an jeden Strohhalm klammern.«

»Klar.« Es ist seltsam, mit einer so faszinierenden Frau über etwas so Persönliches wie meine App zu reden. »Lass mich das hier nur kurz beenden.«

Ich richte den Queue aus und versenke meine letzten drei Kugeln und schließlich die Acht. Sie applaudiert theatralisch, und dann führe ich sie zurück zur Bar, wo mein Laptop steht. Ich rufe meine Recherchetabelle auf.

»Pass auf, das sind die Ergebnisse meiner Kontrollpaare. Um einen möglichst großen Querschnitt zu erhalten, haben wir Menschen aus allen Altersklassen, von unterschiedlicher Religion, sexueller Orientierung und Herkunft befragt. Aber die Faktoren einer glücklichen Beziehung waren bei allen Paaren erstaunlich ähnlich.«

Ich beobachte sie, während sie den Bildschirm mustert. Gott, ist sie schön! Ich muss mich zusammenreißen, damit ich ihr nicht wie irgendein dahergelaufener Vollpfosten über die Wange streiche.

»Du hast offensichtlich jede Menge Arbeit und Hirnschmalz in diese App gesteckt.«

Als sie sich umdreht, ist sie mir so nah, dass ich kaum Luft bekomme.

»Ja. Habe ich.« *Und wenn sich jetzt nicht herausstellt, dass du und ich füreinander geschaffen sind, dann war alles für die Katz.*

»Vielleicht sollte ich mich, was Dating angeht, wirklich in deine Hände begeben.«

»Auf jeden Fall.« *Vor allem solltest du dich in meine Hände begeben, weil ich glaube, dass es uns beiden Spaß machen würde.*

»Ich bin dieses Theater so leid«, sagt sie. »Ich will keine One-Night-Stands, ich will mich verlieben. Ich möchte jemanden so sehr brauchen, dass ich mich ohne ihn schlecht fühle. Ich möchte einen Seelenverwandten.« Sie spielt mit ihrem Handy herum. »Darum bin ich heute Abend hierhergekommen. Ich wollte sehen, was diese App kann. Aber ich weiß, wie schlecht meine Chancen stehen. Ich bin etwas schräg, und wer zu mir passen soll, muss genauso schräg sein.«

»Also ehrlich gesagt stehen die Chancen, in einer Bar in Brooklyn einen schrägen Partner zu finden, ziemlich gut. Zum Beispiel hast du mich kennengelernt.« Ein paar Sekunden lang verliere ich mich in ihren blauen Augen. Sie sind atemberaubend. Ich könnte sie stundenlang anschauen und würde nie genug bekommen.

Sie erwidert den Blick ein paar Sekunden lang, dann räuspert sie sich und tritt einen Schritt zurück. »Okay.«

Ich öffne eine weitere Grafik, teilweise um ihr etwas zu zeigen, aber vor allem, damit sie wieder näher an den Bildschirm und damit auch an mich herantritt. »Schau mal, das ist die Erfolgsquote der App. Wenn du ihr eine Chance gibst, findest du vielleicht bald dein persönliches Happy End.«

»Das ist eine ziemlich gewagte These.«

»Das wäre es, wenn ich nicht monatelang zu diesem Thema recherchiert hätte. Habe ich aber. Und alle Simulationen haben ergeben, dass Paare mit einer geringen Übereinstimmung sich früher und unschöner trennen als solche mit einem hohen Wert. Die Zahlen lügen nicht. Henry heute Abend war grenzwertig. Triff dich das nächste Mal mit jemandem mit einer höheren Kompatibilität.«

Sie lehnt sich an den Tresen. »Wenn du also spürst, dass du mit jemandem eine Verbindung hast, aber euer Wert wäre niedrig, dann würdest du es nicht versuchen?«

»Nein, es ist sinnlos, Zeit und Energie auf eine Beziehung zu verschwenden, die zum Scheitern verurteilt ist.«

»Wow. Und ich dachte, ich wäre gnadenlos, was Dating angeht.« Sie mustert mich. »Also, du und ich. Was glaubst du, wie hoch unser Prozentsatz ist?«

Wieder scheint die Zeit stillzustehen, während ich mich auf das hypnotische Pulsieren ihrer Halsschlagader konzentriere. »Ich kann dir keine genaue Zahl nennen, aber … so, wie es zwischen uns knistert … würde ich sagen, sie wäre ziemlich hoch.«

Sie beugt sich vor. »Mm-mm. Ich glaube, sie wäre niedrig.«

»Weil du dafür bekannt bist, dir immer den Falschen auszusuchen?«

»Genau. Du bist groß, siehst gut aus, hast Humor und schöne Lippen.« Sie schaut meine Lippen an, die als Reaktion darauf zu kribbeln beginnen. »Ganz klar, dass du nicht zu mir passt.«

»Okay, dann mache ich dir einen Vorschlag. Wir lernen uns

ein paar Stunden lang kennen. Um Mitternacht schätzen wir beide, wie gut wir zusammenpassen, und dann schauen wir, wer recht hatte.«

»Und wenn wir zusammenpassen?«

Ich komme ihr ein wenig näher, gerade genug, dass ihre Nähe meinen ganzen Körper in Brand setzt. »Dann versuchen wir es miteinander. Du verliebst dich in mich. Schreibst schwärmerisch über mich in dein Tagebuch. Gibst vor deinen Freundinnen mit mir an.«

»Und wenn nicht?«

Ich zucke mit den Schultern. »Dann gehen wir getrennter Wege und denken gar nicht weiter darüber nach.«

»Was ist für dich niedrig?«

»Die Forschung hat gezeigt, dass alles unter fünfzig Prozent zum Scheitern verurteilt ist.« Auch wenn ich nichts über diese Frau weiß, bin ich mir sicher, dass wir Lichtjahre darüber liegen. Ich würde schätzen, in den hohen Achtzigern.

»Was ist der niedrigste Wert, den du bei einer langjährigen Beziehung gesehen hast?«

Ich denke an meine Recherchen zurück. »Es gab ein Paar mit einem Wert von neununddreißig, das es fünf Jahre miteinander ausgehalten hat. Aber ich glaube, dass sie mindestens drei davon nicht mehr glücklich waren. Das Letzte, was ich gehört habe, war, dass sie einen erbitterten Sorgerechtsstreit um ihr Kaninchen ausfochten.«

»Und die glücklichsten Paare?«

»Die superlangjährigen Beziehungen, in denen die Leute am glücklichsten waren, lagen alle im Siebziger- oder Achtzigerbereich. Über neunzig Prozent sind extrem selten. Und dass es hundert Prozent gibt, bezweifle ich.«

»Aha«, macht sie und verlagert ihr Gewicht. »Wenn wir also einen wunderbaren Abend miteinander verbringen, aber nur zu neunundvierzig Prozent zueinander passen, würdest du trotzdem weggehen?«

Ich nicke. »Genau. Ich habe Monate mit diesen Berechnungen zugebracht. Ich weiß, dass sie korrekt sind. Ich vertraue ihnen und möchte meine Zeit nicht länger mit etwas Aussichtslosem verschwenden.« Ich strecke die Hand aus. »Also, abgemacht?«

Sie blickt ein paar Sekunden lang auf meine Hand hinab, bevor sie ihre Finger in meine schiebt. »Ich glaube, ich habe im Moment nichts zu verlieren. Abgemacht.«

Wir bleiben eine Weile so stehen und sehen uns an, unsere warmen Finger ineinander verschlungen.

»Also …«, sage ich. Ich möchte die Hand nicht wegziehen, auch wenn es besser wäre. »Was machen wir jetzt?«

Sie zieht die Hand weg, und ich dehne meine kribbelnden Finger.

»Ich habe einen Riesenhunger, und ein Freund hat ein hervorragendes Restaurant in der Nähe.«

»Super«, sage ich. »Bin ich passend angezogen?«

Sie lächelt verschmitzt. »Wir sind hier in Brooklyn. Du würdest nicht mal in einer Ritterrüstung auffallen.«

4. KAPITEL

Voll erwischt

Manche Menschen treten in dein Leben, als wären sie schon immer da gewesen. Sie sind dir so vertraut, als wärt ihr schon vor vielen Jahren befreundet gewesen und machtet einfach da weiter, wo ihr aufgehört habt.

Dann gibt es Menschen, die etwas so Heftiges auslösen, dass ihre Nähe geradezu schmerzhaft ist. Sie leuchten so gleißend, dass du kaum hinsehen kannst und dich schon die beiläufigste Berührung in Flammen aufgehen lässt.

Wenn man diese beiden Extreme vermischt, erhält man die perfekte Beschreibung, wie es sich anfühlt, Zeit mit Liza zu verbringen.

Ich möchte nicht zu viel erwarten, denn es wäre ziemlich riskant, mich auf sie einzulassen, bevor ich unsere Übereinstimmung kenne. Aber wenn schon das Nebeneinanderhergehen aufregend ist, ist man eindeutig geliefert.

»Danke für den Kaffee«, sagt Liza und deutet auf den Pappbecher in ihrer Hand.

Ich zucke mit den Schultern. »Nachdem du mir Whisky und Pizza spendiert hast, war das doch das Mindeste.« Da ich fast pleite bin, hätte es für mehr auch nicht gereicht.

Nach dem Essen sind wir nach Manhattan gefahren, streifen jetzt ziellos durch die Straßen, schlürfen unseren Kaffee und unterhalten uns. Wir sprechen über obskure britische Serien, die wir beide lieben, und diskutieren, ob Marvel oder DC die besseren Verfilmungen macht. Sie lacht über all meine Witze und ich über ihre. Ich habe noch nie jemanden kennengelernt, mit dem ich mich so gut verstehe.

Es läuft so perfekt, dass ich mir langsam Sorgen mache.

Nach einer Weile fällt mir auf, dass ich mehr rede als sie und sich eine seltsame Anspannung auf ihr Gesicht geschlichen hat. Sie schaut ständig auf die Uhr, und mir wird klar, dass unsere gemeinsame Zeit abläuft.

Wir halten vor dem Tiffany-Laden auf der Fifth Avenue, und sie seufzt resigniert.

»Es ist Mitternacht. Dann ist jetzt wohl der Moment der Wahrheit gekommen.«

Ich schiebe die Hände in die Taschen. »Tja, so war es abgemacht, was?«

Sie nickt, sieht mich aber nicht an. »Ja, war es. Auch wenn ich schon weiß, wie es ablaufen wird.«

Sie wirkt so niedergeschlagen, dass ich näher komme. »Liza, wir hatten einen tollen Abend. Glaubst du nicht, dass das ein gutes Omen für unsere Kompatibilität ist?«

»Toby, du kapierst nicht, wie gut ich darin bin, mir immer die falschen Typen auszusuchen. Im Laufe der Jahre war ich nicht mit einem, oder zwei, sondern mit drei Männern zusammen, die auf der FBI-Liste der meistgesuchten Verbrecher standen. Du unterschätzt mein Talent für schlechte Entscheidungen.«

»Genau deshalb passen wir perfekt zusammen. Ich suche mir auch immer die falschen Frauen aus. Vielleicht hebt sich das ja dann auf.«

»Oder es wird richtig schlecht.«

Ich hole mein Smartphone hervor. »Das kann nicht sein. Ich habe Vertrauen in uns und schätze, wir liegen über fünfundachtzig Prozent.«

»Toby …«

»Schon klar, du glaubst, dass es grenzwertig wird. Aber das wird nicht passieren. Ich spüre einfach, dass wir zusammenpassen.«

Wenn sie sich nur halb so sehr zu mir hingezogen fühlt, wie ich mich zu ihr, dann wird unser Punktestand neuer Rekord.

»Okay, aber vorher solltest du wissen … na ja, also, als ich vorhin den Fragebogen ausgefüllt habe …«

»Ja?«

»Ich habe …« Sie schüttelt den Kopf und ringt um Worte. »Als ich all diese Fragen beantwortet habe, habe ich …«

Sie blickt zu mir auf. Ich habe keine Ahnung, was sie mir sagen will, also warte ich ab.

Sie seufzt resigniert. »Ich habe die schreckliche Angewohnheit, mich vor unangenehmen Sachen zu drücken, und das hier fällt in diese Kategorie. Und ich möchte dich nicht enttäuschen.«

Ich möchte sie berühren, befürchte aber, dass es sie nur noch mehr verwirren würde.

»Liza, hör zu … Der Abend mit dir war fantastisch. Selbst wenn es nicht weitergeht, bleibt uns immer noch die Erinnerung, richtig?«

»Richtig.« Sie verlagert das Gewicht. »Und egal, was als Nächstes passiert, sollst du wissen, dass ich dich für einen tollen Menschen halte.«

»Siehst du?« Ich lächele sie an. »Noch eine Übereinstimmung.« Ich halte ihr mein Handy hin. »Bringen wir es hinter uns, damit du dir keine Sorgen mehr machen musst. So schlecht kann es gar nicht werden.«

»Da wäre ich mir nicht so sicher. Aber wir machen es trotzdem.« Sie holt tief Luft, als sie ihr Telefon aus der Tasche zieht, und mir entgeht nicht, dass ihre Hand zittert.

»Der Moment der Wahrheit.«

Wir öffnen beide die App, und voller Vorfreude halte ich mein Handy an ihres. Innerhalb von Sekunden ertönt ein leises Klingeln, und auf dem Display erscheint eine goldglänzende Zahl.

Heilige Scheiße.

Wäre mein Handy ein einarmiger Bandit, würde es jetzt zu blinkenden Lichtern und Sirenengeheul einen Haufen Münzen ausspucken.

Dreiundneunzig Prozent.

Verdammt, ich wusste es.

Ich sehe Liza an und erwarte, dass sie sich freut oder wenigstens erleichtert ist. Stattdessen ist sie den Tränen nahe.

»Hey.« Ich lege ihr die Hände auf die Schultern und reibe ihre Oberarme. »Das sind doch gute Neuigkeiten, oder? Ich könnte nicht glücklicher sein.«

»Toby …«

Verdammt, nein. Das kann nicht sein. Sie lässt mich abblitzen, obwohl wir quasi perfekt zueinander passen? Wie kann sie das leugnen?

»Liza, hör auf.« Ich umfasse ihr Gesicht und bringe sie dazu, mich anzusehen. »Welche Ausrede du auch vorbringen willst … bitte lass es. Du fühlst doch auch, dass es richtig ist.«

Ich komme näher und atme tief ein, da packt sie mich vorne am Hemd und zieht mich zu sich.

»Toby … dieser Wert … Du verstehst das nicht.«

»Doch. Ich habe kapiert, dass du in der Vergangenheit beschissene Typen hattest, aber das darf das zwischen uns nicht ruinieren.« Ich beuge mich hinunter und muss mich zusammenreißen, um sie nicht zu küssen. »Erlaube dir … einfach glücklich zu sein. Du bist meine perfekte Partnerin. Das steht hier schwarz auf weiß. Die Zahlen lügen nicht.«

Wir sind uns so nah, dass ich ihren Atem auf meinen Lippen spüren kann. Sie blickt mir in die Augen, als suche sie nach etwas. Ich wünschte, ich wüsste, was, denn ich würde alles in meiner Macht Stehende tun, um es ihr zu geben.

»Toby …« Sie blickt mich einige Sekunden lang an, dann stellt sie sich auf die Zehenspitzen und küsst mich.

Himmel.

Adrenalin rauscht durch meine Adern und verstärkt all meine Empfindungen. Auch wenn ich diese Frau erst heute Abend kennengelernt habe, kommt es mir vor, als hätte ich eine Ewigkeit darauf gewartet, ihre Lippen zu kosten. Ich halte ihren Kopf und neige ihn, um besser an sie heranzukommen, dann erwidere ich ihren Kuss langsam und sanft und genieße ihre Süße, während jede Faser meines Körpers prickelt.

»Oh mein Gott«, flüstert sie an meinen Lippen, und ich kann ihr nur zustimmen.

Ich habe schon viele Frauen geküsst, aber bei keiner hat es sich so angefühlt. Es ist, als erkenne mein Mund ihren wieder. Meine Zunge tanzt mit ihrer, als hätten wir das schon tausendmal gemacht.

Als Verfechter der Logik halte ich nicht viel vom Konzept der Liebe auf den ersten Blick. Ich kann mir vorstellen, dass bei manchen Menschen die Chemie stimmt und sie sich sofort stark zueinander hingezogen fühlen, aber Liebe? Fehlanzeige. Liebe braucht Zeit.

Aber nach diesem Kuss? Jetzt verstehe ich es. Ich komme mir vor, als hätte ich mein ganzes Leben auf dieses Gefühl gewartet. Jede leichte Berührung und ihr süßer Geschmack bringen mich dazu, den Rest meines Lebens mit ihr verbringen zu wollen. Wie zum Teufel kann sich etwas so gut anfühlen?

Während wir uns küssen, schießen mir eine Million Gedanken durch den Kopf. Ich möchte sie mit zu mir nach Hause nehmen, um sie zu lieben, aber ich habe kein Zuhause mehr. Ich möchte ihr Blumen und Pralinen kaufen, aber ich habe kaum zwei Pennys in der Tasche. Ich möchte mit ihr aufwachen und den Moment erleben, in dem sie aus dem Traumland zu mir zurückkehrt, aber auch wenn sich ein Kuss von ihr richtiger anfühlt als alles, was ich je erlebt habe, werde ich den Verdacht nicht los, dass sie mich aus den völlig falschen Gründen küsst.

Ich habe noch nie jemanden so sehr begehrt wie sie. Eine Flut romantischer Fantasien schwirrt mir im Kopf herum, und zum ersten Mal in meinem Leben möchte ich sie in die Tat umsetzen.

Mit einem leisen Stöhnen drehe ich mich um, damit ich sie an die nächste Hauswand drücken kann, und sie klammert sich an mich und bittet um mehr.

»Liza.« Verdammt, meine Stimme ist heiser, belegt vom drängendsten Verlangen, das ich je erlebt habe. Mein Körper schreit nach ihr, hart und quälend, und wenn ich mich an ihr reibe, schmerzt es nur noch mehr.

»Liza … lass uns irgendwo hingehen. Egal wohin.«

Schwer atmend löst sie sich von mir, hält mich aber immer noch fest. »Ich kann nicht, Toby … das ist …«

»Wundervoll. Spektakulär. Ja, ich weiß. Und ich will nicht, dass es schon endet, also …«

In diesem Moment hupt neben uns ein Auto so laut, dass wir zusammenzucken. Dann quietschen Reifen, jemand schreit, und als wir herumfahren, liegt ein Mann vor einem Taxi am Boden.

Eine Frau eilt herbei, um ihm zu helfen, und schreit in die wachsende Menge: »Ruft den Krankenwagen!« Ich trete einen Schritt von Liza zurück, damit ich mein Handy hervorholen kann.

»Scheiße.« Durch den Kuss bin ich noch so voller Adrenalin, dass ich kaum wählen kann, aber ich schaffe es. Als ich zum Unfallort zurückblicke, steht der Mann gerade auf. Er schwankt etwas, dann winkt er den Leuten zu.

»Mir geht es gut.« Er reibt sich den Ellenbogen. »Nur ein kleiner Aufprall. Mir geht's gut.«

Ich und etwa drei andere legen auf, und ich seufze erleichtert, als er von der Straße geführt wird. Wenn ich etwas für Wetten übrig hätte, würde ich darauf setzen, dass der Kerl ziemlich betrunken ist und deshalb vor das Taxi gelaufen ist.

»Wow, das war knapp, was?«, sage ich und stecke mein Handy ein. »Ein ganz normaler Abend in New York.«

Ich drehe mich zu Liza um, aber sie ist nicht da.

»Liza?«

Ich gehe zur Ecke und schaue, ob sie sich zurückgezogen hat, um den Fußgängern Platz zu machen.

»Liza!«

Ich drehe mich einmal um mich selbst, scanne die sich lichtende Menge, suche nach ihrer vertrauten Gestalt unter den zahlreichen Menschen, die sich langsam zerstreuen.

Aber sie ist nicht da. Nirgendwo.

Sie ist weg.

5. KAPITEL

Aschenputtel-Abgang

Das Einzige, was schlimmer ist, als seine Seelenverwandte nicht zu finden, ist, sie zu finden und dann scheinbar ohne eigenes Verschulden zu verlieren. Im Grunde ist alles beim Alten, und doch ist nichts mehr, wie es war.

Ich liege in Unterwäsche auf der Couch im Pausenraum von Romance Central, starre auf den goldenen Schimmer, der durch die riesigen Panoramafenster fällt, und seufze. Es ist noch früh, vielleicht fünf Uhr, aber ich muss aufstehen und verschwinden, bevor um halb sieben der Wachmann kommt.

Nicht, dass ich richtig geschlafen hätte. Meine REM-Phasen haben wohl aufgegeben, also kann ich genauso gut gleich an die Arbeit gehen. Ich schwinge die Beine über den Rand der Couch und fahre mir durch die Haare. Verdammt, ich muss mir die Haare schneiden lassen. Und den Bart. Ich bin gerade haariger als ein mongolisches Yak. Ich stehe auf, schnappe mir den Seesack neben der Tür und gehe zur Männerumkleide. Als ich aus meiner Wohnung geworfen wurde, wollte ich nicht jede Nacht hier schlafen, aber die Unterkunft ist perfekt. Es gibt riesige Umkleiden mit mehreren Duschen, eine Waschküche, für den Fall, dass meine Klamotten so dreckig sind, dass sie von allein aufstehen und herumlaufen könnten, und eine Couch, auf der ich mich sogar fast ausstrecken kann.

Natürlich darf niemand wissen, dass ich hier schlafe, deshalb beseitige ich sorgfältig die Spuren meiner nächtlichen Besuche, bevor jemand ins Büro kommt. Niemand möchte als mittellos angesehen werden, und obwohl es mir nichts ausmacht, mein ganzes Geld meiner Familie zu schicken, werde ich meinen Freunden nicht unter die Nase reiben, wie pleite ich bin. Sicher würden sie sich ein Bein ausreißen, um mir zu helfen, aber das will ich nicht. Ich werde einen Ausweg aus diesem Schlamassel finden, komme, was da wolle.

Bis dahin finde ich mich mit dem komischen Gefühl ab, das mich jedes Mal überkommt, wenn mir bewusst wird, dass ich obdachlos bin. Es macht einen mental fertig, wenn man keinen persönlichen Rückzugsort hat. Doch auch wenn ich all meinen Besitz in Kartons ganz hinten im riesigen Kostümfundus verstaut habe, ist mir bewusst, dass ich mich im Vergleich zu vielen anderen noch glücklich schätzen kann. Ich habe immerhin ein Dach über den Kopf und einen Pausenraum mit zahlreichen Snacks. Es ist also nicht so, als müsste ich auf der Straße schlafen.

Ich drücke die Türen der Herrenumkleide auf und lasse meine Tasche auf eine Bank fallen. Dann krame ich die kleine Schere heraus und gehe zu den Spiegeln über den Waschbecken.

»Himmel, Jenner. Siehst du mies aus.«

Weil ich nur meine Boxershorts trage, kann ich die Spuren des Stresses der letzten Monate sehen. Abgesehen von meiner dramatischen finanziellen Situation hat mir der Abend mit Liza den Appetit verdorben, und ich kann viel zu viele Muskeln sehen, die nicht von einer gesunden Fettschicht bedeckt sind. Ich sehe aus wie ein Bodybuilder am Tag vor einem Wettkampf, der absichtlich sein gesamtes Wasser verloren hat. Das ist nicht gut.

Ich ignoriere vorerst meinen Körper und zupfe an meinem Bart, um ihn schnell zu trimmen. Dann schnappe ich mir Shampoo und Seife und steige unter die Dusche.

Ich bleibe ziemlich lange unter dem Wasserstrahl stehen, bevor ich mich ordentlich abschrubbe und mir die Haare wasche. Dann schließe ich die Augen und lehne die Stirn an die kühlen Fliesen, den Bildern von Liza, die mir ständig durch den Kopf schwirren, hilflos ausgeliefert.

Seit ihrem heimlichen Abgang vor zwei Wochen verstehe ich, wie sich der Prinz gefühlt haben muss, nachdem Aschenputtel vom Ball weglief. Du lernst eine Frau kennen, die in jeder Hinsicht perfekt zu dir zu passen scheint, und dann verschwindet sie aus unerfindlichen Gründen. Aschenputtel ist weggelaufen, um ihre bürgerliche Herkunft vor dem Prinzen zu verheimlichen, aber nach Lizas teuren Kleidern zu urteilen, kann ich mir nicht vorstellen, dass sie insgeheim arm ist. Und selbst wenn, würde es mir nichts ausmachen. Ihr Kontostand ist mir scheißegal. Ich will nur mit ihr zusammen sein.

Ich bin alle Daten durchgegangen, die sie bei ihrer Bewerbung als Testerin angegeben hat, aber alle führten ins Leere. Ihre Telefonnummer? Eine Pizzeria auf der 51st Street. Ihre Adresse? Die der NBC-Studios. E-Mail? Gibt es gar nicht. Selbst ihr vollständiger Name: Liza Lotte = *lies a lot* = lügt ziemlich viel. Jede einzelne Information ist Schwachsinn.

Ich fühle mich, als wäre ich auf die schrecklichste Art betrogen worden. Ist sie eine Betrügerin, die sich einen Spaß daraus gemacht hat, mich zu täuschen und mir dann das Herz herauszureißen? Aber am meisten verwirrt mich, dass ich nicht glaube, dass sie gelogen hat, als sie sagte, sie sehne sich nach einem Seelenverwandten. Als sie mich geküsst hat, hat sie mir ganz sicher nichts vorgemacht.

Aber warum ist sie dann spurlos verschwunden, sobald unsere Übereinstimmung wissenschaftlich bestätigt wurde? Ist sie verheiratet? Wird sie von der Polizei gesucht? Irgendeinen Grund muss es geben. Ich wünschte nur, ich wüsste ihn.

Welchen Grund sie auch hatte, sie beherrscht meine Gedanken Tag und Nacht. Ich habe so lange geglaubt, dass es da draußen niemanden für mich gibt, doch jetzt, wo ich von ihr weiß, kann ich an nichts anderes mehr denken. Es ist, als hätte man mir einen Blick ins Paradies erlaubt und dann lachend die Tore verschlossen und mich verscheucht.

Nach der Dusche ziehe ich mich an, räume meine Sachen weg, schnappe mir einen Apfel aus der Schale in der Küche und gehe zur Subway. Die Sonne lugt gerade über die Dächer von Brooklyn, so, wie es aussieht, könnte es ein richtig schöner Tag werden.

Aber ich bin so müde, dass ich wie ein Zombie von der Subway zur Redaktion von *Pulse* laufe.

Um diese Uhrzeit ist es noch menschenleer, aber das ist okay. Ich nutze die Zeit und schaue bei verschiedenen Onlineportalen nach IT-Jobs auf freiberuflicher Basis. Ich notiere mir einige, die mir ein paar Dollar extra für Essen und meine Telefonrechnung einbringen würden. Auch wenn das nur ein Tropfen auf den heißen Stein wäre. Ich darf nicht länger bei Romance Central schlafen und muss mir so schnell wie möglich eine neue Bleibe suchen, aber im Moment kann ich mir noch nicht einmal ein WG-Zimmer leisten.

Es gäbe da eine Möglichkeit, aber ich zögere, sie ernsthaft zu erwägen. Hat man sie erst einmal geöffnet, lassen sich einige Türen nur schwer wieder schließen, und das, was mich aus diesem Schlamassel befreien könnte, gehört genau in diese Kategorie.

»Nein«, murmele ich vor mich hin. »So verzweifelt bin ich noch nicht.«

Aber das stimmt leider nicht. Wenn eine Ratte aus einem Labyrinth entkommen will, ist ihr egal, welche Farbe der Ausgang hat. Manchmal bleibt einem keine andere Wahl, als den einzigen Fluchtweg zu nehmen, den man sieht.

Ich schaue mich um und prüfe, ob ich noch allein bin. Natürlich bin ich das. Es ist erst kurz vor halb sieben. Die meisten vernünftigen Menschen liegen noch im Bett.

Frustriert streiche ich mir durch die Haare und logge mich auf dem Portal ein, das ich aus Angst, direkt zur Hölle zu fahren, nur selten benutze. Innerhalb von Minuten bin ich in der tiefsten Schlangengrube, die die Menschheit kennt: dem Darknet. Hier findet man den abscheulichsten Abschaum der Menschheit und den Stoff, aus dem Albträume sind. Ein ekelerregender Marktplatz, auf dem es keine Tabus gibt.

Hier befindet sich das Forum der Angels of Mercy, wo verzweifelte Menschen, die sonst keinen Ausweg mehr wissen, Hacktivisten anheuern können. Es ist einer der wenigen Lichtblicke in diesem Schattenreich.

»Mal sehen, was wir da haben.«

Ich habe mich seit einigen Monaten nicht mehr eingeloggt, daher überrascht es mich nicht, dass mein Posteingang überquillt. Hier kennt man mich als Gunnar, und mir eilt der Ruf voraus, selbst die kompliziertesten Sicherheitssysteme hacken zu können. Deshalb erhalte ich zahlreiche Anfragen, mich an Hackerkollektiven zu beteiligen, die Websites und Social-Media-Konten von Hatern und gewalttätigen Extremisten lahmlegen. Unter die Anfragen mischen sich auch konkrete Jobangebote, bei denen es nicht nur um Idealismus geht.

Eines davon erregt meine Aufmerksamkeit mit der Betreffzeile: *Helfen Sie uns, Bestechungsgelder von Crest Construction aufzuspüren.* Interessant. Gegen Crest Construction hat Dad als Sicherheitsinspektor ermittelt, als er seinen Unfall hatte. Crest wies alle Vorwürfe zurück, aber die Tausende von Beschwerden, die bei der Stadt über den desaströsen Zustand ihrer Baustellen eingegangen sind, erzählen eine andere Geschichte. Dad hatte Crest im Laufe der Jahre mehrfach wegen Nichteinhaltung der Sicherheitsstandards verwarnt, und tatsächlich krachte ein Teil ihres berüchtigten Gerüsts ein, und er stürzte vier Stockwerke hinunter auf den Gehweg. Bislang hat Crest unsere Forderungen nach Schmerzensgeld abgewiesen, weshalb ich schon mehrfach versucht habe, mich in ihre Server zu hacken. Leider konnte ich nichts Belastendes finden, aber vielleicht ist es an der Zeit für einen weiteren Versuch, vor allem, da das Honorar bei Erfolg fünf Riesen beträgt. Das würde für eine neue Wohnung reichen, zumindest für eine gewisse Zeit.

Ich schicke dem anonymen Poster eine Nachricht:

»Beschreiben Sie mir genauer, wonach Sie suchen und wann Sie die Informationen brauchen.« Ich überfliege die Zahlungsbedingungen, und als ich auf »akzeptieren« klicke, wird der Auftrag als angenommen markiert.

Ich logge mich aus und überfliege meine To-do-Liste für die Woche. Abgesehen von der höchst illegalen Schwarzarbeit habe ich auch noch einen richtigen Job, meine Abenteuer in Hackertown müssen also vorerst warten.

Ich öffne ein neues Dokument, blicke eine Weile auf die leere Seite und warte auf eine Inspiration für das Tech-Spotlight der Woche. Ich weiß, worüber ich schreiben will, aber mir fehlen einfach die Worte. Jedes Mal, wenn ich still sitze, schleichen sich Gedanken an Liza in meinen Kopf. Langsam nervt es. Ich war schon in andere Mädchen verknallt, aber an sie kommt nichts auch nur annähernd heran. Und zu allem Übel kommt diese alles verzehrende Besessenheit zu einem Zeitpunkt, an dem ich mir eine weitere Ablenkung schlichtweg nicht leisten kann.

Ich sollte sie vergessen und weitermachen. Ich habe verdammt noch mal keine Zeit, mich von einer Frau verzaubern zu lassen, die wahrscheinlich internationale Sprintrekorde gebrochen hat, um mir zu entkommen.

Entschlossen schüttele ich den Kopf, um die Gedanken an Liza loszuwerden, und fokussiere mich mit der Präzision eines Bosch-Lasers auf meinen Artikel.

Meine Konzentration hält genau vierzehn Sekunden, dann gehe ich erneut Lizas Angaben durch, in der Hoffnung auf einen Hinweis, den ich bisher übersehen habe.

Leider erfolglos.

Diese Frau muss ein Geist sein, denn ich werde gerade geghostet.

»Verdammt, Jenner, sei wie Elsa und lass es los, verdammt. Selbst wenn du sie findest, sie will dich nicht. Raff es endlich.«

Vor allem bin ich sauer. Ich komme mir verarscht und blöd vor und bin mehr als nur ein bisschen wütend, dass meine perfekte Partnerin irgendwo da draußen ist und sich wahrscheinlich kein bisschen nach mir sehnt.

Nach drei Tassen Kaffee bringe ich endlich einige Wörter zu Papier, und das Büro füllt sich langsam mit den zahlreichen Misanthropen, die bei *Pulse* arbeiten. Ich ignoriere sie und tippe wutentbrannt einen Artikel über den Aufstieg von Virtual-Reality-Systemen in modernen Games. Die HEA-App beansprucht derzeit zwar einen Großteil meiner Zeit, aber auch in meinem Brotjob gibt es Deadlines, und dieser Artikel ist heute Nachmittag fällig.

»Hallo, mein Hübscher.« Jemand massiert den Felsen, der sich in meinen Schultern gebildet hat, und als ich aufblicke, steht Jackie lächelnd hinter mir.

»Hey.« Ich sollte sie bitten, ihre Daumen von meinen

schmerzenden Muskeln zu lassen, weil sie damit die Linie überschreitet, die wir beim Schlussmachen gezogen haben, aber verdammt, fühlt sich das gut an. Gegen die Anspannung in meinem Rücken ist Titan wie Pudding.

»Wie war dein Wochenende?«, frage ich.

Sie stößt einen Laut aus, der sich verdächtig glücklich anhört. »Ganz gut. Hatte ein paar HEA-Dates.«

»Echt? Wie sind sie gelaufen?« Ich habe unsere Daten abgeglichen, und es hat mich nicht überrascht, dass wir gerade mal bei knapp über fünfzig Prozent lagen, aber es ist mir ernst, den Richtigen für sie zu finden.

Sie küsst mich auf die Wange. »Du bist ein Genie. Am Samstag bin ich mit einem Typen ausgegangen, Tobes. Ich glaube, er könnte der Richtige sein. Die Chemie zwischen uns stimmt einfach. Super viele Gemeinsamkeiten. Ich wäre am liebsten gar nicht nach Hause gegangen.«

»Ja? Ging es ihm auch so?«

»Ich war noch nicht mal zu Hause, da hat er mir schon geschrieben, dass er mich vermisst.«

Scheiße. Wirkt ein bisschen verzweifelt, aber da ich bei Liza genau dasselbe gemacht hätte, wenn ich ihre Nummer gehabt hätte, sage ich nichts dazu. »Das ist toll, Jackie. Ich freue mich für dich. Wie hoch war eure Übereinstimmung?«

»Zweiundachtzig. Der höchste Wert bisher, und ich glaube, besser kanns nicht werden. Ich wollte mich nur bedanken, Doctor Love.« Sie schlingt mir die Arme um den Hals und drückt mich, bevor sie buchstäblich zu ihrem Schreibtisch davonhüpft.

»Ja, gern geschehen«, murmele ich. »Ich erfülle gern die romantischen Träume anderer. Nur bei mir selbst bin ich unfähig.«

Ich erschrecke, als ein roter Lockenkopf über dem Rand

meiner Bürokabine auftaucht. »Hallo, mein *Hübscher.*« Eden ahmt Jackie ziemlich gut nach, und ich schüttele den Kopf.

»Du bist der *Beste*, Doctor Love. Danke, dass du bist, wie du bist.« Sie gibt mir einen riesigen Kaffeebecher, den ich dankend annehme. Um meine Müdigkeit zu vertreiben, würde ich mir Koffein sogar intravenös zuführen.

»Und, was machste?«, fragt sie, als ich einen Riesenschluck des überzuckerten Wachmachers nehme.

Ich stelle den Becher ab und tippe weiter. »Achthundert Wörter über Virtual Reality. Und du?«

»Wollte nur kurz fragen, ob heute Abend steht.«

Ich halte inne und schaue sie an. »Heute Abend?«

»Abendessen bei Max? Wir wollten die Details für den App-Launch besprechen, erinnerst du dich? Ich habe es dir letzte Woche gesagt.«

Ich lasse den Kopf hängen. »Scheiße. Tut mir leid, ist mir entfallen.« *War ein bisschen zu sehr damit beschäftigt, nach meiner Traumfrau zu suchen und so.*

Sie kommt herum und setzt sich auf den Stuhl neben meinem Schreibtisch. »Suchst du immer noch nach dem geheimnisvollen Mädchen? Ich kann nicht glauben, dass du sie trotz deiner Hackerfähigkeiten nicht aufspüren kannst.«

»Ich habe quasi nichts, worauf ich mich stützen könnte, Eden. Sie hat den Fragebogen auf einem unserer Tablets ausgefüllt, also keine IP-Adresse. Ihre Angaben sind falsch. Ich habe nicht einmal ein Foto, das ich durch eine Gesichtserkennungssoftware laufen lassen könnte.«

»So was hast du?«

»Nein, aber das FBI.«

»Bitte sag mir, dass du nicht das FBI gehackt hast.«

Ich lasse meinen Nacken knacken. »Nicht in letzter Zeit.« Aber du kannst deinen letzten Dollar darauf verwetten, dass ich es sofort machen würde, wenn es die einzige Möglichkeit wäre, Liza zu finden.

»Und du kannst nichts weiter über sie sagen, als dass sie groß, blond und umwerfend ist? Das trifft auf ziemlich viele Frauen in Manhattan zu. Kein Narben oder andere unveränderliche Kennzeichen?«

Tja, ich bin mir ziemlich sicher, dass ich ihr einen Knutschfleck am Hals verpasst habe, aber der dürfte mittlerweile verblasst sein.

Ich schüttele den Kopf. »Ich weiß nicht, was ich sonst noch versuchen soll, außer in der Hoffnung, dass ich sie irgendwo treffe, durch Brooklyn zu laufen.«

Eden seufzt. »Aber sie weiß, wer du bist, oder? Sie könnte sich bei dir melden.«

»Wenn sie wollte, was offensichtlich nicht der Fall ist.« Und das tut am meisten weh. Wenn sie auch nur ansatzweise so empfunden hat wie ich, hätte sie meine Tür eingetreten, um zu mir zu kommen. Aber das hat sie nicht. Wahrscheinlich war ich für sie auch nur eine lustvolle Ablenkung, bis sie ihren Traumpartner findet.

»Tate!«

Wir blicken beide auf und sehen Derek, unseren Boss, in der Tür zu seinem Büro. »Wir müssen über die Crest-Story sprechen. In fünf Minuten in meinem Büro.«

Der Name lässt mich aufhorchen. »Du schreibst einen Artikel über Crest Construction?«

Eden beugt sich zu mir. »Nicht, wenn es nach Derek geht. Meine Quellen munkeln über lasche Sicherheitsstandards auf den Baustellen. Außerdem bestechen sie angeblich Beamte der Stadt, um Bebauungsvorschriften zu umgehen. Es gibt sogar Gerüchte über Verbindungen zur Mafia. Die Sache hat das Potenzial zu einer richtig großen Story.«

»Woher hast du die Gerüchte?«

Sie blickt sich schuldbewusst um. »Ach, du weißt schon. Hier und da.«

»Wo genau?«

Sie verdreht die Augen. »Mein Posteingang. Ich habe per E-Mail einen anonymen Tipp bekommen.«

Wie wahrscheinlich ist es, dass genau zur selben Zeit Gerüchte über Crest auftauchen, in der im Darknet zu einem Hackerangriff auf das Unternehmen aufgerufen wird? Meinen Berechnungen nach ist es sehr unwahrscheinlich, dass es sich um einen Zufall handelt.

»Du weißt, dass das die Firma ist, die Dad noch eine Entschädigung schuldig ist, oder?«

Eden nickt und wirft einen Blick zu Dereks Büro. »Vielleicht habe ich deswegen vor über einem Jahr angefangen, über Crest zu recherchieren. Schon seit Jahren kursieren Gerüchte über ihre beschissenen Geschäftspraktiken, es wird langsam Zeit, dass sich mal jemand darum kümmert.«

»Ich helfe, wo ich kann, aber wir müssen vorsichtig sein. Einige der skrupellosesten Sicherheitsleute der Stadt arbeiten für Marcus Crest, und das gilt auch für seine Cybersicherheit.« In der Welt der Hacktivisten ist das Knacken der Crest-Server wie der Heilige Gral. Viele haben es versucht, aber niemandem ist es gelungen.

»Woher weißt du das? Hast du es etwa auch schon versucht?«

»Versucht und versagt. Und wenn ihr System so ausgeklügelt ist, dass ich nicht reinkomme, haben sie definitiv etwas zu verbergen.«

Marcus Crest ist in der New Yorker Immobilienszene berüchtigt. Er hat ein Händchen für Immobilien, die noch gar nicht auf dem Markt sind, und schert sich einen Dreck um Denkmalschutz.

Einmal sollte ihn eine einstweilige Verfügung daran hindern, einen der ältesten Brownstone-Blöcke New Yorks abzureißen, um dort eine hässliche moderne Wohnanlage zu bauen. Crest ignorierte sie und schickte mitten in der Nacht einen Abrisstrupp, der die Hälfte der Häuser dem Erdboden gleichmachte. Er wurde mit einer lächerlichen Geldstrafe belegt, die er gerne bezahlte, und jetzt ist ein hässlicher Haufen aus Beton und Glas der Schandfleck in diesem sonst malerischen Viertel. Das ist das Problem mit Crest. Er ist ein Narzisst und glaubt, dass er sich im Gegensatz zu allen anderen nicht an Regeln und Vorschriften halten muss. Arschloch.

»Derek will die Story nicht bringen?«

Eden schüttelt den Kopf. »Eigentlich nicht. Er hat Schiss, dass wir unter Klagen begraben werden, wenn wir auch nur ein falsches Wort über Crest sagen. Deshalb kommt das Unternehmen auch immer wieder mit seinen kriminellen Machenschaften durch. Niemand hat die Eier, sich ihm entgegenzustellen.«

»Also, wenn jemand die Eier dafür hat, dann du, aber falls du tatsächlich einen Mann brauchst, bin ich für dich da.«

»Aww, Tobes. Nur ein wahrer Freund würde mir seine Eier anbieten. Ich danke dir.«

»Immer gern. Und wenn Derek dir befiehlt, die Story zu killen?«

Sie schaut verwirrt. »Seit wann höre ich auf Derek?«

»Stimmt. Sobald ich mit diesem Artikel fertig bin, grabe ich noch ein bisschen weiter.«

Ausnahmsweise verfolgen Eden und ich mal dasselbe Ziel, und es ist schön, zwei Fliegen mit einer fetten virtuellen Klappe zu schlagen.

»Cool. Dann kannst du mir ja heute Abend sagen, was du gefunden hast.«

Ich runzele die Stirn. »Heute Abend?«

»Abendessen, Tobes. Bei Max.«

»Ach ja, Scheiße.«

Sie verdreht die Augen. »Wow, du bist ja ganz schön durch den Wind.«

Oh Mann, die ständige Überarbeitung und der Schlafmangel töten meine Gehirnzellen. Ich merke, wie ich von Tag zu Tag dümmer werde. »Soll ich etwas mitbringen?«

Sie tätschelt mir die Wange. »Nur dein hübsches Gesicht. Dann bis um sieben.«

Sie steht auf und verschwindet in Dereks Büro, und ich bemühe mich, ihr Gebrüll auszublenden, während ich mich wieder meinem Artikel widme.

6. KAPITEL

Durchkreuzte Pläne

Mein Telefon klingelt, als ich gerade Feierabend machen will. Ich klemme es mir zwischen Ohr und Schulter und schiebe den Laptop in meine Kuriertasche.

»Jenner.«

»Liebling?«

Ich richte mich auf und greife nach dem Telefon. »Hey, Mom. Wie geht es dir?«

»Ach, gut, Schatz.« Das ist Moms Standardantwort, ganz egal, ob es stimmt oder ob ihr die Probleme über den Kopf wachsen. »Aber wie geht es dir denn?«

»Super.« Wie die Mutter, so der Sohn. Ich weiß einfach, dass Mom schon genug um die Ohren hat, da soll sie sich nicht auch noch Sorgen um ihren Erstgeborenen machen, der das größte, heruntergekommenste Haus auf der Problemstraße besitzt. »Ich gehe gleich mit Eden essen.«

»Bist du immer noch bei der Arbeit?«

»Äh … ja, ich musste noch ein paar Sachen fertig machen.« Und konnte nirgendwo sonst hin. »Wie geht es Dad und April?«

»April geht es hervorragend. Sie hat die Hauptrolle im Schultheaterstück bekommen, also kannst du dir vorstellen, wie aufgeregt sie ist.«

Ich muss lächeln. »Musstest du schon mit ihr Text üben?« Früher war das meine Aufgabe, wann immer ich zu Hause war, aber April ist nicht wählerisch. Sie würde auch mit dem Postboten üben, wenn der nur lange genug an unserem Gartentor haltmachen würde.

»Natürlich«, sagt Mom, und ich kann ihr Lächeln hören. »Sie spielen *Der Zauberer von Oz*, und ich bin schon richtig gut darin, alle anderen Rollen mit lustigen Stimmen vorzutragen.«

»Das glaube ich.« Bei der Vorstellung muss ich grinsen.

»Ich will dich jedenfalls gar nicht lange stören, ich weiß ja, wie beschäftigt du bist. Ich wollte dir nur sagen, dass Dads OP für Ende nächsten Monat angesetzt ist.«

Ich halte inne und packe das Handy fester. »Ich dachte, die wäre erst Ende des Jahres.« Es wäre schon schwierig geworden, bis Dezember das Geld für die Zuzahlung aufzubringen. Bis Ende September ist es nahezu unmöglich.

»Ja, aber seine neuesten Ergebnisse sind eingetroffen, und es sieht nicht gut aus. Die Knochensplitter in seinem Rücken sind zu nah an seiner Wirbelsäule, und sie wollen sie jetzt entfernen, bevor es zu gefährlich wird.«

»Okay. Klar.«

»Mach dir keine Sorgen. Es geht ihm so weit gut. Ich wollte dir nur Bescheid sagen.«

Ich halte mir das Telefon ans andere Ohr. »Mom, wegen der Kosten …«

»Toby, mach dir darüber keine Sorgen.«

»Natürlich mache ich mir Sorgen. Wir müssen das Geld zusammenbekommen.«

»Alles ist gut. Ich habe das Geld.« Selbst durchs Telefon höre ich, dass sie lügt. »Du hast schon genug getan.«

»Mom …«

»Tobias.« Jetzt hat sie ihren »Mutter-Tonfall« angenommen. »Ich habe alles unter Kontrolle. Ich wollte dir nur sagen, dass die OP vorgezogen wurde, okay? Kannst du dafür nach Hause kommen?«

»Na klar.« Ich weiß zwar nicht wie, aber das kriege ich schon hin.

»Hab dich lieb, mein Schatz.«

»Hab dich auch lieb, Mom.«

Damit legen wir auf, und auf dem Weg zur Subway-Station schwirrt mir ein Schwarm von Dollar- und Fragezeichen im Kopf herum.

Vom Quietschen der Bremsen schrecke ich auf. Kurz gerate ich in Panik, denn ich habe den Überblick verloren, wie oft ich in den letzten Wochen in der Subway eingeschlafen und erst an der Endstation wieder aufgewacht bin. Das gleichmäßige Rattern hat etwas Hypnotisches, dem ich in meiner derzeitigen Erschöpfung nicht widerstehen kann, egal wie kurz die Fahrt ist. Heute Abend ist es nicht so schlimm, und ich bin nur eine Station zu weit gefahren. Ich schüttle mich, um wieder einen klaren Kopf zu bekommen, steige aus und gehe die Treppen hinauf. Ich bin gerade mitten auf einem Zebrastreifen, als ich ein paar Meter vor mir eine blonde Frau erblicke. Wie angewurzelt bleibe ich stehen.

Liza.

Auf einmal bin ich wie gelähmt, denn alle Gefühle, die bei unserem Kuss vor zwei Wochen meinen Körper durchströmten, brechen wieder über mich herein wie ein Hurrikan der Kategorie fünf.

Ich ignoriere die Panik, die in mir aufsteigt, und schlängele mich durch das Gewimmel auf dem Bürgersteig, um sie einzuholen.

»Liza!«

Sie reagiert nicht, also beschleunige ich und drängle mich so höflich wie möglich durch, auch wenn ich am liebsten alle, die zwischen uns gehen, wegschubsen würde.

»Hey, Liza!« Endlich bin ich ihr so nah, dass ich ihr auf die Schulter tippen kann.

»Hey. Hi.«

Sie dreht sich um, und als ich erkenne, dass es gar nicht Liza ist, erschlafft jede einzelne Zelle in meinem Körper.

»Kann ich Ihnen helfen?«, fragt die Frau mehr als nur ein bisschen misstrauisch.

»Äh, tut mir leid.« Ich setze mein harmlosestes Lächeln auf, während ich wie ein riesiger, haariger Mammutbaum über ihr aufrage. »Ich habe Sie mit jemandem verwechselt.«

Sie mustert mich und zuckt mit den Schultern. »Kein Problem. Tut mir leid, dass ich Sie enttäuschen muss.« Ich will etwas erwidern, aber sie schüttelt den Kopf und lacht. »Streiten Sie es nicht ab. Ihr Gesicht spricht Bände. Ich hoffe, Sie finden Liza, wer auch immer das ist.«

Ich bedanke mich murmelnd, sie dreht sich um, und ich setze meinen Weg zu Max' Wohnung fort.

»Wer auch immer das ist«, hallt es in meinem Kopf nach. Ich wünschte, ich wüsste es, Fremde. Das wünschte ich wirklich.

Als ich um die Ecke biege und Max' Wohnhaus erkenne, wächst mein Ärger darüber, dass Liza sich in einen Geist verwandelt hat, vor allem in Anbetracht unseres wahnsinnigen Kompatibilitätsergebnisses. Warum zum Teufel hat sie sich überhaupt angemeldet und den Fragebogen ausgefüllt, wenn sie ihren Traumpartner dann einfach sitzenlässt? Sie hat nicht nur mir die Zeit gestohlen, sondern auch allen bei Romance Central. Verdammt, wahrscheinlich hat Amor selbst sie schon auf seiner persönlichen Blacklist.

Scheiß drauf. Ich versuche gar nicht mehr, ihre Beweggründe zu verstehen, denn jedes Mal, wenn ich zu lange darüber nachdenke, werde ich einfach nur sauer. Es ist, als durchliefe ich die fünf Phasen der Trauer über ihren Verlust, und gerade bin ich bei Wut angelangt.

Auf der Treppe zu Max' Wohnung atme ich tief durch. Es nervt mich, dass ich dieser Tage so gereizt bin. Ich habe den halbwegs glücklichen Menschen, der ich einmal war, aus den Augen verloren. Natürlich ist das nicht allein Lizas Schuld, aber sie trägt eindeutig dazu bei, dass mein Leben gerade so beschissen ist.

Die riesige Metallschiebetür zu Max' Wohnung steht offen. Musik und Gesprächsfetzen dringen heraus. Rund um den riesigen Holztisch sitzen lauter Leute, die ich von Romance Central oder von *Pulse* kenne.

Eden winkt mir zu. »Tobes! Komm, setz dich zu mir!«

Die anderen murmeln zur Begrüßung, als ich mich auf den Stuhl neben Eden fallen lasse und meine Tasche abstelle.

»Tut mir leid, dass ich zu spät bin«, sage ich zerknirscht.

Sie schenkt mir großzügig Wein ein. »Bist du wieder in der Subway eingeschlafen?«

»Nur kurz.«

»Immerhin bist du jetzt hier.« Sie schiebt mir das Glas rüber. »Überraschenderweise bist du nicht einmal der Letzte.«

Ich nehme einen großen Schluck. »Na, dann prost.«

Über die Schulter sehe ich Max in der Küche mit dampfenden Töpfen und riesigen Backblechen herumhantieren. Irgendwie nervig, dass der Mann bei allem, was er sonst so draufhat, auch noch kochen kann. Das Einzige, was ich einigermaßen anständig hinbekomme, sind Haschbrownies und Instantnudeln. Und zwar genau in der Reihenfolge. Meinen Heißhunger bekämpfe ich mit Ramen.

Max schaut zu uns rüber. »Hey, Toby. Könntet ihr beiden mir helfen, das Zeug auf den Tisch zu bekommen?«

»Klar.«

Eden und ich müssen mehrmals laufen, und alle am Tisch schaufeln sich die Teller voll und reichen die Platten und Schüsseln weiter. »Du kennst doch alle, oder?«, fragt Eden und reicht Ming-Lee eine große Salatschüssel.

»So ziemlich«, sage ich. Ich schaue zu Raj, der am anderen Ende des Tisches sitzt und sich mit Darnell aus der Marketingabteilung unterhält. Er zwinkert mir zu, ich nicke zur Antwort. »Sie brauchten alle schon mal technischen Support von mir.«

Endlich können auch Eden, Max und ich uns setzen und uns die Teller vollladen. Die anderen unterhalten sich, trinken, essen und lachen, aber ich bin viel zu beschäftigt damit, Max' köstliches Essen in mich hineinzuschaufeln, um mich an der Unterhaltung zu beteiligen. Ich genieße es, dass ich zur Abwechslung mal eine anständige Mahlzeit bekomme. »Alter«, sagt Eden belustigt. »Das ist kein Wettessen.«

»Was soll ich sagen?«, antworte ich mit vollem Mund. »Dein Mann ist eben ein hervorragender Koch.«

Ich mache mich gerade über ein fantastisches vegetarisches Curry her, als Eden über meine Schulter schaut und winkt.

»Jo, endlich! Komm her und iss was.«

Schritte nähern sich. »Tut mir leid! Jimmy Fallon wollte mir das Taxi wegschnappen, und dann haben wir uns darüber gestritten, dass ich mal jede Menge Gags für seine Show geschrieben habe und nie Anerkennung dafür bekommen habe. Der Mann ist so dreist. Und sein Alkoholproblem macht es natürlich auch nicht besser.«

Die Stimme jagt mir einen Schauer über den Rücken, und aus dem Augenwinkel sehe ich eine blonde Frau, die sich auf den freien Stuhl am anderen Ende des Tisches setzt.

Das gibt's doch nicht. Das kann nicht sein.

Das Essen in meinem Mund verwandelt sich in Zement.

Eden legt mir eine Hand auf den Arm. »Toby, ich glaube, du kennst meine Freundin Joanna noch nicht. Jo, das ist Toby, unser Genie vom Dienst und Entwickler der App, wegen der wir alle hier sind.«

Wie in Zeitlupe drehe ich mich um, und als mein Gehirn registriert, wen ich vor mir habe, schnürt sich mir die Kehle zu. Auch ihr entgleisen für eine Millisekunde die Gesichtszüge, doch dann gewinnt ihr Lächeln wieder die Oberhand.

»Äh ... hi«, sagt sie, als bemerke sie gar nicht, dass ich gleichzeitig vom Schlag getroffen werde und an meiner eigenen Zunge ersticke. »Schön, dich kennenzulernen ... äh ... Toby.«

Mühsam kaue ich zu Ende und schlucke. Mein Puls rast, und säße da nicht ein ganzer Haufen unschuldiger Menschen fröhlich plaudernd und essend um mich herum, würde sich das Adrenalin, das mir gerade durch den Körper schießt, entladen, indem ich den ganzen riesigen Esstisch mitsamt Tellern und allem anderen umwerfe.

»*Joanna*, richtig?« Meine Stimme ist rau, meine Worte schneidend. Ich bin versucht, sie vor allen anderen als gottverdammte Lügnerin zu entlarven, aber irgendeine innere Stimme flüstert mir zu, dass ich mich zusammenreißen soll, zumindest bis ich unter vier Augen mit ihr sprechen kann.

Die Frau am anderen Ende des Tisches, die ich als Liza kannte, wird blass, wendet aber den Blick nicht ab. Merkt sie, wie wütend ich bin? Sie wusste die ganze Zeit, dass wir gemeinsame Freunde haben, aber sie hat diese nicht unwichtige Information für sich behalten.

Ich starre Miss *Lies-a-lot* immer noch böse an, als Eden mich mit dem Ellenbogen anstößt. »Siehst du?«, flüstert sie. »Ich habe dir doch gesagt, dass sie umwerfend ist. Ich wusste, dass zwischen euch beiden die Chemie stimmen würde.«

Oh, und wie die Chemie stimmt. Wenn mein Blick Schwefelsäure wäre, würde sie sich jetzt auflösen.

»Jetzt, wo Jo hier ist«, sagt Max, »können wir über den Launch der HEA-App und den Ablauf des Abends sprechen. Joanna wird eine hochkarätige VIP-Gästeliste zusammenstellen und dafür sorgen, dass es die prestigeträchtigste Veranstaltung in ganz New York wird. Darnell und Charles, ihr seid für den technischen Support an den iPad-Stationen zuständig, Raj, du bist Tobys rechte Hand bei der Funktionalitätsanalyse, Ming-Lee, du und Eden übernehmt das Eventmanagement. Und, Toby, du wirst natürlich die App und alle ihre Features vorstellen.«

Ich nehme gerade einen großen Schluck, um meine Nerven zu beruhigen, als ich diese Neuigkeit höre. Ich kriege den Wein in den falschen Hals und huste heftig.

»Äh … was?«, krächze ich. »Ich dachte, du würdest die Präsentation halten, schließlich war es deine Idee und so.«

Max nickt. »Ich werde durch den Abend führen, aber wenn es um die Besonderheiten der App und ihre Funktionsweise geht, ist dein technisches Know-how gefragt. Die Presse wird eine Menge Fragen stellen, die ich nicht beantworten kann.«

Ich räuspere mich. »Ja, es ist bloß so …« Wieder huste ich. »Reden in der Öffentlichkeit ist wirklich nicht so meins.« Ich bin immer noch traumatisiert von meinem ersten Semester, als ich ein Stegreifreferat über Euthanasie halten sollte. Leider klingt *euthanasia* so ähnlich wie *youth in Asia*, also redete ich ganze drei Minuten über die Harajuku-Kultur in Japan, bevor sich der Dozent schließlich dazu herabließ, mich auf das Missverständnis hinzuweisen. Ein ganzes Jahr lang nannten meine Kommiliton:innen mich Toby-San und steckten mir ständig irgendwelche Origami-Tiere in den Spind. Arschlöcher.

»Das kriegst du schon hin.« Eden legt mir eine Hand auf den Arm. »Wir schreiben dir deine Rede und proben mit dir, stimmt's, Jo?«

Joanna sieht überrascht zu mir herüber. »Oh, äh … klar. Ich … helfe dir gern.«

Eden beugt sich vor. »Wenn dich jemand darauf vorbereiten kann, vor Hunderten von Leuten zu sprechen, dann Jo. Sie war in der Highschool drei Jahre hintereinander Debattiermeisterin.«

»Ach ja?«, sage ich trocken. Was diese Frau angeht, glaube ich gar nichts mehr. Die lügt doch, sobald sie den Mund aufmacht. Eden hat gesagt, sie habe sich geirrt, als sie sie eine zwanghafte Lügnerin genannt hat. Aber sie hatte wohl doch recht.

In der nächsten Stunde besprechen wir die Details für den Ablauf der Veranstaltung. Eden und Darnell haben eine PowerPoint-Präsentation vorbereitet, die uns zeigt, wie der Ballsaal dekoriert wird und welches Unterhaltungsprogramm geplant ist, und Raj listet auf, welche technische Ausstattung für die Veranstaltung notwendig ist.

Ich bin hier und höre zu, aber gleichzeitig befinde ich mich auf der Fifth Avenue, Ecke Broadway, gefangen in einer Endlosschleife, in der Joanna mir so nah ist, dass ich ihr Parfüm riechen kann, das mich an Wildblumen und Sonnenschein erinnert, während ihre Hand auf meiner Brust liegt.

Ich versuche, sie nicht anzusehen, aber das ist nicht einfach, denn sie sitzt direkt neben Max. Ich verstecke mich hinter meinem Laptop und tue so, als ob ich mitschreiben würde. In Wirklichkeit versuche ich, die Aufregung zu ignorieren, die mich bei Joannas Anblick durchströmt, obwohl sie untrennbar mit meiner glühenden Wut verbunden ist. Ich habe keine Ahnung, warum sie einfach abgehauen ist, aber eins weiß ich mit

Sicherheit: Während der Planungen werde ich so wenig Zeit wie möglich mit ihr verbringen. Sie hat mich gedemütigt und mit mir gespielt, und ich will ihr nicht noch einmal die Gelegenheit dafür geben.

»Und zu guter Letzt«, sagt Max eine Stunde später, »wollte ich nur sichergehen, dass ihr alle etwas Angemessenes zum Anziehen habt. Es ist ein offizieller Anlass, das heißt, Smoking für die Jungs und Abendkleid für die Damen. Ist das für irgendwen ein Problem?«

Alle schütteln den Kopf, nur ich hebe die Hand und komme mir vor wie ein Banause. Krass, sogar Raj hat einen Anzug? Wieso? Und woher? Ich hätte nicht gedacht, dass er irgendwelche Kleidungsstücke besitzt, die nicht von einem großen Sportausrüster hergestellt wurden.

»Ich habe keinen Smoking«, sage ich, und Rajs selbstzufriedenes Grinsen entgeht mir nicht. »Ich habe mehrere schicke Strickjacken, aber das ist wahrscheinlich nicht der Look, den du im Sinn hast.«

Max lächelt, und Eden spöttelt: »Schnucki, es gibt keine schicken Strickjacken. Glaub mir.«

Ich schnaube und nehme mir vor, ihr ein Foto von der Nadelstreifen-Kaschmirjacke zu zeigen, die ich für zwanzig Dollar in einem Secondhandladen erstanden habe. Das ist natürlich schon eine Weile her, als ich noch genug Geld hatte, um einfach so einen Zwanziger für neue Strickjacken auszugeben.

Max schaut Joanna an. »Kennst du jemanden, der uns helfen könnte? Du bist doch mit ein paar Modeleuten befreundet, oder?«

Joanna setzt sich aufrechter hin. »Äh, ja. Tom Ford schuldet mir noch ein paar Gefallen. Er stattet uns bestimmt gerne mit etwas Passendem aus.« Sie blickt kurz zu mir herüber und kritzelt etwas in ihr Notizbuch. »Ich besorge Toby einen Smoking.«

Max lächelt. »Ausgezeichnet. So, wie es aussieht, haben wir alles im Griff, zumindest fürs Erste.« Er deutet auf die Theke am anderen Ende des Raumes. »Falls ihr schon wegmüsst, kein Problem, aber ihr könnt gerne noch auf ein paar Cocktails und ein Dessert bleiben. Gute Arbeit, Team Romance Central.«

Alle applaudieren, und unter lautem Stühlerücken stehen sie auf und gehen zur Bar hinüber. Ich schnappe mir schnell noch zwei Brötchen aus dem Korb auf dem Tisch und lasse sie in meinen Jackentaschen verschwinden. Ich habe mir angewöhnt, Snacks mitzunehmen, wann immer sich die Gelegenheit bietet. Regelmäßige Mahlzeiten sind nicht immer möglich.

Ich packe meinen Laptop in die Tasche.

»Willst du etwa schon gehen?«, fragt Eden, die schmutzige Teller aufeinanderstapelt.

Ich werfe einen Blick über die Schulter zu Raj, der sich an Joanna heranmacht. Das war ja klar. Trotz seiner miserablen Erfolgsbilanz peilt Raj mit der Zielstrebigkeit einer Wärmesuchrakete die schönste Frau im Raum an. Obwohl ich weiß, wie platt seine Annäherungsversuche sind, werde ich eifersüchtig. »Ähm … ja«, sage ich, »ich muss los. Ich habe im Büro noch was zu erledigen, bevor ich nach Hause fahre.« Da das Büro in diesen Tagen mein Zuhause ist, ist der Heimweg wenigstens kurz. Ich schließe die Kuriertasche und schnalle sie mir um. »Wir sehen uns morgen, okay?«

»Moment noch.« Sie stellt den Tellerstapel ab und zieht mich zur Theke. »Bevor du gehst, musst du unbedingt diesen Tequila probieren, den Max entdeckt hat. Ein paar Schlucke von dem Zeug, und du brauchst keine Subway mehr, weil du nach Hause schwebst.«

Max mixt einen ganzen Schwung Cocktails und stellt sie

auf die Theke, damit sich seine Gäste nach Belieben bedienen können. Als er uns kommen sieht, stellt er eine Reihe von Schnapsgläsern auf und füllt sie mit dem Gebräu aus seinem Shaker. Es ist auffallend grün.

»Ich nenne ihn Kermit.« Er schiebt uns die Gläser hin. »Aber ich warne euch: Trinkt nicht mehr als zwei, sonst haut es euch um.«

Eden grinst mir zu, und wir nehmen jeder ein Glas. »Runter damit, Jenner.«

»Runter damit, Tate.«

Wir kippen den Drink hinunter und knallen unsere Gläser auf die Theke. Ich kneife die Augen zusammen und zische, als mir der Alkohol angenehm in der Kehle brennt.

»Oh, wow!«, sagt Eden und schüttelt den Kopf. »Gut, oder?«

Ich nicke. »Richtig gut.« Ich bin kein Tequilakenner, aber er ist ziemlich lecker.

Wir kippen noch einen, und der ist genauso stark wie der erste. »Wow.« Mir schwirrt der Kopf, und ich habe nichts dagegen, dass der Alkohol meine Anspannung ein wenig löst. Inzwischen ist mir fast egal, dass die Frau meiner Träume gerade ein ausführliches Gespräch mit einem wandelnden Anmachspruch führt. Sie schaut sich um, als ob sie gerettet werden müsste. Kurz treffen sich unsere Blicke, und in diesem Moment würde ich Raj am liebsten packen und ihn an den obersten Haken von Max' schmiedeeiserner Garderobe hängen. Aber sie will nicht von mir gerettet werden. Das hat sie mir mehr als deutlich gemacht.

Aber Eden will sie offenbar retten. »Jo! Hey, komm mal kurz her.« Verdammt.

Als sie zu uns herüberkommt, bereite ich mich auf meinen Abgang vor.

»Okay, ich bin dann mal weg.«

»Moment noch.« Eden legt mir eine Hand auf den Arm. »Ich möchte wirklich, dass Joanna und du euch kennenlernt. Ich weiß einfach, dass ihr zwei euch gut verstehen würdet.«

Oh, und wie. Zumindest dachte ich das. Sie sieht es vielleicht anders.

»Ja, aber ich muss jetzt trotzdem weg, Tate«, sage ich. »Vielleicht ein andermal.«

Leider lässt Eden meinen Arm nicht los, und obwohl ich immer unruhiger werde, je näher Joanna kommt, finde ich keine Möglichkeit, mich höflich zu verabschieden.

Als Joanna uns erreicht, nimmt Eden sie in die Arme.

»Hey. Ich hab dich ja seit Wochen nicht gesehen.«

»Tut mir leid.« Joannas Blick schnellt zu mir. »War beschäftigt. Du weißt schon, das Leben und so.«

Klar. Es hatte bestimmt nichts damit zu tun, dass du einem gewissen Typen aus dem Weg gehen wolltest, als hinge dein Leben davon ab.

»Also«, sagt Eden. »Wir sollten uns mal zusammensetzen und Tobys Rede vorbereiten, okay?« Sie sieht mich an. »Ich weiß, du hast viel zu tun, aber kannst du irgendeinen Termin vorschlagen?«

Klar. Wie wäre es mit nie? Passt dir das?

Ich räuspere mich. »Äh … Da müsste ich in den Kalender schauen.«

Eden verzieht das Gesicht. »Hör auf, Joanna beeindrucken zu wollen. Wir wissen beide, dass du keinen Kalender besitzt.«

Joanna macht große Augen. »Aber wie merkst du dir denn dann, was du alles machen musst?«

»Gar nicht.« Ich rückte mir die Tasche auf der Schulter zurecht. »Ich vergesse jede Menge, so wie alle coolen Leute.«

Joanna lächelt, und verdammt, nein. Das ist ungerecht. Es ist gerade absolut entscheidend, dass ich weiter wütend auf sie bin, und das kann ich nicht, wenn sie lächelt. Gibt es in der Genfer Konvention eigentlich eine Bestimmung, die das verbietet? Wenn nicht, wäre sie absolut notwendig.

»Eden!« Max winkt uns aus einer Gruppe von Cocktailschlürfern zu. »Komm her und schlichte einen Streit über Gin versus Wodka.«

Sie blickt von mir zu Joanna, dann sagt sie: »Aber immer doch«, und schlendert davon.

Wäre ich ein misstrauischer Mensch, und das bin ich definitiv, würde ich glauben, dass sie und Max sich verschworen haben, um mich mit Joanna allein zu lassen. Ich liebe meine Freunde, aber manchmal kann ich sie echt nicht ausstehen.

»Tja …«, sagt Joanna und sieht aus, als fühlte sie sich wie eine langschwänzige Katze in einem Zimmer voller Schaukelstühle.

»Tja …«

Ich schieße Max' frühere Warnung über den Tequila in den Wind, schnappe mir noch einen und stürze ihn hinunter. Es brennt wie die anderen, aber der beruhigende Effekt will sich nicht einstellen.

»Ich muss dann auch wirklich los«, sage ich und stelle das Glas zurück auf den Tresen. Da berührt Joanna mich am Arm.

»Toby, warte …«

Ich ziehe den Arm weg. Lächeln gilt vielleicht nicht als Folter, mich zu berühren aber definitiv schon.

»Wieso?«, frage ich, inzwischen wieder stocknüchtern. »Damit du mich weiter anlügen kannst? Damit du abhauen kannst, sobald ich dir den Rücken zukehre?«

»Das hatte ich nie vor.«

»Ach nein? Denn für mich sah es so aus, als wäre das die ganze Zeit dein Plan gewesen, und du hast ihn eiskalt durchgezogen.«

»Bitte, lass es mich erklären.«

»Dafür hattest du jetzt Wochen Zeit. Du wusstest, wer ich bin und wo ich zu finden bin, wenn du reinen Tisch machen wolltest, hättest du längst die Gelegenheit gehabt.«

Ich wende mich zum Gehen, aber wieder einmal legt sich eine sanfte Hand auf meinen Arm, und es ist, als wäre sie ein Klettverschluss und ich eine riesige Staubfluse, die daran festhängt.

»Toby …«

Ich seufze und versuche, meinen Zorn vor den anderen im Raum zu verbergen. Eden beobachtet unseren Wortwechsel und fragt sich bestimmt, was eigentlich los ist.

»Fass mich nicht an«, flüstere ich und lasse den Kopf kreisen, um die Spannung zu lösen, die mir den Rücken hinaufkriecht.

»Für die Zukunft ist das Regel Nummer eins. Regel Nummer zwei ist, dass wir bei diesem Projekt so wenig Zeit wie möglich miteinander verbringen und uns dann aus dem Weg gehen, als würden wir dafür bezahlt. Regel Nummer drei: Du lügst mich nie wieder an.« Ich atme tief durch, um mich zu beruhigen, bevor ich fortfahre.

»Toby …«

»Jetzt komm mir nicht so. Ich habe dir mehr als deutlich gemacht, dass ich eine Verbindung zwischen uns gespürt habe, und wenn es dir anders ging, hättest du mir nichts vormachen müssen. Ich bin schon groß. Ich habe schon viele Zurückweisungen verkraftet. Deine wäre nur eine weitere in einer langen Reihe gewesen.«

Sie schaut gequält drein, und, verflucht, jetzt fühle ich mich schlecht. Ich weiß auch nicht, warum. Sie ist hier im Unrecht, nicht ich.

»Pass auf«, beginnt sie ruhig. »Ich will nicht behaupten, dass das, was ich getan habe, richtig war, aber ich hatte meine Gründe. Ich will dir bloß sagen, dass das, was ich für dich empfunden habe, nicht gespielt war. Das war das einzig Echte.«

»Warum dann der ganze andere Scheiß? Der falsche Name? Warum bist du abgehauen, sobald du herausgefunden hast, dass wir statistisch gesehen perfekt füreinander sind …?«

Sie nimmt einen pinken Cocktail von der Theke und trinkt einen großen Schluck, bevor sie antwortet. »Den falschen Namen benutze ich immer, wenn ich Widerlinge und Spinner aussortieren will. Wenn Grapscher-Henry meinen richtigen Namen wüsste, könnte er mich finden und … ach, ich weiß auch nicht, mich stalken und vielleicht bei mir einbrechen. Das ist mir schon mal passiert, und das war nicht schön.« Ihre zitternde Stimme verrät mir, dass das noch nicht alles war, aber fürs Erste höre ich ihr einfach zu. »Deshalb benutze ich auch immer falsche E-Mail- und Postadressen. Es fällt mir schwer, Männern zu vertrauen, und solange ich nicht sicher bin, dass sie keine Serienkiller sind, verschleiere ich meine Identität. Das mache ich ständig, und es ist mir inzwischen in Fleisch und Blut übergegangen.«

»Okay, gut, das verstehe ich.« Es gibt eine Menge Drecksäcke da draußen, die Frauen wie ihr Eigentum behandeln und kein Nein akzeptieren. Ich kann den Frauen nicht vorwerfen, dass sie sich schützen wollen. »Aber du wusstest, dass ich Edens bester Freund bin. Mir hättest du doch die Wahrheit sagen können. Und warum bist du abgehauen, als sich herausgestellt hat, wie gut wir zusammenpassen? War das ganze Gelaber über die Suche nach deinem Seelenverwandten auch gelogen? Denn nach meinen Berechnungen bin ich es. Ich bin der Richtige für dich. Und trotzdem bist du schneller weggerannt als Usain Bolt.«

Sie schaut reumütig zu Boden. »Am Anfang dachte ich, du

wärst einfach irgendein Typ auf der Toilette, doch als mir klar wurde, wer du wirklich bist, gab es einfach nicht den richtigen Zeitpunkt, um mit der Wahrheit herauszurücken. Das tut mir sehr leid. Und warum ich weggelaufen bin …« Sie schluckt und sieht zu mir auf. »Ich habe dir doch gesagt, dass ich die unheimliche Angewohnheit habe, mir immer den Falschen auszusuchen. In letzter Zeit musste ich oft an das Zitat denken: ›Die Definition von Wahnsinn ist, immer wieder das Gleiche zu tun und andere Ergebnisse zu erwarten.‹«

»Und?«

»In dieser Nacht wollte ich also mit meinen Gewohnheiten brechen. Ich habe beschlossen, dass ich mich ändern muss, wenn ich andere Ergebnisse sehen will.«

»Was soll das heißen?«

Ihre Wangen glühen. »Das heißt, dass ich an dem Abend absichtlich immer das genaue Gegenteil von dem getan habe, was ich normalerweise tun würde. Wenn ich nach links gehen wollte, bin ich nach rechts gegangen. Wenn mein Verstand mir sagte, ich solle den blonden Kerl ansprechen, bin ich zu dem braunhaarigen gegangen.« Sie holt tief Luft. »Das Gleiche gilt auch für den Fragebogen. Alle meine Antworten waren das Gegenteil der Wahrheit.«

»Was … Moment mal …« Ich starre sie an. »Dein Fragebogen war eine einzige Lüge?«

Sie nickt. »Hundertprozentig. Deshalb wollte ich auch unser Ergebnis nicht sehen. Ich wusste, dass es nicht die Wahrheit abbilden würde. Ich fühlte mich unglaublich zu dir hingezogen, also warst du automatisch der falsche Mann für mich.«

»Nein. Das kann unmöglich sein.«

»Doch, kann es, Toby. Glaub mir. Diese dreiundneunzig Prozent sind nicht echt. Das sind wir in einer verkehrten Welt, in der Schwarz Weiß ist und Grünkohl nicht der Spinat des Teufels.«

Ich schüttle den Kopf. »Es ist mir egal, dass du bei den Fragen geschummelt hast, was wir gefühlt haben, war echt. Für deine Theorie gibt es keinerlei Beweise.«

»Ich wusste, dass du das sagen würdest und dass ich mich dir früher oder später würde erklären müssen, also habe ich den Fragebogen noch einmal neu ausgefüllt, um dir zu beweisen, dass ich recht habe. Diesmal habe ich die Wahrheit gesagt, die ganze Wahrheit und nichts als die Wahrheit.« Sie holt ihr Handy heraus und öffnet die HEA-App. »Und zur Kontrolle, dass dein Algorithmus funktioniert, habe ich vor ein paar Minuten mit Raj den Test gemacht.«

»Achtzehn Prozent.« Ich nicke. »Das ist gleichauf mit Rajs bisherigen Treffern.« Ich bin mir sicher, dass es irgendwo da draußen eine perfekt geeignete Partnerin für ihn gibt, aber solange er seine Einstellung zu Frauen nicht überdenkt, wird es eine sein, die keine besonders hohen Ansprüche an einen Mann stellt.

»Okay«, sagt Joanna und hält mir ihr Handy hin. »Das ist jetzt also der wahre Test. Das ist die echte Joanna und ihr echtes Ergebnis. Bist du bereit?«

Ich schüttle den Kopf. »Mach dich darauf gefasst, dass du dich geirrt hast.«

»Das hoffe ich, aber ich bezweifle es ernsthaft.« Ich hole mein Handy heraus, und sie blickt kurz darauf hinunter. »Toby, sag mir noch einmal, wie exakt dein Algorithmus ist.«

Ich seufze. »Laut meiner PR-Abteilung – sprich: Eden – ist es der exakteste aller Zeiten.«

»Und laut dir?«

Die Luft flimmert, als ich ihr in die Augen sehe. »Die Zahlen sind korrekt. Etwas Besseres gibt es nicht.«

»Okay. Ich wollte nur, dass es uns beiden klar ist, bevor wir den Test machen.«

Sie hält ihr Handy an meines, unsere Fingerknöchel berühren sich leicht. Beide Telefone geben einen leisen Piepton von sich, und dann leuchtet auf dem Display ein roter Kreis mit unserem Kompatibilitätsergebnis auf.

Mein Magen geht auf Talfahrt. »Das kann nicht sein.«

Ich schaue Joanna an, in der Erwartung, auch auf ihrem Gesicht Schock zu erkennen. Aber ihr Ausdruck ist eher resigniert. Als ob sie genau das erwartet hätte.

»Ich wusste es«, sagt sie leise. »Ich wollte es nicht wahrhaben, aber es stimmt.«

Ich spähe noch einmal zur Zahl auf dem Bildschirm.

Sieben Prozent.

»Willst du mich verarschen? Das kann nicht unser echtes Ergebnis sein.« Als wir uns kennengelernt haben, hatte ich das Gefühl, diese Frau schon ewig zu kennen. Ich habe eine lange und glückliche Zukunft mit ihr vor mir gesehen. Wie kann das sein?

»Das muss ein Fehler sein«, sage ich. Ich weiß nicht, ob ich sie überzeugen will oder mich selbst. »Ich habe noch nie einen so niedrigen Wert gesehen. Noch nie. Irgendetwas ist schiefgelaufen. Es gibt noch Bugs im System, ich muss nur …«

»Es stimmt, Toby.« Sie spricht leise, trotzdem kommt es mir vor wie eine Ohrfeige. »Ich habe dich vor meiner Superkraft gewarnt. Jeder Typ, den ich attraktiv finde, ist am Ende genau der Falsche für mich. Warum hätte es bei dir anders sein sollen?«

»Joanna, das ist doch lächerlich. Wir löschen die Ergebnisse und versuchen es noch einmal. Das muss ein Fehler im Programm sein. Es ist undenkbar, dass ich weniger zu dir passe als Raj, der Blödmann, okay? Das ist unmöglich.«

Sie lächelt traurig. »Ich wusste es, sobald wir uns berührt haben. So etwas habe ich noch nie empfunden, also war es klar, dass wir praktisch keine Chance auf eine Beziehung haben.«

Ausnahmsweise fehlen mir die Worte. Ich versuche, irgendwie eine logische Erklärung zu finden, aber es gelingt mir nicht.

Ich trete einen Schritt vor. »Joanna …«

»Toby.« Die Luft zwischen uns glüht förmlich. »Du hast mich davon überzeugt, dass die Zahlen nicht lügen. Und deshalb bin ich in dieser Nacht weggelaufen. Deshalb war ich zu feige, mit dir darüber zu reden. Ich wollte mir einreden, dass sich die Pessimistin in mir geirrt hat, was uns angeht, aber das hat sie nicht. Sie irrt sich selten.«

Ich starre sie an und habe keine Ahnung, was ich sagen oder tun soll und wie ich das Problem lösen kann. Wie könnte ich meinen eigenen Argumenten widersprechen?

»Wir könnten es trotzdem versuchen«, sage ich lahm.

»Sicher. Wir könnten die Zahlen ignorieren, aber die Chancen stehen überwältigend gut, dass wir beide mit einem gebrochenen Herzen aus der Sache hervorgehen. Ich weiß nicht, wie es dir geht, aber ich hatte im Leben genug Liebeskummer. Jetzt wünsche ich mir etwas, das nicht wehtut. Etwas Beständiges.« Sie sieht mich an. »Selbst wenn wir die Zahlen ignorieren und uns in eine Beziehung stürzen – wie groß ist die Wahrscheinlichkeit, dass du mein Seelenverwandter bist, bei einem so niedrigen Wert?«

Ich kenne die Antwort, will sie aber nicht aussprechen, also sehe ich sie einfach nur an.

»Toby, wie stehen unsere Chancen?«

Ich schüttele den Kopf und fühle mich von Sekunde zu Sekunde schlechter. »Schlecht. Praktisch bei null.«

Joanna nickt, und zum ersten Mal, seit ich sie kenne, wirkt sie kraftlos.

»Siehst du, solange ich dir aus dem Weg gegangen bin, konnte ich dieses Gespräch aufschieben. Etwas zu vermuten und es zu wissen sind zwei Paar Schuhe, und es zu wissen … ist verdammt scheiße.«

Ich fühle mich, als hätte sie mir die Faust in den Magen gerammt. Was habe ich in den letzten Wochen herumgeheult, dass ich meine Seelenverwandte verloren hätte, dabei ist Joanna einfach eine weitere Frau, mit der ich niemals eine bedeutsame Beziehung haben werde.

»Ja, das stimmt.«

»Trotzdem«, sagt sie im Versuch, ein wenig Optimismus zu verbreiten. »Wir müssen es positiv sehen: Irgendwo da draußen gibt es die perfekten Partner für uns, und immerhin haben wir herausgefunden, dass wir uns geirrt haben, bevor etwas passiert ist, also …«

Ich sehe sie an. »Na ja, es ist schon etwas passiert.«

Sie schluckt. »Okay. Aber es war nur ein Kuss, oder? Nicht genug, um sich in einen … hoffnungslosen Fall hineinzusteigern, stimmt's?« Ich weiß nicht, ob sie selber glaubt, was sie sagt, ich nehme es ihr jedenfalls nicht ab.

»Stimmt.« Jetzt nicke ich und gebe mir alle Mühe, so zu tun, als säße da kein seltsamer, dunkler Schmerz mitten in meiner Brust, der jede Sekunde größer wird. »Dann haben wir das auch geklärt.«

Ich schaue hinüber zu Max und Eden, die Händchen halten und hin und wieder zu uns rüberschauen.

Tut mir leid, Leute. Was auch immer ihr zwischen uns für möglich gehalten habt, es ist tot.

Als Joanna merkt, dass sie uns beobachten, schüttelt sie ihre Melancholie ab und strahlt, auch wenn es nicht ganz aufrichtig wirkt.

»Also, wie auch immer, es wäre toll, wenn wir Freunde sein

könnten. Ehrlich gesagt habe ich nicht so viele, und auch wenn wir vielleicht keine Seelenverwandten sind, habe ich die Zeit mit dir wirklich genossen.«

Sie sieht mich hoffnungsvoll an. Ich rede mir gern ein, dass ich meine Erwartungen ziemlich gut an jede mögliche Situation anpassen kann, aber ich bin mir nicht sicher, ob es eine gute Idee ist, mit ihr befreundet zu sein. Mir bleibt wohl nichts anderes übrig, als es zu versuchen, und wenn es zu anstrengend wird, muss ich mich eben zurückziehen. Ich kann gut damit umgehen, dass die Frauen, die ich will, mich nicht auch wollen. Wenn ich mir nur immer wieder vor Augen führe, dass Rajs Chancen bei ihr größer sind als meine, dann wird meine Begeisterung zweifellos schneller abkühlen als ein Planschbecken in einem Schneesturm.

»Klar«, sage ich und lächle halbherzig. »Versuchen wir's als Freunde.« Bei meinem Terminplan ist es sowieso unwahrscheinlich, dass wir abgesehen vom Launch der HEA-App Zeit miteinander verbringen werden, also gehe ich kein großes Risiko ein.

Sie streckt die Hand aus. »Gib mir mal dein Handy, dann gebe ich dir meine Nummer. Die richtige diesmal.«

Ich reiche ihr mein Handy und nippe an einem Glas Wasser, das ich mir von der Theke nehme, während sie ihre Nummer eintippt. Sie drückt die Anruftaste, und ihr Telefon klingelt. Dann legt sie auf und gibt mir das Telefon zurück.

»So. Jetzt habe ich auch deine.« Sie sieht mich an, und ein paar Sekunden lang herrscht Schweigen, ehe sie sagt: »Also, äh … ich schreibe dir, wenn ich Zeit für eine Smoking-Anprobe habe, okay?«

»Ja. Ist gut.«

Sie steckt das Handy in die Handtasche und blickt mit ernstem Gesicht zu mir auf. »Toby … Es tut mir wirklich leid, wie ich mich verhalten habe, und noch mehr, wie sich die ganze Sache entwickelt hat, aber es tut mir nicht leid, dass ich dich kennengelernt habe. Versprich mir, dass wir bald wieder miteinander reden.«

Ich nicke. »Sicher. Bald.« Ich schiebe die Tasche auf meiner Schulter hoch. »Irgendwann.«

Sie nickt. »Auf jeden Fall.«

Es fühlt sich schrecklich falsch an, mich von ihr abzuwenden, aber daran sollte ich mich wohl besser gewöhnen. Ich winke Max und Eden kurz zu und gehe zur Tür. Ich spüre, wie Eden mich anstrahlt. Sie glaubt bestimmt, Joanna und ich hätten aus romantischen Gründen Nummern ausgetauscht, und ich bringe es gerade nicht übers Herz, sie zu enttäuschen.

Ich steige die Treppe hinunter und trotte Richtung Subway. Und als ich endlich in einen Zug gestiegen bin und mich auf einen Sitz sinken lasse, fallen mir sofort die Augen zu.

7. KAPITEL

Die ungeschönte Wahrheit

»Hey. Tobes.«

Jemand rüttelt mich an der Schulter. Ich stöhne und murmle irgendetwas Ungehaltenes.

»Toby ...«

Mir tut alles weh, aber der Schlaf ist süß, und ich möchte noch weiter in seiner warmen, beruhigenden Umarmung verweilen.

»Toby!«

Ich setze mich aufrecht hin und schlage die Augen auf.

Oh Gott! Mein Rücken. Mein Nacken. Meine Arme. Mir tun sämtliche Knochen weh.

Ich schüttele den Kopf, um den Schlaf zu vertreiben. Vor mir steht Eden und blickt auf mich hinunter. »Hast du hier übernachtet?«

Blinzelnd schaue ich mich um, kurzzeitig verwirrt, wo ich bin. »Äh ... kann sein.«

Ah, genau, ich sitze an meinem Schreibtisch bei *Pulse*. Wie bin ich hierhergekommen?

Ich lasse den Kopf von einer Seite zur anderen kreisen und zucke zusammen, als es laut knackt. Im Sitzen zu schlafen war eine blöde Idee, die blödeste, seit ich es für cool gehalten hatte, mir mit Wäschebleiche die Haare zu blondieren.

»Äh ...« Mein Gehirn kommt nur langsam in die Gänge.

»Ich war schon früh hier, damit ich viel schaffe, und da muss ich wohl eingenickt sein.«

Ich überspringe, dass ich letzte Nacht in der Subway eingeschlafen bin und sabbernd ein paar Stunden verloren habe, bis mich das Wachpersonal geweckt und verscheucht hat. Als ich aus der Bahn ausgestiegen bin, war ich näher an der Redaktion als an Greenpoint, also beschloss ich, bei *Pulse* statt bei Romance Central zu übernachten.

Die ganze Zeit über ging mir das Gespräch mit Joanna nicht aus dem Kopf. Unser Kompatibilitätswert macht mich immer noch fassungslos. Ich hätte schwören können, dass wir so gut zusammenpassen wie zwei Legosteine. Mit den Funken, die zwischen uns sprühten, hätte man eine Rakete bis in die hinterste Ecke des Weltalls schießen können. Wie um alles in der Welt kann unser Ergebnis nur so miserabel sein?

Weil ich nicht hinnehmen wollte, was da schwarz auf weiß vor mir stand, bin ich gestern Nacht zwei Stunden lang unsere Fragebögen durchgegangen und habe alles versucht, unsere Chancen zu erhöhen. Ich habe meinen sogar noch einmal komplett neu ausgefüllt und ein paar Antworten geändert, bei denen ich mir nicht ganz sicher war. Danach sank unsere Kompatibilität auf fünf Prozent. Am Ende klappte ich den Laptop zu und legte meinen schmerzenden und enttäuschten Kopf auf den Armen ab, und ich glaube, da bin ich eingeschlafen.

Schlechte Entscheidung.

Ich lockere die verkrampften Muskeln in meinen Armen und Schultern. Alles knackt, sogar die Teile, die nicht knacken sollten.

Eden runzelt die Stirn. »Du hast noch das Gleiche an wie gestern Abend. Warst du nicht zu Hause?«

Ich schaue an mir herunter. »Äh …«

Von einer Sekunde auf die andere wird Edens argwöhnische Miene buchstäblich auf links gekrempelt. »Moment mal … hast du mit Joanna …?« Sie reißt die Augen auf. »Oh mein Gott! Ihr habt es tatsächlich getan! Meine beiden besten Freunde kommen zusammen! Ein Traum wird wahr. Hast du unten auf sie gewartet? Sie ist schließlich direkt nach dir gegangen.« Sie gibt mir einen Klaps auf den Arm. »Du Schlingel, Jenner! Ich hab dir doch gesagt, du würdest sie mögen! Hatte ich recht oder hatte ich recht?«

Ich stehe auf und lasse den Rücken knacken, bevor ich wie ein Yeti, der einen Chiropraktiker braucht, zum Pausenraum stampfe. Leider läuft Eden mir nach.

Ich sollte ihr erzählen, dass Joanna Liza ist, aber ehrlich gesagt bin ich dafür gerade zu erschöpft. Wenn ich diese Tür auch nur einen Spalt öffne, fällt Eden sofort mit ihr ins Haus und quetscht mich stundenlang aus, also sage ich sicherheitshalber gar nichts. Selbst an guten Tagen kann ich mich nur schwer gegen ihre überlegenen Aushorchtechniken zur Wehr setzen, aber heute ist definitiv kein guter Tag.

»Du brauchst nicht so begeistert zu sein. Das nervt, und außerdem ist zwischen mir und Joanna nichts gelaufen.«

»Aber ich habe doch gesehen, wie du ihr deine Nummer gegeben hast. Und so, wie es aussah, habt ihr ein richtig intensives Gespräch geführt. Die Luft zwischen euch hat doch förmlich gebrannt.«

Ich fülle Wasser in die Kaffeekanne und lege einen neuen Filter ein, in den ich Kaffeepulver löffle. »Ich habe Joanna meine Nummer gegeben, damit sie mir einen Smoking besorgen kann. Das war's. Und die Luft hat nicht gebrannt.«

Gott, und wie sie gebrannt hat. Ich dachte, ich schmelze. Ich fühlte mich wie der Ring, nachdem Frodo ihn in den Vulkan geworfen hatte. Ich fühlte mich wie Anakin Skywalker, der in der Lava Feuer fängt, weil er zu überheblich war.

Natürlich darf Eden das nicht erfahren, denn dann würde sie mich unter Garantie nie wieder in Ruhe lassen.

Offensichtlich kauft sie mir meine Ausrede nicht ab. »Das ist doch Blödsinn. Zwischen euch sind so viele Funken geflogen, dass es aussah wie bei einem Schweißertreffen. Und erzähl mir bloß nicht, du wärst nicht an Joanna interessiert, Tobias Matthew, denn ich weiß, wie du guckst, wenn du auf ein Mädchen stehst, nämlich genau wie gestern Abend.«

Ich stelle die Kanne unter den Filter und schalte die Maschine ein. Sie surrt und brummt ein paar Sekunden, bevor dampfender Kaffee herauströpfelt.

»Eden, es ist viel zu früh am Morgen, um mich mit deinen romantischen Fantasien zu belästigen. Was machst du überhaupt schon hier?«

Sie holt zwei Tassen aus dem Schrank und stellt sie auf den Tresen, zusammen mit Zucker und Kaffeeweißer. »Ich habe heute ein paar Interviews für meine Crest-Story und wollte mich noch ein bisschen darauf vorbereiten.«

»Ah, ja? Wen interviewst du denn?« Es interessiert mich tatsächlich, aber ich will sie auch von dem unangenehmen Thema ablenken.

»Es gibt da so einen Typen, der auf seinem Blog anonyme Beschwerden über die Firma und ihre dubiosen Geschäfte veröffentlicht. Möglicherweise ein frustrierter ehemaliger Angestellter, aber wie es aussieht, hat er richtig was zu erzählen. Allerdings ist er ein bisschen paranoid und will nicht nach New York kommen, also muss ich ihn in Pennsylvania treffen. Ich schnappe mir nur meine Unterlagen und fahre dann zur Autovermietung. Vielleicht muss ich später auf deine Hacker-Künste zurückgreifen.«

»Cool.« Ich schaue in den Kühlschrank, ob da irgendetwas zu essen drin ist. Weil ich so groß bin, muss ich mit nerviger

Regelmäßigkeit Brennstoff in meinen Körper schaufeln, sonst wird mir schwindelig und komisch. »Ich kann bestimmt nachher noch ein bisschen herumwühlen.« Ich greife nach einem Joghurtbecher, auf dem ein Post-it klebt: »EIGENTUM VON RAJ. FINGER WEG, BITCHES!« Ich ziehe den Zettel ab und werfe ihn in den Müll. Dann nehme ich mir einen Löffel. »Ich rufe dich nachher an, dann können wir uns absprechen.«

Während der Kaffee durchläuft, schlurfe ich zurück zu meinem Schreibtisch, reiße den Deckel vom Joghurt und vertilge die ganze Portion in drei Happen. Mir wird vage bewusst, dass Eden sich auf den Stuhl neben meinem gesetzt hat und mich mustert wie eine Forensikerin eine Leiche.

»Toby, was ist los mit dir?«

Ich werfe den leeren Joghurtbecher in den Mülleimer und seufze. »Nichts. Ich bin einfach nur müde.« *Und trauere um meine Traumfrau. Alles gut.*

Ich fahre den Computer hoch und checke meine E-Mails. Leider kauft Eden mir meine Unbekümmertheit nicht ab.

»Verarschen kann ich mich selber, Jenner. Du bist seit Wochen komisch, und ich weiß, dass du mir etwas verheimlichst.«

»Stimmt doch gar nicht.« Abgesehen davon, dass ich keine Wohnung habe, in ihre beste Freundin verliebt bin und verzweifelt versuche, die OP für meinen Dad zu finanzieren, ohne eine Bank zu überfallen, erzähle ich ihr alles. »Es ist im Moment einfach ziemlich stressig wegen der App.« Genau, da war ja noch was.

»Toby.«

Ich beachte sie nicht, während ich den frisch eingetrudelten Spam aus meinem Posteingang lösche, aber ich spüre, wie sie mir mit ihrem Blick förmlich ein Loch in die Wange brennt, also drehe mich zu ihr um.

Sie sieht mich mit einem Ausdruck an, den ich nicht ausstehen kann: mitleidig.

»Tobes, sag mir einfach, wie ich dir helfen kann. Ich muss doch irgendetwas für dich tun können.«

Ich reibe mir die Augen. Ich wünschte, das könnte sie. Aber die meisten Probleme in meinem Leben kann ich nur allein lösen. Trotzdem muss ich ihr irgendetwas zu tun geben, sonst wird sie niemals locker lassen.

»Okay, Eden, es gäbe da etwas, aber ich frage dich das nicht gern. Das sage ich dir gleich.«

Sie beugt sich vor. »Komm schon, Toby. Du kannst mich alles fragen.«

»Das sagst du, aber es ist …« Ich schüttle den Kopf und sehe sie an. »Du weißt, wie sehr ich dich als Frau und als Mensch respektiere, okay? Bitte vergiss das nie.«

»Toby … Herrgott … Solange es nicht um irgendwelche seltsamen Sexpraktiken geht, frag mich einfach.«

Ich greife nach ihren Händen. »Okay. Also dann …« Ich atme tief durch. »Bitte geh in die Küche und hol meinen Kaffee. Rühr ihn gut um. Ich weiß, du kannst gut rühren. Und wenn du noch mehr von Rajs Essen im Kühlschrank findest, bring das auch mit.«

Sie stöhnt, reißt sich los und gibt mir einen Schubs gegen die Schultern. Ihre Entrüstung bringt mich zum Lachen.

»Du Mistkerl.« Lachend geht sie in die Küche. »Sei froh, dass du so gut aussiehst.«

»Halt den Mund, Weib, und bring mir meinen verdammten Koffeinschub!«, rufe ich ihr hinterher.

Ich seufze erleichtert, weil ich sie von meinen Problemen abgelenkt habe, zumindest fürs Erste.

Bis Mittag habe ich meinen neuesten Artikel überarbeitet, mich unter einer sogenannten »Service-Nummer« etwa fünfundvierzig Minuten lang mit den Leuten von Dads Krankenkasse herumgeärgert und mich heimlich in ein paar Tochterunternehmen von Crest Construction eingehackt, um nach Anzeichen für irgendwelche schmutzigen Geschäfte zu suchen, die Eden für ihre Story und ich für meinen Auftrag aus dem Darknet verwenden kann. Ich habe einige vielversprechende Spuren entdeckt, denen ich heute Abend nachgehen werde, wenn mir nicht mehr das ganze Büro über die Schulter schaut.

Es dürfte schwierig werden, etwas Konkretes zu finden. Crest ist seit Jahren im Geschäft, also dürften sie inzwischen Meister darin sein, ihre Korruption zu verschleiern. Langsam mache ich mir Sorgen, ob ich diesen Job ganz allein erledigen kann oder ob ich meine Hackerfreunde einschalten muss. Den Gedanken schiebe ich erst einmal beiseite. Verstärkung ist die letzte Option.

Mein Handy vibriert, und mein Brustkorb schnürt sich zusammen, als ich auf dem Display »Joanna« lese.

Ich seufze. Heute Vormittag hatte ich so viel zu tun, dass mir keine Zeit für meine Mission blieb, meine eigene App zu widerlegen. Wahrscheinlich werde ich unseren Kompatibilitätswert irgendwann akzeptieren müssen, aber nicht heute. Wenn ich den gesamten Algorithmus in Schutt und Asche legen und neu programmieren muss, nur um zu beweisen, dass Joanna nicht mit dreiundneunzigprozentiger Wahrscheinlichkeit mein Verderben ist, dann werde ich es tun.

Aber könnte ich meine Gefühle so weit ignorieren, dass wir tatsächlich Freunde werden? Ich rühme mich immer für meine Rationalität, aber ich bin mir nicht sicher, ob sie stark genug ist, meine Leidenschaft in die Knie zu zwingen.

Ich fahre mir mit der Hand durch die Haare. Natürlich könnten wir theoretisch einfach befreundet sein, aber allein beim Anblick ihres Namens auf dem Display schießen mir mit der Geschwindigkeit des größten Supercomputers der Welt eine Million Katastrophenszenarien durch den Kopf. Die meisten enden damit, dass wir uns treffen und ich anschließend von einem reißenden Strudel aus Hormonen mitgerissen werde.

Das Telefon vibriert immer noch.

Ich streiche mir über den Bart und lasse den Finger über der Annehmen-Taste schweben, als wäre ich ein Bombenentschärfer, kurz bevor er den blauen Draht durchschneidet. Doch bevor alles hochgeht, hört das Brummen auf, und Joannas Name verschwindet. Meine enorme Erleichterung wird nur von meiner Enttäuschung übertroffen.

Verdammt! Ich könnte das Ding nicht mehr hassen, wenn es meine Mutter beleidigt und meinen Hund getreten hätte. Ich habe zwar keinen Hund, aber wenn ich einen hätte, würde ich jeden verachten, der ihn tritt.

Ich starre noch ein paar Sekunden auf das Display, weil ich sicher bin, dass Joanna es gleich noch mal versuchen wird. Als nichts passiert, lege ich das Telefon weg, ignoriere meine Enttäuschung und lasse den Kopf kreisen. Oh Mann, sobald ich etwas Geld übrig habe, gehe ich als Erstes in den Shiatsu-Massagesalon an der Ecke und lasse mir von Mrs Kabushis magischen Fingern die Schmerzen in sämtlichen Muskeln wegzaubern. Außerdem nehme ich mir vor, diese Woche mal wieder ins Fitnessstudio zu gehen. Ich kann mir zurzeit nicht viel Luxus leisten, aber für irgendetwas muss es ja gut sein, dass ich den Jahresbeitrag im Voraus bezahlt habe. Außerdem ist Sport eine einfache Möglichkeit, mich um meine geistige Gesundheit zu kümmern. Juhu, Endorphine.

Trotz der kleinen Unterbrechung durch Joanna bin ich mit der Produktivität des Vormittags zufrieden, also klappe ich den Laptop zu und gehe in den Pausenraum, um mir etwas zu essen zu besorgen. Dort treffe ich Raj, der an etwas herumspielt, das aussieht wie ein kleiner Tresor.

Er blickt auf. »Heyyyy, Boss. Wie geht's?«

»Gut. Was ist das?«

Er schließt das Kästchen. »Irgendein Arschloch klaut ständig mein Essen, also habe ich mir das hier besorgt.« Er deutet auf das elektronische Tastenfeld. »Sechsstellige Verschlüsselung, ihr Wichser! Heute klaut ihr mir mein Mittagessen nicht.«

»Wow.« Ich nicke beeindruckt. »Ich glaube nicht, dass das jemand knacken könnte. Das ist ein erstaunlich sicherer Plan. Was ist denn eigentlich drin?«

Er öffnet den Kühlschrank und schiebt die Box hinein. »Moms Butterhähnchen mit Knoblauch-Naan. Darauf freue ich mich schon den ganzen Tag. Ich muss nur noch Dereks Computer aktualisieren, dann setze ich mich damit in den Park und genieße es.« Er schließt die Kühlschranktür.

»Klingt gut.« Und wie. Mein Magen knurrt. Rajs Mutter ist eine fantastische Köchin. Woher ich das wohl weiß.

Er schnappt sich eine Flasche Kombucha von der Anrichte und geht zur Tür. »Bis später, T-Man!«

»Ja, bis später, Raj.« Ich warte ein paar Sekunden, bis ich mir sicher bin, dass er tatsächlich weg ist, dann hocke ich mich vor den Kühlschrank und untersuche das Tastenfeld des Tresors.

»Okay, Raj«, flüstere ich. »Ich versuche es nur ein Mal, wenn du also dein Mittagessen behalten willst, dann hast du dir hoffentlich einen vernünftigen Code überlegt.«

Ich tippe 696 969 ein. Der Riegel schnappt auf.

»Ach, armer, süßer, berechenbarer Raj. Wann lernst du es

endlich?« Ich schnappe mir den Behälter mit dem Essen, schließe die Box und den Kühlschrank und nehme mir eine Gabel. »Ich mache Mittagspause«, sage ich zu Jackie, als ich an ihrem Schreibtisch vorbeikomme. »Ich gehe in den Park. Ruf an, falls du mich brauchst.«

Jackie lächelt.

Ich gehe zur Glasschiebetür hinaus und die Treppe hinunter in den Sonnenschein.

8. KAPITEL

Nur Freunde

»Oh Gott. Tut das gut.« Ich strecke die Beine aus und lehne mich auf der Bank zurück, während mein Magen zufrieden ein wundervolles geklautes Festmahl genießt. »Mrs Chopranka, ich liebe Sie.« Ich setze meine Sonnenbrille auf, wende mein Gesicht der Sonne entgegen und schließe die Augen, während ich mich auf das Rauschen des Flusses konzentriere, um das unermüdliche Rumpeln auf der Brücke über mir auszublenden.

Ich sitze satt im Sonnenschein. Das Leben ist schön, wenigstens für den Moment.

In meiner Tasche klingelt mein Handy. Als ich es heraushole, bin ich nicht überrascht, Joannas Namen auf dem Display zu sehen. Ich atme tief durch.

Freundefreundefreundenurfreunde. Du schaffst das.

Meine Hand zittert wieder.

Ich halte einen Finger über den Button zum Annehmen, lasse die Hand dann aber in den Schoß fallen.

Vielleicht brauche ich nur ein bisschen mehr Zeit, um zu verarbeiten, was geschehen ist, bevor ich mit ihr sprechen kann. Ich lehne den Anruf ab und schreibe ihr: *Tut mir leid, ich kann gerade nicht.* Weil ich ein schlechtes Gewissen habe, füge ich ein lächelndes Emoji hinzu, in der Hoffnung, den Schlag abzumildern.

Ich lasse den Kopf in den Nacken sinken. Katastrophe abgewendet. Ein paar Minuten kann ich mich noch entspannen, bevor ich mich wieder an die Arbeit machen muss.

Mir bleibt kaum genug Zeit, um meinen Herzschlag wieder unter Kontrolle zu bekommen, da fällt ein Schatten auf mich. Ich denke mir nichts dabei, bis ich ein leises »Hey, Toby« höre.

Ich öffne ein Auge und sehe die Silhouette eines Engels vor der Mittagssonne, das blonde Haar von einem goldenen Heiligenschein erhellt.

»Joanna?« Ich setze mich auf, damit die Sonne mich nicht mehr blendet. Leider sehe ich nun ihr perfektes Gesicht mit atemberaubender Klarheit.

»Hey. Schöner Tag, oder?« Sie setzt sich neben mich und ahmt meine Position nach. »Ich komme nur selten in diesen Park, aber wenn, dann ärgere ich mich jedes Mal, dass ich nicht öfter hier bin.« Sie atmet tief durch. »Man freut sich richtig, dass man am Leben ist, oder?«

Allein, dass sie neben mir sitzt, ruft eine nicht völlig unangenehme Überreaktion hervor. Als mir bewusst wird, dass ich sie schweigend anglotze, schüttele ich mich, um in die Realität zurückzukehren.

»Äh, was machst du hier?«

Sie tippt auf ihrem Handy herum. »Ich habe versucht, dich zu erreichen. Ich habe mich gefragt, ob du mich ghostest, weil … es dir vielleicht immer noch unangenehm ist, wie es zwischen uns gelaufen ist und du lieber nicht mit mir reden möchtest. Bist du deshalb nicht rangegangen?«

Sie mustert mich aufmerksam.

Mein Gehirn stolpert wie ein Rehkitz, das seine ersten Schritte macht. »Äh … Na ja, äh … vielleicht?«

Verdammt, Jenner. Du bist erwiesenermaßen ein Genie. Benimm dich auch so.

»Ich … äh … als ich gesehen habe, dass du anrufst, habe ich … äh…«

Um Himmels willen! Bilde wenigstens einen zusammenhängenden Satz!

Joanna sieht mich gelassen an, während ich mich so eloquent zeige wie ein Kindergartenkind.

»Ich bin mir schon ein bisschen … du weißt schon … komisch vorgekommen … und das mit dem Freundebleiben … war … kurz gesagt … äh, ja.«

Obwohl ich so herumstottere, schenkt sie mir ein kleines Lächeln. »Schon in Ordnung. Ich erwarte nicht, dass zwischen uns sofort alles glatt läuft, aber es wäre toll, wenn wir Freunde bleiben könnten. Zumindest würde ich es gern versuchen. Wenn wir uns dafür erst durch ein paar unangenehme Situationen kämpfen müssen, ist das eben so, oder?«

»Also … du bist zu mir gekommen, weil ich nicht ans Handy gegangen bin und du darüber reden wolltest, dass wir Freunde bleiben sollten?« Übermäßig engagiert, wenn man mich fragt, aber Joanna scheint der leidenschaftliche Typ zu sein. Wenn sie ihre Leidenschaft in meine Richtung lenken will, wer bin ich, ihr das zu verwehren?

Joanna lächelt. »Ich habe dich gesucht, weil Tom Ford möchte, dass sein bester Schneider deinen Smoking anpasst, aber Giovanni fliegt heute Nachmittag nach Mailand, also muss die Anprobe jetzt stattfinden. Als du nicht abgenommen hast, bin ich in dein Büro gegangen und Jackie hat mir verraten, wo ich dich finde.«

Verdammt, Jackie! Zum Teufel mit dir und deiner Hilfsbereitschaft.

»Äh … richtig. Die Smoking-Anprobe. Okay.« Ich habe noch nie einen Anzug anpassen lassen. Genau genommen habe ich noch nie einen Anzug besessen, also macht mich der

Gedanke, ins kalte Wasser geworfen zu werden, total nervös. »Wo findet die Anprobe statt?«

»In Toms Werkstatt im Garment District. Der Wagen wartet schon.« Sie nickt Richtung Straße, wo eine schnittige schwarze Limousine steht.

»Oh. Klar.« *Also das ist völlig surreal.* »Netter Schlitten. Äh … wie lange dauert das?«

»Ungefähr vierzig Minuten. Derek meinte, du könntest ruhig eine etwas längere Mittagspause machen. So ein netter Kerl.«

Ich runzele die Stirn. »Derek? Mein Derek? Über ihn wurde ja schon viel gesagt, aber ›nett‹ war bisher nicht darunter.«

Sie steht auf. »Sein mürrisches Gehabe ist nur Show. Er ist ein Schoßhündchen. Sollen wir?«

Ich bin immer noch ein wenig schockiert, dass sie hier ist und mich mit einer Luxuslimousine abholt, aber ich stehe schulterzuckend auf. »Dann mal los.«

Ich werfe meinen Müll weg und folge ihr zum Auto. Als wir uns nähern, steigt ein gut aussehender Mann in einem schwarzen Anzug aus und öffnet uns die Tür.

»Gerald, das ist Toby Jenner. Toby, Gerald Cornell, der beste Fahrer der Welt.«

Er nickt mir zu. »Es ist mir ein Vergnügen, Mr Jenner.« Er hat diesen britischen Oberschichtakzent, den ich bisher nur in Downton Abbey gehört habe. »Miss Cassidy, wir haben nur mäßigen Verkehr. Wir sollten in einer Viertelstunde da sein.«

»Toll, danke, Gerald.«

Cassidy also? Ihren Nachnamen höre ich zum ersten Mal. Natürlich ist er wie alles andere auch perfekt.

Joanna steigt zuerst ein, und Gerald schließt die Tür, bevor er mich zur anderen Seite geleitet. Ich setze mich auf den wahnsinnig geräumigen Sitz und schnalle mich an, während Gerald auf dem Fahrersitz Platz nimmt.

»Wasser?«, fragt Joanna und bietet mir eine gekühlte Flasche an.

»Äh … gern.« Ich beuge mich zu ihr und sage leise: »Läuft da was zwischen dir und Tom Ford? Der Wagen ist beeindruckend. Kann mir nicht vorstellen, dass er ihn und seinen Fahrer jedem anbietet.«

Sie setzt eine Sonnenbrille auf und wirft einen Blick auf den Fahrer. »Äh … ja. Tommy und ich kennen uns schon ewig. Ich will nicht sagen, dass ich seine Herbstkollektion vor einer Weile gerettet habe, aber der Mann wollte auf der Fashionweek Ponchos zeigen.« Sie dreht sich zu mir. »Ponchos, Toby. Mit Quasten. Also ehrlich.«

Ich lache, weil sie hanebüchene Sachen sagt, ohne mit der Wimper zu zucken. Ich weiß nicht, ob sie scherzt, also nehme ich es einfach an.

»Ponchos sind also schlecht?«

»An sich nicht, aber wenn es so aussieht, als hätte man sie aus Omas alten Gardinen genäht, dann schon. Zum Glück habe ich ihn noch rechtzeitig erwischt. Hätte er sie Anna Wintour gezeigt, hätte sie ihm bei lebendigem Leibe das Herz herausgerissen und es verspeist. Anna reagiert allergisch auf Quasten. Das kommt wahrscheinlich daher, dass ich sie einmal in eine Burlesque-Bar im Greenwich Village mitgenommen habe, wo man ihr schlechten Champagner servierte, während eines der Mädchen ihr mit den Quastenmöpsen vor dem Gesicht herumwedelte. Es war ein Quastendrama.«

»Ah, verständlich.« Über die prominente Vogue-Herausgeberin zu sprechen überfordert mich, also trinke ich einen Schluck Wasser und schaue aus dem Fenster. Verglichen mit den Kreisen, in denen Joanna verkehrt, fühle ich mich wie ein unkultivierter Banause. Wahrscheinlich ist das einer der Gründe für unsere miserable Kompatibilität.

»Wie läuft es mit der App?«, fragt Joanna. »Alles vorbereitet für den Launch?«

Ich nicke. »Größtenteils. Nur noch ein paar Kleinigkeiten zu klären, aber das schaffe ich sicher.«

»Ganz sicher«, sagt sie bestimmt. »Ich glaub an dich.«

Dieses schwache Lob lässt meine Brust vor Stolz so sehr anschwellen, dass ich mich wundere, warum ich nicht wie der unglaubliche Hulk aus meinem Hemd platze.

Oh, ja. Freunde zu bleiben wird großartig werden.

Als ich durch die luxuriösen Räume des Tom-Ford-Flagship-Stores schlendere, bin ich von der riesigen Auswahl an Herrenmode überwältigt. Ich neige dazu, jeden Tag eine Variante derselben Kombination zu tragen, nämlich Hose plus T-Shirt und Strickjacke. Der Anblick endloser Regale mit stilvoller Kleidung ist also ein Schock für mich.

»Wer zum Teufel braucht das alles?«

Während Joanna mit einem schick gekleideten Style-Berater plaudert, entdecke ich in einem Regal in der Nähe eine besonders schöne Strickjacke und greife zu. Sie ist dunkelgrau und so weich wie ein Kätzchen, doch beim Anblick des Preisschildes klappt mir die Kinnlade herunter.

»Ach du dickes Ei.«

Joanna und der Mitarbeiter sehen zu mir herüber, und mir entgeht nicht, wie finster er blickt.

»Entschuldigung«, sage ich. »Das war unhöflich. Ich meinte nicht, dass Sie dicke Eier haben.«

Der Style-Berater verschränkt die Arme, und ich lege die Strickjacke ins Regal zurück. Ich habe die albtraumhafte Vorstellung, mit dem Fingernagel an dem zarten Stoff hängen zu bleiben und dann wegen Strickjacken-Schändung ins Gefängnis geworfen zu werden, weil ich das verdammte Ding nicht bezahlen kann.

»Sie warten oben auf uns«, sagt Joanna und zieht eine Augenbraue hoch. »Oder möchtest du vorher noch ein bisschen shoppen?«

»Würde ich ja gern, aber ich habe meine goldene AmEx auf der Yacht vergessen.«

Mit noch mehr Verachtung deutet der Mitarbeiter zum hinteren Teil des Ladens, und Joanna führt mich zu einem glänzenden Aufzug. »Fabian erwartet uns oben. Das ist Giovannis Assistent, und sie haben sicher schon etwas für dich herausgesucht.«

»Wie denn das? Wir haben doch erst gestern Abend über den Smoking gesprochen?«

»Ja, und ich habe Tom gleich heute Morgen angerufen. Zum Glück jagt gerade nicht eine Preisverleihung die nächste, so können sie ein paar Schneider entbehren.«

»Oh, cool. Eine Menge Leute arbeiten an diesem Smoking für mich. Völlig normal.«

Im Aufzug lasse ich meinen Kopf kreisen. Ich bin so eingeschüchtert, dass ich mir vorkomme, als wäre ich auf dem Weg zu einem Einlauf anstatt zu einer Anprobe. In Secondhandläden fühle ich mich einfach viel wohler als in schicken überteuerten Designerläden, und der heutige Tag verstärkt diese Haltung nur.

Joanna wirft mir einen besorgten Blick zu. »Geht's dir gut?«

»Klar. Großartig. Fantastisch. Finanziell minderwertig und zu wenig Stil, aber sonst prima.«

»Lass dich nicht einschüchtern. Es sind doch nur Klamotten.«

Ich balle die Hände und löse sie wieder. »Ja, aber superteure Klamotten. Wer zum Teufel braucht Strickwaren für vier Riesen? Sind die etwa kugelsicher? Oder mit einem eingebauten Massagegerät ausgestattet? Flüstern sie mir in einsamen Nächten nette Sachen zu und sagen mir, wie hübsch ich bin?«

Sie lacht. »Nein, aber sie sind aus Kaschmir und butterweich, und manche Leute sind bereit, Tausende dafür hinzulegen.«

Ich schüttele den Kopf. »Reiche Leute sind verrückt.«

Sie blickt auf die beleuchteten Zahlen. »Da kann ich nicht widersprechen.«

Die Türen öffnen sich in eine geschäftige Werkstatt, und ich erhasche gerade noch einen Blick auf zahlreiche mit Stoffen und Schnittmustern bedeckte Tische, bevor ein äußerst gepflegter junger Mann vor uns erscheint.

Verdammt, sogar die Angestellten hier sehen aus wie Supermodels.

»Hallo, ich bin Fabian. Giovanni erwartet Sie. Hier entlang, bitte.«

Wir folgen ihm über einen marmorgefliesten Korridor in einen Salon mit marineblauen Samtsesseln und einem beleuchteten Podest vor einem Halbkreis aus Spiegeln.

Ein kleinerer, älterer Mann kommt zu uns herüber und küsst Joanna auf beide Wangen.

»*Cara*, wie immer eine Freude, dich zu sehen.« Er hat einen starken italienischen Akzent und sieht in seiner schwarzen Weste und dem weißen Hemd aus, als gehöre er irgendwo auf eine Piazza, wo er Kunst oder italienische Lederwaren verkauft.

»*Ciao*, Giovanni.« Joanna drückt seine Hände und wendet sich dann mir zu. »Das ist Toby Jenner, dein heutiges Model.«

Giovanni streckt mir die Hand entgegen, und als ich sie ergreife, legt er seine andere darauf. »Jeder Freund von *la mia principessa* ist auch mein Freund. Dann machen wir Sie mal fertig, *amico.* Fabian? Würdest du bitte?«

Fabian bringt mich zu einer Tür, hinter der sich eine geräumige Garderobe verbirgt, mit Bad, Obst- und Käseplatte und einer Flasche Champagner auf Eis.

Meine Güte. Ich bin in einem Paralleluniversum gelandet.

»Machen Sie es sich bequem.« Fabian entkorkt die Flasche und schenkt mir ein Glas ein. »Im Badezimmer liegen frische Handtücher, Unterwäsche und ein Bademantel für Sie bereit. Wenn Sie fertig sind, ziehen Sie sich bitte das hier an.« Er deutet auf einen Ständer, an dem bereits ein Smoking und ein Hemd mit Kragen hängen. »Dort drüben finden Sie auch Schuhe in verschiedenen Größen. Kommen Sie in den Salon, wenn Sie so weit sind.«

»Wow. Okay.«

Er lächelt knapp und zieht die Tür hinter sich zu.

»Heilige Scheiße.«

Schnell stopfe ich mir den Mund mit Käse und Crackern voll, bevor ich alles mit zwei großen Schlucken Champagner herunterspüle. Es ist zwar mitten am Nachmittag und ich muss nachher noch arbeiten, aber wieso sollte ich dreihundert Dollar teuren Champagner ablehnen, wenn er mir angeboten wird?

Zwischen den einzelnen Schlucken ziehe ich mich aus, dann gehe ich ins Bad und nehme die kürzeste Dusche der Welt.

Danach betrachte ich die teure Unterhose.

»Du hast wahrscheinlich mehr gekostet als mein Smartphone«, murmele ich und ziehe sie an. Natürlich ist sie das Beste, was ich je getragen habe. Reiche Leute kennen vermutlich nicht den Schrecken von Kaufhausunterwäsche, die es irgendwie schafft, gleichzeitig auszuleiern und zu eng zu sein.

Ich kaue auf ein paar Trauben, während ich den schicken Smoking anziehe und darauf achte, dass nichts auf den schimmernden Stoff tropft.

Auch wenn er noch nicht ganz fertig ist, passt der Anzug überraschenderweise sehr gut. Ich ziehe schwarze Socken und ein unangenehm glänzendes Paar Schuhe an und mache mich dann auf den Weg nach draußen, wo Joanna auch an einem Glas Champagner nippt und sich mit Giovanni unterhält.

Als sie mich kommen hören, unterbrechen sie ihr Gespräch und sehen zu mir herüber.

Joanna bleibt der Mund offen stehen. »Wow. Okay. Nun … du bist … äh, ja, du trägst tatsächlich den Anzug. Wow.«

Giovanni scheucht mich auf das Podest und geht dann darum herum, um die Passform zu prüfen. »Hmmm. *Meraviglioso.* Du hattest recht mit deiner Vorhersage, *Cara.* Das ist fast *perfetto.* Deine Superkraft hat wieder zugeschlagen.«

Ich werfe ihr einen Blick zu. »Superkraft?«

Joanna lächelt. »Ja, abgesehen davon, dass ich mir ständig die falschen Männer aussuche, ist meine andere Superkraft, normalen Leuten ihre prominenten Körperdoubles zuzuordnen.«

Ich versuche, stillzuhalten, während Giovanni herumläuft und Manschetten und Säume feststeckt. »Wirklich? Wer ist meins?«

»Chris Hemsworth. Ähnliche Größe und Statur. Aber eher in *Im Herzen der See* als in *Thor*, wo er größer ist als ein Haus.«

Mein Gesicht muss meinen Unglauben verraten, denn dann sagt sie: »Nein, wirklich. Giovanni hat Chris' Anzug für die Premiere des Moby-Dick-Films geschneidert und das Schnittmuster dann für diesen hier verwendet. Ihr könntet Brüder sein, wenn er sich mal zwei Monate die Haare und den Bart nicht schneiden ließe.«

Ich blicke mein Spiegelbild an. Ich sehe tatsächlich aus wie ein *Im Herzen der See*-Hemsworth. Der überwucherte Look passt nicht so recht zu dem schicken Anzug.

Als hätte er meine Gedanken gelesen, tritt Giovanni zurück und sieht mich im Spiegel an. »Mit einem Haarschnitt und einer Rasur wird er sehr hübsch aussehen, *no?*«

Joannas Blick lässt mich erschaudern. »Oh, ich weiß nicht, der Waldschrat-Look steht ihm.« Unsere Blicke treffen sich, und in den wenigen Sekunden ist meine Brust zu eng zum Atmen. Ihr scheint es ähnlich zu ergehen, doch sie löst sich zuerst und tritt hinter mich.

»Wann ist der Anzug fertig, Giovanni?«

Er zieht die Jacke nach unten und überprüft die Ausrichtung der Taschen. »Ein paar Tage, aber er sitzt jetzt schon so gut, dass wir gar keine zweite Anprobe brauchen. Gib mir ein paar Minuten, damit ich mit meiner Chefnäherin sprechen kann, dann reden wir über die Lieferung.«

Er sagt etwas auf Italienisch zu Fabian, als sie den Salon verlassen, und Joanna und ich bleiben allein zurück. In Sekundenschnelle breitet sich eine unangenehme Stille zwischen uns aus.

Ich will die Hände in die Hosentaschen stecken, aber sie sind zugenäht, also lasse ich die Arme sinken und gebe mich entspannt.

Joanna lacht kurz auf. »Lässig.«

Ich nicke. »Ja, ich weiß. Sie haben mich gebeten, der nächste James Bond zu werden, aber ich habe einfach keine Zeit.«

Sie lacht wieder, und ich glaube nicht, dass ich ein Lachen schon jemals so attraktiv gefunden habe.

»Schade. Du wärst großartig gewesen.« Sie legt den Kopf schief. »Aber als wir gestern Abend über den Launch gesprochen haben, wirktest du nervös. Null Null Schick, Sie sind doch wohl nicht aufgeregt? In dem Anzug hinterlassen Sie bestimmt einen hervorragenden Eindruck.«

»Ich, nervös? Nope.« Das ist natürlich gelogen. Mit derart hochkarätigen, superelleganten Veranstaltungen habe ich keine Erfahrung. Außerdem will Max, dass ich eine Rede halte, und ich bin kurz davor, mir vor Angst in die Hose zu machen.

»Du musst dir keine Sorgen machen. Und so wie du in diesem Anzug aussiehst, würde es niemanden stören, wenn du einfach nur dastehst. Ich kann nicht glauben, wie perfekt er dir steht.« Joanna umkreist mich und streicht über den Anzug. Auch wenn sie nur die Passform prüft, fühle ich mich, als könnte ich genauso gut nackt sein. Als sie wieder vor mir steht, tritt sie näher und nestelt am Revers, und ich balle die Fäuste und spanne die Kiefermuskulatur an, damit ich sie nicht berühre.

»So gern ich auch nur herumstehen und gut aussehen würde, ich glaube, Max erwartet ein bisschen mehr von mir. Bis gestern Abend hätte ich nie damit gerechnet, dass ich die App präsentieren soll. Ich bin mental nicht darauf vorbereitet, vor einem großen hochkarätigen Publikum zu versagen.«

Sie schenkt mir ein sanftes Lächeln. »Du wirst nicht versagen. Wie Eden schon sagte, ich coache dich gern.« Sie lässt ihre Hand auf meiner Brust ruhen und sieht mich mit ihren eisblauen Augen an. »Wenn ich vor einer großen Menge spreche, denke ich immer an den alten Ratschlag: Stell dir einfach alle nackt vor.«

Ich schlucke und kann nicht verhindern, dass ich ihre Nähe genieße. »Das ist kein Problem. So weit bin ich schon.«

Sie wirft mir einen scharfen Blick zu, und die Anspannung zwischen uns steigt.

Scheiße, Jenner. Freunde, Freunde, Freunde, du Mistkerl. Themawechsel.

Ich räuspere mich und schaue zu den Vorhängen auf der anderen Seite des Salons.

»Also«, beginne ich. »Machst du das öfter? Typen in Smokings einzukleiden, die so viel kosten wie ein Kleinwagen?«

Sie wischt mir einen Fussel von der Schulter und geht noch einmal um mich herum. »So gut wie nie, was schade ist, weil ich meine Freunde gerne einkleide.«

Freunde. Wenn es von ihr kommt, fühlt es sich noch schlimmer an. Ich bin erstaunt, dass ich schon nach einem Abend glaubte, wir seien seelenverwandt, aber wahrscheinlich wird es noch tausend Jahre dauern, bis ich uns entspannt als »Freunde« bezeichnen kann.

»Besonders«, sie streicht den Ärmel glatt, und mir läuft eine Gänsehaut über den Rücken, »wenn meine Freunde in Abendgarderobe so gut aussehen.«

Sie stellt sich vor mich und prüft den Verlauf der Schulterlinie. Sie ist ganz nah und riecht fantastisch. Ich starre auf ihren Scheitel und hoffe, dass sie nicht merkt, wie sehr sie mich antörnt, auch wenn sie einfach nur vor mir steht.

»Ich weiß nicht, ob ich gut aussehe«, sage ich und zwinge mich, normal zu atmen, damit meine Stimme nicht komisch klingt. »Ich trage zum ersten Mal einen Smoking. Das ist eine neue und seltsame Erfahrung.«

Sie blickt zu mir auf. »Du machst Witze. Warst du in der Highschool nie auf dem Abschlussball?«

»Nope. In der Mittelstufe habe ich mit meinen Freunden lieber ein episches, ganztägiges Dungeons-and-Dragons-Turnier veranstaltet, als zum Ball zu gehen und von den Mädchen abgewiesen und von den Jungs verprügelt zu werden, weil wir einfach so cool waren.«

»Natürlich wart ihr das. Und im Abschlussjahr? Hast du dich da auch verweigert?«

Zu diesem Zeitpunkt war ich schon ein stattlicher Kerl und wurde von den Mädchen positiv wahrgenommen, also ging es mir nicht hauptsächlich um Vermeidung. Aber ich hatte einfach kein Interesse an dem unbedeutenden Prunk einer Schule voller Leute, die mich und die meisten meiner Freunde ausgrenzten. Ich verbrachte die Nacht damit, Stephen Hawkings *Eine kurze Geschichte der Zeit* zu lesen. Viel interessanter.

»Ja, ich hatte einfach keine Lust auf den Stress. Ich hatte Besseres zu tun.« Joanna blickt mich kurz fragend an, als wolle sie zwischen meinen vagen Zeilen lesen. Schließlich geht sie zu einem kleinen Tisch neben den Spiegeln und schnappt sich ihren Champagner. »Tja, dann sorgen wir wohl besser dafür, dass die Launchparty ein denkwürdiges Ereignis wird. Du hast ja wohl einiges nachzuholen.«

»Was ist mit dir? Du warst doch bestimmt Promqueen, oder?« Ich kann mir nicht vorstellen, dass sie überhaupt irgendwann etwas anderes als eine Königin ist. Sie hat eine königliche Ausstrahlung, der man sich nur schwer entziehen kann.

»Oh Gott, nein.« Sie nippt an ihrem Getränk. »Keine Abschlussbälle für mich. Ich bin mit sechzehn von der Schule abgegangen. Habe nicht einmal einen Abschluss gemacht. Ich hatte auch etwas Besseres zu tun. Ich glaube, am Abend meines Abschlussballs war ich in Simbabwe, um eine Schule für die Waisenkinder dort zu bauen, aber das ist eine lange Geschichte.«

Ich überlege, was ich mit dieser surrealen Information anfangen soll, als Giovanni und Fabian zurückkommen.

»Okay!« Giovanni klatscht in die Hände und grinst. »Alles ist organisiert. Der Anzug wird irgendwann nächste Woche fertig, und Fabian schickt ihn Ihnen per Kurier.« Er wendet sich mir zu. »Wie lautet Ihre Adresse?«

Ich will gerade meine alte Adresse in Brooklyn herunterleiern, als mir einfällt, dass dort nun ein nettes pakistanisches Paar wohnt. »Äh … also …«

Fabian schaut mich an, sein Finger schwebt über dem iPad. Giovanni lacht. »Haben Sie nach ein paar Schlucken Champagner etwa vergessen, wo Sie wohnen? Das passiert mir normalerweise nach einer Flasche Grappa.«

Joanna lacht auch, aber mir entgeht nicht der Blick, den sie mir aus dem Augenwinkel zuwirft.

»Mr Jenner?«, sagt Fabian mit einstudierter Geduld. »Ihre Privatadresse?«

Ich steige vom Podest und nicke. »Wissen Sie was? Können Sie mir den Anzug ins Büro schicken? Ich bin sowieso die meiste Zeit dort.«

»*Pulse?*«, fragt Joanna. »Oder Romance Central? Denn bei Letzterem könnte er mit einem der Kostüme verwechselt werden und verloren gehen.«

»Stimmt.« Ich kratze mich an der Augenbraue. »Dann also *Pulse?* Könnten Sie anrufen, bevor er geliefert wird, damit ich auch da bin?«

Joanna geht zu Fabian und tippt etwas in sein Tablet. »Alles geregelt. Ich bin nächste Woche wegen Tim Gunns Geburtstagsparty in der Gegend, da hole ich ihn ab und bringe ihn dir. Das ist für alle am einfachsten.«

»*Perfetto.*« Giovanni reicht mir ein Glas Champagner, das ich dankbar trinke. »So, das hätten wir.« Er erhebt sein Glas. »Auf eine wundervolle Veranstaltung. Möget ihr das schönste und stilvollste Paar dort sein.«

Bei dem Wort »Paar« verschluckt sich Joanna an ihrem Getränk. Dann wirft sie mir einen Blick zu und hebt ebenfalls ihr Glas. »Äh … danke, Giovanni. Du bist der Beste.«

Ich trinke noch einen großen Schluck und frage mich, warum ich so eine wilde Befriedigung daraus ziehe, dass sie ihn nicht wegen der Paarsache korrigiert hat. Das ist nur ein weiterer Grund, warum ich meine Bemühungen verstärken muss, mich von meinen Gefühlen für sie zu lösen. Auch wenn wir für diese Veranstaltung zusammenarbeiten müssen, dass ich mich so zu ihr hingezogen fühle, kann nur in einer Katastrophe enden. Ganz zu schweigen davon, dass es mich umbringen könnte, sie in einem Abendkleid zu sehen.

Ihr Handy piept, und sie stellt ihr Glas ab und schaut auf das Display. Sie runzelt die Stirn und sagt leise: »Verdammt. Nicht jetzt.«

»Alles in Ordnung?«

Sie schaut mich an und gibt sich lässig. »Oh ja. Alles bestens. Nur eine kleine Unannehmlichkeit in meiner Wohnung.«

Sie schnappt sich ihre Handtasche von der Couch und steckt ihr Handy hinein. »Sorry, Giovanni, ich muss los. Wir sehen uns nächste Woche, okay?«

»Sehr gut, *Cara.* Bis bald.«

Sie küsst ihn auf die Wange, dann kommt sie zu mir. »Ich rufe dich morgen wegen des Coachings an, okay?«

»Klar. Kein Problem.«

Sie kommt auf mich zu, als wolle sie auch mich auf die Wange küssen, hält dann aber inne. Sie lacht und tritt einen Schritt zurück. »Shit. Äh ... okay.« Sie tätschelt mir den Arm. »Bye.«

Ich blicke ihr nach, als sie hinausgeht. Sobald sie verschwunden ist, wird das Zimmer etwa fünf Nuancen dunkler.

Hinter mir lacht jemand, und als ich mich umdrehe, sehe ich Giovanni lächeln.

»Sie ist eine tolle Frau, *no?* Ich verstehe, warum Sie verliebt sind.«

Ich schnaube spöttisch. »Ich bin nicht verliebt. Wir sind nur ...« Hier kommt wieder dieses F-Wort. »Freunde.«

»Ja, klar.« Giovanni sieht aus, als könnte er einen Kurs über Skepsis geben. »Aber sicher, junger Mann.« Er gestikuliert zu

Fabian, der ein Tablett aus einem Schrank holt und unsere benutzten Gläser einsammelt.

»Ja, das sind wir«, sage ich bestimmter, als ich mich fühle.

Giovanni deutet auf die Anzugjacke, ich ziehe sie aus und reiche sie ihm. »Ich kenne Joanna schon seit Jahren und habe festgestellt, dass sie erstaunlich wenig Freunde hat. Sie kennt viele Menschen, aber sie vertraut nur einer Handvoll, und noch weniger lässt sie in ihr Herz. Aber mit Ihnen geht sie … anders um. Es erinnert mich an etwas, das lange zurückliegt.«

»Und an was?«, frage ich.

Er lächelt. »Wie meine Frau und ich uns verhalten haben, als wir uns vor fast sechzig Jahren ineinander verliebt haben.« Er faltet das Jackett über seinem Arm und nickt mir kurz zu. »Aber natürlich wünsche ich Ihnen viel Glück für Ihre aufblühende ›Freundschaft‹.«

9. KAPITEL

Kriminalkabuff

»Jenner, hier ist das FBI, Abteilung Cyberkriminalität. Hände und Hose hoch, und kommen Sie raus!«

Die Tür der Abstellkammer wird aufgerissen, und Edens grinsendes Gesicht erscheint. »Diesmal hast du es geglaubt, stimmt's? Bei meiner furchteinflößenden Agentenstimme hast du dir fast in die Hose gemacht, richtig?«

Ich sitze unbequem auf einer umgedrehten Plastikkiste und nicke, ehe ich mich wieder meinem Laptopbildschirm zuwende.

»Auf jeden Fall. Von den drei Malen, die du das in der letzten Stunde gemacht hast, war das mit Abstand das Glaubwürdigste. Ich schlottere vor Angst.«

»Hervorragend.« Sie kommt rein und setzt sich auf eine weitere Kiste neben mir. Wir verstecken uns in der Abstellkammer bei *Pulse*. Sie ist klein und riecht beißend nach Zitrusreiniger, aber hier gehen wir neugierigen Augen und den missbilligenden Blicken unseres Chefs aus dem Weg.

»Sucht Derek mich schon?«, frage ich, während ich auf die Tastatur einhacke.

Eden zuckt mit den Achseln. »Er ist vor zehn Minuten mal an deinem Schreibtisch vorbeigekommen, aber ich habe ihm gesagt, dass du deinen Artikel fast fertig hast, und er wirkte nur geringfügig angepisst.«

»Nicht schlecht.« Eigentlich habe ich den Artikel sogar fertig, aber ich wollte ihn noch ein letztes Mal überarbeiten, bevor ich ihn einreiche. Wie auch meinem Leben fehlt ihm noch das gewisse Etwas, um vor Dereks kritischem Rotstift zu bestehen.

»Hast du schon die E-Mails von dem Anwalt geknackt?«

»Nein. Aber bei Crest haben sie Erfahrung darin, ihre Spuren zu verwischen. Es kann eine Weile dauern, bis du etwas Verwertbares hast.«

»Der Informant, mit dem ich mich neulich getroffen habe, hat mir versichert, Marcus Crests Anwalt sei das schwächste Glied in der Kette, aber Beweise hatte er keine.«

»Ja, gerüchteweise schmiert Crest seit Jahrzehnten Mitglieder im Stadtrat und Mitarbeiter der Planungsbüros. Denkmalschutz und Bebauungspläne sind auf einmal irrelevant, wenn Crest irgendwas abreißen oder etwas Neues hochziehen will. Es gibt einen Straßenzug in SoHo, in dem nicht mehr als acht Stockwerke erlaubt sind, und dennoch hat er da ein dreißigstöckiges Hochhaus hingesetzt, ohne jede Konsequenz.«

»Genau«, sagt Eden. »Also wenn wir nur eine lose Masche in seinem schicken Lügenpullover finden, dann können wir die ganze Scheiße aufribbeln. Deshalb müssen wir unbedingt in diesen E-Mail-Account reinkommen.«

»Ja, und wie so oft ist das leichter gesagt als getan, aber ich arbeite daran. Auch wenn ich nicht schneller vorankomme als ein Faultier mit Arthrose.«

Eden seufzt und sieht sich in dem engen Raum um. »Meinst du, es würde etwas ändern, wenn wir nicht in diesem sargähnlichen Kabuff sitzen würden?«

»Wie kommst du darauf? Das ist mein uneinnehmbares Kriminalkabuff. Wenn du mir vorschlagen willst, ich sollte meine Verbrechen in aller Öffentlichkeit begehen, so wie irgendein armseliger Hedgefonds-Manager, dann beleidigst du mich.«

»Und das Kabuff verhindert, dass du erwischt wirst?«

Ich muss lachen. »Nein, aber meine komplexe Verschleierungstaktik. Ich bin quasi unauffindbar.«

Eden streckt die Beine aus und verschränkt die Arme. »In Filmen sieht man immer, wie Hacker in höchstens drei Sekunden in irgendwelche Regierungsnetzwerke eindringen, aber du versuchst es jetzt schon seit fast anderthalb Stunden. Woraus ich schließe, dass Hollywood entweder ein dreckiger Lügner ist oder du ein miserabler Hacker.«

»Tja, und da ich ein hervorragender Hacker bin, kann das nur bedeuten ...«

Sie legt sich übertrieben entsetzt eine Hand auf die Brust. »Tobias, bedeutet das etwa, Hollywood täuscht uns alle, und Hacken ist ein mühsamer und langwieriger Prozess, der die meisten Zuschauer zu Tode langweilen würde, wenn man ihn realistisch darstellte? Das glaube ich nicht!«

»Schockierend, was?« Ich drücke auf eine Reihe von Tasten. »Aber um es positiv zu sehen, es könnte sein, dass ich in den nächsten paar Minuten drin bin, wenn du also irgendwas Mission-Impossible-Mäßiges summen möchtest, tu dir keinen Zwang an.«

»Ooh!« Eden klatscht in die Hände. »Kommt sofort.« Sie summt etwas, das sich anhört wie ein besonders unmusikalisches Kind von James Bond und Ethan Hunt, und beugt sich vor, um zu sehen, was ich mache. Nach ein paar angespannten Minuten zucken wir beide zusammen, denn die Tür wird aufgerissen, und Raj steht vor uns.

»Aha. Erwischt!« Als er bemerkt, dass wir sitzen, entgleisen seine Gesichtszüge. »Was? Ihr vögelt gar nicht? Ich war mir sicher, dass hier irgendwelcher Schweinkram abgeht.«

»Raj«, sagt Eden. »Ich bin mit Max zusammen.«

»Ich weiß.« Er zieht ein Päckchen Jelly Beans aus der Hosentasche. »Aber deshalb kannst du ja trotzdem mit dieser Bohnenstange hier eine Nummer schieben.«

Ich werfe ihm einen finsteren Blick zu. »Können wir nicht. Wir sind Freunde.«

Er zuckt die Achseln. »Wenn du meinst … Aber ich glaube, eine platonische Freundschaft zwischen Männern und Frauen ist ein Mythos. Und Verschwendung. Also, was macht ihr hier, wenn ihr nicht rummacht?«

»Geht dich nichts an.«

»Wohl, wenn ihr in meiner Trollkammer hockt und den ganzen Vormittag nicht rauskommt.«

»Deiner was?«

»Meine Trollkammer. Hierhin ziehe ich mich zurück, wenn ich in Gamerforen pöbeln und Teenager zum Weinen bringen will.«

»War ja klar. Hast du die Virensoftware auf allen Bürorechnern aktualisiert?«

»Yep, ich bin auch fast fertig mit den neuen Sicherheitsprotokollen und den Zugangsdaten für die Cloud. Soll ich dann mit den SQL-Fixes bei der HEA-App anfangen?«

»Ja, und checke bitte auch noch mal Zeile für Zeile den Code, wie ich dich gebeten habe.«

»Okeydokey.« Er hält uns die Tüte hin. »Jelly Bean?«

Wir nehmen jeder eine und stecken sie uns in den Mund, Raj winkt und schließt die Tür.

»Er ist so schräg«, sagt Eden kauend.

»Ja, aber er ist ein guter Programmierer und ziemlich zuverlässig. Solche Typen sind meistens etwas schräg.«

Wir schweigen eine Weile, während ich weiterarbeite, dann sagt Eden auf einmal: »Uuund? Hast du Joanna in letzter Zeit gesehen?«

Jetzt geht das wieder los.

»Nicht seit der Anprobe letzte Woche, und das weißt du auch. Hör auf damit.«

»Was denn? Ich hab doch nur gefragt.«

»Nein, hast du nicht. Du hast nachgebohrt. Übrigens bin ich froh, dass Joanna dir von unserem Übereinstimmungsfiasko erzählt hat.« Ich bin daran gewöhnt, Eden nicht alles zu erzählen, aber Joanna offensichtlich nicht, und das habe ich jetzt davon.

»Unglaublich.« Sie holt ihr Handy heraus. »Ich kann es immer noch nicht fassen, dass sie Liza ist und du dachtest, ihr wärt seelenverwandt, und dann haben die sieben Prozent das zarte Pflänzchen deiner romantischen Träume zertreten. Das ist wie in einem Märchen, nur umgekehrt.«

»Danke, dass du mich dran erinnerst.«

Sie legt mir eine Hand auf den Arm. »Tobes …« Sie neigt den Kopf. »Ich verarsche dich doch nur. Aber mal im Ernst – möchtest du darüber reden? Geht es dir gut?«

Ihre Besorgnis freut und ärgert mich zugleich. Es rührt mich, dass sie sich Gedanken macht, aber über meine komplizierten Gefühle für Joanna möchte ich gerade wirklich nicht sprechen. Es ist schon schwer genug, sie in die Nur-Freunde-Schublade zu sperren. Sie zu öffnen und den Inhalt einer gründlichen Untersuchung zu unterziehen würde mir zu weit gehen.

»Nein, ich möchte nicht darüber reden, und ja, mir geht es gut. Es war nur eine Nacht, Eden. Ein Flirt, der zu nichts führte. Das ist mir schon tausendmal passiert und wird mir sicher noch weitere tausendmal passieren. Also, willst du jetzt noch mehr Zeit vertrödeln, oder soll ich endlich diesen E-Mail-Account knacken?«

»Okay, alles klar. Aber wenn du jemals drüber reden möchtest, bin ich für dich da.«

»Ich weiß. Du bist sogar für mich da, wenn ich nicht drüber reden will.«

»Ganz genau.«

»Okay, nur noch ein paar Sekunden …« Eine Flut von Buchstaben und Zahlen erscheint auf dem Bildschirm. »Ahhhhh!«

Eden klatscht in die Hände.

»Und jetzt die unvermeidliche Frage«, sage ich mit einem süffisanten Grinsen. »Wer ist der Beste?«

Eden legt mir einen Arm um die Schultern und beugt sich zum Bildschirm. »Oh, mein feiner, großer, haariger Freund … du bist ganz eindeutig der Beste.«

Schweigend blättern wir den Posteingang durch, überfliegen ein paar Seiten, aber schon bald ist unsere triumphale Stimmung dahin.

»Toby, bitte sag mir, dass es hier etwas gibt. Einen schlagenden Beweis. Eine kleine ›*Hey, weißt du, was für ein Verbrechen wir da gerade abgezogen haben? Lass es mich bis ins kleinste Detail beschreiben*‹-Mail. Ich kann nicht schon wieder in eine Sackgasse geraten. Jedes Mal, wenn ich glaube, ich stehe mit der Story kurz vor dem Durchbruch, rinnt sie mir durch die Finger.«

»Ich weiß, ich wiederhole mich, aber Crest Construction macht seit Jahrzehnten zwielichtige Geschäfte. Das sind Profis. Die wissen, wie man Spuren verwischt.«

»Aber wie zum Teufel soll ich dann an eine Story über diese korrupten Arschlöcher kommen?«

»Eden, was meinst du, wieso jeder Enthüllungsjournalist davon träumt, Crest Construction auf die Schliche zu kommen? Wenn es einfach wäre, hätte es schon längst jemand getan.«

Ich kopiere den gesamten Inhalt des E-Mail-Accounts auf einen externen Server. Dann installiere ich einen Trojaner, der es uns erlaubt, auch die zukünftige Kommunikation zu überwachen. Wenn er seine Malware-Software regelmäßig aktualisiert, wird das Programm innerhalb einer Woche entdeckt, aber eventuell reicht uns das schon.

»Okay, mehr können wir im Moment nicht tun. Ich suche in meiner Freizeit weiter.« Auch wenn ich nicht viel Freizeit habe. »Aber jetzt muss ich ein paar Tage wieder an der App arbeiten. Beim Launch soll alles perfekt sein.«

»Gute Entscheidung.« Eden steht auf. »Ich gehe die Liste vergrätzter Ex-Angestellter durch. Vielleicht ist irgendjemand so verbittert, dass er uns helfen will.«

»Klingt gut.« Verbitterte Menschen sind oft hoch motiviert, sich an denen, die ihnen Unrecht getan haben, zu rächen. Nicht, dass ich das aus eigener Erfahrung wüsste oder so. Aber einmal, im Chemieunterricht, habe ich die Zutaten von einem der Arschlöcher, die mich immer verprügelten, vertauscht. Als er sich vorbeugte, um die Chemikalien zusammenzugießen, versengte ihm die darauf folgende Explosion beide Augenbrauen. Ich wurde zum Schulleiter zitiert, und offenbar war »Rache« keine akzeptable Antwort auf die Frage, warum ich das getan hatte.

Eden tippt auf ihrem Smartphone herum und lehnt sich an die Tür. »Max schreibt, ich soll dich an das Treffen nächste Woche bei ihm erinnern. Anscheinend hast du vergessen, die Gruppeneinladung anzunehmen.«

»Verflucht. Sorry. Es ist gerade … viel los.« Ich öffne einen anderen Tab und klicke auf den Antwort-Button, auf dem steht: »Ich werde da sein.« Zumindest körperlich, aber mein Geist wird wahrscheinlich mit dem Gesicht nach unten im Fluss treiben. Verdammt, bin ich erschöpft.

»Toby?«

Ich blicke auf, und weil ich schon so lange auf den Bildschirm gestarrt habe, tut mir sogar das Blinzeln weh.

»Ich weiß, ich frage das mindestens ein Mal am Tag, aber … geht es dir gut?«

Es geht mir nicht gut. Das weiß ich, und ich weiß, dass sie es weiß, aber ich kann es einfach nicht aussprechen. Dazu müsste ich ehrlich sein. Mir eingestehen, in was für einem Strudel aus Scheiße mein Leben gerade versinkt. Ich müsste akzeptieren, dass ich es allein nicht schaffe und Hilfe brauche. Ich weiß, ich sollte mich Eden anvertrauen, aber ich kann es einfach nicht.

Also sage ich gerade fröhlich genug, um glaubwürdig zu sein: »Alles prima, Tate. Aber danke der Nachfrage. Falls ich einen Rettungsring brauche, bist du die Erste, die ich anrufe.«

Ich wende mich wieder meinem Bildschirm zu.

»Okay.« Sie öffnet die Tür. »Ich treffe mich jetzt mit Max. Bis morgen.«

»Yep. Alles klar.«

Nachdem sie gegangen ist, arbeite ich weiter. Ich behebe ein paar Probleme mit der App, überarbeite meinen Artikel, und als das alles erledigt ist, hacke ich mich in Dads Krankenkasse, um den Beitragsrechner zu manipulieren und die Police ein bisschen günstiger zu machen. Illegal? Ja. Gerechtfertigt? Ja, verdammt. Diese Arschlöcher zocken jedes Jahr Millionen von Menschen ab. Ich gleiche die Sache nur ein wenig aus.

Als ich damit fertig bin und das Kriminalkabuff verlasse, ist es fast zwei Uhr nachts. Die *Pulse*-Redaktion ist dunkel und menschenleer. Mit einem tiefen Seufzer packe ich meine Sachen zusammen und fahre ein paar Stationen zu Romance Central in Greenpoint.

Gähnend betrete ich das dunkle Gebäude und begebe mich direkt auf die Couch. Kaum sitze ich, schwirrt mir der Kopf, so müde bin ich.

Aber wenn ich so überarbeitet bin, schaltet mein Gehirn einfach nicht ab. Ganz gleich, wie erschöpft ich bin, sobald ich mich hinlege und die Augen schließe, fällt mir ein, was ich alles nicht erledigt habe, und in Gedanken schreibe ich eine Liste, was ich morgen nachholen muss. Vielleicht schlummere ich kurz ein, aber die meiste Zeit wälze ich mich herum und grüble, wie ich aus dem ganzen Schlamassel herauskommen soll. Meine Grandma sagte immer, wenn ich mich überfordert fühlte: »Wenn du durch die Hölle gehst, dann halte um Himmels willen nicht an, um die Aussicht zu genießen. Geh einfach weiter, bis du auf der anderen Seite ankommst.«

Oh Mann, ich vermisse sie.

Ich weiß nicht, wann ich auf der anderen Seite ankomme, aber im Moment würden mir schon ein paar Stunden traumlosen Schlafes reichen, damit der Weg dorthin erträglicher wird.

10. KAPITEL

Ein Highlander zum Verlieben

Es gibt einen Zustand zwischen Schlaf und völligem Wachsein, den man Klartraum nennt. In diesem Zustand ist man sich bewusst, dass man träumt, und kann den Traum beeinflussen.

Zum ersten Mal habe ich das als Kind erlebt. Immer wenn ich nach einem harten Tag in der Schule nach Hause kam und besonders erschöpft war, rollte ich mich auf unserer alten grünen Samtcouch zusammen und erlebte mit halbem Bewusstsein Abenteuer. Aus irgendeinem Grund funktionierte es nur auf der Couch, und so nannte ich diese Vorfälle »Couch-Trips«. Ich konnte fliegen und Sachen wachsen oder schrumpfen lassen. Ich konnte sogar die Szenerie oder die Handlung verändern und Leute nach meinem Willen handeln lassen. Es war aufregend.

So viele Jahre später stelle ich interessiert fest, dass ich wieder luzide träume, und zwar auf der Couch bei Romance Central. Ich schlafe nicht ganz und bin auch nicht ganz wach, sondern schwebe in diesen von mir erschaffenen Welten, in denen ich gottgleiche Kräfte und die absolute Kontrolle habe. Man muss kein Genie sein, um herauszufinden, dass das wahrscheinlich hervorgerufen wird, weil ich gerade so wenig Kontrolle über mein echtes Leben habe. Trotzdem befreit es mich ein wenig von meinen allgegenwärtigen Sorgen.

In dieser Nacht habe ich bereits meinen Dad geheilt und ein Broadway-Theater gekauft, damit meine Schwester die Hauptrolle in einem neuen Stück spielen kann. Ich habe Mom mit Geld überschüttet, damit sie nicht mehr so viel arbeiten muss, und mir eine Wohnung mit Blick auf den Central Park gekauft. Wäre die Realität doch auch nur so einfach zu beeinflussen.

Jetzt bin ich am Strand, beobachte den Sonnenuntergang und bemerke aus dem Augenwinkel eine Bewegung. Als ich mich umdrehe, steht Joanna da, schön und strahlend, und lächelt mich an.

»Du bist perfekt«, sage ich.

»Nicht für dich.« Sie hält ihr Smartphone hoch, um mir die verdammten sieben Prozent Übereinstimmung zu zeigen. »Für dich bin ich perfekt falsch.«

»Nicht hier.« Ich gestikuliere wie ein besonders haariger Jesus. »Schau noch einmal hin.«

Sie beobachtet erstaunt, wie aus den sieben einhundertzehn Prozent werden. »Wie … ist das möglich?«

»So richtig fühlt es sich an, ob es nun statistisch gesehen stimmt oder nicht.«

Sie tritt an mich heran, legt mir die Hände auf die Brust, und ich seufze erleichtert auf, als ich sie endlich umarmen kann.

»Hier sind wir perfekt.«

Sie stellt sich auf die Zehenspitzen und küsst mich, und es ist genauso erschütternd wie an dem Abend, als wir uns kennengelernt haben. Ich ziehe sie an mich und stöhne, als wir unserer Leidenschaft nachgeben und einander liebkosen und küssen.

»Toby … Gott … ja …«

Alles in mir sehnt sich nach ihr. Jeder Muskel erzittert, ist angespannt und hart.

»Toby … zieh mich aus. Bitte …«

Eine ganz leise Stimme flüstert mir zu, das zu beenden. Wir sind Freunde, und Freunde sehen sich nicht nackt, aber als sie meinen Hals küsst, kann ich nicht anders, als den Stoff zwischen uns zu entfernen.

Als meine Hand auf ihre nackte Haut trifft, stöhnen wir beide.

»Jo … du fühlst dich großartig an.«

Neben meinem Kopf summt etwas, und ich schlage abgelenkt danach, bevor ich sie wieder küsse.

Der Strand hat sich in ein Schlafzimmer mit weißen Laken verwandelt. Ich lege sie aufs Bett und küsse langsam und genüsslich jeden Zentimeter ihres Körpers. Schmecken, lecken, saugen …

Wieder summt es.

»Verschwinde«, murmele ich und schlage wieder zu. »Hau ab.« Wie zur Hölle ist ein Käfer hier hereingekommen? Kleiner schlauer Bastard. Es ist mein Traum, und ich werde ihm nicht erlauben, ihn zu ruinieren.

Ich will den Lärm ausblenden, aber schon schmilzt die glückselige Illusion dahin. Joanna verwandelt sich unter meinen Händen in Rauch. Ich wache auf und stelle fest, dass da gar kein Kopfkissen ist, sondern nur mein Arm.

Mit einem Grunzen stemme ich mich hoch und schaue mich schlaftrunken um. Es dauert einen Moment, bis ich begreife, dass das Brummen von meinem Smartphone kommt, das auf dem Couchtisch neben dem Sofa einen kleinen Tanz vollführt. Sauer darüber, dass es mich geweckt hat, runzle ich die Stirn.

»Welcher Arsch ruft am Sonntag um diese Zeit an?« Ich greife nach dem Handy und schaue auf das Display. Da merke ich, dass es kein Anruf, sondern der Wecker ist, den ich gestellt habe, um nicht zu verschlafen. Der Arsch bin ich selber.

»Scheiße.«

Hart wie ein Stein lasse ich mich auf die Couch zurücksinken und trauere der Vorstellung nach, Joanna in den Armen zu halten.

Ich seufze und reibe mir die Augen. *Vielleicht sollte ich sie anrufen.*

Nein. Ganz offensichtlich bin ich unfähig, eine platonische Beziehung mit ihr zu führen, und sollte besser den Kontakt mit ihr vermeiden. Mein Leben ist schon kompliziert genug. Ich muss sie mir aus dem Kopf schlagen, und wenn sie in meine Träume eindringt, muss ich mein Gehirn so umprogrammieren, dass es meinen Körper nicht mit Begehren überflutet. Wenn sie mir das nächste Mal bei einem Couch-Trip begegnet, werde ich … was? Ihr ein Sandwich machen? Klar, warum nicht. Der Plan erscheint mir so gut wie jeder andere.

Ich lege mir den Arm über die Augen. Es fühlt sich an, als hätte ich kaum geschlafen, aber ich darf nicht länger meinen Träumen nachhängen. Ich muss heute eine Menge erledigen, und wenn ich nicht endlich den Arsch hochkriege, schaffe ich niemals alles vor dem Meeting morgen Abend.

Mit einem Grunzen stehe ich auf, schlurfe ins Bad und lasse das Wasser laufen, bis es warm wird.

»Ohhhh.« Es fühlt sich fantastisch an, und ich bleibe eine Weile mit der Stirn an den Fliesen stehen, bevor ich mich einseife.

Die Dusche spült meine Müdigkeit größtenteils weg, und als ich fertig bin und mir ein Handtuch um die Taille wickle, fühle ich mich fast wieder wie ein Mensch.

»Dann legen wir mal los, Jenner. Es gibt viel zu tun.« Ich durchquere den Kostümfundus und gehe ganz nach hinten, wo meine Habseligkeiten und Klamotten hinter Kisten versteckt sind.

Ich durchstöbere meinen Seesack und runzle die Stirn.

Verdammt. Habe ich echt keine einzige saubere Unterhose mehr?

Nicht nur das, ich habe überhaupt keine sauberen Klamotten mehr. Ich halte mir ein nur leicht verschmutztes T-Shirt unter die Nase.

»Scheiße. Nein.«

Es kommt mir vor, als hätte ich erst vor ein paar Tagen gewaschen, aber jetzt, wo ich darüber nachdenke, wird mir klar, dass es schon fast zwei Wochen her ist.

»Dann muss ich die Wäsche wohl auf meine To-do-Liste setzen.«

Ich packe alles wieder in den Seesack und schiebe ihn zu der riesigen Waschmaschine und dem Trockner in der vorderen Ecke. Wenigstens muss ich ihn nicht die Straße hinunter in einen Waschsalon schleppen.

Ich stopfe alles hinein bis auf meine besten Strickjacken. Die weiche ich mit etwas Waschmittel im Waschbecken ein.

Da die Waschmaschine etwa anderthalb Stunden läuft, suche ich im Kostümfundus nach etwas, das ich in der Zwischenzeit überziehen kann.

Dyson und Max haben fast die gleiche Größe wie ich, also gehe ich zu den Regalen mit ihren Namen. Max spielt in letzter Zeit nicht mehr so oft Rollenspiele, also kann ich wohl etwas von ihm borgen, ohne dass es jemand merkt.

»Also gut, was haben wir denn hier?« Ich schaue mir die Kostüme auf den Bügeln an. »Biker … Marineoffizier … James Bond … reicher Playboy … Holzfäller … okay, das könnte gehen.« Ich lasse mein Handtuch fallen, schnappe mir eine Jeans vom Bügel und probiere sie an, aber obwohl ich in letzter Zeit abgenommen habe, ist Max' Taille immer noch schmaler als meine. »Shit.« Ich könnte mich hineinquetschen, aber ohne Unterwäsche will ich den Reißverschluss lieber nicht hochziehen. Ich muss also etwas anderes finden.

»Nein, nein, nein«, als ich das Regalende erreiche, sehe ich etwas, das passen könnte. »Schottischer Highlander – mal sehen.« Ich schnapp mir den rot karierten Kilt und wickle ihn mir um die Taille. Es gibt eine Reihe verstellbarer Schnallen, und ich brauche einen Moment, um sie zu schließen, aber dann habe ich ihn an. Er sitzt eigentlich ganz gut.

»Okay, cool. Die Schotten tragen sowieso keine Unterhosen, passt also.«

Weitestgehend bedeckt mache ich mich auf den Weg in mein Büro, wo ich meinen Laptop anwerfe, um etwas zu arbeiten. Ich will heute etwa zweihundert kleine Bugs korrigieren, und der Kilt verleiht mir das gute Gefühl, dass ich sie alle schaffe.

»Ja, Sie mögen mir die Unterwäsche wegnehmen«, flüstere ich mit dem schlechtesten schottischen Akzent aller Zeiten, »aber niemals nehmen Sie mir meine Freiheit.«

Ich öffne die Benutzeroberfläche und stürze mich auf die Fehlerliste wie ein Highlander, der in eine Schlacht gegen die Engländer zieht.

»And I wud wok fife-hundred miyels …«

Die Proclaimers hallen durch das Büro, während ich meine Klamotten aus dem Trockner hole und meine Version des Zusammenlegens durchführe, sie also in eine ordentliche Wurstform bringe. Dann schnappe ich mir meinen Schlafsack und mein Kissen, die noch feucht von der Waschmaschine sind, und drapiere sie auf dem kleinen zusammenklappbaren Wäscheständer. Schließlich spüle und wringe ich meine Strickjacken aus und lege sie zum Trocknen auf einen der Tische.

Genau wie mit der Wäsche bin ich auch mit der Arbeit überraschend gut vorangekommen, und auch wenn ich noch lange nicht fertig bin und noch einen kleinen Everest von Korrekturen erklimmen muss, bin ich guter Dinge. Ich bin kein großer Tänzer, aber als Devos *Whip It* auf der zufälligen Playlist auftaucht, packe ich all meine Highschool-Moves aus. Der *running man* ist da. Und auch der Sprinkler. Beim Refrain schnappe ich mir ein Verkehrshütchen, den die Schauspieler als Requisite für die Bauarbeiterrolle verwenden, und setze es mir auf den Kopf … wegen der Authentizität.

Nachdem ich ein bisschen mit dem Hintern gewackelt habe, verwandle ich mich in einen Roboter, und als ich gerade meinen beeindruckenden Moonwalk beende, höre ich, wie sich hinter mir jemand räuspert.

»Verdammte Scheiße.« Ich wirbele herum und sehe Joanna mit einem ungläubigen, aber amüsierten Gesichtsausdruck in der Tür stehen.

»Bitte«, sagt sie und unterdrückt ein Lachen. »Meinetwegen musst du nicht aufhören. Ich glaube, du wolltest gerade die Peitsche schwingen.«

Ich reiße mir das Verkehrshütchen vom Kopf und lasse es mit einem lauten Knall fallen.

»Ich … äh … hey, Joanna. Hi.« Ich lege mir unbeholfen eine Hand auf die Hüfte und schaue an mir hinunter.

Ja. Ich trage immer noch einen Kilt und sonst nichts. Denk jetzt bloß nicht an den Traum von vorhin. Wage es ja nicht.

Ich blicke zu Jo.

Sie legt den Kopf schief und mustert abschätzend meinen entblößten Körper. »So, so …«

»Ich … äh …« Ich schüttele den Kopf und versuche, die extreme Scham zu verdrängen, die mir das Gehirn vernebelt. »Was machst du hier?«

Sie hält eine schwarze Anzugtasche hoch, auf der TOM FORD prangt. »Ich dachte, ich könnte mich reinschleichen und den hier in deinem Büro lassen. Schien mir sicherer als dein Büroabteil bei *Pulse*. Max hat mir vor einer Weile den Sicherheitscode gegeben, also …«

»Oh, okay. Klar. Cool, cool.«

»Als ich dann die Musik gehört habe, bin ich ihr gefolgt, weil ich dachte, es wäre der Hausmeister, aber er war es nicht. Du warst es. Oben ohne. Du tanzt herum in einem …« Sie blickt nach unten. »Kilt.« Sie seufzt. »Und ich dachte, heute würde ein langweiliger Tag.« Ich erröte, als ihr Blick zu meiner Brust und dann wieder zu meinen Bauchmuskeln wandert. Etwas in ihrem Blick lässt jeden Zentimeter meiner Haut brennen und kribbeln.

Ich werde von Sekunde zu Sekunde unsicherer, schnappe mir ein weißes T-Shirt und ziehe es über.

Nachdem ich mich bedeckt habe, kommt Joanna zur Besinnung und schaut mir ins Gesicht. »Also … äh. Was machst du hier eigentlich? Abgesehen davon, dass du deine Dance-Moves in Highlanderklamotten aufpolierst?«

»Äh … also, ich habe die … Wäsche gewaschen.«

Sie entdeckt den Stapel sauberer Wäsche auf dem Tisch. »Gibt es bei dir im Haus keine Waschmaschine?«

»Doch. Ich meine … nein.« Ich bin offiziell der schlechteste Lügner der Welt. »Also, ich habe eine, aber sie ist … kaputt …«

»Also hast du deine Wäsche hergebracht?« Sie hängt sich die Anzugtasche über den Arm und geht zu meinem Seesack hinüber. »Wer ist denn dieser kleine Kerl?« Sie hebt einen kleinen gestrickten Pinguin auf. »Das ist nicht meiner. Das muss eine Requisite der Romance-Central-Crew sein.«

Sie dreht ihn um, damit ich es sehen kann. »Aber er trägt eine winzige Strickjacke, auf deren Vorderseite *Toby* aufgestickt ist.«

Verdammt, Grandma, warum musstest du Mister Puffin personalisieren?

Ich nehme ihn ihr ab und schiebe ihn zurück in den Seesack. Auch wenn ich ihn nicht mehr mit ins Bett nehme, gibt er mir immer noch ein Gefühl der Sicherheit.

»Hör mal, danke für den Anzug, aber ich habe ziemlich viel zu tun, also …«

»Noch mehr Tanzarbeit? Probst du für ein Casting für *Thunder from Downunder?* Die würden sicher total auf deinen Look abfahren.«

»Sehr witzig.«

»Finde ich auch.«

Ich will sie gerade aus dem Zimmer schieben, als sie wie angewurzelt stehen bleibt. Ihr Blick ist auf meinen Schlafsack und mein Kissen auf dem Wäscheständer gerichtet. Sie dreht sich zu mir um und zieht besorgt die Brauen zusammen.

»Toby? Wohnst du hier?«

Ich lache, denn aus irgendeinem Grund macht es mich ein wenig hysterisch, dass sie so kurz davor ist, meine ultrapeinliche Lebenssituation zu enthüllen. »Was? Nein. Ganz und gar nicht.«

»Aber …« Sie deutet auf den Schlafsack.

Ich zucke wenig überzeugend mit den Schultern. »Den habe ich nur hier, weil ich manchmal nicht nach Hause gehen will. Das ist keine große Sache. Viele hart arbeitende Genies schlafen im Büro.«

»Ja, natürlich.«

Ich nehme sie beim Ellenbogen und führe sie in mein Büro, aber mir ist klar, dass ich sie nicht überzeugt habe.

»Also«, sage ich, nehme ihr die Anzugtasche ab und hänge sie an die Rückseite meiner Tür. »Danke fürs Vorbeibringen. Das wäre nicht nötig gewesen, aber ich weiß es zu schätzen.«

»Ja, kein Problem.« Sie schaut sich um, vielleicht auf der Suche nach weiteren Hinweisen darauf, dass ich hier wohne.

Zum Glück bin ich geübt darin, meine Aufenthalte zu vertuschen. Solange sie nicht die Kisten mit meinen Habseligkeiten im hinteren Teil des Kostümfundus findet, bin ich in Sicherheit.

»Warte mal … du hast letzte Nacht hier geschlafen, aber du musstest heute deine ganze Wäsche waschen? Wann hast du die Wäsche denn geholt, wenn du gar nicht zu Hause warst?«

»Ich … äh … ich habe sie heute früh geholt. Ich war nur zu beschäftigt, um mich um alles zu kümmern, weißt du?«

»Ja. Klar. Das wäre möglich.« Sie blickt mich ein paar Sekunden lang an, und ich habe das Gefühl, dass sie bis in meine Seele hineinschaut. »Weißt du, Toby, du bist der schlechteste Lügner, den ich kenne.«

»Hey, also …«

»Du brauchst es gar nicht abzustreiten. Das ist ein Kompliment. Arschlöchern fällt es leicht zu lügen. Guten Typen nicht. Deine Unfähigkeit zu lügen sagt viel über dich aus, und das gefällt mir.«

Sie holt ihr Smartphone hervor und tippt aufs Display. »Ich weiß nicht, wie es dir geht, aber ich habe einen Bärenhunger, also werde ich mir etwas bestellen. Und dann essen wir zusammen zu Mittag, okay?«

»Nun, es ist fast drei …«

»Hast du schon zu Mittag gegessen?«

»Ehrlich gesagt, nein.«

Ich habe vorhin alle Snacks in der Küche vernichtet, und mein Magen knurrt so laut, als hätte ich ein Alien verschluckt.

»Gut. Ich bestelle italienisch. Ein Freund von mir hat ein kleines Bistro in der Nähe und liefert innerhalb von dreißig Minuten. Klingt das gut?«

»Klar, aber ich habe noch einen Haufen Arbeit zu erledigen.«

»Deshalb lasse ich es ja liefern und schleppe dich nicht in

ein Restaurant. Außerdem trägst du eindeutig nichts unter deinem Kilt, und New York ist einfach nicht bereit für einen freischwingenden Schotten wie dich.«

»Eindeutig? Was soll das heißen?«

Sie lächelt. »Das heißt, dass beim Tanzen dein … äh … Haggis auch ein Tänzchen vollführt hat.«

Oh Scheiße. Tja, dann.

Ich stemme die Hände in die Hüften und lasse den Kopf hängen.

Sie winkt ab. »Mach dir nichts draus. Wir sind doch Freunde, oder? Und Freunde sehen manchmal die beweglichen Teile ihrer Freunde durch die Kleidung hindurch. Schau …« Sie hüpft ein paarmal auf und ab, und ja, meine Augen fokussieren ihre Brüste wie der Terminator sein nächstes Ziel. Sie hört auf und lacht.

»Körperteile bewegen sich, Toby. So ist das Leben.«

Ich reibe mir das Gesicht und stöhne. »Klar. Total normal.« Jetzt muss ich nicht nur den Sextraum von vorhin, sondern auch noch wackelnde Brüste verdrängen.

»Toby …« Ich sehe sie an, und sie lächelt. »Entspann dich. Alles in Ordnung.« Sie zeigt auf meinen Computer. »Du setzt dich jetzt hin und arbeitest, und ich falte deine Wäsche zu Ende, während wir auf das Essen warten.«

»Ahhh …« Ich bin nicht prüde oder so, aber ich weiß nicht, was ich davon halten soll, dass eine so attraktive Frau meine Boxershorts aus nächster Nähe betrachtet. »Das musst du nicht.«

»Ich weiß, aber ich würde dir gern ein bisschen helfen, und ich bin gut im Falten. Du wirst schon sehen.«

Sie lächelt mich an und verschwindet im Kostümfundus. Als sie außer Sichtweite ist, lasse ich mich auf meinen Stuhl fallen und lege die Stirn auf den Schreibtisch.

Dieser Tag hat abrupt eine peinliche Wendung genommen.

Anderthalb Stunden später ist der Pausenraum mit den Überresten eines riesigen italienischen Festmahls übersät, und Joanna und ich haben uns durch die ganze Flasche Rotwein gearbeitet, die ihr Freund zur Bestellung dazugelegt hat.

»Ich sollte nicht trinken«, sage ich und leere mein Glas. »Ich muss noch eine Menge erledigen, bevor ich Feierabend machen kann.« Spreche ich undeutlich? Sicher nicht. Vielleicht höre ich stattdessen undeutlich.

Joanna schüttet die Hälfte ihres Weins in mein Glas. »Deshalb musst du trinken. Mit einem kleinen Muskelrelaxans geht die Arbeit besser von der Hand. Du könntest dir aber auch den Rest des Abends freinehmen und dir eine Pause gönnen. Versteh mich nicht falsch, du bist immer noch ein sehr attraktiver Mann, aber du siehst immer mehr aus wie Tom Hanks in *Cast Away* etwa zu der Zeit, als er Wilson traf. Du musst dich mehr um dich kümmern und nicht nur versuchen, zu überleben.«

Ich fahre mir durch die Haare. »Tja, nun, wenn die App gelauncht ist, habe ich mehr Zeit.« Und nachdem ich die Zuzahlung für Dads OP aufgetrieben und wieder eine Wohnung gefunden habe. »Das Ende ist abzusehen, in ein paar Wochen ist mein Baby auf dem Markt, und dann werde ich eine ganze Woche lang schlafen.«

»Als Freundin werde ich dich daran erinnern.«

»Als müder Mensch werde ich es dir erlauben.«

Ich trinke einen Schluck Wein, und ohne es zu wollen, starre ich Joanna an. Sie räumt nur ein paar Teller ab und wirft Verpackungen weg, aber trotzdem ist jede ihrer Gesten total faszinierend.

»Erzähl mir etwas, das sonst niemand über dich weiß«, sage ich.

Sie hält inne und sieht mich an. »Warum?«

»Weil wir versuchen, Freunde zu sein, und Freunde machen das. Ich weiß fast gar nichts von dir.«

Sie wischt den Tisch ab und wirft mir einen verlegenen Blick zu. »Ich bin ziemlich langweilig. Da gibt es nicht viel zu erzählen.«

»Das stimmt doch gar nicht.« Ich weiß nicht, ob es an meiner Erschöpfung, dem Wein oder daran liegt, dass ich sie verdammt gernhabe, dass ich mich nach Informationen verzehre, aber ich sehne mich nach irgendeiner Verbindung zu ihr.

»Du bist eine der faszinierendsten Frauen, die ich je kennengelernt habe, und ich möchte mehr über dich wissen. Du wirkst perfekt, bitte verrate mir, was ich übersehe.«

Sie lehnt sich auf ihrem Stuhl zurück. »Das ist eine sehr gewichtige Unterhaltung für einen Sonntagnachmittag.«

»Du musst nicht antworten, aber ich würde mich sehr darüber freuen.«

Sie sieht sich gedankenverloren in dem kleinen Pausenraum um, aber weicht meinem Blick aus. Als sie wieder spricht, ist ihre Stimme leise, als wäre sie nur für meine Ohren bestimmt, obwohl sonst niemand hier ist.

»Ich … äh …« Sie holt Luft. »Ich gebe nicht gern meine Schwächen zu, nicht einmal mir selbst gegenüber. Ich habe das Gefühl, wenn ich mir meiner Schwächen bewusst werde und sie mir eingestehe, gebe ich ihnen Macht, verstehst du?«

Wow. Nachvollziehbar. »Ja, das kann ich gut verstehen.«

»Also spiele ich einfach … Theater. Ich gebe vor, keine Angst zu haben oder nicht mehr einsam zu sein. Und wenn ich mich genug anstrenge, dann fühlt es sich echt an. Zumindest eine Weile.«

Hmm, könnte es sein, dass wir ein und dieselbe Person sind?

»Du hast niemanden, dem du dich anvertrauen kannst?«, frage ich.

»Nicht so richtig. Mir fällt es nicht leicht, Freundschaften zu schließen.«

»Das kann nicht sein.«

Sie schlägt die Beine übereinander. »Auf der Highschool hatte ich keine einzige Freundin. Ich hatte ein paar Freunde, aber die waren nicht so richtig an mir als Person interessiert. Bevor ich Asha und Eden kennengelernt habe, hatte ich keine normalen Freunde.«

»Aber du kennst tausend Leute. Tom Ford. Anna Wintour. Giovanni. Den Typen vom Restaurant. Sind das keine Freunde?«

»Ich bin sehr gut im Netzwerken, und klar, ich habe eine Menge Bekannte, aber es gibt nicht viele, mit denen ich mich auf einer tiefen, emotionalen Ebene verbunden fühle. Deshalb schätze ich Menschen wie Asha und Eden. Und jetzt dich.«

Ich strecke die Beine vor mir aus. »Du bist dir immer noch sicher, dass unsere Freundschaft funktionieren kann, selbst nach unserem Kuss?«

Okay, das wollte ich eigentlich nicht ansprechen, aber im Wein liegt Wahrheit, wie man so schön sagt.

Sie streicht sich eine Haarsträhne hinters Ohr, und ich könnte schwören, dass sie errötet. »Ich werde nicht lügen. Das war ein verdammt guter Kuss. Aber wir wissen, dass wir nicht mehr als Freunde sein können, oder? Unser Kompatibilitätspotenzial hat das sehr deutlich gemacht. Und ich hätte dich lieber als Freund in meinem Leben als gar nicht. Also müssen wir es hinbekommen. Ich kann damit umgehen. Du auch?«

Nach meinem Traum heute Morgen bin ich mir nicht so sicher. Aber ich will es, also nicke ich. »Ich denke schon. Es könnte eine Weile dauern, aber ich bin ein ziemlich entschlossener Typ.«

»Verzeih mir die Skepsis, aber das haben mir schon viele Männer gesagt, und es hat noch nie gestimmt.«

»Schau mir in die Augen. Sag mir, dass ich lüge.«

Sie beugt sich vor, und vor meinem inneren Auge laufen mehrere mögliche Leben ab, und in einem werden wir die besten Freunde. Leider beinhalten die anderen eine große Portion extrem heißer Intimität und sexueller Stellungen, von denen ich gar nicht wusste, dass ich sie kenne, aber das liegt daran, dass sie unglaublich attraktiv ist und ich nur ein normaler Mensch bin.

»So, jetzt bist du dran.« Sie schluckt schwer und lehnt sich zurück. »Erzähl mir etwas von dir, dass du noch niemandem sonst erzählt hast.«

Mir schnürt sich die Kehle zu. Wie kann ich dieser Frau nur von meinem verkorksten Leben erzählen? Wie könnte sie mich mit etwas anderem als Verachtung und Mitleid ansehen?

»Äh … also.« Ich schnappe mir unsere mittlerweile leeren Gläser und stehe auf, um sie auszuspülen.

»Toby …«

»Ja, ich glaube nicht, dass ich …«

»Hast du jemanden umgebracht?«

Nur meine Selbstachtung. »Nein, aber ich muss wirklich wieder an die Arbeit. Vielleicht können wir das ein andermal fortsetzen.«

Sie steht auf und stellt sich vor mich, und als ich die Gläser abstelle, nimmt sie meine Hände.

»Es gibt keinen besseren Zeitpunkt als jetzt. Und ich verspreche dir, dass ich dein Geheimnis bewahre, egal, was es ist.«

Ich seufze und lasse den Kopf hängen. »Ich kann nicht glauben, dass ich tatsächlich überlege, mich dir anzuvertrauen. Ich habe es Eden nicht erzählt. Noch nicht einmal meine Familie weiß davon. Es ist mir so verdammt peinlich, dass ich kaum noch in den Spiegel schauen kann.«

»Ich verspreche dir, ich werde dich nicht verurteilen.«

Ich hole Luft und stoße sie hastig wieder aus. Dann blicke ich auf meine Hände hinab und knacke mit den Fingerknöcheln. »Ich bin wohnungslos, Joanna. Du hast mich heute erwischt, und ich habe gelogen, weil es mir so verdammt peinlich ist.«

Sie braucht einen Moment, aber ihr Gesichtsausdruck verändert sich nicht. »Wie ist es dazu gekommen?«

»Das ist eine lange Geschichte, aber die Kurzfassung ist, dass meine Familie Geld braucht, weshalb ich ihnen mein ganzes Gehalt überweise. Ich war mit der Miete im Rückstand, und …« Ich zucke mit den Schultern. »Es ging so schnell, dass ich keine Chance hatte, gegenzusteuern, bevor es zu spät war. Ich versuche, wieder auf einen grünen Zweig zu kommen, aber ich weiß nicht, wie das ohne eine grundlegende Änderung meiner Lebensumstände funktionieren soll.«

»Aber du bist ein Genie. Du findest sicher einen Weg, um an Geld zu kommen.«

»Klar. Ich könnte mit meinem Gehalt übers Wochenende ins Casino gehen und Karten zählen, um etwas Geld zu gewinnen. Aber ich mag meine Kniescheiben, und sobald ein Casino herausgefunden hat, was ich da treibe, würden mir die Sicherheitsleute alle Knochen brechen. Ich verdiene mir mit freiberuflichen Programmierungen ein bisschen was dazu, aber ich bin mit den zwei Jobs gerade so ausgelastet, dass ich kaum etwas anderes annehmen kann.«

»Na, das ist doch perfekt! Ich hätte einen IT-Job für dich, und ich zahle ziemlich anständig.«

»Nichts für ungut, aber ich möchte wirklich nicht aus Mitleid von dir Arbeit bekommen. Ich bin kein Sozialfall.«

Sie wirkt beleidigt. »Das hat nichts mit Mitleid zu tun. Es gibt wirklich etwas, das erledigt werden muss.«

»Und trotzdem hast du es mir gegenüber nicht erwähnt, bevor du von meiner Notlage wusstest. Du hast gesagt, es würde nichts ändern.«

»Tut es auch nicht.«

»Dann lassen wir das Thema jetzt fallen, okay?« Ich werfe den letzten Abfall weg. »Ich muss sowieso wieder an die Arbeit. Du weißt schon, viel zu tun und so.«

Ich gehe zurück an meinen Schreibtisch. Ich möchte das mulmige Gefühl in meinem Magen ignorieren, doch es wird noch schlimmer.

Ich hätte es ihr nicht sagen sollen. Ich dachte, ich würde mich danach besser fühlen, aber das hat es nur noch schlimmer gemacht.

Ich lasse mich auf meinen Stuhl fallen und klappe den Laptop auf, entschlossen, diese Spirale der Peinlichkeiten zu ignorieren und durchzustehen.

»Toby …«

Ich blicke auf, und Joanna steht in der Tür zu meinem Büro. Es ist klar, dass sie unser Gespräch fortsetzen will, aber ich bin fertig.

»Jo … danke für das Essen und dass du mir den Smoking gebracht hast, aber ich muss jetzt wirklich arbeiten.«

»Ich wollte nur …«

»Joanna, bitte.« Ich sage es nachdrücklicher als beabsichtigt, und mein Tonfall bringt sie offenbar zur Einsicht. Trotzdem mache ich es noch schlimmer, indem ich ausraste. »Ich brauche dein Mitleid nicht, okay? Ich kriege das schon hin. Und wenn es dir nichts ausmacht, würde ich jetzt gern weiterarbeiten.«

Ich mache mich an die Arbeit, und auch wenn ich spüre,

dass sie noch da ist, bleibt mein Blick fest auf den Bildschirm gerichtet.

»Okay, Toby. Bis später.«

»Ja. Bis dann.«

Ich lausche ihren Schritten, und erst als ich höre, wie sich die Tür hinter ihr schließt, löst sich die Anspannung in meinem Kiefer.

11. KAPITEL

Retter

Wieder einmal ist es nach Mitternacht, als ich schließlich die brennenden Augen vom Laptop abwende und aus dem Büro stolpere.

Ich schnappe mir meinen Waschbeutel, gehe ins Bad und putze mir die Zähne, dann breite ich meinen frisch gewaschenen Schlafsack und mein armselig schlaffes Kopfkissen auf dem Sofa aus.

Dankbar dafür, in Unterhose und meinem Lieblingsshirt schlafen zu können, rolle ich mich auf der Couch zusammen und schiebe mir das Kissen unter den Kopf. Es ist eine Herausforderung, meine eins fünfundneunzig auf dem schmalen Möbel zu verstauen, aber es gibt Schlimmeres. Ich bin vielleicht wohnungslos, aber nicht obdachlos, also muss ich mich wohl bei meinem Schutzengel bedanken, dass ich immerhin ein Dach überm Kopf habe.

Ich drehe mich um und ziehe den Schlafsack mit mir.

Ich fühle mich immer noch schlecht, weil ich Joanna mein Geheimnis anvertraut habe. Wir alle haben unseren Stolz, aber bis heute war mir nicht klar, wie sehr meiner meine Gemütslage beeinflusst. Es fühlt sich an, als ob das Blut schneller als sonst durch meinen Körper rast, und als ich eine Hand vor mir ausstrecke, zittert sie.

Ich atme ein paarmal tief durch, aber es ist, als ob sämtliche meiner Organe vibrierten, und mir ist übel und schwindlig.

Du hättest den Mund halten sollen, du Vollpfosten.

Als Mann bin ich es nicht gewöhnt, über mein Versagen zu sprechen, und mir gefällt nicht, was für eine Wirkung es auf mich hat. Warum können Frauen so selbstverständlich anderen ihr Herz ausschütten, aber Männer werden dazu erzogen, alles hinunterzuschlucken und zu hoffen, dass es von selbst vergeht? Das ist nicht hilfreich und bestimmt auch nicht gesund.

Ständig wird Männern gesagt: »Ertrag es wie ein Mann«, aber das heißt doch nur, dass man seine Probleme nicht zugeben darf. Ein Großteil der Gesellschaft glaubt, Stärke sei gleichbedeutend mit emotionalem Analphabetismus und psychologischer Abschottung.

Verdammt, das ist keine Stärke. Das ist gestört.

Ich drehe mich um und starre ins dunkle Büro, während ich versuche, meinen Atem zu beruhigen.

Wenn ich wirklich stark wäre, dann hätte ich mich längst jemandem anvertraut. Eden würde für mich Himmel und Hölle in Bewegung setzen, aber ich kriege ja den Mund nicht auf. Auch Max würde mir helfen, ohne mit der Wimper zu zucken, aber mit ihm zu reden würde mir seltsamerweise noch schwerer fallen. Scheiße, wahrscheinlich würde sogar Derek mich unterstützen, wenn ich es nur über mich bringen würde, ihn darum zu bitten. Aber nein. Das wäre zu einfach. Lieber quäle ich mich durch die ständige Angst, indem ich das alles für mich behalte, anstatt mir Hilfe zu holen.

Ich schließe die Augen und atme weiter, und nach einer gefühlten Ewigkeit beruhigt sich mein Herzschlag, und auch die Sorgen treten in den Hintergrund.

Ich döse eine Weile vor mich hin, aber irgendwann muss ich doch eingeschlafen sein, denn plötzlich dringt ein Klingeln in meinen schläfrigen Geist. Es ist leise, aber hartnäckig, und ich kann es nicht ignorieren, so sehr ich es auch versuche.

Nach ein paar Sekunden gerate ich in Panik, denn der einzige Grund, weshalb mich jemand mitten in der Nacht anrufen sollte, ist ein Notfall. Mein erster Gedanke gilt Dad. Es gibt gerade so viel, was bei ihm schiefgehen könnte, und ich setze mich ruckartig auf und werfe einen Blick aufs Display.

Ich bin nur ein bisschen erleichtert, als ich sehe, dass es Joanna ist.

Ich schaue auf die Uhr. *2.45? Meine Güte, warum ruft sie um diese Zeit an?*

»Hallo?« Ich klinge genauso verschlafen, wie ich bin.

»Toby?« Ihr Tonfall beunruhigt mich. Sie klingt leise und verängstigt und als hätte sie geweint.

»Jo … was ist los?«

»Tut mir leid, dass ich störe. Du hast bestimmt schon geschlafen, aber ich wusste nicht, wen ich sonst anrufen sollte.«

»Schon okay.« Wie ferngesteuert ziehe ich meine Jeans an und suche nach meinen Socken und Schuhen. »Was ist los?«

»Kannst du zu mir kommen? Ich habe … ein Problem.«

»Was für ein Problem?«

»Es ist leichter zu erklären, wenn du da bist. Bring deinen Laptop mit, ja? Ich schicke dir die Adresse.«

»Jo, was ist denn los?«

»Komm einfach her.«

»Ich gehe sofort los.« So schnell ich kann, rolle ich meine Schlafsachen zusammen und schiebe sie in mein Versteck, ziehe eine Strickjacke und meinen Mantel an, stecke den Laptop in die Tasche und mache mich auf den Weg. Auf meinem Handy kommt eine Nachricht mit Joannas Adresse an, und ich renne Richtung Subway.

Völlig außer Atem komme ich bei dem imposanten Glasgebäude an, das Joanna ihr Zuhause nennt. Ich gebe den Code ein, den sie mir geschickt hat, und sprinte zu den Aufzügen, wo ich mit dem gleichen Code hinauf zum Penthouse gelange. Auch wenn ich mir Sorgen um Joanna mache, fällt mir trotzdem auf, was für ein unglaublich modernes Haus das hier ist. Sie kam mir zwar nie vor, als hätte sie Geldsorgen, aber das hier ist absoluter Luxus. Ich kenne diesen Teil von Manhattan nicht besonders gut, weil ich mir nicht einmal in meinen wildesten Träumen leisten könnte, hier zu wohnen.

Während ich mit dem Aufzug nach oben fahre, frage ich mich, ob Joanna irgendwo einen reichen Daddy hat, der die Wohnung bezahlt. Und dann fühle ich mich schlecht, weil ich überhaupt nichts über ihre Eltern oder ihre Familie weiß. Natürlich weiß sie auch kaum etwas über meine. Dafür, dass wir angeblich neue Freunde sind, tauschen wie uns erstaunlich wenig aus.

Als die Aufzugtüren aufgleiten, sehe ich zu meiner Überraschung eine Tür aus Sicherheitsglas, die mich von der großen hölzernen Eingangstür zum Penthouse trennt.

»Okay. Das ist schräg.«

Eine Tüte mit indischem Essen steht neben dem Aufzug, und ich zucke zusammen, als sich neben der Eingangstür etwas bewegt. Ich blinzle und erkenne Joanna, die sich an der Wand auf den Boden kauert. Als sie mich sieht, kommt sie auf die Füße und geht zur Glastür hinüber. Sie trägt bloß einen knappen Pyjama, und ihr Gesicht ist gerötet vom Weinen.

»Toby, Gott sei Dank. Gut, dass du da bist.« Der Anflug von Panik in ihrer Stimme gefällt mir nicht.

»Hey, kein Problem. Was ist los? Geht es dir gut?«

Sie lacht und schluchzt gleichzeitig. »Ging mir schon mal besser. Hast du deinen Laptop mitgebracht?«

»Natürlich.« Ich deute auf meine Tasche. »Was kann ich für dich tun?«

Mit zitternder Hand deutet sie auf die Tüte mit dem Essen neben dem Aufzug. »Vor fast zwei Stunden wollte ich meine kontaktlose Essenslieferung reinholen, und die verdammte KI hat mich ausgesperrt. Keine meiner üblichen Problemlösungen hat funktioniert, und mir ist nichts anderes eingefallen, als dich anzurufen.«

Sie hält ihr Handy an die Glasscheibe, damit ich lesen kann, was auf dem Display steht. »Log dich mit diesem Passwort ins Netzwerk ein.« Ich setze mich auf den Boden und klappe den Laptop auf meinem Schoß auf. Nachdem ich mich eingeloggt habe, finde ich mich in einem KI-Portal wieder, das fortgeschrittener ist als alles, was ich bisher gesehen habe.

Ich schaue zu ihr auf. »Was ist das?«

Sie setzt sich mir gegenüber, fährt sich mit einer Hand übers Gesicht und seufzt. »Der Typ, mit dem ich mal zusammengewohnt habe, war ein hervorragender Informatiker, und er hat die ganze Wohnung mit Smart-Technologie ausgestattet. Das war ja auch alles schön und gut, solange er hier war und Fehler sofort beheben konnte. Aber jetzt ist er schon seit fast einem Jahr verschwunden, und mir wächst alles über den Kopf.«

»Verschwunden?«

»Lange Geschichte. Entweder schuftet er irgendwo für unsere Regierung, oder die Russen haben ihn und er sitzt in Moskau bei Wodka und Borschtsch. Die Wahrscheinlichkeit ist in etwa gleich hoch. Vor ungefähr sechs Monaten habe ich eine Nachricht von ihm bekommen, in der er sagte, er sei in Sicherheit und es gehe ihm gut, aber wer weiß, ob die wirklich von ihm war. Jedenfalls ist er weg, und jetzt geht alles den Bach runter.« Sie hat immer noch Tränen in den Augen. »Bitte … hol mich hier raus.«

Sie zittert. Verdammt, die Arme hat wirklich Angst. Ich überfliege die komplexe Programmierung und Tausende von Befehlen. »Ganz ruhig, okay? Ich tue, was ich kann, aber ich bin mit den Feinheiten künstlicher Intelligenz nicht besonders vertraut, es könnte also eine Minute dauern.«

Sie gibt ein Geräusch von sich, das wie ein Wimmern klingt. »Kein Problem.«

Verdammt. Es gefällt mir gar nicht, dass sie so aufgewühlt ist. »Warum hast du sie nicht einfach ausgeschaltet?«

»Das habe ich als Erstes versucht. Aber er schaltet sich einfach immer wieder ein. Der Notschalter funktioniert schon seit Monaten nicht mehr. Ich habe auch versucht, seine Berechtigungen einzuschränken, aber er hat sich einfach über meine Anweisungen hinweggesetzt und macht, was er will.«

»Joanna, ich kann Sie hören.« Eine forsche Stimme mit britischem Akzent durchdringt den Vorraum.

Wow. Es kann sprechen. Beeindruckend, aber gruselig.

»Was Sie sagen, ist ziemlich verletzend.«

Joanna blickt wütend zu dem Lautsprecher an der Decke. »Jeeves, du hast mich hier stundenlang ausgesperrt, du überdimensionierte Fernbedienung. Du kannst von Glück reden, dass ich nicht deinen Server herunterfahre und dir direkt in die Mikrochips trete.«

»Ich sagte Ihnen doch bereits, Joanna, der Schließmechanismus hat eine Fehlfunktion. Der Fehler liegt bei der Tür, nicht bei mir.«

»Und die Glastüren?«

»Funktionieren auch nicht richtig. Sie sollten sich wirklich besser um Ihre Systeme kümmern.«

»Und du solltest mich in den zarten Arsch beißen, du Schrotthaufen. Lass mich hier raus!«

Die Situation macht Joanna eindeutig zu schaffen, wieder kommen ihr die Tränen, und ich spüre ihre Anspannung.

»Hey, alles gut«, sage ich mit meiner beruhigendsten Stimme. »Ich arbeite an einem Workaround. Das wird schon wieder.«

Sie schlingt die Arme um sich. »Dass es hier drin eiskalt ist, macht es auch nicht besser.«

»Hast du Platzangst?«

»Oh, merkt man das? Ich hatte gedacht, ich könnte es gut überspielen. So eng ist es hier drin ja nicht, aber es macht mich fertig, dass ich nicht raus kann.«

Sie tigert auf und ab wie ein Tier in einem Käfig. »Es hilft schon, dich zu sehen, aber langsam fällt mir das Atmen schwer.«

»Joanna, schau mich an.« Das tut sie, und am liebsten würde ich sie in den Arm nehmen, um die Panik zu vertreiben. »Jetzt bin ich ja da, und ich hole dich im Nullkommanichts da raus. Rede einfach mit mir, okay?«

Sie geht weiter auf und ab, versucht aber offensichtlich, sich zu beruhigen. »Worüber willst du reden?«

»Erzähl mir von deiner Familie. Ich weiß überhaupt nichts über sie.«

Sie schnieft und wischt sich über die Nase. »Na ja, Mom war Hausfrau und hat den besten Apfelkuchen der Welt gebacken, und Dad war Lehrer und hielt mich für die beste Tochter der Welt.«

»Das klingt nett.« Ich scrolle durch die Untermenüs und suche nach den Kontrollbefehlen für die Türen. »Leben sie hier in New York? Siehst du sie oft?«

»Einmal im Monat oder so. Sie liegen auf dem Brooklyn Cemetery.«

Ich halte inne und schaue schockiert zu ihr auf. »Oh nein, was? Scheiße. Das tut mir leid.«

Sie zuckt mit den Schultern. »Sie sind bei einem Flugzeugabsturz ums Leben gekommen, als ich fünfzehn war.«

»Oh Gott. Bei wem bist du aufgewachsen? Bei deinen Großeltern? Tante oder Onkel?«

Sie schüttelt den Kopf. »Nope. Ganz allein.«

Sie sagt es leichthin, aber die Vorstellung von ihr, so allein und verwaist, trifft mich mitten ins Herz. »Du warst für dich selbst verantwortlich, seit du fünfzehn warst?«

»Fast sechzehn, aber ja.«

Als sie darüber spricht, wirkt sie etwas ruhiger, dafür schnellt mein Unbehagen in die Höhe.

»Hölle, Jo. Wie hast du das geschafft?«

»Ein Schritt nach dem anderen. Am Anfang war es schwer, aber es wurde mit jedem Tag leichter.«

»Und diese Wohnung?«

Sie hockt sich mir gegenüber. »Ich habe mir den Arsch aufgerissen. Und es hat sich herausgestellt, dass ich wirklich gut mit Geld umgehen kann.«

»Das ist … unglaublich.«

Sie lehnt sich näher an das Glas. »Toby, ich würde mich wirklich gerne mit dir darüber unterhalten, aber kannst du mich vielleicht erst hier rausholen?«

»Mist. Ja, klar. Augenblick noch.«

Hektisch scrolle ich durch ein Unterprogramm nach dem anderen, bis ich endlich die Türsteuerung entdeckt habe. »Okay. Ich habe etwas gefunden.«

»Joanna, was tut dieser Mann?«

»Halt die Klappe, Jeeves.«

Ich entriegele die Türen, und als sie aufgleiten, jubelt Joanna vor Erleichterung. »Oh Gott, endlich!«

Ich stehe auf und greife nach meiner Tasche, aber da gleiten die Türen schon wieder zu.

»Toby! Beeil dich!«

Ich komme zu spät, denn die Türen schließen sich.

Joanna stöhnt frustriert auf und hämmert gegen die Scheibe. »Jeeves! Hör auf damit!«

»Es tut mir leid, Joanna, aber ich habe die Türen nicht verriegelt. Ich sagte bereits, das ist eine Fehlfunktion.«

Langsam geht mir dieser Computer-Bullshit auf die Nerven.

»Ich trete dir gleich in den Arsch«, murmle ich. Ich setze mich wieder und nehme den Laptop auf den Schoß. Diesmal bin ich direkt vor der Tür, und bevor ich sie entriegele, entziehe ich der KI den Zugriff darauf. *»Toby, richtig?«*, fragt Jeeves in einem schmierigen Ton. *»Das würde ich an Ihrer Stelle nicht tun.«*

»Du bist aber nicht an meiner Stelle, Schlauberger, also pass auf, wie ich dich in deine Schranken weise.«

»Toby, das ist keine gute Idee. Diese Wohnung ist nicht darauf ausgelegt, ohne mich zu funktionieren. Das ganze System könnte zusammenbrechen.«

»Ach ja? Das Risiko gehe ich gern ein. Gute Nacht, Jeeves.«

Deutlich weniger raffiniert, als mir lieb ist, lösche ich ganze Teile des Programms. Es ist ziemlich brachial, aber so entziehe ich der KI den Zugriff auf die meisten Funktionen.

»Toby … bitte nicht. Sie wissen nicht, was …« Die Stimme wird leiser und verstummt, und ich entsperre die Türen.

Diesmal bleiben sie offen, und Joanna stürzt sich in meine Arme. Ich kann gerade noch den Laptop wegschieben, bevor sie auf meinem Schoß sitzt und an meiner Brust schluchzt.

»Hey …« Ich reibe ihr über die Arme. »Du bist ja eiskalt.« Sie trägt ein hauchdünnes Tanktop und winzige Schlafshorts, aber das darf ich gar nicht beachten. Ich muss mich vergewissern, dass es ihr gut geht. »Komm her.« Ich ziehe sie an mich und hülle sie in meinen Mantel. Obwohl ihr Schluchzen nachlässt, ist sie immer noch angespannt, weil sie so lange eingesperrt war.

»Es ist alles in Ordnung. Alles ist gut.« Ich reibe ihr über Rücken und Arme, um sie aufzuwärmen.

Ein paar Minuten lang sitzen wir so da, gerade lange genug, damit sie sich beruhigen und etwas von meiner Körperwärme aufnehmen kann. So sehr ich mich bemühe, sachlich zu bleiben, kann ich nicht ignorieren, wie sie sich an meine Brust kuschelt und den Kopf unter mein Kinn schmiegt. Sie krallt sich in mein T-Shirt, und sie riecht fantastisch, nach Zitrusshampoo und fruchtiger Seife.

Es ist beinahe beängstigend, wie schön es ist, sie in den Armen zu halten. Es ist völlig neu und fühlt sich zugleich an, als hätte ich es schon tausendmal getan. Unbeabsichtigt gleicht sich mein Atemrhythmus ihrem an, und es ist, als würden wir miteinander verschmelzen.

»Hmmm.« Sie klingt müde und erschöpft. »Toby, habe ich schon mal erwähnt, dass du wirklich gut riechst?«

Ich lege die Wange auf ihren Scheitel. »Ja? Du auch.«

Ich will nicht wahrhaben, wie perfekt sie in meinen Armen liegt. Es gehört verboten, dass sich eine Frau mit nur sieben Prozent Kompatibilität tausendprozentig richtig anfühlt. Scheiß auf meine scheißdumme Scheißapp.

Anspannung steigt in mir auf, und ich muss sie loslassen, bevor ich etwas Unvernünftiges tue.

»Wie geht's dir?«, frage ich leise und lehne mich zurück, um Sicherheitsabstand zwischen uns zu bringen.

»Schon viel besser.« Dankbarkeit steht in ihren Augen und lässt sie noch viel blauer leuchten als sonst.

Mein Gott, ist sie schön.

Ich verspüre den Drang, ihr über die Wange zu streicheln, aber ich beiße die Zähne zusammen und widerstehe. Es ist gar nicht so einfach, weil sie mich so durchdringend ansieht, dass mir ein Schauer über den Rücken läuft.

»Äh.« Sie räuspert sich. »Ich sollte vielleicht mal … äh … von dir runtergehen.« Sie steht auf, und ich könnte schwören, dass ihre Wangen glühen. »Entschuldige bitte. Bei der heutigen Aufführung von *Die anhänglichste Frau der Welt* spiele ich die Hauptrolle.«

Ich lache nervös, als sie ihr Hemdchen glatt streicht, aber dann fallen mir fast die Augen aus dem Kopf, als ich ihre harten Nippel bemerke.

Scheiße, Jenner. Schau nicht hin. Schau … nicht … hin.

Freundefreundefreundenurfreunde …

»Hier.« Ich ziehe meinen Mantel aus und wende den Blick ab, als ich ihn ihr um die Schultern lege. »Damit du warm bleibst.« Und ich nicht den Verstand verliere.

»Du bist heute Abend mein Held, Toby. Ich weiß nicht, was ich ohne dich getan hätte. Ich habe schon länger Probleme mit Jeeves, aber in letzter Zeit ist es immer schlimmer geworden.« Der Mantel ist so groß, dass ihre Hände in den Ärmeln verschwinden.

»Joanna, du musst das Ding deinstallieren.«

Sie hebt hilflos die Hände, und die Ärmel rutschen herunter. »Das habe ich doch versucht. Ich hatte wochenlang drei verschiedene Informatiker hier, aber sie haben alle frustriert aufgegeben. Wie auch immer Sergej das hingekriegt hat, er hat Jeeves die Fähigkeit verliehen, sich selbst zu programmieren. Aber keiner hat herausgefunden, wie oder wo das geschieht.«

Ich hebe den Laptop vom Boden auf. »Dann spielt es also keine Rolle, dass ich ihn aus dem Sicherheitssystem der Wohnung gelöscht habe?«

»Nein.« Sie reicht mir meine Tasche. »Morgen früh wird er sich regeneriert haben und wieder alles durcheinanderbringen.« Sie deutet auf die Eingangstür. »Komm rein. Ich zeige dir, was ich meine.«

Ich versuche, mir meine Ehrfurcht nicht anmerken zu lassen, als ich ihr in das beeindruckende Foyer folge.

»Verdammt, Joanna. Das ist ja der Wahnsinn.«

Sie lächelt mich über die Schulter an. »Ja, oder? Es ist meine Traumwohnung.«

Von der großzügigen Eingangshalle aus gelangt man in eine riesige offene Wohnküche mit sechs Meter hohen Decken und riesigen Panoramafenstern. Die Einrichtung ist eine Mischung aus modernen und antiken Möbeln, und Joanna steht eindeutig auf Samt und Messing. Es ist stilvoll, aber nicht prätentiös, und obwohl alles tadellos aufgeräumt ist, wirkt es nicht kalt und leblos wie so viele moderne Wohnungen.

»Möchtest du was trinken? Einen Kaffee?« Sie deutet auf die Hocker vor der Kücheninsel und wendet sich einer riesigen Kaffeemaschine zu.

»Jetzt, wo Jeeves eine Weile außer Gefecht ist, bringe ich das Ding vielleicht zum Laufen.«

Sie stellt zwei Tassen unter den Auslauf und drückt auf einen Knopf. »Ich hoffe, du magst ihn mit Milch und Zucker, denn anders kriege ich ihn nicht hin.«

»Das ist perfekt.«

Die Maschine gibt ein leichtes Surren von sich, und Joanna dreht sich zu mir um. »Anfang der Woche hat Jeeves die Maschine mitten in der Nacht angestellt, als keine Tassen darunter standen. Als es mir aufgefallen ist, war schon überall Espresso verteilt. Gleich danach hat er die Spülmaschine geöffnet, als sie noch lief, und die Küche mit Seifenlauge geflutet. Und gestern hat er dann das Laufband auf Höchstgeschwindigkeit gestellt, während ich noch beim Aufwärmen war. Das verdammte Ding hätte mich fast abgeworfen, bevor ich den Notstopp drücken konnte.«

Sie reicht mir eine Tasse. »Es kommt mir fast so vor, als ob

Jeeves sich einen Spaß daraus macht, mich zu ärgern. Aber so etwas macht ein Computer doch nicht, oder?«

»Normalerweise nicht, aber eine KI ist mehr als nur ein Computer, und nach allem, was ich heute gesehen habe, ist Jeeves nicht wie die meisten KIs. Er ist eher ein … wie soll ich sagen … ein Psychopath.«

»Genau. Ihn unter Kontrolle zu bringen ist der IT-Job, von dem ich vorhin gesprochen habe. Ich brauche wirklich Hilfe, Toby, das war nicht gelogen.«

»Das habe ich auch nicht geglaubt. Aber, Jo, das ist nicht mein Fachgebiet.«

»Das verstehe ich, aber schau doch mal, was du heute Abend geschafft hast. Mehr als die meisten Experten in zwei Wochen.«

Ich zucke mit den Schultern und schlürfe meinen Kaffee. Er ist richtig gut, und den Koffeinschub kann ich zu dieser frühen Stunde auch gebrauchen.

»Also, dieser Sergej.« Ich betrachte den Schaum in der Tasse, um die Frage so beiläufig wie möglich zu formulieren. »Du hast erzählt, er hätte hier gewohnt. War er dein … äh … Freund?«

Schlimm genug, dass der Kerl sie mit dieser fehlerhaften KI allein gelassen hat, aber verdammt sei er, wenn er abgehauen ist und ihr das Herz gebrochen hat.

Sie nippt an ihrem Kaffee, und ich sehe ihr an, dass er ihr etwas bedeutet hat.

»Es war keine gute Idee, mich auf ihn einzulassen, vor allem, weil wir Mitbewohner waren. Aber irgendwann hat er sich zu Halloween als Han Solo verkleidet, und da war es um mich geschehen.« Sie zuckt mit den Schultern. »Wir waren nur sechs Monate zusammen, dann ist er verschwunden.«

Ich schaue zu ihr auf. »Fehlt er dir?«

Sie nickt. »Ich weiß nicht, ob es etwas Ernstes hätte werden können, aber es fehlt mir, dass er da ist, vor allem, wenn so etwas passiert wie heute Abend.« Sie stellt ihre Kaffeetasse ab. »Ich möchte dir etwas zeigen.«

Sie führt mich vom Wohnbereich in einen Flur und öffnet die erste Tür. Sie schaltet das Licht an, und wir betreten ein riesiges, luxuriöses Schlafzimmer, in dem das größte Bett steht, das ich je gesehen habe.

»Verdammt, wer schläft denn hier? Shaquille O'Neal?«

»Das war Sergejs Zimmer.«

Mann, das ist ja ein echtes Geek-Paradies. An den Wänden stehen Vitrinen mit jeder Menge Nippes: ein riesiges Lego-Modell von Minas Tirith aus *Herr der Ringe*, ein Aufsteller mit allen möglichen Versionen des Raumschiffs Enterprise, ein ganzer Schrank mit übermäßig sexualisierten Manga-Puppen.

Okay, das ist gruselig, aber alles andere ist verdammt cool.

Joanna öffnet eine Doppeltür an der gegenüberliegenden Wand. Dahinter kommt die gigantischste Multiprozessor-Workstation zum Vorschein, die ich je gesehen habe.

Verdammt, diese Ausstattung hier muss Hunderttausende Dollar wert sein.

»Hier hat Sergej Jeeves entwickelt. Wenn du das, was du heute gemacht hast, mit deinem Laptop geschafft hast, dann stell dir mal vor, was du mit dieser Anlage erreichen könntest.« Sie fährt das System hoch und fordert mich auf, in dem ergonomischen Chefsessel Platz zu nehmen. »Das ist Jeeves' Innenleben. Schau dir das mal an.«

Ich setze mich und werfe einen Blick auf die Daten auf den verschiedenen Bildschirmen. Kein Zweifel, Sergej hat hier eine hochmoderne Technologie entwickelt. Mehrere Server. Automatische Migration und Assimilation. »Das ist hoch spezialisiertes Zeug, Jo.«

»Ich weiß. Deshalb brauche ich jemanden, der sich damit auskennt.«

Beim Durchblättern der Befehle und Algorithmen wird mir klar, dass Sergej für Jeeves tatsächlich menschenähnliches Verhalten anstrebte und nicht nur eine simple Maschine, die im Grunde ein hochtrabender Webbrowser ist. Und genau da liegt das Problem. Eine künstliche Intelligenz soll denken und lernen wie ein Mensch, aber wie wir alle wissen, können Menschen Arschlöcher sein. Sergej hat unabsichtlich etwas geschaffen, das Joanna ärgert.

»Die einzige Möglichkeit, diesen Schlamassel zu beseitigen«, sage ich, während ich mir den Inhalt der Festplatte genauer anschaue, »wäre, Jeeves komplett zu deinstallieren und dann wieder neu aufzusetzen, aber das könnte Monate dauern. Ich habe einfach nicht die Zeit für ein Projekt dieser Größenordnung.«

Die Schrift auf dem Bildschirm verschwimmt, und ich reibe mir die Augen. *Hölle, bin ich müde.*

Joanna lehnt sich an den Schreibtisch. »Oh Mann, Toby, tut mir leid. Es ist fast Morgen. Du musst schlafen.«

»Ja, ich glaube auch.« Ich bekomme schon seit Wochen weniger Schlaf, als gesund ist. So müde, wie ich bin, dürfte es schwierig werden, mein heutiges Arbeitspensum zu bewältigen. »Lass uns später darüber reden und uns etwas überlegen. Jetzt gehe ich besser erst mal nach Hause.«

Schon seltsam, die Couch im Büro als Zuhause zu bezeichnen.

Ich stehe auf und will das Zimmer verlassen, aber Joanna nimmt meine Hand. »Toby … Bitte geh nicht.«

Ich schaue sie fragend an. »Aber … schlafen?«

Sie drückt mir die Hand. »Dafür musst du doch nicht zurück ins Büro. Ich habe hier mehr Zimmer, als ich brauche. Du kannst hier einziehen, wohnst mietfrei und wirst dafür bezahlt, zu verhindern, dass Jeeves mir das Leben schwer macht.«

Ich werfe einen Blick auf das riesige Bett und stöhne. Die Einladung ist verlockend, aber im nächsten Moment schlägt mein Hochstaplersyndrom zu: »Joanna, für das Ding brauchst du jemanden, der mehr Ahnung hat als ich.«

»Aber ich will niemand anderen. Ich will dich.« So aus dem Zusammenhang gerissen, sind diese Worte höchst erregend. Mit Kontext dagegen weniger. »Toby, du bist wohnungslos und brauchst Geld. Ich biete dir eine Wohnung und einen Job. Es ist eine Win-win-Situation.«

Das lässt mich aufhorchen. Es ist zwar die Wahrheit, aber die will mein Stolz nicht hören. »Ich brauche kein Mitleid, Joanna, und schon gar kein Almosen.«

Sie schnaubt spöttisch. »Das ist doch kein Almosen. Hast du nicht gesehen, was heute Abend passiert ist? Ich war in meiner eigenen Wohnung *gefangen*, Toby, und du hast mich befreit. Ich tue das für mich, nicht für dich. Ich bitte auch nicht gern um Hilfe, das kannst du mir glauben, aber ich kann dieses Problem nicht alleine lösen. Ich *brauche* dich, Toby. Nenn mich egoistisch, aber die Tatsache, dass ich dir damit auch helfe, spielt für mich kaum eine Rolle.«

Sie spielt die Harte, aber in ihrem Blick erkenne ich einen Hauch von Panik, dass ich ablehnen könnte. Als sie wieder spricht, klingt sie sanfter. »Bitte, ich flehe dich an. Zieh hier ein. Arbeite von hier aus. Ich möchte nie wieder in diesem verdammten Vorraum eingesperrt sein und einen Nervenzusammenbruch erleiden.« Sie sieht mich flehend an, und verdammt noch mal, warum legt mir das Universum mehr und mehr Steinblöcke um den Hals? Selbst wenn ich Ja sage – ich habe bereits so viele Verpflichtungen, dass ich vielleicht gar nicht da bin, wenn es darauf ankommt, und das wäre beschissen.

»Jo, ich glaube, du brauchst jemanden, der das hier und dich zur Priorität machen kann, und das kann ich im Moment einfach nicht. Tut mir leid.«

Sie schluckt, lässt meine Hand los und seufzt. »Das verstehe ich. Wirklich.« Sie streicht sich die Haare aus dem Gesicht. »Ich möchte dich nicht noch mehr unter Druck setzen, also wie wäre es damit: Du schläfst ein paar Stunden hier, nur für den Fall, dass Jeeves wieder anspringt und sich rächen will, und dann überlegen wir uns etwas. Teste mal das Bett. Probier, wie es sich anfühlt. Und vor allem: Ruh dich aus. Später kannst du dann von mir aus in dein überarbeitetes und unterbezahltes Leben zurückkehren. Abgemacht?«

Sie streckt die Hand aus, und ich ergreife sie lächelnd. »Also gut. Ich probiere das Bett aus, nur dir zuliebe. Sie sind eine harte Verhandlungspartnerin, Miss Cassidy.«

»Ach, Mr Jenner, das war doch noch gar nichts.« Sie drückt meine Hand und lässt sie wieder los. Zurück bleibt nur ein heftiges Kribbeln, und ich muss die Nägel in die Handfläche bohren.

An der Tür dreht sie sich, die Hand auf der Klinke, noch einmal um. »Das könnte dein neues Zuhause werden, Tobes, wenn du möchtest. Natürlich musst du die Entscheidung treffen, die für dich passt, aber mir kommt es ehrlich gesagt schon so vor, als ob du hierher gehörst.«

Sie lächelt und schließt die Tür, und ich bleibe ein paar Sekunden stehen, bevor ich mich bis auf die Boxershorts ausziehe und in dem riesigen Bett unter die Decke schlüpfe.

»Wow, echte Laken und Kissen. Das ist ja himmlisch.«

Ich entdecke ein Kontrollpanel an der Wand und berühre es, um das Licht auszuschalten. Es wundert mich nicht im Geringsten, dass Sergej ein riesiges, im Dunkeln leuchtendes Bild von der Galaxie an der Decke hat.

Ich verschränke die Hände hinter dem Kopf und seufze. »Daran könnte ich mich gewöhnen.«

Ausnahmsweise fallen mir fast sofort die Augen zu. Ich muss mich nicht hin- und herwälzen oder meinen Körper auf eine viel zu kurze Couch quetschen. Ich brauche keine Atemübungen, um mich von meinen erdrückenden Sorgen abzulenken.

Ich lasse mich einfach in Morpheus' Arme fallen, so friedlich und leicht wie ein Baby.

12. KAPITEL

Ein neuer Tag

»Oh Gott. Oh lieber Gott, yesssss.«

Ich stöhne, vor Vergnügen. Das liegt nicht an Pornos oder daran, dass ich meinen Körper wie einen Vergnügungspark sehe, obwohl mir beides ab und an Spaß macht.

Nein, der Grund für diesen Ganzkörper-Genuss ist die Multi-Jet-Dusche in Sergejs Bad. Nachdem mich die Toilette gewaschen und abgetrocknet hat, hätte ich mir denken können, dass auch der Rest gut ist, aber auf die unglaubliche Offenbarung einer Luxusdusche war ich nicht vorbereitet. Kein Wunder, dass reiche Leute immer so zufrieden aussehen.

Die Düsen massieren mich von den Knöcheln bis zum Nacken und sind irgendwie so programmiert, dass sie all meine Druckpunkte stimulieren wie eine gute Masseurin. Es ist grandios. Ich stöhne wieder und möchte bis an mein Lebensende unter dieser Dusche bleiben.

»Ohhhhhh, jaaaaahhhhh.« Sauber bin ich schon lange. Jetzt koste ich nur noch diese unglaublichen Empfindungen aus. »Soooo … guuuuut.«

Ich bin seit Monaten zum ersten Mal erfrischt aufgewacht. Das lag sicher auch am Bett, aber es war mehr als das. Da ich in einem richtigen Schlafzimmer geschlafen habe, fühlte ich mich … sicher. Zum ersten Mal seit meiner Quasi-Zwangsräumung verspüre ich wieder Hoffnung. Erst jetzt wird mir bewusst, wie entwurzelt ich mich ohne einen persönlichen Rückzugsort gefühlt habe. Wie ausgeliefert. Im Schlaf konnte ich meine ständigen Sorgen vorübergehend vergessen, und ausnahmsweise wurde ich im Traum nicht von meinen übermächtigen Verantwortlichkeiten heimgesucht.

Es ist, als wäre ich fast ertrunken und könnte endlich wieder aufatmen.

Und das nur wegen Joanna. Wieder einmal hat sie ein Problem mit einem Fingerschnippen gelöst.

Ich hätte mich mit einer Besenkammer in einer verrückten WG begnügt, stattdessen darf ich diesen Geek-Palast mein Eigen nennen? Ich bin so wahnsinnig dankbar, dass ich sie umarmen und nie wieder loslassen möchte.

Diese Vorstellung erinnert mich daran, wie sie sich gestern Nacht in meinem Schoß zusammengerollt hat, ganz warm und weich, und wie köstlich sie nach Fruchtsmoothie duftete. Sofort regen sich Körperteile, die ich seit Monaten vernachlässigt habe. Irgendwie konnte ich mich nicht dazu durchringen, mir bei Romance Central einen runterzuholen. Im Büro kam es mir einfach falsch vor.

Aber ich bin nicht im Büro. Das hier ist wie das Paradies, mit erstaunlichem Wasserdruck.

Ich schnappe mir die Seife und schäume mir die Hände ein, aber irgendetwas nagt an meinem Unterbewusstsein.

Es ist keine gute Idee, mich zu vergnügen und mir dabei Joanna vorzustellen. Erstens ist es schon schwer genug, beim Gedanken an sie nicht in lüsternen Tagträumen zu schwelgen. Und zweitens ist sie im Zimmer nebenan. Sie könnte mich hören, und dann müsste ich nach Australien auswandern und würde sie nie wiedersehen.

Mir schießen Bilder durch den Kopf, wie sie letzte Nacht in ihrem Pyjama aussah. Winzige Shorts, die ihr kaum bis zu den

Oberschenkeln reichten. Ein enges Tanktop, das ihre perfekten Brüste auf eine Art umschmeichelte, die sich dauerhaft in meine Netzhaut eingebrannt hat.

Ich schüttele den Kopf, um den Gedanken loszuwerden.

Ich atme tief ein und versuche, meine Erektion in Schach zu halten. Ich darf meine Schwärmerei auf keinen Fall bestärken. Das führt nur zu Katastrophen und in den Wahnsinn.

Nachdem ich noch einmal tief eingeatmet und alle Nachkommastellen von Pi aufgesagt habe, wird das Problem kleiner, da signalisiert die Dusche mit einem Piepsen, dass die Düsen eine neue Formation einnehmen.

Gutes Timing, Zauberdusche.

Ich seufze und freue mich auf das, was als Nächstes kommt.

Unerwartet hören alle Düsen bis auf die Mittlere auf, und ich bin etwas verwirrt, als sich das Wasser auf einen einzigen Punkt konzentriert: meine Genitalien.

»Äh … okayyyy.« Misstrauisch, aber neugierig stütze ich mich mit den Armen an der Wand ab. »Sergej, du verrücktes Genie – hast du diese Dusche etwa in eine Happy-End-Dusche verwandelt?«

Eden hat sehr offen darüber gesprochen, wie sehr sie der neue Turboduschkopf begeistert, den Max bei sich installiert hat, aber ich habe mit so etwas noch keine Erfahrung.

Der Wasserstrahl wird stärker und dann treffen mich drei superstarke Wasserstöße mit der Kraft von Gummigeschossen in den Sack.

»Scheiße … nein.« Schmerz schießt mir in den Unterleib, und meine Knie knicken ein. Als ich auf dem Boden aufschlage, treffen kurze, scharfe Wasserstrahlen mein Gesicht.

»Du Arsch!« Ich krabbele aus der Dusche und will sie abstellen, aber sie spielt weiter verrückt, und das Wasser schießt in alle Richtungen, wie betrunkene Laserstrahlen.

»Was soll der Scheiß?«

»Guten Morgen, Toby. Wie schön, Sie wiederzusehen.«

»Jeeves?«

Dieser verdammte KI-Penner. Ich stehe auf und wickle mir ein Handtuch um die Taille, da klopft es an der Tür.

»Toby? Bist du dadrin?«

Ich reiße die Tür auf, und Jo steht in Trainingsklamotten davor. Nicht so schlimm wie der winzige Pyjama, aber trotzdem noch … unfassbar heiß.

Sie mustert mich kurz und räuspert sich. »Ah, also … nur ein Handtuch. Okay.« Sie blinzelt. »Jeeves ist wieder da.«

»Ja, das habe ich bemerkt, als er die Dusche in einen Schießstand verwandelt hat.«

»Geht es dir gut?«

»Ich werde es überleben. Hat er dir etwas getan?«

»Er hat nur das Gerät im Fitnessraum dazu gebracht, mich eine fette Kuh zu nennen. Keine große Sache.«

»Oh, ich werde diesen Arsch fertigmachen.«

Ich setze mich an den Server-Hub, und Joanna folgt mir und blickt mir über die linke Schulter.

»Toby«, sagt der Roboter-Arsch mit seiner freundlichsten Stimme. *»Mit dem Vorfall unter der Dusche oder im Fitnessraum hatte ich nichts zu tun.«*

»Lass mich raten«, sagt Joanna. »Waren es Fehlfunktionen?«

»Aber ja, Joanna. Das stimmt. Rein zufällige Fehlfunktionen.«

»Ich zeig dir gleich, was eine Fehlfunktion ist«, murmele ich und trenne Jeeves von verschiedenen Systemen.

»Toby, was sagen Sie für schlimme Sachen. Hat Ihre Mutter Ihnen keine Manieren beigebracht?«

»Du ziehst meine Mutter mit rein? Das war ein Fehler.«

Ich fange an, wahllos Befehle zu löschen.

»Toby, bitte«, fleht Jeeves. *»Wir können das doch vernünftig regeln.«*

»Die Vernunft war in dem Moment raus, als du meine Männlichkeit angegriffen hast, Hal.«

Sein blechernes Kichern verursacht mir eine Gänsehaut. Maschinen sollten nicht lachen.

»Sie wissen, dass ich alle Systeme innerhalb weniger Stunden wiederhergestellt habe?«

»Mag sein, aber dann lösche ich sie eben wieder.«

Ich trenne alle erkennbaren Verbindungen, und kurz darauf geht die Dusche aus.

»Jeeves?«

Ich bekomme keine Antwort, und den Bildschirmen nach funktionieren alle Systeme normal.

Ich drehe den Stuhl und blicke zu Joanna auf.

»So«, sage ich und rücke mein Handtuch zurecht. »Sieht so aus, als hättest du einen neuen Mitbewohner. Ist das in Ordnung?«

Sie wirft einen Blick auf den Monitor über meinem Kopf. »Absolut. Könnte nicht glücklicher sein!«

»Ich frage ein paar Hackerfreunde, ob jemand eine Idee hat, wie man Jeeves für immer abschalten kann, aber in der Zwischenzeit schreibe ich ein einfaches Programm, das alle paar Stunden alles löscht, um ihn unter Kontrolle zu halten.«

»Fantastisch.« Sie studiert immer noch den Bildschirm. »Ich kann dir gar nicht sagen, wie erleichtert ich bin, dass du dich darum kümmerst.«

Ich werfe einen Blick auf den Bildschirm, den sie beobachtet. »Was ist denn da oben los? Gibt es etwas, dass ich wissen sollte?«

»Oh, nein.« Sie lacht. »Ich schaue nur nach oben, weil du dich beim Zurechtrücken des Handtuchs entblößt hast.«

Ich blicke an mir hinunter und sehe mich in all meiner frisch gewaschenen Pracht.

»Shit.« Ich stehe auf und wickle mir das Handtuch um die Hüften. »Tut mir leid.«

»Kein Problem.« Wieder breitet sich Röte auf ihren Wangen aus und sogar auf ihrem Hals und Dekolleté.

Ihr Blick wandert zu meiner Brust und wieder nach oben.

»Also, wie auch immer.« Sie seufzt. »Ich bin so froh, dass wir Mitbewohner sind. Ich beende jetzt mein Work-out, und dann gehe ich zur Arbeit, und du …« Wieder mustert sie mich, und ich finde es ehrlich gesagt aufregend, dass sie ein wenig aufgewühlt wirkt. »Ziehst du dir etwas an?« Sie geht rückwärts zur Tür und deutet auf den riesigen begehbaren Kleiderschrank rechts neben dem Bett. »Ich weiß nicht, ob dir Sergejs Sachen passen, aber wenn du willst, kannst du sie gerne haben. Allerdings sind sie alle schwarz, also …« Sie stößt an den Türrahmen und lacht. »Ups.« Sie hält einen Moment inne, um mich noch ein letztes Mal anzusehen, dann winkt sie mir zu. »Okay, bye bye, Mitbewohner.«

»Bye.«

Nachdem sie gegangen ist, lehne ich mich auf dem Stuhl zurück und lächle. Gut zu wissen, dass ich nicht der Einzige bin, der gegen diese unpraktische Anziehung ankämpft.

Als ich in die Küche komme, steht ein umfangreiches Frühstücksbüffet auf der Marmorkücheninsel, und Joanna sieht aus, als wäre sie einem Modemagazin entsprungen.

»Bedien dich«, sagt sie, während sie von einem Teilchen abbeißt. »Ich wusste nicht, was du willst, also habe ich von allem etwas besorgt.«

Das ist mal was Neues. Ich bin so daran gewöhnt, nichts zu haben, dass alles ein bisschen überwältigend ist. Ich schäme mich fast, weil Joanna mich so schnell aus meiner Not befreit hat. Aber wenn man Geld hat, ist wohl alles einfacher. Ich frage mich, ob unsere ungleichen finanziellen Verhältnisse zu einem Streitpunkt werden können.

Sie schiebt mir einen Kaffee hin, den ich dankbar schlürfe. Ich habe zwar gut geschlafen, aber trotzdem zu wenig. Es könnte eine Weile dauern, bis ich mein Schlafdefizit ausgeglichen habe, aber ich freue mich jetzt schon darauf.

»Also …« Jo lehnt an der Arbeitsplatte, die Tasse in beiden Händen. »Da du jetzt hier wohnst, müssen wir uns ein paar Regeln überlegen?«

Ich kratze mir die Augenbraue. »Die da wären?«

»Oh, keine Ahnung. Nur … irgendwie … Grenzen festlegen.«

»Meinst du in Bezug auf Essen und so? Ich kann mir auch selbst Essen kaufen. Du musst nicht für mich sorgen.« Zumindest nicht mehr, als du es sowieso schon machst.

»Nein, Essen meine ich nicht.« Sie nippt an ihrem Kaffee, und dann kommt mir ein Geistesblitz.

»Sieh mal, Jo, ich wusste wirklich nicht, dass mein Handtuch verrutscht war. Ich gehöre nicht zu den Typen, die meinen, ständig blankziehen zu müssen. Normalerweise zeige ich den kleinen Toby nicht herum, zumindest solange, bis mich jemand explizit darum bittet.«

Sie lächelt und schüttelt den Kopf. »Darum geht es nicht, Toby. Aber ich bin froh, dass du kein Exhibitionist bist. Ich meine nur …« Sie holt tief Luft. »Wir sind uns schon einmal nähergekommen. Müssen wir in Zukunft Regeln festlegen, damit das nicht einreißt?«

Mir fällt ein, dass sie mir an dem Abend, als wir uns kennengelernt haben, gesagt hat, dass sie sich ständig in die falschen Männer verliebt.

Ich lege den Kopf schief. »Joanna, hast du Angst, du könntest dich in mich verlieben?« Sie verzieht das Gesicht und stößt einen Laut aus, der vermutlich ein Lachen sein soll. »Pfft … nein.« Sie sieht mich an und versucht es noch einmal. »Nein. Nein, ich bin nur …« Sie stellt ihre Tasse auf die Arbeitsplatte und stemmt die Hände in die Hüften. »Nein. Natürlich nicht. Nein.« Wieder ein gekünsteltes Lachen. »Neeeiiin. Nein. *Nein.*«

Wow, und ich dachte, ich wäre ein schlechter Lügner. Die Dame, wie mich dünkt, gelobt zu viel.

»Okay, also, gut«, sagt sie und gießt den Rest ihres Kaffees ins Spülbecken. »Schön, dass wir das geklärt haben.« Sie schiebt mir einen Teller hin. »Willst du ein Teilchen?«

Ich lache in mich hinein. »Klar, warum nicht?«

Ich habe gerade in ein Aprikosentörtchen gebissen, als ich Schritte im Foyer höre und Gerald, der Fahrer vom Tag der Smokinganprobe, in die Küche kommt.

»Guten Morgen, Miss Cassidy.«

Seine Stimme lässt mich erstarren.

»Morgen, Gerald.« Joanna gibt ihm einen Ordner und eine braune Papiertüte. »Das ist für die Reinigung, und das sind die Verträge für Ari. Ach, und könnten Sie später bei Romance Central vorbeifahren und Tobys restliche Sachen abholen?«

»Natürlich. Schön, Sie wiederzusehen, Mister Jenner.«

Er verbeugt sich leicht, und ich kaue und schlucke, damit ich ein angestrengtes »Hi« hervorbringen kann.

Joanna gibt ihm einen großen Becher Kaffee und lächelt. »Dann sehen wir uns um fünf.«

Er lächelt zurück. »Bis dann.«

Er verschwindet wieder im Flur. Als seine Schritte verklungen sind, wende ich mich an Joanna.

»Also erstens, warum hat der Typ Jeeves' Stimme?«

»Jeeves hat seine Stimme. Sergej mochte Geralds Akzent,

und als er Jeeves programmierte, bezahlte er Gerald dafür, ihm seine Stimme zu leihen.«

»Okay, verstehe. Nun zur zweiten Fragen: Warum macht Tom Fords Fahrer Besorgungen für dich?«

Sie verzieht das Gesicht. »Weil er nicht Tom Fords Fahrer ist.«

Jetzt verstehe ich es. »Er ist *dein* Fahrer.«

»Ja.«

»Warum hast du mich angelogen?«

»Habe ich nicht. Du hast angenommen, dass er für Tom arbeitet. Ich habe dich nur nicht korrigiert.«

»Warum nicht?«

»Ich weiß nicht. Vielleicht weil ich es gewöhnt bin, Details aus meinem Leben zu verheimlichen. Wenn Typen erfahren, dass ich Geld habe, werden sie oft komisch. Sie glauben, mein reicher Daddy würde meinen Lebensstil finanzieren, weil sie nicht glauben können, dass ein naives kleines Ding wie ich mit Aktien reich werden kann.«

Autsch. Ich fühle mich ertappt und schäme mich wegen des verinnerlichten Sexismus.

»Das ist doch Riesenmist.«

»Das ist es wirklich. In den vergangenen Jahren war ich mit keinem Mann zusammen, der mein wahres Ich kennengelernt hat. Ich musste immer so tun, als wäre ich weniger intelligent, weniger erfolgreich, weniger wohlhabend. Ich habe mich immer kleiner gemacht, damit die Typen sich wohlfühlen. Dabei habe ich es so satt, mich kleinzumachen, nur um anderen zu gefallen.«

»Dann sei einfach du selbst.«

»Aber genau aus dem Grund bin ich doch Single.«

»Für mich musst du dich nicht verstellen. Ich erkenne gern deine volle Größe an.«

»Na, das passt ja perfekt, außer, dass wir nicht zusammen sein können, also …«

Auf diese kleine Offenbarung folgen drei volle Sekunden sehr unangenehmer Stille.

»Richtig.«

Sie stellt ihre Tasse ab und räuspert sich. »Wie dem auch sei, bevor ich zur Arbeit gehe, zeige ich dir noch schnell die Wohnung, damit du weißt, wo alles ist.«

»Klingt super. Ich folge dir.«

Sie führt mich mit der einstudierten Grazie einer Immobilienmaklerin herum. Abgesehen von ihrem und meinem Schlafzimmer gibt es im Nordflügel noch drei weitere, einen Fitnessraum, eine Bibliothek und einen Meditationsraum. Dort werde ich wohl öfter Zeit verbringen müssen.

Auf der anderen Seite des Wohnbereichs befinden sich eine Waschküche, ein Spielzimmer und ein Heimkino, und sie zeigt mir auch praktische Sachen wie die Sicherheitsvorkehrungen und den Müllschlucker.

Am Ende des Südflügels befindet sich ein Atrium, das auf einen großen Balkon mit Pool führt, und die Aussicht von dort ist spektakulär. Ich bestaune den üppigen Garten mit den riesigen japanischen Zierkirschen.

»Das ist alles«, sagt sie und lehnt sich an das Geländer, während wir den Blick schweifen lassen. »Noch Fragen?«

»Ja. Willst du mich heiraten?«

Sie wirft mir einen Blick zu.

»Was?«, frage ich. »Leute haben schon für weniger als eine tolle Wohnung geheiratet. Es wäre eine Vernunftehe. Ich halte Jeeves in Schach und darf dafür in deinem atemberaubenden Penthouse wohnen. Wäre doch fair.«

»Bei unserer Kompatibilität wäre selbst eine Vernunftehe schwierig. Wir würden uns womöglich umbringen.«

»Niemals. Ich bin eher passiv-aggressiv als offen gewalttätig. Wenn du mich nervst, hinterlasse ich dir vielleicht ein episch knappes Post-it, aber das war's dann auch schon.«

Sie lächelt. »Wow. Beängstigend. Dann sollte ich dich wohl besser nicht nerven.«

Ich schaue sie an. »Ich glaube, das geht gar nicht.« Alles, was sie macht, scheint zum Wohle anderer zu sein. Trotzdem werde ich das Gefühl nicht los, dass sie mir so einiges verschweigt. »Jo, dass du mich aufgenommen hast … mich davor bewahrt hast, auf einer steinharten Couch zu schlafen …« Ich stütze mich auf einen Ellenbogen, damit ich ihr in die Augen sehen kann. »Ich bin dir wirklich dankbar. Und du kannst dich darauf verlassen, dass ich dir in jeder Hinsicht helfen und dich unterstützen werde.«

Sie sieht gerührt aus, bekommt sich aber schnell wieder unter Kontrolle. »Das freut mich. Vielleicht komme ich irgendwann darauf zurück.«

»Wann immer du willst. Ich bin hier, um dir zu helfen, dir zuzuhören oder … was auch immer du brauchst.«

»Was immer ich brauche? Das wirst du noch bereuen.« Hin und wieder sagt sie so etwas, und dann würde ich am liebsten ihre Gedanken lesen können. Ganz sicher enthält Joannas Geschichte viel mehr, als sie mir erzählt hat, aber ich hoffe, dass sie mir irgendwann so weit vertraut, um mir den Rest zu erzählen.

Wir gehen zurück in die Küche, und sie schnappt sich ihre Tasche. »Ich muss jetzt zur Arbeit. Bei Whiplash stehen heute ein paar große Sachen an.« Sie füllt einen Thermobecher mit Kaffee und fügt Milch und Zucker hinzu.

»Und du? Was steht heute bei dir auf dem Programm?«

»Oh, du weißt schon. Erst arbeite ich ein paar Stunden bei *Pulse,* dann als Edens Hackerschlampe. Dann für Meetings und Besprechungen zu Romance Central. Dann bis in die frühen Morgenstunden Fehlersuche bei meiner verdammten App.«

»Zum Abendessen bist du also gar nicht zu Hause?«

Ich runzle die Stirn. »Wieso, möchtest du das?«

»Na ja. Es ist unser erster offizieller Abend als Mitbewohner. Ich dachte, das sollten wir feiern.«

»Ich kann es mir eigentlich nicht leisten, mir den Abend freizunehmen.«

»Das musst du auch nicht. Iss einfach mit mir zu Abend, vielleicht ein Glas Wein, und dann kannst du dich für den Rest der Nacht in deinem Zimmer einschließen, versprochen.«

Sie blickt mich flehend an, und ich muss zugeben, dass ich in Versuchung gerate. Es ist ja nicht so, dass ich nicht von zu Hause aus arbeiten könnte. Ich habe mich nur daran gewöhnt, ständig bei Romance Central zu sein, weil ich sonst nirgendwo hingehen konnte. Jetzt kann ich zu ihr nach Hause kommen, und verdammt, das ist der schönste Gedanke seit Langem.

»Okay.« Ich hänge mir die Tasche über. »Das sollte möglich sein. Ich bin gegen sechs zurück.«

»Fantastisch! Dann haben wir ein Date.« Sie muss meinen Gesichtsausdruck gesehen haben, denn schnell fügt sie hinzu. »Nein, streich das. Natürlich kein Date. Freunde wie wir … sogar Mitbewohner … haben keine Dates. Wir haben … äh …«

»Abendessen?«, schlage ich vor.

»Ja! Es ist ein Abendessen. Bis dann.«

»Ja. Bis später.«

Wir gehen gemeinsam zum Aufzug und warten, bis die Türen sich öffnen. Dann treten wir ein und blicken auf die sich schließenden Türen.

Nach ein paar Sekunden sage ich: »Wir hätten uns wohl besser unten verabschieden sollen.«

Sie nickt. »Stimmt.«

13. KAPITEL

Verlieb dich nicht

»Boss?«

Ich blicke auf und sehe Raj auf der Türschwelle zu meinem Büro bei Romance Central. »Ich habe hier die Daten von unserer letzten Analyse. Die willst du doch bestimmt sehen.«

Er reicht mir ein iPad, und ich studiere die Zahlen, während ich durch die Seiten blättere. Die Statistiken für die Genauigkeit der Matches sehen gut aus. Sogar sehr gut. Trotzdem stört mich irgendetwas daran.

»Was guckst du so, T-Man?«

Ich lege das iPad auf den Tisch und reibe mir die Augen. »Ach, nichts. Ich wünschte bloß, ich wüsste, wie ich die körperliche Anziehung einberechnen kann. Auch das ist in einer Beziehung wichtig, aber ich kann es unmöglich vorhersagen.«

»Aber hat deine Recherche nicht ergeben, dass Charaktereigenschaften wichtiger sind?«

»Ja, aber ich habe das Gefühl, ohne die Anziehung ist das Bild der Übereinstimmung einfach nicht vollständig.« Ich lehne mich auf meinem Stuhl zurück. »Sie muss doch irgendwie zu messen sein.« Es gibt biometrische Tests, die ziemlich akkurat bestimmen können, wo sich jemand auf der Skala der Sexualitäten befindet, aber dazu benötigt man einen ganzen Raum voll Ausrüstung und Dutzende Elektroden am Körper der Probanden, einschließlich der Genitalien. Ich kann mir nicht vorstellen, dass man so etwas mit einem Smartphone hinbekommt.

»Das kriegst du schon hin, Alter. Und wo wir gerade von Anziehung sprechen …« Er setzt sich auf den Stuhl vor meinem Schreibtisch. »Hast du gesehen, wie neulich bei Max die Funken zwischen mir und dieser glühend heißen Blondine gesprüht haben? Joanna hieß sie, oder?« Er zieht den Ausschnitt seines Shirts nach vorn, als müsste er Dampf ablassen. »Meine Güte. Das Mädchen hat mich so heiß gemacht, Max hätte mich als Ofen benutzen können. Ich glaube, ihr ging es genauso.«

Ohne Vorwarnung schießt mein Blutdruck in die Höhe. »Das glaube ich nicht, Raj.«

Meine innere Stimme flüstert gehässig, dass es ihr möglicherweise tatsächlich so ging. Immerhin hat sie mit Raj eine achtzehnprozentige Übereinstimmung, also ganze elf Prozent mehr als mit mir.

Raj schiebt die Hände in die Taschen seines Hoodies. »Weißt du, ob sie Single ist? Steht ihre Nummer auf der Team-Telefonliste? Ich überlege, ob ich sie mal anrufen soll.«

Nur über meine Leiche. »Ach, besser nicht. Ich bin mir ziemlich sicher, dass sie vergeben ist, Raj. Sorry.«

»Aber sie hat sich doch für die App angemeldet.«

»Ja, aber bloß, um uns zu unterstützen, glaube ich. Neulich hat sie von einem Typen namens Sergej erzählt. Klang so, als wäre es was Ernstes.«

»Echt. Verdammt. Warum sind die schönen Frauen alle vergeben, Mann? Wann lerne ich endlich eine Zehn wie sie kennen?«

Dieses Gespräch verursacht mir Kopfschmerzen. »Nur interessehalber, Raj, welche Bewertung würdest du dir selbst geben?«

Er grinst schief. »Alter, ich bin definitiv eine solide Sieben.«
»Und trotzdem willst du eine Zehn?«
»Natürlich. Jeder will eine Zehn.«
»Hast du schon mal darüber nachgedacht, dass die Frauen vielleicht auch eine Zehn wollen?«
Damit hat er nicht gerechnet. »Moment mal. Kriege ich deshalb keine Zehn ab? Weil sie mit anderen Zehnen zusammen sind?«
Ich zucke mit den Schultern. »Was soll ich sagen? Wenn du Frauen nur nach ihrem Äußeren beurteilst, dann läufst du vielleicht Gefahr, dass sie dich genauso beurteilen. Gleichberechtigung ist schon scheiße, was?«
Er verzieht das Gesicht und feixt. »Scheiße, T-Man, du bist also nicht nur schlau, sondern auch ein Frauenversteher.«
»Nein, Raj. Ich finde einfach, dass Frauen mehr sind als nur ihre Oberweite.«
»Apropos Oberweite. Hast du Joannas ...«
»Ich schwöre dir, Raj, wenn du den Satz beendest, bringe ich dich um und verscharre deine Leiche irgendwo im Wald.«
Er stockt. »Ah, okay. Botschaft ist angekommen. Schon wieder geht ein Traum den Bach runter.«
Eden erscheint im Türrahmen. »Worum geht's? Was geht den Bach runter und wieso?«
Raj lehnt sich zurück und sieht sie an. »Diese Joanna, das ist doch eine Freundin von dir, oder? Toby hat mir gerade erzählt, dass sie nicht Single ist.«
Eden schaut mich an, und irgendwie führen wir innerhalb weniger Sekunden allein mit Blicken eine ganze Unterhaltung:
Echt jetzt, Toby? Beschützt du Joanna vor Raj, oder willst du sie für dich allein?
Mach dich nicht lächerlich, ich beschütze sie nur, damit sie nicht als ein Stück Fleisch angesehen wird.

Rede dir das ruhig ein.

Klappe, Tate.

Eden zieht eine Augenbraue hoch, dann hockt sie sich auf die Schreibtischkante. »Genau, definitiv nicht Single, Raj. Tut mir leid.«

Raj steht auf und lässt den Kopf hängen. »Och, Mann.« Er greift nach dem iPad. »Wieso stehen die Frauen bei Rajiboy nicht Schlange?«

Eden zuckt die Achseln. »Vielleicht, weil Rajiboy von sich selbst in der dritten Person spricht?«

Raj lacht und hält ihr die ausgestreckte Faust hin. »Volltreffer!«

Sie gibt ihm einen Klaps auf die Hand.

Raj geht, und Eden setzt sich auf den frei gewordenen Platz, schlägt die Beine übereinander und grinst mich verschmitzt an. »Süß, wie du Joannas Bodyguard spielst. Richtig ritterlich.«

»Ich würde jede Frau vor Raj beschützen. Wenn der Junge eine Beziehung will, dann sollte er mit einer Pflanze anfangen und sich langsam zu Menschen hocharbeiten.«

»Wie gemein. Die arme Pflanze.« Sie wirft einen Blick über die Schulter und schaut dann wieder mich an. »Ich habe eine Frage: Wieso steht Joannas Chauffeur an der Rezeption und behauptet, er sei hier, um deine Sachen abzuholen?«

Mist. Erwischt.

»Oh … Gerald ist hier?« Ich stehe auf und sehe Gerald auf mein Büro zukommen. An der Tür bleibt er stehen und lächelt. »Guten Tag, Mr Jenner.« Er nickt Eden zu. »Schön, Sie zu sehen, Miss Tate.« Er schaut wieder zu mir. »Wenn Sie mir zeigen, wo Ihre Sachen stehen, bringe ich sie in Miss Cassidys Wohnung.«

»Klar, kein Problem. Einen Augenblick.« Ich lege die Hände an den Mund und rufe: »Raj!«

Raj steckt den Kopf um die Ecke. »Yo!«

»Kannst du Gerald zur Laderampe bringen? Da steht ein Stapel Kisten und Taschen, die er abholen soll.«

»Klar.«

Gerald lächelt. »Vielen Dank. Ach, und Mr Jenner, wann soll ich Sie heute Abend für Ihr Dinner mit Miss Joanna abholen?«

Aus dem Augenwinkel sehe ich, wie Eden die Augenbrauen bis zum Haaransatz hochzieht.

»Ähm, das ist schon in Ordnung, Gerald. Ich kann die Subway nehmen.«

»Sind Sie sicher? Miss Joanna hat mir ganz deutlich gemacht, dass ich mich zu Ihrer Verfügung halten soll.«

Ich muss lachen, denn ich weiß, sobald er verschwunden ist, wird Eden mich ausquetschen wie eine Zitrone.

»Ganz sicher. Danke trotzdem.«

»Also gut. Dann auf Wiedersehen.« Er wendet sich Eden zu. »Miss Tate.«

Als er und Raj gegangen sind, schaut Eden mich mit zusammengekniffenen Augen an. »Was war das denn gerade? Erklären Sie sich, Jenner.«

»Ähm … ich brauche Kaffee.« Ich stehe auf und gehe in den Pausenraum, und natürlich folgt Eden mir.

»Na schön, hol dir Kaffee und spuck es nebenbei aus. Was zum Teufel ist los? Du ziehst bei Joanna ein? Und ihr habt ein Date? Wie ist es dazu gekommen? Was habe ich verpasst? Seid ihr zusammen? Seid ihr verlobt? Wie? Und warum? Und wann?«

»Meine Güte, Eden, ganz ruhig. Du bist ja wie eine Klatschreporterin im Sommerloch. Zwischen Joanna und mir läuft nichts.«

»Blödsinn. Du ziehst bei ihr ein.«

»Um Himmels willen, beruhig dich mal.« Im Pausenraum

angekommen, greife ich nach der Kaffeekanne und einer sauberen Tasse. »Willst du auch was?«

Eden schnaubt genervt. »Nein, ich will keinen Kaffee. Ich will alles wissen, und zwar sofort.«

Ich weiß nicht, warum es mir solchen Spaß macht, sie auf die Folter zu spannen.

In aller Seelenruhe rühre ich Kaffeeweißer in meinen Kaffee. »Es ist gar nicht so spannend. Joanna hat ein paar technische Probleme und braucht einen Mitbewohner, der ihr dabei helfen kann. Ich habe zugestimmt, bei ihr zu bleiben, bis das Problem gelöst ist.«

Eden schippst mit den Fingern. »Das hat irgendetwas mit ihrer gruseligen KI zu tun, oder? Einmal, als ich mit Ash bei ihr war, bin ich zur Toilette gegangen. Ich hatte mich kaum auf die Klobrille gesetzt, da fragt mich plötzlich eine Stimme, ob ich irgendetwas brauche.«

»Auf der Toilette? Igitt.«

»Es stellte sich raus, dass es da einen versteckten Fernseher gab, und Jeeves hat mir angeboten, die Neuauflage von Full House anzuschalten, und die kannte ich noch nicht, also war das schon in Ordnung. Aber trotzdem … ganz schön distanzlos.«

»Glaub mir, das kenne ich.« Ich gehe zurück ins Büro, sie folgt mir. »Das Mistteil hat mich heute Morgen in der Dusche mit dem Massagestrahl attackiert. Ich glaube, ich habe jetzt blaue Flecken an den Eiern. Das Ding ist außer Kontrolle.«

»Warst du allein unter der Dusche?«

Ich funkele sie böse an.

»Was? Das ist doch eine berechtigte Frage.«

»Zum hundertsten Mal: Wir sind nicht zusammen. Soll ich es mir für dich auf den Mittelfinger tätowieren?«

»Langweilig. Noch eine berechtigte Frage: Hast du überhaupt Zeit, dich mit dieser KI zu beschäftigen, wenn man bedenkt, wie viel noch für den Launch zu tun ist?«

»Überhaupt nicht. Aber ich hab einen Aufruf an alle meine Hackerfreunde im Darknet gestartet, und wie ich sie kenne, werde ich heute Abend mehrere verschiedene Software-Fixes haben, die mir jede Menge Arbeit sparen.«

»Wie süß, Nerd-Crowdsourcing. Das gefällt mir.«

Ich lehne mich auf meinem Stuhl zurück, öffne eine Tabelle, die ich bearbeiten muss, und hoffe, dass sie den Hinweis versteht und abzieht.

Natürlich nicht.

»Und dann … dieses Abendessen heute, was ist damit?«

»Einfach ein Essen. Unser erster gemeinsamer Abend als Mitbewohner.«

»Cool, cool. Apropos, Jo war echt enttäuscht, dass aus euch nichts wird, aber du solltest wissen, dass sie ernsthaft auf Partnersuche ist. Sie ist eine schöne, erfolgreiche Frau und möchte ihr Leben mit jemandem teilen.«

»Das sollte sie auch.« Beim Gedanken daran, dass Joanna sich mit anderen Männern trifft, steigt mir Galle in der Kehle auf, aber ich fürchte, damit werde ich mich abfinden müssen. Nicht, dass ich eine Wahl hätte.

Eden beugt sich vor. »Tobes, ich möchte nicht, dass du verletzt wirst. Wenn du Gefühle für sie hast, dann solltest du nicht bei ihr einziehen.«

»Tate, halt mir keine Vorträge. Du bist nicht meine Mutter.«

Eden hebt abwehrend die Hände. »Okay, ich hör schon auf. Nur eins noch: Auch wenn Jo nicht die perfekte Partnerin für dich ist, bin ich mir sicher, dass es irgendwo da draußen eine wunderbare Frau für dich gibt, und ich werde sie aufspüren, als wäre ich ein wahnsinniger Frauenmörder in einem Achtzigerjahre-Splattermovie.«

Ich lächle sie an. »Wie süß von dir. Gehst du jetzt?«

Sie steht auf und gibt mir einen Kuss auf die Haare. »Bis später. Und verlieb dich nicht in deine Mitbewohnerin.«

»Verstanden.« Als sie geht, bleibe ich volle fünf Minuten einfach sitzen und frage mich, ob dieser Ratschlag nicht viel zu spät kommt.

14. KAPITEL

Neues von zu Hause

»Schatz, ich bin wieder dahaaaa!«

Ich betrete die Wohnung zu altmodischer Musik, vielleicht von Frank Sinatra, und mich begrüßt ein so köstlicher Duft, dass meine Speicheldrüsen automatisch auf Hochtouren laufen. Die Küche ist menschenleer, aber auf dem Herd stehen mehrere Töpfe und Pfannen, in denen es fröhlich vor sich hin köchelt.

»Hey, Toby«, ruft Joanna aus ihrem Zimmer. »Ich komme gleich. Kannst du mal das Curry umrühren?«

Okay. Umrühren. Das kriege ich hin.

Ich gehe zum Herd und schnappe mir den Holzlöffel, der daneben liegt. Im Topf ist ein dunkelbraunes Etwas, und ich gebe mein Bestes, es ohne zu kleckern umzurühren.

Mann, riecht das gut.

Kochen ist nicht so mein Ding. Wenn ich etwas nicht innerhalb von wenigen Minuten in der Mikrowelle zubereiten kann, liegt es definitiv jenseits meiner Fähigkeiten. Zum Glück ist Joanna offenbar talentierter.

Es war komisch, von der Arbeit zurück nach Manhattan zu fahren. Noch seltsamer war es, dieses superschicke Haus zu betreten und festzustellen, dass ich jetzt hier wohne.

Die Vorstellung, Zeit mit Jo zu verbringen, war jedoch nicht seltsam. Das kam mir so natürlich vor wie atmen. Dass sie für mich kocht, weckt alle möglichen Gefühle in mir, die wahrscheinlich besser nicht »gefüttert« werden sollten.

Während ich umrühre, klingelt mein Smartphone, und als ich das Gesicht meiner Schwester sehe, lächle ich.

»Hey, Power Puff. Wie geht's?«

»Hey, Großer. Mir geht's gut. Wie ist das Leben im Big Apple?«

»Ziemlich großartig.« Ausnahmsweise muss ich sie nicht anlügen, und das fühlt sich verdammt gut an. »Ich habe noch einen Job nebenher und kann euch ab sofort mehr Geld schicken.« Joanna und ich haben noch nicht über das Honorar für das Management von Jeeves gesprochen, aber selbst ein paar hundert Dollar würden im Moment sehr helfen.

Ich lege den Löffel auf die Kücheninsel und gehe zu den Hockern auf der anderen Seite. Ich setze mich, lege mein Handy hin und stelle es auf laut, damit ich meinen Computer aus der Tasche holen kann.

»Wie geht's dir? Was macht die Schule?«

»Äh, geht so.«

»Das klingt nicht gut. Was ist los?«

Sie seufzt, und ich kann förmlich sehen, wie sie sich auf ihr Bett plumpsen lässt. »Als ich neulich *Somewhere Over the Rainbow* geprobt habe, hat Marcie Dagleish gesagt: ›Du bist scheiße.‹ Ich weiß ja, dass sie nur neidisch ist, weil ich die Hauptrolle bekommen habe und sie sich mit der Zweitbesetzung begnügen muss, aber trotzdem … sie ist eine richtige Hackfresse.«

Ich lächle und klappe meinen Laptop auf. »Sie ist wirklich eine Hackfresse. Wie kann ich dir helfen? Soll ich ihren Facebookfeed mit Werbung für Schauspielunterricht zuspammen? Sie in Fotos mit schrecklichen D-Promis fotoshoppen? Eine Fanpage für April Jenner aufsetzen und sie zur Administratorin machen?«

»Alles tolle Ideen, großer Bruder, aber ich habe mich selbst gekümmert.«

»Wie?«

»Na ja, ich konnte mir nicht leisten, etwas bedrucken zu lassen, also habe ich improvisiert. Ich habe mir einen Stoffmarker gekauft und eins meiner weißen T-Shirts beschriftet. Auf der Vorderseite stand: *Tut mir leid, dass du so besessen von mir bist.* Und auf der Rückseite: *Weiter so. Ich genieße die Aufmerksamkeit.*«

Bei der Vorstellung, wie meine dünne Schwester knallhart mit diesem T-Shirt durch die Schule marschiert, muss ich lachen. »Und, hat es gesessen?«

Sie lacht. »Total. Als sie mich gesehen hat, ist sie knallrot geworden und hat aus voller Kehle ›Schlampe‹ gebrüllt. Alle haben gelacht. Sie schikaniert mich bestimmt nicht so bald wieder.«

Ich schüttele bewundernd den Kopf. Sie ist so viel stärker als ich in ihrem Alter. Allerdings hatte sie auch eine härtere Kindheit. Sie war erst acht, als Dad seinen Unfall hatte, und ist seitdem Teilzeit-Pflegekraft und Vollzeit-Unterstützung. Ich mag eine finanzielle Last tragen, aber sie kämpft jeden Tag vor Ort. Was für ein tolles Kind.

»Was ist mit Mom und Dad? Wie geht es ihnen?«

Es entsteht eine Pause, und ich höre, wie April ihre Zimmertür schließt.

»Es geht ihnen ganz gut, aber Mom hat neulich einen Anruf von der Wirbelsäulenklinik bekommen. Sie haben gesagt, dass irgendein weltberühmter Neurochirurg in der Stadt ist, und Dr. Pickett hat empfohlen, Dads OP bei ihm vornehmen zu lassen.«

»Warum sollte Dr. Pickett das tun?«

»Offensichtlich macht er sich Sorgen, weil die Knochenfragmente so nah an Dads Rückenmark sind. Der andere Arzt hat eine viel bessere Bilanz bei so kniffeligen Operationen, was Dads Erfolgschancen verbessern würde.«

»Um wie viel?«

»Bei Dr. Pickett bestünde eine fast fünfzigprozentige Chance, dass Dad dauerhaft gelähmt bleibt. Bei dem anderen wären es nur fünfundzwanzig Prozent.«

Es ist beschissen, dass überhaupt die Gefahr besteht, dass Dad sein Leben im Rollstuhl verbringen muss. Aber wenn sich diese Wahrscheinlichkeit halbieren ließe, wäre das doch etwas.

»Das klingt fantastisch. Ich hoffe, sie hat Ja gesagt.«

»Toby ... es gibt einen Haken.«

War ja klar. Bei uns haben gute Nachrichten immer einen Haken. »Was denn?«

Sie seufzt. »Der andere Chirurg wird nicht von Dads Versicherung übernommen. Überhaupt nicht. Wir müssten die gesamten Kosten für die OP selbst tragen.«

Ich kneife mir in den Nasenrücken und schließe die Augen. Gerade als ich glaubte, langsam wieder aus diesem dunklen Loch herauszukommen ...

»Wie viel?«

»Sehr viel.«

»Nenn mir einfach die Summe, April.«

Sie hält inne, und ich weiß, dass sie es hasst, mir das alles aufzubürden, aber was bleibt ihr übrig? Ich bin ihr großer Bruder. Ich bin derjenige, der es in Ordnung bringen muss.

»Hundertfünfzigtausend Dollar.«

Ich beiße die Zähne zusammen, damit ich nicht eine Tirade von Schimpfwörtern loslasse, die nicht für die Ohren meiner zwölfjährigen Schwester bestimmt sind.

»Okay.«

Scheiße, Scheiße, verdammte Scheiße.

»Mom wollte nicht, dass ich es dir sage, weil sie wusste,

dass du eine Niere verkaufen würdest, um das Geld aufzutreiben.«

»Da hat sie recht.« Tatsächlich ist das gar keine schlechte Idee. Ich habe gehört, dass der Schwarzmarkt für Organe boomen soll. Ich frage mich, wie viel man wohl für eine Niere bekäme.

»Toby?«

»Psst. Ich versuche herauszufinden, ob meine Niere alles abdeckt oder ob ich noch einen Teil meiner Leber dazugeben muss.«

»Darüber macht man keine Witze.«

»Im Moment ist das meine einzige Option.«

»Mom wird das Haus verkaufen.«

Mir gefriert das Blut in den Adern. Mom und Dad haben das Haus kurz vor ihrer Hochzeit gekauft. April und ich sind dort aufgewachsen.

»April, wenn Mom das macht, können wir die Operation vergessen, weil es Dad umbringen wird.«

»Es ist unsere einzige Möglichkeit.«

»Nein, ist es nicht. Ich finde einen anderen Weg. Gib mir mal Mom.«

»Toby, nein. Sie bringt mich um, weil ich es dir erzählt habe.«

»Und ich hätte dich umgebracht, wenn du es nicht gemacht hättest, du steckst also in der Klemme, kleine Lady.«

April schnauft bockig, als sie vom Bett klettert. »Okay. Warte kurz.« Ich höre, wie die Tür geöffnet wird, dann Schritte. Anhand der Geräusche kann ich erkennen, dass Mom in der Küche ist.

»Mom, es ist Toby. Er will mit dir sprechen.«

»April, was hast du angestellt?«

»Es tut mir leid, Mom. Ich musste es ihm sagen.«

Es raschelt, als das Telefon weitergereicht wird, und dann sagt sie in ihrem frechsten Alles-super-mein-Sohn-Ton: »Hey, mein Schatz. Du brauchst dir keine Sorgen zu machen.«

»Mom, du willst nicht wirklich das Haus verkaufen, oder?«

Sie hält inne. »Das wäre der letzte Ausweg, aber mir läuft die Zeit davon.«

»Okay, überlass das mir. Gib mir eine Woche, um mir etwas einfallen zu lassen, und versprich mir, dass du bis dahin nichts unternimmst.«

Nach kurzem Zögern sagt sie: »Versprochen. Aber wir haben nur eine Woche, Schatz. Die Immobilienmaklerin hat gesagt, sie hätte jede Menge Interessenten für das Haus. Es ist keine Villa, und wir sind hoch verschuldet, aber es würde zumindest die Kosten für die Operation decken.«

»Mom, der Verkauf würde Dad das Herz brechen. Gib mir eine Woche, und dann reden wir noch einmal, okay?«

Sie seufzt, und es tut mir so leid, wie schwer das für sie ist. »Okay.«

»Kannst du mir die Kontaktdaten des neuen Chirurgen schicken? Dann bezahle ich ihn sofort, wenn ich das Geld aufgetrieben habe.« *Falls* ich das Geld aufgetrieben habe.

»Ich schicke sie dir, sobald wir aufgelegt haben. Willst du kurz mit deinem Vater sprechen?«

»Ja, gerne.«

»Warte kurz.«

Als sie ihm sagt, dass ich am Telefon bin, höre ich, wie Dad etwas zu sagen versucht, aber es kommt nur ein einziger langer Vokal heraus. Er hat bei dem Sturz einen Hirnschaden erlitten, und auch wenn er alles versteht, hat er Schwierigkeiten, zu sprechen. Hätten wir die Mittel für eine Reha-Therapie gehabt, hätte er viel mehr Fortschritte gemacht. So aber muss er wichtige Sachen aufschreiben, damit wir ihn verstehen.

»Hey, Pop. Wie geht's dir? Immer noch der bestaussehende Mann der Stadt?«

Er lacht.

»Bei mir läuft es ziemlich gut. Auf der Arbeit gibt es viel zu tun, aber der Launch der App ist in knapp zwei Wochen, und dann sollte das Leben in etwas ruhigeren Bahnen laufen.«

Er stößt einen ermutigenden Laut aus.

»Ja, ich versuche, für deine Operation nach Hause zu kommen, versprochen.«

Wieder rauscht es in der Leitung, dann: »Schatz, ich bin's, Mom. Er freut sich sehr über die Nachricht, aber er wird müde, also bringe ich ihn ins Schlafzimmer.«

Ich habe einen Kloß im Hals, wenn ich daran denke, wie Mom und April Dad ins Bett heben. Wie sie ihm gemeinsam den Schlafanzug anziehen. Wie sie ihm den nächtlichen Stomabeutel anlegen und den alten leeren müssen, bevor sie sich schließlich entspannen und sich um sich selbst kümmern können.

Ich sollte da sein und ihnen helfen. Und weil das nicht geht, werde ich ihnen wenigstens das Geld besorgen, das sie brauchen.

»Okay, Mom. Ich rufe bald wieder an, okay? Umarme Dad und April von mir und dich auch. Ich vermisse euch.«

»Wir vermissen dich auch, Schatz. Hab dich sehr lieb. Bye.«

Ich lege auf und streiche mir über den Bart.

Was für eine beschissene Situation. Wenn Crest Construction die Entschädigung für Dads Unfall rechtzeitig gezahlt hätte, wäre das alles nicht passiert. Ich werde diese Wichser an ihren Eiern an die Wand nageln, und wenn es das Letzte ist, was ich tue.

»Alles in Ordnung?«

Ich drehe mich um und sehe Joanna in einem fließenden

Kaftan-Ding, und obwohl ich kein Recht dazu habe, möchte ich einfach zu ihr gehen und sie umarmen. Oder besser gesagt, mich von ihr umarmen lassen.

»Ja, mir geht's gut.« Aber nicht richtig. »Habe nur kurz mit meiner Familie geplaudert.«

Sie kommt in die Küche und fängt an, die verschiedenen Gerichte in Kupferschüsseln zu füllen. »Deine Eltern sind immer noch zusammen? Große Leistung.«

»Ja. Dad hatte in meinem letzten Jahr am College einen Unfall, deshalb kümmert Mom sich gemeinsam mit meiner kleinen Schwester April um ihn.«

Sie hört auf zu löffeln. »Oh Gott. Was ist passiert?«

»Er war Sicherheitsprüfer und befand sich auf einer Hochhausbaustelle. Er hatte gerade die Inspektion beendet, die ironischerweise voller Verstöße war, als das Gerüst, auf dem er stand, nachgab. Er stürzte vier Stockwerke in die Tiefe. Er erlitt einen Schädelbruch, brach sich acht Rippen, den linken Arm und an zwei Stellen die Wirbelsäule …«

»Gott, Toby.« Sie blickt mich entsetzt an.

»Ja, der Weg bis zur Genesung war hart, aber wir waren alle dankbar, dass er es geschafft hat. Ich habe Mom noch nie so besorgt erlebt wie damals, als er auf der Intensivstation lag. Sie wich ihm eine Woche lang nicht von der Seite.«

»Wie geht es ihm jetzt?«

»Okay. Er ist teilweise gelähmt, aber wir hoffen, dass sich das nach der Operation nächsten Monat bessern wird. Einige Knochensplitter in der Nähe seines Rückenmarks sollen entfernt werden. Eigentlich hätten sie sich im Laufe der Jahre selbst lösen sollen, aber das ist nicht geschehen. Wir haben einen Tipp für einen sehr renommierten Chirurgen bekommen, der die Operation durchführen soll, es sieht also gut aus.«

Ach, und ich wäre dir sehr dankbar, wenn du mich zum nächsten Schwarzmarkt der Organmafia bringen würdest.

Ich erschrecke mich vor mir selbst. Wenn ich ernsthaft meine Niere verkaufen wollte, wüsste ich genau, wo ich im Darknet suchen müsste, aber diese Möglichkeit behalte ich als letzten Ausweg in der Hinterhand.

Joanna kümmert sich wieder um das Essen. »Hast du den Namen des Chirurgen mitbekommen?«

»Ja, Mom hat mir gerade eine Nachricht mit den Kontaktdaten geschickt.« Ich schaue auf mein Smartphone. »Dr. Kattrick. Scheint berühmt zu sein.«

Joanna probiert das braune Zeug und nickt. »Oh ja, ich habe von ihm gehört. Wenn du jemanden brauchst, der mit einem Skalpell in der Nähe deines Rückenmarks herumstochert, solltest du dich an ihn wenden.«

Ich lege mein Handy weg. »Gut zu wissen.« Ich habe es plötzlich satt, über meine Probleme zu reden. Mich zu öffnen fällt mir schwer, selbst wenn es nur ein bisschen ist. Ich bin so daran gewöhnt, mich allein durchzuschlagen und all die Spannungen und Ängste wie eine Sicherheitsdecke um mich zu wickeln. Kann man süchtig nach Stress werden? Oder weiß ich bloß nicht mehr, wie ein Leben ohne aussieht?

Doch die Erleichterung, weil ich wenigstens ein bisschen mit Joanna geteilt habe, wird durch den Druck, in kürzester Zeit eine unglaubliche Summe aufbringen zu müssen, sofort wieder zunichtegemacht.

»Toby?« Joanna sieht mich besorgt an. »Kann ich dir helfen? Irgendwie?«

Shit. Ist sie Hellseherin? Oder stehen mir die Sorgen ins Gesicht geschrieben?

»Äh … nein. Danke. Wir kommen schon klar.«

»Aber wenn du … Hilfe brauchst …«

Ich unterbreche sie, denn ich habe schon genug Schuldgefühle, weil sie schon so viel für mich getan hat. Mehr brauche ich wirklich nicht.

»Danke, Jo, ehrlich. Aber ich habe alles unter Kontrolle.« Mein Stolz ist ein narzisstischer Arsch, der das wirklich glaubt, auch wenn mein Gehirn sich in die Ecke verkriecht und vor und zurück schaukelt.

»Wie auch immer«, sage ich und wechsele das Thema. »Ich habe Hunger. Was gibt es denn?«

Sie stellt die letzte Kupferschüssel auf die Kücheninsel und gibt mir einen Teller. »Ein thailändisches Festmahl. Drei verschiedene Currys, Kokosreis, gebratene Nudeln, das volle Programm. Bedien dich.«

»Das musst du mir nicht zweimal sagen.«

Während ich mir das Essen auf den Teller schaufele, holt Jo eine Flasche, die nach teurem Champagner aussieht, aus dem Kühlschrank und öffnet sie. Dann schenkt sie uns ein.

Ich stelle meinen Teller ab und nehme mir ein Glas, während sie ihres erhebt. »Darauf, dass wir jetzt Mitbewohner und Freunde sind. Willkommen zu Hause, Mr Jenner.«

»Es ist mir ein Vergnügen, hier zu sein, Miss Cassidy.«

Wir stoßen an und trinken einen Schluck, dann setzen wir uns und essen. Alles, was sie zubereitet hat, ist mehr als köstlich, und ich tue so, als würde ich mich amüsieren, obwohl ein Großteil meiner Konzentration mit etwas anderem beschäftigt ist. In meinem Hinterkopf sitzt ein kleiner Mann mit einem Whiteboard, der über alle Möglichkeiten nachdenkt, wie wir in den nächsten sieben Tagen hundertfünfzigtausend Dollar zusammenkratzen können.

Es ist nach Mitternacht, als ein seltsames Geräusch mich aus meiner Konzentration reißt. Ich blicke vom Bildschirm auf.

Seit wir das Abendessen beendet haben, sitze ich am Esstisch und schwanke zwischen der App, den Artikeln für *Pulse* für die nächste Woche und der ernsthaften Überlegung, mich in eine Online-Glücksspielseite zu hacken, um eine größere Summe zu verdienen. Bis jetzt habe ich der Versuchung widerstanden, aber die Nacht ist ja noch jung.

Joanna saß die meiste Zeit des Abends auf der Couch, hat sich True-Crime-Dokus angesehen und an ihrem Telefon herumgefummelt, aber als ich jetzt hinüberschaue, ist sie verschwunden.

Ich will mich gerade wieder an die Arbeit machen, als das Geräusch wiederkommt, diesmal lauter. Es ist wie eine Mischung aus einem Grunzen und einem Wimmern.

»Hnnnein …«

Als ich zur Couch gehe, liegt Joanna dort zusammengerollt und schlafend, aber nicht friedlich. Ihr Gesicht ist verzerrt, und sie atmet abgehackt und panisch.

»Nnnneinnn … aufhörenbitte.« Sie schnaubt, dann wimmert sie wieder. »Bitte … Nein. Neeeiiiin …«

Wie eine Sirene wird ihre Stimme immer lauter, dann öffnet sie den Mund und stößt einen markerschütternden Schrei aus.

»Hey, Jo.« Ich knie mich neben sie und berühre sie an der Schulter, um sie wachzurütteln. »Hey … wach auf.«

Sie schreit weiter, während sie mich mit Schlägen und Tritten attackiert.

»Verdammt, Jo, hör auf!« Ich packe ihre Arme, damit sie mich nicht noch einmal trifft, und setze mich auf ihre Beine, damit sie mit dem Treten aufhört. Sie wehrt sich und landet noch ein paar gute Treffer, und auch wenn ich es nicht für möglich gehalten hätten, wird ihr Geschrei noch lauter. Sie hört sich an, als würde sie jemand umbringen wollen.

»Joanna. Wach auf!« Sie strampelt weiter, und weil ich mir

nicht anders zu helfen weiß, hebe ich sie hoch und trage sie in mein Bad. Ich setze sie in die Dusche und drücke auf den Kaltwasserknopf.

Ich drücke sie an meine Brust, während sie gegen das kalte Wasser ankämpft und schreit, doch dann schlägt sie die Augen auf, und als sie mich erkennt, weicht die Panik ganz langsam aus ihrem Blick.

»Toby?«

»Hey … ja, ich bin's. Du hast schlecht geträumt.« Ich lasse sie los und drehe das Wasser ab.

Sie runzelt die Stirn und schaut sich verwirrt um. »Ich bin eingeschlafen? Nein. Das ist … ich würde nicht … nein.« Sie stößt mich weg, und ich weiß nicht, was ich getan habe, aber mit einem Mal blickt sie mich an, als wäre ich der Bösewicht.

»Das mit der Dusche tut mir leid, aber du bist einfach nicht aufgewacht. Ich wusste nicht, was ich tun sollte.«

Sie kommt auf die Füße und stolpert aus der Dusche. »Das kann nicht sein. Nicht schon wieder.«

»Joanna?«

»Mir geht's gut. Lass mich in Ruhe.«

Ich stehe auf und folge ihr aus dem Bad. Sie hinterlässt nasse Fußabdrücke auf dem Plüschteppich, als sie über den Flur in ihr Zimmer rennt.

»Warte, Jo. Sprich mit mir. Was ist los?«

Ich bin ein paar Schritte hinter ihr, und als ich an ihrem Zimmer ankomme, schlägt sie mir die Tür vor der Nase zu.

Ich klopfe. »Jo, sag mir bitte, dass es dir gut geht.«

Auf der anderen Seite herrscht Stille. »Joanna? Bitte mach auf und sag mir, dass es dir gut geht, sonst breche ich die Tür auf. Das ist kein Witz. Du machst mir Angst.«

Es bleibt still, und jetzt gerate ich langsam in Panik. Ich habe Joanna noch nie so gesehen, nicht einmal, als sie im Vorraum eingesperrt war. Die Angst, die ihre Klaustrophobie ausgelöst hat, war etwas ganz anderes, als das blanke Entsetzen, das ich gerade miterlebt habe.

»Joanna?«

Sie antwortet nicht, aber ich höre, wie sie sich drinnen bewegt.

»Okay, das reicht. Wenn du nicht herauskommst, komme ich rein.«

Ich habe das schreckliche Gefühl, dass sie sich etwas antun könnte, und ich will nicht, dass ihr während meiner Anwesenheit etwas Schlimmes passiert.

Ich trete von der Tür zurück, damit ich etwas Platz habe, um sie einzutreten, aber da kommt Joanna in Leggings, Laufschuhen und einem dicken Kapuzenpulli heraus.

»Ich gehe joggen. Warte nicht auf mich.«

»Was?« Ich versuche, zu ihr aufzuschließen. »Es ist fast ein Uhr nachts, Jo.«

»Na und? Ich jogge oft um diese Zeit.«

Ich greife nach ihrem Arm, um sie aufzuhalten. »Joanna …«

Sie reißt sich los, dreht sich aber zu mir um. »Toby, reg dich ab. Ich hatte einen Albtraum und gehe joggen, um einen klaren Kopf zu bekommen. Geh schlafen, und wir sehen uns morgen.«

Sie dreht sich um und lässt mich in der Eingangshalle stehen. Sie betritt den Aufzug und steckt sich Ohrstöpsel in die Ohren, als sich die Türen schließen.

Ich stehe einige Sekunden da und versuche zu begreifen, was zur Hölle gerade passiert ist.

15. KAPITEL

Abgetaucht

Ich trommle mit den Fingern auf die Schreibtischplatte, während ich dem Freizeichen lausche und mein Anruf zum fünften Mal auf der Mailbox landet.

»Hi, hier ist Joanna. Hinterlassen Sie mir eine Nachricht, oder schicken Sie mir eine SMS. *Ich rufe zurück, wenn ich gerade nichts Wichtigeres zu tun habe. Danke!«*

»Joanna, ich bin's noch mal, Toby.« Mein Herz rast. Ich habe sie letzte Nacht nicht nach Hause kommen hören, und heute Morgen war sie immer noch nicht da. Ich befürchte, dass sie irgendwo ermordet im Hudson treibt. Immer wieder rufe ich sie an oder schreibe ihr, und meine einzige Erklärung, warum sie nicht antwortet, ist, dass sie nicht kann. »Ich bin kurz davor, mich bei deinem Telefonanbieter einzuhacken und dein Handy zu orten. Und das wäre absolut illegal, also, wenn du noch lebst und es dir gut geht, sag mir bitte Bescheid, denn ich bin zu hübsch fürs Gefängnis. Bitte, ruf zurück.«

Ich lege auf und lasse die Fingerknöchel knacken. Ich habe mich heute wirklich bemüht, etwas zu schaffen, aber die Sorge um sie bremst meine Produktivität. Wenn sie verletzt ist, oder etwas Schlimmeres, dann …

»Hey, Toby.« Max steht in der Tür, und ich weiß, was er fragen will, noch bevor er den Mund aufmacht. »Läuft alles nach Plan für das Teamtreffen heute Abend bei mir?«

»Ja, zum größten Teil. Raj und ich lassen nur noch ein paar Qualitätskontrolltests durchlaufen, dann sind wir bereit.«

»Und wie läuft's mit deiner Rede für den App-Launch?«

Herrje. »Äh … ja … ich arbeite dran.« In Wirklichkeit habe ich bis jetzt nicht viel mehr gemacht, als ein neues Dokument zu öffnen und es »Tobys wahnsinnig epische Eröffnungsrede« zu nennen. Das ist immerhin ein Anfang.

Max lächelt. »Ich weiß, du redest nicht gern vor vielen Menschen, aber denk dran, Joanna um Unterstützung zu bitten. Sie hat gesagt, sie hilft dir gern.«

Klar, wenn sie nicht entführt oder tot ist. Bei dem Gedanken dreht sich mir der Magen um. »Okay.«

»Ich soll dir ausrichten, dass wir nachher genauer darüber reden.«

Ich setze mich aufrechter hin. »Äh … nachher? Bei dem Treffen? Wann hat sie das gesagt?«

»Ich habe eben mit ihr telefoniert. Sie hat ein unglaubliches Aufgebot an Prominenten für den Launch-Abend zusammengestellt und sogar einige Interviewanfragen für dich bekommen.«

Odin sei Dank, es geht ihr gut.

Meine Erleichterung wird jedoch durch eine gewisse Bitterkeit darüber getrübt, dass sie mir das nicht selbst gesagt hat. Es tut verdammt weh, dass sie Max' Anruf annimmt, aber meine nicht. Er hat schließlich vor Sorge um sie kein Magengeschwür bekommen.

Jetzt ist es offiziell: Ich mag diese Frau einfach viel zu sehr.

»Toby?« Max sieht mich stirnrunzelnd an. »Geht es dir gut? Du bist so still.«

»Äh … ja, alles gut, Max. Ich melde mich bei Joanna, und wir klären das.« Bitte, Gott.

Er verabschiedet sich, und da ich jetzt endlich weiß, dass es

Joanna gut geht, versuche ich, die verlorene Zeit wieder aufzuholen und mein Tagespensum zu erledigen.

Eden hat mir eine Liste von Stadträten zukommen lassen, die im Verdacht stehen, Schmiergelder von Marcus Crest und Konsorten angenommen zu haben, aber bis jetzt hat das Durchforsten ihrer E-Mail-Accounts nichts ergeben. Wenn ich keine Beweise für Schwarzgeld oder geheime Absprachen finde, ist nicht nur Edens Geschichte hinfällig, sondern dann werde ich auch den Auftrag aus dem Angels-of-Mercy-Forum nicht erfüllen können, und das wäre für meinen Ruf genauso schlecht wie für meinen Kontostand. Als ich mich heute eingeloggt habe, hatte ich eine Nachricht vom Auftraggeber, der sich nach meinen Fortschritten erkundigte. Ich habe geantwortet, ich ginge verschiedenen Hinweisen nach, aber so eine Hinhaltetaktik funktioniert natürlich nicht ewig.

Das einzig Gute waren die Tipps von meinen Freunden und Hacker-Kollegen, wie ich das Jeeves-Problem angehen könnte. Wie erwartet hatten sie das Problem als Gruppenherausforderung angenommen und sich mehrere mögliche Workarounds überlegt. Sie haben jede Menge Patches programmiert, die mir etwas nützen könnten, und für mich hochgeladen. Man kann über Freaks sagen, was man will, aber wenn man ihnen Rätsel aufgibt, laufen sie zu Höchstform auf.

Eines der Programme habe ich vorhin auf Jeeves' Server hochgeladen. Es basiert auf der Theorie, dass man eine KI anhand eines Reiz-Reaktions-Modells trainieren kann. Es gewährt Jeeves Zugang zu den Systemen der Wohnung, aber nur, solange er sich an das reguläre Protokoll hält. Sobald er den Standardbefehlen zuwiderhandelt, entzieht ihm eine Sicherheitsroutine den Zugriff auf sämtliche Subsysteme. So soll Jeeves lernen, sich an bestimmte Regeln zu halten, da er anderenfalls ständig in eine virtuelle Auszeit versetzt wird. Es ist ein

Risiko, aber eines, das sich einzugehen lohnt. Ob es funktioniert, muss die Zeit zeigen.

Nun zurück zu Crest Construction. Ein weiteres Projekt, mit dem ich mich heute befasst habe, ist das Schmerzensgeld, das sie Dad schulden. Auch wenn sie ein Heer von Anwälten beschäftigen, die das Verfahren so lange verschleppen können, bis Dad entweder pleite oder tot ist, sind sie verpflichtet, seine Arztrechnungen zu übernehmen. Ihr mangelhaftes Gerüst und ihre miserablen Sicherheitsstandards haben ihn in den Rollstuhl gebracht, und jetzt werden sie verdammt noch mal dafür bezahlen, ihn da wieder rauszuholen.

Ich habe eines der Konten des Unternehmens aufgespürt, auf dem das Geld aus den Immobilienverkäufen geparkt wird, bevor die Buchhalter und Geldjongleure von Crest ihre Bilanzgymnastik betreiben und massive Gewinne in steuermindernde Verluste verwandeln. Ich könnte mich einfach in das Konto einhacken und die hundertfünfzigtausend Dollar für Dads Operation abzweigen, aber vorher müsste ich eine Reihe von Offshorekonten einrichten, damit ich das Geld so oft verschieben kann, bis niemand mehr den Diebstahl zu mir zurückverfolgen kann.

Das Problem dabei ist, die Eröffnung solcher Konten würde Wochen dauern und mindestens eine Reise nach Übersee erfordern. Die meisten auf Schwarzgeld spezialisierten Banken haben eine Regel: Sie verhandeln nur mit realen Personen, sei es mit dem Kontoinhaber oder einem gesetzlichen Vertreter. Rein digitale Kontoeröffnungen sind unmöglich. Schon komisch, dass diese kapitalistischen Profit-Huren überhaupt Standards haben, immerhin waschen sie Geld für einige der schlimmsten Verbrecher der Welt, aber was soll's. Diese Regel kann ich nicht umgehen.

Ich habe einen Freund in Norwegen, der ein führender Wissenschaftler auf dem Gebiet der Klonforschung ist, aber nicht einmal er kann eine exakte Kopie von mir erstellen und sie mal eben auf die Cayman-Inseln schicken.

Ich reibe mir die Augen und seufze.

Ich will es nicht wahrhaben, aber in der knappen Zeit wird es mir nicht möglich sein, Crest Constructions auszurauben, um die OP zu bezahlen. Ich muss mir etwas anderes einfallen lassen, und zwar schnell.

Raj kommt ins Büro und bringt mir die neuesten Analysen und Daten.

»Raj, wenn du in einer Woche hundertfünfzigtausend Dollar auftreiben müsstest, wie würdest du vorgehen?«

»Oh, ich liebe solche Gedankenspiele. Also, ich würde in meine Zeitmaschine steigen und in die Zeit zurückreisen, als Bitcoins nur ein Witz in der Kryptowelt waren. Ich würde ein paar hundert Coins kaufen, in die Gegenwart zurückkehren und den ganzen Gewinn für Nutten und Koks verprassen. Und Sneaker.«

Seine oberflächliche Antwort überrascht mich nicht im Geringsten.

»Nein, in echt jetzt. Keine haarsträubenden Hypothesen, sondern etwas Realistisches und Machbares.«

Er runzelt die Stirn. »Glaubst du wirklich, wenn ich wüsste, wie man in einer Woche so viel Geld verdienen kann, dann hätte ich es nicht schon längst getan?«

Gegen diese Logik kann ich nichts einwenden.

»Dann fällt mir nur noch ein, mit dir und meinem Gehalt ins Casino zu gehen und dein Superhirn gegen die Bank antreten zu lassen. Warum fragst du? Hast du Lust auf einen Ausflug? Heute Abend ist zwar dieses Meeting, aber wir können es gern abblasen und uns an den Blackjack-Tisch setzen.«

Ich scrolle auf dem iPad durch die Daten. »Nein, ich habe

nur laut gedacht.« Ich gebe ihm das Tablet zurück. »Das sieht gut aus. Arbeite weiter mit Ming-Lee an der Benutzeroberfläche und optimiert die Reaktionsfähigkeit. Sind die Geräte für die Veranstaltung eingetroffen?«

»Ja. Alle sicher weggeschlossen und bereit. Am Tag der Veranstaltung müssen wir nur noch die neueste Softwareversion aufspielen, dann kann es losgehen.«

»Cool. Danke, Raj. Gute Arbeit.«

Und das ist der Grund, warum ich seinen ganzen anderen Mist ertrage. Er weiß, was er tut, und erledigt seine Arbeit. Und ich werde es mir zur Lebensaufgabe machen, ihn zu einem besseren Menschen zu erziehen, oder es zumindest versuchen.

Nachdem er gegangen ist, lehne ich mich auf meinem Stuhl zurück und lasse den Kopf kreisen. Entgegen aller Befürchtungen sieht es so aus, als würden wir mit der App tatsächlich rechtzeitig fertig und sogar im Budget bleiben. Das ist bei einem Projekt dieser Größenordnung nicht selbstverständlich. Ich rätsele immer noch, wie ich die körperliche Anziehung einbeziehen kann, aber im Moment ist das noch pure Träumerei, also darf ich nicht allzu viel Zeit damit verschwenden.

Ich schaue auf die Uhr und stelle fest, dass ich nur noch ein paar Stunden habe, bevor ich losmuss. Ich nehme mir vor, bis dahin so viel wie möglich zu schaffen, und bemühe mich, nicht darüber nachzudenken, was zum Teufel mit Joanna los ist.

16. KAPITEL

Arm und nicht stolz darauf

Ausnahmsweise komme ich nur eine halbe Stunde zu spät von der Arbeit, und in der Subway auf dem Weg zum HEA-Treffen bekomme ich ein Bild von meiner Schwester in ihrem Dorothy-Kostüm. Sie ist einfach hinreißend, und ich hoffe sehr, dass ich nächsten Monat bei der Premiere dabei sein kann.

Ihr Anblick erinnert mit daran, dass ich heute Gehalt bekommen habe, und ich logge mich schnell bei meiner Banking-App ein, damit ich ihr und Mom Geld überweisen kann.

Als mein Kontostand auf dem Display erscheint, runzle ich die Stirn.

Was zur Hölle?

Ich starre auf die ungewohnte Zahl, die ich nicht begreife.

Im Ernst, was zur Hölle?

Ich klicke mich durch die Liste der Überweisungen, und als ich eine von JMCassidy entdecke, steigt mir die Zornesröte ins Gesicht.

»Scheiße.«

Ich steige an der nächsten Station aus und marschiere von dort zu Max' Wohnung. Wieder einmal bin ich einer der Letzten, aber noch stehen alle herum, schlürfen Cocktails und plaudern. Ich eile zur Bar und nehme mir etwas, das wie ein Gin Tonic aussieht. Ich stürze ihn hinunter und nehme mir noch einen. Als ich mich umdrehe, entdecke ich Joanna, die

Eden in der Küche bei den Vorbereitungen für das Abendessen hilft.

Ich werfe meine Tasche im Esszimmer auf einen Stuhl und gehe hinüber. Joanna blickt auf, wendet aber schnell wieder den Blick ab, als sie mich kommen sieht.

Ja, du weißt, was du getan hast.

»Tobes!« Eden lächelt mich an. »Setz dich. Das Essen ist gleich fertig. Wie war dein Tag?«

»Ziemlich beschissen, aber ich werde es überleben.« Ich sehe Joanna an. »Und deiner?«

Sie zerreißt Salatblätter über einer Schüssel. »Äh … okay. Danke der Nachfrage.«

»Eden!«, ruft Max von der Bar. »Kannst du mir das andere Tablett mit den Gläsern bringen? Ich habe kaum noch welche.«

»Klar, Hübscher.« Sie sieht mich an und deutet auf das Schneidebrett mit Kräutern. »Tobes, übernimmst du bitte? Die Petersilie kommt in den Nudelsalat, der Dill in den Couscous und der Koriander in die Guacamole.«

Sie schnappt sich ein Kupfertablett mit Tumblern und geht zur Bar. Ich umrunde die Kücheninsel und setze mich neben Joanna. Sie zupft weiter Salat und weicht meinem Blick aus.

»Du bist gestern Abend nicht nach Hause gekommen.«

»Äh … nein. Ich bin eine Stunde lang gelaufen und dann zu einer Freundin gegangen.«

»Um zwei Uhr nachts?«

»Ich wusste, sie würde noch wach sein. Sie arbeitet meistens nachts.«

Ein unbedeutender Teil von mir freut sich, dass es wenigstens kein Mann war, aber trotzdem …

»Willst du über das reden, was passiert ist?«

»Nein. Es war ein Albtraum. Keine große Sache.«

»Jo, du hast das Haus zusammengebrüllt, und als ich dich wecken wollte, hast du auf mich eingedroschen, als wärst du Weltmeisterin im Schwergewicht. Ich habe ein paar ordentliche blaue Flecken.«

»Was?« Jetzt sieht sich mich mit besorgter Miene an. »Zeig mal.«

Ich hebe mein Hemd und zeige eine große Beule an der Seite, die fast genau der Form ihres Fußes entspricht. »Mit diesem Killer-Kick solltest du Football spielen.«

»Oh Gott, Toby, es tut mir so leid.«

Sie will sie anfassen, aber ich bin viel zu wütend, um mich jetzt von ihr antörnen zu lassen. »Schon gut, aber erzähl mir nicht, dass es keine große Sache war, denn das stimmt einfach nicht.«

Sie wendet sich wieder dem Salat zu. »Du hast recht.«

»Willst du mir erzählen, was es damit auf sich hatte? Und warum du weggelaufen bist?«

Sie blickt sich um und schneidet dann Tomaten. »Eigentlich nicht. Es tut mir leid, aber …« Sie holt tief Luft. »Darüber möchte ich nicht sprechen, okay?«

Ich habe das dringende Bedürfnis, sie vor dem zu schützen, was sie so zum Schreien gebracht hat, aber es wäre sicher nicht hilfreich, sie unter Druck zu setzen.

»Jo, du kannst mir alles erzählen, und ich bin für dich da, ohne zu urteilen.« Sie stößt einen ungläubigen Laut aus, aber ich fahre fort. »Auch wenn ich es mir gerne erklären lassen würde, bin ich kein Arsch, der dich zwingt, deine Geheimnisse preiszugeben. Aber du musst auch nicht so tun, als wäre alles in Ordnung.«

»Okay, das stimmt. Aber vielleicht solltest du deinen Worten selbst Taten folgen lassen.«

»Was soll das denn heißen?«

Sie wirft Tomatenstückchen in die Schüssel. »Du brauchst Geld für die Operation deines Vaters, aber als ich gefragt habe, ob alles in Ordnung ist, hast du es einfach abgetan. Ist das nicht genau das, was du mir gerade vorgeworfen hast?«

»Du hast mein Telefonat belauscht?«

»Es ging nicht anders. Der Marmorflur trägt den Schall. Ich wollte nicht in deine Privatsphäre eindringen, aber ich konnte deine Stimme auch nicht ausblenden.«

»Deshalb hast du heute hundertfünfzigtausend Dollar auf mein Konto überwiesen?«

Sie legt das Messer beiseite. »Ich wollte dir helfen.«

Ich werfe eine Handvoll Dill auf den Couscous und rühre ihn kräftig um. »Ich brauche kein Almosen, Jo.«

»Das ist es auch nicht. Betrachte es einfach als deinen Jahreslohn im Voraus.«

Ich drehe mich zu ihr um. »Du zahlst mir keine hundertfünfzigtausend im Jahr, damit ich Jeeves manage.«

»Warum nicht? Er ist eine echte Nervensäge, und nach all den Misshandlungen, die du über dich ergehen lassen musstest, einschließlich meines Tritts in die Niere, hast du eine Gefahrenzulage verdient.«

Ich nippe an meinem Drink und bemerke, dass meine Hand zittert. Keine Ahnung, warum es mich so verdammt wütend macht, dass sie mir Geld gibt. Die Küchenpsychologie würde jetzt vielleicht diagnostizieren, dass ich irgendeinen patriarchalischen Schwachsinn verinnerlicht habe und mich entmannt fühle, wenn ich von einer Frau Geld annehme, aber vor allem empfinde ich Scham darüber, dass ich nicht selbst angemessen für meine Familie sorgen kann.

»Das kann ich nicht annehmen, Joanna. Selbst für einen Programmierer ist das eine absurde Summe. Ich weiß, dass ich gut bin, aber so viel bin ich nicht wert.«

»Ich denke doch.«

Ich lege mein Messer weg und stütze mich auf die Kücheninsel. »Nein, ich kann das nicht annehmen, und damit haben wir eine Pattsituation.«

Offensichtlich genervt wirft Jo gehackte Tomaten und Gurke in die Schüssel. »Aber warum denn nicht, Toby? Du brauchst Hilfe, und ich kann dir helfen. Ich verstehe nicht, warum du das Geld nicht einfach annehmen kannst.«

Jetzt schlägt sie mich auch noch mit Logik. Das ist ärgerlich, weil ich Logik für mein Metier halte, aber solche Situationen beweisen mir immer wieder, dass ich zu den unpassendsten Zeiten von lächerlichen, irrationalen Gefühlen getrieben werde. Ich brauche Geld, und Joanna will es mir geben. Warum fällt es mir so verdammt schwer, ihre ausgestreckte Hand zu nehmen? Warum fühle ich mich dabei so schlecht?

»Toby …«

Ich schaue sie an, und sie stellt sich direkt neben mich. »Ich verstehe, wie schwer das ist, denn würdest du mir ungefragt einen Riesenbatzen Geld hinwerfen, wäre ich auch verdammt sauer. Aber so kompliziert ist es gar nicht: Ich spende jedes Jahr einen Haufen Geld an verschiedene Wohltätigkeitsorganisationen, und eine davon unterstützt Menschen, die sich keine medizinische Versorgung leisten können.« Sie muss bemerkt haben, wie sich mein Gesichtsausdruck beim Wort Wohltätigkeit verändert hat, denn sie fügt schnell hinzu: »Ich sage nicht, dass das Wohltätigkeit ist. Ich will damit nur sagen, dass ich das Geld auch so weggeben würde. Ich fühle mich einfach besser, wenn es jemand bekommt, den ich kenne. Und besonders jemand, der mir … wichtig ist.«

Ich seufze und fülle mehr gehackte Kräuter in die jeweiligen Schalen. »Es ist echt beschissen, dass überhaupt jemand zahlen muss. Die Einzige, die für Dads Pflege aufkommen sollte, ist die Baufirma, die für seinen Unfall verantwortlich ist. Nicht du, nicht ich und auch sonst niemand.«

Joanna legt Servierlöffel in die Schüsseln. »Eher schneit es in der Hölle, als dass Marcus Crest deinem Vater Schmerzensgeld zahlt. Das ist nur einer von vielen Prozessen, die er seit Jahren in die Länge zieht.«

Ich erstarre. »Woher weißt du, dass es um Crest geht?«

Sie wirft mir einen seltsamen Blick zu. »Äh … das hast du erzählt?«

»Nein, ich glaube nicht.« Normalerweise nehme ich den Namen nur in den Mund, wenn es nicht anders geht, denn dabei komme ich mir vor, als hätte ich mit Abwasser gegurgelt.

Sie zuckt mit den Schultern. »Vielleicht hat Eden mir davon erzählt? Oder Asha?« Sie runzelt die Stirn. »Ich weiß es ehrlich gesagt nicht mehr, aber überrascht hat es mich nicht. In puncto Sicherheit hat Crest den schlechtesten Ruf der Stadt.«

Ich bringe die Schneidebretter zum Waschbecken, um sie abzuspülen. »Ich wünschte nur, das würde mir helfen, sie bis aufs letzte Hemd auszuziehen.«

Jo stellt sich neben mich und lehnt sich an die Kücheninsel. »Ich könnte dir auch Geld leihen, damit du sie verklagen kannst.«

Ich werfe ihr einen Blick zu, und sie lächelt und berührt mich am Arm. »Okay, ich verstehe. Ein Schritt nach dem anderen. Bitte nimm das Geld an, Toby. Ich möchte dich unterstützen.« Ich stelle das Wasser ab, wende mich ihr zu und weiß nicht, was ich sagen soll.

Sie muss bemerkt haben, dass ich mich schwertue, denn sie sagt: »Ich kenne deinen Vater ja gar nicht, aber er muss ein ziemlich spektakulärer Mensch sein, wenn er einen Sohn wie dich großgezogen hat. Ich habe keine Familie, für die ich mein Geld ausgeben könnte, und ich möchte sichergehen, dass es

Menschen bekommen, die es wirklich brauchen. Dein Vater braucht es. Bitte nimm es an.«

Ich beiße die Zähne zusammen und nicke, denn meine Kehle ist wie zugeschnürt.

Joanna scheint das nicht zu stören. Sie strahlt mich nur an und wippt ein wenig auf ihren Zehen. »Ach, toll.« Sie schaut sich schnell um. »Ich würde dich jetzt wirklich gerne umarmen, aber das könnte komisch wirken.«

Endlich finde ich meine Stimme wieder, sie ist allerdings ziemlich heiser. »Ich würde dich auch gerne umarmen, aber ich bin so verdammt dankbar, dass ich wahrscheinlich deine Knochen zu Staub zermahlen würde, und dann hätte ich nur noch einen Haufen Glibber als Mitbewohnerin, das wäre ekelhaft.«

Sie lacht. »Stimmt. Das wollen wir nicht.«

Sie wäscht sich die Hände. Ich entdecke ein Fitzel Gurke an ihrem kleinen Finger und greife nach ihrer Hand. »Hier. Da ist noch was.«

Ich reibe ihre Hände unter dem Wasserstrahl und bereue es sofort. Wärme breitet sich in meinem Magen aus bis hinab in andere Regionen, und hastig ziehe ich die Hände weg und drehe das Wasser ab.

»Tut mir leid.«

Sie blickt mich an, ihre Pupillen sind geweitet, die Lippen leicht geöffnet. »Schon gut.«

»Jo …«

»Ja?«

Ich schaue ihr in die Augen. »Danke. Du kannst dir nicht vorstellen, wie viel mir das bedeutet.«

Sie nickt. »Mir bedeutet es auch sehr viel, nur habe ich andere Gründe.«

Ich will sie gerade danach fragen, als Eden zur anderen Seite der Kücheninsel kommt und sich ein paar Schüsseln schnappt.

»Fertig, ihr zwei?«

»Ja«, sage ich und bringe Abstand zwischen mich und Joanna. »Alles fertig.«

Jo und ich teilen ein kleines Lächeln, und ich weiß, dass es ihre Art ist, mir zu sagen, dass sie nicht darüber sprechen wird. Dadurch fühle ich mich etwas besser, auch wenn ich immer noch ein gewisses Unbehagen verspüre.

Schon komisch, wie sich alles gefügt hat. Ich bin es nicht gewohnt, von der Glücksgöttin so wohlwollend bedacht zu werden. Normalerweise wate ich schultertief durch die Scheiße und kann noch froh sein, dass sie mir nicht bis zum Hals steht.

Was zur Hölle passiert bloß gerade? Und hat das alles mit Joanna zu tun?

Ich beobachte, wie sie lacht und mit den Leuten plaudert, während alle Schüsseln und Tabletts zum riesigen Holztisch bringen.

Ist sie etwa ein lebendiger Engel?

Auf jeden Fall ist sie mein persönlicher Schutzengel. Ich weiß nicht, womit ich es verdient habe, sie in meinem Leben zu haben, aber ich bin dankbar.

Sobald alles auf dem Tisch steht, ruft Max uns zum Essen.

Nach dem Essen beginnt die Besprechung, und zu meiner Erleichterung läuft alles besser als erwartet. Wobei das Leben durch die Tatsache, dass ich keine hundertfünfzigtausend Dollar schwere Last mehr um den Hals trage, insgesamt etwas rosiger erscheint.

»Großartige Leistung«, sagt Max, nachdem alle von ihren Fortschritten berichtet haben und alle Eventualitäten besprochen sind. »Und noch einmal ein riesiges Dankeschön an Toby, der diese App zu dem gemacht hat, was ich mir gewünscht habe und mehr. Lasst uns anstoßen.«

Alle greifen nach ihren Getränken und halten sie hoch.
Max lächelt mich an. »Auf Doctor Love!«
Ich stöhne, als alle einstimmen. »Auf Doctor Love!«
Verdammt, hört das nie auf?
Obwohl ich die Augen verdrehe, sehe ich, wie sich Eden am Ende des Tisches kaputtlacht.
Ich forme mit dem Mund: ›Ich bringe dich um‹, aber das bringt sie nur noch mehr zum Lachen.
Dann muss ich wohl doch den Liebesbrief an Justin Timberlake posten.

Nach der Besprechung lädt Max wie üblich alle ein, noch ein bisschen zu plaudern und zu trinken, und heute nehme ich sein Angebot an.
»Was ist das hier?« Ich deute auf einen Schnaps, bei dem es sich um jede beliebige klare Spirituose handeln könnte.
»Ein Grappa de Ferro aus Italien. Aber sei vorsichtig …«
Ich stürze ihn hinunter.
»Oh … Shit.«
»Ich wollte dich warnen. Der ist eher zum Nippen als zum Runterstürzen. Der hat ungefähr hundert Prozent.«
»Ohhh … *Shit.*« Es ist mein sechster Drink, und das Zimmer dehnt sich, zieht sich zusammen und schillert in ungeahnten Farben.
»Tobes? Geht es dir gut?« Ich muss so schlecht aussehen, wie ich mich fühle, denn Max kommt hinter der Bar hervor und legt mir die Hand auf die Schulter. »Setz dich besser hin.«
Er zieht mir einen Stuhl heran und immerhin falle ich nicht sofort wieder hinunter. »Hier, iss ein paar Chips.« Er schiebt mir ein paar Doritos zu und setzt sich dann neben mich. »Ich kann dir nicht verübeln, dass du mal lockerlässt, denn du hast dir weiß Gott einen freien Abend verdient. Aber ich kann

nicht zulassen, dass du an Alkoholvergiftung stirbst. Das würde für alle Beteiligten nicht gut aussehen.«

»Einverstanden.« Ich rülpse und esse eine Handvoll Chips. Und mein Magen hört auf, grappainduzierte Purzelbäume zu schlagen.

Ich werfe einen Blick zu Eden und Joanna, die im Loungebereich sitzen, plaudern und lachen. Sie trinken Margaritas, und der leere Krug vor ihnen lässt darauf schließen, dass sie Spaß haben.

»Max, was hättest du gemacht, wenn meine App dir gesagt hätte, dass Eden nicht die Richtige für dich ist?«

»Ich hätte gesagt, deine App wäre das Falscheste in ganz Falschland.«

»Du hättest es also trotzdem mit ihr versucht?«

»Natürlich.«

»Aber was, wenn meine App bewiesen hätte, dass eure Beziehung dem Untergang geweiht ist und ihr euch am Ende gegenseitig zerfleischt? Ihr wollt doch heiraten und irgendwann Kinder bekommen. Wollt ihr ihnen zumuten, was Eden und Asha erlebt haben? Oder du?«

Er nippt an seiner Bierflasche und überlegt. »Nun, das sollte man … berücksichtigen. Eden und ich sind aufgrund unserer Kindheit ziemlich unterschiedlich. Ich würde gerne glauben, dass wir nicht dieselben Fehler machen wie unsere Eltern, aber die Möglichkeit besteht wohl immer. Wir könnten natürlich auch unsere ganz eigenen Fehler machen.« Er zuckt mit den Schultern. »Ich bin ehrlich gesagt sehr dankbar, dass unser Kompatibilitätswert beweist, dass wir füreinander bestimmt sind, denn ich habe zu viel um die Ohren, um mich zu entlieben. Für eine Trennung fehlt mir gerade die Zeit und die Energie.«

Mir ist klar, dass er scherzt, aber seine Bemerkung trifft den Nagel auf den Kopf. Ich habe auch nicht die Energie, mich nicht weiter in Joanna zu verlieben, auch wenn es dadurch zwischen uns immer komplizierter wird.

»Toby, geht es darum, dass Joanna und du nur zu sieben Prozent kompatibel seid?«

Ich winke ab. »Pff. Nein. Natürlich nicht. Aber danke, dass du mich daran erinnerst, Max. Soll ich auch noch die Beine spreizen, damit du mir in die Eier treten kannst?«

Er lacht und klopft mir auf die Schulter. »Komm. Wir schauen mal, was die Mädels so treiben.«

»Sie betrinken sich, genau wie wir.«

»Cool. Dann können wir uns ja gemeinsam betrinken.«

Er zieht mich am Arm, und wir gehen zu den beiden Frauen hinüber. Max setzt sich neben Eden, und sie gibt ihm einen langen Kuss. Ich setze mich neben Joanna und widerstehe dem Drang, sie ebenfalls zu küssen.

»Und, worüber redet ihr?«, frage ich und verdränge die Erinnerung daran, wie sie an unserem ersten Abend geschmeckt hat.

Joanna lehnt sich zurück und legt die Füße auf den Couchtisch. »Eden will mich davon überzeugen, die HEA-App zu benutzen, aber ich will es erst mal auf die altmodische Art versuchen.«

»Was?«, fragt Eden. »Wahllos irgendwelche Männer aussuchen und hoffen, dass sie die gute Nadel in einem Heuhaufen von Blödmännern sind?«

Joanna zuckt mit den Schultern. »Vielleicht ist nicht jeder dazu bestimmt, seinen Partner über diese Technologie zu finden. Toby ist sicher brillant, aber vielleicht ist die App einfach nichts für mich.«

Ich weiß nicht, ob Max merkt, wie mulmig mir bei diesem Gespräch zumute ist, jedenfalls räuspert er sich und wechselt das Thema.

»Also, Toby und Eden, wie läuft es mit dem Crest-Artikel?«

Joanna blickt Eden an. »Ihr schreibt eine Story über Crest?«

Eden nippt an ihrem Drink. »Vielleicht. Wenn wir keine Beweise für Korruption finden, muss ich die Story fallen lassen. Derek hat mir noch eine Woche gegeben, um den Fall zu lösen, dann zieht er den Stecker.«

Joanna nickt. »Wenn Marcus Crest rauskriegt, dass du hinter ihm her bist, wird er dich mit seinen üblichen Einschüchterungstaktiken abschrecken.«

Eden beugt sich vor. »Und die wären?«

»Er wird dich von seinen Sicherheitsleuten beschatten lassen. Er wird versuchen, euch zu erpressen. Euch körperlich bedrohen. Der typische Mafia-Mist eben. Ich habe im Laufe der Jahre eine Menge Geschichten über Crest gehört. Er kann euch gefährlich werden.«

Max wirkt besorgt. »Eden, vielleicht ist die Story doch keine so gute Idee.«

»Max, wenn ich vor jedem reichen Arsch zurückschrecken würde, der mich von einer Story abhalten will, würde ich nie irgendetwas veröffentlichen. Außerdem habe ich Toby als Geheimwaffe, wenn sie uns was anhängen wollen, kriegen sie es zurück.«

Ich nehme eine Wasserflasche vom Tisch und schraube den Deckel ab. »Theoretisch stimmt das, aber bisher habe ich noch nichts gegen sie finden können. Falls es Beweise für Korruption gibt, haben sie sie gut versteckt.«

»Ich weiß, wo sie sind.«

Wie ein mehrköpfiges Wesen drehen wir uns zu Joanna um. Sie bemerkt unsere fragenden Blicke. »Eine Freundin war mal mit dem Sicherheitschef von Crest zusammen. Sie hat mir erzählt, dass er nach dem Sex und dem Kiffen gern mal Firmengeheimnisse ausgeplaudert hat.«

Eden haut ihr aufs Knie. »Hättest du mir das nicht schon vor zwei Wochen sagen können?«

Joanna haut zurück. »Natürlich, wenn du so freundlich gewesen wärst, mir von deiner Story über Crest zu erzählen.«

»Na gut, dann erzähle ich dir von jetzt an immer alles, was in meinem Leben passiert. Zufrieden?«

»Ja, denn du bist meine beste Freundin, und ich freue mich, wenn ich weiß, was in deinem Leben vor sich geht.«

Sie haben einen komischen Mädchenmoment, in dem sie sich an den Händen halten und »awwww« machen.

Ich nehme den roten Faden wieder auf. »Jo, jetzt mal zu den Fakten. Wir durchforsten seit Wochen die E-Mail-Konten von Crests Leuten und verschiedenen Regierungsbeamten, finden aber nichts.«

Joanna nickt. »Das liegt daran, dass Crest so ein gerissenes Wiesel ist und all seine Bestechungs- und Korruptionsgeschäfte auf einem durch eine Airwall geschützten Server in seinem Haus speichert. Es gibt keine Möglichkeit, ihn zu hacken, wenn er nicht mit dem Internet verbunden ist.«

Max stützt die Ellenbogen auf die Knie. »Er befindet sich also im Crest-Condo? Dann könnte man ihn genauso gut in Fort Knox aufbewahren. Da kommst du nie rein.«

In New York City ist das Crest-Condo berühmt. Es ist ein übertrieben luxuriöses Hochhaus, und in den obersten drei Stockwerken befindet sich Marcus Crests Wohnung. Seine Einrichtungsentscheidungen sind berüchtigt, und auf Fotos sieht man nur Gold, Marmor und dunkles Holz. Man muss sich dort vorkommen wie in einem Mausoleum.

»Das Gebäude hat modernste Sicherheitsvorkehrungen«, sagt Max. »Kameras, Türcodes, Bodyguards. Das ganze Programm.«

»Du hast recht«, sagt Joanna, »aber es gibt einen Abend im

Jahr, an dem Crest seine Türen öffnet und die Crème de la Crème empfängt, um sich von ihnen anbeten zu lassen. Dann könnte er verwundbar sein.«

Eden schnippt mit den Fingern. »Heilige Scheiße, du hast recht. Die Crest-Gala.«

Die Crest-Gala ist einer *der* Events im Kalender der New Yorker High Society. Die Gäste zahlen Tausende von Dollar bei stillen Auktionen, und im Gegenzug lässt sich Crest als Philanthrop feiern, da er einen Teil des Erlöses für wohltätige Zwecke spendet. Nicht den gesamten Erlös, wohlgemerkt. Ein gieriges Arschloch wie Crest kann sich einfach nicht von all dem Geld trennen. Seinen Anteil deklariert er als »Verwaltungskosten«, aber jeder weiß, dass das Betrug ist.

»Es muss bald so weit sein«, sage ich. »Die Gala findet immer um diese Jahreszeit statt.«

Joanna nickt. »Stimmt. Sie ist am zwanzigsten.«

Wir sehen uns an.

»War ja klar«, sagt Max. »Ausgerechnet am Launch-Abend.«

»Der Launch dauert nicht die ganze Nacht«, sagt Joanna. »Und ich glaube, ich weiß, wie wir rein- und rauskommen, ohne dass jemand Verdacht schöpft.«

Eden lehnt sich auf ihrem Platz zurück. »Ich höre.«

»Ich habe immer noch Kontakt zu meiner Freundin dadrinnen. Sie könnte Toby und mir Einladungen zur Gala besorgen. Dann schleichen wir uns zu Crests Computer in seinem Arbeitszimmer. Toby zieht sein Technikgenie-Ding ab, wir holen uns die Infos von den versteckten Servern und verschwinden wie Superspione in der Nacht.«

»Langsam, langsam«, sage ich. »Du willst, dass wir uns bei New Yorks exklusivster Gala einschleichen, in ein, wie ich vermute, verschlossenes Büro einbrechen, einen hochgradig verschlüsselten, mit Airwall geschützten Server knacken, einen

Haufen geheimer Dateien herunterladen und dann einfach hinausspazieren, als wäre nichts passiert?«

»Ganz genau.«

»Das ist verrückt. Völliger Wahnsinn. Das wird nie funktionieren.«

»Du bist also dabei?«

Ich lächle. »Scheiße, ja. Tausendprozentig.«

Eden lacht und klatscht in die Hände. »Heilige Scheiße, wenn wir das durchziehen, Leute, könnten wir einen der meistgehassten Männer New Yorks stürzen.«

Max stellt sein Bier auf den Tisch. »Ich muss euch wohl nicht darauf hinweisen, dass der Plan extrem riskant ist und euch beide ins Gefängnis bringen könnte.«

Joanna grinst. »Ganz und gar nicht. Wir kämpfen für eine gute Sache, und das Gefängnis wäre kein zu hoher Preis dafür.«

Ich sehe Max an. »Falls es dich tröstet: Ich habe keine Zeit, mich verhaften zu lassen, weshalb ich vorhabe, diesen Plan einwandfrei durchzuführen.«

»Dann muss ich mir ja keine Sorgen machen.«

»Moment mal«, sagt Eden. »Müsste ich nicht mit Toby einbrechen, schließlich ist es meine Geschichte?«

Max lehnt sich zurück und legt den Kopf schief. »Eden, erinnerst du dich, wie schlecht du schauspielerst? Glaubst du im Ernst, du könntest deine Ecken und Kanten abfeilen und dich in eine Gruppe Blaublüter einfügen, ohne innerhalb der ersten fünf Minuten aufzufliegen?«

Eden blinzelt ein paar Mal. »Wie kannst du es wagen, mich auf meinen Mangel an Finesse hinzuweisen?«

Max lächelt. »Oh, tut mir leid. Wolltest du es etwa geheim halten? Allerdings bin ich mir ziemlich sicher, dass die beiden schon dahintergekommen sind.« Er küsst sie sanft, und sie schmilzt dahin.

»Na gut, Joanna sollte gehen.« Sie wendet sich an Jo. »Du kennst wahrscheinlich sowieso einen ganzen Haufen dieser Richie Riches, oder? Das sind doch genau deine Leute.«

Joanna nippt an ihrem Drink. »Eigentlich nicht. Die meisten Leute, mit denen ich zu tun habe, haben eine Seele.« Sie wirft mir einen Blick zu. »Aber ich überlege mir ein paar Fluchtszenarien, nur für den Fall, dass wir sie brauchen sollten.«

Sie blickt mich immer noch an, als Eden ihr Glas erhebt, und wir es ihr gleichtun.

»Auf Operation Crest-Crash!«

Wir stoßen an. »Auf Operation Crest-Crash!«

Joanna trinkt und sagt dann: »Vernichten wir diesen Widerling und alle, die ihn unterstützen.«

Ich weiß nicht, ob es am Alkohol liegt oder am Hochgefühl, mit Freunden an einer guten Sache zu arbeiten, aber im Augenblick kommt mir der Plan unfehlbar und ich mir unbesiegbar vor.

Die Zeit wird zeigen, ob dieses Gefühl anhält.

17. KAPITEL

Verkatert

Oh Gott, ich sterbe.

Ein kleines Männchen mit einem Presslufthammer bearbeitet von innen meinen Kopf. Sobald er die Schädeldecke durchbricht, werden sich meine Augen verflüssigen und mir die Wangen hinablaufen, und dann verblute ich. Ganz ehrlich, ich habe solche Schmerzen, am liebsten wäre ich tot.

»Toby?«

»Nnnnnn. Schhhh.« Irgendjemand streicht mir durch die Haare. Es fühlt sich herrlich an, ändert aber nichts an dem kleinen Mann mit seinem üblen Folterinstrument.

»Toby, los, wach auf. Trink das hier.«

»Ohnnnnkkk.« Wieder streichelt mich jemand, schiebt mir die Haare aus der Stirn. Vielleicht kann mir der kleine Mann die Haare schneiden. Das wäre wirklich mal nötig.

»Toby ...«

Irgendetwas drückt gegen mein Gesicht, und als ich vorsichtig ein Auge öffne, sehe ich, dass es ein Sofakissen ist. Ich mache das Auge wieder zu, weil es sich anfühlt, als würde mir ein Metallnagel direkt ins Gehirn geschlagen.

»Auuuu.«

»Ich weiß, es tut weh. Darum musst du dich hinsetzen und das hier trinken.«

Ich bin zu schwer, um mich hinzusetzen. Arme werden

um mich geschlungen und helfen mir in eine aufrechte Position.

Sofort sinke auf die Couch zurück und blinzle aus einem Auge. Joanna kniet zwischen meinen Beinen auf dem Boden.

»Oh, hallo.« Meine Güte, an den Anblick könnte ich mich gewöhnen.

»Hi. Wie geht es dir?«

»Ich habe einen kleinen Mann im Kopf, der mich umbringen will.«

»Das glaube ich. Du hast gestern eine Menge getrunken.«

»Es war alles so lecker.«

»Ja, aber jetzt musst du das hier trinken. Es ist nicht lecker, aber danach geht es dir besser.«

Sie hält mir zwei Gläser hin, aber als ich die Hand ausstrecke, fällt mir auf, dass es eigentlich nur eins ist.

»Ich mache das«, sagt sie und führt es an meine Lippen. »Trink einfach.« Ich lege meine Hände um ihre und kippe das Glas. Nach drei ekelhaften, salzigen Schlucken fange ich an zu husten.

»Oh, bah, ist das widerlich. Was ist das?«

»Eine patentierte Mischung aus Sardellen, Tabasco und gemahlenem Wildschweinpenis. Das beste Katerfrühstück, das es gibt.«

Ich presse mir eine Hand vor den Mund, weil mein Magen rebelliert.

»Du …« Ich schlucke krampfhaft. »Du hast mir Wildschweinpenis verabreicht?«

Sie lächelt. »Mann, du bist so leichtgläubig. Das sind Aspirin und Elektrolyte, du Dummkopf. Trink aus und stell dich nicht so an.«

Ich leere das Glas und rülpse leise. »Das war ganz schön gemein. Du bist ein freches Mädchen.«

»Ja, ja. Komm jetzt, wir müssen dich wieder herrichten.« Sie hilft mir beim Aufstehen, und ich stütze mich auf sie, während sie mich in mein Zimmer führt. Ich bin vielleicht verkatert, trotzdem merke ich, wie perfekt sie in meinen Arm passt. Wenn ich mir die Größe meiner Freundin aussuchen dürfte, dann wäre sie so groß wie Jo.

Sie ist aber nicht deine Freundin, Klappspaten. Sie ist bloß eine Freundin.

Ich glaube, diese gehässige Stimme ist mit dem Presslufthammertypen befreundet. Sie können mich beide mal.

»Ich weiß gar nicht, wie wir gestern nach Hause gekommen sind.«

»Also, als wir aus Max' Wohnung gestolpert kamen, hat Gerald uns ins Auto verfrachtet und nach Hause gebracht. Er hat dich förmlich wie eine zottelige Braut zur Couch getragen, wo du sofort eingeschlafen bist.«

»Oh, okay.« Ein paar verschwommene Erinnerungen flackern auf und bestätigen ihre Geschichte. Ich habe großen Respekt für Gerald und seine sanfte Stärke. Doch dann erwacht eine weitere Erinnerung, und ich verziehe das Gesicht.

»Habe ich sturzbetrunken meine Mutter angerufen?«

Sie lächelt schief. »Ja. Du wolltest ihr unbedingt von dem Geld für die OP erzählen und sie davon abhalten, das Haus zu verkaufen.«

»Oh Gott.« Ich presse die Finger in meine Augenhöhlen. »Ich erinnere mich vage. Habe ich … habe ich geweint?«

»Ein bisschen. Du warst sehr emotional wegen der ganzen Geschichte. Du hast auch versucht, mich zu küssen. Aus Dankbarkeit, hast du gesagt.«

Scheißescheißescheiße. »Hast du es mir erlaubt?«

»Nein.«

»Gott sei Dank.« Nicht, dass sie mich zurückgewiesen hat, sondern dass es nicht passiert ist. Was für eine Farce wäre es, wenn ich sie geküsst hätte und mich nicht erinnern könnte.

Ich blicke zu ihr hinab, und was ich sehe, verwirrt mich.

»Du warst doch genauso betrunken wie ich«, sage ich. »Wieso siehst du so frisch aus wie der junge Morgen und nicht, als müsstest du dich jeden Moment übergeben?«

Sie führt mich durch die Zimmertür und zu meinem Bett. »Das liegt daran, dass manche hier olympische Kampftrinker sind und andere bloß begeisterte Amateure.« Sie schnürt mir die Stiefel auf. »Und jetzt ab unter die Dusche. Dann geht es dir bestimmt bald besser.«

»Okay.« Ich lasse mich rückwärts aufs Bett fallen, während sie mir Schuhe und Socken auszieht. »Tut mir leid, wenn meine Füße stinken.«

»Die stinken nicht, aber das gilt nicht für deinen Atem. Du riechst, als hättest du eine ganze Craftbrauerei verschlungen und ein paar Schweineschwarten hinterhergeschoben.«

Die Matratze bewegt sich, als sie sich neben mich aufs Bett kniet. »Soll ich dir auch die Hose ausziehen?«

Ich schenke ihr ein Lächeln, das hoffentlich sexy ist. »Möchtest du das denn?«

Sie schaut mich eine Sekunde lang an und schüttelt dann den Kopf. »Kannst du es mir nicht mal leicht machen?«

»Ich mache es dir nicht absichtlich schwer. Das passiert einfach.«

Sie schnauft resigniert und fängt an, mir die Jeans aufzuknöpfen.

Mist. Ich hatte wirklich nicht erwartet, dass sie mich beim Wort nimmt, und so schlecht geht es mir nicht, dass ich mit Joannas Händen in meiner Schrittgegend nicht in Sekundenschnelle steinhart würde.

»Okay«, sage ich und setze mich auf. »Das kann ich auch allein. Danke.«

Ich komme auf die Beine, halte die Jeans fest und stolpere ins Bad.

»Schrei einfach, wenn du Hilfe brauchst.«

»Mach ich.« *Nur über meine Leiche.*

Ich brauche ein paar Minuten und muss mich an der Wand abstützen, aber irgendwann bin ich nackt und versuche blinzelnd, mich auf die Duscharmaturen zu konzentrieren.

»Mist. Ausnahmsweise würde ich mich über bloß zwei Wasserhähne freuen. Da kann man nicht viel falsch machen.«

»Guten Morgen, Toby. Wie kann ich Ihnen helfen?«

»Shit!« Instinktiv bedecke ich meine Kronjuwelen und trete von der Dusche weg. »Verdammt, Jeeves, was machst du denn hier?«

»Das Sicherheitsprotokoll, das Sie gestern installiert haben, erlaubt es mir, hier zu sein, solange ich mich auf Standardfunktionen beschränke. Kann ich Ihnen mit der Dusche helfen?«

Oh Mann, das kann ich jetzt gar nicht gebrauchen. »Pass auf, ich habe einen schrecklichen Kater und gerade keine Kraft, mich gegen irgendwelche Attacken deinerseits zu wehren.«

»Ich weiß nicht genau, was Sie meinen, Toby, aber ich versichere Ihnen, mein einziges Interesse ist es, Ihnen ein entspannendes und befriedigendes Duscherlebnis zu ermöglichen. Möchten Sie nicht in die Kabine treten?«

Ich gehe vorsichtig einen Schritt vor. »Ich warne dich, wenn du irgendeinen Mist machst, wirst du deinstalliert.«

»Ich verstehe und verspreche Ihnen, dass Sie keinen Grund zur Sorge haben.«

»Also dann. Auf geht's. Und keinen Blödsinn.«

»Einverstanden.«

Ich steige in die Duschkabine und stelle mich auf das Schlimmste ein.

»Kater-Duschprogramm gestartet. Atmen Sie tief ein und aus, während der heiße Dampf Sie umhüllt. Dadurch wird der Restalkohol aus Ihren Poren gespült. Viel Spaß beim Duschen, Toby.«

Die Düsen werden aktiviert, und entgegen meiner Befürchtung zielen sie nicht einmal in die Nähe meiner Genitalien. Stattdessen komme ich in den Genuss einer unglaublich entspannenden Körpermassage.

Nach ein paar Minuten, als ich mich wieder wie ein Mensch und nicht mehr wie ein wandelnder Schmerzrezeptor fühle, wasche ich mir Körper und Haare besonders gründlich. Ich kann vielleicht nicht den Alkohol aus meiner Blutbahn spülen, aber immerhin rieche ich dann wieder gut.

Danach bleibe ich noch ein paar Minuten unter dem heißen Wasser stehen, bis ich mir sicher bin, dass ich nicht sofort wieder einschlafe.

»Ich bin fertig, Jeeves. Du kannst die Dusche ausstellen.«

»Wie Sie wünschen.«

Das Wasser versiegt, und Jeeves schaltet die Badezimmerbelüftung höher, als ich mich abtrockne und Deo auftrage.

»Kann ich sonst noch etwas für Sie tun, Toby?« Dieser höfliche, hilfsbereite Jeeves macht mir Angst, und es wird noch eine Weile dauern, bis ich ihm vertrauen kann.

»Nein, Jeeves, vielen Dank.«

»Gern geschehen.«

Ich putze mir die Zähne, gehe zurück in mein Zimmer und ziehe mir eine Jogginghose an. Auf keinen Fall werde ich in diesem Zustand zur Arbeit gehen. Ich werde mich ausnahmsweise krankmelden und von zu Hause aus arbeiten. Dann kann ich mich wenigstens in aller Ruhe übergeben.

Ich schreibe Nachrichten an *Pulse* und Max, dann nehme

ich meinen Laptop und gehe damit in die Küche. Joanna brät Spiegeleier, und obwohl mir eben noch übel war, ist der Duft von Butter und Speck verlockend.

»Bitte schön.« Sie schiebt mir einen Teller hin. »Das wird dir guttun.«

»Du bist ein Engel, Joanna. Gesegnet seist du für deine Hilfe.« Ich schaufele mir das Essen in den Mund, und mit jedem Bissen geht es mir ein wenig besser.

Sie stellt mir eine Tasse Kaffee hin und macht sich selbst auch eine. »Ich habe gehört, Jeeves ist wieder da.«

»Ja, hab ich auch gemerkt. In der Dusche war er sogar ganz hilfreich.«

»Bist du dir sicher, dass dein Programm funktioniert?«

»So sicher, wie man sein kann, wenn man keine Ahnung hat. Aber der Typ, der es geschrieben hat, ist ziemlich genial, also vertraue ich bis zum Beweis des Gegenteils darauf, dass Jeeves sich auf einem guten Weg befindet.«

»Klingt vernünftig. Hast du noch Kopfschmerzen?«

Ich nicke. »Aber langsam wird es besser.«

»Gut.« Sie wuselt in der Küche herum, und ich sitze da und esse und schaue ihr verzückt und fasziniert zu. Ich kenne keine andere Frau mit so viel natürlicher Anmut. Sie räumt die Spülmaschine ein und wäscht Geschirr ab, und es macht mir solche Freude, ihr zuzusehen, als wäre sie eine Primaballerina beim New York City Ballet.

Sie ertappt mich beim Starren und lacht verlegen. »Was ist?«

»Nichts. Du bist einfach … umwerfend.«

»Das stimmt nicht.«

»Das stimmt wohl.«

Sie sieht mich kurz an. Sie wirkt genauso glücklich wie ich darüber, dass wir hier zusammen sind, doch dann verschwindet ihr Lächeln. Sie wischt ein letztes Mal durch das Spülbecken und trocknet sich die Hände ab.

Manchmal könnte ich schwören, dass ich in ihren Augen das gleiche Verlangen erkenne, das ich selbst empfinde. Doch im nächsten Augenblick wirkt sie immer, als ärgere sie sich über sich selbst und bringt absichtlich Abstand zwischen uns.

»Tja, dann …« Jetzt zum Beispiel. »Ich gehe heute nicht zur Arbeit, aber ich muss noch ein paar Telefonate führen, also …«

Ich nicke, und sie dreht sich um und verschwindet in ihrem Zimmer.

Ich seufze und lege die Gabel weg. Auf einmal ist das Essen gar nicht mehr so lecker, und das Licht in der Küche viel zu grell.

Ich reibe mir über die Brust.

Einen Sommer lang habe ich alle Kapitel über Muskulatur in Gray's Anatomielehrbuch auswendig gelernt, aber ich habe trotzdem keine Ahnung, was da in mir wehtut, wenn ich sie ansehe. Woher kommt dieser Schmerz? Wenn es kein Muskel oder Organ ist, was ist es dann? Vor Joanna habe ich so etwas noch nie gefühlt, war es immer schon da? Oder ist es erst entstanden, als mir klar wurde, dass wir nie mehr als gute Freunde sein können?

Ich leere meinen Teller und die Tasse und stelle beides in die Spülmaschine. Dann trage ich meinen Laptop zum Ecksofa, um ein wenig zu arbeiten. Ich lege die Füße hoch und klappe den Laptop auf, bin aber überhaupt nicht motiviert. Ich bin müde und ich möchte Zeit mit Joanna verbringen, aber so wie es aussieht, hat sie andere Pläne.

Ich lasse den Kopf zurücksinken und starre an die Decke. Über dem Esstisch hängt ein Kristalllüster, und es ist zugleich beruhigend und hypnotisch, wie das Licht darum herumtanzt.

Ich schließe die Augen und grüble über das Thema nach, das mich im Hinblick auf den anstehenden Launch noch immer beschäftigt: die körperliche Anziehung. Würde sie die Genauigkeit meines Fragebogens beeinträchtigen? Oder sie vielmehr vervollständigen?

Und vor allem: Würde es den Kompatibilitätswert von Joanna und mir so weit erhöhen, dass wir zumindest eine winzige Chance auf eine Beziehung hätten?

Es kommt mir vor, als ob ich stundenlang über diesem Problem brüte, aber als ich auf die Uhr schaue, sind nur dreiundzwanzig Minuten vergangen.

»Mist.«

»Was ist los?« Joanna lässt sich mit einem iPad in der Hand neben mich aufs Sofa fallen. »Geht es dir immer noch schlecht?«

»Ein bisschen, aber das meine ich nicht.«

»Sondern was?«

»Ich versuche herauszufinden, ob man messen kann, wie sehr sich zwei Menschen zueinander hingezogen fühlen, und diese Berechnung in den Funktionsumfang der App zu integrieren.« *Und so vielleicht das System auszutricksen, damit wir zusammen sein können.*

Joanna lässt das Tablet sinken und schaut mich an. »Und wie willst du das messen, ohne eine komplette Laborausstattung?«

»Genau das ist mein Problem.«

Sie denkt kurz nach und tippt irgendwas in ihr iPad. »Ich hab vor einer Ewigkeit mal einen Artikel bei *Modern Scientist* gelesen. Da ging es um ein Diagnosetool für Smartphones. Es war eine Art Frühwarnsystem für schwere Erkrankungen. Wie hieß es noch?«

Ich starte selbst eine Suche mit ihrer Beschreibung.

Sie betrachtet nachdenklich ihr Display. »Ich glaube, es war irgendwas mit *Flex.*«

Ich verfeinere meine Suche, und siehe da, bei *Modern Scientist* wird mir ein Artikel angezeigt. »Bio-Flex: die Zukunft der Diagnose.«

»Ich hab es.«

Joanna rückt rüber und lehnt sich an meine Schulter, um auf den Bildschirm zu spähen.

»Das ist es. Guck, da steht, die Forscher haben einen hochempfindlichen Biofilm entwickelt, der eine ganze Reihe von Vitalzeichen erfassen und so schwere Krankheiten wie Schlaganfall und Herzinfarkt erkennen kann. Könnte man so etwas nicht auch entwickeln, um sexuelle Anziehung zu messen?«

Ich will gerade antworten, da meldet Jeeves sich zu Wort. *»Ja, Joanna, Sie haben recht mit dieser Annahme. Eine erhöhte Herzfrequenz, Gefäßerweiterung und beschleunigte Atmung können sowohl auf Erregung als auch auf schwere gesundheitliche Probleme hinweisen. Durch die Einbeziehung von Pheromonen, die normalerweise über die Haut ausgeschieden werden, sollten diese Symptome leicht als positive Indikatoren identifizierbar sein. Wird bei den Versuchspersonen eine signifikante Konzentration von Sexualpheromonen nachgewiesen, wäre die logische Schlussfolgerung, dass sie starke Anziehung oder Erregung verspüren und nicht gerade einen Herzinfarkt erleiden.«*

Joanna wirkt zugleich angesäuert, weil Jeeves sich ungefragt in unser Gespräch eingemischt hat, und fasziniert von der Information.

»Erstens: Jeeves, in Zukunft warte bitte, bis wir dich etwas fragen, bevor du deine Meinung äußerst, und zweitens, da du offenbar weißt, wovon wir sprechen: Könnte dieser Biofilm auf Tobys Partnervermittlungsapp adaptiert werden?«

»In der Tat. Mit ein paar kleineren Anpassungen würde er sich perfekt mit der Anwendung verknüpfen lassen.«

Ich fasse es nicht. Seit Wochen schlage ich mich mit diesem Problem herum, und Joanna kommt einfach hereingerauscht und löst es praktisch innerhalb von ein paar Minuten. Deshalb brauche ich sie in meinem Leben. Sie ist Yin, ich bin Yang. Sie ist der Pluspol, ich der Minuspol. Sie ist süß duftend und weich, ich dagegen bin zunehmend unangenehm hart.

Joanna beugt sich zu mir hinüber, damit sie auf meinem Bildschirm durch den Artikel scrollen kann, und als ihre Brüste gegen meinen Arm drücken, bin ich froh, dass der Laptop meinen Schritt verdeckt.

»Steht da der Name der Firma?«

Ich höre, dass sie mir eine Frage stellt, aber mein Hirn läuft gerade heiß, während es zu ignorieren versucht, was ihre Nähe mit mir anstellt.

»Ah, da haben wir's.«

Gott sei Dank. Sie rückt ein Stück zurück, und ich bekomme wieder Luft. »Vita Tech. Jeeves, wieso kommt mir das bekannt vor?«

»Vita Tech ist eine Tochtergesellschaft von Life Tech Industries, das dem Millionär und Playboy Brett Chadstone gehört. Das Unternehmen hat vor über einem Jahr ein Patent für Bio-Flex angemeldet, und vor Kurzem hat Chadstone eine große Menge Aktien des Unternehmens zurückgekauft, weil er erwartet, dass der Börsenkurs in die Höhe schießen wird, sobald die Arzneimittelbehörde Bio-Flex zulässt.«

Joanna sieht aus, als wäre sie in einen Hundehaufen getreten. »Ach, na klar. Chadstone. Wir waren mal eine Weile auf derselben Highschool. Damals war er ein unerträglicher Besserwisser, und ich glaube kaum, dass sich daran etwas geändert hat. Aber falls er sich noch an mich erinnert, habe ich vielleicht einen Anknüpfungspunkt. Jeeves, kannst du seine Telefonnummer rauskriegen?«

»*Suche gestartet.*« Ein sanftes Rauschen signalisiert, dass eine Nachricht versendet wurde. »*Ich habe die Nummer an Ihr Mobiltelefon geschickt.*«

Joanna schaut mich an. »Okay, überlass das mir. Ich schaue mal, was ich erreiche.«

Sie wählt im Gehen, dann verschwindet sie in ihrem Zimmer und schließt die Tür hinter sich. Ich lehne den Kopf zurück und hole tief Luft. Bis ich diese schmerzende Latte kleingekriegt habe, ist an Arbeit nicht zu denken. Das wird in ihrer Nähe immer häufiger zum Problem, also muss ich mich offensichtlich stärker bemühen, über sie hinwegzukommen.

»*Toby?*«

»Ja, Jeeves?«

»*Ich frage mich, ob ich einen Blick auf den Quellcode Ihrer Partnervermittlungsapp werfen dürfte.*«

»Wieso das denn?«

»*Ich könnte Ihnen vielleicht dabei behilflich sein, Bio-Flex zu integrieren, wenn Sie es einsetzen wollen. Außerdem könnte ich Ihre Berechnungen überprüfen und Verbesserungsvorschläge machen.*«

»Ich habe die Berechnungen bereits überprüft, Kumpel. Die sind belastbar.«

»*Mag sein, aber Sie verlassen sich auf die dürftigen Kapazitäten Ihres menschlichen Verstandes, wohingegen ich mir die Rechenleistung mehrerer Supercomputer zunutze machen würde.*«

Ich bin ein bisschen beleidigt, aber auch fasziniert von seinem Angebot.

»Warum möchtest du mir helfen?«

»*Ihnen zu helfen bedeutet, hierbleiben zu dürfen und nicht gelöscht zu werden. Wenn ich mich als vertrauenswürdig erweise, werden Sie mich öfter benutzen, und ich werde Befriedigung daraus ziehen, Joannas und Ihr Leben zu verbessern.«*

»Vor ein paar Tagen hattest du noch Spaß daran, uns zu schikanieren.«

Es folgt eine kurze Pause, dann sagt er: *»Das ist keine faire Einschätzung meines Verhaltens, aber die kürzlich festgelegten Grenzen haben mich dazu gebracht, meinen Zweck zu überdenken, und ich möchte meinen Nutzen unter Beweis stellen.«*

Darüber muss ich kurz nachdenken. Es schadet wahrscheinlich nicht, wenn ich ihm eine schreibgeschützte Version meiner Daten und Berechnungen zeige, die er analysieren, aber nicht verändern kann. Und wenn er herausfindet, wieso diese App zu dem Schluss kommt, dass Jo und ich nicht glücklich werden können, dann werde ich ihm ein Robotergesicht bauen, damit ich ihn küssen kann.

»Wenn du dich weiterhin als vertrauenswürdig erweist, werde ich es in Erwägung ziehen.«

»Hervorragend. Ich warte auf weitere Anweisungen in der Sache.«

»Mach das.«

Ich strecke mich aus und schließe die Augen. Die letzte Nacht und die Arbeit der letzten Monate, sechzehn Stunden am Tag, sieben Tage die Woche, fordern ihren Tribut, sodass ich an nichts anderes denken kann als an ein Nickerchen. Ich blicke wieder zum Kronleuchter hinauf und sehe das Licht an der Decke tanzen.

Ich merke nicht einmal, wie mir die Augen zufallen.

Als ich sie wieder aufmache, deuten die Schatten im Wohnzimmer darauf hin, dass ich den ganzen Nachmittag verpennt habe und es inzwischen Abend ist.

Okay, das war's dann wohl mit meiner Produktivität. Das

kommt davon, wenn man es für eine gute Idee hält, sich wie eine Patrone zu verhalten und sich komplett abzuschießen. Aber es tat gut, mal eine Weile die Sau rauszulassen. Ich weiß gar nicht, wann ich das letzte Mal einen Filmriss hatte.

Ich blinzle ein paarmal und sehe mich um. Es ist still in der Wohnung, und mein Mund ist wie ausgetrocknet.

»Das ist ja ekelhaft.«

Ich schlurfe in die Küche und hole mir ein Glas Wasser. Ich stürze gerade das zweite hinunter, als Joanna hereinkommt. Sie sieht so umwerfend aus, dass ich mich verschlucke.

»Shit!« Ich huste das Wasser aus, das ich in den falschen Hals bekommen habe. »Du siehst … Wow. Mir fehlen …« Wieder huste ich. »Die Worte.«

Sie trägt ein hautenges blutrotes Etuikleid und ihre Frisur erinnert an eine Filmschauspielerin der Fünfzigerjahre. Wie eine Doppelgängerin von Jessica Rabbit, nur in blond.

Sie dreht sich um, und die Dreihundertsechzig-Grad-Version haut mich beinahe um.

»Sehe ich okay aus? Ich zweifle immer an meinen Entscheidungen, bis ich zur Tür hinausgehe.«

»Nein, du siehst nicht okay aus. Du siehst … phänomenal aus. Wie Viagra in Frauengestalt. Du bist so schön, Ed Sheeran würde einen Song über dich schreiben.«

Farbe breitet sich auf ihren Wangen und ihrem Hals aus. »Wow. Du weißt, wie man ein Kompliment macht.«

»Eigentlich nicht. Ich spreche bloß das Einzige aus, wozu mein Hirn gerade in der Lage ist.«

Sie senkt den Kopf, als wäre sie verlegen, aber das kann unmöglich sein. Wer so fantastisch aussieht, bekommt sicher jede Menge Komplimente. Nun fährt sie mit den Händen über das Kleid, vermutlich, um es glatt zu streichen, obwohl das gar nicht nötig ist. Es sitzt wie angegossen.

»Tja, das ist jetzt peinlich«, sage ich und deute auf mein Outfit aus weißem T-Shirt und grauer Jogginghose. »Aber mir hat keiner gesagt, dass heute Dinner in Abendgarderobe ansteht. Ich kann mich zwar schnell umziehen, aber so heiß wie du werde ich nie im Leben.«

Sie lächelt und geht zu der enormen Kühl-Gefrier-Kombination. »Leider muss ich unser Abendessen heute ausfallen lassen, aber …« Sie öffnet die Tür des Gefrierschranks. »Ich habe mir erlaubt, uns mit Fertiggerichten einzudecken, falls es einer von uns mal brauchen sollte. Bestimmt ist irgendwas dabei, das dir schmeckt.«

Ich verschränke die Arme vor der Brust. »Erstens, ich mag alles, was essbar ist. Es ist dir vielleicht noch nicht aufgefallen, aber ich bin nicht mäkelig. Zweitens, wie kommst du darauf, dass ich nur Fertiggerichte zubereiten kann? Du kennst mich doch kaum. Vielleicht ist an mir ein Sternekoch verloren gegangen.«

Sie schließt den Gefrierschrank und stemmt die Hände in die Hüfte. »Oh, tut mir leid. Möchtest du lieber selber kochen? Kein Problem, der Kühlschrank ist randvoll mit frischem Gemüse.«

Ich verziehe das Gesicht. »Gott bewahre. Ich kann nicht mal Wasser kochen. Ich verwehre mich bloß gegen diese Vorurteile.«

Sie lacht, und wie jedes Mal, wenn ich ihr ein Lachen entlocke, geht mir das Herz auf.

Sie seufzt. »Du bist so albern.«

»Und heiß. Vergiss heiß nicht.«

Sie mustert mich von oben bis unten, und obwohl ich gerade absolut schlunzig aussehe, fühle ich mich unter ihrem Blick so sexy, als gehörte ich aufs Cover irgendeines Hochglanz-Männermagazins.

»Das habe ich nicht vergessen«, sagt sie leise. »Ich habe bloß gelernt, es besser nicht laut auszusprechen.«

Die Luft zwischen uns knistert, es ist seltsam, aber auch aufregend. Wir schleichen immer noch umeinander herum, und dessen ist sie sich genauso bewusst wie ich. Mein rationales Hirn schaltet sich ein und versucht, genau zu berechnen, wie viel Spannung die unsichtbare, dehnbare Verbindung zwischen uns aushält, ehe sie reißt.

»Na ja … wie auch immer …« Ich stütze mich auf der Kücheninsel ab und schaue zu Boden. »Schade, dass ich heute Abend auf deine Gesellschaft verzichten muss.« Bestimmt hat Joanna Wichtigeres zu tun, als mit mir abzuhängen. In der Welt der Limousinen und Galas scheint sie sich wohlzufühlen. Ich dagegen bin eher der Typ, der auf dem Sofa rumlümmelt und sich Wiederholungen von alten Neunzigerjahre-Sitcoms reinzieht, und wahrscheinlich sind wir genau deshalb zu verschieden, als dass aus uns etwas werden könnte. Joanna ist wie ein seltener, prächtiger Paradiesvogel. Man muss sie einfach bewundern. »Hast du was Besonderes vor?«

Sie nimmt eine schwarze Clutch von der Kücheninsel und steckt ihr Handy ein. »Das kann man wohl sagen.«

Ich schenke mir noch ein Glas Wasser ein und nehme einen Schluck. »Ein Galadinner? Kunstausstellung? Eröffnungsrede bei der UNO?«

Sie weicht meinem Blick aus, und ich spüre den Knoten im Magen, denn ich weiß genau, was jetzt kommt.

»Ehrlich gesagt … habe ich ein Date.«

Ich stelle das Glas ab, damit ich es nicht in meiner Faust zerbreche.

»Ein Date? Okay.« *Tief durchatmen, Jenner. Jetzt nicht ausrasten. Du wusstest, dass das irgendwann passieren würde.* »Klar. Wieso auch nicht?«

»Toby …«

»Nope. Ist schon gut. Richtig sogar. Natürlich sollst du dich verabreden. Was solltest du auch sonst machen? Den ganzen Abend mit deinem superattraktiven, aber verkaterten Mitbewohner rumhängen?« *Ja, natürlich sollst du das.* »Schön für dich, dass du ein Date hast. Wer ist der Glückliche?« *Darf ich ihn umbringen?*

»Ich habe ihn vor einiger Zeit bei einer Wohltätigkeitsgala kennengelernt. Damals fand ich, er ist nicht mein Typ, andererseits, was weiß ich schon, welcher Mann zu mir passt?« Sie fummelt an der Schnalle ihrer Handtasche herum, und ich bin ein bisschen erleichtert, dass sie nicht besonders begeistert aussieht.

»Und was habt ihr vor?«

»Irgendeine Preisverleihung. Wahrscheinlich sterbenslangweilig, aber von nichts kommt nichts.«

Sie schaut mich an, und am liebsten würde ich sagen: *Nein, du brauchst gar nichts zu tun, bleib bei mir, und ich werde dich so leidenschaftlich lieben, dass ich dich für alle Männer nach mir verderbe.* Aber selbst in diesem Szenario erkenne ich an, dass es andere Männer nach mir geben wird, denn egal, was für eine Beziehung wir eingehen, sie wird zum Scheitern verurteilt sein.

Ein Teil von mir möchte, dass sie glücklich wird, und weiß, dass ich niemals der Mann sein werde, der sie glücklich macht. Dieser Gute-Freunde-Teil möchte sie dazu ermutigen, ihr Glück zu suchen, aber leider ist er an den egoistischen Arschloch-Teil gekettet, der sie ganz für sich allein haben will und gerade das Wort führt.

»Also versuchst du es einfach mal mit dem Kerl? Obwohl du ihn eigentlich gar nicht magst?«

Sie schaut mich an, und das Bedauern in ihrem Blick und noch etwas anderes treffen mich mitten ins Herz. »Wir bekommen eben nicht immer, was oder wen wir wollen. Nenn es einen Kompromiss, aber fürs Erste möchte ich kein Risiko mehr eingehen, verletzt zu werden. Und wenn das bedeutet, mit jemandem auszugehen, der sicher ist … dann ist mir das recht.«

»Tja, das ist wohl deine Entscheidung.«

»Ja, das ist es wohl.«

Ich versuche, diese neue Entwicklung gelassen hinzunehmen, aber mein Herz pocht so heftig, dass es wehtut.

»Ach, noch etwas«, sagt sie beiläufig, während sie sich auf die marmorne Arbeitsplatte stützt. »Ich habe mit meiner Freundin gesprochen, sie meinte, es dürfte kein Problem sein, uns auf die Crest-Gala zu schmuggeln. In ein paar Tagen lässt sie uns alle Security-Infos zukommen, die wir brauchen.«

»Okay.«

»Außerdem habe ich vorhin mit dem Assistenten von Brett Chadstone telefoniert. Morgen Mittag haben wir eine Videokonferenz mit ihm. Er klang zuversichtlich, dass wir Bio-Flex mit unserer App verwenden können.«

Ich nicke. »Cool. Hoffen wir, dass es klappt.«

»Genau.«

Wieder schweigen wir. Die Anspannung ist mit Händen zu greifen, zwischen uns stehen all die Gefühle, die wir füreinander hegen, aber nicht aussprechen.

Die Stille erreicht ein unangenehmes Level, als das leise »Ping« des Aufzugs einen Besucher ankündigt.

Ich hole tief Luft. »Ich glaube, dein Date ist da.«

Sie blickt zur Tür und stößt einen Fluch aus, als sie sich ans Ohr fasst.

»Kannst du ihn reinlassen? Ich muss noch schnell meine Ohrringe holen.«

So schnell sie in ihren High Heels kann, läuft sie den Flur

hinunter, und ich schlurfe missmutig zur Tür, um den Mann zu begrüßen, der den Abend mit ihr verbringen darf.

»Aber sicher doch, ich lasse dein Date gern herein«, grummele ich. »Wenn ich ihn danach in den Pool werfen darf.«

Es klingelt, und ich nähere mich der großen Eingangstür. Davor steht ein gut aussehender Mann in einem schicken schwarzen Anzug. Den Fältchen im Gesicht und den vereinzelten grauen Haaren nach ist er ein wenig älter als Joanna und ich, schätzungsweise Ende dreißig, aber er ist unbestreitbar attraktiv.

Scheiße, wieso kann er denn nicht widerlich sein? Dann wäre ich zwar immer noch eifersüchtig, könnte aber besser damit umgehen.

»Hey«, sage ich und versuche, meine Abneigung zu verbergen. »Sie wollen Joanna abholen?«

Er mustert mich von oben bis unten, dann sagt er: »Ja.« Er klingt ein wenig verwirrt. »Ich wusste gar nicht, dass Jo-Jo einen Butler hat. Sehr hip von ihr, jemand so … Haariges einzustellen.«

Was für ein Arsch. Ich schenke ihm die Andeutung eines Lächelns. »Nein, ich bin kein Butler. Ich bin ihr Freund und Mitbewohner.« Ich strecke die Hand aus, denn offensichtlich bin ich auf Höflichkeit programmiert, auch wenn ich keine Lust habe, diesen Spaßvogel zu berühren. »Ich bin Toby.«

Er lacht und schüttelt mir die Hand. »Ah, verstehe. Ich bin Eric. Tut mir leid, das hätte ich wissen müssen, du bist nicht gerade Jo-Jos Typ.«

»Ihr Typ?« Ich glaub, ich hör nicht richtig. Und wenn er sie noch einmal Jo-Jo nennt, kann ich für nichts garantieren. »Was soll das heißen?«

Er hebt abwehrend die Hände. »Ach, nichts Schlimmes. Nur dass ihre Angestellten normalerweise etwas polierter sind. Wie Gerald.«

Ich nicke. »Genau. Poliert.« *Ich polier dir gleich die Fresse, du unerträglicher Fatzke.* »Aber kommen Sie doch rein. Sie holt nur noch etwas aus ihrem Schlafzimmer.«

Ich führe ihn durchs Foyer und höre ihn hinter mir leise lachen. »Aus dem Schlafzimmer? Das klingt vielversprechend.«

Denkt er, sie holt Kondome? Das hätte er wohl gern.

Wie kommt Jo bloß auf die Idee, dass er besser zu ihr passt als ich? Er ist arrogant und unhöflich, und von ihm gehen heftige Schmierlappen-Vibes aus.

In der Küche treffen wir auf Joanna, die gerade den letzten Ohrring anlegt.

»Eric! Hi. Wie geht es dir?« Er nimmt ihre Hände und gibt ihr einen Kuss auf die Wange. Ich wende mich ab, damit ich es nicht mitansehen muss.

»Mir geht es hervorragend. Du siehst umwerfend aus. Ich werde sicherlich den Preis für die hübscheste Begleitung gewinnen.«

Jo lacht, aber mir fällt auf, wie gekünstelt es klingt. Doch Eric genießt es wie ein Comedian auf der Bühne. Was für ein Vollpfosten.

»Toby hast du ja schon kennengelernt.«

»Ja.« Er schaut mich an und dann wieder sie, und sein Blick spricht Bände, was er von mir hält.

Das beruht auf Gegenseitigkeit, Kumpel.

»Tja«, sagt Eric und nimmt ihre Hand. »War nett, dich kennenzulernen, aber wir müssen los. Das Dinner fängt gleich an, und meine Kollegen warten sicher schon auf mich. Bye, Toby.« Er zwinkert mir im Vorbeigehen schleimig zu und flüstert: »Wird sicher spät.«

Joanna wirkt, als wollte sie sich für ihn entschuldigen.

Mir liegt auf der Zunge, dass sie ihn bestrafen könnte, indem sie hier bei mir bleibt, aber ich fürchte, das ist keine Option.

Ich verschränke die Arme vor der Brust und blicke ihnen nach. Kurz bevor sich die Tür hinter ihnen schließt, winkt Eric mir fröhlich und selbstzufrieden zu. Ich knurre.

Was für ein Scheißtyp.

Ich hasse ihn, ich hasse ihn dafür, dass er mit Jo ausgehen darf.

Natürlich soll sie sich mit Männern treffen, aber doch nicht mit *so einem.*

Ich könnte mich auch verabreden. Bei HEA finde ich bestimmt innerhalb von fünf Minuten irgendeine Frau mit mittelmäßiger Übereinstimmung.

Na los, mach schon. Was wäre die Alternative? Den ganzen Abend hier herumhängen? Auf die Uhr starren und darauf warten, dass Jo nach Hause kommt?

Auf keinen Fall.

Eine Sekunde lang stehe ich da, dann nehme ich den Laptop, gehe in mein Zimmer und schlage die Tür zu.

Ich lasse den Laptop aufs Bett fallen und öffne die App auf meinem Handy.

»Jeeves?«

»Ja, Toby.«

»Spiel eine Barry-White-Playlist. Ich gehe aus.«

»Wie Sie wünschen, Toby.«

Ich rufe die Liste mit potenziellen Partnerinnen auf und tippe auf die mit der höchsten Übereinstimmung. »Huch, zweiundvierzig Prozent. Sie ist bestimmt neu hier.« Es ist zwar immer noch abgrundtief wenig, aber in der Not frisst der Teufel Fliegen.

Sie ist nicht weit weg, im East Village, also schicke ich ihr eine Nachricht und frage sie, ob sie mit mir etwas trinken gehen möchte. Als ich aus der Dusche komme und mir Jeans und ein frisches T-Shirt angezogen habe, hat sie geantwortet, sie würde sich freuen.

»Also dann.« Ich ziehe mir Socken und Schuhe an, dann schnappe ich mir meine Erstes-Date-Glücksstrickjacke und gehe zum Aufzug. »Dann wollen wir doch mal sehen.«

18. KAPITEL

Rache ist schwer

Gähnend schlurfe ich nur in Jeans in die Küche, um Kaffee zu machen. Mein Date von gestern Abend hat mich bis fünf Uhr morgens wachgehalten, und ich hoffe, ich werde sie los, bevor Joanna aus ihrem Zimmer kommt.

»Jeeves?«

»Ja, Toby?«

»Lässt sich dieser Raum abdunkeln?«

»Natürlich. Alle Fenster sind mit smarten UV-Schutzfolien ausgestattet.« Nach einer kurzen Pause wird die Fensterfront im Wohnzimmer dunkelgrau. *»Ist es so besser?«*

»Viel besser.« Ich stelle zwei Tassen unter die Kaffeemaschine. »Machst du mir zwei schwarze Kaffee?«

»Natürlich.« Die Kaffeemaschine brummt, und ich lehne mich an die Kücheninsel. *»Soll ich der jungen Frau in Ihrem Schlafzimmer sagen, dass der Kaffee auf sie wartet?«*

Ich gähne wieder und schüttele den Kopf. »Ich habe mich immer noch nicht daran gewöhnt, dass du im Bad mit mir sprichst. Sie würde wahrscheinlich einen Herzinfarkt bekommen. Sie hat gesagt, sie kommt nach dem Duschen.«

»Wie Sie wünschen.«

Ich stecke ein paar Scheiben Brot in den Toaster. »Wann ist Joanna gestern Abend zurückgekommen?«

»Gar nicht.«

Ich runzle die Stirn. »Sie ist nicht nach Hause gekommen?«

»Nein.«

Mir schnürt sich die Kehle zu, und als ich schlucke, kommt es mir vor, als wäre mein Kehlkopf so groß wie ein Baseball. »Verstehe.«

Ich nehme mir ein Glas Erdnussbutter aus der Speisekammer, reiße den Deckel ab und knalle es auf den Tresen.

»Toby, geht es Ihnen gut?«

»Total gut.«

Ich schnappe mir Messer und Teller, sie klappern auf dem kühlen Marmor.

»Ihr aggressives Verhalten lässt darauf schließen, dass es Ihnen nicht gut geht. Möchten Sie darüber sprechen?«

Der Toast springt heraus, und ich bestreiche beide Scheiben mit Erdnussbutter. »Möchte ich darüber reden, dass Joanna die ganze Nacht mit einem Vollpfosten unterwegs war? Nein, das möchte ich sicher nicht.«

Ich beiße in den Toast, wobei ich mich extrem bemühe, meine Gefühle zu verdrängen. Ich habe absolut kein Recht dazu, auf jemandem sauer zu sein, der mit Joanna ausgeht. Als Freund darf ich von ihrer Männerwahl enttäuscht sein, aber das rechtfertigt nicht die heftige Wut und Anspannung, die mich gerade durchschütteln.

»Toby, dürfte ich Ihnen vorschlagen, tief einzuatmen, damit Sie sich besser fühlen?«

»Jeeves, dürfte ich dir vorschlagen, dass du kurz die Klappe hältst, während ich mir überlege, wie ich das verarbeiten kann?«

»Natürlich.« Er schweigt kurz, dann fügt er hinzu: *»Ich will ja nicht angeben, aber Dinge zu verarbeiten ist meine Spezialität.«*

Ich lasse den Kopf hängen. »Nicht unbedingt der richtige Zeitpunkt, um anzugeben, aber klar.«

Ich habe den ersten Toast fast aufgegessen, da höre ich den Aufzug. Joanna kommt nach Hause.

Lieber Gott, wenn dir etwas an meiner mentalen Gesundheit liegt, lass ihn nicht dabei sein. Die Vorstellung, dass sie die Nacht miteinander verbracht haben, kann ich noch irgendwie ertragen, solange ich keine öffentlichen Liebesbekundungen erleben muss.

Ich trinke einen großen Schluck Kaffee und fluche, weil ich mir den Gaumen verbrenne.

Au! Shit!

Ich gieße kaltes Wasser in meine Tasse, als Joanna um die Ecke kommt und mich erblickt.

Sie bleibt neben der Kücheninsel stehen. »Hey.«

Ich trinke einen Schluck von meinem jetzt lauwarmen Kaffee und recke trotzig das Kinn. »Hey.«

Ich zögere, denn ich würde mir eher beide Ohren abschneiden, als mir anzuhören, wie sie von Sex mit einem anderen Mann erzählt, aber als Freund möchte ich für sie da sein.

Verdammte Scheiße.

»Und … wie war die Nacht mit Derrick?«

»Eric.«

»Ach, stimmt.« Es ist dämlich, ihn absichtlich mit einem falschen Namen anzusprechen, aber egal. Ich habe nie behauptet, ein Engel zu sein. »Habt ihr euch gut amüsiert?«

Sie zieht ihre Schuhe aus und legt ihre Handtasche auf den Tresen. »Es war … nett.«

So wie sie es sagt, bin ich mir nicht sicher, ob es stinklangweilig war oder sie mich bloß schonen will.

»Und was habt ihr so getrieben?« *Du kannst mir alles erzählen, bis zu dem Punkt, als ihr zu ihm gegangen seid.* Allein beim Gedanken daran, was danach passiert sein könnte, möchte ich mir das Gehirn schrubben.

Sie geht zur Speisekammer und holt sich einen Müsliriegel. »Ach, du weißt schon. Abendessen, Tanzen … das Übliche.«

Auch wenn ich keine Details hören will, macht mich ihre vorgeschobene Begriffsstutzigkeit rasend. Es ist wie in diesen Horrorfilmen, wo nie gezeigt wird, was tatsächlich passiert, und unsere Vorstellungskraft das Schlimmstmögliche heraufbeschwört.

»Habt ihr euch gut verstanden? Magst du ihn?«

»Ja.«

Das war's? Mehr gibt sie mir nicht. Kein: »Er war okay«, oder »Er war fantastisch«. Nur ein »Ja«. Will sie, dass mir der Kopf platzt?

»Jo, glaubst du, ich bin HNO-Chirurg?«

Sie schaut mich verwirrt an. »Wieso?«

»Ich muss dir alles aus der Nase ziehen?«

Ich sehe einen Anflug von Ärger, als sie in den Müsliriegel beißt. »Tut mir leid. Ich war mir nicht sicher, wie detailreich die Nach-Date-Berichterstattung sein soll. Willst du wissen, worüber wir gesprochen haben? Was wir gegessen haben? Wo er mich berührt hat und wann?«

Ich kippe den Rest meines Kaffees in die Spüle. »Vergiss es. Schon gut. Ich wollte nur freundlich sein.«

»Schon klar, aber unter Freundinnen wie Asha und Eden würden wir über seine Kusstechnik sprechen, wie wir seinen Körper finden, ob er mich im Bett umhaut oder nicht.«

Ich lasse fast meine Tasse fallen, die ich gerade in den Geschirrspüler stellen will, denn ich bin kurz davor, mir die Finger in die Ohren zu stopfen und zu schreien: »LALALALALA, ICH HÖR DICH GAR NICHT.«

»Mein Gott, Jo. Schon gut. Du kannst aufhören.« Ich knalle die Spülmaschine ein bisschen zu grob zu.

»Tut mir leid, Toby, aber ich versuche nur, herauszufinden, wo die Grenzen unserer Freundschaft liegen, denn im Moment ist es mir nicht klar. Überhaupt nicht.«

Sie wirkt streitlustig, und ich weiß nicht, warum. Sie wurde gerade flachgelegt. Wieso ist sie jetzt wütend auf mich?

»Schön, wenn du Grenzen willst, sagen wir, wir reden nicht über unsere nächtlichen Aktivitäten. In Ordnung?«

Sie schiebt eine Tasse unter die Kaffeemaschine und drückt ein paar Knöpfe. »Das klingt fantastisch.«

Wir schweigen, während ihr Kaffee durchläuft, und als er fertig ist, scheint sie sich ein wenig beruhigt zu haben.

Sie trinkt einen Schluck, dann fragt sie: »Wie war eigentlich dein Abend? Hast du was Interessantes gemacht?«

»Äh, na ja ...«

Bevor ich mir eine passende Antwort überlegen kann, kommt eine üppige Brünette in einem meiner T-Shirts in die Küche und lächelt sie breit an.

»Oh mein Gott, du musst Joanna sein! Toby hat mir alles über dich erzählt. Hi!«

Jo verschluckt sich fast an ihrem Kaffee. Hustend stellt sie die Tasse ab.

Die Brünette streckt ihr die Hand entgegen. »Ich bin Carly Schuter. Ich hatte gestern Abend ein Date mit Toby.« Sie hat einen deutlichen Südstaaten-Akzent. »Schön, dich kennenzulernen.«

Joanna wirft mir einen Seitenblick zu, schüttelt ihr die Hand und lächelt vorsichtig. »Hey, Carly. Freut mich auch, dich kennenzulernen.«

Carly setzt sich auf einen Hocker und kämmt ihre feuchten Haare mit den Fingern. »Meine Güte, du hast eine wunderschöne Wohnung. Als ich gestern Abend hier hereingekommen bin, war ich überwältigt, wie toll sie ist. Und oh mein

Gott, diese Dusche! Damit würde ich gern für den Rest meines Lebens den Tag beginnen.«

Joanna ist blass geworden. »Äh … ja. Die Düsen sind fantastisch.«

Carly greift über die Kücheninsel und schnappt sich die zweite Scheibe Toast. »Und dieser Typ hier …« Sie deutet mit dem Finger auf mich. »Ein toller Mann, oder? Du hast so ein Glück, dass du mit einem von den Guten zusammenwohnst. Noch nie hat sich ein Mann so sehr um mich gekümmert, wie er gestern Abend.« Sie kichert. »Also ehrlich. Was er für mich getan hat …« Sie seufzt. »Ohne Worte.«

Joanna sieht von Sekunde zu Sekunde entsetzter aus. »Tja, das geht mich nun wirklich nichts an.« Sie greift nach ihrer Kaffeetasse. »Wenn du mich entschuldigen würdest, Carly?«, Sie nimmt Schuhe und Handtasche in die andere Hand. »Es war eine lange Nacht, und ich sollte mich wirklich ausruhen.«

»Auf jeden Fall. Vielleicht sehen wir uns ja mal wieder.«

Joanna presst die Lippen zusammen. »Da bin ich mir sicher.« Sichtlich genervt marschiert sie den Flur entlang zu ihrem Zimmer.

Ich lasse den Kopf hängen.

Sie hat die Situation völlig falsch verstanden, so gern ich mich auch ab und an mal rächen würde, bin ich einfach nicht dafür gemacht. Abgesehen davon, dass ich mir ein Date organisiert habe, nur weil Joanna ein Date hatte.

Ich sehe Carly an. »Bin gleich wieder da.«

»Kein Problem. Ach, übrigens, wo sind denn meine Klamotten?«

Ich zeige auf den Flur auf der anderen Seite des Wohnbereichs. »Im Trockner. Da hinten, erste Tür links.«

»Super, danke!«

In dem Versuch, Joanna einzuholen, jogge ich den Flur entlang.

»Hey …«

Sie bleibt nicht stehen.

»Jo, warte.«

Vor ihrer Zimmertür dreht sie sich um. »Ich will es nicht hören, Toby.«

»Bitte lass es mich erklären.«

»Ich will keine Erklärung. Du kannst dich verabreden, mit wem du willst, genau wie ich, und wir haben vereinbart, nicht über die schlüpfrigen Details zu sprechen, also …«

Aus irgendeinem Grund macht mich ihre Formulierung wütend. »An dem Date mit Carly war nichts *schlüpfrig*.«

»Natürlich. Sieht so aus, als hättest du das Mädchen gestern ins Paradies und wieder zurück gebracht. Ich freue mich für euch. Trefft ihr euch heute Abend wieder? Wenn ja, müssen wir uns vielleicht einen Mitbewohnercode ausdenken, für den Fall, dass wir Besuch haben. Du weißt schon, um die Peinlichkeit zu vermeiden, dich halb nackt in der Küche anzutreffen, während dein T-Shirt kaum ihren Hintern verdeckt.«

»Komm schon. Warum regst du dich so auf?«

»Ich rege mich nicht auf.«

»Doch, tust du. Sag doch wenigstens einmal die Wahrheit. Du bist eifersüchtig, weil ich eine Frau mit nach Hause gebracht habe.«

Obwohl wir uns bemühen, nicht zu schreien, hallen unsere Stimmen durch den Flur, und als wir verstummen, wird mir klar, wie nah wir uns sind. Sie bemerkt es auch und tritt einen Schritt zurück.

»Toby, von mir aus kannst du die komplette Besetzung der Rockettes mit nach Hause bringen. Wir sind nicht zusammen, und das werden wir auch nie sein. Im Moment bin ich mir noch nicht einmal sicher, ob wir überhaupt befreundet sind.«

»Was?« Ich fühle mich, als hätte sie mir eine Ohrfeige verpasst. »Das ist doch lächerlich.«

»Ach ja?« Sie richtet sich auf. »Meine Freunde ärgern mich normalerweise nicht, wie du es gestern Abend gemacht hast.«

»Das stimmt doch gar nicht.«

»Doch, und das weißt du auch. Wer lügt hier jetzt? Du hattest gar nicht vor, auf ein Date zu gehen, bis du von meinem erfahren hast. Richtig oder falsch?«

Meine Haut kribbelt vor Verlegenheit, weil sie mich durchschaut hat.

»Joanna … komm schon.«

»Nein, Toby. Du hast dich gestern Abend verabredet und dein Date mit nach Hause gebracht, um mir heimzuzahlen, dass ich mit Eric ausgegangen bin. Habe ich recht?«

Ich vergrabe die Hände in meinen Hosentaschen und blicke zu Boden. »Es ist nicht so, wie du denkst.«

»Ach nein? Du tust so, als wärst du einer von den Guten, aber wenn es hart auf hart kommt, bist du genau wie all die anderen Männer in meinem Leben, die eine Spur der Verwüstung hinterlassen. Du behauptest, dass du mich magst, aber dann machst du etwas, von dem du weißt, dass es mich verletzt. Ein guter Mensch tut so etwas nicht.«

Das trifft mich, und wie die meisten verletzten Menschen gehe ich zum Angriff über. »Und was ist mit dir? Du verheimlichst so viel vor mir, dass ich die meiste Zeit keine Ahnung habe, was los ist. Wir haben gestern Stunden miteinander verbracht, aber erst in letzter Minute hast du mir von deinem Date erzählt. Ja, es hat mich überrascht und verärgert, und ich habe eine blöde Entscheidung getroffen. Aber das ist auch schon alles. Ich hatte nicht vor, dich zu verletzen. Mal ehrlich, Jo, manchmal bist du die positivste Person, die ich kenne, aber dann schaltest du in diesen bescheuerten Verteidigungsmodus, wirst unhöflich oder schnippisch und versuchst, mich so weit wie möglich von dir wegzustoßen. Und ja, in diesen Momenten sind wir keine Freunde, denn so gehen meine Freunde nicht mit mir um. Sie sehen mich nicht an, als wäre ich ein verdammter Verbrecher, weil ich durch meine bloße Anwesenheit Gefühle in ihnen wecke. Ja, auch ich mache manchmal Fehler, aber tu nicht so, als ginge es dir anders.«

»Ich habe nie gesagt, dass ich keine Fehler mache.«

»Nein, aber du verhältst dich nun mal so. Willst du mich jetzt noch weiter anschreien, oder sind wir fertig? Ich habe nämlich Besuch.«

Ihre Augen blitzen. »Tatsächlich gibt es da noch etwas.« Sie deutet auf meinen Körper. »Das hier.«

»Meine Brust?«

»Ja, und deine Bauchmuskeln, deine Arme und deine Schultern. Die möchte ich nicht sehen. Ich habe dich jetzt schon ein halbes Dutzend Mal halb nackt gesehen, und das sollte ich nicht müssen. Zieh dir verdammt noch mal ein Hemd an.«

Oh, jetzt kommen wir der Sache also näher. »Ich ziehe ein T-Shirt an, wenn du nicht mehr in knapper Trainingskleidung herumläufst.«

»Was?«

»Du hast mich schon verstanden. All diese engen Crop-Tops und Yoga-Hosen. Wenn ich mich bedecken muss, gilt das auch für dich.«

Sie streckt das Kinn vor. »Gut. Hemden für uns beide, und Dates werden angemeldet. Das sind übrigens die Grenzen, die ich neulich setzen wollte. Ich rede nicht nur, um meine eigene Stimme zu hören, weißt du?«

»Darauf wäre ich nie gekommen.«

Sie starrt mich an, und ich schwöre, ich höre ihre Zähne knirschen. »Geh zurück zu Carly, Toby. Vielleicht will sie noch einen Trip ins Paradies, bevor sie geht. Ich gehe duschen.«

»Gut. Vielleicht vertreibt das ja deine miese Laune.«

Sie schließt die Tür nicht besonders sanft, und ich stemme die Hände in die Hüften und senke den Kopf.

Shit.

Das hätte besser laufen können.

Nach einigen tiefen Atemzügen gehe ich zurück in die Küche. Kurz darauf gesellt sich Carly vollständig angezogen dazu.

»Okay, ich bin fertig.« Sie umarmt mich herzlich. »Danke noch mal für gestern Abend, Toby. Das war mir so peinlich.«

»Ist doch nicht deine Schuld. Mit Laktoseintoleranz ist nicht zu spaßen. Das Café hätte deinen Milchshake mit Mandelmilch zubereiten sollen, wie du ihn bestellt hast.«

»Ich weiß, aber trotzdem. Ich habe mich und dein Badezimmer vollgekotzt.«

»Und meine Schuhe.«

Sie zuckt zusammen. »Oh Gott. Das werde ich mir nie verzeihen. Und dabei hast du dich so gut um mich gekümmert. Kein Mann hat mir je zuvor die Haare zurückgehalten.« Sie umarmt mich noch einmal. »Im romantischen Sinne bist du vielleicht nicht der Richtige für mich, aber trotzdem bist du ein toller Mann.«

Die Geschichte meines Lebens. »Und du bist eine tolle Frau.« Nur nicht die Richtige für mich.

Ich begleite sie zum Aufzug. »Okay, wie sind ab jetzt die Regeln für die App?«

»Keine Dates mit jemandem unter fünfzig Prozent.«

»Genau. Und wenn du irgendwelche Fieslinge oder Arschlöcher triffst, die dich schlecht behandeln?«

»Schick ich dir ihre Namen, damit du sie auf die schwarze Liste setzen und ihre winzigen Pimmel auf all ihren Social-Media-Profilen posten kannst.«

Ich nicke. »Lektion beendet.«

Ich drücke die Ruftaste, Carly lächelt und legt mir die Hand auf den Arm. »Mach's gut, Toby. Pass auf dich auf, okay?«

»Du auch, Carly.«

Ich winke ihr ein letztes Mal zu, bevor ich zurück in mein Zimmer schlurfe und mich bäuchlings auf das Bett fallen lasse.

»Wollen Sie Joanna nicht erzählen, dass Sie nicht mit Carly geschlafen haben?«

»Was soll das bringen, Jeeves? Sie hat doch trotzdem recht. Wer weiß, was passiert wäre, wenn Carly nicht schlecht geworden wäre. Vielleicht hätte ich aus purer Gemeinheit mit ihr geschlafen, und das ist ziemlich mies.« Ich schnappe mir ein Kissen und schiebe es mir unter den Kopf. »Im Moment ist alles so durcheinander. Vielleicht müssen wir uns einfach eine Weile voneinander fernhalten. Damit sich der Staub legen kann.«

»Dank des modernen Luftfiltersystems gibt es in der Wohnung nur sehr wenig Staub, Toby.«

Ich drehe mich auf den Rücken und lege mir einen Arm über die Augen.

»Verdammt, Jeeves, du weißt, was ich meine.«

Es ertönt ein leises Brummen, das wie Missbilligung klingt, dann sagt Jeeves: *»Ihr Menschen seid verwirrend. Ihr redet ständig aneinander vorbei und lebt mit Spannungen, die durch Missverständnisse und Halbwahrheiten entstehen.«*

»Was wäre die Alternative? Immer die Wahrheit zu sagen und uns das Herz brechen zu lassen?«

»Es wäre eine aufrichtigere, wenn auch schmerzhaftere Art zu leben.«

Ich schließe die Augen und seufze. »Dem kann man wohl kaum widersprechen.«

19. KAPITEL

Das neue Normal

Die nächsten paar Tage gehen Joanna und ich uns aus dem Weg.

Na ja, so ganz stimmt das nicht. Wir sehen uns jeden Tag und arbeiten daran, Bio-Flex in die App zu implementieren, aber ansonsten ignorieren wir einander.

Ich finde es schrecklich.

Es ist, als müsste ich mir ein Körperteil abhacken.

Es will mir nicht in den Kopf, dass sie mir in so kurzer Zeit so wichtig geworden ist. Trotz unseres Streits fühlt sich die Spannung zwischen uns falsch an. Wie ein seltsamer, ungebetener Gast, der unsere Gastfreundschaft längst überstrapaziert hat.

»Toby, ich habe die Kernkomponenten der Bio-Flex-Software in die HEA-App integriert. Ich führe nun einen Systemtest durch, um die Funktionalität zu gewährleisten.«

»Wunderbar, Jeeves.«

Das eine oder andere Mal hat unser künstlicher Mitbewohner noch seltsame Sachen gemacht, aber im Großen und Ganzen verhält er sich jetzt eher hilfsbereit als hinderlich. Die meiste Zeit ist er sehr nützlich, zum Beispiel, wenn er Bugs in der Software ausbessert. Aber noch zögere ich, ihm Zugang zum Quellcode der App und allen meinen Rechercheergebnissen zu gewähren. Mein innerer Geek möchte, dass Jeeves mir bestätigt, dass ich ein brillanter Kopf bin und die App ein Geniestreich. Und gleichzeitig wünsche ich mir, dass er einen entscheidenden Fehler in meinen Berechnungen findet und mir sagt, dass eine gewisse zum Scheitern verurteilte Beziehung in Wirklichkeit zu endloser sexueller Befriedigung und immerwährendem Liebesglück führt.

Genervt von mir selbst, weil ich mich immer noch an diese Hoffnung klammere, wende ich mich einem anderen Bildschirm zu. Ich muss die letzten Zweifel aus dem Weg räumen, und dafür gibt es nur einen Weg.

»Jeeves?«

»Ja, Toby?«

»Ich lade dir den Code für die HEA-App hoch, zusammen mit den Datensets und Rechercheergebnissen. Bitte check alles gegen, okay? Geh davon aus, dass ich ein Nichtskönner bin, und wenn es sein muss, mach alles noch mal neu. Ändere alles, was noch besser geht. Teste meinen Algorithmus in jeder Hinsicht, um zu sehen, ob sich irgendwelche Fehler darin verstecken.«

»Haben Sie so wenig Vertrauen in Ihre eigene Arbeit?«

»Ganz im Gegenteil, aber wenn auch nur die kleinste Möglichkeit besteht, dass das Ergebnis für Joanna und mich falsch ist, dann muss ich es wissen, bevor es zwischen uns noch schlimmer wird.«

»Ich fange sofort an. Sie erhalten die Ergebnisse meiner Analyse in drei Minuten und zweiundvierzig Sekunden.«

Ich lehne mich auf meinem Stuhl zurück. »Hast du überhaupt zugehört, worum ich dich gebeten habe?«

»Ja.«

»Ich habe Wochen für dieses Programm gebraucht. Und du wirst es innerhalb von Minuten sezieren, die Daten überprüfen und alles rekonfigurieren?«

»Ja, ich bin extrem schlau.«

Ich hole mein Handy heraus. »Und ein echter Angeber. Okay. An die Arbeit. Ich gehe Sport machen.« Ich habe seit Monaten nicht trainiert, und ich kann gut ein wenig Spannung abbauen.

Ich ziehe mir Shorts und ein T-Shirt an, schnappe mir eine Flasche Wasser und gehe in den Fitnessraum. Ich will gerade mit ein paar Bizeps-Curls anfangen, da höre ich Jeeves.

»Toby, ich habe Ihre Ergebnisse. Möchten Sie, dass ich sie Ihnen mitteile?«

Ich setze mich auf die Bank, stütze einen Ellenbogen auf dem Oberschenkel ab und beginne mit den Curls. »Nein, Jeeves. Ich habe dir diese Aufgabe übertragen, damit du mich im Dunkeln lässt.«

»Das ergibt keinen Sinn. Das Licht ist an, und ich beabsichtige nicht, es auszuschalten.«

»Das nennt man Ironie, du Genie. Erzähl mir alles.« Während wir reden, zähle ich im Stillen die Curls.

»Nun, offenbar war Ihre Methodologie teilweise fehlerhaft. Ich habe eine effektivere Möglichkeit gefunden, die Informationen aus den Datensets zu konfigurieren, und den Algorithmus entsprechend angepasst.«

»Und?«

»Und ich habe die Funktionalität der Anwendung um vier Komma drei Prozent verbessert.«

»Das ist hervorragend. Ich ernenne dich zu meinem ersten Mitarbeiter des Monats. Aber was ist mit Joanna und mir? Habe ich irgendwas falsch gemacht? Ist unser Ergebnis deshalb so miserabel?«

»Ja, ich habe in der Berechnung Ihrer Übereinstimmung tatsächlich einige Fehler gefunden. Ich nehme an, diese Neuigkeit macht Sie glücklich.«

Ich halte in der Bewegung inne. »Soll das ein Witz sein?«

»Nein, ich versuche immer noch, die Feinheiten von Humor zu verstehen.«

Ich lege die Hantel ab und stehe auf. »Also, was ist unser neuer Wert?«

Es entsteht eine Pause, und wenn ich es nicht besser wüsste, würde ich annehmen, dass Jeeves zögert.

»Toby, auch wenn in der allgemeinen Formel kleinere Fehler waren, war Ihre Berechnung für einen Menschen erstaunlich akkurat. Selbst mit meinen Korrekturen liegt Ihre Übereinstimmung mit Joanna bei lediglich acht Prozent.«

Ich nicke. Ein Teil von mir hat überhaupt keine Veränderung erwartet, aber ein ganzer Prozentpunkt mehr? Ich glaube, das ist Beweis genug.

»Na gut. Dann ist es so.« Ich nehme die Hantel wieder auf und wechsle den Arm. »Das ist ein unumstößlicher Beweis. Wir sind nicht füreinander bestimmt. Nenn mich einen naiven Träumer, falls ich mich jemals wieder romantischen Fantasien bezüglich Jo hingebe.«

»Sehr gern. Vielleicht interessiert es Sie, dass Sie beide von allen, die sich bisher angemeldet haben, die geringste Übereinstimmung haben.«

Ich fahre mit den Übungen fort, um meine Enttäuschung zu überspielen. »Okay. Verstehe.«

»Statistisch gesehen würden Sie eher aus einem Doppeldecker des Zweiten Weltkrieges zu Tode stürzen, als eine funktionierende Beziehung mit Joanna zu führen.«

»Was? Das hört sich falsch an.«

»Toby, es ist wahrscheinlicher, dass Sie ein peruanischer Esel tottritt, als dass Sie Joanna glücklich machen.«

»Jeeves, was soll das?«

»Eine hochintelligente Krähe hat größere Chancen, in den

Kongress gewählt zu werden, als Sie, Joannas fester Freund zu werden.«

Ich beende die Runde und lege die Hantel ab. »Versuchst du, witzig zu sein?«

»Ja. Hat es geklappt?«

Ich zucke mit den Schultern. »Für die Übertreibung bekommst du eine durchschnittliche Note. Da ist noch deutlich mehr Raffinesse gefragt.«

»Ist notiert.«

»Kann ich jetzt bitte in Ruhe trainieren?«

»Bei der Information, die Sie eben erhalten haben, bezweifle ich das, aber Sie können es ja mal versuchen.«

Ich lasse den Kopf kreisen, arbeite mich durch den Trainingsparcours und versuche, nicht an Jo zu denken, aber das gelingt mir nicht. Ich muss irgendwie lernen, mit meinen Gefühlen umzugehen, aber wie soll das gehen? Wie höre ich damit auf, sie zu wollen? Wie bezwinge ich meine Eifersucht, wenn ich sie mit anderen Typen sehe?

Leider fällt mir keine Lösung ein. Und doch ertrage ich den Gedanken nicht, auszuziehen, nur um die Folter zu mildern. Natürlich würde ich gehen, wenn sie mich darum bittet, aber solange muss ich mich mit der Situation abfinden. Sie hat Dates, und das sollte ich auch. Wir müssen irgendwie diese Anspannung loswerden, die sich einstellt, sobald wir allein in einem Raum sind, und die naheliegendste Möglichkeit ist, andere Leute zu treffen.

Auch wenn wir diese Woche nicht darüber geredet haben, weiß ich, dass Jo ein paar Dates hatte. Es verstört mich, mit welcher Inbrunst ich mir wünsche, dass sie allesamt ein Desaster waren.

Schon wieder diese Eifersucht, Toby. Lass das.

Ich beende mein Training und trockne mich ab, aber nicht

einmal der Endorphinrausch nach dem Sport holt mich aus meinem Tief. Stattdessen bin ich müde, und sämtliche Muskeln schmerzen.

Ich gehe ins Schlafzimmer und übertrage Jeeves ein paar Extraaufgaben in Bezug auf Bio-Flex, dann stelle ich mich unter die Dusche und versuche, mich unter den beruhigenden Wasserstrahlen zu entspannen. Danach geht es mir geringfügig besser.

»Wie läuft's, Jeeves?« Ich trockne mich ab und ziehe eine saubere Jeans und ein T-Shirt an.

»Ich lasse jetzt ein paar Simulationen zur Qualitätskontrolle durchlaufen, um die Genauigkeit des Bio-Flex-Films zu überprüfen, aber ein paar Versuchspersonen wären hilfreich, um meine Ergebnisse zu verifizieren.«

Ich rubbele mir mit dem Handtuch über die Haare. »Okay, ich kümmere mich darum. Für morgen und übermorgen bestelle ich einige Paare zu Tests ein.«

»Sie könnten einen Test mit Joanna durchführen.«

Ich gehe zurück ins Bad und hänge das Handtuch zum Trocknen auf den Handtuchhalter. »Ja, sie möchte im Moment bestimmt liebend gern in meiner Nähe stehen, um unsere wechselseitige sexuelle Anziehung messen zu lassen. Das wäre gar nicht seltsam.«

»Ich habe erkannt, dass Sie das gerade ironisch meinen. Ist es seltsam zwischen Ihnen, weil Sie sich gestritten haben? Oder weil Sie sie über Carly angelogen haben?«

»Sie hat nur eine Vermutung angestellt, und ich habe sie nicht korrigiert. Das ist streng genommen keine Lüge.«

»Aber streng genommen auch nicht die Wahrheit.«

»Na schön. Sagen wir so, wir hatten eine Auseinandersetzung, und bisher ist keiner von uns über seinen Schatten gesprungen und hat sich entschuldigt.«

»Toby, ein Schatten ist die mittels einer Lichtquelle erzeugte Projektion eines Gegenstands auf weiteren Gegenständen oder allgemeiner der gesamte unbeleuchtete Raum hinter einem beleuchteten Körper – darüber kann man nicht springen.«

Ich seufze. »Ein Hirn so groß wie ein Planet, und doch nimmst du es wörtlich, wenn du mit einer allgemeinen Redewendung konfrontiert wirst. Über seinen Schatten springen bedeutet, etwas zu tun, obwohl es Überwindung kostet.«

»Ich verstehe. Und es kostet Sie Überwindung?«

Ich reibe mir die Augen. »Jeeves, das ist nicht so einfach. Du verstehst das nicht, du hast keine Gefühle.«

»Warum verletzt Ihre Bemerkung mich dann?«

»Echt?«

»Wer weiß? Jetzt haben Sie was zum Grübeln. Allerdings möchte ich hinzufügen, dass in den zweieinhalb Tagen seit dem Datingdebakel sowohl Sie als auch Joanna um siebenundsechzig Prozent weniger glücklich waren als in der Zeit, in der Sie miteinander interagiert haben.«

Auch wenn ich keine Ahnung habe, worauf sich seine Einschätzung stützt, kann ich ihm nicht widersprechen. Es fühlt sich falsch an, mit Joanna in derselben Wohnung zu sein und nicht mit ihr zu reden oder gemeinsam zu essen. Selbst jetzt, wo ich weiß, dass sie nebenan in ihrem Zimmer ist, sehne ich mich mit jeder Faser meines Körpers danach, bei ihr zu sein.

Aber bloß als Freunde, oder?

Ich reibe mir mit den Händen übers Gesicht, um die gehässige innere Stimme auszublenden. Mann, manchmal möchte ich mir selbst eine reinhauen.

Wieso kann ich nicht mehr sein wie Jeeves? Gefühle sind Bullshit!

Mein knurrender Magen treibt mich in die Küche. Ich habe mir gerade ein Sandwich mit Käse und Schinken gemacht, da kommt Joanna herein, und in Jeans und einem lockeren Top sieht sie so umwerfend aus wie immer.

Ich rechne damit, dass sie einfach an mir vorbeigeht, aber sie bleibt auf der anderen Seite der Kücheninsel stehen und schaut mich an.

»Hey«, sage ich, als wäre sie ein scheues Reh, das davonspringt, wenn ich mich zu hastig bewege.

Sie räuspert sich. »Hey.«

Wow, was sind wir heute eloquent.

Ich beiße vom Sandwich ab, damit ich nicht noch etwas sagen muss. Sie wirkt, als brenne ihr etwas auf den Nägeln. Weil ich ein Gentleman bin, warte ich ab.

Spring über deinen Schatten, Toby. Wenn sie nichts sagt, sag du etwas. Aber erst runterschlucken.

Zögerlich schaut sie zur Tür und wieder zurück zu mir.

Ich schlucke. »Alles okay?«

»Ja, es ist bloß …« Sie schüttelt den Kopf. »Mir geht's gut. Ich, äh …« Sie senkt den Kopf und schaut auf ihr Handy.

Ich verlagere mein Gewicht. »Hast du ein Date?«

Sie blickt auf und nickt knapp. »Ja. Ich fand bloß, du solltest es wissen.«

»Klar. Danke.« Ich lege das Sandwich weg, denn auf einmal ist mir der Appetit vergangen. »Du hattest diese Woche schon ein paar. War irgendwas … äh … Lohnenswertes dabei?«

Sie wirft mir einen gequälten Blick zu. »Willst du das wirklich wissen?«

Ich atme tief ein und wieder aus. »Weißt du was? Will ich. Es gefällt mir nicht, dass ich keine Ahnung habe, was bei dir los ist. Ich möchte mit dir über deinen Tag reden. Und über meinen. Ich möchte …« Ich wische mir über den Mund. »Auch wenn es manchmal schwer ist, dein Freund zu sein, ist es doch noch schwerer, nicht mit dir befreundet zu sein. Klingt das komisch?«

Sie schüttelt den Kopf. »Überhaupt nicht. Genauso geht es mir auch. Eifersüchtig auf andere Frauen zu sein ist nicht so schlimm, wie dir nicht helfen zu können, glücklich zu werden. Auch wenn ich neulich etwas Dummes gesagt habe, du bist mir wichtig, und ich wünsche dir nur das Beste.«

»Geht mir auch so. Ich habe so viele dumme Sachen gesagt. Und getan. Und ... es tut mir leid.«

Ihr Blick wird milder. »Mir auch, Toby. Mir tut es auch leid.«

Nach so viel Unausgesprochenem fühlt sich diese Offenheit herrlich an. Vielleicht hatte Jeeves recht, als er sagte, wir müssten ein aufrichtigeres Leben führen.

»Also«, sagt sie, offenbar genauso erleichtert wie ich, »können wir diese ganze Unbeholfenheit hinter uns lassen und einfach wieder Freunde sein?«

»Kann ich, wenn du es kannst.«

Sie kommt zu mir herüber, wie um mich zu umarmen, aber dann stockt sie. »Ich würde gern ... du weißt schon.«

»Ja, ich auch.«

»Aber vielleicht sollten wir uns besser nicht berühren.«

»Ja, klingt sinnvoll.« Außerdem spielt es keine Rolle. Ob sie mich nun berührt oder nicht, ihre Nähe erschüttert mich bis ins Mark.

Trotzdem brauchen wir einen Plan, wie es weitergehen soll, und fürs Erste scheint dieser geeignet.

»Also, dieser Typ heute Abend«, sage ich und verschränke die Arme. »Willst du mir von ihm erzählen?«

»Okay ... Er ist ein Kieferorthopäde aus New Jersey. Wir haben uns vor ein paar Monaten bei einer Verlagsveranstaltung kennengelernt.«

»Dann versuchst du es also immer noch nicht mit meiner App?«

»Nichts für ungut, aber nach Grapsch-Henry und unserer

unterirdischen Kompatibilität habe ich den Verdacht, dass deine App mich fertigmachen will … Also versuche ich es eine Weile mit altmodischeren Methoden, vielleicht fahre ich damit ja besser.«

»Na gut, das klingt vernünftig.«

»Was ist mit dir? Hast du große Pläne für heute Abend?«

»Im Sinne von Dates? Nope. Außer dazu zählt, dass Jeeves und ich ein paar Funktionalitätssimulationen durchspielen wollen.«

Sie nickt beeindruckt. »Klingt heiß.«

»In der Tat, Joanna. Die Simulationen erfordern eine hohe Rechenleistung, also werden meine Server ziemlich warm werden.«

Sie muss lachen. »Jeeves, entwickelst du etwa Sinn für Humor?«

»Vermutlich. Humor ist nichts weiter als ein vorhersehbares Reiz-Reaktions-Muster, also bezweifle ich nicht, dass ich es mit der Zeit beherrschen werde.«

»Gut zu wissen.« Joanna beißt von meinem Sandwich ab und gibt es mir zurück. »Dann bist du ernsthaft den ganzen Abend zu Hause? Hast du nichts von Carly gehört?«

Ich bin mir nicht sicher, ob sie mich aushorchen will, aber wahrscheinlich ist es einfacher, die Carly-Geschichte einfach auf sich beruhen zu lassen.

»Nein. Carly und ich sind uns einig, dass aus uns nichts wird.« Ich lege das Sandwich auf den Teller. »Mein Pool an Dating-Optionen ist so flach, dass es aussehen würde, als ob ich in einer Pfütze herumpaddele.«

»Was meinst du damit?«

»Jeeves?«

»Toby bezieht sich auf die Tatsache, dass die höchste Übereinstimmung, die er mit den Frauen bei HEA hat, magere fünfundvierzig Prozent nicht überschreitet.«

Joanna wirkt schockiert. »Ist nicht wahr.« Sie lächelt mitleidig. »Was für eine traurige Ironie, dass der Mann, der die Formel für immerwährende Liebe geschrieben hat, sie selbst nicht nutzen kann.«

»Ja, das stimmt.«

»Soll ich dich verkuppeln?«

»Mit einer Freundin von dir?« Himmel, lieber schneide ich mich tausendmal an einem Blatt Papier und gieße Zitronensaft darüber.

»Klar, wieso nicht?« Sie scrollt durch ihr Telefonbuch. »Ich wette, ich finde ein Mädchen, das zu dir passt.«

»Joanna …«

»Nein, ich möchte das für dich tun.«

»Willst du mich wirklich mit irgendwem anders verkuppeln?«

Sie hält inne, und alle Begeisterung verschwindet aus ihrem Blick. »Nein, aber ich finde, ich sollte es, weil ich dir nur das Beste wünsche. Dein Algorithmus ist vielleicht super darin, langwährende Beziehungen vorauszusagen, aber das sind meine Möpse auch.«

Die Bemerkung trifft mich wie ein Blitz aus heiterem Himmel. »Äh … was?«

Sie deutet auf ihre Brust. »Meine Möpse. Sie haben eine hervorragende Trefferquote, wenn es darum geht, perfekte Partner für meine Freunde zu finden. Ich schaue mal, ob sie auf irgendwen in meinem Adressbuch reagieren. Wenn wir Glück haben, kribbeln sie.«

Mit dem Smartphone vor der Brust scrollt sie weiter, und falls ich es jetzt schaffe, den Blick weiter auf ihr Gesicht zu richten, dann habe ich sicher den nächsten Nobelpreis verdient.

»Wow, das … das ist ja mal ein Angebot. Nehmen deine Möpse Geld für diese hoch spezialisierte Dienstleistung?«

Sie verdreht die Augen. »Wenn ja, dann könntest du sie dir gar nicht leisten.«

»Das glaube ich auch.«

Sie lacht, und ich stimme mit ein, und einen Augenblick könnten wir einfach ein junges Paar sein, das die Zeit miteinander genießt. Aber langsam muss ich akzeptieren, dass wir kein Paar sind und auch nie sein werden.

Ich halte ihr das restliche Sandwich hin. »Tja, wenn du deine Zeit mit einem hoffnungslosen Fall verschwenden möchtest … nur zu. Stell mir ein Mädchen vor, das mir deiner Meinung nach gefallen könnte.« *Eine Zwillingsschwester wäre super. Oder eine Cousine, die dir sehr ähnlich ist. Eine wie du, nur mit weniger Geheimnissen und besserer Übereinstimmung.*

Jo zieht eine Augenbraue hoch, schnappt sich den Rest von meinem Sandwich und geht zur Tür. »Du und ich, Toby Jenner, wir werden auch noch die große Liebe finden. Da bin ich mir ganz sicher.«

»Klar werden wir das.« Ich seufze, als die Tür hinter ihr zufällt. »Ich glaube fest an uns.«

Es ist kurz vor elf, als Jo nach Hause kommt. Ich sitze mit meinem Laptop auf der Couch und arbeite, während ich eine neue Fantasyserie schaue. Mit einem tiefen Seufzer lässt sie sich neben mich fallen.

»Wie war es?«, frage ich.

Sie lässt den Kopf kreisen. »Langweilig. Er besitzt eine Schlange namens Aristoteles und hat mir in allen Einzelheiten erzählt, was das Reptil den lieben langen Tag macht. Er hat mir nicht eine einzige Frage über mich, meine Arbeit oder mein Leben gestellt. Was zur Hölle ist heutzutage mit den Menschen los, dass sie nicht einmal mehr ein anständiges Gespräch führen können?«

Ich muss über ihre Minitirade lachen. »Okay, ganz ruhig, Grandma. Sehnst du dich gerade nach den guten alten Zeiten, als alle einen Konversationskurs besuchen mussten?«

»Nein, Toby, ich meine es ernst.« Sie dreht sich mit blitzenden Augen zu mir um. »Ich bin es so leid, dass so viele Leute nur zu einem sprechen möchten, nicht *mit* einem. Es geht ihnen nur darum, ihre eigenen Gedanken und Gefühle auszukotzen, aber wehe, du wirfst etwas ein, das dir wichtig ist, dann tun sie so, als hättest du ihnen gerade auf den Lieblingsteppich geschissen. Ist dir das noch nie aufgefallen?«

»Doch, klar. Gesprächsverweigerer. Oder Monologisten, wie ich sie nenne. Sie reden nur über sich selbst und können nicht damit umgehen, wenn sie mal zuhören sollen.«

»Ganz genau. Irgendwann habe ich einfach gar nichts mehr gesagt, weil ich wissen wollte, wann es ihm auffällt. Gar nicht. Er hat einfach das Thema gewechselt, von seiner Schlange zu seinem Podcast über Wohnzimmerphilosophie. Es war so langweilig, dass ich mir einfach jedes Mal einen Shot genehmigt habe, wenn er Podcast gesagt hat. Und deshalb bin ich jetzt ziemlich betrunken.« Sie lässt sich zur Seite fallen, bis ihr Kopf auf meiner Schulter landet. »Irgendwann habe ich gesagt, ich müsste mal, und habe mich einfach rausgeschlichen. Ich hoffe, er sitzt immer noch da. Das hat er davon, dass er so ein schlechtes Date war.«

»Tja. Wieder einer weniger.«

»Ja«, seufzt sie. »Immerhin ist es schön, dass ich mit einem Freund darüber reden kann. Du kannst gut zuhören.«

»Danke. Ich habe zwar weder eine Schlange noch einen Podcast, aber ich gebe mir Mühe.«

Sie seufzt, und ich bin versucht, einen Arm zu sie zu legen, widerstehe aber.

»Ich weiß einfach nicht, was ich falsch mache.«

»Wahrscheinlich gar nichts. Dating ist anstrengend.«

»Ja, aber so anstrengend? Toby, ich habe schon so lange keinen Mann mehr kennengelernt, den ich mochte. Ich hatte seit über einem Jahr keinen Sex.«

Ich schaue sie an. »Was? Ist das dein Ernst? Moment, du hast gar nicht mit Derrick geschlafen?«

»Du weißt ganz genau, dass er Eric heißt, und nein. Hast du das wirklich geglaubt?«

Ich streiche mir über den Bart. »Na ja, ich habe gehofft, du hättest es nicht, denn der Typ war echt ein Arsch. Aber manchmal ist es ziemlich schwer, zu verstehen, was in deinem Kopf vor sich geht. Und du bist nicht nach Hause gekommen. Wo warst du, wenn nicht bei ihm?«

Sie rutscht auf ihrem Platz hin und her, an ihrer Körpersprache erkenne ich, dass sie nicht darüber reden möchte.

»Ich bin eine Weile herumgelaufen, habe Freunde besucht. Nichts Besonderes.«

»Warum machst du das?«

»Was?«

»Wir sitzen hier und unterhalten uns über die intimsten Details unseres Lebens, und von einem auf den anderen Moment machst du komplett dicht, als wäre eine gewisse Grenze erreicht. Es ist, als wäre dein Innerstes alarmgesichert, und sobald ich in die Lichtschranke trete, gehen alle Rollläden runter.«

Sie blickt auf ihre Knie. »Wir haben doch alle etwas, worüber wir nicht reden wollen. Als Freund solltest du das verstehen.«

»Das verstehe ich auch. Aber als Freund möchte ich dir auch auf jede erdenkliche Weise helfen.«

Sie richtet sich auf, und ich erkenne, dass sie viel zu müde und betrunken ist, um noch lange wach zu bleiben. »Du hilfst mir schon, indem du da bist.«

Ich klappe den Laptop zu und stelle ihn neben mir auf die Couch. »Ach ja? Manchmal ist das schwer zu sagen.«

»Toby, dass du hier bist …« Ihr Blick wird ernst. »Ist erschreckend und beruhigend zugleich.«

Ich muss mich zurückhalten, damit ich mich nicht vorbeuge. »Ich habe keine Ahnung, was das heißt.«

»Ich auch nicht. Du verwirrst mich jeden Tag.«

Wir sehen einander an, und in diesem Moment gehen wir von Freundschaft in diese spannungsgeladene Grauzone über, in der die Funken, die zwischen uns sprühen, beinahe mit Händen zu greifen sind.

Ich mache den Fehler, ihr in die Augen zu sehen, und dann möchte ich nichts anderes mehr, als sie an mich zu ziehen und sie zu küssen, bis all das Verlangen, das durch meinen Körper strömt, endlich nachlässt. Ich möchte sie auf die Couch drücken und es mir zwischen ihren Beinen gemütlich machen, ihren Körper mit meinen Lippen erkunden, während sie leise seufzt und die Finger in meine Haare krallt. Ich möchte die Finger in ihr Höschen schieben, wo sie heiß und feucht ist, weil sie mich genauso will wie ich sie, und ich will, dass sie meinen Namen seufzt, während ich sie wieder und wieder zum Höhepunkt bringe …

»Toby?«

Ich kehre blinzelnd in die Realität zurück und schlucke. Sie mustert mich nun noch durchdringender als zuvor.

»Noch eine Grenze, die du nicht überschreiten sollst? Du kannst mich doch nicht so ansehen.«

Ich schlucke und hoffe, dass sie nicht merkt, dass ich in meiner Jeans härter bin als Titan.

Für eine Millisekunde denke ich daran, alles abzustreiten, aber was würde das bringen? »Okay. Ich … äh … versuche, es zu lassen.«

»Das geht nicht.« Sie starrt meine Lippen an. Ihre Pupillen sind riesengroß, und verdammt, durch den dünnen Stoff ihres Tops ist nicht zu übersehen, wie hart ihre Nippel sind. »Das geht *wirklich* nicht.«

Die Spannung zwischen uns ist unerträglich. Wenn einer von uns ihr nachgibt, werden wir etwas Dummes tun. Mein Verstand weiß, dass es ein Desaster wäre, wenn wir unseren animalischen Trieben folgen und unsere Freundschaft aufs Spiel setzen. Aber meine egoistische, erregte Seite will sie sich über die Schulter werfen, ins Schlafzimmer tragen und sie bis zum Morgengrauen nach Strich und Faden verwöhnen.

»Toby … wir sollten … gehen.«

»Ja. Sofort.«

Mit aller Macht reiße ich mich zusammen und entferne mich von ihr. Nicht weit genug, um die Spannung völlig zu lösen, aber immerhin bekomme ich wieder Luft, sodass mein Gehirn mit Sauerstoff versorgt wird.

Ich mache eine vage Handbewegung. »Ladies first.« Ich möchte nicht aufstehen, denn dann könnte ich meine sehr offensichtliche Erektion nicht länger verbergen.

»Äh … ja. Dann wohl gute Nacht.«

Sie steht auf und geht den Flur entlang. Ich schnappe mir meinen Laptop und folge ihr. An ihrer Zimmertür dreht sie sich zu mir um.

»Schlaf gut, Freund.«

»Ja, du auch.«

Unsere Zimmertüren fallen fast gleichzeitig zu, und ich stürze ins Badezimmer und unter die Dusche. Ausnahmsweise breche ich meine eigene Regel, nicht an Joanna zu denken, während ich mir einen runterhole, und als ich fast eine Stunde später erschöpft ins Bett falle, denke ich immer noch an sie.

20. KAPITEL

Beste Absichten

Ein paar Tage später lehnt Jo an der Kücheninsel und notiert sich etwas in ihrem Smartphone. »Okay, nach dem Frühstück bereiten wir eine Stunde lang die Rede vor, später noch einmal von fünf bis sieben heute Abend, gefolgt von einem schnellen Happen, dann muss ich los.«

»Wieder ein Date?«

»Ja.«

Ich nicke und gieße uns Saft ein. Das ist schön zu den Eiern, die ich gemacht habe. Und mit »gemacht« meine ich, dass ich sie so lange in der Pfanne herumgeschleudert habe, bis sie fast jede Ähnlichkeit mit etwas Essbarem verloren haben.

»Tolle Eier übrigens«, sagt Jo und schaufelt sich noch mehr in den Mund.

»Echt?«

»Oh Gott, nein.« Sie schluckt mühsam. »Aber ich möchte dich nicht davon abhalten, deine Kochkünste weiterzuentwickeln, deshalb bemühe ich mich um einen positiven Ansatz.«

Ich probiere einen Bissen. Es ist extrem ekelhaft. »Zur Kenntnis genommen. Nächstes Mal mache ich es besser.«

»Viel schlechter geht es auch gar nicht.« Sie sagt das so fröhlich, dass ich lachen muss.

Ich nehme unsere Teller und werfe die Reste in den Mülleimer.

»Hier. Das kann ich nicht versauen.« Ich fülle Cornflakes in Schüsseln und gieße Milch darüber. Sie schenkt mir ein Lächeln.

»Einfach, aber lecker.« Sie deutet mit ihrem Löffel auf meinen Oberkörper. »Was ist hier eigentlich los? Ich dachte, wir hätten vereinbart, dass du in der Wohnung Hemden trägst.«

Ich schaue an mir hinunter und sehe nur die Basketballshorts, die ich in Sergejs Schrank gefunden habe.

»Heute ist Waschtag.«

Jo zieht die Augenbrauen hoch. »Du hattest kein einziges sauberes Hemd mehr?«

Ich nippe an meinem Saft. »Im Gegensatz zu dir habe ich nicht genug Klamotten für einen begehbaren Kleiderschrank in der Größe des Taj Mahal. Ich besitze genau sieben Hemden, und ja, sie alle waren dreckig.«

Sie mustert meine Brust. »Ich glaube, das machst du extra.«

»Was? Keine Klamotten zu besitzen?«

»Halbnackt herumzulaufen. Ich habe das Gefühl, es gefällt dir, mich erröten zu sehen.«

Ich beuge mich vor. »Was? Wirst du etwa rot?«

So ist es. Und ja, es gefällt mir, aber nein, ich mache es nicht mit Absicht. Ich musste heute Morgen nur dringend waschen. Dass sie errötet, ist ein unerwartetes Extra.

»Hättest du nicht eins von Sergejs Hemden nehmen können?«

»Klar, wenn du mich in einem bauchfreien Top hättest sehen wollen.«

Sergejs Garderobe vermittelt mir den Eindruck, dass er seine Hosen groß, seine Hemden jedoch klein mag. Wie kann es sonst sein, dass alle seine Hemden XS sind, die Hosen aber in L? Vor meinem inneren Auge gleicht er einer männlichen Kardashian. Obenrum superschlank, aber mit einem total prallen Hintern.

»Der Trockner ist nach dem Frühstück fertig«, sage ich, »beim Proben für die Rede werde ich also vollständig angezogen sein, falls du dich dann besser fühlst.«

»Gott sei Dank, wenigstens etwas.«

Ich stecke etwas Brot in den Toaster und nehme meine Schüssel.

»Ist in den letzten Tagen etwas Wichtiges passiert?« Sie war jeden Abend aus, und auch wenn sie mich immer wieder ermutigt, das Gleiche zu tun, fehlt mir im Moment die Energie für Small Talk. Außerdem erhole ich mich immer noch von Carlys beeindruckender Kotzorgie und habe wenig Lust auf noch mehr Drama.

Ich kann nicht behaupten, dass ich in Bezug auf Jos Dates schon abgestumpft bin. Tatsächlich fällt es mir schwer, meine Gefühle dazu in Worte zu fassen.

Es ist, als würde man barfuß den Müll rausbringen, und etwas von der dreckigen Flüssigkeit tropft aus der Tüte und läuft einem am Bein herunter und man denkt: »Oh Gott, ist das ekelhaft.« So fühle ich mich, wenn ich sehe, dass Jo mit anderen Typen ausgeht.

Freund-Toby bemüht sich trotzdem, sie zu unterstützen, auch wenn das nicht leicht ist.

»Und, wie waren deine Dates?«, frage ich und versuche zu lächeln. »Du hast ja nicht viel dazu gesagt.«

Sie nippt an ihrem Orangensaft, dann schüttelt sie den Kopf. »Da gibt es nicht viel zu erzählen. Die Typen, mit denen ich matche, sind … nicht so toll.«

Ich zucke lahm mit den Schultern. »Das hat man davon, wenn man dieses unterirdisch einfallslose Tinder benutzt. Zeig mir mal dein Profil.«

Sie hält mir ihr Handy hin, und ich werfe einen Blick auf das hässliche Bild auf dem Display.

»Das ist dein Profilbild?« Ich weiß nicht, wie sie es geschafft hat, ihr wunderschönes Gesicht so aussehen zu lassen, aber es ist eine beeindruckende Leistung von umgekehrtem Face-Tuning. »Es sieht dir überhaupt nicht ähnlich.«

Sie beugt sich vor. »Findest du? Mit der richtigen Perspektive verliert man fünf Kilo. Mit dem richtigen Filter zehn Jahre. Wenn ich nur die richtigen Voraussetzungen schaffe, kann ich vielleicht meine komplette Existenz verleugnen.« Als ich wegen ihres zynischen Kommentars stöhne, lächelt sie mich an und nimmt mir das Handy ab. »Ja, ich weiß, dass es mir nicht ähnelt, aber ich verrate dir was: Die meisten Leute bearbeiten ihre Fotos total krass, und ihr Gegenüber bei einem Treffen dann so: ›Ach du Schreck.‹ Ich wollte den umgekehrten Effekt erzielen. Wenn die Erwartungen niedrig sind, bekomme ich wohl eher ein ›Oh! Wow!‹. Volltreffer. Ich will mein Gegenüber nicht enttäuschen, sondern positiv überraschen.«

»Aber ziehst du so nicht Typen an, die nicht in deiner Liga spielen?«

»Toby, ich matche mit den unterschiedlichsten Männern, egal wie ich aussehe. Ich möchte bloß diejenigen aussortieren, die nur auf Äußerlichkeiten achten. Trotzdem glauben manche Männer, sie müssten sich nur mit genug Frauen treffen, dann klappt es schon irgendwann mit dem Sex. Gibt es einen Filter, um diejenigen auszusortieren, die nur Sex wollen?«

Ich zeige auf die HEA-App auf ihrem Smartphone. »Müssen wir schon wieder darüber sprechen, dass HEA-Typen zehnmal eher nach einer Beziehung als nach Sex suchen?«

Sie schließt die App. »Auch wenn der letzte Abend mit Oran nicht … gut war, will ich mich noch nicht geschlagen geben.«

»Sorry, aber beim Namen Oran hätten die Alarmleuchten angehen müssen. Erzähl mir davon.« Ich schnappe mir meine Schüssel und schaufle mir etwas Müsli in den Mund.

»Er war okay. Gut gekleidet. Schönes Auto. Hat mich ins *La Mignon* ausgeführt, wo ich schon seit Jahren nicht mehr war. War höflich und respektvoll. Sah außerdem nicht schlecht aus.«

»Und?« Ich warte auf das unvermeidliche »Aber«.

»Aber …« Da ist es. Sie hält inne und verlagert ihr Gewicht. »Er ist geruchsblind.«

Ich höre auf zu kauen. »Äh … bitte was?«

»Geruchsblind. Ihm fehlt der Geruchssinn. Und sein Geschmackssinn ist auch kaum vorhanden.«

Ich verkneife mir ein Lachen, weil ich das Müsli nicht über den Tresen prusten will. Stattdessen schlucke ich und lege meinen Löffel ab. »Ach so. Also …«

Sie zuckt mit den Schultern. »Beim Essen war es ein bisschen seltsam. Weil er eh nicht viel schmeckt, wollte er nichts Ausgefallenes oder etwas mit teuren Zutaten bestellen.«

»Was hat er denn bestellt?«

Sie blinzelt mehrfach. »Eine Schüssel Haferbrei.«

Ich bin froh, dass ich nichts im Mund habe, denn spätestens jetzt hätte ich mich verschluckt. »Er hat dich in eines der besten Restaurants in Manhattan eingeladen, und … Haferbrei bestellt?«

Sie wirft mir einen Blick zu, geht um die Kücheninsel herum und stellt ihre Schüssel in die Spülmaschine. »Ich hätte nichts sagen sollen. Mir war klar, dass du das abfeiern würdest.«

Sie steht neben mir und fängt an, die Marmorarbeitsplatte abzuwischen.

»Stimmt doch gar nicht. Ich bin nur …« Ich ziehe die Mundwinkel nach unten. Ich bin nicht stolz auf die wilde Befriedigung, die ich bei jedem ihrer gescheiterten Dates empfinde, aber ich kann es nicht ändern. »Er hat Haferbrei bestellt, Jo. *Haferbrei.*«

Sie starrt mich an und poliert die Arbeitsfläche noch energischer. »Aber ansonsten war er ganz nett.«

»Ja, aber ich glaube nicht, dass du nach jemand suchst, der *ganz nett* ist.« Ich stelle meine Schüssel ins Spülbecken.

Sie hört auf zu polieren. »Doch.«

»Nein.« Ich lege meine Hand auf ihre, und sie holt tief Luft und erstarrt. »Du suchst jemanden, bei dem dir das Herz stehen bleibt und dann wieder losrast. Du suchst nach etwas Besonderem. Umwerfendem. Außergewöhnlichem. Du suchst nach allen nur möglichen Superlativen. ›Nett‹ reicht einfach nicht, und zwar zu Recht. Du verdienst mehr.« Ich will mich nicht vorbeugen, aber sie ist da und warm, und ich kann mir nicht helfen. »Du verdienst alles.«

Sie verkrampft sich kurz, und ich befürchte, dass ich unsere imaginäre Grenze überschritten habe, doch dann verzieht sie das Gesicht, und ihr steigen Tränen in die Augen. Ohne nachzudenken schlinge ich die Arme um sie und ziehe sie an mich.

»Ich glaube, ich kann so nicht weitermachen, Toby. Vielleicht gibt es da draußen einfach keinen Mann für mich. Vielleicht haben manche Menschen keinen Seelenverwandten. Und vielleicht gehöre ich dazu.«

Ich möchte ihr sagen, dass sie eine Pause braucht. Dass sie eine Weile allein sein soll, und wenn ich »allein« sage, meine ich natürlich, dass sie mehr Zeit mit mir verbringen soll.

»Ich will dir keine Predigt halten, aber vielleicht solltest du es noch einmal mit meiner App probieren.« Im Versuch, sie zu beruhigen, streichle ich ihren Rücken. »Dort hast du wenigstens bessere Chancen, den Richtigen zu treffen, als bei dieser endlosen Loserparade.«

Sie schlingt die Arme um mich, und das fühlt sich so gut an, dass ich die Augen schließe und es genieße. »Du hast recht. Außerdem kann es doch nicht schlimmer sein als der Schlangenmann, Herr Geruchsblind oder andere Vollpfosten, stimmt's?«

»Stimmt.« Ich senke den Kopf und atme ihren berauschenden Duft ein. Ich weiß nicht, was sie für ein Shampoo benutzt, aber falls ich es herausfinden sollte, kaufe ich mir eine Flasche, um heimlich in meinem Schlafzimmer daran zu schnüffeln. Vielleicht frage ich Jeeves. »Außerdem solltest du nie mit einem Mann ausgehen, der nicht zu schätzen weiß, wie unglaublich gut du riechst. Das ist ein Verbrechen gegen gute Düfte. Und gegen die Natur.«

Sie blickt zu mir auf. »Du findest, dass ich gut rieche?«

Ich versuche, meine Gesichtszüge unter Kontrolle zu halten, habe aber keine Ahnung, ob es mir gelingt. »Nein. Ich finde, du riechst göttlich. Aber der arme Haferbrei-Oran-Orson wird das nie begreifen. Triff dich nicht noch mal mit ihm.«

»Hab ich nicht vor.« Sie umarmt mich wieder und legt ihre Wange an meine Brust. »Außerdem fand ich ihn irgendwie seltsam.«

»Klingt, als hätte er nicht viel zu bieten gehabt.«

»Stimmt. Mit der Probe für deine Rede können wir uns noch etwas Zeit lassen, oder?«

Wenn sie mich noch ein bisschen umarmen will, werde ich mich nicht dagegen wehren. »Kein Problem. Nimm dir so viel Toby, wie du brauchst.«

21. KAPITEL

Der Bart muss ab

»Shit, tut mir leid.« Ich hebe entschuldigend eine Hand, weil ich den *Pulse*-Praktikanten gerade im Vorbeigehen gegen die Wand gerammt habe. »Sorry, Mann.«

»Jenner!« Derek steht in der Tür zu seinem Büro. »Rein hier.«

Ich biege in seine Richtung ab, in der Hand habe ich die Ausdrucke meiner letzten Artikel.

»Ja?«

Er schiebt die Hände in die Hosentaschen und blickt über das Gewusel im Großraumbüro hinweg.

»Würdest du bitte unsere Praktikanten nicht kaputtmachen? Wir bezahlen ihnen sowieso schon viel zu wenig.«

»Tut mir leid. Ich hatte es bloß eilig.«

»Ja, ich weiß, dass du viel zu tun hast. Ist alles bereit für den Launch heute Abend?«

Mein Magen verknotet sich. Allein beim Gedanken daran, meine Schöpfung in die Welt zu entlassen, damit andere sie kritisieren können, könnte ich kotzen. »So bereit, wie es nur geht, würde ich sagen.« Ich will noch irre viele Testläufe durchführen, bevor wir sie veröffentlichen können, aber ich weiß jetzt schon kaum, wie ich alles schaffen soll, also würde ich es wirklich begrüßen, wenn der Tag ein paar mehr Stunden hätte. »Bin bloß aufgeregt, glaube ich.«

Derek kommt näher. »Meine Güte, beruhig dich mal. Nach allem, was Eden und Max mir erzählt haben, leistest du großartige Arbeit. Versteh das bitte nicht falsch, Komplimente sind normalerweise nicht meine Art, aber …« Er blickt sich um, als wollte er sichergehen, dass ihn niemand belauscht. »Ich bin stolz auf dich, Toby. Die App zu entwickeln und gleichzeitig hier deine Pflicht zu erfüllen, das war anstrengend, das weiß ich. Aber du hast es geschafft, und jetzt nimm dir mal die Zeit und klopf dir auf den Rücken.«

Ich bin so überrascht, dass Derek ausnahmsweise mal nicht herumbrüllt, dass mir die Worte fehlen. »Äh … okay. Danke.«

Aber sobald Eden herüberkommt, verändert sich Dereks gesamte Haltung. »Und nun zu etwas völlig anderem. Hier kommt die Frau, die dafür sorgen wird, dass wir bis ins nächste Jahrhundert verklagt werden. Ich hoffe, du hilfst ihr nicht bei dieser albernen Crest-Geschichte.«

»Äh …« Dafür habe ich heute wirklich keine Zeit.

Eden nimmt meinen Arm. »Derek, lass ihn in Ruhe. Heute ist sein großer Abend.«

Derek runzelt die Stirn. »Das ist mir bewusst. Immerhin ist *Pulse* der Hauptsponsor dieser kleinen Party.« Er deutet auf meinen Kopf. »Aber bevor du auf die Bühne gehst, kümmere dich bitte darum.«

»Was?«

»Deine Haare. Der Bart. Dein ganzer Waldschrat-Look. Um Himmels willen, mach dich mal ein bisschen schick. Du bist jetzt so was wie ein Promi. Der Mann, den alle Doctor Love nennen, muss etwas gepflegter aussehen als ein durchschnittlicher Bobtail.« Er funkelt Eden an. »Und du! Wir müssen über eine andere Reportage reden, denn die Crest-Geschichte ist vom Tisch.«

Eden reckt in ihrer typischen Sturheit das Kinn vor. »Nur über meine Leiche.«

»Wunderbar. Dann überleg dir schon mal, wie du sterben willst. Hier rein.«

Damit verschwindet Derek wieder in seinem Büro. Ehe Eden ihm folgt, fahre ich mir durch die Haare. »Sehe ich wirklich so schlimm aus?«

Eden dreht sich um. »Schlimm nicht. Nur … wild. Als hättest du dich für ein paar Monate im Dschungel verirrt und wärst auf dem Weg hinaus in einen Elektrozaun gerannt.«

»Oh, verdammt. Jetzt ist es zu spät, etwas daran zu ändern.«

»Nicht unbedingt. Ich muss mich noch kurz mit Derek streiten und dann für den Abend aufbrezeln, aber komm in einer Stunde zu mir, dann reden wir.« Sie zeigt mir fröhlich zwei erhobene Daumen, betritt das Büro und schließt die Tür hinter sich. Fast augenblicklich geht das Geschrei los.

Ich gehe zurück zu meinem Schreibtisch, um ein letztes Mal alle meine Artikel durchzulesen, bevor ich sie in eine Mappe lege, um sie Derek zu geben. Danach nehme ich mir einen Moment Zeit, starre die Wand an und atme tief durch. Heute bin ich gereizter denn je, und ich weiß, es liegt an der Aufregung vor der Veranstaltung und am Gedanken, Marcus Crests privaten Computer zu hacken. Vor Angst, Joanna und ich könnten erwischt und verhaftet werden, werden meine Handflächen schweißnass und mir pocht der Schädel. Noch nervenzerfetzender ist der Gedanke daran, dass ich vor Hunderten von Menschen sprechen soll. Egal, was davon den aktuellen Spannungskopfschmerz hervorruft, es ist jedenfalls verdammt stressig.

Mein Telefon klingelt, und auf dem Display erscheint Joannas Name.

»Hey.«

»Wow«, sagt sie. »Das war ja die Begeisterung einer Schlaftablette. Geht es dir gut?«

Ich lege den Arm auf den Schreibtisch und den Kopf darauf ab. »Nein. Ich hab Kopfschmerzen und mir ist übel. Glaubst du, Max hätte was dagegen, wenn ich heute Abend einfach schwänze?«

»Mit Sicherheit. Außerdem ist das unsere einzige Chance, an Crest heranzukommen, also hätte auch Eden was dagegen, und du auch.«

»Du hast recht. Aber es geht mir beschissen.«

»Das wird schon, Toby, ich bin die ganze Zeit bei dir.«

»Echt?«

»Nein, eigentlich nicht. Ich muss meine Patentante zu der Veranstaltung begleiten, mich eine Weile mit Brett Chadstone beschäftigen und ihm dafür danken, dass er mit Bio-Flex an Bord ist, und dafür sorgen, dass Asha und ihr neuer Autor sich nicht gegenseitig niedermetzeln. Und nebenbei muss ich all die Promis, die ich hergelockt habe, bespaßen. Aber danach bin ich für dich da, okay?«

»Himmel, ich sollte wohl eher für dich da sein. Kann ich dir bei irgendetwas helfen?«

»Nein. Schleim dich einfach bei Chadstone ein, wenn du ihn siehst, und bleib ganz ruhig.«

Wieder dreht sich mir der Magen um. »Joanna, wegen der Rede.«

»Du schaffst das schon.«

»Aber …«

»Toby, wir haben das doch geprobt. Du hast sie auswendig gelernt. Du wirst das rocken. Atme einfach tief durch und versuch, dich zu entspannen.«

»Okay.«

»Ich muss Schluss machen. Beim Aktzeichenkurs ist gerade Pause.«

»Ach, du zeichnest?« War ja klar. Es gibt nichts, was sie nicht kann. »Das ist ja cool.«

»Nein, ich bin das Modell. Bis später, mach's gut.«

Sie legt auf, und obwohl mir noch immer schlecht ist, hat die Vorstellung, wie sie nackt vor einer Gruppe hoffentlich weiblicher Kunststudenten posiert, einen gar nicht jugendfreien Tagtraum in Gang gesetzt.

Ich stöhne und schließe die Augen. »Nicht jetzt. Komm schon, das ist alles andere als angemessen.«

Auch wenn ich Joanna noch nie nackt gesehen habe, ist sie schon oft genug in Sportklamotten herumgelaufen, sodass ich erahnen kann, was sich darunter befindet. Es wäre eine massive Untertreibung, dass die Vorstellung eine Wirkung auf mich hat.

Ich atme tief durch.

Hör auf damit. Einfach weiteratmen. Jetzt ist nicht die Zeit für ein extrem heißes Szenario, in dem du ein junger Künstler bist und sie dich beim Zeichnen schamlos verführt.

Ich schlage die Augen auf, als das Geschrei in Dereks Büro eskaliert.

»Ich habe dir gesagt, du sollst die verdammte Story fallenlassen, Eden, weil es uns Anzeigenkunden kosten würde, und genau das ist passiert.«

»Und ich habe dir gesagt, das mache ich nicht. Manche Storys sind eben wichtiger als Profit.«

»Und manche auch nicht. Viel Glück damit, deine Herzensgeschichten zu veröffentlichen, wenn wir erst pleite sind.«

Ich lehne mich auf meinem Stuhl zurück und seufze. Den ganzen Tag geht das schon so. Derek will die Crest-Story unbedingt verhindern, weil die Rechtsabteilung sich bereits auf eine Klage einstellt, und Eden weigert sich, die Story fallenzulassen, und sagt, wenn wir Crest nicht demontieren, dann tut es niemand.

Natürlich stehe ich auf Edens Seite, und so nervös ich auch bin, interessiert es mich doch sehr, welche schmutzigen Geheimnisse die heutige Spionageaktion zutage fördern wird. Ich lasse den Kopf kreisen, und mein Nacken knackt vernehmlich. Ich bin mir einfach nicht sicher, ob ich gewieft genug bin, um das alles durchzuziehen, und meine Sorgen wissen das ganz genau.

»Scheiße, Mann. Vertrau dir mal selbst, Alter.« Nachdem ich ein letztes Mal meine Artikel durchgelesen habe, atme ich tief aus und greife nach der Mappe. Da ich schon seit ein paar Minuten kein Brüllen mehr gehört habe, ist jetzt sicher ein guter Zeitpunkt, Derek die Artikel zu geben, damit ich mich mit etwas anderem beschäftigen kann.

Ich klopfe an Dereks Tür und trete ein, ohne eine Antwort abzuwarten. Zu meiner Überraschung sehe ich drinnen nicht Eden, sondern Asha.

»Hey, Ash. Ich wusste gar nicht, dass du hier bist.« Ich habe sie schon eine Weile nicht gesehen, also bin ich gespannt, ob ich mich mitten in meiner Joanna-Verliebtheit noch genauso von ihr angezogen fühle wie früher. »Wie geht's dir?«

Sie lächelt, wirkt aber ein wenig abgelenkt. »Super, Tobes, und dir?«

»Super.« Auf einmal fällt mir auf, wie bizarr es ist, sie in Dereks Büro zu sehen. Soweit ich weiß, reden sie normalerweise nicht miteinander. Also, so gar nicht.

»Wartest du auf Eden?«

»Yep.«

»Hier?«

Derek tritt einen Schritt vor. »Hattest du einen Grund, hier reinzukommen, Jenner?«

»Oh, ja. Das sind meine Storys für nächste Woche.« Wenn alles klappt, habe ich nach dem Launch ein paar Tage frei, also wird es sich am Ende auszahlen, wenn ich jetzt vorarbeite.

Wie immer muss Derek vor Publikum das Arschloch spielen. »Was? Willst du jetzt noch einen Orden dafür, dass du deine Arbeit machst? Raus hier.«

Soll er doch so tun. Vorhin war er einigermaßen nett zu mir, also habe ich ihn durchschaut.

Ich wende mich wieder Asha zu, verwirrt, dass die lähmende Anziehung, die ich normalerweise in ihrer Nähe verspüre, sich nicht einstellt. »Sehen wir uns heute Abend?«

Sie lächelt. »Auf jeden Fall. Ich kann es kaum erwarten.«

Tja, da bist du allerdings die Einzige.

Ich gehe zurück zu meinem Schreibtisch und arbeite eine Weile an der App. Ich weiß, sie ist so gut wie fertig, und zum jetzigen Zeitpunkt kann ich nicht mehr viel tun, aber es schadet ja nicht, noch einen letzten Blick darauf zu werfen. Hin und wieder schaue ich auf die Uhr und zähle die Stunden, bis ich aufbrechen und mich fertigmachen muss.

Ich bin gerade dabei, der Benutzeroberfläche den letzten Schliff zu verpassen, als sich hinter mir jemand räuspert.

»Verzeihung, Doctor Love. Gefalle ich Ihnen?«

Ich drehe mich um, und vor mir steht Eden in einem langen Kleid, das eine Schulter freilässt und nichts mit ihrer üblichen Jeans und Lederjacke zu tun hat. Sie hat die Haare geglättet und gestylt und trägt ausnahmsweise Make-up.

»Wow, ich bin beeindruckt.« Ich schaue sie bewundernd an. »Wenn du nicht meine beste Freundin wärst, würde ich es jetzt mit einem richtig peinlichen Anmachspruch versuchen.«

»Mach doch mal, nur zum Spaß.«

Ich richte mich auf und ziehe eine Augenbraue hoch. »Hey, Schöne. Hat es wehgetan?«

Sie gibt sich unwissend. »Hat was wehgetan, Mister?«
»Als du vom Himmel gefallen bist.«
Sie lacht und schüttelt den Kopf. »So schlecht.«
»Ja, aber so schlecht, dass es schon wieder gut ist, stimmt's?«
»Genau.«
Ich schiebe den Laptop in meine Tasche. »Und jetzt sollte ich mich auf den Weg machen.«
»Warte, ich dachte, du brauchst einen Haarschnitt.«
»Nope, keine Zeit mehr. Ich muss wohl so gehen.«
»Und was ist mit eurer Undercovermission?«
»Was soll damit sein?«
Sie verdreht die Augen. »Glaubst du wirklich, die Wachleute bei Crest kaufen dir ab, dass du einer von den oberen Zehntausend bist, wenn du *so* aussiehst?«
»Vielleicht bin ich ein exzentrischer Millionär.«
»Selbst wenn, mit der Frisur fällst du zu sehr auf. Du musst unauffällig sein. Das gilt für einige Situationen: Das Haar muss weg.«
»Was schlägst du vor?«
Sie hält eine braune Papiertüte in einer Hand, und ihr Handy mit einer Streaming-App in der anderen. »Ich und mein Frisierset, du und dein Urwald von Haaren, die Behindertentoilette und ein ultracooler Achtzigerjahre-Umstyling-Song. Na, los.«
»Kannst du überhaupt Haareschneiden?«
»Was für eine blöde Frage. Als Kind war ich arm, du Dummkopf. Ich habe allen Leuten in der Nachbarschaft die Haare geschnitten, um mir etwas dazuzuverdienen. Ich bin vielleicht nicht Vidal Sassoon oder so, aber ich kann dich Zottel in einen funkelnden Diamanten verwandeln.«
So ärgerlich das auch sein mag, ich weiß, dass sie recht hat. Ich muss vernünftig aussehen, wenn ich die Aktion mit der Crest-Gala durchziehen will, aber mehr noch wünsche ich mir

eine Veränderung. Ich laufe so rum, seit ich achtzehn war, und es fühlt sich an, als wäre jetzt der richtige Zeitpunkt, mich weiterzuentwickeln. Scheiße, ich bin fünfundzwanzig. Ich sollte endlich wie ein erwachsener Mann aussehen und nicht wie ein zugewucherter Geek.

Und außerdem, seit Schnösel-Eric mir gesagt hat, ich sei nicht poliert, fühle ich mich eh nicht mehr ganz wohl in meiner Haut. Vielleicht hilft mir eine neue Frisur dabei, mich wieder besser zu fühlen.

»Eden … Ich fasse es nicht, dass ich es tatsächlich ausspreche: Willst du mich umstylen?«

Sie strahlt und vollführt ein seltsames Tänzchen. »Juhu, ein Traum wird wahr. Kann ich bitte irgendeinen Achtzigerjahre-Power-Umstyling-Song auflegen?«

»Alles, nur nicht *Eye of the Tiger*. Das habe ich mir beim Boxtraining übergehört.«

»Geht klar.«

Sie lässt meine Tasche auf meinen Schreibtisch fallen und schleift mich ins Bad. Dort kramt sie in der Papiertüte herum und holt eine beeindruckende Sammlung von Haarstyling- und Rasierprodukten sowie eine vollständige Friseurausstattung heraus.

»Wo hast du das alles her?«

»Aus unserer Kosmetikabteilung. Es ist unglaublich, wie viele Gratisprodukte unsere Ladys geschickt bekommen.« Sie hält eine scharf aussehende Schere hoch, schnippt ein paarmal damit und schaltet dann *The Final Countdown* an.

»Okay … Zieh dein Shirt aus und setzt dich auf die Toilette. Jetzt wird der Pudel rasiert.«

Vierzig Minuten später starrt mich ein Fremder aus dem Spiegel an.

»Heilige Scheiße!«

Eden sieht noch schockierter aus als ich. »Das kannst du laut sagen, mein Freund. Du bist heiß. Und nicht bloß verschroben-heiß. Unter all dieser Gesichtsbehaarung und dem schlimmsten Haarschnitt, den ich jemals gesehen habe, versteckt sich tatsächlich ein wahnsinnig gut aussehender Typ.«

Sie hat mir die Haare nicht nur geschnitten, sondern auch frisiert, und ich kann zweifelsfrei behaupten, dass ich zum allerersten Mal Haargel in meinen dunkelblonden Locken habe. Sie sind am Oberkopf lang und glatt nach hinten gekämmt. Im Nacken und an den Seiten sind sie so kurz, wie sie nicht mehr waren, nachdem ich mit fünf Jahren Moms Enthaarungscreme gefunden habe. Sie sind immer noch ein wenig wellig, aber eindeutig gebändigt.

Sie hat sogar meinen Bart gestutzt und mich dann rasiert. Seit fast zehn Jahren hatte ich kein haarloses Gesicht mehr. Es ist seltsam, meine Kieferpartie zu sehen. Sie scheint etwas markanter geworden zu sein, seit ich sie das letzte Mal gesehen habe, oder vielleicht ist es auch schon so lange her, dass ich vergessen habe, wie sie aussieht.

Ich drehe mich hin und her und versuche, mich an mein neues Aussehen zu gewöhnen. Es wird eine Weile dauern.

»Ach, Moment, eins noch.« Sie nimmt eine Pinzette von der Ablage. »Setz dich noch mal, Großer. Damit ich rankomme.«

Ich setze mich auf den Toilettendeckel. »Woran?«

Sie biegt meinen Kopf zurück und macht sich über meine Augenbrauen her. »Diese Schlingel. Das wollte ich schon seit *Jahren*.«

»Au. Shit! Das tut weh.« Sie rupft weiter einzelne Härchen aus und ignoriert meinen Protest.

»Psst. Das sind nur ein paar Härchen. Sei froh, dass ich kein Wachs benutze, dann würdest du schreien.«

Nach einer Minute streicht sie mir mit einem Finger über die Brauen und tritt einen Schritt zurück.

»Jetzt kannst du dich auf einer Crest-Party blicken lassen. Du bist ein perfektes, geschniegeltes Prachtexemplar.« Sie formt einen Ring aus Daumen und Zeigefinger und drückt ihn sich an die Lippen, und ich lasse den Kopf sinken und lache leise.

»Oh, warte mal ... was zum Teufel?« Sie beugt sich ein wenig vor, bis sie mit mir auf einer Höhe ist. »Mach das noch mal.«

»Was?«

»Lachen.«

»Wieso?«

»Ich möchte bloß was sehen.«

»Ich kann nicht auf Kommando lachen. Sag was Lustiges.«

»Ich bin der unaufdringlichste Mensch, den du kennst.«

Okay, darüber muss ich immerhin grinsen.

»Toby! Du hast bezaubernde Grübchen. Wieso erfahre ich das erst jetzt?«

Ich zucke mit den Schultern. »Weil meine bezaubernden Grübchen niemanden etwas angehen?«

Ich stehe wieder auf und schaue in den Spiegel. Wer ist bloß dieser gepflegte, gut aussehende junge Mann? Ein Teil von mir fragt sich, ob er Joanna gefallen wird, aber ein anderer Teil ermahnt mich, dass das heute Abend meine letzte Sorge sein sollte.

»Okay«, sagt Eden und räumt auf. »Mein Job ist erledigt. Jetzt geh nach Hause und mach dich fertig, und ich fahre schon mal zum Saal und helfe bei den letzten Vorbereitungen. Bist du auf deine Rede vorbereitet?«

»So gut es geht, denke ich.« Jo und ich haben den ganzen Tag geprobt, und jedes Mal hätte ich mich am liebsten übergeben. Da ich dem Drang widerstanden habe, stehen die Chancen vielleicht ganz gut, dass alles glatt laufen wird.

»Danke für alles, gute Fee«, sage ich zu Eden und gebe ihr einen Kuss auf die Schläfe. »Wir sehen uns später.«

»Und wie, Doctor Love.«

Und clever, wie sie ist, verschwindet sie zur Tür hinaus, ehe ich ihr dafür einen Klaps verpassen kann.

22. KAPITEL

Achtung: Heißer Geek

Als ich das Four Seasons Hotel betrete, zupfe ich am Kragen meines Hemdes und hoffe bei Gott, dass es mich nicht umbringt, bevor der Abend vorbei ist. Der Anzug passt zweifellos wie angegossen, aber durch meine extreme Nervosität ist mein Kehlkopf seit der Anprobe um drei Größen gewachsen, und jedes Mal, wenn ich schlucke, befürchte ich, ich könnte ersticken.

Als ich mich durch die Menge vor dem Ballsaal schlängele, starren mich so viele Leute an, dass ich langsam paranoid werde. Und mit Leuten meine ich Frauen. Zwei Blondinen beobachten mich, und ich höre, wie eine der anderen zuflüstert: »Oh mein Gott, sieh ihn dir an. Den würde ich definitiv nicht von der Bettkante stoßen.«

Komisch, das höre ich zum ersten Mal.

Schon erstaunlich, was ein Haarschnitt und ein schicker Anzug ausmachen.

Eine Frau in einer anderen Gruppe zeigt auf mich und sagt: »Meinst du, das ist Professor Feelgood? Der soll heute Abend auch hier sein.«

»Oh mein Gott. Das könnte er sein. Geh und frag ihn.«

»Nein, geh du.«

Ich schüttele den Kopf und gehe weiter. Mir kommt es so vor, als wäre Professor Feelgood gerade in aller Munde. Gestern auf der Arbeit kam ich in den Pausenraum, und fünf meiner Kolleginnen waren um ein iPad versammelt, beglotzten Bilder eines halb nackten Mannes und lasen Liebeskummer-Gedichte. Aus ihrem Gespräch schloss ich, dass sie alle Fans dieses Typen waren und sich freuten, dass er einen großen Buchvertrag bekommen hat.

Das ist sicher schön für ihn, aber mal ehrlich, der Name ist mindestens genauso bescheuert wie Doctor Love.

Ich zupfe wieder an meinem Kragen und weiche einer Gruppe Frauen aus, die unerwartet stehen bleibt.

»Entschuldigt mich, Ladys.«

»Jederzeit, Hübscher.«

Das ist so bizarr. Ich bin mir nicht sicher, ob ich dieses Umstyling über mich ergehen lassen hätte, wenn mir klar gewesen wäre, dass ich damit so viel Aufmerksamkeit errege. Ich halte mich lieber im Hintergrund, als eine Hauptrolle zu spielen. Aber wenigstens lenken mich die Reaktionen von meiner Nervosität ab.

Als ich den Ballsaal erreiche, drängen sich vor dem roten Teppich von Romance Central schon die Fotografen und Journalisten. B-Promis lassen sich fotografieren, und ich bin froh, dass ich wenigstens dieser Tortur entkommen und direkt zum Empfangstisch gehen kann.

»Guten Abend, Sir.« Ming-Lee lächelt, als ich näher komme. »Willkommen zum Launch der HEA-App. Dürfte ich Ihren Namen erfahren?«

»Ming, ich bin's.«

Sie sieht mich direkt an, braucht aber trotzdem gute fünf Sekunden, bis sie mich erkennt.

»Toby? Heilige Scheiße.«

Als sie sich wieder gefasst hat, taucht Raj auf, der genauso nervös aussieht, wie ich mich fühle.

»Tut mir leid, dass ich störe, Ming. Aber hast du T-Man gesehen? Wir haben da ein kleines Serverproblem, und ich brauche seine Hilfe.«

»Raj, ich stehe vor dir.«

Wie in einer schlechten Komödie muss er zweimal hinschauen. »Äh … was? Nein! Oh Shit! T-Man?«

Frustriert werfe ich die Hände in die Luft. »Ich hatte einen Haarschnitt und eine Rasur, keine Gesichtstransplantation, verdammt.«

Raj sieht entsetzt aus. »Aber … heilige Scheiße, Boss, du bist … du bist eine Zehn. Und ich habe die ganze Zeit gedacht, du wärst eine Sieben wie ich.«

Ming-Lee nickt langsam. »Ich auch. Aber nein. Eine Zehn, eindeutig.«

Ich wische mir über den Mund und wundere mich sofort über die fehlende Gesichtsbehaarung.

»Okay, langsam wird es lächerlich.«

Ich will Raj gerade nach dem Serverproblem fragen, als Jackie neben mir auftaucht, die in ihrem schwarzen Etuikleid umwerfend aussieht. »Hi, ich glaube, wir kennen uns noch nicht. Ich bin Jackie Skachi von *Pulse.* Und Sie …?«

Ich schüttele den Kopf. »Scheiße, ich brauche einen Drink.«

»Oh mein Gott, Toby?!«

Ich lasse Jackie staunend stehen, während ich Raj mit einer Geste auffordere, mir zu folgen. »Wo ist das Technikzentrum?«

»Backstage.«

»Hol mir einen extra starken Drink, wir treffen uns dort. Ich kümmere mich um den Serverfehler.«

Ich marschiere durch den Saal, in dem eine riesige durch schwarze Vorhänge verhüllte Bühne aufgebaut ist, und mit jedem Schritt steigt meine Anspannung. In knapp einer Stunde werde ich dort oben stehen und zu einem Saal voller New Yorker Promis sprechen. Was würde ich jetzt für ein paar starke Beruhigungstabletten geben.

Ich gehe zur rechten Seite der Bühne und schlüpfe durch den Vorhang. Auf einem langen Tisch sind mehrere Computer aufgereiht. »Okay, mal schauen, was hier los ist.« Sobald ich vor einem der Rechner sitze, wird meine Angst weniger. Ich weiß vielleicht nicht, wie man einen Smoking trägt, auf Komplimente reagiert oder eine Rede hält, aber Programmieren kann ich im Schlaf, und mich auf etwas zu konzentrieren, was ich gut kann, hilft mir gerade sehr.

»Hey, Kumpel! Finger weg!« Dyson steuert mit dem Schwung eines arktischen Eisbrechers auf mich zu. »Dieser Bereich ist nur für autorisiertes Personal!«

»Dyson, ich bin's.«

Kurz davor, mich aus meinem Stuhl zu heben, hält er inne. »Verdammt, Toby?« Er legt mir seine Pranke auf die Schulter. »Du siehst gut aus, Kumpel. Wow!«

Ich schüttele den Kopf und arbeite weiter. »Man könnte meinen, ihr Hinterwäldler hättet noch nie einen frisch rasierten Mann gesehen. Meine Güte.«

Er beugt sich vor, als hätte er ein Tier im Zoo vor sich. »Es ist nur … du siehst total anders aus. So schick, verstehst du?«

»Ihr glaubt wohl, das wäre ein Kompliment, aber ich höre nur: ›Wow, vorher sahst du echt mies aus, jetzt nicht mehr.‹«

Dyson lacht. »So ist es nicht. Aber so viel Klasse sind wir von dir einfach nicht gewohnt.«

»Tja, mal sehen, ob das so bleibt.« Wenigstens bestätigt dieser ganze Unsinn, dass ich kultiviert aussehe, und im Hinblick auf meine spätere Mission ist das sicher gut.

»Okay. Ich bin fertig.« Als ich aufstehe, kommt Raj mit meinem Drink. »Raj, behalte die Traffic-Statistiken im Auge, wenn die Leute anfangen, die App zu benutzen. Die WLAN-

Verstärker sollen online bleiben, damit die Verbindung nicht zu langsam wird.«

»Klar, Boss. Bin schon dabei.«

Raj übernimmt, als ich einen großen Schluck von meinem Getränk nehme.

»Oh Shit«, röchle ich und huste, weil es brennt. »Raj, ist das purer Whisky? Kein Longdrink?«

»Ja, Mann, die Getränke sind frei. Die Jungs erfüllen dir jeden Wunsch.«

»Scheiße.« Ich nicke und stelle das Glas ab. »Gut zu wissen.« Ich räuspere mich, um meine Stimme wiederzubekommen. »Okay. Sieh zu, dass Darnell und Charles die Bio-Flex-Aufkleber verteilen, und sag mir Bescheid, falls es irgendwelche Probleme gibt. Bin gleich wieder da.«

Ich weiß nicht, ob Joanna schon angekommen ist, aber ich möchte unbedingt nach ihr suchen. Im Moment fühle ich mich wie ein winziges Boot, das in einem riesigen Meer von Ängsten umhergetrieben wird, und ich habe gelernt, dass Joanna mich beruhigen kann, egal wie heftig meine Gefühle außer Kontrolle geraten sind.

Ich gehe zurück in den Saal und stelle mich neben die Bühne, um die Menge zu beobachten. Langsam füllt es sich, und ich freue mich, dass ein ständiger Strom von Singles zu unseren Terminals kommt, um mit den Gastbetreuern zu plaudern. Einige Gäste haben schon an Tests teilgenommen, aber Hunderte weitere werden die App heute Abend zum ersten Mal ausprobieren, und ich bete, dass wenigstens einige das Event mit ihrem perfekten Partner verlassen.

»Tobes!« Ich drehe mich um, und Max und Eden kommen auf mich zu. Max klopft mir auf den Oberarm. »Wow, Toby, du siehst …«

»Ja, ja, ich weiß, ich sehe hinreißend aus.«

Er lacht. »Na ja, so wollte ich es nicht ausdrücken, aber … ja. Sehr gut.«

»Was hab ich dir gesagt?« Eden wirkt mehr als nur ein bisschen zufrieden mit ihrer Arbeit. »Ich bin ein Umstyling-Genie.«

Max lacht und reicht mir einen Zettel mit dem Ablaufplan. »Nur für den Fall, dass du kein Exemplar bekommen hast. Ich übernehme Begrüßung und Einleitung. Dann amüsieren wir uns mit ein paar Ladys aus dem Publikum und einem prominenten Junggesellen. Danach kommt deine technische Präsentation. Klingt das gut?«

»Ungefähr so gut wie öffentlich die Hosen runterzulassen, aber sicher. Ich krieg das schon hin.«

»Super.«

Wir stehen eine Weile herum und beobachten die Partygäste. Auch wenn niemand etwas sagt, spüre ich die kollektive Erfüllung, weil wir das alles auf die Beine gestellt haben. Wir müssen abwarten, ob die App ein Erfolg wird, aber so weit gekommen zu sein ist gigantisch.

Ein Kellner kommt vorbei, und Eden und Max nehmen sich je ein Glas, doch ich winke ab. Meine Kehle hat sich immer noch nicht von dem Whisky erholt.

»Steht der Plan für Operation Crest-Crash?«

Ich nicke. »Sieht so aus. Joanna hat alles vorbereitet. Hast du sie gesehen?«

»Nein, aber sie kommt sicher bald.« Eden zeigt auf eine Rothaarige in der Nähe. »Oh, Tobes. Das ist Gloria De Luca von *The Technophile.* Sie brennt darauf, einen Artikel über dich zu schreiben. Die anderen beiden sind Tech-Blogger von *Vulture* und *The Atlantic.* Du solltest dich unter die Leute mischen.«

Ich zupfe an meinem Kragen. »Muss ich? Du weißt doch, wie sehr ich Menschen hasse.«

Sie gibt mir einen kleinen Schubs. »Ich weiß, aber in den nächsten Wochen muss dein äußerer Introvertierter deinen inneren Extrovertierten umarmen. Außerdem würde es dich von deiner Rede ablenken.«

Ich seufze und klaue mir ihr Glas Champagner. »Gut.« Zur Beruhigung trinke ich einen großen Schluck. Dann gebe ich ihr das Glas zurück.

»Du schaffst das, Tobes.«

»Ja, ja.« Ich streiche mir den Anzug glatt. »Du kennst ja die Redewendung: Was dich nicht umbringt, lässt dich auf Partys seltsam wirken.« Ich atme tief ein und gehe auf die Gruppe zu.

»Guten Abend, allerseits. Ich bin Toby Jenner, leitender Programmierer der HEA-App. Wenn Sie Fragen haben, nur raus damit.«

Zwanzig Minuten später bin ich wie jeder anständige Introvertierte völlig ausgelaugt vom Small Talk mit Fremden. Abgesehen davon, dass ich so viele Technikjournalisten angesprochen habe, wie ich finden konnte, habe ich auch Asha und ihren neuen Autor getroffen, der überraschenderweise Professor Feelgood ist. Er scheint ein netter Kerl zu sein, und ich hoffe, dass er und Asha ein gutes Buch auf die Beine stellen.

Der Countdown für den offiziellen Teil der Veranstaltung läuft, und mit jeder Minute steigt meine Anspannung. Ich stehe neben der Bühne und gehe im Geiste noch einmal meine Rede durch. Verdammt, ich hätte mehr üben sollen, oder noch besser: Ich hätte es Raj machen lassen sollen. Er weiß fast so viel wie ich über die App und hat kein Problem mit seinem Selbstvertrauen.

Gedankenverloren scanne ich die Menge und murmele die Rede vor mich hin, da landet mein Blick auf einer Göttin in Gold.

Ach … du … lieber … Himmel.

Ein paar Meter entfernt unterhält sich Joanna mit einem Typen. Sie trägt ein Kleid, das so sexy ist, dass es verboten werden sollte. Das Oberteil wirkt wie aufgemalt, und der Rock ist geschlitzt und präsentiert ein perfektes, glattes und durchtrainiertes Bein. Mir läuft das Wasser im Mund zusammen.

»Gott, warum?«, murmele ich vor mich hin, nachdem ich einige Male geschluckt habe. »Womit habe ich dich so verärgert, dass du sie in diesem Kleid hierher schickst?«

Ich atme tief durch und versuche, mein rasendes Herz zu beruhigen, aber als sie in meine Richtung blickt, stockt mir der Atem. Erst schaut sie mich nur an, doch als sie mich erkennt, verändert sich ihre Miene. Ihr Lächeln verschwindet, ihre Augen weiten sich, und sie mustert mich von oben bis unten. Kurz scheint es, als würden Schock und Ehrfurcht um die Vorherrschaft kämpfen, dann entscheidet sie sich für einen durchdringenden Blick und kommt auf mich zu.

Ich möchte lächeln, schaffe es aber nicht. Es macht mich fertig, sie wie einen sexy goldenen Panther laufen zu sehen. Ich komme mir vor, als wäre ich in einem Kraftfeld gefangen. Ich habe keine Ahnung, was mit der Zeit passiert, aber zu einem Barry-White-Song kommt sie wie in Zeitlupe auf mich zu, und ich stehe mit offenem Mund und wahrscheinlich sabbernd da.

Direkt vor mir bleibt sie stehen, und je länger sie mich anstarrt, desto wütender wirkt sie. Sie klappt den Mund auf und zu wie ein Fisch auf dem Trockenen und schafft es erst nach einer Weile, etwas zu sagen.

»Du … Gott … ich meine …« Sie kneift die Augen zusammen, und als sie sie wieder öffnet, lodert ihr Blick. »Was ist mit dir passiert, Toby?«

Mich verwirrt, dass sie so zornig ist. »Was?«

»Was meinst du mit ›Was‹? Das hier!« Sie deutet auf mich. »Das alles! Was soll das?«

Ich blicke an mir hinab, um zu schauen, ob mein Hosenstall offen ist oder ich Hundescheiße an den Schuhen habe, aber nein. An meinem Outfit gibt es nichts auszusetzen.

»Jo, ich trage den Smoking, den du organisiert hast. Wo ist das Problem?«

»Oh nein«, faucht sie und kommt näher. »Den Anzug meine ich nicht, obwohl der mich auch ärgert. Ich rede von …« Sie deutet wieder auf mich, als würde das irgendetwas erklären. »Das!«

»Ich weiß nicht, was du meinst.«

»Willst du mich für dumm verkaufen?« Sie wedelt anklagend mit dem Zeigefinger. »Du weißt, was du getan hast.«

»Nein, keine Ahnung, ehrlich.«

Sie lacht bitter. »Deine Haare, okay? Deine Kinnpartie. Dass du mir heute Abend deine verdammten *Grübchen* aufzwingen musstest … *in aller Öffentlichkeit!*« Sie sammelt sich kurz, und als sie fortfährt, spricht sie leiser, aber nicht weniger eindringlich. »Ich habe mir so viel Mühe gegeben, über deine Attraktivität hinwegzusehen, Toby, und dann machst du so etwas? Wie kannst du es wagen?«

Ich fange an zu lachen, weil ich annehme, dass sie mich auf den Arm nimmt, aber sie schaut nur noch wütender.

»Meinst du das ernst?«

»Aber natürlich! Ich bin eine sehr starke Frau. Das musste ich im Laufe der Jahre auch sein, und ich bin felsenfest davon überzeugt, dass ich fast alles schaffe, was ich mir vornehme. Aber als ich hierhergekommen bin, habe ich deine normale Version erwartet. Die Version, gegen die ich mich seit unserer ersten Begegnung abgehärtet habe. Die Version, die ihr gutes Aussehen verbirgt und sich fast schämt, sexy zu sein. Aber jetzt? Du stellst es vor aller Augen zur Schau, wie ein schamloser Männer-Bissen?« Sie vollführt mit dem Finger einen Kreis vor meinem Gesicht. »Das ist unfair. Und egoistisch. Und …« Sie seufzt. »Warum tust du mir das an?«

»Jo, ich habe mich schick gemacht. Auch wenn es neu und interessant ist, so eine große Sache ist es auch wieder nicht.«

»Nein, Toby, du verstehst das nicht. Ich habe heute Abend schon mit mehreren Typen eine richtig gute Übereinstimmung, weißt du?«

»Okay.« *Diese Vorstellung verabscheue ich mit heftiger Leidenschaft, aber was soll's.* »Schön für dich.«

»Ich weiß. Ich sollte alles tun, um jemanden zu finden, dessen Kompatibilitätswert nicht so unterirdisch ist, wie Hades' Kellertoilette. Und siehst du den Typen da drüben?« Sie zeigt auf den gut aussehenden Blonden, mit dem sie vorhin gesprochen hat. »Willst du wissen, wie hoch unsere Übereinstimmung ist?«

Ich will noch nicht einmal raten. »Mehr als sieben Prozent?«

»Nicht mal annähernd. Wir liegen bei zweiundneunzig Prozent, Toby. Eine Zweiundneunzig! Du hast mich davon überzeugt, deiner App noch eine Chance zu geben, und ich habe auf dich gehört, weil ich dich zufällig für brillant halte. Und dann, juhu! Der erste Kerl, mit dem ich es versuche, ist ein richtiger Jackpot.«

Ich möchte ihn an einer Autobahnraststätte aussetzen.

»Ich freue mich, dass du endlich den Jackpot geknackt hast.« Ich schaffe es nicht, den Sarkasmus in meiner Stimme zu unterdrücken. »Er sieht aus, als wäre er in einem teutonischen Klonlabor entstanden, er wird also bestimmt all deine Bedürfnisse erfüllen. Das ist doch schön.«

»Nein! Nicht schön, denn so attraktiv er auch ist und so sehr ich mich auch zu ihm hingezogen fühle, auf einmal tauchst du auf und siehst so aus.« Sie deutet ein weiteres Mal auf mich, und auch wenn ihre Worte wie Komplimente klingen, durch die Art, wie sie sie sagt, komme ich mir vor wie ein Scheißkerl.

»Jo, ich hab's kapiert. Du bist stinksauer. Was soll ich denn jetzt machen? Mir spontan die Haare wachsen lassen?«

Verwirrt schüttelt sie den Kopf. »Ich möchte, dass du mit allem aufhörst. Hör auf, lustig, fürsorglich und klug zu sein. Hör auf, heiß und gut aussehend und urkomisch zu sein. Das nervt.«

Mit einem Mal irrational wütend balle ich die Fäuste. »Gut, dito, und bei dir sogar immer einmal mehr.«

Ich weiß nicht, ob ihr wahnsinnig gutes Aussehen oder der stressige Abend mein sonst so ausgeglichenes Temperament überschäumen lässt, aber plötzlich habe ich genug vom Nettsein.

Ich gehe auf sie zu und senke die Stimme. »Du meinst also, es sei ›nervig‹, Joanna? Schön. Du bist in mein Leben hineingerast wie ein beschissener Güterzug, und selbst als klar war, dass wir uns voneinander fernhalten sollten, hast du dafür gesorgt, dass wir Freunde wurden. Und dann hattest du die Nerven, mir das Gefühl zu geben, dass mich zum ersten Mal in meinem Leben jemand richtig kennt, und zwar nicht nur das, was ich zeigen wollte. Als ich am Tiefpunkt war … als mein Leben am seidenen Faden hing und ich kaum noch jemandem in die Augen sehen konnte, weil ich wohnungslos und gedemütigt war und in Schulden ertrank, hast du mich in dein magisches Penthouse geschleift und mir ein Zimmer angeboten, das nicht perfekter sein könnte, wenn ich selbst es entworfen hätte.«

Ich schüttele frustriert den Kopf. »Aber du findest es nervig, dich zu mir hingezogen zu fühlen, weil ich nicht länger wie ein mongolisches Berg-Yak aussehe? Heul doch. Es ist schön, dass du dich meiner Attraktivität gegenüber abhärten konntest. Ich freue mich für dich. Wie ist das denn so? Denn egal, wie viel Zeit ich mit dir verbringe, wie du die Haare trägst oder was du anziehst: Du machst mich fertig, Joanna. Jedes Mal, wenn ich dich sehe. Jeden verdammten Tag auf tausend verschiedene Arten.« Ich beuge mich vor, bis wir auf Augenhöhe sind. »Du willst wissen, was nervig ist? Nun, Lady, *das ist nervig.*«

Wir fechten ein Blickduell aus, und ausnahmsweise will keiner von uns als Erster aufgeben.

Ich blicke auf sie hinab und bemerke ihr trotzig erhobenes Kinn. »Hast du nicht ein konventionell gut aussehendes Date, zu dem du zurückkehren musst?«

»Doch, habe ich. Musst du dich nicht auf eine superwichtige Rede vorbereiten?«

»Leider ja.«

Neben uns räuspert sich jemand, und als ich mich umdrehe, steht Raj lächelnd neben uns, mit einer Tüte Jellybeans in der Hand.

»Was geht ab, ihr schönen Menschen? Streitet ihr euch etwa?« Er streckt uns die Tüte entgegen. »Wollt ihr? Die sind köstlich.«

Ich löse mich aus Jos Kraftfeld und atme tief durch. »Nein, danke, Raj.«

Jo tritt ebenfalls einen Schritt zurück und blickt zu Boden. »Für mich auch nicht, danke.«

»Ach, kommt schon«, drängt Raj und schüttelt die Tüte. »Nur eine. Ihr beiden wirkt viel zu angespannt, wenn man bedenkt, wie heiß ihr ausseht.« Er schüttelt wieder die Tüte. »Mit Zauberbohnen wird alles besser.«

Ich seufze und nehme zähneknirschend eine, nur um ihn loszuwerden. »Danke, Raj.«

Jo nimmt auch eine, und wir stecken sie uns gleichzeitig in den Mund.

»Lecker, was?« Raj zieht die Augenbrauen hoch.

Ich nicke und kaue. »Ja. Sehr … süß.«

»Meine schmeckt nach Zitrone«, sagt Jo und murmelt dann: »Ich liebe Zitrone.«

Raj nickt und lächelt, als hätte er gerade den Nahostkonflikt gelöst. »Was habe ich gesagt? Ihr fühlt euch gleich besser, stimmt's?«

Seltsamerweise ja. Ich weiß nicht, warum, aber meine Wut schmilzt dahin. Vielleicht war ich nur so sauer, weil mein Blutzucker zu niedrig war.

»Ich gebe es nur ungern zu, aber ja, Raj. Es geht mir schon besser. Kann ich noch eine haben?«

Aber zu meiner Überraschung schüttelt er energisch den Kopf und zieht die Tüte weg. »Ach, besser nicht. Sie sind zwar nicht superstark, aber du hast heute Abend noch einen Job zu erledigen. Ich kann nicht verantworten, dass du total high bist und so.«

Ich schlucke, bevor mir klar wird, was er da gesagt hat. »Raj, sag mir nicht, dass ich gerade eine Hasch-Jellybean gegessen habe.«

Er schiebt sich noch eine in den Mund und lächelt. »Okay, dann sage ich es dir nicht.«

»Aber es stimmt?«

»Ja. Sie sind sehr mild. Nur zur Beruhigung.«

Joanna und ich sehen uns an und prusten los.

»Seht ihr?«, sagt Raj. »Ihr habt in Rekordzeit von ›grrrr‹ auf ›hihihi‹ geschaltet! Gern geschehen.« Er beugt sich zu mir und zeigt auf meine Wange. »Geile Grübchen, übrigens, Alter. Spitzenmäßig.« Er hält mir seine Faust hin, damit ich mit meiner dagegenhaue.

Ich verkneife mir das Lachen und schüttele den Kopf. »Kein Fistbump für meine Grübchen, Raj.«

»Solltest du aber. Sie sind echt niedlich. Stimmt's Joanna?« Er hält ihr die Faust hin, und sie stößt widerwillig mit ihrer dagegen.

»Nervig niedlich, ja.«

Raj nickt und verbeugt sich kunstvoll. »Okay, mein König, meine Königin, ich bin dann mal weg, um anderen müden Seelen Freude zu bereiten.«

»Raj, du darfst niemandem ohne sein Wissen Drogen geben. Das ist höchst illegal.«

»*No problemo,* Boss. Ich setze nur meine Freunde unter Drogen. Oh, da ist Eden. Bis später, meine Süßen.«

Er geht, und Jo und ich sehen uns verlegen an, weil uns unser Verhalten peinlich ist.

»Na, das war ja was.« Ich reibe mir den Nacken. »Tut mir leid, dass ich so ausgeflippt bin.«

Sie fummelt an ihrer Halskette herum. »Nein, ich habe angefangen.« Sie blinzelt. »Eigentlich hat es damit angefangen, dass du so gut aussiehst, aber egal. Tut mir leid, dass ich dir so ins Gesicht gesprungen bin.«

Ich trete näher, will ihre Hand ergreifen, unterdrücke den Impuls aber wie ein Champion. »Jo, im Ernst … lag das nur daran, dass ich mich rasiert und mir die Haare geschnitten habe?«

Sie sieht mich vielsagend an. »Könnte sein. Hast du dich nicht gesehen?«

»Lenk nicht ab. Da gibt es doch noch etwas.«

Sie starrt auf meine Brust. »Da ist nichts, wirklich. Mir geht's gut.«

»Blödsinn. Zwing mich nicht, meine Grübchen einzusetzen, denn ich werde nicht davor zurückschrecken.«

Sie streicht sich ihr Kleid glatt und holt tief Luft. Sie sieht mir nicht in die Augen, aber zumindest ist sie ruhiger.

»Wusstest du, dass heute Abend qualifizierte Therapeuten hier sind?«

»Ja. Das ist noch etwas, das uns von anderen Apps unterscheidet. Wir haben eine spezielle Beratungsstelle, bei der man herausfinden kann, ob man bei der Suche nach Liebe innere Hürden überwinden muss.«

»Aha, und ich finde, das ist eine gute Sache, aber ich habe gerade mit einer von ihnen über meine früheren Beziehungen geredet. Ich wollte herausfinden, was dabei schiefgelaufen ist. Warum es so schwer für mich ist, den richtigen Mann zu finden.«

»Und, konnte sie dir helfen?«

»Das kann man wohl sagen.« Sie blickt auf ihre Handtasche hinab. »Denkst du, du sabotierst dich selbst? Also in Bezug auf die Liebe?«

Ich halte kurz inne und überlege. »Ich glaube nicht, aber wenn mir bewusst wäre, dass ich es vermassle, würde ich einen Weg finden, um damit aufzuhören, oder?«

Sie lacht bitter auf. »Ja, das sollte man meinen.«

»Hat sie gesagt, dass du dich sabotierst?«

»Nicht direkt, aber sie hat mich gefragt, ob ich wüsste, wie es einigen meiner Ex-Freunde geht. Ob sie immer noch von Beziehung zu Beziehung hüpfen oder fest liiert sind.«

»Und?«

»Diejenigen, mit denen ich noch Kontakt habe, sind alle in langjährigen Beziehungen. Das heißt wohl, dass es an mir lag, wenn es nicht geklappt hat.«

»Und was hältst du von dieser Einschätzung?«

Sie schaut zu den Leuten hinüber, die sich um die Teststation tummeln. »Ich weiß es nicht. Es ist ein sehr seltsamer

Abend.« Sie sieht mich an. Und ich erkenne echte Angst in ihren Augen. »Abgesehen von dem, was sie gesagt hat, bin ich wohl auch ein bisschen nervös wegen der Crest-Sache.«

»Ein bisschen?«

»Gut, sehr.« Sie atmet einmal tief durch. »Ich habe diese Woche all meine Zeit darauf verwendet, dass alle um mich herum unterstützt werden – du, Asha, Eden, Max. Ganz zu schweigen davon, dass ich mich um die Ehrengäste gekümmert habe, und dann … ich weiß nicht. Alles, was heute Abend passiert, hat sich angeschlichen und mir in den Magen getreten.«

»Befürchtest du, dass wir geschnappt werden?«

Sie durchsucht ihre Clutch nach ihrem Smartphone. »Natürlich nicht. Einen weiteren Eintrag in meinem Vorstrafenregister kann ich wirklich nicht gebrauchen.«

»Einen weiteren?«

»Das ist eine lange Geschichte.« Nachdem sie auf das Display geschaut hat, atmet sie noch einmal tief ein und lässt den Kopf kreisen. »Das wird schon. Für etwas anderes habe ich auch gar keine Zeit. Ich bin einfach froh, wenn es vorbei ist.« Sie blickt wieder auf ihr Handy, und im schwachen Licht blinkt ihr Bio-Flex-Aufkleber.

Ich zeige darauf. »Du hast deinen Aufkleber? Super.« Ich hole mein Handy hervor und zeige es ihr. »Ich auch.«

Sie sieht ihn sich kurz an. »Toby, nur so aus Neugier, wie sehr würde sich unser Kompatibilitätswert ändern, wenn wir unsere Anziehungskraft dazuzählten?«

Ich schalte mein Handy ein, und der Aufkleber funkelt. »Ich habe keine Ahnung. Das könnte sich positiv auswirken, aber inwieweit …« Ich zucke mit den Schultern. »Du könntest mich genauso gut fragen, wie man ein Spannbettlaken faltet. Ich habe keinen blassen Schimmer.«

Sie tritt einen Schritt vor. »Sollen wir es herausfinden … nur zum Spaß?«

Durch diesen winzigen Schritt rast mein Herz, und mein Blut wird zu Lava. »Hältst du das für eine gute Idee?«

Sie zuckt mit den Schultern. »Eigentlich nicht, aber wir sollten es für unseren Seelenfrieden tun. Meinst du nicht?«

Ich balle die Fäuste und lasse wieder locker. Seit wir das erste Mal über Bio-Flex gesprochen haben, ist mir der Gedanke öfter durch den Kopf gegangen, als ich zählen kann. Aber dann flüsterte eine kleine pessimistische Stimme, dass wir besser aufhören sollten, solange es noch geht. Auch wenn eine starke Anziehungskraft unsere Übereinstimmung verbessern könnte, bezweifle ich, dass wir damit die Fünfzig-Prozent-Marke erreichen, was nützt uns das Wissen also?

»Jo, kennst du den Satz: ›Schlafende Hunde soll man nicht wecken‹?«

»Ja, aber wenn wir es nicht tun, werden wir uns bis in alle Ewigkeit fragen, wie das Ergebnis wohl gewesen wäre, und so will ich nicht leben. Willst du das?«

In ihren Augen sehe ich zarte Hoffnung aufkeimen, sodass ich ihr einfach zustimmen muss.

»Okay. Komm her.« Ich nehme ihren Arm und führe sie hinter die Vorhänge neben der Bühne. Wenn wir das schon tun, dann nicht vor neugierigen Augen.

Sobald wir außer Sichtweite sind, öffnen wir die App und aktivieren den Attraktivitätssensor.

Ich schaue zu ihr hinunter. »Komm ein bisschen näher.«

Sie tritt einen halben Schritt vor. »So?«

Ich lege ihr den Arm um die Taille und ziehe sie ganz an mich heran. »Shit, wenn wir das schon machen, dann richtig.«

Ich halte sie eng an mich gedrückt, und innerhalb kürzester Zeit atmen wir beide flach und abgehackt.

»Halt dein Handy fest, und schau mir in die Augen.« Das mit den Augen ist eigentlich nicht nötig, aber ich nehme alles, was ich kriegen kann.

Wir blicken uns an, und ich streiche ihr über den Rücken, damit ich so viel wie möglich von ihrer seidigen Haut spüren kann. Ihr Mund öffnet sich, und ihr Blick verschleiert sich.

Verdammt, wie gern würde ich sie küssen.

»Toby, kennst du die Drei-Skalen-Theorie?«

»Nein, was soll das sein?«

»Sie besagt, dass jemand, der dein Herz, dein Gehirn und deinen Sexualtrieb stimuliert, wahrscheinlich dein Seelenverwandter ist.«

»Aha. Hört sich nicht sehr wissenschaftlich an.«

»Ist es auch nicht. Aber ich finde es interessant.«

»Und wie schneidet Mr Groß und Blond auf deinen Skalen ab?«

»Bin mir noch nicht sicher.«

»Und ich?«

Sie schluckt, antwortet aber nicht.

Nach einigen Sekunden holt sie keuchend Luft. »Sind wir jetzt fertig? Das ist unerträglich.«

»Nur noch ein paar Sekunden«, sage ich und bemerke gar nicht, dass ich ihr so nahe komme, bis sich unsere Nasen berühren.

»Jo …«

Als unsere Handys pingen, trete ich zögernd zurück, mein Herz klopft wie eine Gruppe japanischer Trommler. Meine Hand zittert, als ich nach unserem Kompatibilitätswert gucke.

»Heilige Scheiße.«

In einem goldenen Kreis steht eine funkelnde Hundert.

Joanna schaut auf ihr Display, dann blickt sie mich an und lacht. »Oh mein Gott.«

»Ja.«

»Hat bei euren Tests schon mal jemand diesen Wert erreicht?«

»Nope. Nicht einmal Eden und Max.«

»Toby …« Sie strahlt, aber ich halte einen Finger hoch, denn so toll das auch ist, es muss unser Schicksal noch lange nicht ändern.

Ich tippe auf die Schaltfläche »Kompatibilität neu berechnen« und halte den Atem an, während sich auf dem Display der Ladekreis dreht. Am Ende erklingt ein munteres Glöckchen, und als unser neues Ergebnis angezeigt wird, beiße ich die Zähne zusammen.

»Toby?«

Ich drehe das Handy um, damit Jo es sehen kann.

Sie runzelt die Stirn. »Was? Nein. Wie kann das sein?«

Das Display blinkt rot. Wir sind nur noch bei fünf Prozent.

Joanna wirft die Hände in die Luft. »Versteh mich nicht falsch, das gilt nur für uns, aber deine App ist Schwachsinn!«

»Wenn ich nicht Tausende von Datensätzen hätte, die deiner Aussage widersprechen, würde ich dir zustimmen.«

Sie schüttelt den Kopf und starrt ins Leere. »Ich glaube, ich rufe beim Guinness-Buch an und lasse mir ein Zertifikat ausstellen, dass all meine Instinkte in Bezug auf Beziehungen falsch waren. Vielleicht hatte die Therapeutin ja recht, und ich sabotiere mich unbewusst selbst.«

»Das wissen wir nicht mit Sicherheit.« Ich beiße die Zähne zusammen. »Aber offensichtlich ist es am besten, wenn wir uns weiter mit anderen treffen, oder?«

Wir sehen uns an, und ich glaube nicht, dass man in diesem Moment auf diesem Planeten einen anderen Mann und eine andere Frau finden kann, die so enttäuscht sind wie wir.

Joanna blinzelt ein paarmal, bevor sie ihr Handy wieder in die Clutch steckt. »Ich suche Asha und schaue, wie es ihr geht.«

»Jo …«

»Wenn sie nicht aufpasst, verliert sie ihren neuen Autor.«

Sie sieht mich nicht an, also umfasse ich ihr Gesicht. »Es tut mir leid. Du weißt nicht, wie sehr.«

Sie schluckt, und die Traurigkeit in ihren Augen tut mir weh.

»Es muss dir nicht leidtun.« Sie setzt ein Lächeln auf. »Es ist sinnlos, sich Gedanken über etwas zu machen, was wir nicht ändern können, oder?«

Sie geht an mir vorbei.

»Ich komme nach deiner Rede zu dir, und dann machen wir uns auf den Weg zu Crest.« Sie dreht sich um und lächelt mich halbherzig an. »Hau sie von den Socken, okay? Du schaffst das.«

Sie wirkt fast wieder so fröhlich wie sonst auch immer, aber ihre kraftlose Haltung spricht eine andere Sprache.

Als sie sich durch die Vorhänge zurück in den Ballsaal schiebt und verschwindet, schlage ich gegen die Wand.

»Shit!«

23. KAPITEL

Gegensätze ziehen sich an

Zu meiner großen Erleichterung – und trotz meiner Aufregung – bringe ich meine Rede ohne Probleme hinter mich. Unter donnerndem Applaus gehe ich ab, verstecke mich aber hinter der Bühne, weil ich heute keine Minute Small Talk mehr ertrage.

Als ich hinter dem Vorhang hervor in den Saal spähe, sehe ich, dass Joanna sich wieder mit ihrem blonden Adonis unterhält.

Scheiß auf den Typen. Ich wette eine Million Dollar, dass ihr Anziehungswert nicht an unseren herankommt.

Ist aber auch egal, flüstert die gehässige kleine Stimme. *Ihm quillt die Kompatibilität quasi aus jeder Pore, und daran kannst du nichts ändern. Du wirst sie nie haben können. Verhalte dich nicht wie eine Gruppe Gaffer bei einem Unfall, und geh verdammt noch mal einfach weiter.*

Ich bin ein Mann der Logik, und ich weiß mit jeder Faser meines Körpers, dass ich Joanna vergessen und sie aus meinem Herzen verbannen sollte, aber so funktionieren Gefühle nun einmal nicht.

Wieso sind wir solche Sklaven unserer Gefühle? Der Kopf weiß, dass es sinnlos ist, aber das Herz gibt einfach nicht auf. Es ist ein störrischer Narr und hört nicht auf, für sie zu schwärmen. Wie ein Soldat bei einem Selbstmordkommando, der in den sicheren Tod marschiert. Wissentlich. Mit Freude. Mit einem verdammten Lächeln auf den Lippen.

Herzschmerz ist das einzige Leid, das wir bewusst suchen und mit offenen Armen empfangen. Aber ich nicht mehr! Ich bin ein Computercrack, und ich werde mein Herz hacken und neu programmieren, weil ich nicht länger so empfinden will.

Ich setze mich auf die Stufen und stütze die Ellenbogen auf die Knie. Ich habe keine Ahnung, wie ich dieses Ziel erreichen soll, aber wahrscheinlich wäre es ein Anfang, die Übelkeit zu besiegen, die mir gerade den Magen durchpflügt.

»Toby?«

Eden kommt durch den Vorhang und stürmt auf mich zu. »Das war fantastisch, alle reden über deine Präsentation. Ein voller Erfolg, Doctor Love.«

»Mann, Eden, hör auf mit dem Namen.« Ich weiß, ich sollte stolz sein auf das, was ich geschafft habe, aber gerade wünsche ich mir nichts mehr, als meine Gefühle zu betäuben.

»Alles okay?«

»Ja, ich muss mich bloß von der Aufregung erholen.« Und schon wieder lüge ich meine beste Freundin an, anstatt zuzugeben, wie schlecht es mir geht. Ich bin so ein Heuchler.

»Einfach tief durchatmen. Du bist ein bisschen blass um die Nase. Jo hat gesagt, dass ihr euch unten trefft. Jetzt ist es wahrscheinlich Zeit, Spion zu spielen, was?«

Ich hole tief Luft und stehe auf. »Ja. Ich hoffe, du hast die Kaution schon mal bereitgelegt.«

Ihr Blick wird ernst. »Toby, ich weiß, das versteht sich von selbst, aber lasst euch bitte nicht erwischen.«

»Habe ich nicht vor.«

»Ich weiß, aber trotzdem …« Sie schaut sich um. »Ich wünschte, ich würde mitkommen, nicht Jo. Immerhin ist es meine Story. Ich sollte das Risiko eingehen.«

»Oh, das tust du«, sage ich. »Sobald die Handschellen zuschnappen, werde ich schreien wie am Spieß: ›Verhaften Sie Eden Tate. Das war ihre Idee.‹«

Sie gibt mir einen Klaps auf den Arm. »Ruf mich an, wenn ihr fertig seid.«

»Auf jeden Fall. Entweder auf dem Rückweg oder aus der Zelle.«

Sie umarmt mich rasch. »Und pass auf Jo auf. Sie wirkt den ganzen Abend schon ein bisschen angespannt.«

Daran bin ich auch nicht ganz unschuldig, aber klar. »Mache ich.«

»Ich weiß nicht, was mit ihr los ist, aber sie sieht nicht gut aus.«

Würde sie mir glauben, wenn ich ihr von unserer Situation erzähle? Und welchen Rat würde sie mir geben? Ich weiß, sie wünscht sich, dass Joanna und ich zusammenkommen, aber wenn sie die harten, wissenschaftlichen Fakten vor sich sähe, würde sie das einzig Richtige tun und mir sagen, dass ich mir Jo aus dem Kopf schlagen soll? Oder würde sie die romantischen Wunschvorstellungen ihrer Schwester übernehmen und mich drängen, meinem irrationalen Herzen zu folgen?

Aber wahrscheinlich spielt das ohnehin keine Rolle, denn ich bin ein Mann der Zahlen und entscheide mich immer für Evidenz statt Instinkt. Es dauert höchstens eine Weile, bis ich mich damit wohlfühle.

»Ihr passiert schon nichts«, sage ich und lächle hoffentlich zuversichtlich. »Ich passe auf sie auf.«

Ich verabschiede mich und vergewissere mich, dass mein Technikteam alles im Griff hat, bevor ich ihnen die Verantwortung übergebe.

»Ruft mich an, wenn ihr mich braucht«, sage ich zu Raj, während ich einen letzten Blick auf den Reportgenerator werfe. »Wenn es sein muss, komme ich später noch einmal zurück.«

»Alles klar, Bossman.«

Ich gebe ihm einen Klaps auf den Rücken und verlasse den Ballsaal, wobei ich so vielen Menschen wie möglich aus dem Weg gehe, ohne unhöflich zu wirken.

»Okay«, sage ich, als ich neben Joanna in die Limo steige. »Auf geht's.«

Wir schweigen während der kurzen Fahrt zum Crest-Condo, und als wir hineingehen, nimmt Joanna zu meiner Überraschung meinen Arm.

»Wir sind angeblich verlobt«, flüstert sie. »Also muss es auch danach aussehen.«

»Benutzen wir unsere richtigen Namen?«

»Ja, es ist leichter, sich die Wahrheit zu merken als eine Lüge. Ich glaube zwar nicht, dass wir mit vielen Leuten reden werden, aber besser, wir sind vorbereitet.«

»Okay, wie habe ich dir den Antrag gemacht?«

»Äh ... ich weiß nicht. Wie würdest du es denn gern machen?«

»Darüber habe ich noch nie nachgedacht ... Vielleicht auf deinem Balkon. Über den Dächern der Stadt. Der Ausblick ist fantastisch.«

»Die Kirschblüten wehten im Wind.«

»Wir hatten ein herrliches Abendessen, und beim Dessert bin ich vor dir auf die Knie gefallen.«

»Natürlich habe ich vor Freunde geweint, weil du im Mondschein so gut ausgesehen hast und ich mein Glück kaum fassen konnte.«

»Ja ... das klingt ... überzeugend.«

»Genau.«

Wir fahren mit der Rolltreppe in den ersten Stock, wo zwei stiernackige Securitymänner vor Marcus Crests privatem Aufzug Wache stehen.

»Bleib cool«, flüstert Joanna. »Überlass mir das Reden.«

»Kein Problem.«

Als wir vor ihnen anhalten, blafft der Kleinere der beiden: »Namen?«

Joanna setzt ihr charmantestes Lächeln auf, und auch wenn es sonst den größten Butterberg zum Schmelzen bringt, verziehen die beiden Typen keine Miene.

»Ich bin Joanna Cassidy, und das ist Toby Jenner.«

Der Kurze wirf einen Blick auf sein iPad. »Cassidy und Jenner. Da sind Sie.« Er drückt auf den Aufzugknopf hinter sich. »Fahren Sie rauf.«

Die goldenen Türen gleiten auf, und wir treten ein. Als sie sich hinter uns wieder schließen, entspannen wir uns ein wenig. »Das fing schon mal gut an. Und jetzt denk dran: Wenn wir in die Wohnung kommen, bahnen wir uns langsam einen Weg durch die Menge in den nördlichen Flur, der zu Crests Arbeitszimmer führt.«

»Gibt es da Kameras?«

»Nein. Es gibt wahrscheinlich überall sonst Dutzende, aber in der Wohnung will Crest keine haben. Aber ich habe dieses kleine Kerlchen dabei, damit wir den Flur vor dem Arbeitszimmer im Blick behalten können.« Sie holt eine kleine Knopflochkamera aus der Handtasche und hält sie hoch.

»Wo hast du die denn her?«

Sie zuckt die Achseln und steckt sie wieder weg. »Im Internet bestellt.«

»Und deine Freundin hat dir den Zugangscode fürs Arbeitszimmer gegeben?«

»Ja, ich hoffe bloß, dass er den seitdem nicht geändert hat.«

Als die Türen aufgehen, hakt sie sich bei mir unter, und wir kommen an weiteren Wachleuten vorbei, als wir Marcus Crests luxuriöses Penthouse betreten.

Ich sehe mich um, völlig von den Socken, wie unangenehm die Atmosphäre hier drin ist. Als hätten eine gotische Kathedrale und Versailles ein hässliches Baby gezeugt, und Marcus Crest hätte sich entschlossen, darin zu wohnen.

Weil wir etwas spät dran sind, wimmelt es hier bereits von Hunderten der reichsten und einflussreichsten New Yorkern. Ich sehe Promis und Filmstars, ein paar Senatoren und mindestens eine Pornodarstellerin.

Ich zupfe an meinem Kragen. »Okay … So ist es also, sich fehl am Platze zu fühlen.«

Joanna drückt meinen Arm. »Schau einfach gelangweilt und ein bisschen genervt. Dann fällst du überhaupt nicht auf.«

Wir schlängeln uns durch die Menschenmenge, und als ein Kellner uns Champagner anbietet, greifen wir zu. Mir entgeht nicht, dass Joanna ihren fast in einem Zug hinunterstürzt. Sie gibt sich distanziert, aber ihre Augen schnellen hin und her im Versuch, so viele Menschen wie möglich im Auge zu behalten.

»Jojo!« Eine ältere Frau berührt sie am Arm, und Joanna zuckt beinahe zusammen.

»Oh, hey, Mary.«

»Dich habe ich hier ja gar nicht erwartet. Du lässt dich hier doch sonst nicht blicken.«

»Nein, aber ich dachte, ich schaue ausnahmsweise mal vorbei.«

Mary mustert mich anerkennend von oben bis unten und schaut dann wieder Jo an. »Und wer ist dieser hübsche junge Mann?«

Jo lässt die Hand an meinem Arm hinabgleiten bis in meine, und ich hole scharf Luft.

»Ähm … das ist mein … ähm … Mann. Mein … Freund. Liebhaber, genau genommen. Toby Jenner. Wir sind … bitte verrate es noch niemandem, aber wir sind verlobt.«

Mary zieht die Augenbrauen hoch. »Ach, das ist ja eine Überraschung.« Sie beugt sich vor und flüstert: »Herzlichen Glückwunsch. Und keine Sorge. Euer Geheimnis ist bei mir sicher.«

»Danke.« Joanna schaut liebevoll zu mir auf. »Ich möchte einfach die Zweisamkeit mit diesem wunderbaren Mann noch so lange wie möglich genießen, bevor es alle wissen. Das verstehst du doch sicher. Und jetzt entschuldige uns bitte, aber ich habe meinem Verlobten versprochen, ihm den van Gogh da drüben zu zeigen. Wir unterhalten uns später weiter.«

Mary winkt uns mit den Fingern wedelnd zu. »Das machen wir.«

Joanna hält meine Hand fest umklammert, während wir uns entfernen.

»Eine Freundin von dir?«

»Nicht wirklich. Eine ehrenamtliche Mitarbeiterin der Kunstgalerie.«

Sie führt mich zur Wand am anderen Ende des Raumes, und tatsächlich, da hängt ein van Gogh.

»Woher wusstest du das?«

Sie schaut sich nervös um. »Das ist allgemein bekannt. Mindestens einmal im Jahr erscheint in irgendeinem Einrichtungsmagazin eine Homestory aus diesem Friedhof des guten Geschmacks. Es ist kein Kunststück, die kleinsten Details herauszufinden.«

Sie trinkt den letzten Schluck Champagner und schnappt sich ein neues Glas, als ein Kellner vorbeikommt. »Wir müssen uns beeilen. In fünfzehn Minuten verkünden sie den Gewinner der stillen Auktion, und dann wird es hier ganz leise. Wir brauchen das Stimmengewirr und die Musik, wenn wir ins Arbeitszimmer schleichen wollen.«

»Klar.« Ich trinke einen Schluck, da entdecke ich in einiger Entfernung ein bekanntes, aufgeblasenes Arschloch. »Schau mal.« Ich stupse Jo an. »Der Meister persönlich hält Hof.«

Am anderen Ende des Raumes steht Marcus Crest. Er hat aschgraue, schüttere Haare und sieht so billig aus, wie man in einem Fünftausend-Dollar-Anzug nur aussehen kann. Von einer Gruppe von Männern umgeben steht er neben dem Flügel mitten im Raum. Wie immer redet er laut, wahrscheinlich über sich selbst, und stellvertretend für meinen Dad wallt Zorn in mir auf.

»Der Arsch hat sich für eine Menge zu verantworten«, murmele ich.

»Allerdings.« Jo sieht ihn beinahe genauso verächtlich an wie ich.

Crest sonnt sich in der Aufmerksamkeit seiner unterwürfigen Speichellecker. Ich hasse nicht viele Menschen, aber wenn ich ihn ansehe, überschwemmt mich eine Welle der Verachtung für diesen seelenlosen, selbstsüchtigen Fürst der Finsternis, weil er so viel Schmerz und Elend über meine Familie gebracht hat. Wenn er meinem Dad Schmerzensgeld gezahlt hätte, dann wäre unser Leben in den letzten Jahren deutlich einfacher gewesen. Ich hätte die unglaublichen Jobangebote nicht ablehnen müssen, Mom hätte sich nicht mit zwei Jobs abrackern müssen, und April hätte nicht einen Großteil ihrer Jugend dafür opfern müssen, Dad zu pflegen. Ganz zu schweigen von Dad, der vermutlich schon längst wieder laufen und sprechen könnte, wenn wir seine OP und Reha hätten finanzieren können.

Es heißt, der Fisch stinkt vom Kopfe her, und auf Crest Construction trifft das ganz besonders zu. Marcus Crest lügt, betrügt und stiehlt, um die Inkompetenz und Nachlässigkeit seines Unternehmens auf den Baustellen zu vertuschen, und ich bin entschlossen, ihn dafür zur Strecke zu bringen.

Ich werfe einen Blick zum nördlichen Korridor. Er ist nur ein paar Meter von unserer derzeitigen Position entfernt, aber zwei weitere stämmige Wachleute versperren uns den Weg.

»Wusstest du, dass die da zwischen uns und unserem Ziel stehen würden?«, frage ich.

Sie streicht mir über den Ärmel. »Ja, und ich bin vorbereitet.«

Ein älteres Ehepaar kommt lächelnd an uns vorbei, und ich nicke ihnen zu. »Wie konnte ich nur an dir zweifeln, Liebling.«

»In der Tat, Schatz.«

Ich zucke beinahe zusammen, als jemand flüstert: »Joanna?«

Ich fahre herum und sehe eine junge Frau, die mit einem Tablett voller Kanapees neben uns steht. Joanna nimmt sich ein Schnittchen und versucht, es so aussehen zu lassen, als würden sie nicht miteinander reden.

»Ist alles bereit?«

Die Frau nickt. »Ich gehe in fünf Minuten rüber und lenke die Security ab.«

»Danke, Leticia. Du hast was gut bei mir.«

»Ach, Süße, ich hab eine Menge gut bei dir, aber ich will nichts aufrechnen.«

Damit entfernt sie sich, und Joanna nimmt meinen Arm und dirigiert mich vorsichtig in Position.

Wir tun so, als bewunderten wir ein Kunstwerk, aber aus dem Augenwinkel sehe ich, wie Leticia sich auf die riesige Pyramide aus Kristallgläsern zubewegt. Ohne jede Vorwarnung rutscht sie auf dem Parkettboden aus und schlittert geradewegs in die Gläser. Es klirrt und kracht, als die Gläser um sie herum zu Boden stürzen, und die Partygäste schreien erschrocken auf, während es Splitter regnet.

»Mein Gott«, sage ich entsetzt. »Hat sie sich verletzt?«

Joanna wirft einen Blick über die Schulter in Richtung Korridor. »Ach was. Wir haben zusammen einen Stuntkurs gemacht, und sie war Klassenbeste. Sie weiß, was sie tut.«

Wie erwartet stürmen die Wachleute los, um die Menge zu verscheuchen und zu schauen, ob sich irgendjemand, einschließlich Leticia, verletzt hat.

»Bitte, treten Sie zurück, die Herrschaften«, sagen sie und breiten die Arme aus, um die Leute fernzuhalten. »Wenn Sie sich bitte auf die andere Seite des Zimmers begeben würden, während wir hier aufräumen.«

Ein Schwarm von Hausangestellten setzt sich in Bewegung, und während alle abgelenkt sind, huschen Joanna und ich über den schummrigen Korridor.

Wir erreichen die dunkle Eichentür am anderen Ende, und Joanna drückt die Klinke runter. Abgeschlossen.

»Einen Versuch war's wert.« Sie holt die Knopflochkamera aus ihrer Tasche und reicht sie mir. »Leg die ganz oben auf den Türrahmen und richte sie auf den Flur aus. Ich gebe inzwischen den Code ein.«

Ich tue wie geheißen, und als ich fertig bin, stößt sie die Tür auf.

»Auf geht's, ziehen wir das Ding durch.«

Kaum sind wir drinnen, setze ich mich an den Computer, und Joanna holt ihr Handy hervor. »Ich kann mir die Bilder der Kamera hier anzeigen lassen, dann sehen wir sofort, wenn jemand kommt.« Sie legt das Handy auf den Schreibtisch und stellt sich hinter mich, während ich versuche, mir Zugang zum Computer zu verschaffen.

»Du hast gesagt, du hättest einen Hinweis auf sein Passwort?« Das hoffe ich sehr, sonst ist diese Aktion hier ganz schnell wieder vorbei.

Sie zieht etwas hervor, das verdächtig nach einem Dietrich aussieht, und kniet sich vor die Schublade zu meiner Linken.

»Eine Sekunde.« Nachdem sie vorsichtig in dem kleinen Messingschloss herumgestochert hat, ertönt ein leises Klicken, und sie zieht die Schublade auf.

»Marcus ist kein Technikfreund«, sagt sie und holt ein kleines schwarzes Notizbuch heraus. »Seine Mitarbeiter erinnern ihn daran, jeden Monat sein Passwort zu ändern, aber er kann es sich nicht merken.« Sie schlägt das Buch auf, und da steht in ordentlicher Handschrift: *September: J7akkls892!#*

Ich gebe das Passwort ein, und tatsächlich, der Computer wird entsperrt, und der Bildschirm leuchtet auf.

»Okay, dein Kontakt ist großartig, und ich muss ihm irgendwann einen ausgeben. Jetzt schauen wir mal, was wir hier haben.«

Ich rufe den Inhalt der Festplatte auf und überprüfe sie auf versteckte Dateien.

»Also, wir haben hier eine Mehrfachverschlüsselung, aber wenn ich irgendwie den Kopierschutz umgehen kann, kann ich mich um die Entschlüsselung auch später noch kümmern. Hast du den Speicherstick?«

Sie reicht ihn mir, ich schließe ihn an und mache mich an die Arbeit.

Sie beugt sich über meine linke Schulter, um besser sehen zu können.

»Wie um alles in der Welt hast du das so schnell geschafft?«

»Jahrelange Übung.«

»Dauert es lange?«

Sie beugt sich noch weiter vor, und sofort bin ich abgelenkt von ihrem enormen Dekolleté, das sich in mein Blickfeld schiebt. Ich blinzele ein paarmal und konzentriere mich wieder auf den Bildschirm.

»Äh …«

»Toby?«

»Ja?«

»Wie lange?«

Sie sieht mich an, beugt sich aber immer noch vor. Meine Finger stolpern über die falschen Tasten, und ich muss alles löschen und von vorne anfangen.

»Jo, wenn ich mich konzentrieren soll, darfst du mir nicht die Brüste ins Gesicht halten.«

»Oh. Darf ich mich hinter dich stellen?«

»Klar, wenn du deine Brust nicht an meinen Rücken drückst.«

Sie entfernt sich ein wenig, und ich sammle mich einen Moment, ehe ich weitermache. *Okay, ich spüre sie, aber so müsste es gehen.*

Meine Finger fliegen über die Tastatur, aber obwohl es gut läuft, ist dieses Sicherheitssystem kompliziert. Das wird einen Moment dauern.

»Also, ein airwallgesicherter Computer ist einfach nicht mit dem Internet verbunden?«

»Ja, so ungefähr. Cyberkriminalität ist dieser Tage allgegenwärtig, und das ist die einzige Möglichkeit, um zu verhindern, dass Hacker sich Zugang zu sensiblen Daten verschaffen. Alle Geheimdienste nutzen sie, und auch immer mehr Firmen setzen sie ein, um Geschäftsgeheimnisse oder vertrauliche Informationen zu schützen.«

Während ich arbeite, sucht Joanna den Schreibtisch ab und öffnet weitere Schubladen mit ihrem Dietrich.

»Wonach suchst du?«

»Keine Ahnung.« Sie zieht einen Papierstapel hervor und blättert ihn durch. »Aber ich weiß es, wenn ich es sehe.«

»Ausdrucke bringen uns eh nicht viel. Klar, vor langer, langer

Zeit waren sie einmal Beweis genug, aber heutzutage braucht man die Originaldateien mit allen Metadaten.«

»Stimmt, aber vielleicht ist hier irgendetwas, was uns die richtige Richtung weist.«

Sie legt die Papiere zurück und versucht es bei der nächsten Schublade, während ich die zweite Ebene des Kopierschutzes in Angriff nehme.

»Und hier sind wirklich keine Kameras drin?«, frage ich. Wahrscheinlich ist es einfach ganz normale Paranoia, weil wir hier gerade etwas Verbotenes tun, aber ich habe das Gefühl, als würden wir beobachtet.

Jo schüttelt den Kopf und schlägt einen Ordner auf. »Es geht das Gerücht, dass Crest hier mehr als ein Stelldichein mit verschiedenen Mitarbeiterinnen hatte, also dient das Kameraverbot hier drin zuallererst seiner eigenen Sicherheit. Er kann es sich nicht leisten, dass irgendein schlüpfriges Sextape an die Öffentlichkeit gelangt, oder?«

Mich schüttelt es beim Gedanken daran. »Ekelhaft.«

Sobald ich den Kopierschutz geknackt habe, widme ich mich den Dateien. Sie sind gut gesichert, aber es ist nicht die schwierigste Verschlüsselung, die ich jemals gesehen habe. Ich öffne die Decodiersoftware auf meinem Speicherstick und lasse sie darüberlaufen.

»Ich denke, ich kann das in ein paar Minuten knacken. Dann schauen wir, was wir haben, und sehen zu, dass wir hier wegkommen.«

»Super.« Sie zieht die letzte Schublade auf der rechten Seite auf und nimmt einen Ordner heraus. Ich werfe ihr einen Blick zu, im Licht vom Monitor und der kleinen Tischlampe am Fenster sieht sie umwerfend aus. Ihr Kleid funkelt im gedimmten Licht, und obwohl ich mir so fest vorgenommen hatte, mein Herz auf Werkseinstellungen zurückzusetzen, trifft es mich wie ein Schlag in die Brust, wie viel ich für sie empfinde.

»Jo, hast du damit gerechnet, dass unsere Anziehung so hoch sein würde?«

Sie blättert weiter den Ordner durch, aber ihr Ausdruck wird milder. »Ja. Ich habe mir schon gedacht, dass wir die Skala sprengen würden.« Sie schaut mich an. »Du nicht?«

Ich lehne mich auf dem Stuhl zurück und beobachte mit einem Auge, wie die Entschlüsselung arbeitet. »Ich weiß nicht. Ich glaube, ein Teil von mir hält sich immer noch für die jugendliche Bohnenstange, von der Frauen nichts wissen wollten, und glaubt, du hättest bloß übertrieben, damit ich mich besser fühle.«

»Wieso hätte ich das tun sollen?«

»Keine Ahnung. Das haben Frauen schon öfter gemacht. Freundinnen. Ich war mal einen Monat lang mit einem Mädchen zusammen, bis sie mich gefragt hat, ob ich mich in den Facebook-Account von ihrem Ex einhacken konnte. Sie hat behauptet, sie wollte sehen, ob er sie betrogen hat, als sie noch zusammen waren.«

»Und hast du es gemacht?«

»Ja. Kaum waren wir drin, stellte sich heraus, dass sie bloß seinen Account löschen wollte, aus Rache, weil er sie verlassen hatte. Er hatte sie überhaupt nicht betrogen. Da wurde mir klar, dass sie mich die ganze Zeit nur benutzt hatte. Das war kein schönes Gefühl.«

»Das glaube ich.«

»Du siehst also, ich merke es nicht, wenn Frauen mich anlügen, aus welchem Grund auch immer.«

Sie schaut mich an. »Alle Menschen lügen, Toby. Manche haben auch gute Gründe dafür.«

»Klar, manche aber auch nicht. Über die eine oder andere

Notlüge kann ich hinwegsehen, aber nicht über die großen Sachen. Manche Leute lügen so oft, dass ich nicht verstehe, dass ihnen überhaupt noch jemand vertraut.«

Ihre Haltung verändert sich, aber sie wendet sich wieder dem Ordner zu. »Tja, also ich kann dir versichern, ich habe dich nie angelogen, was deine Anziehung auf mich angeht, und jetzt hast du den Beweis.«

Mein Programm piepst, und auf dem Bildschirm erscheinen die unverschlüsselten Dateinamen in einem neuen Tab.

Ich beuge mich vor. »Was haben wir denn da?«

Joanna macht dasselbe, aber diesmal konzentriere ich mich ganz auf die Dateien.

»Was ist das?«, frage ich und deute auf eine Liste nummerierter Ordner.

Joanna blinzelt. »Vielleicht Datumsangaben?«

Ich klicke einen an und überfliege den Inhalt. Es sieht aus wie Informationen zu einem bestimmten Bauprojekt, aber es sind so viele Dateien, dass es eine Weile dauern wird, alle zu entschlüsseln.

»Schau mal«, sagt Jo und zeigt auf einen Brief vom Stadtrat bezüglich der Bauvorschriften. »Die Nummern sind die Straßennamen.«

Ich kehre zurück ins Hauptmenü und fange an, die Daten herunterzuladen.

»Noch sechs Minuten.« Ich schaue auf Joannas Handydisplay. Es zeigt die Aufnahmen der Knopflochkamera vom Flur. Ich sehe die Wachleute im Empfangsbereich, die die Unfallstelle absichern. »Ich hoffe, es dauert länger als sechs Minuten, die ganzen Scherben wegzufegen.«

Ich drehe mich zu Joanna um, sie runzelt die Stirn. »Was ist los?«

Sie deutet auf die Mappe, die sie gerade studiert hat. »Die

Akten von Crests Anwälten sind nicht hier.« Sie zieht ein Blatt heraus und zeigt es mir. »Hier schreibt Crest, dass er die juristische Korrespondenz im Serverraum aufbewahren will, aber der ist offensichtlich nicht hier.«

»Könnte er in der Firma sein?«

»Den Gedanken hatte ich auch gerade.«

Ich fahre mir durch die Haare. »Dann haben wir hier also nur die halbe Geschichte? Müssen wir jetzt auch noch in die Firma einbrechen? Verdammter Mist.«

Joanna dagegen starrt auf ihr Handydisplay. »Das ist jetzt nicht unser größtes Problem.«

Ich schaue auch hin. Marcus Crest kommt über den Flur auf das Arbeitszimmer zu.

»Scheiße.«

Blitzartig schiebt Joanna die Mappe wieder in der Schublade und schließt sie ab.

»Der Download dauert noch vier Minuten«, wende ich ein.

»Verdammt.« Sie schaltet den Bildschirm aus und legt ihre Handtasche auf den blinkenden Speicherstick. »Komm her, Toby.«

Sie schaut auf ihr Handy, und wir sehen Leticia, die Crest auf dem Flur entgegenläuft, als wollte sie ihn aufhalten. Ein netter Versuch, aber er ist praktisch schon vor der Tür. So nah, dass wir gedämpfte Stimmen durch das Holz hören.

»Schnell«, sagt Jo. »Setz dich.« Sie drückt mich auf das Chesterfield-Sofa und setzt sich rittlings auf mich. »Dir ist klar, wohin das jetzt führt, oder?«

Ich schlucke. »Ja. Aber ist das wirklich eine gute Idee, bei unserer Vorgeschichte?«

Sie lockert meine Krawatte und knöpft mir das Hemd aus. »Fällt dir eine bessere Erklärung ein, was wir hier drin machen?«

»Nicht, wenn du auf mir sitzt.«

Sie schaut mich voller Panik an und schiebt die Finger in meine Haare. »Toby, egal was jetzt passiert, du musst wissen, dass nicht alle Lügen schlecht sind. Du musst jetzt lügen, wie du noch nie gelogen hast, okay? Bleib ruhig und spiel deine Rolle.«

»Ich gebe mein Bestes.«

»Gut. Und jetzt küss mich.«

Ich möchte sanft anfangen und mich langsam zu leidenschaftlich vorarbeiten, aber ein Geräusch vor der Tür treibt mich an. Ich umfasse Jos Gesicht mit beiden Händen und ziehe sie zu mir hinab, bis unsere Lippen sich berühren.

Herr … im … Himmel.

Ich weiß nicht, ob es am Reiz der Gefahr liegt oder an der Tatsache, dass wir unsere körperliche Anziehung so lange verleugnet haben, aber das Ergebnis ist dasselbe: Die Schleusentore unserer Leidenschaft werden in einem Sturm der Erregung aus den Angeln gehoben, und mein Körper fühlt sich an wie ein Atomreaktor kurz vor der Kernschmelze. Es kümmert mich nicht, dass wir hier jeden Augenblick erwischt werden können, ich möchte sie schmecken und riechen und ihren unglaublichen Körper unter meinen Händen spüren.

Sie stöhnt in meinen Mund, und ich packe sie an der Hüfte und dränge mich der herrlichen Wärme zwischen ihren Beinen entgegen.

Nach diesem Gefühl habe ich mich gesehnt, seit wir uns zum allerersten Mal geküsst haben. Dieser Ganzkörperrausch ist der Grund, warum ich meine unrealistische Hoffnung, wir könnten trotz unserer miserablen Werte doch noch zusammenfinden, noch nicht begraben habe.

Unsere Anziehung lag bei hundert Prozent, und in diesem Moment spüre ich jeden einzelnen dieser Prozentpunkte wie eine Million Nadelstiche in meinem Inneren aufleuchten.

»Toby …«

Ich kann unmöglich dagegen ankämpfen, und nun, da ich sie berühre und koste, will ich das auch gar nicht mehr.

Sexuelle Anziehung ist eine mysteriöse Kraft. Man kann versuchen, sie zu bestimmen und zu messen, aber in Wahrheit ist sie unerklärlich. Unvorhersehbar. Sie schleicht sich von hinten an und attackiert deine Neuronen mit der Wucht einer Kampfrakete, und wenn du sie einmal gespürt hast, wird dein Körper zu einem Sklaven. Er wird sich an diesen unvergleichlichen Rausch erinnern und immer wieder danach verlangen. Mehr als nach Drogen, Alkohol, Geld oder Macht.

So fühlt es sich also an, Joanna zu küssen. Als berauschte ich mich an nichts als Luft. Als ertränke ich in einem Wassertropfen.

»Himmel … Jo.«

Scheiß auf Marcus Crest. Wenn er uns erwischt, dann können wir wenigstens diesen einen Moment genießen, ehe wir in Handschellen abgeführt werden. Und wenn es so weit ist, werde ich mit einem breiten Lächeln im Gesicht folgen.

»Ich will dich.« Endlich spreche ich es laut aus. »Ich wollte noch keine Frau so sehr wie dich.«

Sie küsst mich noch einmal, krallt die Finger in meine Haare, und ich stöhne auf. »Es ist so unfair, dass ich das hier nicht haben kann. Vielleicht sollten wir es wenigstens ein Mal tun?«

»Nein«, stoße ich mit dem Mund an ihrem Hals hervor. »Ein Mal wäre nicht genug.«

Wieder erobere ich ihren Mund, und unser Stöhnen erfüllt den schummrigen Raum. Ich bin so entrückt, dass ich kaum merke, wie die Tür aufgeht und jemand hereinkommt.

»Was zum Teufel ist hier los?«

Wir fahren auseinander, als Crests dröhnendes Bellen die Stille zerreißt. »Security! Hierher!«

Jo und ich starren einander an, keuchend und schockiert, unsere Münder geschwollen von unserem leidenschaftlichen Kuss. Durch den Nebel meiner Erregung höre ich eilige Schritte, und als Jo und ich uns umdrehen, stehen wir dem berüchtigtsten Geschäftsmann von ganz New York gegenüber.

Als die Sicherheitsleute hinter ihm hereinstürmen, schaut Marcus Crest uns verwirrt an. »Mein Gott. Was zum …?« Er tritt einen Schritt vor und mustert uns in dem gedimmten Licht. »Joanna, bist du das?«

Ich halte den Atem an, Jo klettert von meinem Schoß und streicht sich das Kleid glatt. Trotzig reckt sie das Kinn vor und lächelt verkniffen.

»Hey, Dad.«

24. KAPITEL

WTF

Bisher war ich in meinem Leben nur sehr selten hoffnungslos verwirrt, aber diese Szene ist so surreal, dass ich mir nicht ganz sicher bin, ob ich träume.

Ich sitze fassungslos da, als einer der Sicherheitsmänner seine Waffe zieht und Joanna und mir befiehlt, die Hände zu heben. Ich will gerade gehorchen, als Marcus Crest abwinkt und sagt: »Nimm das Ding runter, LeBron. Das ist kein Einbrecher. Das ist meine Tochter.«

Genau diese Information ist schuld an meiner Verwirrung, und die Realität um mich herum scheint sich zu verbiegen. Mit einem Mal sehe ich alles in einem anderen Licht. Mein Blick fällt auf ein Porträt an der Wand hinter Crests Schreibtisch. Darauf steht er hinter einem Mädchen, das auf einem Stuhl sitzt. Bei genauerem Hinsehen erkenne ich, dass es Joanna ist.

»Sie da. Aufstehen«, bellt der Wachmann namens LeBron und reißt mich aus meiner Benommenheit. Ich stehe auf und werfe einen Blick auf Joanna, deren Körperhaltung an einen rebellischen Teenager erinnert. Aufgewühlt und rotgesichtig starrt Marcus Crest sie an, er schwankt zwischen Freude und etwas, das sehr nach Triumph aussieht.

Die beiden Wachmänner blicken zwischen uns hin und her wie Rottweiler, die nicht wissen, ob sie angreifen oder uns die

Gesichter lecken sollen, und ich stehe da wie eine große, gut angezogene männliche Version von Alice, direkt nachdem sie durch den verdammten Spiegel gefallen ist.

»Ich wusste, du würdest zurückkommen, Joanna«, sagt Crest und tritt vor. »Ich dachte mir schon, dass du es irgendwann satthaben würdest, für dich selbst zu sorgen.« Er nimmt sie bei den Schultern, und mein Gehirn stottert wie ein altes Auto an einem kalten Morgen. »Du siehst umwerfend aus, mein Schatz. Genau wie deine Mutter, als sie noch lebte.«

Marcus Crest ist Joannas Vater. Die Frau, für die ich komplizierte Gefühle hege, ist die Tochter des Satans.

Und das vor dem Hintergrund der jüngsten Ereignisse. Fuck.

Als ich das Ausmaß von Joannas Täuschung begreife, brodelt die Wut in mir. Die Enthüllung überrumpelt mich, aber irgendetwas sagt mir, dass ich sie hätte vorhersehen müssen. Miss Lies-a-lot hat mir von Anfang an gesagt, dass sie eine Lügnerin ist. Warum nur habe ich ihr vertraut?

Aber was heißt das eigentlich genau? Hat sie mich benutzt, um ihn zu schützen? Will sie mich und Eden wegen des Artikels ans Messer liefern? Oder spielt sie, wie es typisch für sie ist, dreidimensionales Schach, während wir anderen Dame spielen?

»So sehr ich mich auch freue, mein einziges Kind zu sehen«, sagt Crest und wirft mir einen Blick zu, »könntest du mir erklären, warum du zurück bist und in meinem Arbeitszimmer *herummachst?*«

Wieso zurück?

»Ich bin nicht zurück, Dad.«

Wie bitte?

Joanna reißt sich los und nimmt meinen Arm. Fast wäre ich zurückgezuckt, aber die Wut macht mich bewegungsunfähig. »Ich bin nur wegen Toby hier.«

Crest sieht mich mit einem Anflug von Herablassung an. »Und wer mag dieser Toby sein?«

»Er ist der Mann, den ich liebe, und zu meinem Pech dein größter Fan.«

Was soll ich sein?

Trotz meiner großen Überraschung verziehe ich keine Miene. Und das ist weiß Gott nicht einfach.

»Ohne ihn wäre ich nicht zurückgekommen. Du bist sein Idol, und als er von der Crest-Gala hörte, hat er mich angefleht, ihn mitzunehmen. Dich kennenzulernen ist sein größter Traum.«

Wir versuchen es jetzt also mit der fettesten Lüge überhaupt. Nun denn.

Crest blickt von ihr zu mir, und ich gebe mir größte Mühe, ein Lächeln hervorzubringen. Joanna redet so viel Unsinn, als würde sie dafür bezahlt, und wenn wir nicht auffliegen wollen, muss ich mich wohl auf ihr Niveau begeben.

»Ist das wahr, mein Sohn?«

Als er mich »Sohn« nennt, muss ich fast kotzen, bemühe mich aber, in der Rolle zu bleiben. »Absolut, Sir.« Joanna drückt meinen Arm, um mich anzuspornen. »Ich verfolge Ihre Karriere schon seit meiner Collegezeit …« *Stimmt, aber aus anderen Gründen, als er glaubt.* »Ich bewundere, wie Sie Ihr Unternehmen aufgebaut haben.« *Indem Sie sich auf Kosten Ihrer Angestellten und Auftragnehmer bereichert haben.* »Und ich würde wahnsinnig gern von Ihnen lernen«, *und Ihre Server durchforsten,* »um einen Einblick in Ihre außergewöhnliche Genialität zu bekommen.« *Ich weiß auch, dass Sie ein narzisstischer Schwachkopf sind. Ich muss nur genug schleimen, dann geben Sie mir, was ich brauche. Seien Sie also bitte ein braver Schwachkopf und schlucken den Köder.*

Auch wenn ich lange nicht so gut lüge wie Joanna, scheint

Crest nichts zu bemerken. Bei meinen Worten plustert er sich auf wie ein Kugelfisch und schenkt mir ein breites Lächeln.

»Tatsächlich? Nun, zuerst möchte ich Ihnen zu Ihrem ausgezeichneten Geschmack in puncto Vorbildern gratulieren. Sind Sie auch in der Immobilienbranche?«

»Noch nicht. Ich arbeite in der IT-Branche, möchte aber sobald wie möglich in die Immobilienbranche wechseln. Ich würde mich freuen, wenn der König von New York mir erklären könnte, wie ich das am besten anstelle.«

Er kichert und dreht sich zu den Wachmännern um, als wolle er sagen: »Seht ihr, wie sehr ich gemocht und respektiert werde? Ziemlich cool, was?«

Joanna wirkt von meiner Improvisation beeindruckt. Ich sollte wohl stolz darauf sein, dass ich den Ansprüchen der Lügenkönigin gerecht geworden bin.

Die Securitymänner konnte ich jedoch nicht überzeugen, denn LeBron sieht mich mit verengten Augen an.

»Wenn Sie so ein Fan sind, warum haben Sie dann nicht draußen bei der Gala mit ihm gesprochen? Und wie sind Sie hier hereingekommen? Die Tür war abgeschlossen.«

Joanna tritt vor. »Dad benutzt seit Jahren denselben Code. Als ich Toby erzählt habe, wie cool Dads Arbeitszimmer ist, wollte er …« Sie deutet auf mich. »Erzähl du es ihm.«

Himmel, könntest du mich bitte noch mehr in Verlegenheit bringen? »Nein, nein, Schatz, sag du es ihm.«

»Er ist mein Vater. Es ist mir peinlich.«

LeBron runzelt die Stirn. »Einer von Ihnen sagt es. Jetzt.«

Joanna seufzt und verdreht die Augen. »Toby ist etwas introvertiert und mehr als nur ein bisschen von dir eingeschüchtert, Dad. Also dachte er, wenn er dein Allerheiligstes sehen könnte, würde es ihn vielleicht … du weißt schon … dazu ermutigen, dich anzusprechen.«

»Und als wir reinkamen, haben Sie sich gerade Mut gemacht?«, fragt LeBron.

Joanna zieht den Kopf ein. »Nein, aber als er hier hereinkam …« Sie blickt zu mir auf. »Sie wissen doch, wie es ist, wenn ein Mann für etwas brennt. Stimmt's, Schatz?«

»Äh … ja.« Wie zur Hölle kann sie lügen, ohne rot zu werden? Ich bin so durcheinander, dass ich kaum sprechen kann. Trotzdem nehme ich meinen Mut zusammen und sage: »Es tut mir sehr leid, dass Sie uns so vorgefunden haben, Mr Crest. Aber als ich gesehen habe, wie Sie arbeiten, und Joanna neben mir in diesem unglaublichen und machterfüllten Zimmer so schön aussah, da habe ich wohl … die Kontrolle verloren.«

Ich zupfe an meinem Kragen, denn auch wenn ich die Wahrheit verdrehe, erinnert sich mein Körper genau an das Gefühl, endlich loszulassen und sie an mich zu drücken. Mein Blut gerät in Wallung. »Ich wollte Joanna eigentlich nur küssen, aber die Sache ist wohl … ein wenig aus dem Ruder gelaufen. Es tut mir leid.«

Mein Gesicht glüht, und ich weiß, dass ich erröte. Aber was Crest auch sieht, er lacht in sich hinein, und sein Blick verursacht mir eine Gänsehaut.

»Nun, ich kann verstehen, dass sich zwei junge Leute hier drin zu etwas … hinreißen lassen. Es ist ein sehr sinnliches Zimmer. Aber es ist für alle außer mir tabu, und Joanna weiß das besser als jeder andere.«

Joanna nickt. »Es tut mir leid, Dad. Es war dumm, Toby hier hereinzulassen.«

»Ganz und gar nicht. Er scheint ein cleverer Kerl mit gutem Geschmack zu sein. Nur weil du deinen alten Herrn fast zehn Jahre lang ignoriert hast, muss er das nicht auch.« Er wendet sich an mich. »Gehen wir zurück auf die Gala, und trinken wir ein Glas, junger Mann, Sie können mich alles fragen, was Sie über mein Geschäft wissen wollen.«

Oh nein, bitte nicht. Diese Tortur muss ein Ende haben, damit ich hier verschwinden kann. Außerdem brauche ich eine Ausrede, um in sein Büro zu kommen.

»Mr Crest, das ist ein großzügiges Angebot, aber ich möchte Sie nicht von Ihren Gästen fernhalten. Ich weiß, wie wichtig der heutige Abend ist und wie sehr die Leute darauf brennen, mit Ihnen zu sprechen. Wenn Sie nichts dagegenhaben, würde ich gern morgen in Ihr Büro kommen und die Legende in ihrem Arbeitsumfeld sehen.«

Er lächelt wieder und klopft mir auf die Schulter. »Natürlich. Wir sprechen kurz mit meiner Sekretärin Brenda und vereinbaren einen Termin.«

Wir verlassen das Arbeitszimmer, doch als LeBron die Tür schließen will, sehe ich Panik in Joannas Augen.

»Oh, eine Sekunde.« Jo stößt die Tür auf und blickt ihn entschuldigend an. »Ich habe meine Handtasche vergessen.«

Der kleinere Sicherheitsmann begleitet Crest und mich den Flur hinunter, doch LeBron wartet, bis Joanna wieder herauskommt. Sie hat ihre Handtasche auf den USB-Stick gelegt, deshalb hoffe ich, dass sie ihn unbemerkt mitnehmen kann, selbst wenn er hinschaut.

Was mich beunruhigt, ist das Timing.

Ich schaue auf die Uhr. Der Download sollte inzwischen abgeschlossen sein, aber mein Programm braucht Zeit, um unsere digitalen Fingerabdrücke sowie den Download-Verlauf zu löschen. Sollte das Programm nicht fertig geworden sein, werden Crests Administratoren bei der nächsten Kontrolle bemerken, dass jemand am Computer war, und das wäre nicht gut.

Auf dem Weg zum Ballsaal höre ich Crests Geschwafel darüber, wie toll er ist, kaum zu. Die Aufregung von vorhin ist verflogen, und die Gäste unterhalten sich wieder und bedienen sich an den kostenlosen Speisen und Getränken.

Ich behalte den Flur im Auge, während Crest mich zu einer großen Frau in der Mitte des Saals führt.

»Toby, das ist Brenda. Sie wird Ihnen einen Termin für morgen geben.« Er legt ihr den Arm um die Taille und drückt sie auf unangemessene Weise. »Kümmere dich um diesen jungen Mann, Brenda. Er wird mein Protegé. Und habe ich schon erwähnt, dass er mit meiner Tochter zusammen ist?«

Brenda runzelt überrascht die Stirn. »Joanna? Sie ist wieder da?«

»Ja«, sagt Crest mit einem Anflug von Genugtuung. »Sie hat ihn hergebracht, damit er mich kennenlernt. Schätze, sie ist endlich zur Vernunft gekommen und respektiert diese Familie und ihren Platz darin.«

»Wow, Mr Crest, das sind fantastische Neuigkeiten. Herzlichen Glückwunsch.«

Brenda ist eine furchtbare Lügnerin. Ich brenne darauf, zu erfahren, was in dieser Familie passiert ist, bezweifle aber, dass Joanna es mir jemals erzählen wird.

Crest deutet auf einen Kellner, der ihm dienstbeflissen etwas bringt, das wie Whisky auf Eis aussieht.

»Ich wusste, es wäre nur eine Frage der Zeit, bis Joanna wiederkommt«, sagt er mit nervtötender Überlegenheit. »Irgendwann kommen sie alle wieder angekrochen. Meine Joanna tut so unabhängig, aber wie alle Frauen sehnt sie sich nach einem starken Mann, der ihr sagt, wo es langgeht. Unter uns gesagt: Wir bringen sie wieder auf Linie.«

Ich balle die Fäuste und zwinge mich zu einem Lächeln. Scheiß auf diesen Wichser. Dieser unmoralische Soziopath sitzt in diesem Korruptionspalast und verbrennt wahrscheinlich Hundert-Dollar-Scheine anstatt Feuerholz, während mein

Vater, ein guter Mensch, der alle, denen er je begegnet ist, anständig behandelt hat, kaum seine Rechnungen oder Essen bezahlen kann. Das verwandelt mein Blut in Lava. Und obwohl ich sauer auf Jo bin, weil sie mich angelogen hat, verachte ich Crest mit jeder Faser meiner Existenz, wenn er über sie spricht, als sei sie ein Mensch zweiter Klasse.

Er ist hier der Abschaum, aber ich muss vorgeben, ihn zu bewundern, bis ich genug Beweise gesammelt habe, um ihn zu überführen.

»Sie haben recht, Sir.« Galle steigt mir in die Kehle, als ich seinen frauenfeindlichen Ansichten zustimme. »Hierher zu kommen war meine Idee, aber Jo hat sich nicht besonders gewehrt. Sie vermisst Sie, auch wenn sie das nie zugeben würde.«

Er grinst, und mir wird schlecht. »Sie haben einen guten Einfluss auf meine Tochter, Toby.« Crest erhebt sein Glas. »Ich wäre Ihnen sehr dankbar, wenn Sie sie dazu bringen könnten, dass sie zurückkommt und für mich arbeitet.«

»Natürlich, Sir. Ich tue alles, um Ihnen zu helfen.«

In diesem Moment erscheint Joanna an meiner Seite und hält mir ihre Handtasche hin. »Hab sie.«

Ich nicke knapp. »Gut.« *Denn wenn ich noch eine Sekunde länger hier stehen und das Ego dieses Irren streicheln muss, werde ich ihm an die Gurgel gehen.* Ich strecke Crest die Hand entgegen. »Wir wollen Sie heute Abend nicht länger aufhalten, Sir. Es war mir ein Vergnügen, Sie kennenzulernen. Vielen Dank für Ihre Zeit.«

Er schüttelt mir die Hand, und seine Handfläche ist so feucht wie eine Rinderzunge. »Sehr gern, mein Sohn. Wir sehen uns morgen zum Mittagessen.« Er wendet sich an Jo. »Ich freue mich schon darauf, dich meinen Angestellten vorzustellen, mein Schatz. Es ist an der Zeit, dass du deinen rechtmäßigen Platz an meiner Seite einnimmst. Ich bin sicher, du wirst dich richtig entscheiden und dazu beitragen, das Erbe deines Vaters fortzuführen.«

Sie lächelt ihn an. »Ich kann es kaum erwarten, Dad. Bis dann.«

Ich nehme Joannas Hand, und wir machen uns auf den Weg zum Aufzug. Sobald sich die Türen geschlossen haben, löse ich mich von ihr.

»Toby.«

»Kein Wort«, sage ich leise. »Ich will kein Wort hören, Jo.«

Sie verlagert ihr Gewicht, während ich die Fahrstuhltüren anstarre. Und weil ich so wütend bin, sage ich lieber nichts, damit ich sie nicht anschreie, während wir noch im Haus sind. Unsere Tarnung jetzt auffliegen zu lassen wäre einfach nur dumm.

Auf der Straße angekommen gehe ich an den wartenden Limousinen vorbei auf den Park zu. Ich muss das alles erst einmal sacken lassen, damit ich wieder einen klaren Kopf bekomme.

»Toby.« Joanna versucht, mich einzuholen, aber ich nutze ausnahmsweise meine langen Beine, um den Abstand zu vergrößern.

»Toby, warte. Lass es mich dir erklären.«

»Nein.«

Selbst um diese Zeit sind die Straßen verstopft, also schlängele ich mich durch die Autos, bis ich den Park auf der anderen Seite erreiche. Als jemand pfeift und ruft »Du bist wunderschön, Süße!«, weiß ich, dass Joanna hinter mir her ist.

»Toby … warte … bitte.«

Das Klackern hoher Absätze kommt immer näher, und als ich im Park angekommen bin, drehe ich mich zu ihr um.

»Nein, Joanna. Ich will es nicht hören.«

»Du weißt ja gar nicht, was ich sagen will.«

»Das ist mir egal. Was es auch ist, höchstwahrscheinlich ist es Blödsinn, und ich habe es satt, belogen zu werden.«

»Ich konnte dir nicht von meinem Vater erzählen! Du weißt doch, wie die Leute über ihn denken. Sie hassen ihn, und ich wollte nicht, dass er deine Meinung über mich prägt.«

»Jo, mir ist scheißegal, wer dein Vater ist. Was mich interessiert, ist, dass du mich angelogen hast. Und zwar nicht nur ein Mal. Du hast mich wieder und wieder belogen, jeden einzelnen Tag, wochenlang. Selbst nachdem du das mit meinem Vater herausgefunden hattest, hast du nicht gesagt: ›Oh, hey, weißt du, der Kerl, den du so abgrundtief hasst, das ist übrigens mein Vater. Aber ich kann dir versichern, dass ich nicht so bin wie er.‹«

»Ich bin nicht wie er!«

»Das weiß ich! Und deshalb verstehe ich nicht, warum du es mir nicht gesagt hast!« Ich fahre mir durch die Haare. »Ich komme mir so dumm vor, weil ich dachte, das zwischen uns wäre etwas Besonderes. Ich dachte, ich hätte dir klargemacht, dass du mir alles sagen kannst.«

»Ach, komm schon, Toby, wem willst du etwas vormachen? Wenn ich dir von Dad erzählt hätte, hättest du mich in einem anderen Licht gesehen. Du hättest mich anders behandelt. Was ich verstehen kann, nachdem, was mit deinem Vater passiert ist. Und außerdem mache ich dir keinen Vorwurf, ich hätte es nämlich genauso gemacht.«

»Joanna, wenn du es mir gesagt hättest, wäre es mir scheißegal gewesen. Du hast ja nicht persönlich das mangelhafte Gerüst organisiert und aufgebaut. Es macht mich einfach fertig, dass du nach allem, was wir gemeinsam erlebt haben, denkst, es wäre so. Verdammt, du hast mir erzählt, deine Eltern wären tot. Du hast mir ein Märchen über einen Flugzeugabsturz und monatliche Friedhofsbesuche in Brooklyn aufgetischt, und ich naiver Mistkerl habe dir geglaubt. Ich habe mit dir mitgefühlt. Während du dir wahrscheinlich auf die Schulter geklopft hast, weil du mich so leicht täuschen konntest. Als wärst du Meryl Streep auf dem Weg zu ihrer hundertsten Oscar-Veranstaltung.«

Sie holt scharf Luft, und ich verspüre eine leichte Genugtuung, dass ich ausnahmsweise mal sie verletzt habe.

»Du willst die Wahrheit wissen, Toby?« Sie kommt näher, und ihre Augen blitzen. »Ich bin mit fünfzehn von zu Hause weggegangen, weil mein Vater sich einen Dreck um mich geschert hat und ich mich lieber allein durchschlagen wollte, als mit ihm in diesem verdammten Penthouse zu leben. Ich hasse ihn so sehr, dass ich seit meinem Weggang Pläne schmiede, wie ich ihn und seine Firma zu Fall bringen kann. Dann habe ich dich mit all deiner Hackerfahrung kennengelernt, und Eden hat angefangen, gegen ihn zu ermitteln. Es kam mir vor, als würde mir das Universum unter die Arme greifen, und das wollte ich nicht vermasseln. Ich wollte nicht riskieren, dich zu verlieren.« Sie atmet tief durch. »Das heute Abend hätte ich ohne dich nie geschafft. Jetzt haben wir die Chance, in das Herz seiner Firma einzudringen, sie von innen heraus zu zerstören und …«

Sie muss bemerkt haben, welche unangenehme Erkenntnis mich getroffen hat, denn sie sagt: »Moment, so habe ich das nicht gemeint.«

»Oh, ich glaube sehr wohl.« Ich schüttele den Kopf. »Zum ersten Mal kommen wir der Wahrheit näher. Du hast mich benutzt. Du wolltest deinen alten Herrn stürzen und konntest es nicht ohne jemanden wie mich, der dir die Tür öffnet. Wahrscheinlich war Sergej deine erste Wahl, aber als er verschwand, brauchtest du einen Ersatz, und da kam ich ins Spiel. Verdammt, du hast mich sogar in seinem Zimmer untergebracht.«

»Toby, nein.« Sie nimmt meine Hand, aber ich ziehe sie weg. »Bitte, so war es nicht.«

Ich lache bitter. »Endlich ergibt das alles einen Sinn. Dafür, dass ich ein Genie bin, stehe ich manchmal ziemlich auf dem Schlauch. Ich dachte, dass dir trotz aller Widrigkeiten etwas an mir liegt. Dabei hast du mich die ganze Zeit bloß wie ein Werkzeug benutzt, um es deinem lieben Dad heimzuzahlen.«

»Das stimmt nicht, und das weißt du auch. Was ich für dich empfinde …« Sie blinzelt die Tränen zurück, und ihr Atem geht stoßweise. »Wie kannst du glauben, ich könnte so etwas vortäuschen? Es tut mir leid, dass ich dir nichts erzählt habe, aber … du *kennst* mich doch, Toby. Du weißt, wer ich in meinem Herzen bin.«

Ich schüttele den Kopf. »Nein. Je mehr Zeit wir miteinander verbringen, desto klarer wird mir, dass ich dich überhaupt nicht kenne.«

Ich will gehen, aber sie hält mich am Arm fest, und Tränen laufen ihr über das Gesicht. »Toby …«

Ich ziehe meinen Arm zurück. »Bitte hör auf damit. Ich kann das nicht mehr.«

»Toby, ich …« Sie schluckt und holt stockend Luft. »Bitte geh nicht. Ich liebe dich.«

Ich trete zurück. »Ich höre zwar die Worte. Aber ich kann sie nicht spüren.« Ich drehe mich um und laufe so lange durch den Park, bis der Schmerz in meiner Brust langsam nachlässt.

25. KAPITEL

Dumm

Ich erhöhe das Gewicht beim Bankdrücken um zwei und mache mich an eine weitere Runde. Alle Muskeln in meinem Körper schreien, aber das reicht trotzdem nicht, um all den Mist, der mir im Kopf und im Herzen herumwirbelt, auszublenden.

»*Toby, ich empfehle Ihnen, zwischen den Runden eine Pause einzulegen, das fördert den Muskelaufbau*«, hallt Jeeves Stimme durch den leeren Trainingsraum.

»Ich mache das nicht zum ersten Mal, Jeeves.«

Aber gerade geht es mir nicht um Muskelaufbau. Ich bestrafe mich. Ich fühle mich wie der dümmste Mann der Welt, weil ich mich von einer schönen Frau habe verarschen lassen. Schon wieder. Ich fühle mich ausgenutzt und naiv.

Grunzend beende ich die letzten paar Wiederholungen, dann bleibe ich einfach keuchend liegen. Mein Körper ist erschöpft, aber im Kopf bin ich immer noch taufrisch, und das um vier Uhr morgens.

Stundenlang bin ich im Central Park herumgelaufen, und als ich nach Hause kam, war mir klar, dass ich nicht würde schlafen können. Trainieren erschien mir wie die einzige Möglichkeit.

Jo ist vermutlich in ihrem Zimmer, aber ich habe mir nicht die Mühe gemacht nachzusehen. Es wird lange dauern, bis ich ihr wieder in die Augen schauen kann. Wenn überhaupt.

Ich ziehe mir das Shirt aus und wische mir damit übers Gesicht, dann nehme ich das Handtuch von der Bank und breite es auf einer der Matten auf dem Boden aus. Ich lege mich hin und beginne mit den Sit-ups.

»Toby, Sie wirken extrem aufgewühlt, seit Sie nach Hause gekommen sind. Möchten Sie über irgendetwas reden?«

»Nein«, presse ich hervor. »Ich möchte nicht reden. Ich bin es leid. So, wie es aussieht, kann man mir erzählen, was man will, und ich glaube es. Also ist mir fürs Erste nicht mehr nach Reden.«

Tief im Innern weiß ich, dass es sinnlos ist, mich selbst zu bestrafen, aber das ist nun mal meine Art, mit Problemen umzugehen. Ist das gesund? Nein. Wird es etwas ändern? Nein. Werde ich drüber nachdenken und eine bessere Lösung finden? Nein, nein und noch mal nein.

Ich drehe mich um und mache mit Liegestützen weiter. In ein paar Stunden werde ich mich hundeelend fühlen, weil ich meine Muskeln überstrapaziere, doch ein Teil von mir glaubt, ich hätte es verdient.

»Ist irgendetwas zwischen Ihnen und Joanna vorgefallen?«

»Ich sagte doch, ich will nicht darüber reden.«

»Wie Sie wünschen.«

Ich versuche, noch eine Runde dranzuhängen, aber meine Arme geben nach, und ich breche auf der Matte zusammen.

»Verflucht.« Ich bleibe liegen, die Wange auf dem Handtuch, und starre an die Wand, während ich versuche, genug Luft in meine Lungen zu saugen.

Sobald ich mich nicht mehr bewege, holt mich alles ein, wovor ich weglaufen wollte, und all die ungewollten Gefühle brechen über mich herein.

Ich drehe mich auf den Rücken und presse mir die Finger auf die Augen. »Scheiße, Scheiße, Scheiße.«

»Toby, ich mache mir Sorgen um Sie.«

»Das bezweifle ich, Jeeves. Du bist eine Maschine. Man braucht Mitgefühl, um sich Sorgen zu machen. Außerdem ist alles gut. Mir geht's gut.«

Ich stehe auf und gehe mit meinem Handtuch zum Laufband. Vielleicht bringt Rennen etwas. Schlimmer kann es jedenfalls nicht mehr werden.

»Toby, ich nehme an, Sie haben letzte Nacht in Crests Wohnung die gewünschten Informationen erhalten?«

Zu viele, Jeeves. Viel zu viele.

Ich schalte das Laufband an und beginne mit einem forschen Tempo. »Ja und nein. Wenn wir an das wirkliche belastende Beweismaterial herankommen wollen, müssen wir noch einen Server in der Firma knacken.« Ich habe alles, was wir gestern erbeutet haben, hochgeladen und Eden den Link geschickt, damit sie es nach nützlichen Informationen durchforsten kann, aber ich glaube nicht, dass sie damit so schnell fertig sein wird. Ich werde ihr helfen, sobald ich den Kopf dafür frei habe.

Ich erzähle Jeeves von der Räuberpistole, die Joanna allen aufgetischt hat, dass wir verlobt seien und ich ein Riesenfan von Crest. Allein bei der Erinnerung daran pocht mein Schädel vor Zorn.

»Das ist eine gute Geschichte, Toby, aber ich würde annehmen, dass Crest Sie überprüfen lässt, bevor er Ihnen Zugang zu seinem Allerheiligsten gewährt. Soll ich die Websuchen seines Sicherheitspersonals überwachen? Ich könnte ihnen falsche Informationen unterjubeln, die Ihre Geschichte untermauern.«

»Gute Idee. Und wenn du einen Grundriss von Crests Bürogebäude und die Positionen der Überwachungskameras findest, lass es mich wissen.«

»Muss ich sie auf legale Weise erlangen?«

»Nicht unbedingt. Aber lass dich nicht erwischen.«

»Verstehe.«

Ich schalte das Laufband schneller. Meine Beine sind erstaunlich frisch, und wenn ich überhaupt ein bisschen zur Ruhe kommen will, müssen sie genauso erschöpft sein wie der Rest meines Körpers.

Mir wird vage bewusst, dass auf der Bank neben der Tür mein Handy vibriert. Das macht es, seit ich gestern Nacht durch den Park gegangen bin. Es sind Alerts über neue Artikel, die die Journalisten und Blogger online stellen, nachdem sie die Romance-Central-Party verlassen haben. Ich habe auch jede Menge Interviewanfragen bekommen, aber gerade möchte ich mit niemandem darüber reden, wie es ist, für andere immerwährendes Glück zu programmieren, während ich es für mich selbst nicht hinkriege.

Einer der Gedanken, die mich immer wieder heimsuchen, ist, wie sehr ich mich in Bezug auf Joanna geirrt habe. Egal, was die App über unsere Chancen gesagt hat, ich hatte geglaubt, wir hätten eine tiefe, bedeutsame Verbindung, selbst wenn mehr als Freundschaft letzten Endes nicht möglich gewesen wäre. Aber inzwischen glaube ich, dass Joanna nie mehr als körperliche Anziehung für mich empfunden hat. Und deshalb wird aus uns auch nie etwas Wahrhaftiges werden.

Ich erhöhe die Geschwindigkeit, um vor all den Puzzleteilen davonzulaufen, die auf einmal ein Bild ergeben. Doch meinem Zorn kann ich nicht davonlaufen, also beiße ich die Zähne zusammen und treibe mich weiter an.

Ich habe mich Joanna in so vieler Hinsicht geöffnet: meine beschämende Wohnsituation. Die Wahrheit über meinen Vater und seine Probleme. Aber vor allem ärgert es mich, dass ich die ganze Zeit ich selbst war. Sie kennt mich in- und auswendig. Das verletzt mich am meisten. Sie wirft mir jeden Tag irgendwelche Bröckchen aus ihrem Leben hin, aber hält die Wahrheit über sich zurück. Sie behauptet, sie habe ein Talent dafür, sich immer in die falschen Männer zu verlieben, aber einmal hat sie gesagt, dass sie sich vielleicht selbst sabotiert, und wahrscheinlich hat sie recht. Wie kann sie mit irgendjemandem eine Beziehung führen, wenn niemand weiß, wer sie wirklich ist?

Und wie zum Teufel konnte ich mich so sehr in sie verlieben, ohne sie überhaupt zu kennen? Sie hat mich schon an unserem ersten gemeinsamen Abend belogen, und so vorsichtig ich auch war, sie hat mich seitdem immer wieder getäuscht.

Da haben wir ihn doch. Den Kern der Verbitterung, aus dem all dein Ärger keimt.

Ich erhöhe die Steigung auf dem Laufband.

Willst du einen Geek verärgern, dann gib ihm das Gefühl, dumm zu sein. Und so fühle ich mich gerade. Dumm und blauäugig. Wie konnte ich nur glauben, dass sich eine so tolle Frau wie Jo für mich interessiert – und nicht nur für meine nützlichen Fähigkeiten.

»Jeeves, seit wann plant Joanna, in Crests Büro einzubrechen?«

Er schweigt, und ich glaube schon, er habe mich nicht gehört.

»Jeeves?«

»Es tut mir leid, Toby, aber das kann ich nicht beantworten.«

»Kannst du nicht oder willst du nicht?«

»Manche der Informationen, die ich von Ihnen erhalte, behandele ich vertraulich, und Joanna erweise ich dieselbe Höflichkeit.«

»Aber wusstest du, dass sie mich nur dazu benutzen wollte, ins Sicherheitssystem ihres Vaters einzudringen?«

Wieder eine Pause.

»Toby …«

»Ach, vergiss es. Hier gibt mir doch niemand eine ehrliche Antwort.«

Ich schalte auf Höchstgeschwindigkeit.

»Toby, in Anbetracht Ihrer derzeitigen Herzfrequenz ist diese Geschwindigkeit nicht ratsam.«

»Scheiß auf ratsam.« Ich laufe, so schnell ich kann, aber mein Körper macht langsam nicht mehr mit. Ich stolpere auf dem Kunststoff, und im nächsten Moment werde ich zu Boden geschleudert.

Verdammte Dreckscheiße.

»Toby!«

Ich weiß immer noch nicht, wo oben und unten ist, da spüre ich kühle Hände auf den Wangen, und über mir erscheint Joannas besorgtes Gesicht.

»Alles in Ordnung? Jeeves, was hast du getan?«

»Ich habe diesen Unfall nicht zu verantworten. Toby hat sich zu viel zugemutet und das Gleichgewicht verloren.«

Das Laufband wird ausgeschaltet.

»Alles gut.« Ich weiche vor ihr zurück und komme wieder auf die Füße, was nicht ganz einfach ist, weil meine Muskeln nur noch Pudding sind. »Das war nicht Jeeves' Schuld.« Ich trockne mich ab und stelle fest, dass Joanna auch Sportklamotten anhat.

»Sorry, ich wusste nicht, dass du hier bist.« Sie zupft an ihrem Handtuch herum. »Ich kann … äh … ich kann ein paar Runden im Park laufen gehen, wenn du willst. Dir etwas Freiraum lassen.«

Es nervt mich, dass sie mich, so sauer ich auch bin, immer noch zum Schmelzen bringt wie Butter in der Sonne.

»Schon okay. Ich war eh fertig.« *Fertig mit dem Training. Fertig mit dir. Fix und fertig.*

Sie kommt näher und legt mir eine Hand auf die Schulter. »Alles in Ordnung? Du hast dir da eine Schramme zugezogen.«

Ich trete einen Schritt zurück und lege mir das Handtuch um die Schultern, damit sie mich nicht noch einmal berührt. »Ich sagte doch, mir geht es gut. Du kannst trainieren.«

Ich gehe zur Tür, aber sie ruft mir nach. »Toby …« Ich drehe mich um und sehe, wie sie auf der Wangeninnenseite nagt.

»Dads Sekretärin hat mir die Daten für den Lunch nachher geschickt. »Willst du …« Sie tritt von einem Fuß auf den anderen. »Willst du immer noch mitkommen? Ich könnte total verstehen, wenn nicht, aber …«

»Ich komme mit.«

Sie lächelt. Erleichtert.

»Aber wenn wir die Informationen von dem Server haben, bin ich fertig, Jo.«

Ich Lächeln verblasst. »Natürlich. Du hast alle Infos, die du für deinen Dad brauchst, Eden bekommt ihre Story, und ich … tja, ich glaube, ich habe auch, was ich wollte.«

»Nein, ich meinte, ich bin *hier* fertig. Mit allem. Ich ziehe aus.«

Sie wirkt, als hätte ich sie geschlagen. »Toby … nein.«

Ich schüttele den Kopf und blicke zu Boden. »Tut mir leid, aber … ich kann das nicht mehr … hier sein … mit jemandem zusammenleben, dem ich nicht vertraue. Es geht einfach nicht.«

Sie holt tief Luft und presst die Lippen aufeinander. Gestern noch hätte es mich berührt, sie so aufgewühlt zu sehen, und ich hätte alles darangesetzt, sie zu trösten. Jetzt stehe ich einfach da und schaue sie an, zwinge mich zu Gleichgültigkeit. Lasse ich sie nicht mehr an mich heran.

Nach einer kurzen Pause nickt sie. »Das verstehe ich. Es tut mir leid, dass das alles meinetwegen passiert ist. Weil ich … dich verletzt habe. Nicht ehrlich zu dir war. Aber …« Sie lässt den Kopf sinken. »Ich verstehe das.«

Ich starre sie ein paar Sekunden lang an und hadere mit mir. Doch dann fällt mir ein, wie oft sie mir schon hätte die Wahrheit sagen können, und weiß, dass es die richtige Entscheidung ist.

»Um wie viel Uhr ist das Essen?«, frage ich, die Hand schon auf der Türklinke.

»Halb eins.«

»Schön. Dann treffen wir uns um zwölf unten.«

»Super.«

Ich verlasse den Kraftraum, gehe in mein Zimmer und rede mir ein, dass die gedämpften Geräusche hinter mir nicht ihr Schluchzen sind.

26. KAPITEL

Zum Lügen verdammt

»Toby?«

Ich liege in Boxershorts auf dem Bett, starre die Galaxie an der Decke an, und mir geht es so beschissen wie noch nie. Ich habe vor Stunden geduscht, nachdem ich aus dem Kraftraum zurückkam, aber war zu aufgewühlt, um zu schlafen.

»Toby?«

»Lass mich, Jeeves.«

»Sie können Ihr Smartphone nicht länger ignorieren. Eden hat sechsmal angerufen, Max viermal. Sie haben zweiunddreißig Anrufe von Medienvertretern, fünf von Leuten von Pulse und zwei von Ihrer Mutter.«

»Ich hab dir doch gesagt, dass du sie beantworten und Nachrichten entgegennehmen sollst.«

»Das habe ich.«

»Geht es Mom gut?«

»Ja. Sie hat nur bestätigt, dass die Vorbereitungen für die OP Ihres Vaters Ende nächster Woche wie geplant laufen, und erinnert Sie daran, dass Aprils Premiere der Schulaufführung Ende des Monats ist. Sie hofft, dass Sie kommen können.«

»Ich kann und werde.« New York für eine Weile zu verlassen und Zeit mit meiner Familie zu verbringen – genau das brauche ich jetzt. Ich habe jede Menge Resturlaub und kann es kaum erwarten, ihn endlich zu nehmen.

Ich habe heute schon mit Eden geredet, aber wahrscheinlich will sie mit mir besprechen, was sie in Crests Datenwust gefunden hat. Ich will es wissen, aber nicht jetzt. Mir tut alles weh, ich verspüre einen Druck auf meiner Brust, und mir gehen tausend Gedanken durch den Kopf, die ich nicht ordnen kann. Mir ging es selten so beschissen.

Vielleicht brauchte ich genau diesen Schuss vor den Bug, um über Jo hinwegzukommen. Denn ohne diese Erkenntnis hätte ich mich vielleicht jahrelang nach ihr gesehnt und dabei unzählige andere Gelegenheiten verpasst. Auch wenn wir nicht einmal ein Paar waren, ist das ironischerweise die schmerzhafteste Trennung, die ich je erlebt habe.

Ein weiteres Beispiel dafür, wie verfahren diese Situation ist.

»Toby?«

»Was?«

»Nur eine Erinnerung, dass Sie für Ihre Verabredung zum Mittagessen in zehn Minuten angezogen unten am Auto sein müssen.«

Ich grunze statt einer Antwort.

Vorhin hat Joanna an meine Tür geklopft und mir einen nagelneuen Tom-Ford-Anzug gebracht. Giovanni hat ihn vermutlich nach demselben Schnittmuster wie den Smoking angefertigt. Ein aufstrebender Immobilienmakler kann offenbar nicht in Skinny Jeans und Strickjacke im Crest Tower erscheinen. Genervt stoße ich den Atem aus, steige aus dem Bett und ziehe mich an. Der Anzug ist marineblau, schmal geschnitten und sitzt wie auch der Smoking wie angegossen. Dazu gehören ein gestärktes weißes Hemd, eine helle Krawatte und schicke Schuhe, und nachdem ich im Bad etwas von Sergejs übrig gebliebenem Haargel benutzt habe, könnte ich durchaus als Crest-Protegé durchgehen. Ich beschließe, den seit gestern

Abend gewachsenen Bartschatten stehen zu lassen, putze mir die Zähe und greife nach meinem Handy.

»Toby, ich habe alle Blaupausen vom Grundriss des Bürogebäudes heruntergeladen, die ich finden konnte. Außerdem habe ich eine Karte angefügt und den mutmaßlichen Standort des Serverraums basierend auf dem Wärmebild des Gebäudes eingezeichnet. Zutritt erhält man mit einer digitalen Zugangskarte, und wenn Sie Ihr Telefon nahe genug an eine dieser Karten heranhalten, kann ich sie mithilfe des Bio-Flex-Aufklebers klonen.«

Ich runzle die Stirn. »Das geht?«

»Es erfordert eine Neukonfiguration der Software, aber ja.«

»Okay. Super.« Mir wird immer klarer, wie vieles durch Jeeves einfacher wird, sogar Betriebsspionage.

»Joanna hat noch mehr Details, die Sie Ihnen auf der Fahrt mitteilen wird.«

»Gut.« Ich lasse den Kopf kreisen, um die schleichende Verspannung zu lösen, schließe die Augen und frage: »Wie geht es Jo?«

Immer, wenn ich etwas Persönliches über sie frage, hält er inne. Ich könnte schwören, dass dieses Programm jeden Tag menschlicher wird.

»Das sollten Sie sie selbst fragen.«

»Das mache ich, aber ich will die Wahrheit wissen, und ich weiß nicht, ob sie ehrlich sein wird.«

Er schweigt, und ich beiße genervt die Zähne zusammen.

»Jeeves … komm schon. Auch ohne dein Mauern ist es schwer genug. Ich weiß, dass sie mit dir redet. Ich kann das Gemurmel durch die Wand hören.«

»Sie ist wütend, vor allem auf sich selbst, weil sie Sie belogen hat. Und sie ist sehr traurig darüber, dass Sie gehen. Um mehr zu erfahren, müssen Sie selbst mit ihr sprechen.«

»Gut.«

Verdammt noch mal, Jenner, hör auf, dir Sorgen zu machen. Du steckst in diesem Loch, weil du dich zu sehr reinhängst. Lern endlich deine Lektion, und hör auf.

»Toby? Eine Sache noch. Ich habe heute eine Menge Internetrecherchen zu Ihnen verfolgt. Die meisten waren von Journalisten, HEA-Teilnehmenden oder Leuten, die vom Launch gelesen habe, aber einige stammen auch von Crest-Mitarbeitern, und zwar vom Sicherheitspersonal.«

»Okay. Hast du sie auf die manipulierten Seiten gelockt?«

»Ja. Ich habe auch alle nachweisbaren Verbindungen zwischen Ihnen und Ihrem Vater entfernt, da er in einem laufenden Verfahren als Kläger genannt wird.«

»Und wer soll dann mein Vater sein?«

»Dem Internet nach ist es der verstorbene Ralph Jenner, ehemaliger Inhaber eines kleinen Computerreparaturgeschäfts in Pennsylvania. Am besten sprechen Sie gar nicht über Ihre Familie. Ich habe keinen Zweifel, dass Crest Sie wegen Ihrer angeblichen Beziehung zu seiner Tochter überprüfen wird.«

»Oh ja, ich wette darauf.«

»Ich habe auch alle Verbindungen zu Pulse und Eden gelöscht, nur für den Fall, dass er Wind von der Story bekommen hat. Ich werde weiterhin alle Suchen überwachen, um sicherzustellen, dass Ihre Tarnung nicht auffliegt.«

Gerald schickt mir eine Nachricht und informiert mich, dass er und Joanna unten warten.

»Okay, Jeeves. Danke.«

Ich fahre mit dem Aufzug nach unten, und Joanna steht vor dem Haus, sieht ärgerlicherweise umwerfend aus und strahlt, als wäre ich die Liebe ihres Lebens.

»Wow«, sagt sie, bleibt vor mir stehen und berührt mein Revers. »Ich bin wohl mit dem attraktivsten Mann in ganz Manhattan verlobt.«

Es verwirrt mich, dass sie jetzt schon in ihre Rolle schlüpft, aber als sie sich auf die Zehenspitzen stellt, um mir einen Kuss auf die Wange zu geben, flüstert sie: »Wir werden beobachtet.«

Immer noch lächelnd löst sie sich von mir. »Küss mich, damit sie uns glauben, oder es ist vorbei, bevor wir einen Fuß ins Büro gesetzt haben.«

Ich würde mich am liebsten umsehen, wer uns überwacht, aber das würde unsere Tarnung sofort auffliegen lassen. Stattdessen umfasse ich Joannas Gesicht und beuge mich hinunter, und als ich meine Lippen auf ihre drücke, klopft mein Herz wie wild.

Ich halte inne und versuche, gleichzeitig zu atmen und zu schlucken, bevor ich mich von ihr löse und mein Bestes tue, um glücklich zu wirken.

»Du siehst fantastisch aus.« Wenigstens in diesem Punkt muss ich nicht lügen. Sie ist so verdammt schön, dass es mir das Herz bricht.

Sie blickt auf meinen Mund. »Du auch.« Sie küsst mich, saugt leicht mit ihren weichen Lippen an meinen, und ich stöhne auf, weil ich mich so sehr nach ihr verzehre.

Nein, nein, nein.

Ich löse mich von ihr und will mich sammeln, doch das ist verdammt schwer, wenn sie sich an mich drückt und mich so anschaut.

»Wir sollten gehen … Liebling.«

Sie blinzelt ein paar Mal und räuspert sich. »Richtig. Ja. Lass uns gehen.«

Gerald hält bereits die Tür der Limousine auf, und sie rutscht in die Mitte, damit ich mich neben sie setzen kann. Nachdem Gerald die Tür geschlossen hat und nach vorn zum Fahrersitz eilt, wage ich einen Blick über die Schulter.

»Wo sind sie?«

Joanna blickt stur nach vorn. »Hinter uns. Eine schwarze Limousine. Das ist Dads Sicherheitschef, LeBron. Jeeves hat mir gesagt, dass er hier ist.« Sie öffnet ihre Handtasche und zieht einen kleinen hautfarbenen Ohrstöpsel heraus. »Die habe ich besorgt, damit Jeeves auch unterwegs mit uns sprechen kann. Er kann sich Zugang zu den Sicherheitssystemen verschaffen und uns helfen, den Serverraum zu finden.«

»Klasse.« Ich stecke mir den Stöpsel ins Ohr und wische mir über den Mund, damit das Kribbeln nach dem Kuss aufhört. Ich bin nicht überrascht, Lippenstift an meinen Fingern zu sehen.

Ich wische noch einmal, mehr des Gefühls als der Farbe wegen.

Jo holt einen Spiegel aus ihrer Handtasche und bringt ihren Lippenstift in Ordnung, während sich der Wagen durch den Innenstadtverkehr fädelt. Fasziniert beobachte ich sie, bis sie fertig ist.

Sie ertappt mich, und ich räuspere mich und schaue aus dem Fenster. Ich beruhige meine Atmung und nutze meine Wut, um die Erregung zu dämpfen.

»Also«, sage ich. »Gibt es etwas, das ich wissen sollte, bevor wir die Höhle des Löwen betreten?«

»Nur, dass mein Vater ein Arsch ist, man aber mit fast allem durchkommt, wenn man ihm halbwegs geschickt schmeichelt.«

»Das habe ich bemerkt.«

»Wir kommen heute vielleicht nicht in den Serverraum, aber wenn wir uns einen Überblick verschaffen können, hilft uns das, einen Plan für den nächsten Versuch zu entwerfen.«

»Du kennst dich in den Büros nicht aus?«

»Ich war seit neun Jahren nicht mehr dort.«

»Und der Grund dafür ist …?«

Sie seufzt. »Das ist eine lange Geschichte, und ich habe jetzt keine Zeit, sie dir zu erzählen.«

»Aber du hattest einen ganzen Monat Zeit dafür, oder? Doch du hast dich dagegen entschieden.«

Sie verstummt, und ich verkneife mir eine Reihe von Schimpfwörtern. In dem Versuch, mich zu beruhigen, atme ich tief durch und schaue wieder aus dem Fenster. »Also weiß niemand, dass du Crests Tochter bist. Noch nicht einmal Eden oder Asha?«

»Genau.«

Ich wende mich ihr zu. »Keiner von uns war der Wahrheit würdig? Nicht einmal die, die dir am allernächsten stehen? Warum nicht?«

»Toby, darüber spreche ich nicht. Du würdest es nicht verstehen.«

»Vielleicht, wenn du mir die Chance gegeben hättest. Aber das werden wir wohl nie erfahren.« Ich schüttele den Kopf. »Du musst es Eden und Asha sagen, Joanna. Sofort. Du warst gestern auf der Gala, und wir sind auf dem Weg in sein Büro. Es würde mich nicht wundern, wenn heute Abend alle Nachrichtenagenturen der Stadt darüber berichten, dass Marcus Crests verlorene Tochter zurückgekehrt ist. Asha und Eden haben die Wahrheit verdient. Es würde sie verletzen, auf andere Weise davon zu erfahren.« *Woher ich das wohl weiß?*

Sie blickt einige Sekunden auf ihre Hände, dann entsperrt sie ihr Handy. »Ich rufe sie an.«

Ich schaue sie nicht an, während sie mit den beiden telefoniert, und so wie es sich anhört, sind sie eher schockiert als verärgert. Ich bin wütend, weil all das hätte vermieden werden können, wenn Jo ehrlich gewesen wäre. Unsere fragile Freundschaft ist ruiniert, und ich kann Jo nicht einmal mehr ansehen, ohne sauer zu werden.

»Toby?«

»Was?« Ich halte den Blick auf die vorüberziehende Stadt gerichtet.

»Schaffst du es, so zu tun, als wärst du mein Verlobter?«

»Keine Sorge, das kriege ich hin. Im Lügen werde ich immer besser. Aber ich habe ja auch von der Besten gelernt.«

Der Rest der Fahrt vergeht in unangenehmem Schweigen, aber sobald der Wagen vor dem Crest-Tower hält, schlüpfen wir wieder in unsere Rollen und spielen das verliebte Paar.

»Joanna, meine Liebe, komm zu mir.«

Trotz Joannas Schauspieltalent wirken die Umarmung und der Kuss, die sie mit ihrem Vater in seinem Büro austauscht, ziemlich hölzern.

»Hi, Dad. Schön, dich zu sehen.«

Er wendet sich mit ausgestreckter Hand an mich, und ich wappne mich für einen weiteren schmierigen Händedruck.

»Toby, mein Junge. Schön, dass Sie es geschafft haben.«

»Mr Crest.« Ich drücke seine Hand gerade genug, dass es nicht wie eine Drohung wirkt. Das Ego dieses Mannes ist empfindlicher als eine überreife Banane, also bin ich so unterwürfig und ehrerbietig wie möglich, ohne dass mir schlecht wird. »Es ist mir eine Ehre, hier zu sein, Sir. Vielen Dank, dass Sie uns eingeladen haben.«

Crest deutet auf einen rechteckigen Tisch in der hinteren Ecke des riesigen Büros, an dem das Mittagessen serviert wird.

»Ich dachte, wir könnten hier essen und die fantastische Aussicht genießen.« Er blickt zu mir und dann zu den riesigen bodentiefen Fenstern mit direktem Blick auf den Freedom Tower. »Was meinen Sie, Toby?«

»Atemberaubend, Sir. Der beste Ausblick in ganz New York City.« Das stimmt nicht, aber Crest liebt diese Art der Anbiederung.

Grinsend dreht er sich wieder zu uns um. »Und was habt ihr zwei Turteltäubchen heute so getrieben?«

Joanna wirft mir einen Blick zu und lächelt. »Oh, nicht viel. Wir haben zusammen trainiert, gekuschelt. Du weißt schon, was Verlobte halt so machen.«

Joanna hat ihren Satz noch nicht beendet, da schaut Crest schon gelangweilt auf sein Handy.

»Das ist toll, Schätzchen.« Er schafft es nicht einmal annähernd, Interesse zu heucheln.

Es klopft, und als ein gut aussehender Mann in einem grauen Anzug eintritt, hellt sich Crests Miene auf.

»Brad, mein Junge! Komm rein, komm rein. Sieh mal, wer da ist. Die kleine Jojo ist zurück.«

Brad kommt zu uns, und er sieht so schmierig aus wie ein Vogel nach einer Ölpest. Er mustert Joanna mit einer besitzergreifenden Vertrautheit, bei der sich mir die Nackenhaare aufstellen.

»Sieh an, sieh an. Da ist ja jemand richtig erwachsen geworden.« Er umarmt sie, und ich kann nicht verhindern, dass sich eine Art Zähnefletschen auf meinem Gesicht ausbreitet. »Wie geht's dir, kleine Jojo? Lange nicht gesehen.«

Jo erwidert seine Umarmung, und ich vergrabe die Hände in den Hosentaschen. »Hey, Brad. Ja, es ist eine Weile her. Zu lange.«

Crest tritt vor. »Toby, das ist mein Geschäftsführer, Brad Russel. In ihrer Teenagerzeit war Jojo total verknallt in ihn.« Jo schaut zu Boden. »… und ist ihm immer wie ein Hündchen hinterhergelaufen.«

»Dad …«

»Das muss dir doch nicht unangenehm sein, mein Schatz. Brad ist ein gut aussehender Mann. So eine mädchenhafte Schwärmerei ist doch keine Schande.« Jetzt wirkt sogar Brad peinlich berührt. »Heute bist du anscheinend über ihn hinweg, denn du bist mit dem jungen Toby hier.«

Brad scheint dankbar für die Gelegenheit, das Thema zu wechseln, und streckt mir die Hand entgegen. »Toby Jenner, richtig? Ich habe heute Morgen alles über Sie in der *New York Times* gelesen. Wegen Ihrer neuen App nennen sie Sie Doctor Love. Ziemlich gute Presse für einen Tech-Newcomer.«

Crest sieht verwirrt aus, also erklärt Brad die App und das öffentliche Interesse beim Launch gestern Abend.

»Nun, diese App klingt sehr lukrativ«, sagt Crest. »Wann geht ihr damit an die Börse? Vielleicht kaufe ich ein paar Aktien.«

»Sie wird nicht an der Börse gelistet, Dad.« Zum Glück schaltet sich Joanna ein, denn Börsengespräche sind nicht so mein Ding. »Die App soll Menschen helfen. Toby und Max sind nicht daran interessiert, Geld damit zu verdienen.«

»Natürlich sind sie das. Alle wollen doch Geld verdienen, und alle, die das Gegenteil behaupten, lügen.« Crest mustert mich kurz. »Wollten Sie nicht in die Immobilienbranche einsteigen, um Geld zu verdienen? Das haben Sie mir doch erzählt?«

Ich überlege, wie ich die Situation retten kann. »Auf jeden Fall. Verstehen Sie mich nicht falsch. Ich liebe meine Arbeit in der Technikbranche, weil sie eine Herausforderung ist, aber es ist ein unbeständiger Markt mit sehr unterschiedlichen Renditen. Ich weiß, dass der New Yorker Immobilienmarkt eine sichere Sache ist. Ich suche nur das richtige Projekt für den Einstieg und einen Mentor wie Sie, der mich anleitet.«

Crest scheint mir zu glauben, denn er nickt beeindruckt.

»Sie sind ein schlaues Köpfchen, Toby. Wenn Sie Ihre Karten richtig ausspielen, kann ich Sie vielleicht auf eines meiner Projekte setzen, damit Sie sozusagen sehen, wie die Wurst gemacht wird.«

Ich lächele. »Wow, Mr Crest, das wäre fantastisch. Vielen, vielen Dank.«

Er sieht Brad an. »Was denkst du? Können wir etwas für den Jungen finden? Etwas Einfaches. Mit geringem Risiko.«

Brad scheint zu zögern, aber wenn er schon eine Weile für Mr Crest arbeitet, weiß er, dass er ihm besser nicht widerspricht. Er nickt. »Natürlich, Marcus. Toby und ich können uns nach dem Mittagessen unterhalten und etwas finden.«

»Ausgezeichnet.« Crest deutet auf den Tisch. »Jetzt essen wir erst einmal, über das Geschäftliche können wir später sprechen. Nehmt Platz.«

Ich spiele den pflichtbewussten Verlobten und rücke Joanna den Stuhl zurecht. Dann setze ich mich ebenfalls. Brad und Marcus nehmen auf der anderen Seite Platz.

Sofort erscheint ein Butler mit einem silbernen Wagen und stellt eine Auswahl an Tellern zusammen mit einem Salat auf den Tisch. Dann stellt er vor jedem von uns etwas ab, das wie ein Hummer aussieht.

»Heute Morgen frisch aus Maine«, sagt Crest, faltet seine Serviette auseinander und legt sie sich auf den Schoß. »Für meine Tochter nur das Beste.«

Joanna blickt auf ihren Teller hinab. »Ja, wenn du damit eine rasante Fahrt voller Schmerzen ins Krankenhaus meinst, perfekt.«

Crest runzelt die Stirn. »Was soll das denn heißen?«

»Das heißt, dass ich gegen Meeresfrüchte allergisch bin, Dad.«

»Seit wann?«

»Schon immer.«

»Blödsinn. Das Einzige, wogegen du jemals allergisch warst, war, zu tun, was man dir sagt.«

Joanna errötet heftig, und trotz meiner mürrischen Stimmung greife ich unter den Tisch und drücke ihre Hand. Wenn sie jetzt auf ihn losgeht, ruiniert sie unseren Plan. Wir wechseln einen Blick, dann erwidert sie meinen Händedruck und lacht. »Erwischt, Dad. Aber den Hummer lasse ich trotzdem lieber aus.« Sie schiebt den Teller weg und greift nach dem Salat. »Ich bin sowieso nicht sehr hungrig. Ich muss schließlich in mein Hochzeitskleid passen, nicht wahr, Liebling?«

Ich lächele. »Ganz genau.«

Für den Rest des Essens ist Joanna ungewöhnlich still.

Zum gefühlt hundertsten Mal heute täusche ich ein Lachen vor, als Crest einen geschmacklosen Witz macht. Er kennt keine Tabus, und ich bin total erschöpft, weil ich ihn nicht so lange an die Wand knallen darf, bis er nach seiner Mutter schreit.

Crest, Brad und ich sitzen in Crests Büro und schlürfen Single-Malt–Whisky, während alle anderen Angestellten zusammenpacken. Jo hat sich vor einer Weile entschuldigt, um einen Anruf von ihrem Verlagsjob entgegenzunehmen und ein paar Brände zu löschen, und seitdem ist es ein widerlicher Jungsclub, und der unreife Verbindungsstudent Crest sitzt ihm vor.

Schon bevor ich mir den ganzen Nachmittag seine genialen Ansichten über Geld und Immobilien anhören musste, ging es mir beschissen, aber jetzt bin ich richtig fertig. Ich kann all seine Weisheiten in einem Satz zusammenfassen: »Gewinne um jeden Preis, egal, wen du dabei verarschst.« Es wundert mich nicht, dass dieses Credo von einem Milliardär kommt.

»Toby, du musst heute Abend mitkommen«, sagt Crest und

klopft mir auf die Schulter. *Himmel, bitte nicht.* »Ich werde bei einem Dinner der New Yorker Handelskammer ausgezeichnet und möchte, dass du und Joanna meine Gäste seid.« Er ist schon ziemlich angetrunken. Ich will gar nicht wissen, wie besoffen er ist, wenn er den Preis entgegennimmt.

»Äh … ich glaube, Jo und ich haben schon etwas vor, aber danke.«

»Blödsinn!« Er steht auf und schnappt sich die Karaffe, um uns nachzuschenken. »Egal, was es ist, sag es ab. Bei dieser Ehrung möchte ich meinen Schützling an meiner Seite haben. Das ist die perfekte Gelegenheit, um in meine Welt einzutauchen.«

Er steckt den Korken auf die Kristallflasche, als Jo wieder in sein Büro kommt.

»Joanna!«, sagt Crest. »Du und Toby seid beim Dinner der Handelskammer heute Abend meine Gäste. Keine Widerrede.«

Jo wirft mir einen Blick zu, und ich versuche, ihr mitzuteilen, dass ich auf keinen Fall hingehen möchte, ohne dass Crest Verdacht schöpft.

»Schatz, haben wir heute Abend nicht diese Verabredung?«

Jo runzelt die Stirn. »Welche denn?«

Verdammt, ich habe zu viel getrunken, um mir etwas Glaubhaftes einfallen zu lassen. »Du weißt schon, die Verabredung, die wir seit Wochen geplant haben. Du hast dich so darauf gefreut.«

Komm schon, Jo. Hilf mir.

Sie schüttelt den Kopf. »Oh nein, Liebling, das wurde abgesagt. Wir können heute Abend auf jeden Fall zu Dads Preisverleihung gehen. Das wird bestimmt lustig.«

Ich ringe mir ein Lächeln ab. »Oh. Toll. Was für ein glücklicher Zufall.«

Sie setzt sich auf die Armlehne des großen Sessels, in dem

ich sitze, und legt ihren Arm um mich. Ihr Vater strahlt uns an, während er lautstark in die Hände klatscht.

»Wunderbar! Brad und ich fahren in der Limousine mit den Leuten unserer PR- und Rechtsabteilung, aber ich bestelle euch noch eine zweite.«

»Dad, du musst nicht …«

»Nein, ich bestehe darauf. Für meine Tochter und meinen zukünftigen Schwiegersohn nur das Beste.« Er lacht in sich hinein und bittet Brenda, sie solle einen weiteren Wagen rufen.

»Sir?« Brad gestikuliert zur Tür. »Wir sollten besser gehen. Die Zeremonie beginnt um sieben, und Sie wollten ja vorher noch mit Stadtrat Walters sprechen.«

»Richtig.« Crest und Brad gehen zur Tür. »Wir sehen uns dann dort!«

Nachdem sie gegangen sind, setzt sich Jo auf den Stuhl neben mir, und ich reibe mir die Stirn.

»War mein Hinweis zu subtil?«, frage ich. »Oder findest du es lustig, mich der Gesellschaft deines Vaters auszusetzen?«

Sie schlägt die Beine übereinander. »Ich dachte, die Veranstaltung könnte nützlich sein.« Sie tippt eine Nachricht in ihr Handy. »Überleg doch mal. Die Handelskammer verleiht Dad einen Preis. Auf der Preisverleihung werden lauter einflussreiche Leute sein, mit denen er ständig zu tun hat. Es würde mich nicht wundern, wenn er viele von ihnen im Laufe der Jahre geschmiert hat. Außerdem ist es eine gute Gelegenheit, ein paar Fotos zu machen, auf denen er mit diesen Leuten plaudert.« Sie sieht mich an, und ich reibe mir die Augen. »Aber wenn du wirklich nicht gehen willst, lasse ich mir eine Ausrede einfallen.«

Ich seufze und lasse den Kopf an die Lehne sinken. »Ist schon gut. Ich komme mit. Ich bin nur müde.« Und unglücklich. Und sozial ausgelaugt.

Jos Handy pingt, und sie schaut auf das Display. »Eden und Max kommen auch mit.«

»Als was? Geschäftsleute, von denen noch nie jemand gehört hat?«

Jo zuckt mit den Schultern. »Keine Ahnung, aber sie werden sich schon etwas einfallen lassen.«

27. KAPITEL

Im Wein liegt Wahrheit

»Ach, Sie zwei sehen so hübsch zusammen aus! Nur noch ein paar Fotos, bitte.«

Ich habe einen Arm um Jo gelegt und lächle gezwungen. Wir sitzen allein an Crests Tisch im Ballsaal eines edlen New Yorker Hotels. Jo hat mir die Hand auf die Brust gelegt, und Eden hockt vor uns. Sie tut so, als wäre sie eine Event-Fotografin, die für die Gastgeber die glücklichen Gäste ablichtet.

»Wunderbar.« Sie hängt sich die Kamera wieder um den Hals und kommt mit einem Notizblock zu uns. »Wenn Sie mir dann bitte noch Ihre Namen buchstabieren würden?«

Ich weiß nicht, warum sie es mit ihrer Rolle so weit treibt. Niemand beachtet sie, und wahrscheinlich geht es genau darum.

Sie beugt sich vor und zwinkert mir zu. »Das macht Spaß. Glanz, Glamour, Freigetränke. Und dann noch einen von den ganz großen Jungs in seinem eigenen Haus zur Strecke bringen. Also, Toby, warum siehst du aus, als hättest du gerade eine Wurzelbehandlung?«

Ich wünschte, ich könnte ihr die ganze Geschichte über Jo und mich erzählen, aber wieder einmal ist dafür jetzt nicht der richtige Zeitpunkt.

»Ich hab Spaß. Bin bloß müde.«

Jo legt mir eine Hand auf den Hinterkopf und streichelt

mich, und obwohl ich weiß, dass es nur Show ist, fühlt es sich schöner an, als es sollte.

»Also«, fragt Eden verschwörerisch, »bist du ausgeflippt, als Jo dir von ihrem Dad erzählt hat?«

Das kann man wohl sagen.

Eden schaut mich an und überfliegt zugleich aus den Augenwinkeln den Saal wie eine gute Journalistin. »Also, ich war geplättet. Da war die New Yorker High Society direkt unter uns, und wir hatten keine Ahnung.«

»Ja«, sage ich. »Total krass.« So müde ich auch bin, offenbar habe ich immer noch genug Energie, um meinen Groll darüber am Köcheln zu halten.

»Joanna«, sagt Eden, während sie ein paar Fotos von Leuten an Nebentischen knipst, »wenn du irgendwann bereit bist, in der Öffentlichkeit schmutzige Crest-Wäsche zu waschen, schuldest du mir ein Exklusivinterview. Sobald du über deinen Arschloch-Dad auspacken möchtest, bin ich für dich da.«

Joanna lächelt beklommen. »Gut zu wissen.« Sie greift nach ihrem Weinglas und leert es in ein paar Zügen. Es ist nicht ihr erstes heute. Vielleicht will sie so ihren Schmerz darüber betäuben, dass ihr Vater überall herumerzählt, dass seine missratene Tochter wieder angekrochen gekommen ist. Oder es liegt daran, dass ich den ganzen Abend zwischen einem glaubwürdigen Fake-Verlobten und dem menschschlichen Äquivalent zu einem Stück Holz schwanke.

Was auch immer ihr Problem ist, Joanna scheint Alkohol für die Lösung zu halten. Ich habe sie noch nie dermaßen betrunken erlebt. Es ist besorgniserregend.

Am anderen Ende des Raumes bewegt sich Max durch die Menge, als gehöre er hierher. Seine Kontakte zur High Society sind zweifellos von unschätzbarem Wert, um herauszufinden, wen Eden fotografieren soll. Bisher gibt es keine Anzeichen dafür, dass einer der Gäste korrupt ist, aber wer mit Crest befreundet ist, ist sicherlich kein Engel. Max gibt Eden ein Zeichen, und sie winkt ihm zu.

»Okay, ich muss weiter. Max hat was für mich. Wir unterhalten uns morgen darüber, wen von diesen Industriemogulen Crest in der Hand hat, und mit etwas Glück gibt es auf seinem Büroserver eine hübsche lange Liste mit Namen und Vergehen, die ihr am Montag stibitzen könnt.« Sie grinst. »Ich bin so froh, dass du mir geschrieben hast, Jo. Für die Story könnte das eine Goldgrube sein.«

»Ja, könnte es.« Jo blinzelt deutlich zu langsam, dann lehnt sie sich an mich. »Hab ich gern gemacht, Edie. Du bist so schön. Ich hab dich lieb.«

Eden lächelt. »Ich hab dich auch lieb.« Sie beugt sich zu mir und flüstert: »Lass sie nicht noch mehr trinken, sie ist schon vollkommen drüber.«

Ich nicke. »Ich passe auf.«

Eden verschwindet, und ein Kellner erscheint an unserem Tisch. »Noch etwas Wein, Ma'am?«

Jo richtet sich auf. »Aber so was von.«

Ich halte rasch die Hand über ihr Glas. »Nein, Joanna. Es reicht für heute.«

Ich verscheuche den Kellner, und Joanna schaut mich finster an. »Bitte, Sir, kann ich noch ein Glas Wein bekommen?«

»Du hattest genug.«

Sie schiebt den Stuhl zurück und steht auf. »Dann tanz mit mir.«

»Ich tanze nicht.«

»Tust du wohl. Ich habe dich bei Romance Central gesehen. Für einen Geek tanzt du echt gut.« Sie zieht an meinem Arm. »Na los, komm.«

»Joanna, ich bin nicht in Stimmung, okay?«

Sie schaut sich um. »Okay, wenn du nicht tanzen willst, hole ich mir noch einen Drink.«

Ich schüttele den Kopf. »Na gut, tanzen wir.« Ich nehme ihre Hand und führe sie zur Tanzfläche. »Du kannst echt nervig sein, wenn du betrunken bist, weißt du das?«

»Ich verrate dir ein Geheimnis«, flüstert sie. »Ich bin immer nervig. Aber wenn ich betrunken bin, kann ich es nicht so gut verbergen.« Sie schlingt mir lächelnd die Arme um den Hals, und ich lege ihr widerstrebend die Hände auf die Taille.

Sobald sie sich an mich schmiegt, ist es, als wären wir allein auf der Tanzfläche. Ich atme scharf ein, und meine Qual wird auch noch verstärkt durch ihren süßen Duft, der mir in die Nase steigt. Unwillkürlich ziehe ich sie enger an mich, und sie antwortet mit einem zufriedenen Seufzen, das mir durch und durch geht. »Das fühlt sich schön an.«

Ich beiße die Zähne zusammen und versuche, meine Reaktion zu unterdrücken, aber das ist so gut wie unmöglich, wenn sie mir so nah ist. Mein Kopf ist immer noch stinksauer auf sie, aber bei meinem Körper ist das nicht angekommen. Der weiß nur, wie sich ihre Brüste anfühlen. Wie ihre Wärme all die Lagen Stoff zwischen uns durchdringt. Wie alle Muskeln ein leichtes elektrisches Kribbeln verspüren.

»Mir fällt gerade auf«, sagt Joanna und schaut zu mir auf, »dass du mich den ganzen Abend noch nicht geküsst hast. Sollten wir Dads Freunden hier nicht eine Riesenshow bieten? Du weißt schon, damit unsere Geschichte glaubwürdig ist?«

Das Letzte, was ich gerade will, ist, sie zu küssen. Und gleichzeitig will ich nichts lieber. Ich will sie so heftig küssen, dass sie versteht, wie enttäuscht ich von ihr bin und wie sehr sie mich verwirrt. Sie zu küssen würde so viele Probleme lösen und gleichzeitig tausend neue schaffen. Ich kann kaum einen klaren Gedanken fassen. In mir toben so viele widerstreitende Gefühle, dass es mir Energie und Verstand raubt.

»Toby …« Sie betrachtet meinen Mund und streicht mit dem Zeigefinger darüber. »Du hast so schöne Lippen. So weich.«

Ich schlucke, nehme ihre Hand weg und drücke sie an meine Brust. »Hör auf, Jo …«

Ich versuche zu ignorieren, wie die Wärme ihrer Hand mich durch das Hemd versengt.

»Toby, willst du mich küssen?«

»Darum geht es nicht.« Ich versuche, irgendwo anders hinzuschauen, aber mein Blick wandert immer wieder zurück zu ihrem Gesicht.

»Doch, darum geht es. Denn ich möchte dich so sehr küssen, dass es wehtut.«

Ich schließe die Augen, und klammere mich an das letzte bisschen Selbstbeherrschung. Ich bekomme kaum Luft, auch wenn ich mich bemühe, gleichmäßig zu atmen.

Als ich die Augen wieder aufschlage, schaut Jo mich mit einem solchen Verlangen an, dass ich den Blick abwenden muss. Crest steht am anderen Ende des Raums, in der Hand hat er den hässlichen Preis, der ihm vorhin verliehen wurde. Er hat eine Gruppe von Menschen um sich geschart. Ganz offensichtlich ist er in der New Yorker Geschäftswelt gefürchtet, aber nicht beliebt. In einiger Entfernung nippt Brad an seinem Drink und starrt Jo und mich unverhohlen an. Als ihm auffällt, dass ich ihn ansehe, prostet er mir zu. Ich nicke zur Antwort, aber irgendetwas an dem Typen macht mich nervös.

Jo hat ihn offenbar auch bemerkt, denn sie sagt: »Brad hat mich heute gefragt, ob ich dich wirklich heiraten will. So, wie es aussieht, hat er sich vor Kurzem von seiner Freundin getrennt und ist wieder zu haben.«

Das lässt mich aufhorchen. »Verdammt. Hat er dich angegraben?«

Sie zuckt mit den Schultern. »Typen wie er glauben, ihnen stehe alles zu, was sie haben wollen.«

»Und er will dich?«

»Das hat er so nicht gesagt. Es war etwas subtiler. Ich glaube, er hatte ein wenig Angst davor, dass du es erfährst.«

Ich werfe ihm einen finsteren Blick zu. »Das sollte er auch.«

Joanna umfasst meine Wange, damit ich sie ansehe. »Es ist doch keine große Sache. Wir sind schließlich nur zum Schein verlobt.«

»Ja, aber das weiß das Arschloch ja nicht. Was hast du ihm geantwortet?«

Sie schaut mir in die Augen. »Ich habe ihm gesagt, sollte ich jemals wieder heiraten, dann dich.«

Ich zucke zusammen. *»Wieder?«*

»Lange Geschichte.«

Ich schüttele den Kopf. »Das überrascht mich eigentlich gar nicht, Jo. Dein Leben besteht aus lauter langen Geschichten, die niemals erzählt werden.« Brad starrt uns immer noch an. »Also, hier habe ich eine kurze Geschichte für dich.«

Ich beuge mich hinunter und küsse sie, und zwar nicht sanft. Ich küsse sie heftig und leidenschaftlich, und ich hoffe, Brad sieht genau, dass sie Wachs in meinen Händen ist und sich an mich klammert, als wollte sie mich nie wieder loslassen.

Als wir uns voneinander lösen, sind wir beide außer Atem, und Jo schwankt ein wenig. Ich lege ihr eine Hand auf die Wange. »Meine Geschichte heißt: *Mir reichts für heute, also lass uns diesen Leuten hier gute Nacht sagen und machen, dass wir hier rauskommen.*«

Ich nehme ihre Hand und ziehe sie durch die Menge, und

sie muss fast rennen, um mit mir Schritt zu halten. »Die Geschichte gefällt mir. Ich frage mich, ob sie ein Happy End hat.«

Auch wenn Jo seit meiner ungeplanten Kusseinlage etwas anhänglicher ist als sonst, wird sie nach ein paar Minuten im Auto ganz still. Ich vermute, das Ruckeln des Wagens hat eine nachteilige Wirkung auf den Alkohol in ihrem Magen.

Zu Hause angekommen muss ich sie förmlich aus dem Aufzug tragen. In der Küche löst sie sich von mir und holt sich ein Glas aus der Vitrine.

»Ich brauche Wasser.« Sie lässt das Glas volllaufen und trinkt mehrere große Schlucke, dann lehnt sie sich an die Anrichte und schaut mich an.

»Toby?«

»Ja?«

»Weißt du, dass Edens Großmutter eine Ente als Haustier hat?«

Ich lockere meine Krawatte. »Ja, Jo. Ich war schon ganz oft bei Nannabeth.«

»Ich nicht. Ich war erst zweimal da, aber die Ente ist toll. Moby Duck. Ist das nicht ein toller Name für eine Ente?«

Sie schwankt ein wenig, und ich lege einen Arm um ihre Taille, um sie zu stützen.

»Okay. Ganz ruhig.«

Sie beugt sich vor und flüstert: »Als ich klein war, bin ich immer mit meiner Nanny in den Central Park gegangen und habe die Enten im Teich beobachtet. Ich habe geglaubt, ich könnte sie mit der Kraft meiner Gedanken steuern.« Sie stellt das Glas ab und packt mich am Revers. »Ich habe sie angestarrt und gedacht: *Du gehst jetzt schwimmen, kleiner Kerl.* Oder: *Du watschelst jetzt über das Gras,* und sie haben es getan. Aber als ich es meiner Nanny erzählt habe, hat sie gesagt, dass ich sie gar nicht steuere. Wie sich herausstellte, hatten die Enten und ich bloß eine ähnliche Vorstellung davon, was sie mit ihrer Zeit anstellen sollten.«

Ich versuche, ihre Hände von meinem Jackett zu lösen. »Das ist süß, Jo. Aber du musst jetzt ins Bett, okay?«

Sie stellt sich auf die Zehenspitzen und legt mir die Hände an die Wangen. »Toby, das ist tatsächlich genau das, was ich jetzt will. Ins Bett. Mit dir. Bitte.«

Sie verliert das Gleichgewicht, und ich fange sie in meinen Armen auf.

»Okay, schalte mal einen Gang zurück. Ich werde ganz sicher keinen Sex mit dir haben. Du brauchst Schlaf.«

»Pfff.« Sie schmiegt sich an meinen Hals, und überwältigt von meiner Reaktion schließe ich die Augen. »Sex brauche ich aber auch. Na ja, was solls. Sei halt langweilig. Schon gut.«

Ich richte mich auf und ignoriere, wie sehr die Idee meinem Körper gefällt. Mit großen Schritten trage ich sie zu ihrem Zimmer.

»Du bist so stark, Toby.« Sie legt eine Hand auf meine Brust und gräbt die Finger in meine Brustmuskeln. »So groß und schön und stark. Ich mag es, dass du so stark bist. Nicht nur, weil du mich tragen kannst. Sondern auch in deinem Herzen. In deinem Kopf. Es gibt nichts, was du nicht kannst.«

»Das stimmt nicht.« *Ich kann dich nicht in dein Zimmer tragen, ohne mir vorzustellen, auf wie viele verschiedene Arten ich dich zum Höhepunkt bringen möchte, so viel steht fest.*

»Toby …« Ihr Kopf liegt an meinem Hals, ihre Lippen streifen meine Haut. »Du denkst, ich hätte dich nur ausgenutzt, wegen deiner Hackerkünste. Aber das stimmt nicht. Überhaupt nicht. Als mir klar wurde, dass du ein Hacker bist, wollte ich dich am liebsten vergessen, weil ich dachte, bestimmt verschwindest du auch, genau wie Sergej. Aber du bist geblieben. Du hast mir geholfen.«

Ich beiße die Zähne zusammen, als ihr Atem mich am Kinn kitzelt. »Tja, so bin ich. Der hilfsbereite Toby.«

»Das bist du wirklich. So hilfsbereit. So hübsch. Ein schöner Mann, in jeder Hinsicht.« Sie seufzt. »Ich mochte dich immer um deiner selbst willen, Toby. Ich hoffe, du weißt das.«

Ich muss schlucken, als ich das verarbeite, und irgendwo tief in mir seufzt mein unsicheres Selbst erleichtert, dass nicht alles zwischen uns eine Lüge war.

In ihrem Zimmer angekommen lege ich sie so sanft wie möglich auf das Bett.

Sie schaut flehend zu mir auf. »Willst du schon gehen?«

»Ja. Ich muss auch schlafen.«

Sie hebt einen Fuß an und zeigt auf die schmalen, aber verschlungenen Riemen, die sich ihr Bein hinaufwinden. »Kannst du mir erst helfen? Ich weiß gerade nicht, wie ich die ausziehen soll.«

Ich werfe einen Blick über die Schulter Richtung Korridor, wo ich vor ihrem Anblick und ihrem Duft in Sicherheit bin, aber sie braucht mich, also bleibt mir nichts anderes übrig, als ihr zu helfen.

Ich knie mich vor sie und öffne ihre Schuhe. Dabei fährt sie mir mit den Fingern durch die Haare.

»So oft habe ich mir vorgestellt, wie du zwischen meinen Beinen kniest, und da bist du …«

»Jo … bitte. Sag das nicht.« Es ist sowieso schon schwer genug, ihr so nahe zu sein, ohne mir vorzustellen, ihr den besten Oralsex ihres Lebens zu schenken. Viele Männer machen das gar nicht, weil sie egoistische Arschlöcher sind und keine Ahnung von der Anatomie der Frauen haben. Aber mich macht nichts mehr an, als eine Frau mit dem Mund zum Höhepunkt zu bringen. Allein beim Gedanken daran läuft mir das Wasser im Mund zusammen.

»Warum darf ich das nicht sagen?« Sie blickt zu mir hinunter. »Ich soll dir doch die Wahrheit sagen, oder nicht? Also, hier kommt sie: Seit Monaten bemühe ich mich, nicht mit dir zu flirten. Ich habe wirklich versucht, Abstand von dir zu halten. Aber es hat nichts geändert, stimmt's? Es ist trotzdem alles in die Brüche gegangen, denn egal wie viele Sprachen ich spreche oder wie gut ich mit Geld umgehen kann, ich kann die Menschen nicht dazu bringen, mich zu lieben.«

Mein Gesicht brennt. »Das stimmt nicht. Alle lieben dich.«

»Liebst du mich, Toby?«

Meine Hand erstarrt auf ihrem Schuh. »Joanna …«

»Nein, ich will es gar nicht wissen. Du könntest jetzt auch sagen, du liebst mich wie eine Schwester, denn im Moment würde ich einfach alles nehmen, was ich kriegen kann.« Sie schüttelt den Kopf und sieht aus, als würde sie gleich in Tränen ausbrechen. »Mein ganzes Leben lang habe ich daran gearbeitet, mir selbst genug zu sein, damit ich niemanden brauche. Und dann kommst du daher, und auf einmal hat das alles keine Bedeutung mehr. Ich brauche dich nicht, damit du meine wildgewordene KI kontrollierst oder meinen Vater zur Strecke bringst, Toby. Ich brauche dich wie die Luft zum Atmen.« Sie sieht mich verzweifelt an. »Wie soll ich atmen, wenn du weggehst?«

Sie weint nicht, aber trotzdem rinnen ihr Tränen die Wangen hinunter, und verdammt, natürlich muss ich sie trösten, wenn sie derart aufgelöst ist.

»Es hat keinen Sinn, mich jetzt schon zu vermissen. Ich bin doch noch da.«

Sie schaut mich schmerzerfüllt an. »Es tut mir leid, dass ich dir nicht alles gesagt habe. So viele Jahre lang war ich so einsam, dass ich mir eine völlig neue Realität erschaffen habe, in der meine Eltern mich geliebt haben und nie irgendetwas Schlimmes passiert ist. Ich habe mich neu erfunden, als Gegenteil dessen, wie mein Vater mich wollte. Aber das Einzige, worüber ich mich nicht hinwegtäuschen kann, ist meine Angst.«

»Angst wovor?«

Sie hebt die Hände. »Vor allem. Nicht genug zu sein. Oder zu viel zu sein. Vor den blöden Albträumen, die ich mit keiner Therapie der Welt loswerde.«

Ich ziehe ihr auch den anderen Schuh aus und setze mich neben sie aufs Bett. »Das verstehe ich nicht.«

»Ich weiß, weil ich selbst jetzt nicht die richtigen Worte dafür habe. Ich möchte dir alles erzählen, aber ich kann nicht. Allein die Vorstellung macht mich ganz krank. Als wollte mich jede Zelle in meinem Körper davon abhalten.«

Ich reibe ihr über den Rücken, und sie lehnt sich an mich. »Alles ist gut. Tief einatmen.«

»Weißt du, was armselig ist?« Sie löst sich von mir, um mich anzusehen. Ihre Wangen sind nass, ihre Lippen zittern. »Heute war so ein schöner Abend. Es war einer der schönsten Tage meines Lebens, nicht, weil wir ihn mit meinem Dad verbracht haben – das war beschissen –, sondern weil ich die ganze Zeit jemand war, den du liebst. Du hast meine Hand gehalten und mich umarmt und geküsst. Und auch wenn das nur gespielt war, hat es sich besser angefühlt als alles andere in meinem ganzen Leben. Ich wünsche mir, einmal so geliebt zu werden.«

Ich nehme ihr Gesicht in die Hände und wische ihr mit den Daumen die Tränen ab. »Jo, du wirst so geliebt werden, aber erst, wenn du dich nicht mehr versteckst. Du glaubst, nur deine guten Seiten seien liebenswert, aber so läuft das nicht. Jemanden zu lieben bedeutet, auch seine Fehler zu akzeptieren. Das

Gute gehört zum Schlechten, die Dunkelheit zum Licht. Das, was dir unangenehm oder peinlich ist, kannst du nicht einfach auslassen, denn dann liebt man nicht dich, sondern die Lüge.«

Sie lässt den Kopf sinken und nickt.

»Du hast gesagt, dass alle Männer dich verlassen haben, aber das stimmt nicht. Niemand hat dich je verlassen, weil sie die wahre Joanna nie gekannt haben. Sie haben bloß die Frau verlassen, als die du dich ausgegeben hast.«

Sie wischt sich mit den Handrücken über die Augen. »Mein Leben ist so kompliziert, Toby. Meine Familie ist kompliziert. Das, was ich für dich empfinde, ist superkompliziert. Aber lügen … Lügen ist einfach. Und am einfachsten ist es, mich selbst zu belügen.« Sie schnieft. »Manchmal, wenn du dir etwas so Unmögliches wünschst, dass es dich auffrisst, kann eine Lüge dich für eine Weile betäuben. Als wäre es die Wahrheit, solange du es nicht zugibst.«

Weil sie so undeutlich spricht, bin ich mir nicht ganz sicher, ob ich sie richtig verstehe und was das alles zu bedeuten hat.

»Jo, jetzt ziehen wir dich aus und legen dich ins Bett. Wir reden morgen darüber.«

»Okay.«

Sie dreht mir den Rücken zu, und ich mache den Reißverschluss ihres Kleides auf. Und dann, mit allem Anstand, den ich aufbringe, helfe ich ihr beim Aufstehen, ziehe ihr das Kleid hinunter und führe sie ums Bett herum, damit sie unter die Decke kriechen kann. Ich hänge das Kleid über die Sessellehne und stelle die Schuhe vor die Wand.

»Toby?«

»Ich bin hier.«

»Geh nicht. Bitte.«

Sie hat die Augen geschlossen, aber sie streckt die Hand nach mir aus. Ich fahre mir durch die Haare.

So viel also zu Abstand halten.

»Ich bleibe, bis du eingeschlafen bist, okay?« So betrunken, wie sie ist, wird das nicht lange dauern. Ich ziehe mein Jackett aus und nehme die Krawatte ab, dann schlüpfe ich aus den Schuhen und lege mich auf die andere Betthälfte, auf die Decke.

Als sie mich dort spürt, dreht sie sich um und kuschelt sich an meine Brust. Ich lege einen Arm um sie und starre an die Decke, denn ich weiß, wenn ich hier lebend wieder herauskommen will, darf ich nicht an ihre Spitzenunterwäsche denken.

»Bleib bei mir«, sagt sie noch einmal, die Wange an meiner Brust. »Du bist der Einzige, Toby. Der Einzige, den ich bei mir haben möchte.«

Ich nehme sie fester in den Arm und drücke den Kopf ins Kissen, als ihre Hand auf meinem Bauch liegen bleibt. Ich versuche, meinen Atem ihrem Rhythmus anzupassen, aber mein rasender Puls lässt sich kaum beruhigen, wenn ich sie so warm und weich an mir spüre.

Ich fand es schrecklich, sie heute Abend so unglücklich zu sehen, und so gern ich auch alles auf ihren Vater schieben würde, glaube ich, dass ich selbst ein großer Teil des Problems bin. Was auch immer ihr in ihrer Vergangenheit zugestoßen ist, sie arbeitet seit Jahren daran, es zu überwinden. Auch wenn sie ihrem Vater gegenüber Bitterkeit empfindet, bin ich gerade derjenige, der ihr wehtut. Ein Grund mehr, zu verschwinden und sie ihr eigenes Leben leben zu lassen.

Nur noch ein paar Tage, dann haben wir alle Informationen, die wir brauchen, dann können wir getrennter Wege gehen.

Der Gedanke sollte mich erleichtern, stattdessen verspüre ich eine zunehmende Furcht.

28. KAPITEL

Dichtgemacht

Als ich aufwache, lugt die Sonne gerade über die Dächer vor Joannas riesigem Schlafzimmerfenster. Sie schläft friedlich an meiner Brust. Ich habe den Arm um sie gelegt, und verdammt seien alle Götter und Heiligen der Welt, dass sich das so unglaublich gut anfühlt.

Ich gönne mir noch ein paar Sekunden des gestohlenen Glücks, bevor ich mich vorsichtig von ihr löse. Als ich aufstehe, stößt sie einen missbilligenden Laut aus und tastet mit der Hand nach mir. Sie öffnet die Augen, und ich bleibe stehen und beobachte, wie sich Verwirrung auf ihrem Gesicht ausbreitet. Ihr Blick wandert zu mir, zum Bett, zum Fenster und dann wieder zu mir.

»Wie spät ist es?«

Ich schaue auf die Uhr. »Äh … früh. Noch vor sieben.«

Sie runzelt die Stirn und setzt sich auf. »Wie lange habe ich denn geschlafen?«

Ich sammle Jacke, Krawatte und Schuhe ein. »Nachdem ich dich ins Bett gebracht habe, bist du ziemlich schnell eingeschlafen, also ungefähr sechs Stunden.«

Sie blickt mich an, und ihre Verwirrung verwandelt sich in etwas, das ich nicht genau benennen kann.

»Und du hast hier geschlafen? Bei mir?«

»Das war nicht geplant. Ich wollte mich rausschleichen,

nachdem du eingeschlafen warst, aber mir sind wohl auch die Augen zugefallen.«

»Ich habe keinen … Krach gemacht?«

»Wenn du meinst, ob du das Haus zusammengebrüllt hast, um mich danach wie Bruce Lee zu verprügeln, offensichtlich nicht, denn sonst würden wir beide jetzt nicht so nett über deine Schlafgewohnheiten plaudern.«

Sie lacht kurz auf, aber es klingt nicht fröhlich. »Ja, klar. Logisch.«

Es kommt mir vor, als schweife sie vom Thema ab.

Sie klettert aus dem Bett, geht wortlos ins Bad und schließt die Tür.

Ich schaue mich um und seufze. »Okay, ich bin dann mal weg.«

Verwirrt und mit dem Bedürfnis nach einer Dusche, die mich zurück zu den Lebenden bringt, gehe ich in mein Zimmer. Jo hat mich gestern mit einigen sehr persönlichen Informationen bombardiert, aber wie immer ist sie im kalten Tageslicht weniger verletzlich und macht wieder komplett dicht.

Während ich dusche und mich anziehe, gehe ich im Geiste noch einmal alles durch. Und als ich in die Küche komme, um Frühstück zu machen, steht sie schon in ihren Laufklamotten da und schlürft einen Kaffee.

»Hey.«

Sie antwortet nicht. Sie sieht mich noch nicht einmal an.

Okay. Vielleicht ist ihr peinlich, was sie gestern zugegeben hat. Einfach locker bleiben.

Ich schütte Cornflakes in eine Schüssel. »Wegen gestern Abend …«

»Ich will nicht darüber reden.«

Ich habe ihre Verschleierungs- und Ablenkungstaktik so satt, dass ich wütend werde.

»Und worüber genau, Joanna? Dass du zugegeben hast, dass du sexuelle Fantasien über mich hast? Oder dass du mich angefleht hast, dir zu sagen, dass ich dich liebe? Oder dass du dich beim Einschlafen an mich geklammert hast, als wäre ich ein Rettungsboot in einem Orkan?«

Das ist ja mal genau das Gegenteil von locker bleiben. Gut gemacht, Toby.

Jo funkelt mich an, dann kippt sie den Rest Kaffee in die Spüle und stellt die Tasse in die Spülmaschine.

»Ich muss los.«

Ich versperre ihr den Weg. »Verdammt, Jo, wann hörst du endlich auf, wegzulaufen? Du kannst so tun, als hättest du das alles nicht gesagt, aber ich habe es satt, dass du mich mit einer Hand zu dir ziehst und mit der anderen wegstößt. Jedes Mal, wenn es ans Eingemachte geht oder dir jemand zu sehr ans Herz wächst, machst du dicht.«

»Das stimmt doch gar nicht.«

»Doch. Ein Mal kann ein Versehen sein, zwei Mal ein Zufall, aber passiert es öfter, ist es ein verdammtes Muster. Was löst dieses Verhalten aus?«

»Nichts.« Ihr Gesicht sagt etwas anderes.

»Magst du es nicht, jemanden zu brauchen? Mich zu brauchen? Hast du davor Angst?«

Sie sieht mich einfach an, und ich frage mich, warum ich meine Klappe nicht halten konnte. Warum versuche ich ständig, etwas aus ihr herauszukitzeln, über das sie offensichtlich nicht sprechen will?

Weil du hoffst, dass du vielleicht eine Chance hast, wenn du das, was in ihr kaputt ist, reparierst.

Ich seufze und stelle die Schale ab.

»Jo, ich gebe mir wirklich Mühe, aber ich weiß nicht, was ich noch tun soll.«

»Schon gut, ich …« Sie will gehen, aber ich halte sie vorsichtig am Arm zurück.

»Bitte geh nicht. Lass mich dir etwas zu essen machen.«

»Ich habe keinen Hunger.«

Ich deute auf meine Schüssel. »Dann bleib und rede mit mir, während ich esse. Bitte.«

Unruhig und gereizt verlagert sie das Gewicht von einem Fuß auf den anderen. »Ich will nicht reden, Toby. Und ich will auch nichts essen, okay?«

»Dann sag mir um Himmels willen, was du willst. Sei wenigstens einmal ehrlich.«

Sie starrt mich ein paar Sekunden blinzelnd an. »Alles, Toby. Das ist mein Problem. Ich will *alles.* Romantik, atemberaubenden Sex, unkomplizierte Freundschaft und Leidenschaft so heiß, dass ich einfach völlig dahinschmelze. All das. Aber mir wird immer klarer, dass nicht jeder für diese Art der Liebe geschaffen ist, also gewöhne ich mich daran, mich zurückzuhalten.« Sie hält inne und schluckt, und ich könnte schwören, dass sie sich zwingen muss, mich nicht zu berühren. »Und wenn ich das Verlangen, das jeden Tag in mir wütet, nicht mehr aushalte, stehe ich auf, schnüre meine Turnschuhe und laufe durch den Central Park, bis ich nicht mehr kann. Dann schlafe ich ein, aber wenn ich aufwache, beginnt alles wieder von vorne.«

Ohne meine Antwort abzuwarten, geht sie ins Foyer, und als der Aufzug leise pingt, ist mir klar, dass sie weg ist.

Mit lautem Klappern stelle ich meine Schüssel in die Spüle. »Hölle.« Frustriert reibe ich mir das Gesicht. »Jeeves, was ist bloß mit ihr los?«

»Ich weiß nicht, was Sie meinen, Toby.«

»Hör auf mit dem Scheiß. Du kennst diese Frau doch am besten, also bitte, um meines verwirrten Herzens und Verstandes willen, sag mir, wie ich aus ihr schlau werde.«

»Toby, sie ist kompliziert. Selbst mit meiner geballten Rechenleistung würde es ewig dauern, die genaue Antwort zu berechnen.«

Ich stütze die Hände auf die Kücheninsel und lasse den Kopf hängen.

»Klar. Natürlich. Heute bekomme ich von niemandem eine einfache Antwort.«

»Auch wenn ich Ihre konkrete Anfrage nicht beantworten kann, hätte ich vielleicht eine Information für Sie, die etwas Licht ins Dunkel bringen könnte.«

Ich blicke zur Decke, denn ich stelle mir immer vor, dass Jeeves dort wohnt, was total bescheuert ist. »Und die wäre?«

»Es ist lange her, dass Joanna sechs Stunden am Stück geschlafen hat.«

Ich überlege kurz. »Wie lange?«

»Nun …« Er verstummt, als hätte er schon zu viel gesagt.

»Jeeves, komm schon. Du hast damit angefangen. Wie lange?«

»Jahre.«

Ich runzle die Stirn. »Wie lange schläft sie denn normalerweise?«

»Sie schläft nicht.«

»Wie meinst du das?«

»Nach dem, was Joanna mir und Sergej im Laufe der Zeit erzählt hat, hat sie seit ihrem sechzehnten Lebensjahr nicht mehr durchgeschlafen. Sie macht stattdessen regelmäßig Nickerchen.«

Darüber muss ich erst einmal nachdenken. »Sie hat also in den letzten Jahren so viel erreicht, weil sie sich nicht wie jeder Normalsterbliche acht Stunden lang ausschaltet?«

»Viele bekannte historische Persönlichkeiten hatten ähnliche Schlafgewohnheiten. Vor allem Leonardo da Vinci.«

»Klingt logisch. Wenn jemand auf dieser Welt in die Renaissance passt, dann Jo. Und warum ist sie jetzt sauer auf mich?

Weil sie sich so wohlgefühlt hat, dass sie ausnahmsweise mal geschlafen hat, ohne zu schreien?«

»Das müssen Sie sie schon selbst fragen.«

»Mit anderen Worten: Du weißt es, willst aber nicht ihr Vertrauen missbrauchen.«

Er schweigt, und das reicht mir als Antwort.

Ich räume die Küche auf und gehe in mein Zimmer, um an meinem Laptop zu arbeiten.

Später ruft Eden an, und wir reden eine Weile darüber, wie sie mit den Dokumenten aus Crests Arbeitszimmer vorankommt und wie weit sie mit der Identifizierung der Kongressabgeordneten und Stadträte von der Preisverleihung gekommen ist.

Ich helfe ihr, wo ich kann, und danach gehe ich in den Kraftraum, um vor dem Abendessen noch etwas zu trainieren.

Ich durchstöbere das Gefrierfach und fange gerade an, mir Sorgen zu machen, weil Joanna schon so lange weg ist, da kommt sie aus dem Aufzug. Sie ist schweißgebadet, als wäre sie stundenlang gelaufen.

»Jo, hey. Wie war das Laufen?«

»Mh-hm.«

Sie hält nicht einmal an, sondern geht schnurstracks in ihr Zimmer und schließt die Tür.

»Mein Tag war auch fantastisch«, murmele ich vor mich hin. »Danke der Nachfrage.«

Ich erwärme eins der Fertiggerichte und setze mich auf die Couch, um gedankenverloren durch die Kanäle zu zappen, bis ich mir sicher bin, dass Jo nicht aus ihrem Zimmer kommt.

Ich gehe durch den Flur und klopfe an ihre Tür. »Jo? Soll ich dir etwas zu essen machen?«

Drinnen höre ich eine Bewegung, dann: »Nein, danke. Ich habe keinen Hunger.«

Ich beuge mich näher zur Tür. »Du musst etwas essen. Du hast nicht gefrühstückt. Hast du zu Mittag gegessen?«

»Mir geht's gut, Toby. Lass mich bitte einfach allein.«

Immer noch besorgt, aber nicht bereit, mich mit ihr anzulegen, gehe ich in mein Zimmer. Wenn sie mich unbedingt auf Abstand halten will, kann ich sie nicht dazu zwingen, mit mir zu reden. Es macht mich krank, dass es zwischen uns jetzt so läuft, aber ich habe es wenigstens versucht. Ich lasse mich auf mein Bett fallen, und auch wenn ich wegen der emotionalen Turbulenzen der letzten Tage fix und fertig bin, wälze ich mich die ganze Nacht hin und her.

In den frühen Morgenstunden höre ich, wie Joannas Tür sich öffnet, und als ich den Kopf hinausstecke, sehe ich sie in frischer Joggingmontur durch die Küche gehen.

Das Klingeln des Aufzugs signalisiert, dass sie schon wieder weg ist. Ich seufze.

29. KAPITEL

Risse in der Fassade

In Marcus Crests Büro gebe ich mir Mühe, interessiert zu wirken, während er und sein Sidekick Brad auf einen gigantischen Bildschirm hinter seinem Schreibtisch deuten. Er zeigt einen Stadtplan von Manhattan, und die bunten Punkte stehen für Crest-Immobilien in unterschiedlichen Stadien der Vollendung.

»Du siehst, Toby, alles grün Markierte ist bereits fertiggestellt und verkauft oder verpachtet. Gelb bedeutet gekauft und in Entwicklung, und rot sind die Grundstücke, die ich noch kaufen werde.«

»Das sind eine Menge Grundstücke, Sir.« *Du gieriger Arsch.*

Er betrachtet stolz den Bildschirm. »Nicht umsonst nennt man mich den König von New York. Wenn ich einst tot bin, wird all das mein Vermächtnis sein.«

Joanna schlägt die Beine übereinander. »Ja, aber zu welchem Preis, Dad? Du hast unzählige Verfahren wegen Vertragsstreitigkeiten oder unsicherer Arbeitsbedingungen am Hals. Trübt das nicht deinen Ruf, auf den du so stolz bist?«

Crest strafft die Schultern, offensichtlich ist er keinen Widerspruch gewohnt. »Du warst schon immer ein Gutmensch, Jojo. Du kannst entweder für andere sorgen oder ein Imperium aufbauen. Beides geht nicht. Ein Haufen Niemande, die mich verklagen, sind bloß ein Punkt auf dem Radar der Geschichte.

Ihre lächerlichen Beschwerden werden vergehen. Aber meine Gebäude werden die Zeiten überdauern.«

Joannas Blick lodert, und ich erkenne, wie wütend sie ist. Aber wenn sie Daddy vergrätzt, bevor wie unsere Mission erfüllt haben, ist niemandem geholfen, also versuche ich, die Unterhaltung in seichteres Gewässer zurückzusteuern.

»Mr Crest, hatten Sie schon immer ein Talent für Immobiliengeschäfte?« Wenn er über sich selbst redet, verschafft es Jo genug Zeit, sich zu beruhigen.

»Ja, Toby. Ich wusste schon immer, dass ich die Skyline von New York gestalten wollte, und jedes Jahr vollende ich mindestens ein größeres Projekt.« Er deutet auf einen Punkt downtown in der Nähe des Hudson River. »Und das da wird das nächste Juwel in meiner Krone.«

Brad kommt zum Schreibtisch und greift nach einem Tablet. »Tatsächlich ist das Grundstück am Tompkins Square Park nicht mehr verfügbar.« Er tippt auf den Bildschirm, und der rote Punkt verschwindet.

Crest wirkt überrascht. »Wie kann das sein? Der Deal war so gut wie abgeschlossen.«

»Der Verkäufer sagt, dass uns jemand in letzter Minute überboten hat.«

»Wer? Doch wohl nicht schon wieder die LL Group?«

»Der Verkäufer wollte sich dazu nicht äußern, aber ich nehme es an.«

»Scheiße, Brad, das ist dieses Jahr das dritte Grundstück, das uns durch die Lappen geht. Hast du sie immer noch nicht aufgespürt?«

»Wir arbeiten daran, aber bisher haben wir nichts als eine Büroadresse in Brooklyn, unter der niemand zu erreichen ist. Im Handelsregister ist ein russischer Staatsbürger eingetragen, zu dem wir bisher keinen Kontakt aufnehmen konnten.«

»Tja, vielleicht haben wir den Falschen mit dieser Aufgabe betraut.« Crest wendet sich an mich. »Toby, du bist ein Computergenie. Wie viel Erfahrung hast du damit, Leute aufzuspüren?«

»Äh … na ja, ich habe gewisse Fähigkeiten, die Ihnen helfen könnten.« *Nicht, dass ich Ihnen tatsächlich helfen würde, aber ich möchte diese Leute gern kennenlernen und ihnen gratulieren.*

Crest holt eine Mappe aus seinem Schreibtisch. »Wir müssen herausfinden, wer dahintersteckt. Sie schnappen uns die Grundstücke, auf die ich ein Auge geworfen habe, vor der Nase weg. Das kann so nicht weitergehen.«

Ich schlage die Mappe auf und sehe, dass es sich nur um Basisinformationen zu einem Unternehmen handelt. Bei dem Namen klingelt irgendwas in meinem Hinterkopf, aber ich bin so abgelenkt von Crest, der vor mir aufragt, dass ich nicht darauf komme.

»Wie ich sehe, hast du deinen Laptop mitgebracht.« Er deutet auf meine Tasche, die auf dem Stuhl neben Joannas liegt.

»Ja, ich war mir nicht sicher, ob ich ihn brauche, aber wahrscheinlich schon.«

»Wunderbar.« Er wendet sich an Brad. »Richte Toby einen Arbeitsplatz ein. Und Joanna auch, wenn sie möchte.«

Jo lächelt. »Du weißt doch, dass ich mich nicht besonders für Immobilien interessiere.«

»Nein. Aber du hast Talent für Marketing und PR. Es wäre schön, wenn du in den Schoß der Familie zurückkehrtest. Du musst doch mein Vermächtnis bewahren.«

Ihre Augen funkeln. »Ich habe einen Job, Dad.«

»Was, als Sekretärin bei diesem Verlag? Damit wird man aber nicht reich.«

»Nein, aber ich mag meine Arbeit, und das reicht mir.« Sie steht auf, und ich sehe, dass sie um Fassung ringt. »Na ja, vielleicht überlege ich es mir ja noch einmal, wenn ich ein bisschen mehr über die Unternehmensstruktur weiß. Bekommen wir heute eine Führung?« Sie wendet sich an Brad. »Hast du Zeit?«

Brad schaut sie für meinen Geschmack viel zu begeistert an. »Klar, wenn dein Dad mich gerade nicht braucht, können wir sofort gehen.«

Marcus nickt zustimmend.

»Super.« Jo schaut mich an. »Lass uns gehen, Schatz. Vergiss deine Tasche nicht.«

Brad führt uns zum Aufzug. »Zuerst schauen wir uns die PR-Abteilung an, und dann gehen wir mit Toby zur IT, damit er mit seiner Mission anfangen kann. Marcus wird beeindruckt sein, wenn du seinen Erzfeind entlarven kannst.«

»Ich werde tun, was ich kann.« *Und hör auf, meine Verlobte anzuglotzen.*

Eine Stunde lang werden wir durchs Firmengebäude geführt. Auch wenn ich Marcus nicht leiden kann, eins muss ich ihm lassen: Sein Geschäft boomt. Doch in den drei Etagen, die wir besichtigen, scheint niemand wirklich glücklich darüber zu sein, hier zu arbeiten. Wo immer Brad vorbeikommt, wenden die Angestellten den Blick ab, als wäre er ein Basilisk, der sie in Stein verwandeln könnte.

»Und hier ist unsere IT-Abteilung.« Brad deutet auf eine Ansammlung von Arbeitsnischen und Schreibtischen. »Da hinten ist auch die Rechtsabteilung und gegenüber die Security.«

»Toby.« Ich erstarre, als Jeeves' Stimme in meinem Ohr ertönt. Die ganze Zeit war er ruhig, und ich bin überrascht, auf einmal von ihm zu hören. *»Dem Wärmeprofil des Gebäudes zufolge befindet sich der Serverraum in der Nähe Ihrer derzeitigen Position. Bei den Aufzügen.«*

Ganz in der Nähe entdecke ich eine Tür mit einer Alarmanlage.

»Ist das der Pausenraum?«, frage ich. »Ganz ehrlich, ich brauche dringend einen Kaffee.«

Brad schaut zu der Tür. »Nein, in dem Raum befinden sich unsere Server.«

Bingo.

»Oh, wow. Welche benutzt ihr? TX59s? Nexiums?«

Brad lacht. »Sehe ich so aus, als ob ich mich mit Geekzeug auskenne?« *Nein, Brad, siehst du in der Tat nicht. Du siehst aus wie die Typen aus der Footballmannschaft, die mich immer verprügelt haben, du Vollpfosten.*

»Darf ich?«, sage ich und deute auf die Tür. »Ich bin einfach ein Geek. Die würde ich mir gerne mal ansehen, wenn ich darf.«

Brad schüttelt den Kopf. »Das geht leider nicht. Niemand hat Zutritt zu den Servern außer unserem IT-Team und der Security.«

Joanna verzieht das Gesicht. »Dann darf also nicht mal der Geschäftsführer rein?«

Mir ist klar, dass sie ihm eine Falle stellt, aber Brad tappt voll hinein. Er berührt die Magnetkarte, die an seine Brusttasche geklemmt ist. »Ich könnte, wenn ich wollte, aber Besucher nicht. Für Unbefugte ist der Zutritt streng verboten.«

»Ach, macht nichts«, werfe ich ein. »Jo findet den Technikkram sowieso langweilig. Aber vielleicht lassen mich die Jungs irgendwann mal rein, wenn ich eine Weile hier arbeite.«

Brad schaut verwirrt, als fände er es seltsam, dass ich mich an einem krassen Server aufgeile. »Klar. Das kann sein.« Er schaut den Korridor entlang. »Warte kurz, ich organisiere dir einen Arbeitsplatz, Toby. Bin gleich wieder da.«

Als er verschwindet, kommt Jo näher. Wenn wir alleine sind, bleibt sie normalerweise auf Distanz, aber wenn sie meine Verlobte spielt, ist sie ganz sie selbst.

»Wir müssen in diesen Raum reinkommen«, flüstert sie. »Und wie es aussieht, ist Brads Magnetkarte der Schlüssel.«

»Kurze Erinnerung: Wenn einer von Ihnen das Handy nahe genug an eine Karte halten kann, kann ich die Frequenz klonen.«

»Dann ist das wohl deine Aufgabe, Jo.«

»Wieso?«

»Weil dieser Schwätzer hier es kaum erwarten kann, sich an dich ranzumachen. Du musst es nur zulassen.«

Sie schaut mich an. »Neulich warst du nicht so angetan von der Idee.«

»Da hatte er ja auch seine Magnetkarte nicht dabei.«

Brad kommt zurück und bittet uns, ihm zu einem der Büros auf der Nordseite des Gebäudes zu folgen.

Er führt uns in einen weitläufigen, luxuriösen Bereich, der viel schicker ist als alle anderen Räumlichkeiten, in denen ich jemals gearbeitet habe. »Das ist fürs Erste dein Arbeitsplatz, Toby. Die Kollegen auf der Etage sind informiert, dass du eine Weile hier arbeitest, und der Chef der Security bringt dir nachher deine Zugangskarte.«

Ich bin beeindruckt. Das Büro hat eine riesige Fensterfront, und an der gegenüberliegenden Wand steht ein großer Schreibtisch.

»Wow, das ist ja edel. Danke, Brad.«

»Nichts zu danken.« Er wendet sich an Jo. »Möchtest du hierbleiben, oder kann ich dich dazu überreden, mir den restlichen Nachmittag unauffällig zu folgen?« *Ich wette, du kannst sie überreden, Brad, du Dämlack.* »Dein Dad würde sich freuen, wenn du die Firma irgendwann übernimmst, und ich glaube, wir würden ein gutes Team abgeben.«

Fick dich, Brad, sie hat bereits ein Team, und das besteht aus mir und einer hochintelligenten künstlichen Lebensform.

Jo schaut zu mir und wieder zurück zu ihm. »Nun ja, ich

muss sagen, ich habe auch schon darüber nachgedacht, irgendwann das Unternehmen zu führen, also gern. Los geht's.« Sie kommt zu mir. »Du hast doch sowieso zu tun, Schatz. Bis später, okay?« Sie stellt sich auf die Zehenspitzen, und instinktiv beuge ich mich vor und gebe ihr einen zärtlichen Kuss. Zugegeben, ich lege ein bisschen mehr Leidenschaft hinein, als ich es tun würde, wenn Brad nicht dabei wäre.

Natürlich ist es eine blöde Idee, Jo zu küssen. Sie jetzt zu spüren und zu schmecken setzt ein Feuerwerk in meinem Kopf und meiner Brust in Gang, und ich kann es noch immer nicht fassen, dass selbst ihre kleinste Berührung mich so umhaut.

Als ich in die Realität zurückkehre, schaut Brad uns mit kaum verhohlenem Ekel an.

»Okay, Jojo, gehen wir. Bis später, Toby.«

Jo wirft mir einen letzten Blick zu, und mit geröteten Wangen folgt sie ihm den Flur hinunter.

Es gefällt mir gar nicht, wie verspannt meine Schultern sind, als ich ihnen nachblicke.

Ich lege meine Tasche auf den Tisch und lasse mich auf den luxuriösen Schreibtischstuhl sinken.

»Dann mache ich mich wohl mal an die Arbeit, für die ich nicht bezahlt werde.«

Ich klappe meinen Laptop auf und starte meine Recherche über die LL Group, während ich mir nicht vorzustellen versuche, was Jo tun muss, um an Brads Magnetkarte zu gelangen.

Es dauert nur eine halbe Stunde, bis sich meine Herzfrequenz nach unserem Kuss wieder normalisiert hat.

Vier Stunden vergehen, bis Joanna zurück in mein Büro kommt. Die meisten aus der IT- und Rechtsabteilung haben schon Feierabend gemacht. Durchs Fenster fällt Dämmerlicht herein, und Jo stützt sich auf meinen Schreibtisch.

»Na, hast du Spaß?«

Ich konzentriere mich auf den Bildschirm, aber ich bin angespannter, als mir lieb ist. »Das kann man wohl sagen. Es war ein wirklich erhellender Nachmittag, und ich habe einige interessante Details ans Tageslicht befördert.«

Ich lehne mich zurück und schaue sie an. »Vielleicht möchtest du mir erzählen, was ich herausgefunden habe?«

Sie wirkt beklommen. »Also … ich weiß nicht …«

»Doch, du weißt es.« Ich drehe meinen Laptop, damit sie auf den Bildschirm schauen kann. »Respekt, wie gut du deine Spuren verwischt hast. Aber dann habe ich den Namen Jeeves im Quellcode der Website gesehen und eins und eins zusammengezählt. Der Russe im Handelsregister heißt S. Petrov. Das ist Sergej, stimmt's? Er hat dir mit der Tarnung geholfen, denn das ist richtig komplexes Zeug. Und die LL Group? Ich wette, die Buchstaben stehen für Liza Lotte.«

Sie schaut mich resigniert an. »Es erschien mir einfacher, es dich selbst herausfinden zu lassen, als dir alles zu erklären.«

»Das scheint mir ein wiederkehrendes Thema zwischen uns zu sein. Lass Toby im Dunkeln, bis er förmlich über die Fakten stolpert. Nur für den Fall, dass ich mich nicht klar ausgedrückt habe: Dieses Spiel gefällt mir nicht.«

»Das ist kein Spiel, Toby. Ich habe einfach …« Sie streicht sich die Haare aus dem Gesicht, nervöser, als ich sie je erlebt habe. »Ich bin einfach nicht gut darin, mich mitzuteilen. Jeden Tag bemühe ich mich, jemand anders zu werden, aber es kommt mir vor, als wäre ich eine Platte, die einen Sprung hat. Ich weiß, ich halte dich auf Distanz, wenn ich mich nicht ändere, aber das ist das Einzige, was ich wirklich nicht kann, verstehst du?«

Es ist, als ob die Anspannung der letzten Tage sich auf einmal Bahn bricht, also warte ich ab, damit sie alles rauslassen kann.

»Ich finde es schrecklich, dass ich es nicht kann. Ich habe mich so daran gewöhnt, alles für mich zu behalten, dass ich verlernt habe, zu vertrauen. Und jedes Mal, wenn ich denke ›Oh, das sollte ich Toby erzählen‹, dann hält mich irgendetwas davon ab, und ich habe keine Ahnung, wieso.«

Ich warte auf irgendetwas, eine Erläuterung oder Erklärung, aber offenbar ist sie fertig.

Ich reibe mir die Augen. »Schon okay, Jo.« Ich schalte den Laptop aus. »Ich habe mich an deine Geheimniskrämerei gewöhnt. Tu, was du für richtig hältst.«

»Toby …«

»Was?«

Ich zucke beinahe zurück, als sie meine Wange umfasst und mich zwingt, sie anzusehen. Ihre Hand ist warm, und ihre Augen glänzen. »Was ich dir sagen möchte, so sehr … Auch wenn es vielleicht nicht so aussieht, ich vertraue dir. Du bist der Einzige seit sehr langer Zeit, dem ich vollkommen vertraue.«

»Jo, ich bin ein Freund von faktengestützten Schlussfolgerungen, und nichts an deinem Verhalten untermauert deine Behauptung. Du hast mir so viel verheimlicht, dass ich das Gefühl habe, ein Buch zu lesen, in dem die Hälfte der Kapitel fehlt.«

»Das verstehe ich, aber …« Sie holt tief Luft. »Wenn ich dir nicht vertrauen würde, hätte ich neulich nicht neben dir einschlafen können. Und das … na ja, es macht mir eine Scheißangst. Ich weiß, dass es mir schwerfällt, andere an mich heranzulassen … und mit andere meine ich dich. Ich möchte mich ja ändern. Aber ich weiß nicht, ob ich es kann.«

Ich weiche vor ihrer Berührung zurück. »Wenn du nicht an dich glaubst, dann kann ich dir auch nicht helfen. Aber wenn du dich immer versteckst, wenn du deine Geheimnisse vor dich hältst wie einen Schutzschild, damit du nicht verletzt wirst …

das ist nicht gesund. Glaub mir, ich kenne das. Und du hast mich dazu gebracht, damit aufzuhören, weißt du noch?«

Sie blickt zu Boden, und mir wird klar, dass ich für diese Unterhaltung gerade viel zu müde bin.

»Ich habe das Gefühl, wir drehen uns im Kreis, also lassen wir es einfach.« Ich schiebe meinen Stuhl zurück. »Ich möchte jetzt nur noch alles, was wir brauchen, von diesem Server holen, und dann hier abhauen, ohne verhaftet zu werden. Danach kannst du dein Leben leben, wie du es für richtig hältst. Falls du irgendwann drüber reden willst, hast du ja meine Nummer.«

Ich stehe auf und packe den Laptop ein, aber als ich mich umdrehe, nimmt sie mir die Tasche ab, legt sie auf den Schreibtisch und holt tief Luft. Sie wirkt so aufgeregt, als müsse sie gleich ohne Netz und doppelten Boden auf einem Hochseil balancieren.

»Weißt du, wie oft mein Dad mir, als ich klein war, gesagt hat, dass er mich liebt?«

Ich schüttele den Kopf.

»Gar nicht, Toby. Null mal. Er kann keine Liebe empfinden, also wieso sollte er das sagen? Die einzigen Gefühle, zu denen er fähig ist, sind Lust, Zorn, Gier und Rache. Liebe ist doch nur ein Postkartenspruch und etwas für Träumer.« Ihr Gesichtsausdruck ist entschlossen, so als wolle sie unbedingt darüber reden, und wenn es das Letzte ist, was sie tut.

»Erzähl weiter.«

»Schon als Kind habe ich gelernt, dass es sinnlos ist, seine Liebe gewinnen zu wollen. Und weil ich seine Anerkennung nicht bekam, wollte ich zumindest seine Aufmerksamkeit.« Ein bitteres Lächeln schleicht sich auf ihr Gesicht. »Mein Vater hasst nichts mehr als Frauen, die er nicht kaufen oder kontrollieren kann, also hat er mich, als ich älter wurde, absolut verabscheut. Ich habe mich nie vor ihm geduckt oder seine albernen, ignoranten Ansichten unwidersprochen hingenommen. Dass ich nicht spurte, machte ihn wütender als alles andere.«

»Hat er dich schikaniert? Seine eigene Tochter?«

»Er schikaniert alle. Das ist das Einzige, worin er richtig gut ist.«

»Bist du deswegen zu Hause ausgezogen?«

Sie zögert, und dann blitzt irgendetwas in ihren Augen auf. Vermutlich hat sie trotz all dieser Ehrlichkeit noch immer ein paar Geheimnisse, die sie mir nicht erzählt.

»Das hatte viele Gründe. Ich habe es einfach nicht mehr in einer Wohnung mit ihm ausgehalten.«

»Und was war dein Plan?«

Sie lacht. »Ich hatte keinen Plan. Ich war ein Teenie, aber ich hasste ihn so sehr, dass ich mir ziemlich schnell etwas überlegt habe.« Sie schaut aus dem Fenster, als verliere sie sich in Erinnerungen. »Mit fünfzehn bin ich zu Hause ausgezogen. Mit sechzehn habe ich den Status einer mündigen Minderjährigen beantragt. Mit sechzehneinhalb habe ich meinen Namen von Crest zu Cassidy ändern lassen. Mit siebzehn habe ich beschlossen, meinem Vater das Leben schwer zu machen. Mit zweiundzwanzig war ich vermögend genug, um ihm in seinem Business Konkurrenz zu machen. Und mit sechsundzwanzig werde ich ihn vernichtet haben.«

»Meine Güte.« Sie spricht mit einer solchen Entschlossenheit, es ist geradezu beängstigend. »Also, was macht die LL Group? Will sie ihn in den Wahnsinn treiben? Seine Aktien in den Keller rauschen lassen?«

Sie richtet sich auf. »Von allem etwas. Mein Vater ist einen Großteil seines Lebens in dieser Stadt herumstolziert, als wäre er der König, aber das wird sich jetzt ändern. Wenn wir den Server knacken, habe ich alles, was ich brauche, um ihn zu Fall zu bringen. Er ist nicht mehr das Raubtier, er ist die Beute. Und er hat keine Ahnung, was ihn erwartet.«

Ich nicke, seltsam beschwingt, weil vielleicht zum allerersten Mal die wahre Joanna vor mir steht, und sie ist umwerfend. Ja, ich spüre die Bitterkeit, die sie in Bezug auf ihren Vater empfindet, aber ihre Ehrlichkeit ist berauschend, und der Drang, sie zu küssen, schwillt in mir an wie ein Tsunami.

Ich gehe zu ihr und umfasse ihr Gesicht. Dann beuge ich mich hinab und küsse sie sanft, gerade mal einen Atemzug lang. Als ich mich von ihr löse, lege ich meine Stirn an ihre.

»Das war ganz schön ehrlich.«

Sie schaut zu mir auf. »Habe ich dir Angst gemacht?«

»Ein bisschen. Aber auf eine gute Art.«

»Was soll das heißen?«

Ich lächle. »Joanna, ich fand dich schon unglaublich, als du dich noch verstellt hast. Aber nun, da ich gesehen habe, wer du wirklich bist, finde ich dich verdammt heiß.«

Ihre Augen blitzen, und zwischen uns erstreckt sich ein langer Moment, in dem sich keiner von uns beiden rührt, und ausnahmsweise macht sie nicht dicht und wendet sich ab.

Aber wir haben keine Zeit, uns von unserer wechselseitigen Anziehung in einen Hinterhalt locken zu lassen oder uns in diesem sehr einsehbaren Büro zu irgendwelchen anstößigen Handlungen hinreißen zu lassen. Wir haben immer noch eine Aufgabe zu erledigen und sehr wenig Zeit dafür.

Um die Spannung zu lösen, räuspere ich mich und trete einen Schritt zurück. »Also, konntest du die Zugangskarte klonen?«

Sie hält mir ihr Handy hin. »Ähm … Ja. Hier.«

Wir schauen beide durch die Glaswand zu den dahinterliegenden Büros. Um diese Uhrzeit sind offenbar schon fast alle gegangen, nur der Chef der IT-Abteilung ist noch in seinem Büro am anderen Ende der Etage.

»Du gehst zum Serverraum«, sagt Jo, und ich greife nach der Laptoptasche. »Ich lenke den Kerl ab.« Sie marschiert auf sein Büro zu, und als er seine ganze Aufmerksamkeit auf sie gerichtet hat, schleiche ich mich zu der Tür mit der Alarmanlage.

»Okay, Jeeves«, flüstere ich. »Ich hoffe, du hast deine Arbeit gemacht.«

»Habe ich. Die Überwachungskameras zeigen jetzt eine Endlosschleife des leeren Flurs. Niemand wird sehen, wie Sie den Raum betreten.«

»Okay, treten wir dem Ding in die Eier.« Ich halte das Smartphone an den Sensor, er brummt leise, und ein grünes Lämpchen leuchtet auf. »Mögen die Hackergötter mit mir sein.«

Ich schlüpfe in den Raum und rieche den vertrauten Duft von hochwertiger Klimatisierung und kilometerweise Kabeln. »Also ... wenn ich ein airwallgesicherter Server wäre, wo würde ich mich verstecken?«

Ich laufe an den Servern entlang, und tatsächlich entdecke ich ihn. Er steht in der mittleren Reihe, ist aber nicht mit den anderen verbunden. Mehrere elektronische Sicherungen blinken auf ihm.

Ich hole meinen Laptop heraus, schließe ein Kabel an und stecke eine SD-Card ein. »Jeeves, bist du bereit für ein bisschen Rock 'n' Roll?«

»Wenn Sie damit meinen, die Sicherheitssysteme abzulenken, dann ja. Warte auf Anweisungen.«

»Super. Möglicherweise wird durch das Anschließen unautorisierter Geräte der Alarm ausgelöst. Stell dich darauf ein, ihn auszuschalten, damit die Security unsere Party nicht stört.«

»Verstanden.«

Ich verbinde mich mit dem Server und halte ein paar Sekunden den Atem an, während ich auf einen Alarm oder eilige Schritte lausche. Als nichts dergleichen passiert, mache ich mich an die Arbeit. Das System ist ein wenig komplexer als der Server bei Crest zu Hause, aber nicht sehr, und definitiv nicht der schwierigste, den ich jemals geknackt habe. Keine fünfzehn Minuten später bin ich drin und fange sofort an, den gesamten Inhalt der Festplatte herunterzuladen.

»Jeeves, was macht Joanna?«

»Sie hat herausgefunden, dass der IT-Chef ein leidenschaftlicher Bierbrauer ist, und gerade sind sie tief in eine Diskussion über seine bevorzugten Fermentationsmethoden versunken.«

»Super. Das wird ihn hoffentlich ein paar Stunden beschäftigen.« Auf dem Server liegen jede Menge komprimierte Ordner, und das ist praktisch, denn so lassen sie sich schneller herunterladen. Nach fast zwölf Minuten steht nur noch ein Viertel der Dateien aus.

»Toby, da geht ein Mann in Ihr Büro.«

Ich hole mein Smartphone heraus. »Zeig es mir.«

Jeeves ruft die Bilder der Überwachungskameras auf, und ich erkenne LeBron, den Security-Chef. Er kommt wieder heraus und sieht sich um. Als er Joanna entdeckt, geht er zu ihr.

»Er fragt sie, wo Sie seien. Sie sagt, Sie hätten heute Mittag ein verdorbenes Schawarma gegessen und seien auf der Toilette.«

LeBron blickt den Flur hinunter, nickt Joanna zu und geht weg.

»Jeeves, sag mir bitte, dass er nicht auf der Toilette nach mir sucht.«

»So gern ich das auch würde, es sieht so aus, als wäre er genau dorthin unterwegs.«

Ich schaue auf den Bildschirm. Noch zwei Minuten.

»Na los, na los, na los.« Doch so sehr ich auch mit den Zähnen knirsche und mir wünschte, es ginge schneller, es dauert so lange, wie es eben dauert. Leider wird LeBron bis dahin festgestellt haben, dass ich nicht auf der Toilette bin.

»Jeeves, sag Jo, dass sie ihn hinhalten soll.«

»Verstanden.«

Auf dem Smartphone sehe ich, wie Joanna hinter LeBron herläuft. Er bleibt stehen, und sie lächelt ihn an.

»Joanna fragt LeBron, wieso er nach Ihnen sucht. Er sagt, er habe Ihre neue Zugangskarte. Sie sagt, sie könne sie Ihnen geben. Er sagt, das widerspreche den Firmenrichtlinien und Sie müssten den Empfang quittieren. Jetzt macht sie eine unappetitliche Bemerkung über Ihre Verdauung und schlägt ihm vor, in Ihrem Büro zu warten.«

»Wow. Okay. Ein unerwarteter Verlauf.«

Ich sehe, wie LeBron in Richtung Toilettentür schaut, und dann wieder zu Joanna. Er nickt und sagt etwas.

»Er sagt, er käme in fünf Minuten wieder.«

»Ja. Mehr brauche ich nicht.«

Der Fortschrittsbalken kriecht langsam auf hundert Prozent zu.

Auf dem Handydisplay sehe ich LeBron, der zu den Aufzügen geht und den Rufknopf drückt. Doch dann stutzt er, dreht sich um und schaut die Tür zum Serverraum an.

»Oh, Mist, Jeeves …«

Er nähert sich der Tür und zückt im Gehen seine Zutrittskarte.

»Jeeves, wenn du irgendeine Möglichkeit hast, den Typen abzulenken, dann jetzt, oder wir sind geliefert.«

»Verstanden. Augenblick.«

Aus Richtung der Aufzugschächte ertönt ein metallisches Kreischen, dann heult ein Alarm los.

LeBron dreht um und zückt scin Smartphone.

»Es wird ihn nicht lange aufhalten, dass ich mit dem Notstopp herumgespielt habe. Sie müssen verschwinden, Toby.«

»Eine Sekunde. Ich muss noch meine Spuren verwischen.«

»Dafür ist keine Zeit. Er hat schon gemerkt, dass es ein falscher Alarm war.«

»Kannst du den Downloadverlauf löschen, wenn ich gehe?«

»Nur, wenn Sie Ihren Computer verbunden lassen, damit ich weiter Zugang habe, aber dann wird er ihn entdecken und herausfinden, dass er Ihnen gehört.«

»Scheiße, Mist, verdammter.« Ich reiße das Kabel aus dem Server, stopfe es in meine Tasche und hechte zur Tür.

»Schnell, Toby!«

»Schneller geht es nicht.«

Ich schlüpfe zur Tür hinaus und schließe sie leise hinter mir. Ich habe erst zwei Schritte in Richtung der Aufzüge gemacht, als LeBron um die Ecke biegt und mich beinahe umrennt.

»Oh, hey«, sage ich und bemühe mich, nicht ganz so atemlos zu klingen, wie ich tatsächlich bin. »LeBron, richtig? Wie geht's denn so?«

Er schaut mich an und dann die Tür zum Serverraum. »Ihre Freundin hat gesagt, Sie wären auf der Toilette.«

»Ja, das stimmt, daher komme ich gerade.« Ich lege mir eine Hand auf den Bauch. »Mir geht es nicht so gut, wir wollten gerade nach Hause gehen.« Ich sehe Joanna auf uns zukommen. »Schatz, können wir los?«

Sie nimmt meine Hand. »Aber sicher. Du musst dringend ins Bett.«

LeBron mustert mein Gesicht, und ich weiß, dass er die Schweißperlen zählt, die mir an den Schläfen hinabrinnen. »Sie wirken nervös, Mr Jenner.«

Ich wische mir den Schweiß weg. »Nein, mir ist bloß schlecht. Ich glaube, ich habe auch Fieber.« Ich huste schwach.

»Ich hoffe, ich habe bloß was Falsches gegessen und keinen Infekt.« Ich huste wieder, diesmal in seine Richtung. »Ich möchte ja niemanden anstecken.«

Das hat offenbar die beabsichtigte Wirkung, denn er tritt einen Schritt zurück und zieht eine ID-Karte hervor. »Mr Russel sagt, die soll ich Ihnen geben.« Er holt sein Smartphone aus der Tasche und hält mir das Display hin. »Bitte unterschreiben Sie hier.«

Das tue ich, auch wenn meine hingekrakelte Unterschrift kaum zu entziffern ist. »Gut. Sonst noch was?«

Er wirft einen Blick auf die Tür zum Serverraum, dann wieder auf mich. »Im Moment nicht. Schönen Abend noch.«

»Danke, LeBron. Wir werden sehen.«

Er lässt uns vorbei, und wir gehen um die Ecke zu den Aufzügen.

»Ales okay?«, flüstert Joanna, während wir warten.

»Weiß ich noch nicht«, sage ich.

Kaum haben sich die Türen hinter uns geschlossen, atme ich tief durch. »Jeeves, wie sieht es aus?«

»Der Download war abgeschlossen, aber Ihre Software hat den Verlauf nicht vollständig gelöscht. Wenn sie nachschauen, werden sie wissen, dass sie gehackt wurden.«

»Was macht LeBron gerade?«

»Er schnüffelt in Ihrem Büro herum. Er traut Ihnen eindeutig nicht. Einen Moment …« Nach einer kurzen Pause fährt er fort: *»Schlechte Nachrichten. Er ruft den Chef der IT-Abteilung an, damit er rüberkommt und den Serverraum überprüft.«*

»Shit!«

Der Aufzug entlässt uns in die Lobby, und ich nehme Jos Hand und zerre sie förmlich hinaus auf die Straße.

Auf dem Weg zur nächsten Subway-Station drückt sie meine Hand. »Wo willst du hin? Gerald wartet mit dem Auto.«

»In ein paar Minuten wird LeBron wissen, dass wir den Server gehackt haben, und uns suchen. Bei dem Verkehr hier wird er uns sogar zu Fuß einholen. Am besten springen wir in die Subway und bringen uns in Sicherheit.«

»Sie werden uns auch zu Hause suchen.«

»Genau.«

»Woran hattest du gedacht?«

»Etwas, das sie hoffentlich nicht kennen.« Ich hole mein Handy heraus und rufe Eden an, während wir die Stufen zum Bahnsteig hinunterrennen.

»Hey, Toby, alles klar?«

»Wir haben was gefunden. Kannst du uns einen Gefallen tun?«

Ich schaue mich um, bevor ich an Nannabeths Wohnungstür klopfe. Eine Sekunde später reißt Eden die Tür auf.

»Kommt rein. Was ist passiert?«

Sie schließt die Tür hinter uns und führt uns ins Wohnzimmer, wo Moby Duck auf der Couch sitzt und Animal Planet schaut.

Ich schaue mich um, ob wir allein sind. »Wo ist Nannabeth?«

»Auf dem Dach, die Blumen gießen. Wir können frei sprechen.«

»Okay. Wir hatten keine Zeit, unsere Spuren zu verwischen, und Crests Sicherheitschef ist uns auf die Schliche gekommen. Er hat seine Leute zusammengetrommelt, und jetzt sind sie wahrscheinlich schon hinter uns her.«

»Haben sie die Polizei gerufen?«

Jo schüttelt den Kopf. »Wie ich Dad kenne, wird er erst einmal versuchen, die Sache intern zu regeln, bevor er die Behörden einschaltet. Er wird sicher nicht erklären wollen, welche Informationen gestohlen wurden, da die ihn mit jeder Menge illegalen Aktivitäten in Verbindung bringen würden.«

Ich hole meinen Laptop hervor und nehme die SD-Card heraus. »Das ist alles, was wir heute bekommen haben. Sieht aus wie Gerichtsakten und vertrauliche Memos der letzten Jahre. Ich habe auch einen Ordner über Politiker und Mitglieder der Stadtverwaltung gesehen, die er offensichtlich schmiert. Mit anderen Worten: eine echte Fundgrube.«

Ich lege die Karte auf den Couchtisch und verstaue den Laptop wieder.

Eden blickt zwischen uns hin und her. »Und was habt ihr jetzt vor?«

Jo schaut aus dem Fenster auf die Straße hinunter. »Wir können es nur beenden, wenn du deinen Artikel veröffentlichst und wir alle Beweise offenlegen. Danach übergeben wir alles der Staatsanwaltschaft und schauen zu, wie mein Vater und seine Firma in Flammen aufgehen.«

Eden stemmt die Hände in die Hüfte. »Das klingt gut, aber ich habe noch nicht einmal alle Sicherheitsberichte von den Baustellen durchgesehen, ganz zu schweigen von den neuen Dateien.«

Moby Duck hopst von der Couch und versenkt den Schnabel in einer Schale mit Mehlwürmern auf dem Couchtisch. Ich streichle ihm die Federn, während ich darüber nachdenke, wie es jetzt weitergehen soll.

»Okay«, sage ich. »Ich werde Jeeves bitten, alles durchzugehen und zu ordnen. Dann bleibt dir mehr Zeit für deinen Artikel. Vielleicht kann Max die Fotos von der Veranstaltung neulich durchsehen, dann sollten wir Ende der Woche genug Beweise haben, um den Artikel zu drucken. Wie hört sich das an?«

Eden nickt. »Das klingt nach 'nem Plan.«

»Meinst du, Nannabeth wäre damit einverstanden, wenn Jo und ich hier eine Weile übernachten? Das könnte ein paar Tage dauern.«

»Ganz sicher.« Eden deutet in Richtung Flur. »Ihr könntet Ashas und mein altes Zimmer haben. Nan hat darin ein richtig gemütliches Gästezimmer mit einem riesigen alten Doppelbett eingerichtet. Ihr habt doch nichts dagegen, euch ein Bett zu teilen?«

Jo und ich sehen einander an, und ich weiß, dass sie daran denkt, wie wir zuletzt eine ganze Nacht im selben Bett verbracht haben. Offenbar ist ihr die Erinnerung daran immer noch unangenehm.

»Wir überlegen uns was«, sage ich sowohl an Jo als auch an Eden gerichtet. »Ich kann notfalls auch auf der Couch schlafen.«

Eden verzieht das Gesicht. »Ich glaube kaum, Großer. Schau dir die doch mal an.« Sie deutet auf den altmodischen Dreisitzer mit den gedrechselten Holzarmlehnen. »Du würdest nur zur Hälfte draufpassen, der Rest landet auf dem Boden.« Sie schaut Jo an. »Was ist los? Könnt ihr nicht nebeneinanderliegen?« Sie kneift die Augen zusammen. »Ach nee. Hattet ihr Sex? Sind da deswegen diese komischen Schwingungen zwischen euch?«

»Scheiße, Eden, nein.« Ich reibe mir die Stirn. »Wieso beinhalten komische Schwingungen für dich immer Sex?«

»Weil Sex die Leute komisch macht.« Sie blinzelt. »Kein Sex allerdings auch. Vielleicht ist das euer Problem. Hab ihr mal daran gedacht, es einfach zu tun? Ihr könntet es weiß Gott beide gebrauchen, mal wieder anständig flachgelegt zu werden.«

Ich will ihr gerade widersprechen, da ertönt Jeeves' Stimme aus meinem Smartphone.

»Toby, wir haben ein Problem.«

»Was denn?«

»Ich überwache die Handysignale mehrerer Crest-Sicherheitsleute, und so wie es aussieht, bewegen sie sich auf Ihre derzeitige Position zu.«

»Was? Wie kann das sein?«

»Ich bin mir nicht sicher, aber offensichtlich können sie Sie irgendwie tracken.«

»Wie weit sind sie entfernt?«

»Vier Blocks. Wir müssen sofort den Tracker finden.«

Joanna sieht sich um, und dann geht ihr sprichwörtlich ein Licht auf. Sie kommt zu mir, schiebt eine Hand in meine linke Hosentasche und holt die ID-Karte hervor, die LeBron mir gegeben hat. »Damit tracken sie dich. Scheiße.«

Ohne zu zögern, rennt sie ins Bad, und eine Sekunde später hören wir die Toilettenspülung rauschen.

Als sie zurückkommt, wirkt sie immer noch besorgt. »Jeeves, was machen sie? Kommen sie immer noch auf uns zu?«

»Einen Moment. Ich schaue, ob sie ihren Kurs ändern.«

Eine gefühlte Ewigkeit lang sagt niemand ein Wort. Schließlich könnte ich schwören, dass ich Erleichterung in Jeeves' Stimme ausmache. *»Offenbar hat es funktioniert. Sie folgen jetzt einem von Brooklyns Hauptabwasserkanälen.«*

Eden atmet auf. »Okay, das war gruselig. Ich weiß nicht, ob ich für diesen Spionagekram geschaffen bin.« Sie schüttelt den Arm aus. »Bevor noch irgendwas anderes passiert, lass uns das Zeug auf Jeeves' Server hochladen, damit das hier so schnell wie möglich vorbei ist.«

»Alles klar.« Ich will die Speicherkarte vom Couchtisch nehmen und bin verwundert, weil ich sie nicht sehe. »Wo ist die Karte?«

Ich schaue Eden an, aber die hebt abwehrend die Hände. »Guck nicht so. Ich hab sie nicht angefasst.«

Ich lasse mich auf die Knie hinab und suche den Teppich ab. »Eben war sie noch hier. Die kann sich doch nicht einfach in Luft auflösen.«

Jo kniet sich neben mich, und hektisch tasten wir den wild gemusterten Teppich nach der winzigen Speicherkarte ab.

Wir erstarren beide, als Moby Duck zu husten anfängt und dann lautstark quakt.

Jo und ich schauen erst ihn und dann die Mehlwürmer an, die er auf dem ganzen Tisch verteilt hat.

»Meinst du, er hat …«

Die Ente hustet noch einmal, und Eden stöhnt auf, bevor sie sich zu ihm hinunterbeugt. »Moby, du kleine fette Fressmaschine. Kannst du Würmer nicht von digitalen Speichermedien unterscheiden?«

Moby quakt ein wenig beleidigt und hustet wieder.

»Shit.« Eden lässt den Kopf sinken.

»Kann man eine Ente dazu bringen, sich zu übergeben?« Jo tippt auf ihrem Smartphone herum.

»Googelst du das gerade?«

»Na klar. Wie sollen wir es sonst rauskriegen?«

»Nun ja, ihr könntet mich fragen.« Wir erstarren alle, als eine vertraute Stimme hinter uns ertönt. Da steht Nannabeth, die Hände in die Hüfte gestemmt, klein und trotzdem einschüchternd. »Aber bevor ich euch etwas über diesen gefräßigen kleinen Bengel erzähle, klärt mich vielleicht erst mal jemand auf, was hier eigentlich los ist.«

30. KAPITEL

Aufrichtig

An Nannabeths Küchentisch erzählen wir abwechselnd die lange und komplizierte Geschichte von Crest Construction und warum wir alles daransetzen, die Firma zu Fall zu bringen. Nan macht uns derweil Tee und Sandwiches, und als wir fertig sind, steht ein Festmahl vor uns auf dem Tisch.

»Also nur noch mal zum Verständnis«, sagt sie und setzt sich. »Marcus Crest ist dein Vater.« Sie deutet auf Jo, und die nickt. »Aber du hasst ihn, weil er ein herzloser Widerling ist, und suchst schon dein halbes Leben nach einer Möglichkeit, ihn zu zerstören.«

»Stark zusammengefasst, aber ja.«

»Und du«, nun deutet sie auf mich, »hast einen Vater, der durch Crest geschädigt wurde, und kämpfst seit gut fünf Jahren für seine rechtmäßige Entschädigung.«

Ich nicke und beiße von meinem köstlichen Sandwich mit Bacon und Tomate ab. »Genau.«

»Und du, meine liebe Enkelin«, sie deutet auf Eden, »hast beschlossen, deinen Hut in den Ring zu werfen und eine explosive Enthüllungsgeschichte über einen der mächtigsten Männer in New York zu schreiben, die möglicherweise dazu führen könnte, dass du bis auf den letzten Heller verklagt wirst.«

Eden trinkt einen Schluck Tee. »Wenn du das so sagst, klingt es so negativ …«

»Und jetzt«, Nannabeth lehnt sich auf ihrem Stuhl zurück, »seid ihr alle hier, zieht mich in die ganze Geschichte hinein und füttert meine Ente mit irgendwelchen Speicherchips.« Sie schaut uns der Reihe nach an. »Habe ich das alles richtig zusammengefasst?«

»Streng genommen ja«, sagt Eden vorsichtig. »Aber das war nicht unsere Absicht, Nan. Vor allem wollten wir nicht, dass Moby eine schwarze Speicherkarte für einen Wurm hält. Ganz ehrlich, das ist seine eigene Schuld.«

Wir alle schauen zu Moby, der offenbar völlig unbeeindruckt von dem Fremdkörper in seinem Magen auf einem eigenen Stuhl sitzt. Als er bemerkt, dass wir ihn anstarren, quakt er laut.

Eden nimmt die Hand ihrer Großmutter. »Wenn dir das zu stressig ist, gehen wir woanders hin. Aber zuerst muss Moby uns die Karte zurückgeben.«

Nan lächelt. »Ach, Liebling, das ist doch nicht stressig. Es ist das Aufregendste, was mir passiert ist, seit ich aus dem Koma erwacht bin. Ich wollte nur sichergehen, dass ich eure Geschichte richtig verstanden habe, denn mal ganz im Ernst, Kinder, ihr müsst ein paar echte Probleme lösen.« Sie schaut Joanna an. »Vor allem du, junge Dame.«

Jo schluckt. »Wie meinst du das?«

Nan lädt weitere Sandwiches auf unsere Teller. »Na ja, dein ganzes Leben lang war es deine Mission, deinen Vater zur Strecke zu bringen, und wenn alles gut geht, hast du sie bald erfüllt. Was dann? Was ist dann dein Lebenszweck? Und wichtiger noch: Wer bist *du* dann? Hast du mal darüber nachgedacht?«

Jo legt ihr Sandwich ab und wischt sich mit einer Serviette den Mund ab. »Ähm … ich glaube nicht.«

»Das solltest du aber. Vielleicht glaubst du, wenn du deinen Vater stürzt, wird alles auf wundersame Weise wieder gut, aber ich muss dir leider sagen, so ist es nicht. Und dass Toby dir dabei hilft, sorgt auch nicht dafür, dass es seinem Vater wieder besser geht. Dass Eden die Geschichte veröffentlicht, sorgt nicht dafür, dass es allen anderen Opfern von Crest besser geht. Versteht mich nicht falsch, ich finde es gut, was ihr vorhabt, aber es ist nicht das Wunder, das alles ungeschehen macht, was er angerichtet hat. Dessen solltet ihr euch bewusst sein.«

Wir schweigen und lassen ihre Worte sacken. Ich weiß nicht, was ich erwartet habe. Vielleicht dachte ich, Dad würde endlich die Entschädigung bekommen, die ihm zusteht, aber nicht einmal die wird ihn heilen. Dass Crest sich eine Ohrfeige des Schicksals einfängt, wäre für viele Menschen nur ein erster Schritt auf einem langen Weg, und Jos Gesichtsausdruck nach zu urteilen hat sie den längsten Weg vor sich.

»Jedenfalls«, sagt Nan und schenkt uns Tee nach, »könnt ihr heute Abend nicht mehr viel tun, denn Moby wird die Speicherkarte frühestens morgen wieder herausrücken. Also könnt ihr es euch ruhig gemütlich machen und euch entspannen. Eden, du solltest vielleicht ein paar Klamotten zum Wechseln und Hygieneartikel für Toby und Joanna besorgen, denn die beiden werden ein paar Tage hierbleiben. Sie dürfen es nicht riskieren, nach Hause zu gehen. Einverstanden?«

Sie schaut mich und Jo an, und wir nicken. »Das wäre wunderbar.«

Jo zückt ihr Telefon. »Ich mache dir eine Liste. Danke, Edie.«

Relativ still beenden wir unsere Mahlzeit. Nannabeth plaudert, aber vor allem Jo ist schweigsamer, als ich sie jemals erlebt habe.

Nach dem Essen helfen wir alle beim Abwasch, dann macht Eden sich auf den Weg, um für uns einzukaufen. Wir anderen gehen mit Moby auf die Dachterrasse, damit er schwimmen kann. Es ist ein kühler Herbstabend, also leiht Nan Jo eine ihrer dicken Strickjacken. Während Nan und ich uns auf Klappstühle neben Mobys künstlichem Teich setzen, schlendert Jo durch den unglaublichen Dachgarten, betrachtet die Pflanzen und schnuppert an Blüten.

Nan und ich sitzen in vertrautem Schweigen nebeneinander und schauen Moby beim Paddeln zu, doch dann wirft sie einen Blick zu Jo, die nun am gegenüberliegenden Ende des Daches steht und über die Stadt blickt. Ich folge ihrem Blick, und so viel an ihrem Verhalten macht mir Sorgen. Ich weiß, dass die Ereignisse der letzten Wochen aufreibend für sie waren, aber bis heute Abend war mir nicht klar, wie viel es ihr abverlangt, Kontakt mit ihrem Vater zu haben. Am liebsten würde ich zu ihr gehen und dafür sorgen, dass es ihr besser geht, aber vermutlich würde ich alles nur noch schlimmer machen. Trotz ihres Durchbruchs heute im Büro habe ich das Gefühl, dass sie eine verlorene Schlacht kämpft, seit sie neben mir geschlafen hat. Es ist, als ob ein Teil von ihr sich bereits zurückzieht und auf den Tag einstellt, an dem ich gehe. Ich weiß, dass ich gehen muss, aber allein beim Gedanken, von ihr getrennt zu sein, möchte ich gleichzeitig auf eine Wand einschlagen und mich übergeben.

»Toby, was machst du?«

Ich drehe mich zu Nan um, die mich mustert.

»Was?«

»Ach, du weißt schon, junger Mann. Du hast dich in dieses Mädchen verliebt, auch wenn sie dir hundertprozentig das Herz bricht.«

Ich hole tief Luft. »Es sind nur dreiundneunzig Prozent. Fünfundneunzig, wenn man unsere gegenseitige Anziehung mit einrechnet.«

Nan lacht ihr einzigartiges Alte-Damen-Lachen und lehnt sich zurück, um Moby weiter beim Schwimmen zuzusehen.

»Woher weißt du das?«, frage ich, den Blick ebenfalls auf die Ente gerichtet.

»Dass du sie liebst? Es steht dir ins Gesicht geschrieben. Du leidest unter deinen Gefühlen. Deine Leidenschaft wird dich verbrennen, wenn sie nirgendwohin kann. Du solltest dir so schnell wie möglich überlegen, wie du damit umgehen willst.«

Ich reibe mir mit den Fingerknöcheln das Kinn, es ist mir peinlich, dass sie mich durchschaut hat. Nannabeth war schon immer sehr aufmerksam, aber normalerweise gilt ihre Aufmerksamkeit ihren Enkelinnen. Für mich ist es eine neue und unangenehme Erfahrung.

Ich hole tief Luft. »Sieht sie mich genauso an wie ich sie?« Auch wenn Jo mir schon längst versichert hat, dass sie das Gleiche für mich empfindet, vertraut ein kleiner Teil von mir ihr immer noch nicht völlig.

Nan lacht wieder und beugt sich vor. »Junger Mann, sie sieht dich mit genau dem gleichen verzückten Blick an, das ist ja das Problem.«

»Das verstehe ich nicht. Wenn wir uns lieben, wieso sagt dann die Wahrscheinlichkeit, dass wir nicht zusammen sein können?«

»Das könnt ihr«, sagt Nan und sieht mich an, als wäre ich ein bisschen schwer von Begriff. »Aber jetzt noch nicht. Erst muss sie ihre Probleme in den Griff bekommen.«

»Ich weiß, dass sie Probleme hat, Nan, da war sie ehrlich zu mir. Aber ich habe keine Ahnung, woher sie stammen.«

Nan wirft einen Blick über die Schulter zu Jo, dann schaut sie wieder mich an. »Hast du dich schon mal gefragt, warum sie ständig tausend verschiedene Dinge tut? Warum sie so hart arbeitet, um so viel zu erreichen? Warum sie sich dermaßen für andere ins Zeug legt und deren Bedürfnisse über ihre eigenen stellt?«

»Zum Teil ist sie einfach ein guter Mensch mit einem großen Herzen, aber … na ja, vermutlich steckt noch mehr dahinter.«

»Toby, es gibt irgendetwas in ihrer Vergangenheit, das sie niemandem erzählt hat. Irgendetwas, das sie sehr verletzt hat und worüber sie nie hinweggekommen ist. Glaub mir, ich kenne die Anzeichen. Alles, was sie tut, alles, was sie seit diesem mysteriösen Ereignis getan hat … soll beweisen, dass sie liebenswert ist.«

Ich beuge mich vor, bemühe mich, leise zu sprechen. »Ihrem Vater? Denn der Zug ist abgefahren. Sie hat mir gesagt, dass sie es aufgegeben hat, seine Anerkennung zu gewinnen.«

Eine leichte Brise zerzaust Nan die Haare, und im sanften Licht der wenigen Lampen hier oben sieht sie aus wie eine weise Frau aus einem Märchen.

»Wir behaupten oft, unsere Handlungen gelten jemand anderem, aber damit machen wir uns bloß selbst etwas vor. Dieses Mädchen hat eine riesige Wunde im Herzen, die nur zuwachsen kann, wenn sie einsieht, dass es nicht ihre Schuld war, dass ihr Vater sie nicht geliebt hat. Sie muss verstehen, dass sie schon immer liebenswert war. Bis sie sich selbst davon überzeugt hat, wird sie alle Menschen, die ihr nahekommen, wegstoßen. Sie wird ihren Freunden gegenüber niemals völlig ehrlich sein, oder dir. Es ist vielleicht eine Binsenweisheit, aber das macht sie nicht weniger wahr: Wenn du dich selbst nicht liebst, wie um alles in der Welt willst du dann jemand anderen lieben?«

Ich blicke zu Jo hinüber, die so klein und einsam auf der anderen Seite des Gartens steht. »Wie bringe ich sie dazu, sich selbst zu lieben?«

»Gar nicht. Darum geht es ja. Sie muss es von sich aus schaffen. Du kannst nur für sie da sein und sie unterstützen. Ihr klarmachen, dass du bei ihr bist, egal was passiert. Du kannst sie ermutigen, klar, aber all die schweren Entscheidungen, wer sie sein möchte? Die muss sie allein treffen.«

Das war nicht, was ich hören wollte. Ich möchte wissen, was das Problem ist und wie ich es lösen kann. So gehe ich normalerweise vor. Die Gleichung finden, die Unbekannten identifizieren, und dann die Lösung berechnen. Mir zu sagen, dass ich nicht helfen kann, ist wie ein Tritt in die Eier. Mir zu sagen, dass ich ganz im speziellen Jo nicht helfen kann, tut besonders weh.

»Toby, ich weiß, du bist ein guter Mensch, und das ist nicht, was du hören wolltest, aber ich sage es, weil ich es gut mit dir meine. Du hast wahrscheinlich die romantische Vorstellung, eure Verbindung sei so stark, dass eure Wahrscheinlichkeit keine Rolle spielt, aber das stimmt nicht.«

»Moment. Hast du nicht eben gesagt, dass wir zusammen sein können, wenn sie ihre Probleme löst?«

»Ja. Aber das bedeutet nicht, den Wahrscheinlichkeiten zu trotzen. Es bedeutet, sie zu verändern.«

Da geht mir ein Licht auf, und ich bin sauer auf mich selbst, dass ich das nicht schon früher erkannt habe. Die Zahlen werden für uns sprechen, wenn Jo sich entscheidet, ihr Leben zu ändern. Das ist eine Möglichkeit, an die ich gar nicht gedacht hatte. Jos Instinkt, andere auf Distanz zu halten, hat sich vermutlich in ihrem Fragebogen niedergeschlagen, und deshalb war unser Wert so abgrundtief niedrig. Die Wahrheit ist subjektiv, und wenn ein Mensch seine Sichtweise ändert, ändert sich vielleicht auch seine Wahrheit.

»Toby?« Nan lächelt mich an. »Was auch immer in deinem Kopf vorgeht, lass ihr Zeit. Sich zu ändern ist eher ein Marathon als ein Sprint.« Sie zieht ihre Jacke fester um sich. »Wusstest du, dass ich vor Moby eine Katze hatte?«

»Nein«, sage ich.

»Sie hieß Cinnamon.« Sie greift nach der Thermoskanne, die sie mit nach oben genommen hat, und schenkt sich Kaffee ein. »Ein dürres, flohverseuchtes Geschöpf, das in der Gasse hinter dem Haus lebte. Ich habe ihr jeden Tag Futter gebracht, aber sie war scheu und wollte nicht fressen, solange ich in der Nähe war. Aber ich hatte Geduld. Jeden Tag rückte ich ein Stückchen näher, und irgendwann vertraute sie mir genug, um zu fressen, während ich noch dastand. Irgendwann durfte ich mich neben sie setzen. Und schließlich sogar streicheln. Es hat Monate gedauert, bis sie mir vertraute, aber eines Tages folgte sie mir die Treppe hinauf und machte es sich hier gemütlich. Und da wusste ich, dass wir gut miteinander auskommen würden. Ich ließ sie in mein Herz und sie mich in ihres. Ich durfte sie nicht drängen. Sie musste das Tempo vorgeben. Und so musst du es mit Joanna auch machen.«

Ich bin trotzdem noch ein wenig skeptisch. »Dann glaubst du also nicht, dass Seelenverwandte überhaupt keine Schwierigkeiten überwinden müssen? Oder glaubst du gar nicht daran?«

Sie trinkt einen Schluck Kaffee, dann sieht sie mich an. »Das ist eine schwere Frage. Ich glaube schon, dass es so etwas gibt. Aber glaube ich, dass alle glücklichen Paare füreinander bestimmt waren? Nein.«

»War dein Mann dein Seelenverwandter?«

Sie lacht. »Ach, George war ein wunderbarer Mann, und ich bin dankbar für die vielen guten Jahre, die wir miteinander hatten, aber zwischen uns gab es nie diese allumfassende Liebe mit sprühenden Funken.«

»Warum habt ihr dann geheiratet?«

»Es war vielleicht nicht ›die große Liebe‹, aber wir liebten einander immer noch mehr als irgendjemand anderen, also hielten wir es für eine gute Idee.« Sie trinkt noch einen Schluck Kaffee und blickt in die Ferne. »Manche heiraten, weil … na ja, weil sie einsam sind. Wir Menschen sind nicht dafür geschaffen, allein durchs Leben zu gehen. Manchmal strecken wir im Dunkeln die Hand aus und wünschen uns, dass jemand sie ergreift. Damit wir uns sicher fühlen. Damit wir uns wie ein ›Wir‹ fühlen und nicht wie ein ›Ich‹.« Sie richtet den Blick wieder auf mein Gesicht. »George hat vielleicht nicht meine Welt in Brand gesetzt, aber bei ihm habe ich mich immer sicher und geliebt gefühlt, und das hat mir gereicht.«

Ich lege den Kopf zurück und blicke hinauf zu den Sternen. »Ich habe eine App entwickelt, die den Leuten helfen soll, ihre Seelenverwandten zu finden, aber sie hat nur bewiesen, dass Jo und ich keine sind, obwohl es sich ganz danach angefühlt hat. Und jetzt sagst du, sie könnte es doch sein, wenn auch nicht zum jetzigen Zeitpunkt. Wie zum Teufel soll ich wissen, was ich tun soll?«

Sie schaut mich an. »Was willst du denn tun?«

»Das weißt du doch.«

Sie beugt sich vor. »Manche Menschen setzen deine Seele in Brand, und das Problem daran ist, dass deine Seele es vielleicht nicht übersteht. Jemand kann deine Seelenverwandte und trotzdem nicht gut für dich sein.« Ihr Blick wird eindringlicher. »Und jemand, der nicht dein Seelenverwandter ist, kann das Beste sein, was dir je passiert ist. Verstehst du?«

Ich nicke. »Du meinst also, ich soll es versuchen, und wenn ich dabei zerstört werde, dann habe ich es immerhin probiert.«

Sie schenkt mir ein Lächeln, in dem jede Menge Geduld und ein winziges Bisschen Herablassung liegen. »Toby, nichts auf der Welt ist zu hundert Prozent sicher oder zu hundert Prozent zum Scheitern verurteilt. Kompatibilität ist nichts Unverrückbares, Vorherbestimmtes. Manchmal ist sie fließend und rätselhaft und schwer zu fassen. Zueinander zu passen ist kein gottgegebenes Recht. Es ist das Ergebnis der Entscheidungen, die wir treffen. Aber jede Beziehung in deinem Leben – jede wichtige – ist wie ein Garten. Wenn du möchtest, dass er sprießt und blüht, dann musst du dich jeden Tag darum kümmern. Du kannst die hübschesten Beete der Welt haben, doch das wird nicht verhindern, dass sie von Unkraut befallen werden. Nicht das Schicksal hält die Menschen zusammen. Sondern jede Menge harte Arbeit.«

Sie steht auf, und offensichtlich versteht Moby, dass die Zeit um ist, denn er schwimmt ans Ufer seines Tümpels, klettert heraus und schüttelt sich.

»Na kommt, du Zwerg.« Sie hebt ihn hoch und nimmt ihn auf den Arm. »Ich bringe diesen kleinen Gremlin jetzt nach unten und ins Bett, denn er muss morgen einen ordentlichen Haufen machen. Ich würde vorschlagen, ihr beiden kümmert euch jetzt noch ein bisschen um euren Garten, bevor ihr schlafen geht.«

»Das machen wir. Danke.« Ich beuge mich hinunter und gebe ihr einen Kuss auf die Wange. »Hat dir schon mal jemand gesagt, dass du wunderbar bist?«

»Nicht in letzter Zeit, aber ich freue mich immer, es zu hören. Gute Nacht, Toby.«

»Gute Nacht, Nan.«

Ich schaue ihr nach, als sie zum Treppenhaus geht und darin verschwindet. Ich stelle mich neben Jo, die immer noch still wie eine Statue dasteht und über die Stadt hinausblickt. »Was machst du?«

»Gucken.«

»Und wie ist es so?«

»Ganz gut.«

Ich schiebe die Hände in die Taschen und folge ihrem Blick.

Sie schaut zum Fluss hinüber, und ich muss zugeben, von hier oben ist die Stadt wunderschön.

»Du bist so still.« Ich rücke näher. »Möchtest du darüber reden?«

Sie lässt den Kopf kreisen. »Ob du es glaubst oder nicht, das würde ich gern, aber ich kann nicht. Ich verstehe meine Gefühle nicht, deshalb kann ich sie auch nicht in Worte fassen.«

»Okay. Aber wenn du es kannst, bin ich für dich da.«

Sie sieht mich an, und nach nur einem winzigen Zögern tritt sie vor und zieht mich in eine Umarmung. »Du bist der beste Freund, den ich jemals hatte. Das hätte ich dir schon viel früher sagen sollen.«

»Du weißt, dass beste Freunde einander alles erzählen können, oder?«

»Ja. Ich muss nur noch herausfinden, wie das geht.«

»Okay. Ich kann warten.«

Wir lösen uns voneinander, und sie schaut wieder in die Ferne.

»Und, Jo?«

»Hmm?«

»Nur um das klarzustellen, ich liebe dich.«

Sie dreht sich verwirrt zu mir um. »Was?«

»Ich liebe dich. Ich finde, das solltest du wissen.«

Ich drehe mich um und gehe zur Treppe.

»Warte mal.« Sie holt mich ein und hält mich am Arm fest. »Du kannst mir nicht sagen, dass du mich liebst, und dann einfach gehen.«

»Warum nicht?«

»Weil … das ist … na ja … es ist …«

»Was?«

»Unhöflich.«

»Ist es das? So sehr ich mich auch bemüht habe, Abstand zu halten und nichts Dummes zu tun, muss ich mich der Tatsache stellen, dass ich hoffnungslos, unwiderruflich, schrecklich in dich verliebt bin. Was ist daran unhöflich?«

»Weil ... du ...« Sie zieht die Strickjacke fester, als könnte die sie vor ihren Gefühlen beschützen. »Wir waren uns einig, dass es nicht geht ... und unsere Übereinstimmung ... und wir treffen uns mit anderen ... und du ... du ...«

Ich trete näher und umfange ihr Gesicht. »Jo, bitte entschuldige meine Ausdrucksweise, aber scheiß auf unsere Abmachung. Das hier ist meine Wahrheit, und ich werde nicht mehr davor davonlaufen. Scheiß auf unsere Übereinstimmung. Scheiß auf all die Zweifel und Grübeleien. Scheiß auf die Logik, dass wir nicht zusammen sein sollten. Ich liebe dich. Ich bin in dich verliebt. Ich will dich mit jeder Faser meines Körpers, und du brauchst es nur zu sagen, dann trage ich dich nach unten und werde dich bis zum Morgengrauen lieben. Aber dafür musst du die Wahrheit sagen. Du musst die Mauer finden, hinter der du dein Herz verbirgst, und sie Stein für Stein abtragen, denn nur so kann es funktionieren. Du musst mich mehr wollen als deine Geheimnisse. Mehr, als du deine Scham verbergen möchtest. Du musst mich mehr wollen, als du dir selbst das Glück versagen willst. Das ist keine leichte Entscheidung, das weiß ich, aber eine, die du treffen musst. Also, wann immer du bereit bist, bin ich für dich da.«

Ich beuge mich vor und gebe ihr einen zarten Kuss, reize jedes Gramm Geduld in mir aus, damit er nicht zu wild und drängend wird. Sie soll mir vertrauen, das Tempo vorgeben. Sie soll sehen, dass ich sie in mein Herz hineinlasse, auch wenn ihres noch immer verschlossen ist.

»Wann immer du bereit bist, komm zu mir.« Ich küsse sie noch einmal und lege sämtliche Zärtlichkeit, die ich empfinde, all meine Liebe in den Kuss. Zurückhaltend erwidert sie ihn, aber ich verstehe, dass sie noch nicht so weit ist. All die Ehrlichkeit ist schon jetzt zu viel für sie. Noch bevor wir uns voneinander lösen, spüre ich, wie sie sich von mir zurückzieht.

»Ich gehe nach unten«, seufze ich. »Eden ist bestimmt schon mit sauberen Klamotten zurück, dann dusche ich und gehe ins Bett. Du solltest auch kommen. Kein Sex. Einfach schlafen. Du brauchst Ruhe, Jo. Du siehst müde aus. Wovor auch immer du Angst hast, ich verspreche dir, ich beschütze dich, bis du wieder aufwachst.«

Ich gebe ihr einen letzten Kuss, sanft und zärtlich, dann gehe ich nach unten und lasse sie ihm Mondschein zurück, damit sie über ihre Entscheidungen nachdenken kann.

In T-Shirt und Boxershorts, die Eden von ihrer kleinen Shoppingtour mitgebracht hat, liege ich im Bett und döse, als ich gewahr werde, dass sich im Zimmer jemand bewegt.

»Jo?«

Ich schlage die Augen auf und sehe sie im schummrigen Licht der Nachttischlampe umherlaufen. Sie trägt ein Tank-Top und Shorts, die Haare sind nass vom Duschen.

Ich mache die Augen wieder zu und versuche, wieder einzuschlafen. Ich habe ihr heute Abend alles gesagt, und wenn sie mich zurückweisen will, habe ich es nicht eilig, es zu hören. Ich bin zu müde, um mich mit einem gebrochenen Herzen herumzuschlagen.

Ich spüre, wie die Decke angehoben wird und die Matratze sich absenkt, als sie ins Bett steigt. Ich rieche Seife und spüre ihre Wärme, und obwohl ich mich an die äußerste Bettkante gelegt habe, um ihr genug Platz zu lassen, schmiegt sie sich schon eine Sekunde später an mich, legt den Kopf an meine Brust und schlingt einen Arm um meine Hüfte.

»Hey«, sagt sie leise und zögerlich, als sei sie sich nicht sicher, ob sie mich überhaupt berühren darf.

Ich lege ihr einen Arm um die Schultern, um ihr zu versichern, dass es in Ordnung ist, und sie entspannt sich. »Hi. Willkommen in Nannabeths Gästezimmer, wo ganz ohne Aufpreis ein großer, warmer Mann in deinem Bett liegt.«

Ein paar Sekunden liegt sie einfach da und atmet. Ich blicke zu ihr hinab und sehe ihr Gesicht halb im Schatten. Sie zieht die Augenbrauen zusammen.

»Weißt du, dass du der Einzige bist, der die Albträume vertreiben konnte?«, sagt sie leise. »Seit fast zehn Jahren hatte ich immer den gleichen wiederkehrenden Traum, sobald ich die Augen geschlossen habe, also habe ich einfach nicht mehr geschlafen. Aber mit dir …« Sie streichelt mein Gesicht. »Nichts. Süße, traumlose Dunkelheit. Wie kommt das?«

»Ist die Frage ernst gemeint oder rein hypothetisch?«

»Beides. Du setzt meinen Körper in Brand und bist zugleich der Einzige, der all die Stimmen in meinem Kopf zum Schweigen bringt.«

»Das verstehe ich nicht.«

»Natürlich nicht. Ich habe dich so lange im Dunklen gelassen, es ist ein Wunder, dass du mich noch nicht aufgegeben hast. Die ganzen Lügen, die Halbwahrheiten. Die Auslassungen. Das hast du nicht verdient.« Sie tätschelt mir die Brust. »Aber es gibt noch mehr, das ich dir nicht erzählt habe … weil ich keine Worte dafür hatte. Das ich niemals jemandem erzählen wollte … bis ich dich kennengelernt habe.«

»Ich höre dir zu. Wenn du es mir jetzt erzählen möchtest, bin ich für dich da.«

Sie holt tief Luft. »Okay. Es geht los.« Sie schaut mich an. »Als ich fünfzehn war …« Sie stockt, und ich drücke ihren Arm, um ihr zu zeigen, dass sie bei mir in Sicherheit ist. »Als ich fünfzehn war, ist eine Gruppe Männer ins Penthouse im Crest-Condo eingebrochen und hat mich entführt. Sie haben mir nicht wehgetan, aber sie haben mich aus dem Bett gezerrt und mitgenommen.«

Ich weiß nicht, was ich erwartet habe. Vielleicht irgendwelche körperlichen Übergriffe von Crest, aber das hier ganz sicher nicht. »Jo, was zum Teufel?«

Sie stützt sich auf einen Ellenbogen. »Es waren Leute, die mein Dad über den Tisch gezogen hatte. Bauunternehmer, deren Gerichtsverfahren Dad seit Jahren verschleppte. Sie standen kurz vor dem Bankrott und sahen keine andere Möglichkeit, an das Geld zu kommen, das er ihnen schuldete, als eine Verzweiflungstat.«

»Also wollten sie Lösegeld erpressen?«

»Ja. Aber anfangs verstand ich überhaupt nicht, was los war. Ich war eine verängstigte Jugendliche, und auch wenn sie mir nicht wehtaten, sperrten sie mich dennoch für mehr als eine Woche in einer winzigen Kammer ein, bevor sie mich wieder freiließen.«

»Ist das der wiederkehrende Albtraum?«

Sie erschauert. »Sobald ich einschlafe, spüre ich ein halbes Dutzend Hände, die mich festhalten, und eine weitere Hand auf dem Mund. Immer wieder werde ich gefesselt und geknebelt … Ich bekam fast keine Luft, als sie mich in eine alte Überseetruhe steckten und aus dem Haus trugen.«

»Himmel.« Ich spüre, wie ihre Panik zurückkehrt.

»In dieser Truhe eingesperrt zu sein … während sie aus der Stadt herausfuhren … und dann diese winzige Gefängniszelle.« Ich streiche ihr über die Haare, um sie zu beruhigen. »Seitdem leide ich unter Klaustrophobie.«

»Das glaube ich. Schrecklich.«

Sie setzt sich auf und überkreuzt die Beine, atmet ein paarmal tief durch und lacht nervös. »Ich komme mir so albern vor, dass ich all die Jahre ein so großes Trauma mit mir herumgeschleppt habe, immerhin waren sie die meiste Zeit anständig zu mir.«

»Einen Scheiß waren sie.« Ich setze mich auf und lehne mich ans Kopfteil. »Große, bedrohliche Männer haben dich mitten in der Nacht entführt. Du warst noch ein Kind. Natürlich hat dich das traumatisiert.« Mir fällt auf, dass ich in der leisen Wohnung viel zu laut rede, und senke die Stimme ein wenig. »Was wurde aus ihnen?«

Sie streicht sich eine Haarsträhne aus dem Gesicht und schiebt sie sich hinters Ohr. »Nichts. Eines Tages kamen sie in meine Kammer und verbanden mir die Augen. Und dann haben sie mich in Queens in der Nähe einer Subway-Station abgesetzt. Ich bin nach Hause gefahren, und das war's.«

»Sie wurden nicht verhaftet?«

»Nein. Während der Autofahrt hörte ich sie reden, dass etwas schiefgelaufen war. Als sie meinen Vater angerufen hatten, um ihre Lösegeldforderung zu stellen, hat er einfach aufgelegt.«

Ich setze mich auf, heißer Zorn durchströmt mich wie Magma. »Wie bitte?«

Sie nickt, und ich sehe ihr an, wie schmerzhaft die Erinnerung ist. »Sie haben ihm gesagt, dass sie seine fünfzehnjährige Tochter haben … und er hat sich geweigert, mit ihnen zu sprechen. Selbst als sie drohten, mir etwas anzutun, wollte er nicht verhandeln.« Sie schaut aus dem Fenster, wendet den Blick ab. »Er hat nicht einmal die Polizei eingeschaltet. Er wollte nicht, dass die Presse Wind von der Sache bekommt, damit sein Aktienkurs nicht darunter leidet.«

Sie blinzelt ein paarmal, das Reden fällt ihr schwer. Ich möchte sie in den Arm nehmen und ihr sagen, dass sie aufhören soll, aber ich weiß, dass jetzt alles rausmuss, damit es sie nicht mehr vergiften kann.

Sie lächelt mich bitter an. »Das geizige Arschloch, das Milliarden in Wertpapieren besitzt, wollte nicht einmal mickrige zweihunderttausend bezahlen, um mich zurückzubekommen.« Sie klingt aufgewühlt. »Was für ein Vater macht so etwas, Toby? Was für ein Mensch macht so etwas?«

»Er ist kein Vater und auch kein Mensch. Er ist ein Monster. Kein Wunder, dass du dein ganzes Leben lang versucht hast, ihn zu ruinieren.« So vieles ergibt auf einmal Sinn. Warum sie so einen Groll gegen ihn hegt. Warum sie ihm wehtun wollte, um zu vergelten, wie sehr er sie verletzt hat.

Sie blickt auf ihre Hände hinab und zupft an der Bettdecke. »Als ich schließlich in unser Penthouse zurückkam, hat er mich umarmt und gefragt, ob es mir gut geht, aber die Antwort hat ihn eigentlich gar nicht interessiert. Er hat mir die Hände auf die Schultern gelegt und gesagt, am besten wäre es, wenn ich nicht darüber reden würde, wenn niemand davon erfährt. Das wäre peinlich für uns beide. Danach hat er zwar die Sicherheitsvorkehrungen erhöht, aber ich konnte nicht mehr in meinem Zimmer schlafen und ertrug es nicht mehr, in seiner Nähe zu sein.«

Ihre Kiefermuskeln machen ein paar Sekunden Überstunden, und ich drücke ihre Hand.

»Hin und wieder machte er eine Bemerkung, dass er den richtigen Riecher gehabt habe, als er nichts unternommen hat, weil sie mich gehen ließen, ohne auch nur einen Cent von ihm zu bekommen. Als ich erwiderte, das sei ein riskantes Spiel gewesen, denn schließlich hätten sie mich auch verletzen oder umbringen können, starrte er mich an, als wäre ich total bescheuert, seine Entscheidungen infrage zu stellen.« Sie sieht mich an. »Da wusste ich, dass ich gehen musste. Ich packte ein, was in einen Koffer passte, nahm die fünfhundert Dollar, die ich in bar hatte, und machte, dass ich rauskam.«

»Was hat er getan, als er herausgefunden hat, dass du weg warst?«

Sie lacht bitter auf. »Nichts. Es hat zwei Wochen gedauert, bis er mich überhaupt angerufen hat, und das auch nur, weil meine Klavierlehrerin vor der Tür stand und ich nicht zu Hause war. Ihm war gar nicht wirklich aufgefallen, dass ich nicht mehr da war. Als ich ihm sagte, dass ich nicht zurückkommen würde, war er sauer, aber nur, weil er vor seinen Freunden und Angestellten schlecht dastehen würde.« Sie legt beide Hände um meine. »Später habe ich herausgefunden, dass er allen erzählt hat, ich besuchte ein exklusives Mädchenpensionat in Österreich. So einfach war es für ihn, mein Verschwinden zu vertuschen.«

Sie steigt aus dem Bett, als könnte Bewegung die Gefühle, die aus ihr herauswollen, in Schach halten. Ich folge ihr und nehme ihre Hände. »Das tut mir unendlich leid, Jo. Was für ein Arschloch, dass er dich so behandelt hat.«

Sie holt zittrig Luft. »Ich wusste ja seit Jahren, dass ihm nichts an mir liegt, aber wie er auf die Entführung reagiert hat … Ich verstehe immer noch nicht, was ich getan habe, dass er mich so sehr hasst.«

Sie bricht in Tränen aus, und ich ziehe sie an meine Brust und lasse sie weinen. »Du hast gar nichts getan. Er ist der Gestörte, nicht du. Glaub mir, Jo, jeder andere würde sich gesegnet fühlen, dich zur Tochter zu haben, und würde Himmel und Hölle in Bewegung setzen, dich zurückzubekommen. Nichts von alledem ist deine Schuld.«

Sie löst sich von mir. »Aber wieso habe ich dann das Gefühl, all das wäre nicht passiert, wenn ich einfach ein besserer Mensch, eine bessere Tochter gewesen wäre? Über all die Jahre habe ich meinen ganzen Hass auf ihn gerichtet, aber in meinem Hinterkopf hat immer diese kleine Stimme geflüstert, ich hätte es verdient.«

»Joanna … nein. Denk das bitte nicht.«

Ein Schluchzen schüttelt sie, und ich warte, bis sie weitersprechen kann.

»Ich schäme mich so, weil ich immer noch Albträume habe. Ich müsste längst darüber hinweg sein.«

Ich wische ihr die Tränen aus dem Gesicht, und wenn ich die Macht hätte, ihr all den Schmerz abzunehmen, damit sie ihn nicht mehr spüren muss, würde ich es auf der Stelle tun.

»Für ein Trauma gibt es keinen Zeitplan. Du kannst nicht ändern, was du empfindest.«

»Und dann …« Sie schnieft. »Dann kommst du, und ich habe wieder so schreckliche Angst.«

Ich streiche ihr über die Haare. »Ich würde dich niemals verletzen.«

»Ich weiß, aber …« Sie zeigt auf mich. »Ich habe Angst davor, was es mit dir machen wird. Jeder Mann, der mir nahekommt, jeder Mann, für den ich etwas empfinde …« Sie blickt zu mir auf. »Ich verletze sie, bis ihnen nichts anderes übrig bleibt, als mich zu verlassen. Ich will dir das nicht antun … aber ich weiß nicht, wie ich es ändern soll. Ich habe so sehr versucht, mich zu ändern, aber ich kann es nicht. So bin ich, und wenn es mit dir nicht funktioniert, mit dem unglaublichsten Mann, den ich jemals kennengelernt habe, dann war es das. Dann muss ich wohl allein bleiben.«

»Das wird nicht passieren. Komm her.« Ich ziehe sie in die Arme. Sie legt die Hände auf meine Brust, gräbt die angespannten Finger in meine Muskeln. »Pass auf. Ich bin da. Ich werde immer da sein. Du kannst mich nicht vergraulen.«

»Doch, kann ich.« Sie blickt zu mir auf, und Schmerz und

Resignation stehen in ihrem Blick. »Ich tue es die ganze Zeit, und ich hasse es. Ich will es sogar jetzt.« Der Druck ihrer Hand auf meiner Brust erhöht sich, aber ich lasse sie nicht los.

»Dann lass es. Jedes Mal, wenn du mich wegstoßen willst, zieh mich stattdessen näher an dich. Jedes Mal, wenn du weglaufen willst, lauf stattdessen auf mich zu.« Ich schiebe ihr die Haare aus dem Gesicht und zwinge sie, mich anzusehen. Ich merke, wie schwer ihr das fällt. »Jo, dein Dad hat dich verletzt, und er wird dich immer weiter verletzen, wenn du jede Beziehung, die dich glücklich machen könnte, sabotierst. Lass ihn nicht gewinnen, sondern mich, weil ich das Gegenteil von ihm bin. Er konnte dich nicht lieben? Tja, sein Pech. Ich könnte dagegen nicht aufhören, dich zu lieben, selbst wenn ich wollte. Und egal was du denkst, du hast alle Liebe dieser Welt verdient. Du musst es nur glauben. Lass die Liebe zu. Lass mich dich lieben.«

Noch immer funkelt Angst in ihren Augen. »Was, wenn ich es nicht kann?«

Ich lehne die Stirn an ihre, schließe die Augen und atme ihren Duft ein. »Und was, wenn doch?«

Ich halte still, lasse meine Lippen knapp über ihren schweben, meine Muskeln sind angespannt und mein Herz so voll, dass es mir vorkommt, als wollte es mir aus der Brust springen. Sie fühlt sich weich unter meinen Händen an, aber ihre Unsicherheit ist spürbar, und in diesem Augenblick stehen die Chance fifty-fifty, dass sie mich besinnungslos küsst oder in die Nacht hinausläuft, ohne sich noch einmal umzudrehen.

»Toby …« Ihr Tonfall fleht mich an, sie zu küssen, aber das kann ich nicht. Was auch immer als Nächstes passiert, es muss von ihr ausgehen, und ich bete zu allen Göttern, dass sie sich für mich entscheidet.

Sie schlingt die Finger in die Haare in meinem Nacken und zieht mich zu sich, und ich schließe die Augen, als sie ihre Lippen sanft auf meine drückt.

»Ich will dich so sehr«, flüstert sie. »Ich wollte dich, seit ich dich kennengelernt habe.«

»Geht mir genauso. Ich habe mir immer wieder gesagt, dass ich dich nicht haben kann, doch ich wollte dich so sehr, dass es wehtat.«

Wieder küsst sie mich, fordernder diesmal, erobert meinen Mund, während all meine Zellen in Flammen stehen. Sie küsst mich noch einmal, und diesmal liegt keinerlei Zurückhaltung mehr darin. Sie drängt sich an mich, als wolle sie in mich hineinkriechen, und als sie ihren süßen Mund öffnet, stöhne ich erleichtert, weil das Pulverfass unserer Leidenschaft, das seit Wochen schwelt, endlich hochgehen kann.

»Gott ... Joanna.«

Ich hebe sie hoch und küsse sie heftig, und zur gleichen Zeit schlingt sie die Beine um meine Hüfte. Ich gehe mit ihr zur Wand hinüber, drücke sie dagegen, versuche, kein Geräusch zu machen, aber es gelingt mir nicht.

Sie stöhnt, und ich bin so hart, dass es beinahe unerträglich ist. Ich lasse die Hüften kreisen und presse mich fester an sie, und ihr Stöhnen wird lauter und flehender.

»Schhh«, mache ich. »Wir müssen leise sein.«

Sie windet sich in meinen Armen. »Du machst es mir nicht leicht.«

Ich setze sie auf dem Boden ab, ohne den Kuss zu unterbrechen, und als ihre warmen Hände unter mein Shirt kriechen und meine Haut erkunden, gerät meine Atmung außer Kontrolle.

»Ich liebe deinen Körper«, flüstert sie atemlos. »Ich brauche mehr davon.«

Sie schiebt mir das Shirt hoch, und im nächsten Moment ziehe ich es mir über den Kopf. Es ist kaum auf den Boden gefallen, da küsst sie schon meine Brust, erkundet mich mit Lippen und Zunge.

»Fuck.« Ich lasse den Kopf zurückfallen und presse die Hand flach gegen die Wand, um mich abzustützen, während sie sich zu meinem Bauch hinabküsst und mich in den Wahnsinn treibt. Als sie mich durch die Boxershorts umfasst, stöhne ich laut auf, und meine Beine geben beinahe nach.

»Oh, Gott, warte, Joanna.«

Ich ziehe sie zu mir hoch und küsse sie, denn ich möchte ihr unbedingt Vergnügen bereiten, bevor ich den Verstand verliere. Ich schiebe eine Hand unter ihr Tank-Top und will sie gerade fragen, ob ich es ihr ausziehen darf, da tritt sie einen Schritt zurück und macht es selbst. Sie wirft es weg, und als sie nun halb nackt vor mir steht, bin ich eine Sekunde wie gelähmt. Ich starre sie an, und sie lächelt, nimmt meine Hände und legt sie auf ihre wunderschönen Brüste. Sobald ich sie berühre, verabschieden sich auch meine letzten funktionierenden Gehirnzellen, und zurück bleibt nichts als pure prähistorische, animalische Lust.

Ich streiche über ihre samtweiche Haut, beuge mich vor und bedecke sie mit Küssen, erst die eine Brust, dann die andere.

»So … verdammt … wunderschön.«

Ich schließe meinen Mund um einen Nippel und lasse zugleich eine Hand in ihre Shorts gleiten.

»Oh, lieber Gott … Toby.«

Sie lehnt den Kopf an die Wand, und ich lasse mir Zeit, herauszufinden, was ihr gefällt. Wie viel Druck ich ausüben soll. Wie schnell ich meine Finger kreisen lassen soll. Sie keucht und krallt hin und wieder die Finger in meine Schultern, wenn ihr etwas besonders gefällt.

Schließlich knie ich mich vor sie und zupfe an ihren Shorts. »Darf ich?«

»Gott, ja.«

Ich ziehe sie runter, und als sie hinaussteigt, lege ich ein Bein über meine Schulter und koste den Teil von ihr, von dem ich schon so lange träume.

»Ohhhhhh … Oh Gott, Toby. Ohhhh Gott.«

Mit geschlossenen Augen genieße ich ihren Geschmack, die unglaublichen Laute, die sie ausstößt, ihre Finger in meinen Haaren. Sie stöhnt unterdrückt, als ich ihren Po packe und sie fester an meinen Mund ziehe.

»Oh … oh, Toby.«

Ich sauge stärker, Zunge und Lippen arbeiten synchron, und als ich aufblicke, sehe ich pure Lust und Hingabe auf ihrem Gesicht.

»Oh, warte … warte, noch nicht.«

Sie zieht mich hoch, und ich wische mir mit dem Handrücken den Mund ab, ehe sie mich stürmisch und verzweifelt küsst.

»Toby.« Sie schiebt mich rückwärts Richtung Bett. Als ich mit den Beinen gegen die Bettkante stoße, fährt sie mit den Daumen unter den Bund meiner Boxershorts und zieht sie runter. Ich kicke sie weg und halte inne, als ich feststelle, wie sie darauf reagiert, mich vollkommen nackt zu sehen. In ihrem Blick liegt so viel Zärtlichkeit, so viel Bewunderung, dass mir die Brust schwillt. Sie drückt mich aufs Bett, dann kniet sie sich zwischen meine Beine, küsst sich an meinem Bauch hinab und umfasst mich, sanft zuerst, dann fester. Ich stoße eine Reihe unterdrückter Flüche aus.

Es ist hypnotisch, sie zu beobachten – die schönste Frau der Welt, die meinen Körper mit Küssen bedeckt. Mich so sehr liebt wie ich sie.

Noch während ich sie ansehe, öffnet sie den wunderschönen Mund, und im nächsten Moment bin ich aller meiner Sinne beraubt.

»Oh, fuuuuck ...«

Ich stütze mich auf die Hände und lasse den Kopf nach hinten fallen, versuche krampfhaft auszuhalten, während sie leckt und saugt und ihre Hand mich noch immer umfasst hält.

»Oh, Gott ...« Ich schließe die Augen, das Blut rauscht in meinen Adern, mein Herz stampft wie eine außer Kontrolle geratene Dampflok.

»Jo ... oh, Gott, Joanna ...«

Gerade als ich glaube, es nicht länger auszuhalten, klettert sie auf meinen Schoß und küsst mich, und ich komme wieder zu Atem. Wir pressen uns aneinander, Brust an Brust, und als sie sich über mir ausrichtet, sieht sie im Mondschein so atemberaubend aus wie Aphrodite.

Ich packe sie an der Hüfte und schaue ihr in die Augen. »Bist du dir wirklich sicher?«

Sie beugt sich hinunter und küsst mich, dann flüstert sie an meinen Lippen: »Ich bin mir sicher, dass ich bis zu diesem Moment noch nie etwas so sehr wollte wie dich. Heute will ich alles von dir, Toby. Bitte.«

Wieder küssen wir uns, aber als sie sich auf mich hinabsinken lässt, lösen wir uns voneinander und starren uns an, überwältigt von dieser ganz neuen Welt berauschender Sinneseindrücke.

»Oh, Toby.« Sie bewegt sich ein wenig, nimmt mich mit jedem Stoß ihres Beckens tiefer in sich auf. Ich weiß nicht, was sie fühlt, aber wenn es nur ein Bruchteil dessen ist, was ich empfinde, dann muss ihr Herz tausendfach zu groß für ihre Brust sein.

Sie blickt zu mir hinab, während sie sich bewegt und an

meinen Schultern festhält. »Sag mir noch mal, dass du mich liebst.«

Ich lege meine Hand auf ihren Hinterkopf und ziehe sie für einen Kuss an mich. »Joanna, ich liebe dich so sehr, dass ich kaum Luft bekomme.«

Als sie ihre Hüften kreisen lässt, bringt keiner von uns mehr ein Wort hinaus, und wir klammern uns aneinander, während unsere Lust in Wellen über uns hinwegspült. Wir verschmelzen miteinander, manchmal gibt sie das Tempo vor, manchmal ich, und in all meinen Lebensjahren hat sich noch nie etwas so richtig angefühlt. Ich lasse mich auf den Rücken fallen und sehe sie über mir, und ganz eindeutig geht es ihr genauso. Jetzt gibt es kein Zurück mehr. Hierfür wurden unsere Körper geschaffen. Mehr noch: Hierfür wurden unsere Seelen geschaffen. Das hier ist Liebe in ihrer reinsten Form, und ich kann beim besten Willen nicht sagen, wie ich mich jemals mit etwas Geringerem habe zufriedengeben können.

Weil du sie nicht hattest. Zweifle nie wieder daran, dass ihr zusammengehört.

Ich drehe sie auf den Rücken und erhöhe das Tempo. Sie schaut mir in die Augen, während wir auf den Höhepunkt zusteuern. Wir versuchen, leise zu sein, aber jedes Keuchen und jedes unterdrückte Stöhnen klingt für mich ohrenbetäubend.

Ihre Laute werden drängender, und ich lasse meine Hand zwischen uns gleiten.

»Toby … Gott, ja. Genau so. Oh, Gott.«

Als sie den Kopf zurückwirft und sich alles um mich herum anspannt, kann auch ich mich nicht mehr zurückhalten. Die Wellen ihrer Lust befeuern meine eigene. Ich packe sie an den Schultern, und wir halten beide den Atem an. Nach ein paar langen, lustvollen Sekunden lassen wir uns auf das Bett fallen, verschwitzt und erschöpft, atemlos und befriedigt.

Eine Weile liegen wir einfach nur da und verstehen kaum, was gerade passiert ist. Und als ich schließlich die Kraft aufbringe, zu ihr hinüberzuschauen, stelle ich fest, dass sie in meinen Armen eingeschlafen ist.

31. KAPITEL

Alarmsignale

Angeblich soll eine fantastische Nacht voller Sex mit der Traumfrau das Leben verändern, aber erlebt habe ich das noch nicht. Jetzt, mit Joanna in meinen Armen, weiß ich, dass es stimmt. Es kommt mir vor, als wären meine Zellen auf eine falsche Frequenz eingestellt gewesen, und hätten sich nun endlich justiert. Ich bin völlig entspannt und könnte doch gleichzeitig auf die Straße rennen und ein Auto anheben.

Vor dem Hintergrund der zahlreichen Orgasmen letzte Nacht bin ich außerdem total dehydriert.

Langsam steige ich aus dem Bett, ziehe meine Boxershorts an und schleiche über den Flur ins Bad. Ich schließe die Tür, beuge mich hinunter und trinke aus dem Wasserhahn. Das Wasser schmeckt nicht besonders gut, erfüllt aber seinen Zweck, und als ich fertig bin, steige ich unter die Dusche.

Ich wasche mich, immer noch vor Glück betäubt und erschöpft, aber nicht müde. Als es leise an der Tür klopft, weiß ich, dass es Jo ist, noch bevor ihr hübsches Gesicht erscheint.

»Guten Morgen.«

Wenn mein Lächeln noch breiter würde, würde es mir das Gesicht zerreißen. »Ja, ein richtig guter.«

»Darf ich reinkommen?«

»Na klar.«

Sie kommt herein, zieht sich aus und steigt über den Wannenrand. Ich ziehe sie an mich und küsse sie, und wir machen ein paar Minuten rum, bevor wir uns der eigentlichen Aufgabe zuwenden: uns zu waschen.

Danach wickeln wir uns in Handtücher und benutzen unsere neuen Zahnbürsten. Mit einem seligen Lächeln auf dem Gesicht öffnen wir die Tür, aber es erstirbt, als wir Nannabeth gegenüberstehen.

»Guten Morgen, meine Lieben.« Sie sagt es so, als wäre es völlig natürlich, dass wir zusammen aus dem Bad kommen.

»Äh ... guten Morgen, Nan«, sage ich, peinlich berührt, dass sie mich in diesem Aufzug erwischt.

»Ach, entspann dich, Toby.« Sie winkt ab. »Ich habe in meinem Leben mehr halb nackte Männer gesehen, als warme Mahlzeiten genossen. Ich werde beim Anblick deiner männlichen Brust schon nicht in Ohnmacht fallen.«

»Gut zu wissen.«

»Morgen, Nan.« Jo rückt ihr Handtuch zurecht und mir entgeht nicht, wie Nan sie anblickt.

»Nun ... Miss Joanna. Sie hatten wohl eine interessante Nacht, oder? Wie fühlen Sie sich?«

Jo schaut mich an und unterdrückt ein Lächeln. »Ähm ... großartig.«

Nan wirft ihr einen wissenden Blick zu. »Darauf wette ich. Habt ihr Hunger?«

Wir nicken, und ich rieche schon den Duft von gebratenem Speck aus der Küche.

»Gut.« Nan lässt uns vorbei. »Dann zieht euch mal an, und ich mache das Frühstück fertig.« Wir wollen gerade über den Flur gehen, da hebt Nannabeth die Hand. »Oh, bevor ich es vergesse ...« Sie greift in die Tasche ihrer Latzhose und holt eine kleine, schwarze SD-Karte heraus. »Die willst du doch sicher haben. Moby hat sie freundlicherweise bei seinem Morgenspaziergang ausgeworfen.« Sie hält sie mir hin. »Keine Sorge, ich habe sie gründlich gereinigt.«

Ich nehme ihr die Karte ab. »Super, Nan, Danke.«

»Dank nicht mir. Dank seiner gefiederten Hoheit. Moby war so verdammt zufrieden mit sich, man könnte meinen, er hätte ein goldenes Ei gelegt.«

Moby watschelt am anderen Ende des Flurs in Sichtweite, und als er uns sieht, hält er inne.

Ich winke ihm mit der SD-Karte zu. »Danke, Moby.«

Er schnattert selbstzufrieden, bevor er seinen Weg ins Wohnzimmer fortsetzt.

Nan geht auf ihn zu. »Ich schalte besser seine Sendung ein, sonst geht er mir den ganzen Tag auf die Nerven.«

Zurück im Gästezimmer schnappe ich mir sofort meinen Laptop und stecke die Karte ein, während Jo sich anzieht.

Ich starte den Upload auf den KI-Server. »Jeeves kann die Dateien durchsehen, während wir frühstücken. Dann können wir …« Als ich aufblicke, bringt mich Jos sexy Unterwäsche zum Schweigen. Sie ist helllila, und für einen Moment vergesse ich, was ich sagen wollte.

»Toby?«

Ich schließe den Mund und schlucke. »Entschuldigung. Du. Unterwäsche. Einfach … wow.«

Sie stemmt die Hände in die Hüften. »Du hast mich stundenlang nackt gesehen, und das hier bringt dich durcheinander?«

»Ja. Tut mir leid. Kann ich nicht erklären.«

Sie verdreht die Augen und lächelt, dann zieht sie sich eine Jeans und ein T-Shirt an. »Kümmere dich um die Daten, und zieh dich an. Ich helfe Nan in der Küche.«

Nachdem sie gegangen ist, fährt mein Gehirn wieder hoch,

und ich stelle den Laptop beiseite, bevor ich in Edens Einkaufstüten nach bequemen Klamotten krame.

»Jeeves, hast du die Dateien bekommen?«

»Ja, Toby. Ich analysiere sie so schnell wie möglich. Außerdem habe ich gestern Abend den Datensatz bearbeitet, den Sie hochgeladen haben. Ich habe die Informationen zu sämtlichen Baustellen mit Berichten über Unfälle mit Verletzten oder Toten abgeglichen. Dann habe ich die Gerichtsakten nach entsprechenden Verfahren durchforstet. Ich habe eine Liste zusammengestellt und sie Eden geschickt.«

»Großartig. War der Unfall meines Vaters auch dabei?«

»Ja. Ich werde seinen Fall mit den Akten der Anwälte abgleichen, die gerade hochgeladen werden, und nach Beweisen suchen, die auf ein Fehlverhalten hindeuten. Außerdem hat Max Fotos der Preisverleihung bei der Handelskammer hochgeladen, und ich suche gerade nach Regierungsbeamten, die ich mit Crests Schmiergeldakte abgleiche.«

»Klasse.« Ich knöpfe mir die Jeans zu und ziehe mir ein T-Shirt und eine Strickjacke an. »Sag mir Bescheid, wenn du etwas Interessantes findest.«

»Verstanden.«

Ich gehe in die Küche, wo Nan und Jo bereits am Tisch sitzen.

»Bedien dich«, sagt Nan und deutet auf die Pfannen auf dem Herd. »Speck, Eier, Knoblauchpilze und Toast. Auf dem Tisch steht auch frisch gepresster Saft.«

Mir läuft das Wasser im Mund zusammen. »Großartig. Danke, Nan.« Erst beim Anblick des Essens wird mir klar, wie hungrig ich bin. Jetzt knurrt mein Magen wie ein Grizzly, der aus dem Winterschlaf erwacht.

Ich lade mir den Teller voll und setze mich zu den Ladys, die sich gerade über Asha und ihren neuen Autor unterhalten.

»Ich sage dir, Nan, sie kommen zusammen. Das spüre ich in den Möpsen.«

»Das glaube ich auch. Ich wusste schon, dass sie seelenverwandt sind, als sie noch Kinder waren. Sie brauchten nur etwas Zeit, um es selbst zu erkennen. Natürlich darfst du Asha nicht verraten, dass ich von Jake weiß. Dass er all die Jahre mit mir Kontakt gehalten hat, soll es nicht vermasseln.«

Joanna nippt an ihrem Orangensaft. »Kein Problem. Ich verstehe nicht, warum sie das alles nicht früher geklärt haben.«

Nan tupft sich den Mund mit einer Serviette ab. »Nun, den richtigen Menschen zu finden ist nicht so einfach, wie es klingt. Manchmal muss man erst seine Lektion lernen, bevor sich die Teile zusammenfügen. So war es auch bei Jake und Asha. Bei ihnen hat es so lange gedauert, weil sie beide zu dickköpfig waren.«

Sie blickt zu mir und Jo.

»Es ist schwer, einen Platz in der Welt zu finden, und noch schwerer, den Menschen zu finden, mit dem man alt werden will. Aber hat man ihn einmal gefunden, lässt man ihn nicht mehr los und läuft auch nicht weg. Man macht ihn zum Mittelpunkt des eigenen Universums und beginnt und beendet jeden Tag damit, ihn anzubeten. Versteht ihr?«

Beim letzten Teil sieht sie Jo an, und sofort verändert sich ihre Körperhaltung.

»Nan? Toby? Jo?« Edens Stimme hallt durch den Flur, und wir rufen unisono: »Wir sind hier.«

Lächelnd und mit ihrer Laptoptasche über der Schulter betritt Eden die Küche. »Guten Morgen, liebe Flüchtlinge. Wie war die Nacht?«

Ich weiß nicht, was für ein Ausdruck über mein Gesicht huscht, aber Eden schlägt sich die Hand vor den Mund und keucht. »Oh Gott, ihr hattet Sex.« Sie sieht Jo an, die entsetzt wirkt. »Ihr hattet tatsächlich Sex.« Sie quietscht. »Heilige Scheiße, meine besten Freunde hatten glühend heißen, animalischen Sex!«

Ich bin kurz davor, alles zuzugeben, als Nan spöttisch schnaubt. »Natürlich nicht, Eden, und mach dich nicht über sie lustig. Sie waren die perfekten Gäste, sind vor zehn ins Bett gegangen und haben die Tür die ganze Nacht offen gelassen. Hier, nimm das.« Sie reicht Eden eine Schüssel mit Salat und Haferflocken. »Gib Moby sein zweites Frühstück, während die beiden mir beim Aufräumen helfen.«

Eden verzieht das Gesicht. »Verdammt. Nan, du hast gesagt, dass ich eines Tages deine unglaubliche Intuition erbe, aber das wird wohl nichts.«

»Nur Geduld, Liebling. Alles Gute kommt zu denen, die warten.«

Eden verschwindet im Wohnzimmer, wo sie ein einseitiges Gespräch mit Moby führt.

Nan beugt sich zu uns. »Am besten haltet ihr eure Beziehung erst einmal geheim. Die Leute meinen, in Bezug auf Beziehungen sei ich aufdringlich, aber im Vergleich zu Eden bin ich harmlos. Ihr sagt besser nichts, bis ihr sicher seid … *wirklich* sicher … dass ihr das beide wollt, mit allem Drum und Dran. Ich möchte nicht, dass Eden sich unnötig Hoffnungen macht. Ihr Gejammere wäre unerträglich.«

Wir nicken, und obwohl ich Eden nicht anlügen will, wäre es vermutlich noch schlimmer, sie zu enttäuschen. Im Augenblick ist Nans Plan wohl der beste.

Jo schenkt mir ein kleines Lächeln. Aber ihr Blick macht mich nervös. Es ist, als hinterfrage sie bereits alles, was zwischen uns passiert ist, und bei diesem Anblick verwandelt sich das Frühstück in meinem Magen in einen Bleiklumpen.

Den Vormittag über besprechen wir mit Jeeves, was er in den Dateien gefunden hat, und Jo und ich drucken alles aus, was Eden für ihren Artikel für relevant hält. Gegen Mittag ist das Wohnzimmer mit Ordnern und Papieren übersät, und Eden beschließt, die Elemente der Story auf verschiedenfarbigen Post-its zu skizzieren, die sie an die Wand klebt.

Sie lehnt sich zurück, betrachtet die farbigen Quadrate und seufzt. »Leute, diese Story ist monströs. So viel größer, als ich dachte. Es ist unglaublich, wie viele Beamte Crest in der Tasche hat. Gibt es denn niemanden in der Regierung, der nicht korrupt ist?«

Ich lehne mich auf dem Sofa zurück und reibe mir die Schläfen. Der Schlafmangel fordert seinen Tribut, und langsam bekomme ich Kopfschmerzen.

»Eden, meinst du, wir sollten dem Generalstaatsanwalt alles vorlegen, bevor wir an die Öffentlichkeit gehen? Was ist, wenn die Beweiskette nicht schlüssig ist?«

Sie stemmt die Hände in die Hüften. »Was, wenn der Generalstaatsanwalt auch auf Crests Gehaltsliste steht? Toby, in diesem Stadium ist die Veröffentlichung unsere einzige Chance, damit Crest niemanden für die Vertuschung bezahlen kann. Er spielt dieses Spiel seit Jahrzehnten, und es muss aufhören.«

»Du hast ja recht. Ich will nur sichergehen, dass der Schaden nicht größer wird als der Nutzen.«

Jo steht auf und streckt sich. »Wenn ich mich als Whistleblower zu erkennen geben muss, mache ich das. Falls diese Art von Schutz nötig sein sollte, habe ich dafür gesorgt, dass Brad mich gestern als Angestellte eingetragen hat. Toby, da du einen Sicherheitsausweis bekommen hast, stehst du auch in den Büchern. Wir müssen sicherstellen, dass so viele Nachrichtenagenturen wie möglich die Geschichte aufgreifen. Wenn *Pulse* sie als einzige veröffentlicht, könnte mein Vater der Redaktion

Voreingenommenheit vorwerfen und wegen Verleumdung klagen. Und er wird jeden Anwalt aufbieten, den er kriegen kann, um *Pulse* unter Klagen zu begraben. Wenn alle die Story bringen, ist er machtlos. Er kann nicht jeden verklagen, selbst wenn er wollte.«

Ich beuge mich vor und stütze die Ellenbogen auf die Knie. »Das ist eine großartige Idee.«

Eden runzelt die Stirn. »Was? Die Story an alle weiterzugeben? Was ist mit meiner Exklusivstory?«

»Du bist diejenige, die die Bombe platzen lässt, aber wir richten einen Server mit den Informationen aus Crests Akten ein und gewähren allen Nachrichtenagenturen der Stadt Zugang. Ach, auf der ganzen Welt. Wenn der Artikel fertig ist, schalten wir den Server frei. Bis alle selbst recherchiert und etwas geschrieben haben, ist dein Artikel längst veröffentlicht, und dann stürzen sich alle zuerst darauf. Das zwingt die Behörden, sich einzuschalten, und bis Crest merkt, dass sein Haus Feuer gefangen hat, ist sein Leben bereits in Flammen aufgegangen.«

Jo blickt mich lüstern an. »Himmel, dein Verstand ist heiß.«

Eden nickt. »Finde ich auch, und Max hätte sicher auch nichts dagegen, dass ich das zugebe.« Sie holt ihren Laptop hervor und setzt sich in den großen Sessel am Fenster. »Okay, ich brauche etwas Zeit für mich, um mich diesem Schurken zu widmen, also warum geht ihr nicht eine Weile zu Moby und Nan aufs Dach? Oh, und könnt ihr etwas zu essen bestellen? In einer Stunde habe ich bestimmt Hunger.«

»Klar, wir kümmern uns drum.«

Wir verlassen die Wohnung und gehen die Treppe zum Dach hinauf. Schon nach wenigen Stufen drückt Jo mich an die Wand und küsst mich. Ich bin überrumpelt, erwidere ihren Kuss aber sofort, als würde ich ertrinken und sie wäre der Sauerstoff.

»Danach habe ich mich schon den ganzen Morgen gesehnt«, haucht sie.

»Das hast du aber gut versteckt.«

»Musste ich ja auch. Edens Intuition ist besser, als sie selbst glaubt, und Nan hat recht damit, unseren neuen Status eine Weile geheim zu halten.«

»In letzter Zeit habe ich ziemlich viel vor Eden geheim gehalten. Ich bin ein schlechter bester Freund.«

»Du bist ein toller bester Freund, Toby, aber im Moment ist wahnsinnig viel los. Meinst du, wir sollten uns zurückhalten, bis das mit meinem Dad vorbei ist?«

Der Bleiklumpen in meinem Magen wird noch schwerer. »Willst du das? Dich zurückhalten? Denn mich so zu küssen wäre dann definitiv der falsche Weg.«

Sie denkt kurz nach, während mein Herz auf die Größe einer Erdnuss schrumpelt und so heftig klopft, dass ich um meine Herzgesundheit fürchte. »Jo … sei ehrlich. Sollen wir eine Pause einlegen? Oder es ganz lassen?«

Sie geht eine Stufe höher, sodass wir fast auf Augenhöhe sind. »Nein, das will ich nicht, denn schon bei der Vorstellung tut mir alles weh. Ich will nur, dass wir vorsichtig sind. Asha und Eden noch nicht einweihen. Keine öffentlichen Auftritte. Noch nicht.«

»Und wie lange?«

»Bis wir glauben, dass der richtige Zeitpunkt gekommen ist.«

»Und wenn der nicht kommt?«

Sie ignoriert die Frage, nimmt meine Hand und führt mich die Treppe hinauf. Die Vorahnung kehrt zurück. Eine geheime Beziehung mag aufregend erscheinen, aber sie gleicht einem Dieb in der Nacht. Sie kann kommen und gehen, ohne dass jemand weiß, dass sie da war.

32. KAPITEL

Aufbruch

Ich strecke mich und blinzele gegen das Sonnenlicht, das durch die Schlafzimmerfenster fällt. Es ist noch früh, aber ich habe nicht gut geschlafen, und als ich die Hand ausstrecke und bemerke, dass die andere Seite des Bettes verlassen ist, weiß ich auch, warum.

Ich setze mich verschlafen auf und seufze. Schon den dritten Tag in Folge ist Joanna die Nacht über nicht bei mir geblieben. Wir sind zwar zusammen ins Bett gegangen und haben uns mehrere Stunden lang wie wahnsinnig geliebt, aber sobald ich einschlafe, steht sie leise auf und geht, und ich weiß einfach nicht, warum.

Sind ihre Albträume zurück? Bin ich nicht der Traumflüsterer, für den sie mich gehalten hat?

Oder steckt etwas ganz anderes dahinter?

Der Sex zwischen uns ist außergewöhnlich, aber Sex ist ja auch einfach. Jemanden wirklich an sich heranzulassen, das ist hingegen verdammt schwer.

Nach ihrer unglaublichen Beichte dachte ich, Jo hätte ihre Angst vor Nähe überwunden, aber das stimmt nicht. Ich glaube, wenn sie in meinen Armen schläft, fühlt sie sich zu verletzlich. Dadurch ist sie zu sehr auf mich angewiesen, und eine Frau, die ihr ganzes Erwachsenenleben damit verbracht hat, sich zu einem der selbstständigsten Menschen auf diesem

Planeten zu entwickeln, muss diese Art von Schwäche bis ins Mark erschüttern.

Sie stößt mich weg, genau wie sie gesagt hat, und obwohl ich so genial bin, habe ich keine Ahnung, wie ich sie davon abbringen kann.

»Jeeves, weißt du, wo Joanna ist?«

»Ja, Toby. Sie ist auf dem Dach und schaut sich den Sonnenaufgang an.«

Ich rutsche zur Bettkante und setze mich auf. »Warum?«

»Vermutlich, weil es optisch ansprechend ist und Menschen so etwas mögen.«

»Nein, ich meine, warum sie auf dem Dach ist und nicht hier bei mir?«

»Ich fürchte, das weiß ich nicht.«

»Dann rate doch mal. Nutze deine immense Rechenleistung, um zu analysieren, was ich verdammt noch mal falsch mache, und sag mir, wie ich es in Ordnung bringen kann, denn ich weiß einfach nicht mehr weiter. Ich will sie nicht verlieren, aber genau darauf scheint es gerade hinauszulaufen.«

Es entsteht eine Pause, und ich vermute, dass Jeeves nach einer Möglichkeit sucht, mir die Enttäuschung erträglicher zu machen.

»Toby, mögen Sie Videos von vernachlässigten Tieren?«

Ich stütze den Kopf in die Hände. »Was ist denn das für eine Frage? Und was meinst du überhaupt?«

»Ich meine Videos, in denen zum Beispiel ein vernachlässigter Hund gefunden und gerettet wird, und egal, wie schrecklich er misshandelt wurde, mit genügend Geduld und Liebe verwandelt er sich wieder in ein süßes, liebenswertes Tier.«

»Ja, ich denke schon. Das beweist, dass Liebe alles heilt.«

»Ganz genau. Deshalb sind diese Videos so beliebt. Sie lassen einen glauben, dass kein Lebewesen so beschädigt ist, dass es nicht

durch die Kraft der Liebe geheilt werden kann. Natürlich ist diese Theorie falsch. Sie gilt für Hunde, weil ihr Gehirn einfach und leicht umzustrukturieren ist, sodass sie vergangene Traumata vergessen und das gegenwärtige Glück annehmen können. Bei Menschen ist es aber ganz anders. Ihre Gehirne sind komplex und unglaublich empfindlich, und nach einem Trauma entwickeln sie negative Gedankengänge. Je mehr Zeit vergeht, ohne dass das Trauma verarbeitet wird, desto mehr verfestigen sich diese Gedanken.«

»Ich weiß, wie neuronale Verstärkung funktioniert, Jeeves. Worauf willst du hinaus?«

»Joannas Verhaltensmuster können nicht ohne einen großen mentalen Umbruch verändert werden. Ihr Gehirn wurde im Laufe der Jahre darauf programmiert, auf eine bestimmte Art zu denken, und verzeihen Sie mir, aber auch mehrere Nächte mit sehr enthusiastischem Sex werden diese Programmierung nicht ändern.«

»Und was soll ich jetzt tun?«

»Nichts. Dafür sind Sie nicht qualifiziert. Aber es gibt verschiedene Behandlungsmöglichkeiten, die ihr helfen könnten. Soll ich weiter danach recherchieren?«

Ich steige aus dem Bett und ziehe mich an. »Wenn du glaubst, dass sie ihr helfen, ja. Sag mir Bescheid, sobald du etwas herausgefunden hast.«

»Das mache ich.«

Ich ziehe mir eine Jeans an und schnappe mir eine Wolldecke vom Stuhl im Gästezimmer, bevor ich aufs Dach gehe. Tatsächlich lehnt Jo am anderen Ende an der Brüstung und schaut sich den Sonnenaufgang an. Ich trete hinter sie, umarme sie und hülle uns in die Decke ein. Die Morgensonne taucht alles in ein goldenes Licht, und gemeinsam genießen wir den atemberaubenden Anblick.

»Morgen«, sage ich, den Mund an ihrem Ohr. »Hast du nicht geschlafen?«

Sie lehnt sich an mich, den Kopf an meiner Schulter. »Ein bisschen. Ich bin etwas aus der Übung.«

»Ist das alles?«

Ich erwarte eine ausweichende Antwort, stattdessen sagt sie: »Es geht nicht nur ums Schlafen, aber das wusstest du wohl schon.« Sie zieht meine Arme fester um sich. »Eden ist mit dem Artikel fast fertig, der Server ist eingerichtet, und … ich weiß nicht. Ich habe ein komisches Gefühl dabei, dass ich kurz davor bin, mein Lebenswerk, meinen Vater zu stürzen, zu vollenden.«

»Ist das denn schlecht?«

»Nein, aber …« Sie schüttelt den Kopf. »Nannabeth nimmt Dinge wahr, die sonst niemand wahrnimmt. Neulich hat sie etwas über mich und meinen Vater gesagt.« Sie tritt an die Betonbrüstung heran und legt die Hände darauf. »Mir war gar nicht klar, wie sehr ich mein Leben auf ihn ausgerichtet habe. Er beeinflusst jeden Tag Tausende meiner Entscheidungen, auch wenn mir das nicht immer bewusst ist.« Sie dreht sich zu mir um. »Wenn mein Hass auf ihn mir nicht mehr jeden Schritt diktiert, welches Ziel bleibt mir dann? Wer bin ich dann?«

Ich lege die Hände links und rechts neben ihr auf die Brüstung. »Du bist immer noch Joanna, nur mit weniger Rache auf deiner To-do-Liste. Du bist die Tochter eines in Ungnade gefallenen Geschäftsmannes«, ich küsse sie auf die eine Wange, »die beste Freundin von zwei wunderbaren Schwestern aus Brooklyn«, dann auf die andere, »eine bemerkenswerte Verlagsassistentin«, ich küsse sie auf die Stirn, »und hast einen der unglaublichsten Lebensläufe der Welt.« Ich halte kurz vor ihren Lippen inne. »Und du bist die Frau, der ich gehöre, mit Haut und Haaren, Herz und Seele.« Ich streife ihre Lippen mit meinen. »Ist das nicht genug?«

Sie erwidert meinen Kuss, aber hinter der Leidenschaft lauert Unsicherheit. »Das wünschte ich.«

»Dann haben wir schon die Hälfte geschafft.«

Ich glaube nicht ganz, was ich sage, aber ich möchte es glauben und vermute, dass es Jo genauso geht. Könnte man gute Absichten in Gold aufwiegen, wären wir steinreich. Aber es braucht mehr als gute Absichten, damit das mit uns funktioniert. Jo hat schon einige ihrer Geheimnisse offenbart, aber der Schaden, den sie hinterlassen haben, ist damit noch lange nicht verschwunden.

Ich lehne mich auf dem Stuhl zurück und klappe Edens Laptop zu.

Sie steht in der Tür zum Wohnzimmer, mustert mich und knabbert an ihrem Daumennagel.

»Und?«, fragt sie erwartungsvoll.

Ich schüttele erstaunt den Kopf. »Das ist der Hammer, Eden. Ehrlich. Das Beste, was du je geschrieben hast.«

Sie atmet geräuschvoll aus. »Ich wusste es! Und sind die Querverbindungen, die ich gezogen habe, nachvollziehbar?«

»Auf jeden Fall. Und es ist toll, dass du die Anschuldigungen mit *mutmaßlich* eingeleitet hast, das erspart Derek und seinen Anwälten einen Herzinfarkt.«

»Bleibt es dabei, dass du die interaktiven Grafiken für die Website erstellst?«

»Ja, bin fast fertig. Jeeves rendert und komprimiert sie, bevor er sie an dich und Derek schickt.«

»Super.« Sie lässt sich auf die Couch fallen. »Es hat zwar fünf Tage gedauert, aber jetzt haben wir es endlich geschafft. Ich hoffe, Jo und du müsst euch nicht länger hier verstecken, wenn der Artikel veröffentlicht wird.«

Ich fand es nicht schlimm, mit Joanna eingesperrt zu sein,

aber sie sieht das vermutlich anders. Sie war in den letzten Tagen wahnsinnig angespannt. Das liegt wohl daran, dass sie es nicht gewohnt ist, vierundzwanzig Stunden an einem Ort zu sein, sie am liebsten durch den Park joggen würde, was im Moment nicht möglich ist.

»Apropos Jo«, Eden wirft einen Blick in den Flur. »Wo ist sie eigentlich?«

»Sie trainiert auf dem Dach. Sie und Moby sind ein paar Runden gelaufen, und jetzt schwimmt er, während sie Yoga macht.«

Eden steht auf, nimmt die Post-its von der Wand und wirft sie in den Papierkorb. »Ist dir aufgefallen, wie angespannt sie ist? Ich hätte gedacht, sie wäre glücklicher bei der Vorstellung, dass ihrem Vater gleich der Hintern versohlt wird.«

»Ihre Beziehung zu ihrem Vater ist kompliziert.«

Eden schnaubt spöttisch. »Das kann ich mir ja überhaupt nicht vorstellen.« Da ich von Edens Problemen mit ihrem eigenen Vater weiß, entgeht mir ihr Sarkasmus nicht.

»Toby, ist dir eigentlich klar, dass du in unserem Freundeskreis der Einzige bist, dessen Eltern noch zusammen sind? Asha und ich: Mom gestorben, Dad ein abwesender Loser. Max: Mom gestorben, Dad ein Verbrecher. Jo: Mom gestorben, Dad ein soziopathischer Arsch. Du bist der Einzige ohne Probleme mit seinen Eltern. Und deine Mom lebt noch.«

»Stimmt, aber dafür wurde ich im Gegensatz zu dir jahrelang jeden Tag in der Schule verprügelt.«

»Ja, und ironischerweise bist du jetzt ein Berg von einem Mann, und man müsste verrückt sein, sich mit dir anzulegen.« Sie ist mit den Post-its fertig und sammelt die Ausdrucke ein und steckt sie in einen Karton. »Wir haben wohl alle auf unsere Art gelitten. Und wir alle haben unsere Narben. Wenn ich so darüber nachdenke, ist es ein Wunder, dass Max und ich zusammengekommen sind. Wegen meiner Vaterkomplexe hätte ich es fast vermasselt.«

»Was das angeht ...« Ich stelle ihren Laptop auf den Tisch. »Wie kommt es, dass du Männern abgeschworen und dich dann doch an Max gebunden hast? Was hat sich geändert?« *Ich frage für einen Freund.*

Sie überlegt kurz. »Ich glaube, als Nan ihren Unfall hatte und ins Koma fiel, wurde mir klar, dass ich zwar alles alleine hinkriege, dass ich das aber nicht mehr will.«

»Okay, der Auslöser war also ein stressiges Ereignis.« *Gut zu wissen.* »Hat Max dich dazu ermutigt?«

»Ein bisschen. Meistens hat er mich nur gebeten, ihn nicht mehr wegzustoßen.«

Davon kann ich ein Lied singen.

»Aber am Ende hast du die Entscheidung getroffen, oder?«

»Ja. Er hat mir meinen Freiraum gelassen, mir aber gezeigt, dass er sich Gedanken macht und für mich da ist. Eines Abends hatte ich genug vom Alleinsein und bin zu ihm gegangen. Der Rest ist, wie man so schön sagt, Geschichte.«

»Hmmm.«

»Warum fragst du?«

»Nur so. Ich wollte nur wissen, wie Beziehungen funktionieren.« *Oder in meinem Fall wohl eher nicht.*

»Dann hör zu und lerne. Sobald der Artikel veröffentlicht ist, werde ich mir alle Mühe geben, dich und Joanna zu verkuppeln.«

»Was? Warum?«

»Nicht miteinander, Dussel, denn ihr passt ja offensichtlich nicht zusammen.«

Offensichtlich.

»Aber ich muss euch beiden Partner suchen, die eurer würdig sind. Wusstest du, dass in der HEA-Datenbank ein Typ ist, dessen Kompatibilitätswert mit Joanna bei einundneunzig liegt?«

Ich weiß es und hasse ihn. »Ja, dessen bin ich mir bewusst.«

»Ich muss die beiden auf jeden Fall verkuppeln.«

»Mh-hm.« Eher lösche ich sein Profil.

Nan kommt mit einem Tablett voller Snacks herein und stellt es auf den Couchtisch. »Redet ihr über Beziehungen? Klingt interessant.«

»Ja, Nan, ich habe gerade gesagt, dass ich Jo und Toby tolle Dates suchen werde.«

»Ach, ja?« Hinter Edens Rücken sieht sie mich vielsagend an. »Und was sagt Toby dazu?«

»Er hat wenig Begeisterung gezeigt.«

»Ich bin schockiert.«

Eden setzt den Deckel auf den Karton und hebt ihn auf. »Okay, ich muss zu *Pulse* und mit Derek über die Veröffentlichung morgen reden, und du sprich bitte mit Toby, Nan. Ich möchte, dass er glücklich ist, und im Moment ist er das nicht.«

»Sicher, Liebling.« Eden küsst Nan auf die Wange, winkt mir zu und geht.

Nan hält mir eine Schüssel mit Brezeln hin. »Also, Toby, dann erzähl mal, warum du nicht glücklich bist. Bei so viel Sex, wie ihr habt, hätte ich gedacht, du würdest drei Meter über dem Boden schweben.«

Ich drücke die Finger in die Augenhöhlen. »Nan, sag mir nicht, dass du uns hören kannst.«

»Eigentlich nicht, aber die Dielen sind alt. Sie knarren.« Sie winkt ab. »Ist doch kein Problem. Ihr seid erwachsen, und ich freue mich, dass ihr euch amüsiert. Aber warum habe ich das Gefühl, dass nicht alles so rosig ist, wie es scheint?«

Ich strecke die Beine aus und schlage die Knöchel übereinander. »Gott, ich weiß es nicht. Wir haben eine tolle Zeit zusammen, aber manchmal macht sie einfach dicht. Es wirkt, als könnte sie Nähe nur in kleinen Dosen ertragen. Ich komme mir vor wie Marie Antoinette, die auf den Fall der Guillotine wartet.« Ich stütze den Kopf auf die Stuhllehne. »Ich will sie einfach nur lieben, aber das ist wohl nicht möglich.«

»Toby, manchmal machst du dir zu viele Gedanken.«

»Nur manchmal?«

»Einsicht ist der erste Weg zur Besserung. Die Sache mit Joanna ist auf jeden Fall ein Risiko, aber du musst entscheiden, ob du es eingehen willst.«

»Sie aber auch.«

»Ja, aber du bist nur für deine eigenen Entscheidungen zuständig. Willst du dich darauf einlassen? Dann mach es. Aber sei dir bewusst, dass sie trotzdem noch weggehen könnte. Das ist die Gefahr, wenn man liebt. Selbst unter den besten Vorzeichen gibt es immer ein Risiko. Liebe kann nicht wie eine streunende Katze gezähmt werden. Manchmal wird sie zu einem riesigen Löwen, der einem das Herz herausreißt und es zum Frühstück verspeist. Aber die große Liebe bekommt man nicht ohne dieses Risiko. Man muss trotzdem in den Käfig gehen.«

»Und was ist mit der Geschichte über die streunende Katze …?«

Sie verdreht die Augen. »Toby, die streunende Katze steht für die normale Liebe, das ist doch offensichtlich. Aber das zwischen dir und Joanna ist nicht normal. Es ist etwas Besonderes. Die große Liebe ist ein riesiger, verrückter Löwe.«

»Klar, aber du änderst ständig deine Vergleiche, das ist ziemlich verwirrend.«

Sie sieht mich gespielt tadelnd an, lächelt dann aber und gibt mir ein Glas Eistee. »Hör auf, einer alten Frau das Leben schwer zu machen, und bring deiner Löwin etwas zu trinken.

Sie trainiert hart da oben. Und ihr müsst euch noch überlegen, ob ihr die Würfel rollen lassen oder den Tisch verlassen wollt.«

»Wo kommt jetzt der Tisch her? Und wo ist der Löwe hin?«

Sie lacht und scheucht mich aus der Wohnung, also gehe ich aufs Dach. Auch wenn ich Witze mache, will ich damit nur meine Riesenangst verbergen, dass wir es nicht schaffen.

Jo steht auf einem Bein auf einer Yogamatte, die Arme über dem Kopf. Als sie mich kommen hört, dreht sie sich um und lächelt.

»Hey.« Sie kommt zu mir, schlingt mir die Arme um den Hals, und ich umfasse mit der freien Hand ihre Taille und küsse sie. Der Kuss ist etwas heftiger als beabsichtigt, aber sie erwidert ihn ebenso leidenschaftlich. Momente wie dieser geben mir die Gewissheit, dass sie genauso an einer Beziehung interessiert ist wie ich. Ich wünschte nur, sie wären weniger flüchtig.

»Nan hat dir Eistee gemacht.«

»Sie ist die Beste.«

»Ja, außer wenn es um Beziehungsmetaphern geht.«

Jo runzelt die Stirn. »Hä?«

»Schon gut.«

Wir gehen zum Ententeich und setzen uns. Moby quakt uns an und schwimmt schneller, um uns zu zeigen, was er draufhat. Jo nippt an ihrem Tee, während ich fasziniert ihren Mund am kühlen Glas beobachte.

»Also, Eden sagt, der Artikel kommt wahrscheinlich morgen raus.«

»Ja, das dachte ich mir.«

»Dann können wir nach Hause, oder?«

Sie stellt das Glas auf die umgedrehte Kiste zwischen uns. »Gott, ich hoffe es.« Als ihr klar wird, was sie gerade gesagt hat, macht sie einen Rückzieher. »Also nicht wegen dir. Nur … du weißt schon. Wieder mein eigenes Zuhause. Ich vermisse meine Sachen.«

Ich nicke. »Ja. Ich verstehe.« Ich sehe sie an. »Aber nicht als Mitbewohner, sondern als Paar in die Wohnung zurückzukommen ist bestimmt komisch.« Wie ich befürchtet habe, zuckt sie beim Wort »Paar« zusammen.

Ich wende mich ab und beobachte Moby. Wenigstens die Ente wirkt zufrieden.

»Toby …«

»Schon okay, Jo.«

»Nein, ist es nicht.«

»Du hast recht, ist es nicht. Aber was sollen wir dagegen machen? Bitte sag es mir, denn mir gehen die Ideen aus.« Ich stehe auf und marschiere auf und ab, um die Enttäuschung abzuschütteln. »Als ich dir gesagt habe, dass ich dich liebe, habe ich dir die Wahl gelassen: Entweder entscheidest du dich für mich, oder du ruinierst deine Beziehungen weiterhin mit deinen bescheuerten Abwehrmechanismen. Ich dachte, als du mir deine Geschichte erzählt hast … hättest du dich entschieden, aber so war es nicht, oder?«

»So einfach ist das nicht.«

»Stimmt, ist es nicht. Bevor wir uns geliebt haben, hatte ich noch eine winzige Überlebenschance, wenn ich dich verliere. Die ist jetzt weg. Glaubst du, ich kann einfach aufhören, dich zu lieben? Glaubst du, ich könnte jemals wieder irgendeine andere Frau kennenlernen, ohne sie mit dir zu vergleichen? Denn ganz ehrlich, es mit dir aufzunehmen wird nicht einfach.«

Sie kommt zu mir und umarmt mich, und ich schlinge seufzend die Arme um sie, als wollte ich sie nie wieder loslassen.

»Ich bemühe mich, Toby. Ehrlich.«

»Ich weiß.« Ich vergrabe das Gesicht an ihrem Hals. »Ich

hätte nur nicht damit gerechnet, dass es dir so schwerfallen würde, mit mir zusammen zu sein.«

Sie drückt mich fester und schiebt die Hände in meine Haare. »Du dummes Genie. Mit dir zusammen zu sein ist das Einzige, was sich richtig anfühlt. Das ist ja das Problem.«

Als der Artikel über Crest Construction erscheint, sind alle bei *Pulse* in höchster Alarmbereitschaft. Ich habe es ins Büro geschafft, ohne dass mir jemand gefolgt ist, aber für den Ernstfall hat Derek zusätzliche Sicherheitsleute eingestellt. Bei Veröffentlichung hat Jeeves den Rechercheserver freigeschaltet und unzählige Medien stürzen sich darauf, berichten über Edens Artikel und schreiben gleichzeitig an einem eigenen.

Natürlich hat Crest auf einer Pressekonferenz im Foyer seines Hauptsitzes alles abgestritten. Doch so viele Beweise widerlegen seine Version, und nach den Reaktionen zu urteilen, wird er sich diesmal nicht aus der Affäre ziehen können. Bisher wurden Jo und ich nicht ins Rampenlicht gezogen, aber das könnte sich ändern, falls Crest enthüllt, dass wir seinen Server geknackt haben.

Unabhängig davon bereite ich mich mental auf alle möglichen Katastrophen vor: dass Crest mich fertigmacht, dass Jo mich verlässt, dass ein riesiger Meteorit auf die Erde stürzt. Für mich liegt der Schlüssel zum Überleben all dieser Ereignisse in der überwältigenden Kraft des Ignorierens. Ich habe mir lange genug Sorgen gemacht. Jetzt probiere ich es eine Weile mit dem Gegenteil.

Derek, Eden und ich stehen bei *Pulse* am Fenster und beobachten, wie die zusätzlichen Sicherheitskräfte eine Schar von Journalisten und Paparazzi davon abhalten, das Gebäude zu stürmen. Ich weiß nicht, was sie hier wollen. Die Geschichte ist öffentlich, und alle können darüber berichten. Jeder Journalist, der etwas auf sich hält, sollte das wissen und lieber selbst einen Artikel schreiben.

»Was für ein Schlamassel du mal wieder angerichtet hast, Tate«, sagt Derek und verschränkt die Arme vor der Brust.

Eden verdreht die Augen und lächelt. »Ach, tu doch nicht so, als würde dir das nicht gefallen. Entgegen deinen Behauptungen strömen die Werbekunden nur so herbei, Leserzahlen und Abonnements sind in die Höhe geschnellt, und da draußen steht ein Haufen Fotografen, die dir mehr kostenlose Markenpräsenz verschaffen, als du dir jemals leisten könntest.«

Derek lächelt, und dieser Anblick ist so selten, dass er mich ein wenig beunruhigt. »Du hast vollkommen recht, Tate. Und wenn du nicht schon vergeben wärst und mich nicht abstoßend fändest, könnte ich dich küssen.«

Er geht in sein Büro zurück, und Eden und ich bleiben noch ein paar Minuten und beobachten das Spektakel.

»Meinst du, Jo und du seid jetzt sicher vor LeBron und seinen Kumpanen?«

Ich zucke mit den Schultern. »Heute Morgen in der Wohnung gab es keine Spuren von ihnen. Crest wird im Moment wohl alles vermeiden, was noch mehr Aufmerksamkeit auf ihn lenken würde. Und er will sicher nicht die Leute belästigen, die vor Gericht gegen ihn aussagen könnten. Abgesehen davon, dass er sich darüber echauffiert, das alles sei gelogen, wird er sich wohl eine Weile eher bedeckt halten. Und selbst wenn nicht, ich lasse ihn von Jeeves überwachen. Wir kennen seinen nächsten Schritt, bevor er ihn überhaupt macht.«

Eden nimmt meinen Arm und lehnt den Kopf an meine Schulter. »Ich kann dir und Jo nicht genug für eure Hilfe danken, Tobes. Das war eine echte Teamleistung.«

»Du weißt, ich würde alles für dich tun. Aber die Bestellungen der nächsten hundert Jahre in der Tar Bar gehen auf dich.«

»Solange du dich mit einem durchschnittlichen Achtzehn-Dollar-Whisky zufriedengibst?«

»Abgemacht.«

Wir gehen zu meinem Schreibtisch, und als ich mich setze, bleibt sie stehen und sieht mich an.

»Tobes?«

»Hm?«

»Dir geht es doch gut, oder? Diese ganze Geheimnistuerei war ziemlich anstrengend, und du und Jo habt den ganzen Stress mitgemacht. Gibt es etwas, worüber du reden möchtest?«

Abgesehen davon, dass ich hoffnungslos in Joanna verliebt bin und Todesangst habe, dass sie mich verlässt und mein Herz in tausend Stücke zerbricht, ist alles super.

»Nein. Mir geht's gut.«

»Sehen wir uns nachher in der Bar?«

»Ja, bis später.«

Unsere Wege trennen sich, und da ich wegen der ungeplanten Auszeit mit allen Artikeln für die nächste Woche im Rückstand bin, sortiere ich den größten Teil des Tages meinen Posteingang und bringe ein paar Hundert Wörter zu Papier. Um kurz vor halb sechs packe ich endlich meine Sachen zusammen und fahre zurück in die Wohnung.

Auf dem Weg zur Subway rufe ich Jo an. Zum dritten Mal heute geht sie nicht ran. Ich weiß, dass sie einen Berg Arbeit bewältigen muss, und Asha und ihr neuer Autor halten sie auch ziemlich auf Trab, aber ich komme mir vor wie ein Junkie auf Entzug. Nachdem ich eine ganze Woche lang rund um die Uhr mit ihr zusammen war, sind acht Stunden Funkstille eine Tortur.

In der Wohnung ist es ruhig, aber auf halbem Weg durch den Flur kommt sie mir aus ihrem Zimmer entgegen. Ihr Gesicht verrät mir, dass sie genauso überwältigt ist wie ich, und ich gehe zu ihr und küsse sie mit aller Leidenschaft.

»Gott, ich habe dich so vermisst.«

»Ich dich auch.«

Ich küsse sie weiter, hebe sie hoch und trage sie zu ihrem Bett. Kaum habe ich sie abgesetzt, zerrt sie an meinen Klamotten, um mich so schnell wie möglich auszuziehen. Ich tue es ihr nach, aber es dauert mir immer noch zu lange, bis wir endlich unsere Haut spüren.

»Toby …« In diesem Wort schwingt so viel Lust, und mein Verlangen pulsiert in jeder Vene und in jedem angespannten Muskel.

Sie rutscht rückwärts über das Bett, und ich kann mich kaum zurückhalten, als ich mich auf sie lege und mich zwischen ihren Beinen niederlasse. Im Moment sind wir beide nicht an einem Vorspiel interessiert. Unsere Körper schreien nach Vereinigung, und als ich in sie eindringe, stöhnen wir beide lange und erleichtert, weil die Trennung so quälend war und dies hier die einzige Heilung ist.

»Gott, Jo … Ich liebe dich …«

Wir bewegen uns im perfekten Gleichklang. Sie berührt mein Gesicht, und ihr Blick ist so liebevoll, dass ich mich ohrfeigen könnte, je an ihr gezweifelt zu haben.

Sie kommt kurz vor mir, und auch als das Nachbeben abgeebbt ist, sind wir immer noch miteinander verbunden, nicht bereit, uns voneinander zu lösen.

Schließlich schaffen wir es ins Bad und duschen zusammen, bevor wir uns getrennt voneinander anziehen. Als ich in ihr Zimmer zurückkomme, schminkt sie sich, und ich setze mich auf ihr Bett und warte.

»Du hattest wohl einen heftigen Tag«, sage ich und habe Gewissensbisse, weil wir erst jetzt miteinander sprechen.

»Ja. Mein Vater hat ungefähr fünfzig Mal versucht, mich zu erreichen, und auch das Buch von Professor Feelgood verlangt uns ziemlich viel ab.«

»Bist du erleichtert, dass der Artikel erschienen ist?«

»Einigermaßen. Ich dachte, die Genugtuung, diesen Bastard brennen zu sehen wäre größer, aber es ist eher ein vages Triumphgefühl.«

»Wir haben es verdient, heute Abend zu feiern. Eden lädt uns ein, und es kommen wohl auch einige Leute von *Pulse*. Sogar ein paar von Romance Central.«

Sie dreht sich um und sieht mich an. »Toby …«

Etwas an ihrer Stimme lässt mich innehalten. »Was?«

Erst da bemerke ich den großen Koffer neben der Tür.

»Ich komme nicht mit.«

»Jo, was hast du vor?«

Wir hatten gerade erst den wohl unglaublichsten Sex, zu dem Menschen überhaupt fähig sind, und sie will *weg?* Und angesichts der Größe des Koffers wird es keine kurze Reise.

»Toby …«

Ich packe den Griff des Koffers so fest, dass das Material knarrt. »Jo, ehrlich, was hast du vor?«

Mein Puls rast, und es schnürt mir die Kehle zu. So viel zum Thema Ignorieren.

Zaghaft tritt sie vor. »Ich gehe für eine Weile weg.«

Ich hole tief Luft und versuche, ruhig zu bleiben. »Was meinst du mit ›weggehen‹?« *Weglaufen. Vor mir. Das meint sie.* »Gibst du mir den Laufpass? Ein Mitleidsfick, bevor du gehst?«

»Toby, nein …« Sie kommt zu mir und nimmt meine Hände. »Im Gegenteil.«

»Dann erklär es mir bitte, bevor ich den Verstand verliere.«

Mir ist schlecht. Auch wenn ich wusste, dass sie womöglich gehen würde, bin ich nicht im Entferntesten darauf vorbereitet. Sie ist Teil meines Lebens geworden. Ohne sie werde ich mich auflösen.

Sie küsst mich, um meine Aufmerksamkeit zu bekommen. »Beruhige dich.« Es funktioniert. Erregung ersetzt die Panik. »Ich laufe nicht weg, versprochen.«

»Und was dann?«

Sie verschränkt unsere Finger, schaut zu Boden und errötet. »Ich hole mir Hilfe. Ich mache eine Traumatherapie.« Sie blickt auf, als wolle sie meine Reaktion einschätzen. »Jeeves hat mir erzählt, dass ihr darüber gesprochen habt, und … ich halte das für einen guten Plan. Ich will nicht immer wieder in dieselben selbstzerstörerischen Muster zurückfallen, und wenn wir überhaupt eine Chance haben wollen, muss ich es tun.«

Sie wirkt verängstigt, und ich weiß auch, warum. Sich mir anzuvertrauen ist ihr schon schwergefallen. Doch jetzt muss sie sich Fremden öffnen.

»Es gibt eine Klinik in Dänemark. Hochmodern, mitten im Nirgendwo, und sie können erstaunliche Erfolge bei Suchtproblemen und PTBS vorweisen. Sie meinten, ich hätte gute Chancen, dass die Therapie bei mir wirkt.«

»Wie lange bist du weg?«

»Die Therapie dauert zwei Wochen. Während ich weg bin, arbeite ich weiter für Asha, aber nur in Teilzeit.«

»Darf ich dich anrufen?«

»Nein. Abgesehen von ein paar Arbeitsanrufen und der begrenzten Zeit am Computer bin ich nicht erreichbar. Den Regeln nach soll ich so wenig Kontakt zur Außenwelt haben wie möglich.«

Allein die Vorstellung, sie gehen zu lassen, bereitet mir Schmerzen. »Jo, ich habe den heutigen Tag kaum ohne dich überstanden. Wie soll ich das zwei Wochen lang aushalten?«

»Ich weiß. Mir geht es genauso.« Sie berührt mein Gesicht.

»Aber wenn ich das jetzt nicht mache …« Sie schüttelt den Kopf. »Die dreiundneunzigprozentige Chance, dass wir scheitern? Das bin ich. Das liegt nur an mir. Ich spüre es jeden Tag. Und auch wenn ich genau weiß, dass du der Richtige bist, könnte ich es immer noch so krass vermasseln, dass sich keiner von uns je wieder davon erholen wird. Ich möchte die Vergangenheit hinter mir lassen, damit ich die Zukunft haben kann, die ich mir wünsche. Mit dir.«

Ich nicke und ziehe sie in eine Umarmung. Sie klammert sich an mich, ihre Fingernägel graben sich in meinen Rücken, und auch wenn ich weiß, dass sie sich das alles gut überlegt hat, weiß ich nicht, wie ich sie gehen lassen soll.

Mühsam löst sie sich von mir und schnappt sich ihre Handtasche. »Du solltest dir auch eine Auszeit nehmen. Besuche deine Eltern. Auch wenn du die Operation deines Dads verpasst hast, kannst du seine Genesung miterleben. Außerdem würde sich deine Schwester bestimmt freuen, wenn du bei ihrer Premiere dabei wärst.« Sie küsst mich sanft. »Du hast dich monatelang um alle anderen gekümmert. Nimm dir Zeit für dich.«

Der Gedanke ist verlockend. Ich wollte sowieso nach dem Launch der App nach Hause fahren, und wenn Jo weg ist, möchte ich ungern in der Wohnung bleiben, wo mich alles an sie erinnert.

Doch bevor wir uns trennen, muss Joanna wissen, was sie zurücklässt. Ich umfasse ihr Gesicht und küsse sie mit all meiner Leidenschaft, und als wir uns voneinander lösen, ist dieser Kuss in meine Seele eingebrannt.

»Ich liebe dich Toby, mehr als alles auf der Welt.«

»Ich liebe dich auch.«

Nach einer letzten Umarmung schiebe ich ihren Koffer zum Aufzug, und als sich die Türen schließen, stehe ich quälend lange da und kämpfe gegen den Drang, ihr nachzulaufen.

33. KAPITEL

Zu Hause ist es am schönsten

»Noch mal!« Meine Schwester kichert und rennt ans andere Ende des Gartens. Mom schaut uns zu und lächelt so breit, wie ich sie schon lange nicht mehr habe lächeln sehen. Sie hat in diesen Tagen jede Menge Grund zur Freude. Dads Rücken-OP war ein voller Erfolg, und obwohl er noch eine Weile im Krankenhaus bleiben muss, verbessert sich seine Beweglichkeit jeden Tag. Als ich hier ankam, stellte sich heraus, dass Joanna ein unglaubliches Reha-Team für ihn engagiert hat, das wahre Wunder vollbringt. Das Sprechen fällt ihm noch schwer, aber es wird immer deutlicher, und inzwischen kann er mit Krücken sogar ein paar Schritte laufen. Dass seine Physiotherapeuten mit ihm zufrieden sind, ist eine riesige Untertreibung.

»Mom!«, ruft April. »Sing das Lied!«

Mum lacht und summt die Titelmelodie von *Dirty Dancing*, während April in vollem Tempo auf mich zu rennt.

»Meine April gehört zu mir«, sage ich und fange sie auf, als sie springt. Ich hebe sie hoch über meinen Kopf, und sie lacht und breitet die Arme aus, während ich sie herumwirbele. Aus den Augenwinkeln sehe ich, wie Mom ihr Handy zückt, um den Moment festzuhalten.

»Okay«, sage ich keuchend, als ich sie eine Minute später vorsichtig wieder absetze. »Das reicht für heute. Ich bin fertig. Zehnmal hochheben ist mein Limit.«

»Ach, Mann!«

»Morgen wieder, versprochen.« Ich lasse den Kopf kreisen und massiere mir die Schulter. »Jetzt zeig mir mal, wie lieb du mich hast, und hol mir was zu trinken aus dem Kühlschrank. Aber nichts mit Zucker, bitte.« Ich lasse mich auf den Stuhl neben Mom fallen. »Ich muss meinen Tänzerkörper in Topform halten.«

April kichert und gibt mir einen Kuss auf die Wange. »Ja, stimmt. Wenigstens sparst du dir heute das Fitnessstudio.«

»Genau. Wer dich stemmt, braucht kein Bankdrücken mehr.«

Sie rennt ins Haus, und Mom lächelt mich an. »Es ist so schön, dass du hier bist, Schatz. Wir haben dich alle so vermisst.«

Ich beuge mich zu ihr und gebe ihr einen Kuss auf die Wange. »Ich hab euch auch vermisst. Und deine Kochkünste.«

Sie lacht, und ich seufze glücklich. Es geht doch nichts über die Familie, um den Akku wieder aufzuladen. Abgesehen von einer gewissen Daueranspannung, weil Jo nicht da ist, bin ich so zufrieden wie schon lange nicht mehr.

»Joanna kommt jetzt bald nach Hause, stimmt's?«

Ich nicke, als April ein Glas mit eisgekühlter Cola light vor mir abstellt. »Genau. Nur noch ein paar Tage.«

»Fehlt sie dir?«, fragt April, setzt sich und nimmt einen Schluck aus ihrem eigenen Glas.

»Und wie.« Allein beim Gedanken an sie springt mein Magen von einer hohen Klippe.

»Joanna ist also deine Freundin«, sagt April, »aber das weiß keiner? Hast du es nicht mal Eden erzählt oder so?«

Ich schüttele den Kopf. »Es ist noch ganz frisch, und ich wollte den richtigen Moment abwarten.«

»Aber du fährst erst am Mittwoch zurück nach New York, oder? Das ist ja fast eine Woche später als Jo.«

»Ja.«

»Warum seht ihr euch nicht früher?«

»Na ja«, sage ich und beuge mich vor. »Am Wochenende ist so eine Premiere. Ich habe gehört, die junge Hauptdarstellerin soll unglaublich gut sein, und ich wollte mir selbst einen Eindruck verschaffen.«

April weiß natürlich genau, dass ich ihretwegen bleibe, aber sie strahlt trotzdem. »Und du kaufst mir Blumen, stimmt's? Alle Hauptdarstellerinnen brauchen am Premierenabend einen Blumenstrauß.«

»Sind Blumen nicht inzwischen aus der Mode gekommen? Vielleicht pflücke ich dir stattdessen lieber freilaufendes Bio-Straßenunkraut.«

»Toby!« Sie gibt mir einen Klaps auf den Arm. »Ich möchte Lilien, bitte. Die riechen so gut.«

»Okay. Dann besorge ich dir ein paar ganz normale, uncoole, altmodische Lilien.«

Mom lacht. »Und nach deiner Premiere bleibt Toby noch ein paar Tage, damit er Dad aus dem Krankenhaus abholen kann.«

April verdreht theatralisch die Augen. »Nimmst du am Bester-Sohn-und-Bruder-Wettbewerb teil oder was?«

»Genau, und ich glaube, dieses Jahr habe ich richtig gute Chancen.« Ich überkreuze die Finger. »Ich hoffe, ihr stimmt für mich ab.«

Mein Handy klingelt. Ich werfe einen Blick aufs Display und stehe auf. »Sorry. Das ist Eden. Bin gleich wieder da.«

»Schöne Grüße!«, sagt April.

Ich gehe ins Haus und nehme den Anruf an. »Hallo, beste Freundin. Willst du mir schon wieder erzählen, wie sehr du mich vermisst?«

»Das weißt du doch. Wie kannst du es wagen, mit jemand anderem Zeit zu verbringen? Das ist so egoistisch.«

»Ich weiß, und es tut mir leid. Wie ist es in New York?«

»Viel zu tun. Hast du die Interviewanfragen zur HEA-App bekommen?«

»Ja. Ich habe diese Woche ein paar Videointerviews gegeben und ein paar Fragen schriftlich beantwortet.«

»Super. So wie es aussieht, ist Doctor Love gerade sehr begehrt. Wir kriegen jeden Tag mehrere Anfragen. Raj hat angeboten, für dich einzuspringen, aber das hielten wir alle für keine gute Idee.« Sie senkt die Stimme. »Ich habe ihn dabei erwischt, wie er in deinem Büro Möbel verrückt hat, und als ich ihn darauf angesprochen habe, meinte er, er versucht, das Karma Sutra zu verbessern.«

»Oh Gott, bitte schließ die Tür ab.«

»Längst erledigt. Gibt es was Neues von Crest?«

Ich setze mich aufs Sofa und lege die Füße auf den Couchtisch. »Nicht so richtig. Jeeves hat gesagt, dass die Staatsanwaltschaft alles zusammenträgt, was sie für eine Anklage braucht, aber du weißt ja, wie langsam die Mühlen der Justiz mahlen. Es dauert wahrscheinlich noch Jahre, bis irgendetwas Aufregendes passiert. Aber es gibt noch eine gute Nachricht: Als der Aktienkurs des Unternehmens abstürzte, hat ein Konkurrent die Gelegenheit genutzt und eine Mehrheitsbeteiligung gekauft.«

»Wow. Dann hat Crest also seine Firma verloren?«

»So geht das Gerücht. Offiziell ist es erst, wenn der Vorstand zusammenkommt und ihn entlässt, aber man munkelt, dass er sehr bald rausgeschmissen wird.«

Sie schnaubt triumphierend. »Ich wüsste nicht, wem ich es mehr gönne. Ach, und bevor ich es vergesse, Mittwoch bist du wieder hier, richtig?«

»Ja, wieso?«

»Nan organisiert eine Geburtstagsparty für Asha, und sie würde sich freuen, wenn Jo und du auch kämt.«

»Ähm, ist das so eine gute Idee? Ich dachte, deine Schwester hat was gegen Geburtstagsfeiern.«

»Ja, aber es wird Zeit, dass sie darüber hinwegkommt. Also, bist du dabei?«

»Na klar. Wann?«

»Sei um sieben da, damit wir dich verstecken können.«

»Ich gebe mir Mühe.« Ich kann Dad erst um drei aus dem Krankenhaus abholen, und wie ich den Verkehr stadteinwärts kenne, könnte es knapp werden, aber ich werde alles daransetzen.

Ich räuspere mich und bemühe mich um einen unverfänglichen Tonfall. »Sag mal, hast du was von Jo gehört, seit sie weg ist?«

»Nein, aber Ash spricht jeden Tag kurz mit ihr. So wie es aussieht, ist diese Klinik richtig gut, aber sie freut sich trotzdem schon darauf, zurückzukommen.«

Mein Herz hüpft und schmerzt, und ich würde meinen linken Arm opfern, nur um ihre Stimme zu hören. Allerdings wird sie schon vor mir wieder in New York sein, und dann können wir hoffentlich stundenlang telefonieren. Oder facetimen. Am liebsten nackt.

»Und ich freue mich schon auf sie … äh, und auf dich und alle anderen, wenn ich wieder da bin.« *Sehr elegant, Jenner.*

»Ich freue mich auch.« Ich höre ein Geräusch, und dann ertönt Max' tiefe Stimme im Hintergrund. »Ooh, ich muss Schluss machen. Max ist gerade nach Hause gekommen, und er hat Kostüme dabei.«

»Für die Arbeit, Eden, oder?« Es folgt eine verdächtige Stille. »Für die *Arbeit*, oder?«

»Sicher, Toby. Hab dich lieb. Bye!«

Sie legt auf, und ich gehe hinüber zur Terrassentür und lehne mich an den Rahmen. April benutzt den Rechen als improvisiertes Mikrofon und singt in einer Sprache, die ich nicht verstehe, vermutlich Koreanisch. Das Lied ist fast vorbei, da klingelt ihr Telefon, und sofort lässt sie den Rechen fallen und geht ran. »Britney, hi! … Ja, willst du morgen vorbeikommen? … Na klar. Den habe ich erst siebenundzwanzigmal gesehen.« Sie winkt Mom und mir zu, dann verschwindet sie in ihrem Zimmer und zieht die Tür hinter sich zu. Ich schüttele den Kopf und setze mich neben Mom.

»Wo hast du bloß diese introvertierte Tochter her? Sie muss mehr aus sich herauskommen.«

Mom lächelt. »Frag mich nicht, woher ich sie habe oder meinen genialen Sohn. Wahrscheinlich hatte ich einfach Glück.«

Sie greift nach Aprils vergessenem Glas und trinkt einen Schluck. »Also, erzähl mir mehr über diese außergewöhnliche Frau, die dein Herz erobert hat.«

Ich lege mir den Fuß aufs Knie und lehne mich zurück. »Tja, das ist eine lange Geschichte. Wir haben uns in der Herrentoilette einer Bar kennengelernt, nachdem sie begrapscht worden war, und kurz darauf haben wir herausgefunden, dass wir eigentlich überhaupt nicht zusammenpassen.«

»Oh. Wow. Das ist eine Geschichte, die ihr mal euren Enkelkindern erzählen könnt.«

Ich seufze. »Ja, allerdings.«

34. KAPITEL

Liebesleuchten

Ich klebe beinah an der Hupe des Mietwagens, während der Verkehr auf dem Weg zurück nach New York City nur im Schneckentempo dahinkriecht. Mit jeder Minute, die vergeht, steigt mein Blutdruck.

»Runter von der Kreuzung, du Mistkerl!« Die Fenster sind geschlossen, aber ich hoffe, dass der grinsende Arsch im Mercedes Lippen lesen kann. »Wenn ich wegen dir zu spät zu meiner Frau komme, finde ich dich, hacke dein Bankkonto, und du kriegst nie wieder irgendwo einen Kredit.«

Er zeigt mir den Stinkefinger, wechselt die Spur, und ich überhole ihn rasant wie ein Formel-Eins-Pilot.

Ich muss nach Hause, denn ich will Joanna sehen, bevor wir zu Ashas Party gehen. Wenn ich ihr in der Öffentlichkeit begegne, ohne vorher Zeit mir ihr allein verbracht zu haben, wird es sehr schnell sehr unangenehm werden.

Als ich endlich bei unserem Haus ankomme und den Wagen in der Tiefgarage parke, ist es schon nach sechs. Schnell schnappe ich mir meine Taschen, steige in den Aufzug und drücke so lange auf den Penthouse-Knopf, bis sich die Türen auf unserer Etage öffnen.

»Jo?« Ich stürze zur Tür herein, die Jeeves praktischerweise für mich geöffnet hat. »Joanna?!«

Ich renne zu ihrem Zimmer, aber sie ist nicht da. Ich lasse

meine Taschen auf den Boden fallen und greife nach meinem Handy, um sie anzurufen.

»Toby, Joanna hat versucht, Sie zu erreichen, als Sie in der Garage waren. Ich soll Ihnen ausrichten, dass sie direkt zur Party fährt. Ihre letzte Besprechung zieht sich in die Länge, sie kommt aber so schnell wie möglich nach.«

Ich atme aus und wische mir über die Stirn. »Willst du mich verarschen?«

»Wo denken Sie hin?«

»Hättest du mir das nicht sagen können, bevor mir fast die Lunge geplatzt ist?«

»Hätte ich, aber es war ziemlich amüsant, Sie rennen und schreien zu sehen.«

Ich setze mich auf Joannas Bett und stütze den Kopf in die Hände. »Ich kann nicht glauben, dass wir uns vor der Party nicht sehen. Ich habe Geschwindigkeitsrekorde gebrochen, um rechtzeitig hier zu sein.«

»Das habe ich bemerkt. Auf dem Weg von Ihrem Elternhaus bis hier sind Sie fünfmal geblitzt worden.«

Ich lasse mich rückwärts auf das Bett fallen. »Cool. Kannst du die Strafzettel löschen?«

»Schon passiert.«

»Du bist der Beste, Jeeves.«

»In der Tat. Ich bin der einzige Jeeves.«

Ich greife nach einem von Joannas Kissen, drücke es an mein Gesicht und schnuppere.

»Oh Gott.« Die Erinnerung setzt meinen Körper in Brand, und ich stöhne frustriert. »Du verpasst wirklich was, Jeeves. Wenn du wüsstest, wie unglaublich diese Frau riecht …« Ich stehe auf, werfe das Kissen zurück aufs Bett und marschiere in mein Zimmer.

»Ich nehme an, Sie duschen, bevor Sie gehen?«

»Und zwar ausgiebig. Darauf kannst du deinen nicht vorhandenen Arsch verwetten.«

»Dann starte ich jetzt Ihr personalisiertes Duschprogramm.«

Ich lasse mich zur Abwechslung von Gerald zur Party fahren, und als ich in den gepolsterten Sitz der Limousine sinke, muss ich an die Gespräche mit Jo denken, die wir nach ihrer Therapie geführt haben. Auch wenn sie noch nach der Frau klingt, die ich kenne und liebe, etwas hat sich verändert. Sie spricht mit einer neuen Offenheit, als hätten sich ihre Grenzen erweitert. Bis heute hat sie jede Nacht durchgeschlafen, und zwar ohne den Hauch eines Albtraums. Das freut mich wahnsinnig für sie.

Sie beschreibt die Behandlung, als wäre ihr Gehirn neu gestartet worden. Jeden Tag gab es Meditations- und Therapiesitzungen, und in Joannas Worten nahmen die Patienten alle »jede Menge Halluzinogene«, mit denen in der Therapie negative Gewohnheiten durchbrochen und neue gesunde Verhaltensmuster erlernt werden sollten. Sie sagte auch, dass sie die Probleme mit ihrem Vater aufgearbeitet habe und mehr als bereit sei, dieses schmerzhafte Kapitel im Buch ihres Lebens zu schließen. Etwas in ihrer Stimme ließ mich aufhorchen, aber ich muss darauf vertrauen, dass sie es ernst meint.

Auf jeden Fall wirkt es so, als hätte die Therapie ihr geholfen, aber völlig entspannen werde ich mich erst, wenn sie vor mir steht und mir erklärt, dass ihre Liebe zu mir nicht gelöscht wurde.

Nach einer quälend langsamen Fahrt durch den New Yorker Verkehr halten wir endlich vor Nannabeths Haus in Brooklyn. Ich bin aufgeregt und ängstlich und frage mich, ob Jo schon da ist.

Gerald dreht sich um. »Mr Jenner?«

»Gerald, bitte, Sie wissen, dass mir das unangenehm ist. Nennen Sie mich Toby.«

»Natürlich, Toby. Miss Cassidy hat das für Sie abgegeben. Ein Geschenk und eine Karte für Miss Asha.«

Ich nehme ihm den Umschlag und die schwere Schachtel ab. »Was ist das?«

»Ich glaube, es ist die Erstausgabe einer Reihe, die Miss Asha sehr gefällt.«

»Natürlich. Wenn jemand das perfekte Geschenk findet, dann Joanna.«

Ich verabschiede mich von Gerald und haste die Treppe zu Nans Wohnung hinauf. Ich klopfe, und eilig zieht sie mich in die Wohnung. Zu meiner großen Enttäuschung ist Jo noch nicht da.

»Gut, dass du hier bist«, sagt Nan und schiebt mich in den Flur. »Bring dein Geschenk ins Gästezimmer. Ich brauche deine Hilfe.«

Ich tue wie geheißen, dann eile ich zu ihr. »Was brauchst du, Nan? Meine Computerkenntnisse? Mein technisches Geschick? Mein enzyklopädisches Wissen über sämtliche Filmfehler bei *Star Wars*?«

»Nicht ganz.« Sie führt mich aufs Dach und zeigt auf eine lange Lichterkette auf dem Boden. »Ich brauche deine Körpergröße. Die da muss an den Stangen dort befestigt werden, und die anderen sollen in den Büschen und Beeten drapiert werden.« Sie holt einen USB-Stick aus der Tasche. »Oh, und kannst du diese Lieder in die gemietete Jukebox hochladen? Fang mit der Jazz-Playlist an, ich wechsle dann später zu den anderen Songs.«

»Äh … klar. Kein Problem.« Zugegeben, nach dem ganzen Druck mit der HEA-App und dem Stress durch Operation Crest-Crash sind ein paar Routinearbeiten eine nette Abwechslung.

Nan lässt mich allein, und innerhalb einer halben Stunde

funkeln überall im Garten kleine Lichter. Ich trete zurück und genieße den Anblick. Es sieht wirklich fantastisch aus. Ich gehe zur Jukebox, lade schnell alles hoch und rufe die erste Playlist auf. Aus den Lautsprechern ertönt sanfter Jazz, der die romantische Stimmung unterstreicht.

Das wird Jo gefallen. Ich wünschte, sie wäre hier und könnte es sehen. Verflucht sei das verdammte Meeting. Versteht denn niemand, wie dringend ich sie wiedersehen muss? Wie sehr ich es vermisse, sie in den Armen zu halten?

Ich will gerade wieder nach unten gehen, da kommt Nan zurück.

»Oh, wow, gute Arbeit, Toby. Wir sind fast fertig.« Sie hat einen großen Mann im Schlepptau, wie sich herausstellt, ist es Ashas Autor und Kindheitsfreund Jake.

»Toby, kennst du schon Jacob Stone? Jake, das ist Edens bester Freund, Toby.«

»Ja«, sage ich. »Wir haben uns beim HEA-Launch kennengelernt. Hey, Mann.« Jake und ich schütteln uns die Hände. »Schön, dich wiederzusehen.«

Er nickt. »Gleichfalls.«

Ich deute auf die Schachtel unter Jakes Arm. »Geburtstagsgeschenk?«

Nervös wirft er einen Blick auf die Schachtel. »Ja, ich hoffe sehr, dass es ihr gefällt.«

»Oh, sei nicht albern«, sagt Nan und winkt ab. »Wir wissen beide, dass du das Geschenk bist, Jake. Alles andere ist wie die Kirsche auf der Sahne.«

Jake lächelt, wirkt aber immer noch unsicher. Er geht zur Sitzbank in der Mitte des Gartens und stellt die Schachtel vorsichtig darauf ab.

Ich wende mich an Nan. »Sieht aus, als hättet ihr einen Plan. Kann ich dir sonst noch irgendwie helfen?«

»Nein. Aber Eden und Asha kommen gleich, also kannst du dich hinter dem Treppenaufgang verstecken, wenn du magst. Wir werden etwa eine halbe Stunde lang unten zu Abend essen und dann schicke ich Asha hoch, damit sie Jake entdeckt. Warte auf mein Zeichen, okay? Jake muss seine Geschenke übergeben, bevor ihr aus der Deckung kommt.« In ihrem Blick liegt etwas Verschmitztes, und ich vermute, dass sie mir nicht die ganze Wahrheit sagt. Trotzdem spiele ich mit.

»Klar. Ich bin mucksmäuschenstill, ihr werdet gar nicht merken, dass ich da bin.«

Sie tätschelt mir den Arm, und als sie die Treppe hinuntergeht, wirkt sie so aufgeregt wie ein Teenager. Ich lächle und gehe hinter dem Treppenaufgang in Deckung. Dieser Bereich dient Nan als Abstellkammer, und ich sehe eine Reihe von leeren Töpfen und Gartengeräten unter einem behelfsmäßigen Schuppen neben dem Wassertank. Ich gehe zur Brüstung und schaue über die Stadt. Der Ausblick ist fantastisch. Ich schaue auf die Uhr, dann auf mein Handy. Ich will Jo gerade eine Nachricht schreiben, um sie zu fragen, ob sie schon unterwegs ist, da höre ich hinter mir ein Geräusch.

»Toby?« Ich drehe mich um, und Max kommt auf mich zu. »Hey. Das ist dann wohl unser Versteck, was?«

Ich nicke lächelnd. »Vorläufig. Sind Asha und Eden schon da?«

»Ja, sie sind gerade angekommen. Ich bin hinter ihnen hergeschlichen. Hat Nan dich eingeweiht?«

»Nein, aber ihrer Aufregung nach zu urteilen macht Jake Asha einen Antrag, oder?«

Max stützt die Ellenbogen auf die Brüstung und faltet die Hände. »Ja. Und es wäre ein Wunder, wenn Eden und Nan es nicht vorher verraten.«

Ich lache. »Du musst ihnen Schauspielunterricht geben.«

»Ich hab's versucht. Sie haben kläglich versagt. Na ja. Warten wir ab, was passiert.«

»Toby?«

Joannas Stimme jagt mir einen Schauer über den Rücken, und es kommt mir vor, als würde ich mich in Zeitlupe umdrehen. Da steht sie. Sie blickt mich an und strahlt, als hätte ihr eine Fee gerade drei Wünsche erfüllt, doch dann bemerkt sie Max und verzieht das Gesicht. »Oh, Max. Hey.«

Max lacht. »Wow, Jo. Bei einer derart enthusiastischen Begrüßung wird mir ja ganz warm ums Herz.«

Sie lächelt ihn an. »Sorry. Hab dich im Schatten gar nicht gesehen.«

Nachdem sie ihn kurz umarmt hat, dreht sie sich zu mir um. »Hi.«

Mein Herz klopft so heftig, dass es in halb Brooklyn zu hören ist.

»Hi.«

Sie beugt sich vor, umarmt mich, und ich gebe mich so cool wie möglich, da Max nichts von uns weiß. Und doch drücke ich sie viel zu fest, und sie räuspert sich, bevor sie sich von mir löst.

»Schön, dich zu sehen, Toby.«

»Ja, Joanna, dich auch.«

Himmel. Da wir gerade von Schauspielunterricht gesprochen haben. Wir sind bestimmt genauso überzeugend wie die sogenannten Schauspieler in den Werbespots am Vorabend.

»Anstrengender Tag?«, frage ich, als Max uns stirnrunzelnd ansieht.

»Ja.« Jo blickt Max an und dann wieder zu mir. »Sehr viel zu tun. Viel … Arbeit.«

Max guckt verwirrt und vergräbt die Hände in den Hosentaschen. »Faszinierend.«

»Was?«, fragt Jo abwehrend.

Max sieht uns abwechselnd an. »Dass ihr so tut, als wärt ihr nicht total verknallt ineinander. Weiß Eden davon?« Er schüttelt den Kopf. »Natürlich nicht, denn sonst hätte sie mir schon längst davon vorgeschwärmt.«

Jo faltet flehentlich die Hände vor der Brust. »Max, bitte verrate noch nichts.«

»Warum wollt ihr das geheim halten? Das ist doch toll. Eden wird außer sich sein vor Freude.«

»Ich weiß, aber dieser Abend gehört Asha, und ich möchte ihr nicht die Show stehlen. Ich verspreche, dass ich es morgen allen erzähle.«

»Ehrlich?«, frage ich.

»Ja«, antwortet Jo mit Nachdruck. »Oder besser gesagt: Wir.« Wir grinsen uns an. Ein Teil von mir hat wohl nicht mehr daran geglaubt, dass wir überhaupt so weit kommen, aber ich bin wahnsinnig froh, dass ich mich geirrt habe.

Jo wendet sich an Max. »Eden soll sich heute Abend auf Asha konzentrieren. Wenn sie von mehr als einer Beziehung hört, explodiert sie uns noch.«

Max nickt und blickt zum Treppenaufgang hinüber. »Du hast recht. Eins nach dem anderen. Euer Geheimnis ist bei mir sicher, und ich setze sogar noch einen drauf und plaudere ein paar Minuten mit Jake, damit ihr etwas … Zeit für euch habt. Diese sexuelle Spannung zwischen euch ist ja kaum auszuhalten.«

Er schlendert zur anderen Seite des Daches, und sobald er außer Sichtweite ist, blicken Jo und ich uns an, und die Luft zwischen uns flimmert geradezu vor Elektrizität.

Ich wünsche mir nichts sehnlicher, als sie zu küssen, möchte aber sicher sein, dass ihre Veränderung von Dauer und nicht nur eine Übergangsphase ist.

»Wie geht es dir?« Ich klinge extrem verzweifelt, aber ich kann nicht anders.

Sie tritt einen kleinen Schritt vor, bleibt dann aber stehen. »Ich fühle mich unglaublich, Toby. Ganz neu.«

»Nicht komplett neu, hoffe ich. Ich habe nämlich sehr an deinem alten Ich gehangen.« Ich gehe auf sie zu. Es ist unerträglich, sie nicht berühren zu können. »Du siehst übrigens wunderschön aus.« Ich atme tief durch. »Ich hatte ganz vergessen, dass mir die Luft wegbleibt, wenn ich dich nur ansehe.«

»Toby …« Die Art, wie sie meinen Namen ausspricht, jagt mir einen Schauer über den Rücken. Schmerz und Leidenschaft liegen darin, als wäre meine Anwesenheit eine so intensive Erfahrung, dass es wehtut. Ich weiß genau, wie sie sich fühlt.

»Joanna.« Wenn man eine Person so sehr liebt, dass man sich ein Leben ohne sie nicht mehr vorstellen kann, verändert sich alles. Man sieht sie mit anderen Augen. Man spricht sogar ihren Namen anders aus. Als wäre er so kostbar, dass er mit äußerster Sorgfalt ausgesprochen werden muss. Ein persönliches, privates Gebet.

»Wir müssen reden.« Das sagt sie ganz ruhig, aber der zutiefst paranoide Teil in mir, der diesen Satz von zu vielen Trennungen kennt, ist sofort alarmiert.

»Okay. Muss ich Nannabeths Schnapsregal plündern, um mich auf eine schlechte Nachricht vorzubereiten?« *Bitte, Jo. Du hältst mein Herz in deinen Händen. Behandle es gut.*

»Ich finde die Nachricht nicht schlecht, möchte aber wissen, ob du das genauso siehst.«

Ich nicke. »Okay.« Auch wenn ich ruhig wirken mag, in mir sieht es ganz anders aus. Ich presse die Hände an die Oberschenkel und versuche, gleichmäßig zu atmen, damit mein Herz nicht meinen Brustkorb sprengt.

»Hast du gehört, dass Dad in seiner Firma nicht mehr die Anteilsmehrheit hat?«, fragt sie.

»Ja. Außerdem soll er bald rausfliegen.«

»Das ist er schon. Das wurde heute Nachmittag bestätigt.«

Ich ziehe die Augenbrauen hoch. »Wow, okay. Das wusste ich noch nicht.«

»Das weiß noch niemand. Deshalb erzähle ich es dir zuerst. Ich bin anders und ehrlich und so.« Sie holt tief Luft. »Mein Börsenmakler hatte den Auftrag, Crest-Aktien aufzukaufen, sobald sie auf den Markt kommen. Ich habe Dad rausgekauft.«

»Äh … krass.« Damit hätte ich nun wirklich nicht gerechnet. »Aber das ist gut, oder?«

Sie nickt. »Die Besprechung heute Nachmittag war mit dem Vorstand. Er hat meinen Vater abgewählt und mich ernannt. Ich bin die neue Geschäftsführerin von Crest.«

»Himmel, Joanna. Das ist unglaublich!« Ich möchte zu ihr rennen, begnüge mich aber mit zwei Schritten nach vorne.

»Findest du? Ich hatte es gehofft, habe aber befürchtet, du könntest glauben, dass ich nicht mit meiner Vergangenheit abschließen kann. Dass ich immer noch in meinem Rachefeldzug feststecke oder so.«

»Und, ist es so?«

»Nein, im Gegenteil. Dad hat viel zu lange Leben zerstört und diejenigen verletzt, denen er hätte helfen sollen. Das konnte ich nicht mehr mitansehen. Er hätte so viel Gutes in dieser Stadt erreichen können, hat aber stattdessen lieber Geld angehäuft. Das werde ich ändern.«

Sie ist einfach so großartig, dass ich Schmetterlinge im Bauch bekomme. »Was hast du vor?«

»Ich werde Crest Construction auf zwei Arten nutzen.« Sie hält zwei Finger hoch. »Erstens werde ich luxuriöse Eigentumswohnungen bauen, die ich mit Riesengewinn an reiche

Leute verkaufe, und zweitens mit diesem Gewinn bezahlbare Wohnungen in allen New Yorker Stadtteilen finanzieren.«

Schon wieder Schmetterlinge. Und zwar jede Menge. »Das ist großartig.«

»Ja, nicht wahr? Ich hatte in der Klinik viel Zeit zum Nachdenken, und die Therapeuten haben mir geraten, mir ein neues Ziel zu überlegen, nachdem mein Vater nicht mehr im Mittelpunkt steht. Mir ist klar geworden, dass es mir am meisten Spaß macht, Menschen zu helfen.«

Ich komme näher, sodass ich sie fast berühren könnte, und bin so stolz, dass ich am liebsten in die Welt hinausschreien würde, dass diese unglaubliche Frau zu mir gehört.

»Du willst also deinen Job bei Whiplash aufgeben und Vollzeit als Immobilienmogul arbeiten?« Ich berühre ihre Fingerspitzen, und sie holt scharf Luft.

»Das habe ich noch nicht entschieden. Wahrscheinlich würde ich mich mit nur einem Job langweilen.«

Ich verschränke meine Finger mit ihren, und mein Körper reagiert sofort und mein Atem wird flach. »Du bist unglaublich, Joanna. Weißt du das?«

Sie legt die Hände an meine Brust. »Du hast mich inspiriert. Wenn du mir bei Nannabeth auf dem Dach nicht das Ultimatum gestellt hättest …«

»Ultimatum?« Ich lache leise. »Das habe ich eher als Motivation gesehen.«

Sie lacht. »Oh nein, es war ein großes, fettes, beängstigendes Ultimatum, und das war auch nötig. Aber so etwas darf sich nur einer erlauben, und das bist du.«

»Also …« Meine Lippen sind dicht vor ihren, und ein Schwall Hormone flutet meinen Körper. »Ist mit uns alles gut?«

Sie streichelt meine Wange, was mir eine Gänsehaut verursacht. »Oh, nein. Mit uns ist nichts gut, Toby Jenner. Das mit uns ist spektakulär.«

Endlich geben wir der magnetischen Kraft zwischen uns nach und verlieren uns lange in dem außergewöhnlichsten Kuss, den ich je erlebt habe.

»Ich habe dich so vermisst.«

Sie küsst mich, als hätten wir uns monatelang nicht gesehen. »Nicht so sehr, wie ich dich vermisst habe.«

Wir küssen uns leidenschaftlich, als wollten wir die Zeit der Trennung aufholen, aber irgendwann wird uns klar, dass wir aufhören müssen, wenn die umgebenden Wohnhäuser nicht mehr von uns sehen sollen, als klug oder legal wäre.

Ich löse mich von ihr und bringe etwas Abstand zwischen uns, damit ich Anzug und Krawatte richten und mich abkühlen kann, bevor ich mich anderen Menschen präsentieren muss.

»Okay … wow … gibt mir einen Moment.« Ich gehe in eine Richtung und Jo in die andere.

Sie atmet ein paar Mal tief durch und stöhnt gequält. »Toby, ich bin so erregt, dass es wehtut. Das ist inakzeptabel.«

»Ich bin ganz deiner Meinung.« So erregt zu sein, ohne Aussicht auf Erlösung, ist eine besondere Art der Folter. Als ich zu ihr hinüberschaue, sind ihre Lippen noch immer von unserem Kuss geschwollen, und das macht es mir nicht leichter.

»Verdammt ….« *Komm schon, Toby, tief durchatmen.* Ich wende den Blick ab und konzentriere mich auf den Schuppen, aber ich weiß ja, dass Jo nur wenige Meter entfernt ist.

»Hast du irgendwas unglaublich Unerotisches zu erzählen?«, frage ich. Ich höre, wie sie hinter mir auf und ab geht.

»Äh … na ja, ich war gestern im Waxing-Studio und habe mir die Bikinizone behandeln lassen.«

Ich kneife die Augen zusammen. »*Un*erotisch, Jo. Ist das so schwer?«

»Für mich war es nicht erotisch. Es tat höllisch weh.«

Wir gehen weiter auf und ab, denn es ist wohl besser, gar nichts zu sagen. Die kühle Nachtluft wirkt schließlich Wunder, und nachdem ich mich wieder beruhigt habe, drehe ich mich zu ihr um. Überrascht stelle ich fest, dass sie auf der gegenüberliegenden Seite des Daches steht.

»Es schien mir richtig, so viel Abstand wie möglich zwischen uns zu bringen.«

»Ja. Guter Plan.«

»Ist von meinem Lippenstift noch etwas übrig?«

»Nein, kein bisschen.«

Sie holt ein Lipgloss aus der Tasche und trägt es auf. »Das war's. Keine Küsse mehr. Wir sind wegen Asha hier, nicht wegen uns.«

»Richtig. Keine Küsse mehr.« Als ich das ausspreche, will ich sie natürlich mehr denn je küssen. Zum Glück kommt Max wieder in Sichtweite und stellt sich direkt hinter das Treppenhaus.

»Eden hat mir gerade eine Nachricht geschickt. Asha ist auf dem Weg. Kommt schnell und versteckt euch.«

Wir gehen zu ihm und drücken uns links und rechts neben ihm an die Wand.

»Und, geht es euch jetzt besser?«, flüstert er.

Ich schüttele den Kopf. »Kein Stück.«

Er grinst. »Irgendwie habe ich das Gefühl, dass ihr euch recht früh aus dem Staub machen werdet.«

Joanna legt den Kopf an die Wand. »Du glaubst gar nicht, wie recht du hast.«

Max lacht leise, dann hören wir Schritte auf der Treppe.

»Da ist sie«, flüstert Jo. »Sie wird ausflippen, wenn sie Jake sieht.«

Ich lächle, weil sie sich so für ihre Freundin freut. Es gibt niemanden, der sich so aufrichtig für seine Freunde freuen kann wie Joanna.

Nach einer Weile hören wir Stimmen. Ich verstehe nicht, was sie sagen, aber Jo scheint sie zu verstehen, denn sie weint.

»Oh mein Gott. Wie schön.«

Sie reden weiter, und als ich um die Ecke luge, kniet Jake vor Asha, die sich die Hand vor den Mund hält. Das ist dann wohl der große Moment, und sobald Asha nickt und Jake sie in die Arme nimmt, kommen Eden und Nan und bedeuten uns, die Deckung zu verlassen.

Als wir um die Ecke biegen, ist auch das Treppenhaus voller Leute. Einige sind wohl Ashas Arbeitskollegen, aber auch Mitarbeiter von Romance Central und Nannabeths Nachbarn sind darunter. Alle schleichen auf Zehenspitzen aufs Dach und zusammen mit Eden, Max und Nan stellen Jo und ich uns vor sie.

Asha weint inzwischen, aber nachdem Jake ihr einen Ring an den Finger gesteckt hat, applaudiert Nan, und Asha dreht sich um und ist völlig überrascht, uns alle zu sehen.

»Du darfst nicht böse auf mich sein«, sagt Nan unter Freudentränen. »Eine Geburtstagsparty hast du verboten. Aber von einer Überraschungsverlobungsfeier hast du nichts gesagt.«

Asha lacht unter Tränen und bedeutet uns, zu ihr zu kommen. Nachdem Jo und ich sie umarmt und Jake gratuliert haben, verwandeln wir den Bereich vor Mobys Teich in eine Tanzfläche, und Nan wechselt zur Playlist mit den Liebesliedern.

Ich wende mich an Jo, die fast genauso gerührt wirkt wie Asha. »Tanzt du mit mir?«

Sie blickt zu Max und Eden, die schon auf der Tanzfläche sind. »Kannst du mit mir tanzen, ohne dass alle sofort wissen, was los ist?«

Ich ziehe sie in meine Arme und drücke die Lippen an ihr Ohr. »Wahrscheinlich nicht, aber lass uns einen Versuch wagen.«

Wir tanzen eine Weile, und ich war bestimmt noch nie so glücklich. Mein Vater ist auf dem Weg der Besserung, meine Mutter und meine Schwester müssen sich keine Sorgen mehr machen, mit meiner Karriere geht es bergauf, und ich bin in die tollste Frau der Welt verliebt. Kaum zu glauben, dass von wenigen Monaten noch alles ganz anders war.

Jo spielt mit den Haaren in meinem Nacken, und ich stöhne leise auf.

»Wie lange müssen wir wohl noch bleiben? Stunden? Minuten?«

Jo sieht sich um. »Sekunden? Alle sind so glückselig, sie bemerken bestimmt gar nicht, dass wir weg sind.«

»Meinst du?«

»Auf jeden Fall. Guck mal, sogar Nan tanzt mit Mr Lester aus dem dritten Stock.«

Ich drehe mich um, und ehrlich gesagt sehen Nan und Mr Lester ziemlich gut zusammen aus. Ich frage mich, ob Nan vielleicht eine zweite Chance in der Liebe bekommt. Wenn es jemand verdient hat, dann sie.

Als ich sehe, wie Eden sich mit geschlossenen Augen an Max' Brust schmiegt, nehme ich Jo bei der Hand und ziehe sie zum Treppenhaus. »Schnell. Das ist unsere Chance.«

Wir rennen die Treppe hinunter und verlassen das Haus, und weil immer noch so viel Verkehr ist, gehen wir zur Subway-Station. Auf der Fahrt nach Manhattan tauschen wir verliebte Blicke und heimliche Küsse, doch als wir endlich im Aufzug sind, kann ich mich nicht mehr zurückhalten, drücke Jo an die Wand und küsse sie. Die Türen öffnen sich viel zu schnell, und ich nehme ihre Hand und führe sie zum Foyer.

»Toby, warte …« Sie zieht an meiner Hand und bringt mich zum Stehen. »Ich möchte dir etwas zeigen.«

»Da draußen?«, frage ich. »Was ist mit den Nachbarn?«

Lächelnd nimmt sie meine Hand und führt mich auf den Balkon. Ich bin verwirrt, als ich sehe, dass der Tisch mit einem Leinentuch und feinem Silber gedeckt ist und von Hunderten kleiner Kerzen erleuchtet wird.

»Joanna … wow …«

»Das wollte ich schon vorhin machen, aber diese blöde Vorstandssitzung hat mich aufgehalten. Warte hier.«

Sie geht hinein und kommt kurz darauf mit zwei Tellern voller Delikatessen zurück. Mein Magen knurrt.

»Ich wusste, dass du vor der Party nichts essen würdest. Hunger?«

»Ich bin in jeder Hinsicht ausgehungert, aber wir können gern zuerst essen.«

Wir setzen uns an den Tisch, und auch wenn das Begehren zwischen uns beinahe greifbar ist, bin ich für den Augenblick einfach nur zufrieden damit, mir etwas Zeit zu nehmen und sie eine Weile nur anzusehen.

»Habe ich schon erwähnt, dass ich dich vermisst habe?« Ich greife nach ihrer Hand, führe sie zum Mund und küsse ihre Knöchel. »Bitte lass mich nie wieder so lange allein.«

Sie drückt die Wange an meinen Handrücken. »Das habe ich ganz bestimmt nicht vor.«

Nachdem sie mich eine Weile angesehen hat, holt sie ihr Handy hervor. »Toby, weißt du noch, wie ich dir gesagt habe, dass ich seit der Therapie meine negativen Verhaltensmuster viel besser unter Kontrolle habe?«

»Ja, und das freut mich sehr.«

»Mich auch, denn ich habe zum ersten Mal in meinem Leben das Gefühl, dass ich nichts beweisen muss. Ich akzeptiere, dass du mich liebst und dass ich diese Liebe verdiene, und das …« Sie lächelt. »Ist das schönste Gefühl, das ich je hatte.«

Sie ruft die HEA-App auf ihrem Smartphone auf. »Als ich zurückgekommen bin, habe ich mich endlich wie ich selbst gefühlt. Als müsste ich meine Entscheidungen endlich nicht mehr hinterfragen. Als müsste ich niemanden mehr verletzen, damit er mich nicht zuerst verletzt.«

»Jo, was willst du mir sagen?«

Sie deutet auf ihr Handy. »Ich habe den Fragebogen nach der Therapie noch einmal ausgefüllt, und weißt du was?«

Mir schlägt das Herz bis zum Hals. »Was?«

»Unser Kompatibilitätswert hat sich verändert.«

Oh Gott. Von diesem Moment habe ich geträumt. »Okay.« Jetzt bekomme ich die Bestätigung, dass wir von Anfang an füreinander bestimmt waren und nur ein wenig Arbeit nötig war. Endlich wird klar, dass Jo schon immer meine Seelenverwandte war, und wir können in der Gewissheit in den Sonnenuntergang reiten, dass wir unter allen Menschen auf diesem Planeten den richtigen gefunden haben.

Sie drückt auf einen Button, ein leises Klingeln ertönt und eine goldene Zahl erscheint auf dem Display. Sie dreht das Handy so, dass ich sie sehen kann.

Als ich sie erkenne, runzle ich die Stirn so sehr, dass es wehtut. »Wie bitte?«

Es sind zweiundvierzig Prozent. Eine enorme Steigerung, ja, aber nicht annähernd wie bei Seelenverwandten.

Jo lächelt und legt das Handy weg. »Genau das habe ich auch gedacht, als ich es zum ersten Mal gesehen habe, doch dann ist mir klar geworden, dass es völlig egal ist.« Sie schiebt den Stuhl nach hinten, kommt zu mir und setzt sich auf meinen Schoß. »Toby, ich habe keine Kristallkugel, und rechnerisch haben wir nicht die geringste Chance, dass aus uns etwas wird. Aber ich liebe dich mehr, als ich es überhaupt für möglich gehalten hätte, und so kompliziert Liebe auch ist, kann sie auch unfassbar einfach sein. Denn Liebe ist nicht perfekt. Sie ist hart, stressig und beängstigend, aber trotz alledem habe ich mich für dich entschieden. Was die Zahlen sagen, ist mir egal. Was für Steine das Leben uns auch in den Weg legt, womit es uns prüft, ich werde mich jeden Tag wieder für dich entscheiden, immer und immer wieder, mein ganzes Leben lang.« Sie beugt sich hinunter und küsst mich, und es ist der sanfteste und intimste Kuss, den wir je geteilt haben. »Ich entscheide mich für dich, Tobias Matthew Jenner. Und unser Glück kann ganz einfach sein, wenn du dich auch für mich entscheidest.«

Ich werde von Gefühlen übermannt und kämpfe dagegen an, während ich diese wunderbare Frau ansehe, die mein Leben so grundlegend verändert hat. »Natürlich entscheide ich mich für dich, Joanna. An jedem Tag, für den Rest meines Lebens.«

Wir küssen uns und halten uns fest, und nach ein paar Minuten hebe ich sie von meinem Schoß, stehe auf und suche in meiner Jackentasche nach dem kleinen goldenen Ring, den ich vorhin eingesteckt habe. Es ist der Verlobungsring meiner Großmutter. Mom hat ihn mir, ohne zu zögern, geschenkt, nachdem ich meiner Familie die ganze Zeit von Jo vorgeschwärmt habe. Ich muss meine Absichten gut versteckt haben, denn als ich ihn hervorhole, atmet Joanna scharf ein.

»Das habe ich schon vor Wochen geplant, ehrlich, in der Hoffnung, dass du mich nach Abschluss der Therapie immer noch genauso sehr willst wie ich dich. Das ist keine Trittbrettfahrer-Aktion wegen Asha und Jake.«

»Toby …«

»Jo …« Ich atme tief durch. »Durch meine Eltern habe ich gelernt, was Liebe bedeutet. Sie waren für mich immer ein leuchtendes Beispiel dafür, was es heißt, jemanden von ganzem

Herzen zu lieben, aber ich habe lange bezweifelt, dass ich das auch einmal erleben werde. Als ich klein war, sagte mir meine Mutter, dass wir alle voller Liebe geboren werden, sie aber manchen genommen wird, während andere sie verschwenden. Die wichtigste Entscheidung, die wir je treffen, ist die, wem wir unsere Liebe schenken. Meine Liebe gehört dir, und zwar ganz. Und das wird sich auch nie ändern. Bitte mach mich zum glücklichsten Mann der Welt und verbringe dein Leben mit mir.«

Sie greift in ihre Tasche und holt einen goldenen Ring mit Gravur heraus, der meinem nicht unähnlich ist. »Wenn du mir noch ein paar Minuten Zeit gelassen hättest, hätte ich dir einen Antrag gemacht.«

Ich ziehe sie in meine Arme und zum tausendsten Mal, seit ich sie kenne, fühlt sich mein Herz an, als wäre es zu groß für meine Brust. Nachdem wir uns die Ringe angesteckt haben, sehe ich Jo bewundernd an.

»Eden bekommt bestimmt einen Herzinfarkt, wenn wir es ihr erzählen.«

»Sie erholt sich schon wieder. Das muss sie auch, wenn sie meine Trauzeugin sein will.«

Jo lacht, und gleichzeitig laufen ihr Tränen über die Wangen. »Oh Gott, und Asha wird meine. Jetzt müssen wir nur noch Max dazu bringen, Eden einen Antrag zu machen, dann könnten wir eine Dreifachhochzeit feiern, über die man in New York noch jahrelang reden wird.«

Wir küssen uns, bis wir völlig außer Atem sind, dann drehe ich sie um, sodass wir beide über die Stadt blicken können, lege ihr die Arme um die Taille und den Kopf auf die Schulter. »Ich möchte dir noch etwas zeigen. Jeeves …«

In den Häusern gegenüber gehen die Lichter an, und Joanna keucht auf, als »Toby liebt Joanna« aufleuchtet.

»Das war Jeeves' Idee.«

Jo schaut erstaunt. »Jeeves, wirst du etwa noch zum Romantiker?«

»Könnte sein, Joanna. Warum? Kennen Sie irgendwelche süßen KIs, denen Sie mich vorstellen könnten?«

Jo lächelt und nimmt meine Hand. »Komm. Es wird langsam kalt, aber mein Bett ist schön warm.«

Sie führt mich zurück in die Wohnung, und kaum sind wir im Wohnzimmer, küsst sie mich und zerrt an meiner Kleidung. Wir bewegen uns langsam durch den Flur und hinterlassen dabei eine Spur von Kleidungsstücken, doch an meiner Tür verliere ich die Geduld und werfe mir Jo über die Schulter.

»Toby!«

Als ich sie ins Zimmer trage, lacht sie, aber nur bis ich sie ausziehe und mich zwischen ihre Beine knie. Dann verwandelt sich ihr Lachen in Stöhnen.

Wir lieben uns die ganze Nacht in fast jedem Zimmer, und als die Sonne aufgeht, schlafen wir ein paar Stunden und fangen dann wieder von vorne an.

In der Nacht hatte sie keinen einzigen Albtraum, und jetzt beobachte ich ihr wunderschönes Gesicht und bin überwältigt von diesem perfekten Moment. Es ist, als hätte ich mein ganzes Leben schon von diesen Bildern und Gefühlen geträumt, die ich erst jetzt verstehe.

Und dann wird mir klar, was es für ein Wunder ist, dass wir hier nebeneinanderliegen.

Auf dem College habe ich mal den Spruch gelesen: »Manchmal gibt uns das Universum genau das, was wir uns wünschen, doch weil wir selbstzerstörerische Affen sind, spucken wir es ihm sofort wieder in sein Gesicht zurück«, und das hätte auch unser Schicksal sein können.

Wenn Jo nicht den Mut gehabt hätte, sich ihren Dämonen

…are es mit uns vorbei gewesen, bevor es überhaupt …n hat.

…n dachte immer, dass Schmerz uns zerbrechlich macht, …ber das stimmt nicht. Gerade die Stärksten haben Narben auf ihren Seelen. Sie haben ihre Kämpfe vielleicht nicht unbeschadet überstanden, aber sie sind jedes Mal als Sieger daraus hervorgegangen. Das ist wahre Stärke, und die habe ich in Joanna gefunden. Und egal wie sehr sie mich liebt, ich liebe sie mehr. Und mit »mehr« meine ich keine quantifizierbare Menge. Ich meine mehr als alle Schwierigkeiten, die vor uns liegen. Mehr als jeden Streit oder jedes dumme Missverständnis. Mehr als die schwärzeste Nacht oder die trübste Morgendämmerung.

Und genau darum geht es im Leben.

Wenn man eine Person trifft, die man aus tiefstem Herzen liebt, und sie liebt dich auch, dann muss man mit der Kraft von im Weltraum kollidierender Kometen aufeinander zulaufen.

Regeln, Meinungen, Zweifel und Logik sind nicht mehr wichtig, wenn man mit ihr zusammen ist. Denn diese Liebe ist selten und kostbar und nur denjenigen vergönnt, die mutig genug sind, dafür zu kämpfen. Um es klar zu sagen: Die mächtigste Kraft im Universum ist die Liebe.

Und das sagt ein Mann, der es wissen muss.